반복의 문학과 진실의 이중주

반복과 재현을 통한 진실의 구원

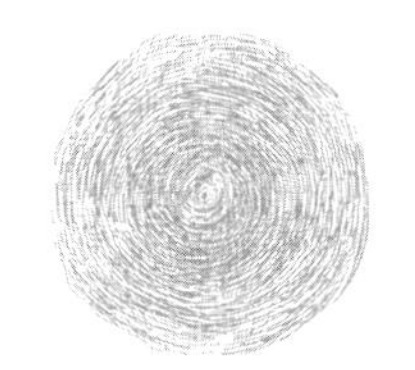

나병철 羅秉哲 | Na Byung-chul

연세대학교 국문학과를 졸업하고 같은 대학교 대학원 국문학과를 졸업하였다. 수원대학교 국문학과 교수를 거쳐 현재 한국교원대학교 국어교육과 교수로 있다. 저서로는 『소설이란 무엇인가』, 『문학의 이해』, 『전환기의 근대문학』, 『근대성과 근대문학』, 『한국문학의 근대성과 탈근대성』, 『소설의 이해』, 『모더니즘과 포스트모더니즘을 넘어서』, 『근대서사와 탈식민주의』, 『탈식민주의와 근대문학』, 『소설과 서사문화』, 『가족로망스와 성장소설』, 『영화와 소설의 시점과 이미지』, 『환상과 리얼리티』, 『소설의 귀환과 도전적 서사 – 주체, 윤리, 사랑, 혁명의 귀환에 대하여』, 『은유로서의 네이션과 트랜스내셔널 연대』, 『미래 이후의 미학』, 『감성정치와 사랑의 미학』, 『특이성의 문학과 제3의 시간』, 『친밀한 권력과 낯선 타자 – 친밀사회에서의 문학과 정치』, 『문학의 시각성과 보이지 않는 비밀 – 시선의 권력과 응시의 도발』이 있으며, 역서로는 『서비스 이코노미』(이진경), 『냉전시대 한국의 문학과 영화』(테드 휴즈), 『문학교육론』(제임스 그리블), 『문화의 위치』(호미 바바), 『포스트모더니즘 이후의 정치와 문화』(마이클 라이언), 『해체론과 변증법』(마이클 라이언), 『중국문화 중국정신』(C. A. S. 윌리엄스)이 있다. 주요 논문으로는 「탈식민주의와 정전의 재구성」, 「한강 소설에 나타난 포스트모던 환상과 에로스의 회생」, 「계몽의 예외상태와 여성의 타자성의 사랑」, 「청소년 환상소설의 통과제의 형식과 문학교육」 등이 있다.

반복의 문학과 진실의 이중주

반복과 재현을 통한 진실의 구원

초판인쇄 2021년 8월 20일 **초판발행** 2021년 8월 30일

지은이 나병철 **펴낸이** 박성모 **펴낸곳** 소명출판 **출판등록** 제13-522호

주소 서울시 서초구 서초중앙로6길 15, 2층

전화 02-585-7840 **팩스** 02-585-7848

전자우편 somyungbooks@daum.net **홈페이지** www.somyong.co.kr

값 39,000원

ISBN 979-11-5905-628-4 93810

Literature of Repetition and Duet of Truth

반복의 문학과 진실의 이중주

나병철 지음

반복과 재현을 통한 진실의 구원

머리말

'가슴 아픈 진실'이라는 말이 있다. '진실을 들으며 가슴이 뛴다'라는 표현도 있다. 그처럼 가슴으로 진실을 느낀다는 것은 문학적인 은유일 것이다. 그런데 은유가 현실이 되어서 진짜로 가슴이 뛰어야 진실이 나타나는 경우도 있다. 이 책은 '가슴 뛰는 진실'이라는 은유가 실제 현실이 된 세상에 대해 살펴보려고 한다.

진실의 요구 앞에서 가슴이 동요하지 않는 사회는 차가운 세상일 것이다. 이성복은 모두가 병들었는데 아무도 신음을 듣지 못하는 세상에 대해 말했다. 사건이 일어나도 모두가 침묵하는 배수아의 '이상한 고요함' 역시 그와 같은 세계이다. 비슷한 맥락에서 송경동은 사람들이 억울하게 죽었어도 아무 일도 없는 사회에 대해 노래했다. 이 같은 고요한 세상에서는 침묵을 뚫고 다시 가슴이 뛰는 소리가 들려와야만 진실이 부활할 수 있다. 이 책에서는 그런 가슴과 진실의 관계를 심장소리 같은 생명적인 반복운동과 연관해서 살펴볼 것이다. 우리는 진실이란 이성의 명령에 따르기에 앞서 가슴의 진동이 울려와야 회생할 수 있음을 보게 될 것이다.

우리의 주제인 심장의 반복은 동일성의 반복과 대조를 이룬다. 우리시대는 테크놀로지의 쇄신과 함께 도처에서 경이로운 변화가 일어나고 있는 시대이다. 지능과 소통, 시각의 영역의 기계화는 오랫동안 꿈꾸던 일들을 눈앞의 신세계로 출현시키고 있다. 인공지능과 4차 산업혁명은 미래가 우리 옆에 미리 와 있음을 알려준다. 다만 역설적인 것은 새 세상에서 놀라운 변화가 일어날수록 똑같은 것이 반복되는 현상도 심화된다는 것이다. 신매체와 인공지능은 세상을 전혀 다르게 바꾸었지만 기술의 상품화를 통한 부의 욕망은 달라지지 않았다. 신세계의 신기술에 취해 망각되는 것은 목전에 도착한 미래가 자본의 팽창이라는 오래된 관성의 증폭이라는 점이다.

오늘날의 화려한 세계는 인격성의 상품화와 불평등성의 심화라는 대가를 치르고 있다. 자본의 동일성의 반복은 우리를 생명보다 상품에 가까워지게 만들며 사람들 사이의 차별을 악화시킨다. 그런 단조로운 반복의 행진에 묻혀 보이지 않는 것은 차이를 생성하는 또 다른 반복이다.

이 책에서는 차이를 생성하는 반복을 '가슴의 동요'라는 은유로 표현하려고 한다. 단조로운 반복이 계속되는 세상은 차이의 진실이 동일성의 영토에 묻히는 세상이다. 그런 세상에서는 가슴이 뛰어야 차이가 생동하는 진실이 회생한다고 할 수 있다. 진실이란 똑같이 하나를 보게 만드는 것이 아니라 서로 다른 생명들이 함께 움직이게 하는 힘이다. 그 점에서 진실은 분명히 차이의 반복운동과 긴밀하게 연관되어 있다. 모두가 동일한 구호 앞에 굳어진다면 심장의 박동은 별 의미가 없다. 반면에 각기 다른 생명들이 소중해지며 함께 일어설 때 비로소 심장이 뛰기 시작한다. 그 점에서 우리는 진실의 부활이 차이의 반복운동과 연관되어 있음을 주장한다.

차이를 생성하는 창조적 반복이란 에로스, 윤리, 진실, 주체성 같은 것이다. 에로스와 진실은 예술 인류학자(나카자와 신이치)가 말한 '인간의 비밀'이 영원회귀하는 반복의 운동이다. 인간의 비밀의 영원회귀란 차이를 생성하며 반복적으로 돌아오는 심장의 반복운동이다.

물론 사랑과 윤리, 진실이 **반복운동**이라는 주장은 아직 낯설어 보일 수 있다. 그러나 진정한 반복은 심장이 뛰는 생명적 운동이라는 주장(들뢰즈)을 인정한다면, 목마른 윤리와 진실 앞에서 우리는 가슴을 움직이는 반복을 상상할 수 있을 것이다. 윤리와 진실에 목말랐다는 것은 심장의 동요를 갈망한다는 뜻이기도 하다.

사랑과 윤리, 정의는 우리가 상실한 것인 동시에 갈증을 느끼는 것이기도 하다. 그것은 단지 이성적으로 증명되는 것이 아니라 우리의 심장을 감동시켜야 하는 단어들이다. 이 책에서는 윤리와 진실이 논증에 앞서 심장이 뛰는 반복운동을 통해서만 회생할 수 있음을 살펴볼 것이다. 우리는 명성이 퇴색한 윤리와 진실을 '차이를 생성하는 운동'이자 능동적이고 창조적인 반복으로 재해석하려고 한다.

윤리와 진실은 생명적 존재의 능동적 정동affect과 구분되지 않는다. 이 책에서는 진리는 이성이고 정동은 감성이라는 이분법을 부정한다. 스피노자가 말했듯이 최고의 이성은 능동적 정동의 운동과 결코 다르지 않다. 우리는 스피노자의 '진실을 말하는 능동적 정동'을 심장의 반복운동이라고 명명할 것이다. 은유로서의 '심장의 반복운동'이 회생해야만 능동적 정동이 생성되며 우리는 진실에 다가간다. '심장의 반복'은 은유이지만 이 은유야말로 진실에 접근하는 고도로 진화된 무기임이 틀림없다.

그렇다면 우리에게는 두 가지 반복이 있는 셈이다. 일상의 반복이 기계적이라면 창조적 반복은 생명적이다. 신상품의 신세계는 초침소리의 반복에 긴장하며 미래로 질주하는 직선적 반복운동이다. 반면에 에로스와 진실은 가슴이 동요하는 반복 속에서 생명성을 감지하는 운동을 낳는다. 우리시대는 직선적인 질주에 열광하는 반면 윤리, 진실, 주체성 등은 낡은 단어로만 느껴지는 세상이다. 우리는 질주의 속도와 눈부신 스펙터클에 감탄하지만 에로스와 진실의 상실로 가슴이 식어 있는 삶을 살고 있다. 신자유주의의 화려한 날들은 뜨거운 생명적 반복운동을 얼어붙게 만들고 있다.

그러나 아무리 눈부신 변화가 있어도 심장을 동요시키는 반복이 일어나야만 우리가 바라는 세상으로 나아갈 수 있다. 진정으로 '좋은 세상'이란 우리를 생생하게 살아있는 생명으로 만들어주는 세계이기 때문이다. 그와 달리 윤리가 상실된 신자유주의에서는 아무리 신상품이 쏟아져도 우리가 다시 생명적 존재로 회생하는 일은 일어나지 않는다. 이 책은 윤리와 진실, 주체성이 낡은 단어로 버려지는 것과 심장을 움직이는 생명적 반복운동이 사라져 가는 일이 표리를 이루고 있음을 주장한다.

우리시대는 윤리와 진실이 왜 심장의 반복운동인지 실감나게 하는 세상이다. 신자유주의란 진실을 은폐하려는 자본과 권력이 우리를 심장의 동요가 무뎌진 존재로 만드는 세계이다. 그렇기에 사랑을 할 때처럼 가슴이 설레지 않는다면 어떤 화려한 수사도 논증도 진실을 연주할 수 없다. 오늘날 윤리와 진실의 비밀은 고독한 지식인의 낡은 관념으로는 다시 살아나지 못한다. 그 오래된 비밀들은 연애를 할 때 심장의 동요가 번져가듯 생명성을 회생시키는 반복운동으로만 부활할 수 있다. **윤리**란 고통 받는 사람으로부터 선물 받은 심장의 진동의 추동력이다. **진실**이란 두근거리는 가슴으로 사회를 변화시키기 위해 전력으로 몸을 움직이는 발걸음이다.

그처럼 윤리와 진실을 가슴을 통해 접근하는 것은 심장의 반복운동이 우리시대의 마지막 보루이기 때문이다. 레비나스는 타자의 얼굴을 윤리의 최초의 근거로 삼았다. 타자의 얼굴은 나와 같을 수 없는 **차이**일 뿐 아니라 유한한 내가 포섭할 수 없는 **무한성**이기도 하다. 아감벤은 국민(국가)과 생명(출생)의 간극에 있는 벌거벗은 생명을 살해해도 좋은 무의미한 존재로 논의했다. 그러나 타자의 벌거벗은 얼굴을 본 사람은 아무리 비천한 존재라도 그를 죽일 수 없다. 무방비 상태의 벌거벗은 얼굴은 유한한 권력의 '살해'에 저항하는 무한한 윤리적 대응인 것이다.

하지만 오늘날은 그런 타자의 얼굴마저 권력에 포섭된 사회이다. 인격성 영역의 상품화에 따라 감정과 얼굴마저 권력에 순치시켜야 살아남을 수 있는 시대가 된 것이다. 그처럼 얼굴마저 관리되는 사회에서 마지막으로 남은 것은 심장의 동요일 것이다. 우리는 얼굴은 비굴하게 연출할 수 있지만 심장의 동요를 타협할 수는 없다. 심장의 박동을 포기할 수 없다는 명제는 '살해해도 좋은 생명'(아감벤)에 대한 최후의 저항일 것이다.

'나는 숨을 쉴 수 없다'라는 흑인운동이 전세계로 퍼진 상황은 그 같은 우리시대의 최후의 저항을 말해준다. '숨 쉴 수 없다'는 플로이드의 말은 심장의 동요가 들려준 수동적인 대응이었을 것이다. 그러나 그 말이 다른 흑인에게 반복되는 순간 생명의 능동성을 회생시키려는 수많은 사람들의 구호가 되었다. 이 타자의 호소는 어떤 이유로도 심장의 동요는 멈출 수 없기 때문에 다른 유색인종과 백인에게까지 급속히 퍼져갔다.

심장의 동요는 '벌거벗은 생명'과 '살해할 수 없는 생명'의 차이를 말해준다. 그와 함께 비천한 타자의 심장의 박동은 유한한 권력에 유일하게 대응할 수 있는 무한한 위치를 입증한다. '나는 숨을 쉴 수 없다'는 말의 무한한 반복이야말로 그런 무한성을 증명해주고 있다. 권력은 소수의 독점물이지만 '숨을 쉬려 하는 사람'은 유한에 갇힌 90%의 무한한 사람들인 것이다. '모든 게 자본에 포섭된' 시대적 폭력에 맞설 수 있는 것은 대항폭력이 아니라 심장에 남아 있는 무한성의 윤리일 것이다.

심장의 동요는 한 생명의 번식일 뿐 아니라 개체를 넘어선 반복운동을 말해준다. 가슴에 전파된 울림으로서 사람들 속에서의 반복운동이 무한한 윤리를 낳는 것이다. 더욱이 이 최후의 윤리는 비단 같은 시대의 반복운동에 그치는 것이 아니다. 가슴이 뛰어야만 할 수 있는 일들, 가령 축제와 혁명 같은 사건을 '심장의 동요'에 빗댄다면, 은유로서의 '가슴의 반복운동'은 기억을 통해 영원회귀하며 반복된다. 우리를 동요시키는 그런 공간적 · 시간적 반복운동이란 레비나스가 말한 우리시대의 무한성의 윤리에 다름이 아니다. 우리는 레비나스의 무한의 논리에 부응하는 '심장의 동요'를 예술과 혁명에서 우리를 산 생명으로 움직이게 하는 윤리와 진실의 은유로 사용한다.

무한성의 윤리는 동일성의 권력에 동화될 수 없는 **타자**의 위치에서 생성된다. 타자란 세월호의 침몰이나 플로이드의 죽음 같은 사건의 희생자의 위치이기도 하다. 아감벤은 벌거벗은 생명을 희생제물도 될 수 없는 비천한 존재라고 주장했다. 그렇다면 비천한 플로이드가 벌거벗은 생명이 되지 않고 반복운동의 타자로 회생한 이유는 무엇인가. '나는 숨 쉴 수 없다'는 그의 말은 누구도 멈출 수 없는 생명의 존재 이유로서 심장의 박동을 알려준 것이다. 일상의 사람들은 자신도 모르게 숨죽이고 살아가지만 타자만은 어떤 타협도 없이 '숨 쉴 수 없다'는 말을 외칠 수 있는 것이다. 권력은 타자를 살해할 수 있으나 타협할 수 없는 심장의 동요는 개인의 죽음을 넘어 계속된다. 플로이드는 벌거벗은 생명으로 죽었지만 그의 심장의 갈망은 개인의 생명을 넘어 사람들 사이의 진동으로 회생했다. 심장의 갈망은 일상에서 숨죽이고 있던 모든 사람의 가슴을 강타했다. 회생한 타자의 동요가 **무한한** 것은 얼마간이든 권력에 의해 '숨 쉬기 어려워진' 90%의 사람들에게 끝없는 공명을 일으키기 때문이다. 레비나스의 말대로 무한성의 윤리란 유한한 세계에 사는 사람들을 향한 잉여의 흘러넘침이다. 타자란 그런 무한한 흘러넘침의 출발점에 위치한 사람이다. 타자는 '심장의 동요를 멈출 수 없다'라는 최후의 명제를 알려주면서 존재의 잉여로서 우리의 가슴에 젖어든다. 우리시대는 타자가 퇴출된 세계이지만 숨 쉴 수 없게 된 타자는 가슴의 진동으로 되돌아온다.

우리시대는 혁명가도 지식인도 모두 무력화된 세상이다. 타자가 고통 때문에 가슴이 뛰는 존재라면 혁명가는 해방을 꿈꾸고 지식인은 좋은 세상을 사유한다. 그런데 송경동의 「꿈꾸는 자 잡혀간다」가 알려주듯이 오늘날은 혁명가처럼 꿈꾸는 사람은 감옥에 감금되는 시대이다. 또한 사상가였던 지식인들은 자신도 모르게 매출에 신경을 쓰는 지식 기술자나 지식 판매자가 되었다. 유일하게 타자만이 존재의 운명인 고통 때문에 가슴의 동요를 멈출 수 없는 사람으로 남아 있다. 죽일 수 있을지언정 어떤 권력도 중단시킬 수 없는 타자의 심장의 동요는 윤리와 진실의 진원지이다.

물론 우리시대는 간신히 남은 타자의 심장의 동요가 잘 들리지 않는 시대이기도 하다. 만일 플로이드의 외침이 어둠 속으로 사라졌다면 그는 망각된 죽음으로 묻혔을 것이다. 다행히 가까스로 새어나온 외침이 심장의 공명을 일으켜 저항운동을 부활시킨 것이다. 플로이드의 말이 다른 사람의 입으로 옮겨가는 순간 비로소 분노의 불이 붙었다. 이처럼 타자의 말은 반복운동 속에서 **이중주의 은유**('숨을 쉴 수 없다')로 회생해야만 저항이 될 수 있다.

반복운동이 공명이 필요하듯이 윤리와 진실 역시 이중주이다. 송경동의 글에서 꿈꾸는 자가 잡혀가는 것은 우리시대가 진실을 상실한 시대임을 말해준다. 그러나 송경동은 감옥에 갇힌 상태에서도 장사의 나비의 꿈을 꾼다. 꿈꾸는 자가 잡혀가는 시대는 잡혀간 자가 꿈꾸는 시대이기도 하다. 장자에게는 나비처럼 날 수 없는 현실이 감옥이었을지도 모른다. 그렇기에 현실의 감옥에서 꿈꾼 자유로운 나비를 '진짜 나'라고 생각한 것이다. 송경동이 장자와 비슷하면서도 다른 것은 힘없는 사람들(타자)의 꿈을 빼앗는 진짜 감옥에서 진실을 꿈꿨다는 점이다.

그 때문에 타자를 생각하는 송경동의 꿈은 장자와 달리 혼자서 꿈꾼 것이라 볼 수 없다. 조남주의『사하맨션』에서 비천한 사람들이 꿈꾸는 나비혁명의 진실 역시 다중들의 꿈이다. 감옥에서의 꿈이나 나비혁명은 장자의 시대와 달리 혼자서 꾸는 꿈이 아니다. 우리시대는 윤리와 진실이 이중주의 꿈으로만 회생할 수 있는 세상이다.

우리는 사랑은 두 사람의 일이지만 윤리와 진실은 개인이 부딪히는 문제로 생각할 수 있다. 그러나 타자와 교감하지 않는다면 윤리는 내면에서만 울리는 책임감으로 굳어버린다. 책임감으로서의 윤리는 진실을 실천하는 발걸음으로 잘 옮겨지지 않는다. 반면에 이중주의 윤리는 사랑처럼 순식간에 번져가면서 몸을 움직이지 않고는 견딜 수 없게 만든다.

윤리와 진실이 이중주인 것은 몸을 움직이게 만드는 가슴의 사랑이 이중주인 것과 아주 똑같다. 우리시대는 고독한 혁명가도 소외된 지식인도 윤리와 진실의 비밀을 회생시키지 못한다. 존재를 팽창시키며 몸을 움직이게 하는 윤리와 진실은 플로이드의 심장에 귀를 기울이듯 생명성을 회생시키려는 이중주의 반복운동으로만 부활할 수 있다.

그 과정에서 타자는 윤리의 진원지이지만 배제된 타자가 스스로 회생할 수 있는 것은 아니다. 타자가 혼자서만 가슴을 앓고 있으면 윤리는 절대로 생성되지 않는다. 타자의 동요에 우리가 공명을 일으킬 때 **윤리**가 샘솟으며, 그런 윤리를 추동력으로 현실을 변화시키려 할 때 **진실**의 이중주가 연주된다. 그처럼 윤리와 진실이 **이중주**임을 알 때, 우리는 왜 신자유주의가 그토록 사람들을 **나르시시스트**로 만들려 애쓰는지 이해할 수 있다.

신자유주의는 타자를 추방함으로써 윤리를 상실한 나르시시스트의 세계를 만들고 있다. 타자에게 냉담한 나르시시스트는 사건이 일어나도 가슴이 뛰지 않는다. 우리시대가 가슴이 뛰어야만 윤리와 진실이 부활하는 시대가 된 것은 신자유주의의 나르시시스트의 세계를 넘어서야 하기 때문이다.

타자와 교감하는 윤리는 단지 비천한 존재를 구원하는 데 그치는 것이 아니다. 윤리의 이중주의 순간 90%들의 존재가 고양되기 때문에 진실의 실천으로 이어지는 것이다. 타자를 회생시키는 윤리가 생명적 반복운동인 것은 90%의 사람들을 생기 있는 인간으로 부활시키기 때문이다. 우리시대에는 인격성이 식민화된 90%의 사람들이 살아 움직여야만 비로소 사회적 변혁이 시작된다.

실제로 오늘날의 변혁운동들은 타자를 회생시키며 자아가 생동하기 시작하는 이중주로 된 은유적 실천들이다. 우리가 김진숙이다, 나도 서지현이다, 우리가 김용균이다……, 이 (자아와 타자 사이의) 은유적 구호들은 윤리와 함께 변혁운동 자체가 이중주임을 알려준다. 변혁의 순간이란 타자가 우리의 자아에 젖어드는 시간(윤리)이며, 그런 이중주의 위치에서 세계를 인식하고 사회를 변화시키려는 진리의 과정(변혁운동)이 시작된다. 신자유주의가 나르시시즘을 요구하며 윤리와 진실을 매장한다면, 우리는 은유의 이중주를 통해 매장된 인간의 비밀을 다시 회생시켜야 한다.

은유적 이중주의 과정은 스피노자의 주장처럼 이성과 정동이 합체되는 순간이기도 하다. 이중주의 변혁의 구호(우리가 김진숙이다)를 외치는 우리는 가슴 뛰는 능동적 정동을 회복하며 이성의 눈으로 세계를 바라본다. 그 순간의 윤리적 이중주는 물론 이성이 필요한 진실의 과정조차 반복운동의 본능이 작동돼야 비로소 시작된다. 그처럼 이중주에서 반복운동이 모든 것의 출발점인 것은 생명적 존재의 가장 깊은 본능적 충동이기 때문이다. 본능이란 생명적 존재가 원래의 상태를 회복하려는 생생한 탄력성과도 같다. 험한 세상에 고통스럽게 던져진 수동적 존재가 원래의 능동적 신체로 회귀하려는 탄력성이 반복 본능인 것이다.

플로이드의 죽음에 자극받은 사람들은 8분 46초 동안 무릎을 꿇고 그의 고통을 반복한다. 그 순간은 반복되는 고통의 반발적 탄력으로 나르시시스트들의 숨겨진 생명력이 회생하는 시간이다. 그래야만 상품사회에 회유된 사람들은 가슴이 뛰기 시작하며 능동적 신체로 되돌아오는 것이다.

그처럼 능동성을 회복한 사람들은 비로소 간과했던 차별의 현실을 응시하기 시작한다. 차별의 현실의 응시 과정은 '반복을 통한 능동성의 회복'과 '현실을 인식하는 재현'이라는 이중주의 진행이다. 그 같은 반복과 재현의 이중주야말로 잃어버린 윤리와 진실이 회생하는 과정이다.

스피박은 재현불가능한 서발턴이 말할 수 있느냐고 질문했다. 그에 대한 우리의 응답은 서발턴은 이성적으로 말하는 대신 반복운동을 하는 존재라는 것이다. 반복운동이란 플로이드의 '나는 숨 쉴 수 없다' 같은 반복적인 본능적 표현을 말한다. 그런 서발턴의 반복운동은 지식인의 재현과 교섭함으로써 비로소 현실을 변혁하려는 진실의 이중주를 점화시킨다.

서발턴의 반복운동이 지식인을 통해 울림을 얻는 순간은 윤리가 회생하는 순간이다. 윤리란 딱딱한 교훈이 아니라 반복운동의 울림과도 같은 감성적인 정동이다. 가슴이 뛰는 윤리적 정동에 추동되어 현실에 대한 이성적 인식이 작동될 때 진리의 과정이 전개된다. 진실(진리)이란 윤리적 **정동**과 **이성적** 실천, 반복과 재현의 이중주이다.

예컨대 「고향」(현진건)에서 식민지 현실은 지식인 '나'의 재현의 서사로 제시된다. 그러나 '조선의 얼굴'을 발견하게 한 것은 지식인의 인식이 아니라 유랑인의 타자의 얼굴이었다. 타자의 벌거벗은 얼굴이 '나'에게 충격적으로 다가온 순간은 윤리적 울림의 시간이었다. 윤리적 정동은 심장의 동요를 암시하며 '나'의 가슴을 움직여 조선의 얼굴이라는 진실을 발견하게 한다. '조선의 얼굴'은 재현의 과정에서 재현을 넘어서며 실재계의 메아리를 듣는 순간을 암시한다. 이처럼 **실재의 진실**은 반복과 재현의 이중주로만 연주된다. 그 과정에서 표상불가능한 타자와 재현의 주체 지식인을 연결하는 것이 바로 은유이다. 진실의 목소리는 유한(상징계)을 무한(실재계)에 연결하는 은유('조선의 얼굴')의 다리를 건너야만 비로소 들려오기 시작한다.

이제까지 우리는 진실을 입증하는 역사의 주체를 너무나 당연한 듯 재현의 서사에서 찾아왔다. 그러나 이 책은 '역사의 주체'가 재현에서 발견되지 않음을 주장한다. 역사의 주체가 다시 한 번 회생하려면 재현불가능한 타자와 재현 행위자의 이중주가 연주되어야 한다.

재현적 서사의 한계를 처음 명시한 것은 프레드릭 제임슨이었다. 제임슨은 진리는 물론 역사적 주체 역시 재현의 과정에서 나타나지 않음을 강조했다. 그에 의하면, 진리의 대명사 총체성은 그것이 부인되는 움직임 속에서만 확인되며, 재현될 수 없음을 감지하는 순간에만 재현된다. 이를 우리의 말로 번역하면, 총체성이란 재현불가능한 타자와 재현의 행위자의 이중주에서 비로소 암시된다고 할 수 있다.

오늘날 **총체성**이라는 구식 언어는 **실재계**라는 무한으로 대체되었다. 그 때문에 그것은 항상 부재하며 자아와 타자, 유한과 무한의 이중주 속에서만 끝없이 접근될 수 있다. 그런 접근 과정에서 유한과 무한 사이의 다리를 놓는 것이 바로 은유이다. 우리시대의 구호 '우리가 김용균이다'야말로 총체성이라는 무한을 표상(재현)으로 입증하려는 진실의 이중주이자 은유의 작동이다. 김용균이 우리에게 들어오는 순간은 윤리의 이중주가 연주되며 진실의 이중주(변혁운동)로 나아가는 시간이다. 무한(타자)이 유한(우리)에 젖어드는 순간 재현할 수 없는 총체성이 재현되며 반복과 재현이 듀엣으로 연주된다. **재현**을 신뢰했던 과거에는 총체성이 진리였지만 오늘날에는 **반복과 재현의 이중주**만이 진실의 교향곡을 들려준다.

진실을 회생시키는 그런 반복과 재현의 이중주는 가슴과 진실의 이중주이기도 하다. 재현의 영역이 상품창고가 되고 얼굴마저 상품화됨에 따라 이제 진실의 연주는 마지막 남은 가슴의 진동이 진원지가 되었다. 오늘날은 상품의 세상에서 상처받은 사람이 가슴의 동요를 전파시켜야만 진실이 살아나기 시작한다. 우리시대의 진실의 이중주는 '가슴과 진실'의 관계를 알아야만 비로소 들려온다.

이 책의 결론인 '반복과 재현의 이중주'는 제임슨의 주장을 살아있는 장면으로 만들려는 모험적 시도이다. 그 과정에서 가슴의 반복운동은 '진실'과 '총체성', '역사의 주체' 같은 낡은 단어들을 버리는 대신 쇄신하게 해준다. 우리의 신무기 '반복'과 '이중주'라는 개념은 제임슨의 논의를 넘어 새롭게 윤리와 진실에 대한 이해의 지평을 넓혀준다. 미래는 테크놀로지의 혁신 뿐 아니라 인문학의 쇄신에 의해 다가온다. 이성과 정동의 결합, 재현과 반복의 이중주는 인문학의 혁신을 통해 모두가 그리워하는 윤리와 진실에 대한 도전적인 답변을 들려줄 것이다. 이 책의 '반복의 모험'을 통해 진리와 정의의 목마름에 시달리는 사람들이 다시 한 번 '가슴 뛰는 진실'의 목소리를 듣기를 기원해본다.

'반복의 문학'에 대한 토론에 참여해준 한국교원대학교 홍진일, 이은숙, 주영하, 최미란, 김윤정 선생님께 고마움을 전한다. 이 책을 출간하는 데 많은 도움을 주신 소명출판 박성모 사장님께 진심으로 감사를 드린다. 아울러 이 책을 정성껏 꾸며주신 소명출판 편집부 여러분께도 깊은 사의를 표한다.

2021년 5월

나병철

차례

제1장

심장이 동요하는 반복

1. 생명과 반복 – 반복이란 무엇인가

우리가 삶 속에서 반복을 실감하는 것은 두 가지 순간이다. 하나는 시계의 초침을 볼 때이며 다른 하나는 심장의 박동을 느낄 때이다. 시계의 초침이 똑같이 반복하지 않는다면 우리는 놀라움 속에서 존재의 물리적 근거를 상실할 것이다. 그러나 반대로 째깍거리는 초침소리가 우리의 심장의 박동을 압도할 때 사람들은 우울해지며 활력을 잃는다. 보들레르는 시간이 초침소리로 자신을 집어삼키며 기억의 비밀을 잃게 한다고 한탄했다. 이상 역시 기계적인 시간이 청년을 상실하게 하는 장치임을 인식한 후 시계를 내동댕이치고 만다.

심장의 반복은 분명히 그런 시계의 반복과는 다르다. 시계소리는 우리가 우울할 때 크게 들리지만 심장의 동요는 생명력이 고조될 때 느껴진다. 그 이유는 시계소리에 압도될 때 삶이 수동적이 되는 반면 심장이 떨 때는 능동적이 되기 때문이다.

시계와 심장처럼 반복에는 수동적 반복과 능동적 반복이 있다. 반복의 능동성과 수동성 사이에는 우리의 존재형식과 연관된 근본적인 차이가 있다. 능동적인 창조적 반복을 할 때 사람들은 생명성을 느끼지만 수동적인 반복에 얽매이면 자신도 모르게 딱딱한 사물에 가까워진다. 반복의 능동성이 신비스러운 것은 왜 우리가 사물이 아니고 생명인지 알게 해주기 때문이다.

심장이 뛰는 생명성을 느끼게 해주는 능동적 반복의 대표적인 예는 춤과 음악이다. 춤과 음악의 비밀은 인간이 창조적인 반복운동을 할 때 가장 생명성이 고양됨을 말해주는 데 있다. 현대 무용을 창시한 이사도라 던컨은 파도나 바람의 일렁임 같은 능동적인 반복에서 춤의 생명성을 찾았다. 맨발의 이사도라는 춤의 자연적 생명성이 우리의 몸과 정신을 자유롭게 해방시킴을 보여주었다.

춤이나 음악과 대비되는 대표적인 수동적 운동은 시계의 작동 같은 기계적인 반복일 것이다. 사람들은 쳇바퀴 도는 듯한 일상에 염증을 느끼며 현대적 삶이 점점 기계적이 되어간다고 말한다. 현대적 삶의 단조로운 반복은 춤과 음악에서 느끼는 몸의 능동적 반복과 대비된다. 춤과 음악에서는 우리 스스로 몸을 반복하지만 기계적 삶에서는 몸이 체계의 규범에 예속된 대가로 수동적으로 반작용(반복)한다.

능동성과 수동성의 차이는 체계에서 해방된 반복과 체계에 예속된 반복의 차이이기도 하다. 춤과 음악에서 반복의 리듬에 몸을 맡기는 순간은 억압과 규범에서 해방되는 순간이기도 하다. 반면에 단조로운 일상의 반복이란 몸이 체계의 규율에 얽매어 있음을 반증하는 순간일 것이다.

능동적 반복과 수동적 반복은 재현의 개념과도 연관이 있다. 재현은 단순한 수동적 반복은 아니지만 춤과 음악 같은 능동적 반복과는 분명히 구분된다. 재현 예술 역시 능동성을 지향하지만 그 방법은 체계적 문법에 따른 표상을 사용하는 형식을 지닌다.

재현이란 우리의 현실을 삶의 장소가 아닌 다른 공간으로 옮겨오는 행위이다. 재현되는 공간은 텍스트나 무대, 필름 혹은 현실 자체일 수도 있다. 재현 역시 일종의 반복이지만 음악이나 춤 같은 비표상적인 반복과는 분명한 차이가 있다. 음악이나 춤은 규범적 표상에서 해방된 반복이지만 재현은 다른 공간에 옮겨지더라도 체계적 문법을 벗어나지 않는다. 재현이란 음악이나 춤과는 달리 문법과 표상 내에서 행해지는 반복행위라고 할 수 있다.

재현이 문법에 따르는 반복이라면 우리는 능동적 반복과 표상적 재현의 차이를 말할 수 있다. 재현representation한다는 것은 체계적 문법이 생산한 표상들을 옮겨 그리는 것을 뜻한다. 표상이란 물자체(실재, the Real[1])가 아니라 체계의 코드에 의해 미리 약정된 기호적 이미지이다. 체계의 표상과 관계하며 대상을 이미지화하는 재현은 체계 내에 지시대상을 지닌다. 어떤 것이 재현될 때 우리는 현실에서 그와 비슷한 대상(표상)과 상황을 떠올리며 즐거움을 느낀다.

반면에 능동적 반복repetition은 체계의 구속에서 벗어나 생명적 존재가 스스로의 신체와 자아를 반복하는 운동이다. 예컨대 춤과 음악은 체계의 규범과는 어떤 상관도 없이 스스로 신체와 정신을 반복하는 놀이이다. 춤과 음악의 특징은 현실의 재현과는 달리 지시대상이 없다는 점이다. 재현에서는 현실에서 비슷한 상황이 연상되며 흥미가 자극되지만 능동적 반복에서는 현실에서 벗어났다는 해방감이 행복을 느끼게 한다. 춤과 음악의 운동에서는 현실의 지시성에서 벗어나 우리의 신체 자체가 반

---

1 라캉의 실재계는 칸트의 표상불가능한 물자체에 상응한다. 반복은 표상보다는 실재(계)적 진리를 향하는 운동이다.

복의 율동을 느끼는 점이 기쁨의 원천이다. 그처럼 체계 내의 규범과 지시성에서 분리된 반복은 우리 자신을 능동적으로 만들어준다.

우리를 능동적으로 만드는 반복이 예술이라면 모든 예술은 음악을 지향한다고 말할 수 있다. 재현적 회화나 문학마저도 예술인 한에서는 수동적 재현을 넘어서서 능동적 반복에 다가간다고 할 수 있다. 반면에 예술 이외의 활동들은 능동적 반복보다는 재현을 선호한다. 예컨대 과학이나 학문이 음악이나 춤처럼 체계의 합리적 코드를 벗어나는 일은 생각하기 어렵다. 그런 한에서 우리가 누리는 문화에는 재현적인 것과 반복적인 것이 있음을 인정하지 않을 수 없다.

예술에 표현적 양식과 재현적 양식이 있듯이 문화에도 두 가지가 있다고 할 수 있다. 그 둘 중 니체는 음악 같은 비표상적인 반복을 중시하지만 우리는 재현적 양식 역시 중요하다고 말할 수 있다. 재현적 예술인 문학과 회화도 단순한 재현을 넘어서서 체제에서의 해방을 소망하는 능동적 반복의 순간을 표현하기 때문이다. 또한 그처럼 재현 예술조차 반복을 포함해 유연성을 드러낼 뿐더러 그 밖의 문화에서는 재현이 더 우세하며 그 중요성 역시 간과될 수 없다.

문제는 문화의 흐름이 점점 기계적 재현과 재생산 쪽으로 체계화되어 가는 점이다. 합리주의와 자본주의의 발전은 능동적인 문화 대신 수동적인 재생산을 점점 많아지게 만든다. 예컨대 예술의 상품화는 능동적 반복 대신 단순한 재생산이 많아졌다는 중요한 지표의 하나이다. 예술, 감정, 지식마저 상품화된 신자유주의는 우리의 능동적 삶을 점점 위축시키는 세계이다. 오늘날은 물질적으로 뿐 아니라 감각적으로 다양해진 시대이다. 그러나 우리시대의 다채로운 다양성은 상품생산이라는 기계적 재현과 재생산의 증폭이기도 하다. 그처럼 수동적 재현이 증대된 결과는 매우 참담하다고 할 수 있다. 인격성의 영역마저 상품화된 신자유주의에서는 무의식의 식민화로 인해 우리의 자아가 생명적 존재보다는 상품과 물건 쪽에 더 가까워지고 있다.

니체는 '음악이 없다면 삶은 오류일 것이다'라고 말했다. 우리는 음악 같은 능동적 반복이 위축된 현대적 삶은 자신도 모르게 오류에 빠진 세상이라고 말할 수 있다. 오늘날 사람들은 수많은 다양한 음악을 듣는다. 그러나 니체가 말한 자연적 생명성과 이사도라가 갈망한 몸의 자유로운 해방에서 점점 멀어지고 있다.

능동적 반복은 권력과 체제에 얽매이지 않은 공백과 틈새, 가상공간에서의 운동이다. 레비나스가 타자의 벌거벗은 얼굴에서 미래를 말한 것은 타자의 얼굴만은 아직 권력에 지배되지 않았기 때문이다. 그러나 오늘날은 상부구조의 기계화로 정신마저 관리되고 감정노동으로 인해 얼굴까지 연출되는 세계가 되었다. 기계적 재현과 연출이 많아진 세계에서는 벌거벗은 얼굴의 능동적 반복운동마저 어려워진 것이다. 이제 마지막 남은 것은 생명의 징표인 심장의 박동과 동요일 것이다. 감정과 신체마저 상품화되었지만 아직까지 심장의 박동이 관리되는 일은 없는 것이다. 레비나스의 벌거벗은 얼굴까지 상품화되었지만 베르그송과 들뢰즈가 말한 심장의 약동과 반복, 생명적인 것의 마지막 반복은 아직 남아 있다.

예컨대 김이설의 「엄마들」에는 신체와 정신이 상품화된 임신 노동자와 결혼 노동자의 고통이 그려진다. 이 소설에서 계약임신을 부탁한 여자는 자신의 계약결혼을 유지하기 위해 '나'에게 대리모를 요구한 것임이 밝혀진다. 고용주와 대리모로 만난 두 여성은 처음에는 심한 감정적 갈등을 겪지만 어느 날 태아의 박동을 들으며 차츰 여성적 연대를 회복한다. 태아의 박동을 듣기 위해 서로 몸을 포개면서 두 사람은 자신의 심장의 동요를 다시 느끼기 시작한다. 임신과 결혼마저 상품화되었지만 심장의 박동은 아직 계약의 목록에서 벗어나 있었던 것이다.

오늘날 이 마지막 남은 반복은 더할 나위 없이 중요하다. 반복운동으로서 심장의 동요는 은유적인 의미의 확산을 가져올 수 있기 때문이다. 우리는 들뢰즈가 강조한 심장의 박동과 동요를 아직 남아 있는 **능동적 반복의 은유**로 의미를 증폭시킬 수 있다. 「엄마들」에서 두 여성은 태아의 박동에서 심장의 동요를 증폭시키며 여성 타자의 연대감을 회복한다. 심장의 동요는 춤과 음악, 축제의 열광과 혁명의 도약을 가능하게 하는 생명적인 것의 반복운동이다. 반복운동들이 공유하는 것은 원래의 신체의 능동성으로 돌아가려는 생명적인 본능의 작동이다. 타자의 연대, 춤과 음악, 축제와 혁명의 공통점은 심장이 뛰지 않는 사람은 경험할 수 없다는 것이다.

심장의 박동을 아직 빼앗기지 않았다는 것은 침체된 능동적 반복을 회생시킬 희망의 근거이다. 우리는 그에 기대어 생명의 능동적 반복을 되살려 점차 기계화되고 상품화되어가는 존재와 세계를 되돌리는 일을 찾아볼 것이다. 우리가 경직된 세계를 변화시키려면 체제에 구멍이 생기는 사건이 발생하고 타자가 발견되어야 한다.[2] 중요한 것은 그처럼 어떤 사건이 일어났을 때 심장이 동요해야만 새로운 세상을 향한 변화가 시작된다는 점이다. 바디우는 사건이 발생하면 새로운 존재양식을 강요하는 진리의 과정이 시작된다고 말했다.[3] 그러나 사건이 생기면 저절로 사람들이 움직이는 것이 아니라 희생자(타자)에 대한 공감으로 심장이 동요해야 한다. 그런 맥락에서 우리는 **심장의 동요**를 춤과 음악, 그리고 축제와 혁

2 타자란 체제의 균열에 위치한 존재이므로 타자와 교섭하는 일 자체가 사건을 경험하는 것이라고 할 수 있다.

3 바디우, 이종영 역, 『윤리학』, 동문선, 2001, 54쪽.

명에서 부활하는 능동적 반복운동의 은유로 사용한다. 축제에서 심장이 뛴다는 것은 신체가 춤과 음악 속에 몰입해 있다는 뜻이다. 그와 마찬가지로 가슴이 동요하는 사람만이 사건의 한복판에 서 있을 수 있는 것이다. 본능적인 반복이 위축되고 모두가 숨죽이며 살아가는 오늘날은 아직 남아 있는 가슴의 반복운동이 출발점이다. 오늘날은 능동적 반복운동이 회생해야만 진실과 정의가 다시 살아날 수 있으며, 가슴이 뛰는 사람만이 다시 일어서서 숨 쉴 수 있는 사회를 만들 수 있다.

2. 반복과 재현의 이중주 – 서발턴은 말할 수 있는가

가슴이 뛰는 반복운동은 정의와 진실을 회복하는 일의 출발점이다. 그러나 생명성의 회생을 위해 능동적 반복을 강조하는 것은 재현의 중요성을 간과하는 것은 아니다. 근대 이후 재현적 문학과 리얼리즘이 부상한 것은 그만큼 사회적 삶에서 미학적 재현양식이 중요해졌기 때문이다. 미학적 재현은 기계적 재현과는 달리 순수하게 재현적 방법으로만 연출되지는 않는다.

루카치는 소설이 영혼을 입증하기 위해 길을 떠나는 장르라고 말했다.[4] 영혼이란 재현의 과정에서 나타나는 재현불가능한 어떤 것이다. 영혼을 입증하기 위한 길의 도정에서는 체제의 억압적 규범과 표상의 문법을 넘어서는 자유로운 갈망이 나타난다. 영혼이 표상불가능한 내면성이라면 소설이란 재현할 수 없는 것을 입증하기 위해 재현의 길을 떠나는

4 루카치, 김경식 역, 『소설의 이론』, 문예출판사, 2007, 103쪽.

장르이다.

영혼의 모험이란 (이상적 깃발이 아니라) 비표상적 간극의 발견 과정이며 그것은 체제의 억압에서 벗어난 틈새에서의 몸의 갈망과 다르지 않다. 영혼을 입증하려는 모험의 순간은 맨발의 이사도라가 고통 속의 질주를 몸의 율동으로 표현하는 때와 겹쳐진다. 영혼의 모험과 자유의 갈망은 이사도라의 신체적 해방의 소망의 내적 연주인 것이다.

소설이라는 미학적 재현에는 재현의 진리뿐 아니라 춤에서 볼 수 있는 능동적 반복운동이 겹쳐져 있다. 우리는 능동적 반복운동이 심장의 동요라는 은유로 표현될 수 있음을 말했다. 그리고 심장의 동요가 윤리와 진실의 출발점임을 주장했다. 재현적 소설에서 영혼을 입증하는 과정은 심장의 동요와 반복을 확인하는 진행이기도 하다. 재현적 소설은 세계의 재현을 넘어서서 가슴의 동요를 반복하며 윤리와 진실을 찾는 모험적 장르이다. 진실은 재현을 통해 투명하게 발견되지 않는다. 아직도 진실의 발견이 가능하다면 그것은 재현과 반복의 이중주로 연주되어야 할 것이다.

진실의 이중주란 조선의 얼굴을 발견한 「고향」(현진건)에서 삶의 진실이 소설(재현)과 노래(반복)의 이중주로 발견되는 것과도 같다. 소설과 노래의 이중주는 지식인의 재현과 유랑인의 반복의 이중주이기도 하다. 조선의 얼굴이 발견되는 순간은 재현불가능한 타자의 얼굴이 지식인의 재현 속에 담겨지며 심장의 동요를 일으키는 시간이다. 소설은 재현의 미학이지만 소설에서의 진실의 발견은 재현의 표상공간을 넘어서는 동요의 순간에 시작된다. 가슴이 뛰는 반복운동은 유랑인의 노래(반복)로 이어지면서 지식인의 소설(재현)이 자기 자신을 넘어서게 만든다.

진실을 재현으로만 밝히려는 모든 노력은 오류일 것이다. 능동적 반복운동이 없다면 아무리 진실을 표방하더라도 세상은 오류인 것이다. 그러나 반대로 오류에서 벗어나기 위해서는 음악과 노래 같은 반복운동만으로는 충분하지 않다. 오류를 넘어선다는 것은 재현적 체계를 버리고 수순한 자연의 신체로 회귀하는 것이 아니다. 오류의 수정으로서의 진실이란 체계의 재현방식을 끝없이 변혁한다는 뜻이며 그 일은 반복과 재현의 교섭을 필요로 한다. 비표상적인 반복운동은 표상적인 재현의 과정과 교섭할 때 비로소 이중주를 통해 미결정적 진실을 발견할 것이다.

그런 재현과 반복의 이중주와 연관해 중요한 것은 고통받는 타자의 존재이다. 오늘날 진실이 문제적인 것은 형이상학적 진리와는 달리 재현불가능한 타자의 위치에서 발견되기 때문이다. 「고향」에서도 조선의 얼굴은 지식인의 재현이 아니라 고통받는 유랑인의 얼굴에서 발견된다. 문제는 실재계적 타자가 그처럼 진실과 가까이 있지만 그 스스로 재현될 수는 없다는 점이다, 비참한 모습으로 가슴의 동요를 전파하는 유랑인의 음산한 얼굴, 그 재현불가능한 타자를 어떻게 역사적 재현 속에서 드러낼 수 있을까.

잘 알려진 '**서발턴은 말할 수 있는가**'라는 스피박의 질문 역시 이런 타자의 난제와 연관이 있다. 스피박은 재현을 무시하고 (반복같은) 비표상적인 운동만을 강조하는 푸코와 들뢰즈를 비판한다. 스피박에 의하면, 마르크스는 '역사적 주체의 재현'과 '체제 내에서의 재현'이라는 두 겹의 재현을 강조했다. 그런 이중의 재현으로 드러나지 않는다면 비표상적인 운동은 역사 속에 모습을 나타내지 않을 것이다. 그런데 비표상적인 타자를 역사의 주체로 재현하는 일은 빈번히 지식인이 투명하게 존재를 드리운 결과로 귀착된다. 두 겹의 재현은 표상불가능한 진리에 대한 해결책을 쉽게 제공하지 않는다. 재현불가능한 타자를 어떻게 역사적 재현의 서사에 등장시킬 수 있는가, 이것이 스피박의 질문의 요체였다.

「고향」은 스피박의 질문에 대한 답변의 하나이다. 「고향」은 지식인의 재현의 서사이지만 그것이 전부가 아니다. 이 소설은 조선의 얼굴이 지식인의 재현이 아니라 벌거벗은 타자의 얼굴에서 발견됨을 분명히 말하고 있다. 민족의 기표를 앞세운 역사적 재현의 서사는 이미 지식인의 내면 속에 들어 있다. 그러나 지식인은 유랑인의 신산스러운 모습에서 가슴의 동요를 느끼며 비로소 조선의 얼굴을 발견한다. 무덤 같은 고향과 산송장이 된 애인의 묘사는 유랑인의 재현이 아니라 고통스런 심장의 떨림 같은 반복운동이다. 이 소설의 '나'는 단순히 '그'의 비참한 이야기에 이끌린 것으로 볼 수 없다. 그보다는 참혹한 고통에서 벗어나지 못해 반복적으로 호소하는 생생한 본능적인 움직임에 빠져든 것이다. 지식인은 조선의 암담함을 재현의 그림으로 알고 있었지만 식민지 체제를 넘어서는 동요의 운동을 타자의 가슴의 반복운동으로 처음 발견한다. 타자의 고통의 반복이 교감을 얻어 능동적 반복운동으로 상승하며 지식인의 재현 속에 들어온 것이다. 조선의 얼굴은 반복과 재현의 이중주로 연주되고 있었다. 서발턴은 말할 수 없지만 반복운동을 할 수 있으며 **재현과 반복의 교섭** 속에서 역사 속으로 들어온다.[5]

지식인의 재현은 역사적 주체와 식민지 체제라는 두 겹의 재현으로 되어 있다. 그런 표상공간에 갇힌 재현이 심장의 동요 속에서 움직이려면 타자와의 교감이 필요하다. 물론 머리로 세상을 이해하는 지식인도 깃발과 구호 속에서 한순간 가슴이 뛴다. 그러나 그런 가슴의 동요는 깃발과 구호의 호명[6]에 의한 것이기 때문에 다시 숭고한 표상에 묻혀 잠재워진다. 깃발과 표상을 넘어서서 진정으로 끝없이 가슴이 뛰려면 타자와의

5 재현과 반복의 이중주에 대해서는 2장 2절에서 자세히 살펴볼 것이다.

6 이는 변혁의 이데올로기에 의한 호명이다.

교섭이 필요하다.

그처럼 교섭을 통해 지식인의 가슴에까지 전파된 **타자의 떨림**을 우리는 반복운동이라고 부른다. 지식인은 재현에 능숙하지만 반복운동은 고통을 경험한 타자의 가슴에서만 시작된다. **타자**란 모든 것이 표상으로 이해되는 세계에서 유일하게 가슴의 진동이 살아남은 존재이다.

타자의 심장의 동요는 비표상적인 운동의 출발점으로 매우 중요하다. 우리는 니체와 들뢰즈가 말한 반복운동이 타자의 위치에서 진정한 의미를 지님을 강조해야 한다. 타자의 비표상적인 운동만이 춤과 노래처럼 체제에 억압당한 생명성을 회생시켜주기 때문이다. 그와 함께 역사적 재현의 중요성 역시 단순히 간과되어서는 안 될 것이다. 노래는 그 자체로도 감동적이지만 「고향」이라는 소설 속에 들어올 때 비로소 재현을 살아 움직이게 하는 '역사 속의 반복운동'이 되는 것이다.[7]

타자의 반복을 강조하는 것은 재현과 반복의 이중주를 중시하는 것과도 같다. 타자란 재현의 체제의 희생자이며 타자의 반복운동이 감동을 회생시키려면 재현의 서사와 접합되어야 한다. 니체가 열광한 춤과 노래는 오늘날에는 타자의 가슴의 동요를 증폭시켜야만 비로소 들려온다. 그리고 우리의 가슴을 움직이는 비재현적인 반복운동은 타자가 재현의 틈새에서 의미작용할 때 세계를 변화시키는 감동의 힘을 얻는다. 타자의 가슴의 동요로서의 춤과 노래를 들으며 역사적 현실과 대면하는 것, 이것이 바로 재현과 반복의 이중주이다.

재현과 반복의 이중주는 오늘날 회의에 부딪힌 진실을 회생시키는 방법이기도 하다. 진실이 회의에 부딪힌 것은 단순히 재현의 과정에서 역

---

7 소설 속에 시나 노래가 삽입될 때 역동성이 얻어지는 것은 반복과 재현의 이중주가 연주되기 때문이다.

사적 주체에 의해 진리가 발견된다고 믿어왔기 때문이다. 그와 달리 진실에 접근해 있는 것은 실재계적 타자이며 타자의 가슴이 동요해야만 진실의 과정이 시작될 수 있다. 진실이란 상징계(체제)가 아니라 **실재계의 진실**이며 우리를 실재계에 접근시켜주는 것은 타자의 가슴의 동요인 것이다. 진실의 과정이란 실재계적 진실이 상징계에서 실현되도록 현실을 변화시키는 것이며 그것의 출발점은 타자의 반복운동이다.

바디우의 말처럼 진실(진리)의 과정은 사건의 경험과 연관이 있다. 그런데 사건을 경험한다는 것은 체제의 균열과 구멍에서 (실재계적) 타자를 발견하는 과정이기도 하다. 사건이 일어나도 타자에게 공감하지 못하면 우리는 배수아가 말한 '이상한 고요함' 속에 있게 된다. 타자의 심장의 동요에서 울림을 얻어야만 가슴이 뛰면서 비로소 사건의 와중에 있게 되는 것이다.

레비나스는 우리가 말한 심장의 울림을 윤리라고 불렀다. 그런 윤리적 순간이 진실의 과정으로 이어지려면 당연히 재현적 인식도 중요하다. 타자의 가슴의 동요는 일상에서는 잘 들리지 않기 때문에 현실을 재현하면서 타자와 교섭하며 반복운동을 증폭시켜야 한다. 진리의 난제는 재현의 과정에서 진리의 발견이 흔히 지식인이 투명하게 타자를 대리하는 일로 귀착되어 온 때문이다. 지식인은 타자를 무시하기 쉬우며 불투명한 타자의 자리를 투명한 지성의 표상으로 치환시킨다. 이제 미결정적인 진리는 결정적인 표상 속에 갇힌다. 그처럼 재현의 과정에서 자기 자신의 표상에 갇힌 진리를 다시 구원하는 것이야말로 우리의 당면한 과제일 것이다. 오늘날처럼 재현적 진리를 상실한 시대에 다시 한 번 진실을 회생시키기 위한 우리의 주제는 타자의 반복운동이다. 타자의 반복운동에서 진실의 과정이 시작되는 것은 진실이란 표상체계를 열어 실재계와 교섭하는 진행으로만 가능하기 때문이다. 타자와 교섭한다는 것은 능동적 반복운동이 시작된다는 뜻이며, 그것의 은유로서 가슴이 동요한다는 것은 진실을 위해 실재계에 다가간다[8]는 의미이다. 그처럼 실재계에 다가갈 때 재현 속에서 상실된 진실은 타자와 자아(지식인)의 교섭, 반복과 재현의 이중주를 통해 회생하게 된다.

3. 반복과 타자

반복에 두 가지가 있듯이 문화에도 두 종류가 있다. 문화가 반복인 이유는 자연 속에서 인간의 삶을 반복하기 때문일 것이다. 자연에서 문화가 생성되는 과정에서 문화가 반복의 형식을 지니지 않는다면 우리의 삶 속에서 의미화될 수 없을 것이다.[9]

그런데 그런 자연 속에서의 인간의 반복에는 두 종류가 있다고 할 수 있다. 하나는 수동적 반복이며 다른 하나는 능동적 반복이다. 수동적 반복이 자연에서 유리된 제도적 문화의 반복이라면, 능동적 반복은 인간의 문화에서 자연적 생명성을 회생시키려는 반복운동이다.[10]

자연에서 문화를 발생키는 일은 넓은 의미의 **사건**으로 불릴 수 있다.[11] 이런 광의의 사건을 선에 비유한다면 문화적 사건에는 경직된 직선적인 선과 유연한 창조적인 선이 있다. 경직된 직선적인 문화는 시계의 시간

---

8 실재계에 다가가는 순간 우리는 권력의 비밀과 인간의 비밀(사랑과 윤리)을 발견하게 된다.

9 이정우, 『시뮬라크르의 시대』, 거름, 2000, 81쪽.

10 동양사상의 도(道) 역시 그런 능동적인 반복운동으로 볼 수 있다.

11 이정우, 『시뮬라크르의 시대』, 20~21 · 24~25쪽.

처럼 선적인 질주를 하며 체계의 규범을 지키려는 동일성의 (반복적) 운동을 한다. 반면에 유연한 창조적인 문화는 체계의 규범으로부터 해방된 공간에서 춤과 음악처럼 능동적인 반복운동을 한다.

동일성의 체계가 지켜진다는 것은 체계의 규범에서 해방되려는 운동이 억제되고 있다는 뜻이다. 그런 중에 문득 체계에 균열이 생겨 억제가 어려워진 순간이 발생하는데, 이는 보다 본격적인 의미의 **사건**이라고 할 수 있다. 이 두 번째 의미의 사건이 일어나면 일상의 사람들이 동요하기 시작한다. 우리는 그처럼 규범으로부터 이탈한 순간의 동요를 능동적인 반복운동의 관점에서 살펴볼 수 있다. 동일성의 체계란 사람들을 규율화해 신체 자체의 능동적 운동을 관리하는 권력이다. 사건이 일어나면 그런 체계의 규율과 억압에서 벗어나 사람들이 신체를 움직이기 시작한다. 사건의 순간이란 우리의 자아를 예속화하는 규범에서 이탈해 신체 자체를 능동적으로 움직이려는 춤과 음악 같은 운동이 나타나는 순간이다.

바디우는 이런 사람들의 능동적인 움직임을 진리의 과정으로 설명한다. 체계에 균열과 구멍이 발생한 사건의 순간은 직선적인 체계의 운동에서 이탈하는 시간이기도 하다. 바디우는 상징계에 구멍이 뚫렸을 때 사람들이 사건의 진행에 참여하는 것을 진리의 과정이라고 불렀다. 사건이 일어나면 사람들이 존재방식과 세계를 변화시키려 움직이기 시작한다. 그런 사람들의 움직임의 진행이 사건의 상황에 충실하려는 진리의 과정인 것이다.

그러나 이미 살폈듯이 상징계에 공백이 생겼을 때 사람들이 저절로 행동을 시작하는 것은 아니다. 만일 사건의 순간에 필연적으로 운동이 시작된다면 우리의 역사는 지금보다 훨씬 더 진보해 있을 것이다. 그와 달리 사건이 새로운 존재방식의 결정을 강요해도 모든 사람들이 그 내적 요구에 응답한다고 볼 수는 없다.

바디우는 사건의 공백과 진리의 과정 사이의 연결을 윤리적 충실성이라는 이름으로 너무 단순화한다. 바디우가 간과한 것은 사건의 공백에서 새로운 움직임이 전개되려면 무엇이 절실하게 필요한가의 문제이다. 체계의 공백에서는 윤리가 작동되기 전에 보다 절박한 본능적 운동이 나타나는데 그게 바로 **반복운동**이다.

사건의 공백에서 사람들이 움직이려면 심장을 동요시키는 반복운동이 일어나야 한다. 그것은 마치 춤과 음악이 반복의 리듬을 만들 때 우리의 가슴이 뛰기 시작하는 것과도 같다. 물론 춤과 음악은 생명의 갈망으로 가슴의 동요를 전파하지만 그 자체가 사건의 동요는 아니다. 사건의 순간이란 체계에 고통스런 균열과 구멍이 생겼을 때 그 공백에서 춤과 음악에서처럼 능동성을 갈망하는 동요가 발생하는 시간이다.

그처럼 고통 속에서 능동성을 갈망하는 가슴의 동요를 일으키는 존재를 우리는 **타자**라고 부른다. 일상의 사람들도 가슴이 뛸 수 있지만 타자의 동요는 자기 자신의 운명인 것이다. 윤리는 곧바로 작용하지 않으며 사건의 순간 가슴의 동요를 멈출 수 없는 타자의 존재로부터 비로소 작동된다. 타자의 가슴의 동요는 춤과 음악처럼 능동성을 갈망하는 반복운동을 발생시키는 진원지이다.

타자와 달리 일상인은 사건으로 충격을 받더라도 그 충격이 곧바로 신체적 움직임으로 이어지진 않는다. 용산참사와 세월호 사건이 대표적인 예일 것이다. 용산참사에서 사람들은 침묵했으며 세월호 사건에서도 곧바로 대응하지는 않았다. 반면에 사건의 희생자인 타자는 참을 수 없는 고통으로 인해 심장의 동요를 멈출 수 없는 사람이다. 그런 타자의 가슴의 진동에 공감했을 때 비로소 사람들의 윤리적 본능이 깨어나기 시작한다.

우리는 윤리를 고통 속에서 원래의 능동성을 되찾으려는 탄력성의 본능이라고 부른다. 바디우가 말한 윤리적 충실성은 라캉의 순수욕망처럼 일종의 본능이다. 그런데도 일상의 사람들이 윤리적 본능을 작동시키기 어려운 것은 가슴의 진동을 무디게 하는 제도적 동일성과 감성권력, 이데올로기의 작용 때문이다. 그로 인해 윤리적 본능은 일상에서 억압되고 있으며 사건이 발생하더라도 곧바로 작동되지 않는다. 진리 역시 윤리에 의해 추동되기 때문에 윤리가 머뭇거리면 진리 과정도 사건으로부터 저절로 전개되진 않는다.

진리의 과정은 필연적인 진행도 고뇌 어린 책임감의 실천도 아니다. 사건이 일어나도 '이상한 고요함'만 계속되는 오늘날의 현실은 필연성도 책임의식도 무용지물임을 암시한다. 필연적 명령이 소용없다면 사건을 진리의 과정으로 진전시키는 윤리는 어디서 샘솟는 것일까. 윤리는 칸트적인 책임감보다는 니체가 주목한 춤과 음악 같은 신체 자체의 본능적 움직임에서 촉발된다. 진리란 세계에서 진실을 실행하는 것이지만 그 이전에 우리의 신체가 움직임을 멈출 수 없을 때 전개되기 시작한다. '나는 숨을 쉴 수 없다'는 흑인 저항운동은 매우 상징적이다. 숨을 쉬기 위해 심장이 동요하기 시작할 때 비로소 진리의 과정이 시작되는 것이다. 사건으로 공백이 생기고 타자의 심장이 요동칠 때 춤과 음악 같은 반복운동이 일어나야만 윤리의 추동과 진리의 과정이 시작된다.

진리를 추동하는 윤리란 심장이 뛰는 반복운동과 뗄 수 없는 관계에 있다. 모든 것의 출발점은 상처와 고통 때문에 멈출 수 없는 타자의 심장의 동요이다. 플로이드는 죽음을 맞았지만 그의 동영상은 심장의 갈망을 전파시키며 사람들을 동요시켰다. 그처럼 타자의 진동(반복운동)에 동조되어 영혼을 입증하려는 자아의 갈망이 '맨발의 이사도라'의 질주처럼 나타날 때만 윤리의 추동으로 진리의 과정이 진행된다.

진리가 미리 존재하지 않으며 사건이라는 공백에서만 진리의 과정이 시작된다는 바디우의 생각은 옳다. 그러나 사건의 공백에서의 진리의 과정은 윤리적 강요와 내적 결정의 과정이 결코 아니다. 바디우는 사건의 잉여적 부가물 때문에 예전으로 돌아갈 수 없다는 내적 충실성의 요구가 진리의 결정 요인이라고 말한다.[12] 하지만 권력은 매번 '가만히 있으라'고, '예전으로 돌아가라'고 말한다. 그 미결정적인 순간 심장을 진동시키는 반복의 물결이 생성되어야만 비로소 사람들이 움직이기 시작한다.

'세월호'에서처럼 사건의 순간 고통으로 인해 심장의 동요를 멈출 수 없는 존재가 바로 타자이다. 존재의 운명 자체가 가만히 있을 수 없고 이전으로 돌아갈 수 없는 사람을 우리는 타자라고 부른다. 그들은 그대로 있을 수 없기 때문에 사건의 공백에서 춤과 음악 같은 심장의 진동을 전파하며 진리의 과정을 추동한다. 그 순간의 사건의 반복운동이 무대 위의 춤과 다른 점은 이중주로만 연주된다는 점일 것이다. 타자의 고통스런 심장의 동요가 춤과 음악 같은 능동적인 반복이 되려면 일상의 사람들의 가슴에까지 전파되어야 하기 때문이다.

사건에 참여하려는 진리의 요구는 충실성의 윤리이기보다는 춤과 음악 같은 **반복의 윤리**일 것이다. 반복의 윤리란 멈출 수 없는 가슴의 동요의 전파라고 할 수 있다. 숨을 쉴 수 없는 사람들('나는 숨을 쉴 수 없다')이 통증을 호소하며 심장의 박동을 전파시킬 때 윤리가 샘솟기 시작한다. 우리를 움직이는 윤리는 무거운 책임감이 아니라 미학의 감동 같은 심장의 동요라고 할 수 있다. 진리를 추동하는 윤리는 내적 충실성[13]이 아니

---

12 바디우, 『윤리학』, 55쪽.

13 바디우는 윤리를 사건의 상황에 충실하려는 내적 결정에 대한 충실성이라고 부른다.

라 심장의 박동이 전파되는 상호신체적인 교감이다. 그런 가슴의 동요의 범람은 춤과 음악이 연주될 때의 심연의 떨림과도 유사하다. 춤과 음악의 감동 속에서 가만히 있지 못하듯이[14] (사건에서) 타자의 반복운동이 전파되며 이중주로 울릴 때 우리는 움직이기 시작한다. 다만 양자 사이에는 작은 차이가 있다. 미학적인 반복은 솔로로도 감동을 주지만[15] 사건에서의 반복운동은 이중주여야만 우리를 움직인다. 반복운동이 이중주로 연주될 때 미학적인 감동은 윤리의 이중주로 전환된다.

윤리의 이중주는 진실의 이중주를 추동한다. 진실의 이중주는 「고향」에서의 소설과 노래의 만남이나 「아홉 켤레의 구두로 남은 사내」(윤흥길)에서의 '나체화'에 의한 상호신체적 교섭 같은 것이다. 두 소설은 비슷하게 타자와의 이중주 속에서 심장의 반복운동이 연주되며 (윤리에 의해) 진실의 과정이 시작되는 전개를 그리고 있다.

흥미로운 것은 진실이라는 말이 가장 감동적이었던 것이 두 소설에서처럼 리얼리즘의 전성시대였다는 점이다. 진실 자체는 재현만으로는 접근할 수 없지만 진실의 열망이 고조된 시대는 분명히 리얼리즘의 시대였다. 그 이유는 앞에서 살폈듯이 반복운동이 역사 속으로 들어오려면 재현과 접합되어야 하기 때문일 것이다. 진실이라는 어려운 화두는 분명히 재현의 난제와 연관이 있다. 그런데도 상대적으로 진실이 친숙하게 느껴지고 힘든 난제로 생각되지 않은 것은 리얼리즘의 시대였다. 리얼리즘의 시대에는 타자가 잔존했고 「고향」에서처럼 타자와 만나며 재현을 넘어섰기에 재현의 난제가 심각하진 않았던 것이다. 반면에 오늘날은 신자유

---

14 음악영화를 보며 부르는 '떼창'이 대표적인 예이다.

15 이 차이는 작은 차이이다. 춤과 음악처럼 솔로로 가능한 예술도 진실의 전달을 정교화하려 할수록 이중주에 가까워지기 때문이다.

주의에 의한 타자의 추방으로 인해 원래부터의 재현의 난제가 더 뼈아프게 느껴지는 세계이다. 우리시대는 재현의 위기와 함께 진실 자체가 난궁에 빠진 시대이다.

진실의 과정은 사건이 일어나야 시작된다. 타자와의 조우 역시 일종의 사건이다. 그런데 진실을 상실한 시대에는 사건이 일어나도 아무도 동요하지 않고 '이상한 고요함'만 계속된다. 그런 이상하게 고요한 일상의 진행은 타자의 사라짐에 상응한다. 우리는 타자와 조우하더라도 진심으로 만나지 못한다. 진실은 한때 믿음이었다가 사건의 철학이 된 후에 지금은 이상한 정적에 묻히게 되었다. 오늘날 우리는 그런 낯선 정적의 장막을 깨고 진실의 이중주를 다시 연주해야 하는 시대의 과제에 직면해 있다. 우리의 논의는 진실의 난제의 시대에 사건의 과정에서 어떻게 진실의 이중주가 다시 연주될 수 있는지 그 비밀을 밝히는 것이다.

4. 존재의 운명으로서 타자의 반복운동 – 타자, 진리, 주체

진실을 반복과 재현의 이중주로 이해하는 것은 현실을 재현하는 진리 대신 **실재**the Real(라캉)**의 진리**(진실)를 생각하는 것이다. 진실의 과정에서 우리가 재현의 문제를 간과할 수 없음은 분명하다. 그러나 체제(현실)의 공백에서 실재의 진리에 다가가는 반복운동은 재현불가능한 타자를 진원지로 하고 있다.

실재의 진실이 반복과 재현의 이중주라면 그것을 태동시키는 실재계에 접촉한 반복운동은 매우 중요하다. 우리의 화두는 재현의 진리가 아닌 실재의 진리이기 때문에 (머리의 지성 대신) 가슴의 동요로 느껴지는 반복운동이 핵심적인 것이다. 그러면 우리는 왜 실재계적 반복운동의 진원지를 타자의 존재에서 생각해야 하는가. 실재의 진리란 무엇이며 실재계적 반복운동과 타자의 존재는 무슨 관계에 있는가.

문제는 실재계적 진리이다. **실재의 진리**가 타자의 반복운동에서 추동됨을 밝히는 것이 우리의 논제의 핵심인 것이다. 우리는 이미 타자를 강조했지만 반복의 철학자인 니체와 들뢰즈는 타자를 내세우지는 않았다. 그러면 우리가 그들과 달리 타자의 존재를 거듭 주목하는 이유는 무엇인가.

타자와 반복의 관계를 알기 위해서는 먼저 반복의 철학자들의 진리에 대한 사유를 살펴볼 필요가 있다. 반복은 진리에 이르기 위한 가슴과 신체의 운동이다. 반복의 철학자들은 그런 반복과 진리의 관계를 타자를 통해 말하진 않았지만 우리는 그들의 주장에서 타자에 대한 암시를 이끌어낼 수 있다.

앞서 살폈듯이 반복운동이란 춤과 음악처럼 신체 자체의 능동성을 통해 삶의 긍정성을 되찾으려는 시도이다. 과거의 형이상학적인 사유는 우리의 신체와 자아를 진리의 토대에 예속시키려는 토대주의였다. 예컨대 이성적 진리는 감성을 제약하고 신체를 구속하는 형이상학이다. 반면에 반복의 사유는 형이상학적인 진리를 넘어서서 신체 자체의 능동성에서 삶의 영원성을 긍정하려는 사유이다.

니체와 들뢰즈는 이성적 진리 대신 가슴의 반복운동에서 비표상적인(비재현적인) 삶의 긍정성을 찾으려 했다. 형이상학이 우리의 신체와 자아를 진리의 토대에 묶어두듯이 표상적인 사유는 우리를 재현적 체계의 규범에 속박시킨다. 표상적·재현적 진리는 우리를 표상체계(상징계)에 예속시킨 대가로 얻어진 수동적인 긍정성일 뿐이다. 그와 달리 실재계적 반복운동이란 비표상적인 방법으로 삶의 긍정성을 모색하는 과정이다.

그것은 신체와 가슴의 동요로서의 반복인 동시에 체제의 억압을 넘어서 끝없이 다시 돌아오는 반복이기도 하다. 니체는 그런 반복운동을 영원회귀라고 불렀으며 들뢰즈는 '차이의 반복'이라고 명명했다. 반복운동은 능동적인 힘에의 의지(니체)이자 영원회귀하는 차이의 춤과 놀이(들뢰즈)이다.

니체와 들뢰즈 이외의 반복의 사상가에는 프로이트, 키에르케고르, 데리다 등이 있다. 그중 프로이트는 상처를 입은 사람이 쾌락원칙(그리고 현실원칙)을 넘어서서 고통의 경험을 능동적으로 반복하려는 충동을 말했다. 쾌락원칙을 넘어선 반복충동은 또 하나의 비표상적인 반복의 운동이다. 뒤에서 살펴보겠지만[16] 데리다의 미결정적인 반복운동역시 상징계의 표상을 넘어선 언표작용[17]의 반복이다.

이들 중 비표상적인 반복운동을 삶의 긍정성에 연결시킨 최초의 사상가는 니체이다. 니체의 사상은 그리스인들의 영원성의 사유를 넘어서는 과정에서 탄생했다. 그리스인들은 처음에 사멸의 운명을 극복하기 위해 예술작품처럼 불멸성을 지닌 것에서 삶의 긍정성을 찾았다.[18] 그러나 예술작품의 긍정성은 불멸의 가상 뒤에 숨는 것일 뿐 삶 자체가 영원성을 얻는 것은 아니었다. 그리스인들이 불멸성의 사유를 버리고 현세적인 표층세계의 배후에 있는 영원성의 형이상학으로 전환한 것은 그 때문이다.

그러나 형이상학은 그 대가로 현상 세계를 부정하고 현실과 절연된 배후의 이상세계(이데아)에서 영원성을 찾아야 했다. 그리스인들은 영원성

16 뒤의 4장 6절 참조.

17 언표가 상징계 내에서의 표상적인 반복이라면 언표작용은 상징계를 넘어서는 미결정적인 반복이다.

18 그리스인의 예술작품은 가상에 불멸성을 표현한 것으로 파괴와 생성의 반복을 표현한 현대예술과는 다르다.

의 가상에서 영원성의 이데아로 나아갔지만 진정한 불멸의 삶을 얻진 못했다. 반면에 니체는 불멸의 가상(혹은 이데아)과 현상의 배제라는 이분법적 한계를 넘어서서 제3의 영원회귀의 사상을 주장했다.[19]

니체는 표층(예술)이나 표층의 원본(이데아)에서 영원성을 찾는 대신 비표상적인 변화와 생성 속에서 삶의 긍정성을 탐색했다. 니체의 영원회귀의 사상은 똑같은 표상이나 이데아(동일성)가 되돌아온다는 뜻이 아니다. 예술이나 이데아의 영원성은 사멸의 운명을 지닌 인간을 대신하는 불멸의 표현이다. 반면에 니체의 영원회귀는 인간의 **사멸의 운명**을 껴안고 넘어서며 영원성을 얻는 비밀을 나타낸다. 니체는 변화와 파괴가 허무한 소멸이 아니라 생성과 표리를 이루고 있는 것으로 생각했다. 자연에서처럼 소멸하고 파괴되는 과정은 생성이 영원히 계속되는 진행이기도 하다. 그런 방식으로 자연의 생명성은 파괴와 생성의 동시적 과정을 통해 영원히 되돌아오는 것이다. 이처럼 영원회귀는 변화를 포함해야만 가능하기 때문에 창조적이고 능동적인 힘에의 의지를 통해 나타난다. 영원회귀하는 것은 원래의 자연의 생명성인 동시에 과거와 다른 새로운 창조이기도 하다.

비슷한 맥락에서 들뢰즈는 차이만이 반복적으로 회귀하며 반복만이 차이를 생성한다고 말한다. 영원회귀하는 것은 특이한 차이이며 차이를 반복해야지만 자연의 생명성이 영원회귀할 수 있다. 그처럼 동일한 것이 아니라 차이를 생성하며 회귀하기 때문에 안정된 정체성보다는 **붕괴된 자아**에게서 반복운동이 나타난다. 심장의 동요를 전파하는 춤과 노래가 고통을 포함한 반복운동의 유희인 것도 같은 이유에서이다.

---

19 진은영, 『니체, 영원회귀와 차이의 철학』, 그린비, 2007, 58쪽.

프로이트 역시 **상처 입은 자아**에게서 반복충동이 나타나는 것으로 논의했다. 쾌락원칙이란 고통을 줄이고 쾌락을 늘리려는 것인데 트라우마를 경험한 사람은 그런 원칙에 따르지 않는다. 프로이트는 전쟁 외상증자가 경악 속에서 반복해서 고통의 현장으로 회귀하는 것을 주목했다. 그러나 전쟁 외상증자는 반복운동을 통해 결코 능동적인 삶으로 다시 회귀하지 못한다. 우리의 관심을 끄는 것은 프로이트의 또 다른 예로서 포르트 다 놀이와 예술 놀이이다. 어린이의 포르트 다 놀이와 어른의 예술은 신기하게도 쾌락이 아니라 고통을 반복함으로써 능동적 자아에 대한 갈망을 표현한다.

니체와 들뢰즈, 프로이트는 비슷하게 고통 속의 반복운동이 능동성의 갈망임을 강조하고 있다. 사멸의 운명을 껴안은 사람(니체)과 붕괴된 자아(들뢰즈), 상처의 반복(프로이트)은 반복운동이 왜 고통받는 타자의 위치에서 나타나는지 암시해준다. 다만 세 사람의 논의에는 고통 받는 사람의 체제와 연관된 위치에 대한 설명이 없다. 그들과 달리 우리는 반복운동이 체제의 억압과 강요에서 탈출하려는 **타자의 위치**의 운동임을 강조한다. 그 이유는 타자란 존재의 운명 자체가 사멸을 껴안고 붕괴의 위기에서 상처를 입을 수밖에 없는 사람이기 때문이다.

반복운동은 고통속에 침몰되는 것이 아니라 능동적인 생명성을 되찾는 것이다. 그런데 그런 생명적 능동성을 향한 반복운동은 체제의 희생자인 고통받는 타자의 위치에서 생성된다. 지배체제는 권력을 통해 영원성을 누리려 하지만 그 대가로 사람들을 규범에 예속시켜 능동적 생명성을 억압한다. 반면에 체제에 동화될 수 없는 고통받는 타자만이 반복운동을 통해 생명적 진리의 영원회귀를 증명하는 것이다.

근대적 세계는 체제에서 벗어난 일상의 삶을 허용하지 않는다. 단지 예외적인 사람은 예술가나 철학자, 혁명가일 뿐이다. 특별한 순간에 해방을 맛보는 그들 이외에 일상의 삶에서 체제와 불화를 겪는 사람들이 바로 타자이다.

그런데 예술가와 철학자, 혁명가는 불화의 아픔과 해방의 꿈을 함께 경험하지만 타자는 고통을 경험할 뿐이다. 문제는 그 같은 고통받는 타자의 존재가 체제의 실수가 아니라 필연적인 산물이라는 점이다.[20] 세계가 변화되지 않고 동일한 체제가 계속되는 한 타자의 고통은 존재 자체의 운명이다. 그 때문에 지배권력이 가장 난처하고 신경이 쓰이는 것은 고통받는 타자이다. 해방을 꿈꾼 혁명가는 감옥에 가둘 수 있지만 고통과 반복운동만을 계속하는 타자는 가장 처리하기 어려운 존재인 것이다.

지배체제는 타자의 고통의 소음을 잠재우기 위해 그들을 벌거벗은 생명 같은 '없는 존재'나 혐오의 대상으로 만든다. 그러나 고통받는 타자는 벌거벗은 생명처럼 버림받은 무의미한 존재가 아니다. 체제의 삶이 수동적 반복을 강요하는 반면 타자는 고통을 대가로 능동성을 소망하는 심장의 동요(반복운동)를 멈추지 않기 때문이다. 권력에 의해 보이지 않고 들리지 않게 되더라도 타자의 심장의 동요와 반복운동은 사라지지 않는다.

근대세계에서 능동적 반복운동이 타자에게서 시작되는 이유는 바로 그 때문이다. 수동적 반복에 반발하는 예술가와 철학자, 혁명가마저도 타자의 반복운동에서 시작해야 한다. 지식인이 침묵하고 혁명가가 감옥에 갇히더라도 타자의 심장의 반복운동은 그치지 않는다.

그런데 타자의 고통은 반복운동의 운명적 조건이지만 그런 운명이 저절로 그들을 신세계의 선봉에 선 주체로 만들어주진 않는다. 과거 지식

---

20 이는 자본주의나 합리주의 같은 근대적 체제가 어떤 것도 완전하지 않으며 고통받는 타자를 발생시킴을 암시한다.

인들은 가장 고통받는 사람이 새로운 세계의 역사적 주체가 된다는 서사를 주장해왔다. 그러나 타자는 결코 스스로 역사의 주체가 되기 어려운 사람들이다. 스피박이 서발턴에 대해 말한 것처럼, 타자는 재현의 그림을 그리거나 저항의 말을 하기 힘든 사람들이다.

그 대신에 **타자**는 존재의 운명으로서 고통 속에서 **반복운동**을 한다. 이제까지 간과했던 그런 반복운동만이 세계를 변화시키는 진리의 과정을 출발시킬 수 있다. 우리가 타자의 반복운동을 주목하는 것은 역사적 주체를 중시하는 재현의 서사를 넘어서려는 것이다. 그와 동시에 타자 위치의 강조는 반복의 진원지가 불분명한 니체와 들뢰즈의 비표상적인 사유마저 넘어선다. 세계를 변화시키는 진리의 과정은 니체가 말한 영원회귀의 진리의 실천이기도하다. 그런데 그런 진리의 과정은 반복운동이 존재의 운명인 타자로부터 생성될 수밖에 없는 것이다.

니체와 들뢰즈를 넘어선 타자의 반복운동에서 또 하나 중요한 것은 **반복과 재현의 이중주**이다. 비표상적인 사상가 니체와 들뢰즈는 영원회귀하는 반복운동을 강조하며 재현을 중시하지 않았다. 우리가 주목하는 타자 역시 재현불가능한 반복운동을 하는 존재이다. 그런데 그런 재현불가능한 타자의 반복운동은 재현의 세계에 있는 사람과의 교섭을 통해서만 역사 속으로 들어온다.

반복과 재현의 그 같은 이중주의 과정은 진리의 과정의 탐색으로서 매우 중요하다. 진리의 과정이 타자의 반복운동에서 시작되는 것은 진리란 체제를 넘어선 실재계적 진리임을 뜻한다. 그런데 실재계적 진리는 상징계의 변화를 관통해야만 역사적 실천의 진리로 다가온다. 타자의 반복운동이 재현과 교섭하며 재현불가능한 것을 역사의 무대에 올려놓아야 실재계적 진리가 현실화되는 것이다. 역사란 재현의 서사도 재현불가능한 실재계 자체도 아니다. 역사적 진리는 반복과 재현의 이중주 속에서 재현불가능한 실재계가 재현의 무대 위에 올려지는 것을 말한다.

반복과 재현의 이중주의 과정은 재현의 난제와 함께 주체의 난제도 구원해준다. 진리의 이중주는 주체를 상실한 시대에 주체가 어떻게 생성되는지 은밀히 말해준다. 오늘날에는 고통받는 타자가 역사의 주체가 되기도 어렵지만 재현에 능숙한 지식인이 대신 주체가 되는 것도 아니다. 새로운 운동은 반복을 역사 속으로 이끄는 움직임, 즉 '반복과 재현의 이중주'에서 연주되며, 주체의 생성 역시 마찬가지이다.

우리시대의 진리의 난제는 주체성의 난제이기도 하다. 우리가 오늘날 느끼는 혼돈은 주체는 어디에 있는가라는 난감한 질문 때문이기도 하다. 능동적 반복운동인 춤과 음악은 무대에서 연주되지만 '반복과 재현', 역사의 이중주는 사건의 순간에 연주된다. 극장에서 무대 위의 무희와 가수를 주목하듯이 사건의 무대에 조명이 켜지면 우리는 타자를 응시한다. 그 순간이야말로 반복과 재현의 이중주 속에서 주체를 생성하는 진리의 과정이 시작되는 시간이다.

역사의 주체는 무대 위에서 미리 미래를 연주해주는 사람이 아니다. 사건이 발생했을 때 재현과 반복의 이중주 속에서 타자와 우리가 교섭을 시작할 때 비로소 역사적 주체가 나타난다. 그 같은 변혁의 이중주의 연주는 주체성의 난제를 겪는 우리시대에 더욱 중요해질 수밖에 없다.

과거에는 아무도 말하지 않아도 그 비밀을 감지했지만 지금은 이중주 자체가 운동의 구호가 되고 있다. 우리시대의 변혁운동은 역사의 주체를 생성하기 위해 우리 자신이나 타자를 전면에 내세우지 않는다. 그 대신 사람들은 이중주를 외치며 가슴의 동요 속에서 변혁의 과정을 시작한다. 그 이유는 이중주로 연주되는 존재의 함성만이 우리를 '앞서서 나가는 사람'[21]으로 만들어주기 때문이다.

〈님을 위한 행진곡〉은 죽은 자와 산 자 사이의 이중주를 노래하고 있다. 오늘날 우리는 그와 비슷하게 타자와 우리 사이의 이중주를 발견한다. 그때는 노래로 모두가 같이 했지만 지금은 운동의 구호 자체가 이중주이다. 우리가 김진숙이다, 나도 서지현이다, 우리가 김용균이다……. 이런 은유의 이중주야말로 윤리의 작동인 동시에 진실의 이중주이기도 하다. 그 순간 자아와 타자 사이에서 은유의 경첩이 작동하며 우리는 다시 일어서서 산 생명으로 움직이기 시작한다. 그처럼 우리가 능동적인 산 생명으로 회생해야만 역사의 무대에서 다시 움직일 수 있다. '우리시대의 외침'은 운동의 이중주 자체가 사건의 무대에서 역사의 주체를 생성하는 비밀의 과정임을 은유하고 있다.

5. 미래완료로서의 반복과 영원회귀

생명적 존재가 반복운동을 한다는 것은 타악기의 리듬과도 같은 심장의 동요가 잘 알려준다. '심장의 동요'는 춤과 음악, 축제와 혁명에서 볼 수 있는 능동적 반복운동의 은유적 키워드이다. 그런데 엄밀히 말하면 그런 반복운동들이 모두 똑같은 형식을 지닌 것은 아니다. 이 운동들은 비슷한 능동적 반복운동이며 그것의 증거는 심장의 동요가 필요하다는 점이다. 그러나 음악의 리듬은 심장의 박동보다 정교하며 혁명의 반복은 그보다 훨씬 더 복잡하다. 그처럼 반복운동에는 여러 가지 차원이 있다

21 〈님을 위한 행진곡〉에서는 앞서서 나가는 사람이 죽은 자이지만 진실의 이중주는 남은 사람들도 앞서서 나가게 만들어준다.

는 것을 알 수 있다.

그런 여러 차원의 반복을 함축한 것이 바로 문학일 것이다. 예컨대 한설야의 「과도기」에는 주인공 창선이 아리랑 노래를 들으며 순남과 연애를 하는 장면이 나온다. 창선은 아리랑 가락을 반복하는 노래 속에서 가슴 뛰는 사랑을 했던 것이다. 그런데 간도에 갔다 돌아와 보니 고향 창리에는 공장이 들어서고 마을 사람들은 구룡리로 강제 이주를 당했다. 이제 황혼의 노동자가 부르는 아리랑 패러디는 반복인 동시에 식민지 자본주의에 대한 비판이다. 한설야는 거기서 더 나아가 「씨름」이라는 속편을 쓰며 변혁운동이라는 보다 규모가 큰 반복운동을 기획했다. 한설야의 소설은 반복과 재현의 이중주인 동시에 다양한 반복운동의 연쇄 속에서 마침내 역사의 변혁으로 들어서는 장을 연출한다.

이제 그런 반복의 여러 차원과 연관해 가장 스케일이 큰 반복운동의 작동과정을 자세히 살펴보자. 심장의 박동이 생명적 자연 자체의 반복운동이라면 음악은 인간의 문화 속에서 자연을 닮은 반복운동을 하는 창조적 활동이다. 음악과 춤은 물리적 자연을 넘어선 인간의 문화 속에서 반복을 통해 다시 자연(전체로서의 자연)과 화해하려 시도한다. 니체는 음악과 춤이 삶 자체에서 반복운동을 하며 생명적 자연을 귀환시키는 것을 **영원회귀**라고 불렀다.

니체의 영원회귀는 서양사상에서 처음 나타난 스케일이 큰 능동적 반복운동의 사유이다. 그런데 동양사상에서는 훨씬 이전에 인간의 삶 속에서 자연으로 회귀하려는 반복의 사유가 있었다. 노자와 장자가 논의한 도道의 사상이 바로 그것이다.

노자는 국가와 제도가 출현한 후 인간이 자연을 상실했을 때 다시 도로 복귀해 자연으로 회귀할 것을 주장했다. 인위적인 것을 버리고 원래의 자연으로 돌아가려는 도는 영원회귀 같은 반복운동의 사상이었다. 도와 영원회귀와의 차이는 영원회귀가 파멸과 생성의 이중적 과정을 강조한다면 도는 생성을 통한 자연의 회귀를 더 중시한다는 점이다.

생성철학으로서 도의 사상은 창조적 반복을 통한 자연으로의 귀환을 주장한다. 예컨대 『장자』「양생주」 편의 포정 이야기에는 문혜군이 소잡이 포정에게 도를 배우는 장면이 묘사된다. 문혜군이 포정의 소잡는 기술에 감탄하자 포정은 자신이 반기는 것은 기술이 아니라 도라고 말한다. 포정은 소잡는 일이 19년째이지만 한 번도 똑같은 일을 되풀이한 적이 없다. 그는 근육과 뼈가 엉긴 곳에 이를 때마다 일의 어려움을 느끼고 두려움과 경계심 속에서 칼을 미묘하게 움직인다. 이처럼 포정은 미리 정해진 길에 따르는 것이 아니라 매순간 필사적 도약(목숨을 건 도약) 속에서 실천의 길을 만들어가고 있다. 이런 포정의 도에 대한 이해는 장자의 '道行之而成(길은 걸어가는 중에 생겨나는 것)'[22]이라는 설명에 상응한다.

도란 제도의 규범이나 매뉴얼에 따르는 것이 아니라 창조적인 반복운동 속에서 능동성을 얻는 것을 말한다. 포정의 도는 매순간의 능동적인 반복인 동시에 인위적 규범 대신 자연으로 회귀하는 반복이기도 하다. 도는 자연의 반복적 회귀이면서 매번 필사적인 실천 속에서 삶을 새롭게 창조하는 능동적인 반복운동이다.

자연의 반복운동은 인위적인 언어로는 표상할 수 없는 실천이다. '말로 나타낼 수 있는 도는 영원한 도가 아니다道可道 非常道'라는 구절은 도의 비표상적인 실천을 뜻한다. 문혜군은 기술의 법칙을 기대했지만 포정은 말로 표상할 수 없는 도를 묘사하고 있다. 이름붙일 수 없는 사유인 도는

---

22 장자, 안동림 역, 『장자』, 「제물론」, 현암사, 1998, 61쪽.

니체와 들뢰즈, 데리다로 이어지는 비표상적인 철학의 원류인 셈이다.

능동적인 반복운동은 비표상적인 사유를 실천하는 중요한 방법의 하나이다. 그런데 비표상적인 사유가 역사적 현실 속에서의 실천이 되려면 앞서 살폈듯이 재현과의 접합이 필요하다. 재현은 원래의 체제의 현실을 표상하거나 새로운 세계를 위한 사상적 기표를 앞세운다. 재현은 기계적 재현은 물론 진보적인 사상에서조차 비표상적인 사유는 아닌 것이다. 그러나 비표상적인(재현불가능한) 반복운동은 재현과 교섭할 때만 재현을 넘어서서 역사적 실천의 운동을 묘사할 수 있다. 도의 사유를 현대화시키고 니체와 들뢰즈, 데리다마저 넘어서려면 반복과 재현의 이중주가 필요한 것이다.

반복과 재현의 이중주를 말하는 것은 니체와 마르크스를 결합시키는 것과도 비슷하다. 우리는 니체처럼 능동적 반복운동을 중시하는 동시에 마르크스처럼 재현을 뚫고 나아가는 역사적 변혁을 주목해야 한다. 이처럼 니체의 영원회귀 사상과 마르크스의 역사적 서사를 결합시킨 사상가가 바로 **벤야민**이다.

벤야민은 니체처럼 염주알 같이 늘어선 역사주의(기계적 재현)를 폭파시키려고 했다. 그와 동시에 그는 역사주의를 폭파시키는 순간 마르크스가 말한 새로운 역사가 나타나는 시간을 주목했다. 재현을 넘어선 그 같은 새로운 역사를 말하기 위해서는 적이 지배하는 재현의 현실로 뛰어들어야 한다. 벤야민은 역사적 연속체에 기계적으로 얽매인 적과 싸우려면 적이 매번 승리하고 있음을 직시해야 한다고 말했다.[23] 새로운 역사는 억압적 역사를 폐지하고 새로운 체제를 시작하는 선적인 과정으로 일어나

---

23 벤야민, 이태동 역, 『문예비평과 이론』, 문예출판사, 1987, 296쪽.

지 않는다. 변혁된 역사란 적이 매번 승리하는 선적인 시간(역사주의) 위에서 섬광 같은 새로운 시간을 생성시키는 일로 시작된다. 역사주의를 폭파시키는 것은 선적인 시간의 대체가 아니라 전혀 다른 혁신적인 시간을 고안하는 것이다.

새로운 시간은 과거로 치달아 현재에 충만하며 호랑이처럼 도약하는[24] 반복의 시간과 유사하다. 벤야민은 과거의 어떤 기억을 섬광처럼 움켜쥐어야 구원의 문이 열린다고 말했다.[25] 벤야민이 말한 '움켜쥔 기억'으로 도약하며 회귀하는 과정은 반복운동의 창조적 실천과 매우 비슷하다. 영원회귀의 반복운동처럼 벤야민의 기억의 정치학은 기억을 반복하며 변혁의 역사로 도약하는 것이다. 구원의 문은 선적 시간의 주체를 바꾸는 것이 아니라 도약을 위해 재현의 역사 속에 변혁의 시간이 흘러나오는 구멍을 내는 것이다.

여전히 적은 매번 승리하고 있기 때문에 구원의 문은 한 번에 열리지 않는다. 역사주의를 폭파시키기 위해 재현의 무대에서 구멍을 내는 일은 매번 필사적으로 계속되어야 하는 것이다. 재현에 구멍을 내는 일은 재현과 교섭하며 변혁의 미래로 도약하는 것이다. 그런데 그 일은 과거의 섬광을 기억하며 미래의 구원의 문에 발을 걸치면서 끝없이 반복하는 운동인 것이다.

변혁의 반복운동은 과거의 기억의 감광판을 아직 오지 않은 미래의 사진으로 현상하는 일과 비슷하다.[26] 혁명가는 매번 완전히 도래하지 않는

24 위의 책, 303쪽.

25 위의 책, 296쪽.

26 Walter Bejamin, *Gejammelte Schriften 1*, Frankfurt, 1955. 지젝, 이수련 역, 『이데올로기라는 숭고한 대상』, 인간사랑, 2002, 243쪽.

미래의 사진을 현상하기 위해 과거의 기억의 감광판을 강력한 현상제로 인화한다.[27] 예컨대 3·1운동의 기억은 해방된 미래의 사진을 위해 4·19의 혁명가들로 하여금 선명한 인화를 시도하게 했다. 그러나 4·19가 5·18과 6월항쟁으로 이어졌듯이 미래의 사진은 마치 데리다의 차연처럼 끝없는 연기의 과정으로 인화된다. 이처럼 변혁운동이란 미래의 해방을 위해 체제에 구멍을 내며 기억의 감광판을 끝없이 현상하는 반복운동인 것이다.

벤야민은 가장 스케일이 큰 변혁의 반복을 말했지만 여기에도 여전히 미시적 반복의 원리가 작동되고 있다. 변혁운동에서 심장이 동요하는 반복 속에서 능동성을 얻는 원리는 춤과 음악의 반복과 다르지 않다. 춤과 음악, 축제와 혁명에서는 최초의 생명적 충동을 반복하는 약동과 도약의 과정이 지속(베르그송)[28]적으로 이어진다. 그런 각각의 반복운동의 또 다른 특징은 심장의 진동이 '권력과 아무 상관이 없는 공백'에서 일어난다는 점이다. 춤은 무대 위에서, 축제는 거리에서, 혁명은 모든 곳에서 연출되지만, 이 각각의 반복운동은 똑같이 체제의 공백에서 신체를 능동적인 자아(자기 자신)로 만들며 사람들을 동요시키는 움직임인 것이다.

그 중에서 변혁운동이 가장 스케일이 큰 것은 반복과 재현의 이중주가 뚜렷하기 때문일 것이다. 변혁운동은 외견상 승리한 듯이 보이는 적의 재현형식[29]과 교섭하며 반복운동을 역사 속으로 들어오게 만든다. 그런 방식으로 심장의 동요가 재현을 통해 재현을 넘어서며 역사를 움직이게

27 이런 인화 과정은 과거의 실패한 혁명의 희생자(타자)와 교감하는 것이므로 여기에도 타자와 혁명가의 이중주가 있다.

28 베르그송은 지속을 생명적 존재의 특성으로 논의했다.

29 그 순간 적에 대항하는 운동가의 재현적 기획과도 교섭한다.

되는 것이다.

그 과정에서 반복운동은 체제에 의해 지배되는 선적인 시간을 일시에 폐지하고 대체하는 것이 아니다. 반복운동의 과정은 동일성을 연기하는 차이들의 연쇄로서 데리다의 차연을 닮았다. 역사적 반복운동은 체제의 동일성을 해체하면서 실천의 완전한 성공마저 미래에 실현될 사진으로 현상하며 움직인다. 그런 미래로 열려진 반복운동의 역사적 과정이란 끝없는 차연의 운동의 **미래완료**[30]와도 같다. 여기서의 미래완료의 추동력은 순수기억의 감광판으로부터 나오는 영원회귀의 에너지이다. 차연의 미래완료인 반복운동은 재현과 교섭하며 선적인 시간에 구멍을 뚫어 미래로 도약하는 (영원회귀의) 반복이 새어나오게 만든다. 더욱 흥분되는 것은 그런 미래로 도약하는 반복에서는 문학에서처럼 여러 차원의 반복이 망라된다는 점이다. 촛불집회에서 보듯이 반복운동은 노래의 동요로, 춤의 리듬으로, 축제의 열기로 약동하며, 마침내는 현실 자체를 변혁하려는 시간으로 도약한다.

역사적 반복운동은 변혁의 순간에만 도약의 에너지를 발산하는 것이 아니다. 변혁운동의 반복운동은 일상 속에서도 별자리와 섬광의 기억으로 끝없이 약동한다. 그 때문에 우리의 달력은 일상의 모래알 같은 시간과 섬광 같은 반복의 시간의 병치로 진행된다. 우리의 시간에는 사람들을 물건이나 상품처럼 만드는 직선적 교환의 시간과 반복적으로 심장이 뛰게 하는 영원회귀의 시간이 있다. 후자의 영원회귀의 반복의 시간에는 심장의 동요와 춤, 음악, 축제, 변혁운동 기념일이 있다. 혁명의 반복운동은 그런 일상에서의 반복이 수면 밑에서 고조되는 순간 체제에 구멍을

---

30 미래완료로서의 반복의 표현은 지젝, 『이데올로기라는 숭고한 대상』, 243~244쪽 참조.

내며 지상으로 번져 나온다. 혁명적 반복운동은 다른 반복들을 함축하면서 미래완료의 형식으로 아직 오지 않은 미래를 열어준다. 직선적인 동일성의 반복이 심장이 뛰는 신체를 수동적인 물체로 만든다면, 체제의 구멍에서 새어나온 혁명적 반복은 우리가 물체와 도구에서 벗어나 다시 심장이 동요하는 존재로 회귀하게 해준다.

제2장

타자의 반복과 변혁의 이중주

1. 벌거벗은 반복과 진실의 이중주

반복은 놀이나 춤, 음악을 통해 우리를 행복하고 능동적인 존재로 만들어준다. 원초적인 몸의 리듬을 작동시키는 반복은 아주 매혹적인 만큼 비교적 단순하기도 하다. 인간의 고차적 활동 중에서 인식이나 재현에 비해 반복이 세계를 잘 알게 해준다고 말할 수는 없다. 그 때문에 반복운동을 우리의 감각과 정신활동의 핵심영역으로 생각하는 사람은 많지 않다.

반복보다 더 복잡하게 세계와 관계하는 활동에는 담론과 재현이 있다. 세계와 적극적으로 관계하려는 사람들은 누군가에게 말을 하거나 자신과 세계를 재현한다. 담론은 서사를 포함하는 경우가 많으며 재현은 세계의 대표representation로서 현실의 그림을 그리는 것과도 같다. 재현, 이야기(서사), 담론은 문학뿐 아니라 문화, 역사, 정치에서 매우 중요한 역할을 하고 있다.

그에 반해 반복은 그동안 담론이나 재현만큼 주목을 받지 않았다. 이제까지 반복에 대해 중요하게 말한 사람은 프로이트와 데리다, 들뢰즈였다. 그러나 그들은 반복이 문학과 정치에서 어떻게 작용하고 있는지, 왜 우리의 문화에서 반복이 필요한지 자세히 말하지 않았다. 우리의 논의는 그들이 언급한 반복이 담론이나 재현만큼이나 문학과 예술, 정치에서 필수적인 활동임을 강조하고 있다. 그리고 반복과 재현이 필연적으로 서로 뒤얽혀 있음을 입증해 보이려는 목적을 갖고 있다.

반복이 절박하게 필요한 경우는 두 가지이다. 하나는 일상의 사람보다 훨씬 심하게 고통을 당하고 있는 경우이다. 또 하나는 문화의 이질성 때문에 자신의 존재를 재현할 수 없는 경우이다.

첫 번째 경우를 주목한 것은 프로이트였다. 프로이트는 트라우마를 경험한 사람은 재현보다는 반복을 한다고 주장했다. 우리는 심한 심리적 상처를 경험했을 때 고통스러운 악몽을 꾼다. 더 나아가 전쟁에서 외상을 입은 사람은 반복적으로 현장으로 되돌아가며 **경악** 속에서 잠을 깬다. 프로이트는 경악이 공포와는 달리 대상에 대해 **알지 못해** 준비가 되어 있지 않은 상태에서의 두려움이라고 말했다.[1] 준비가 되지 않았기 때문에 상처를 입은 것이며 상처를 입은 사람은 재현보다는 반복의 충동에 사로잡힌다.

물론 반복충동은 경악하는 전쟁 외상증자에게서만 나타나는 것은 아니다. 프로이트는 반복충동의 또 다른 예로 어린이가 어머니에게서 멀어지며 상처를 경험할 때의 포르트 다 놀이를 들었다. 포르트 다 놀이는 어머니와의 기억을 간직하며 무의식의 영역을 형성하는 반복운동이다.[2] 보다 중요한 예로서 예술적 놀이 역시 고통의 기억을 반복하는 또 하나의

1 프로이트, 박찬부 역, 「쾌락원칙을 넘어서」, 『쾌락원칙을 넘어서』, 열린책들, 1997, 17쪽.

2 프로이트는 포르트 다 놀이나 예술보다 전쟁 외상증을 중요하게 다루었지만 예술과 놀이는 매우 중요한 반복충동의 예라고 할 수 있다.

포르트 다 놀이이다. 예술적 놀이는 관객을 염두에 둔 어른들의 포르트 다 놀이라고 할 수 있다.

프로이트는 이 예들에서 상처를 극복하기 위해 고통을 반복하는 것은 '쾌락원칙을 넘어서는' 일임을 주목했다. 고통을 넘어서기 위해 쾌락을 찾지 않고 고통을 반복하는 일은 쾌락원칙으로 설명할 수 없다고 생각한 것이다. 프로이트는 쾌락원칙을 넘어서는 보다 깊은 본능이 있으며 그 충동이 작동되는 반복은 죽음충동과 에로스에 이르게 된다고 주장했다.[3] 반복운동은 쾌락원칙보다 더 근원적인 곳에 있는 생명적 본능의 작동이다.

생명적 본능으로서의 반복은 일상적인 단순한 반복과는 다르다. 반복은 뒤에 이루어지는 것이 아니라 최초의 지진이 진동을 반복하듯 앞에서 발생한다. 뒤에 재연되는 반복(일상의 반복)이 규칙을 전제로 한다면 생명적 진동에 의한 반복은 규칙 없는 상태에서 매번 다르게 반복된다.[4]

반복이 절실한 또 하나의 경우는 스피박의 질문과 연관되어 있다. 가장 절박한 반복의 하나는 **서발턴은 말할 수 있는가**라는 질문[5]으로부터 발견된다. 서발턴이 말할 수 없는 것은 문화의 이질성과 비천한 위치 때문에 서구적 이성의 담론을 발화하지 못하기 때문이다. 우리는 스피박의 질문에 서발턴은 말할 수 없지만 반복할 수 있다고 논의할 수 있을 것이다.

개념과 재현이 필요한 담론이 머리에서 만들어진다면 반복은 **가슴**에서 작동된다.[6] 서발턴(하위계층)은 누구에게 불평할 수도 하소연할 수도 없지만 고통을 반복할 수 있다. 서발턴의 반복은 표상도 문법도 없는 상태에

---

3 프로이트, 「쾌락원칙을 넘어서」, 『쾌락원칙을 넘어서』, 9~89쪽.

4 이 규칙 없는 반복은 매번의 반복의 도약이기도 하다.

5 스피박, 태혜숙 역, 「서발턴은 말할 수 있는가?」, 로절린드 C. 모리스 편, 『서발턴은 말할 수 있는가?』, 그린비, 2013, 42~139쪽.

6 들뢰즈, 김상환 역, 『차이와 반복』, 민음사, 2004, 27쪽.

서 가슴으로부터 나온 떨림의 반향[7]이다. 우리는 뒤에서 「행랑자식」, 「운수 좋은 날」, 「과도기」 등을 통해 그런 비밀스러운 반복이 일으키는 놀라운 반향을 확인할 것이다.

두 경우의 절박한 반복은 모두 자아가 고통을 경험할 때 생겨난다. 또한 식민지 하층민처럼 고통을 주는 대상을 미리 알지 못했을 때 발생한다. 그 때문에 반복에는 놀라움과 공포가 있다. 그와 함께 포르트 다 놀이에서처럼 공포를 진정시키는 능동적인 리듬이 작동된다. 본능적인 충동에 의해 반복이 진행되는 중에 우리는 몸의 리듬과 함께 수동성에서 능동성으로 전이된다.

프로이트가 말했듯이 능동적 반복의 진행은 쾌락원칙과 현실원칙을 넘어서서[8] 죽음충동과 에로스를 만나게 한다. 그 두 가지 본능의 원리가 교차되는 유희, 그리고 고통의 능동적 전위와 쾌락원칙을 넘어선 감응, 이것이 바로 예술의 원리일 것이다. 예술은 가상을 통해 반복과 재현의 이중주를 연주하는 창조적 생성물이다.

가슴에서 시작되는 반복의 또 다른 중요한 특징은 **벌거벗은 반복**이라는 점이다. 벌거벗은 반복이란 아무런 표상도 문법도 없는 무매개적인 반복을 말한다. 우리는 담론과 제도, 사회에서 발생하는 문법에 의한 반복을 잘 알고 있다. 모든 담론은 언어에 의한 반복이며 자본주의는 화폐에 의한 반복이다. 반면에 우리가 말한 상처받은 사람과 서발턴의 반복은 개념도 문법도 없는 곳에서의 유희와 전회, 도약의 운동이다. 우리는 개념과 표상에 의한 재현 못지않게 **표상 없는 반복**이 고통 받는 사람을 구원해 줄 수 있음을 살펴볼 것이다.

---

7 '떨림의 반향'은 들뢰즈, 위의 책 26쪽에서 따온 표현임.

8 프로이트, 「쾌락원칙을 넘어서」, 『쾌락원칙을 넘어서』, 16~24쪽.

문법 없는 반복은 권력의 타자의 위치에서의 운동이다. 권력이 아무런 문법도 제도(법)도 없이 사회나 집단을 운영하는 일은 불가능하다. 반면에 반복은 권력에서 떨어져 있는 타자의 위치에서 본능적인 충동에 의해 작동된다. 타자는 권력에 의해 고통받는 존재이지만 반복을 통해 힘에의 의지(니체)를 작동시킨다. 그렇게 함으로써 고통을 넘어서서 권력에게 빼앗긴 능동성을 되찾는 것이다.

문제는 근대세계에서 타자가 반복을 통해 능동성을 되찾는 일이 단순하지 않다는 점이다. 들뢰즈는 반복 과정의 긍정성을 말하지만 그것이 간단치 않은 것은 반복[9]이 항상 약자(타자)의 위치에서 행해지기 때문이다. 우리는 앞에서 들뢰즈의 반복이 실상은 권력의 타자의 위치에서의 운동임을 살펴본 바 있다. 반복은 무매개적인 운동이지만 반복운동의 공백은 단순한 진공이 아니라 매개된 공간에서 미끄러질 때 생겨난다. 가령 어린이에게 능동성을 되찾아주는 포르트 다 놀이는 아버지 세계에서 벗어나 몰래 행해지는 무의식 속의 반복이다. 타자의 위치 역시 그와 마찬가지이다. 타자는 권력에 의해 주변화된 존재이기 때문에 항상 권력의 엄청난 압력 속에서 은밀히 반복운동을 한다. 타자의 반복운동이 억압적 권력에 대한 대응이 되는 일은 고독한 타자 혼자의 힘으로는 거의 불가능하다.

레비나스는 타자를 미래라고 말한다. 그러나 레비나스가 말하는 미래는 일상의 사람이 타자의 벌거벗은 얼굴과 교감할 때만 다가온다. 벌거벗은 얼굴과의 교감은 벌거벗은 반복을 통한 은밀한 교섭이라고 할 수 있다. 그처럼 타자의 약한 반복은 그 반복운동에 감응하는 사람과의 이중

9 근대세계에서의 반복을 말한다.

주가 필요한 것이다. 우리는 앞에서 「고향」을 통해 타자의 반복이 이중주를 통해 윤리로 증폭되는 과정을 살펴봤다.

만일 교감의 이중주가 없다면 반복은 아예 잘 발견되지 않을 수 있다. 반복이 잘 논의되지 않는 것은 타자의 반복이 교감을 얻지 못하면 마치 아무것도 없는 듯이 느껴지기 때문이다. 반복이 우리에게 호소력을 지니는 것은 교감의 이중주를 통해 다가올 때이다.

그처럼 반복이 약한 위치에서의 진동이라면 우리의 삶에서 어떻게 이중주가 시작될 수 있을까. 타자의 약한 반복이 담론이나 재현만큼 문화와 정치에서 중요한 지위를 부여받을 수 있을까. 타자를 강조하는 우리의 논의는 니체와 들뢰즈가 간과한 이런 질문들을 제기하게 만든다.

약한 위치에서 시작되는 반복이 중요한 것은 실재와 진실에 가깝기 때문이다. 담론과 재현은 실재에 가까워지는 운동이기보다는 표상불가능한 실재를 전달하려는 노력이라고 할 수 있다. 재현은 실재를 그리려 하지만 항상 표상체계의 매개를 통해서만 우리에게 그림을 전달한다. 반면에 반복은 그 자체가 무매개적인 실재의 운동이며 다만 전달과 소통에 어려움이 있을 뿐이다.

어떤 것을 재현한다는 것은 얼마간이든 실재에서 멀어졌다는 뜻이다. 그와 달리 반복한다는 것은 실재에 점점 더 다가가고 있다는 뜻이다. 진리가 실재계적 진리임을 알 때 우리는 비로소 반복의 중요성을 인정하게 된다. 다행히 우리에게는 실재계적 진리를 향한 오래된 활동이 있는데 그것이 바로 문학과 예술이다.

약한 반복이 진실의 진원지임을 보여주는 대표적 활동은 문학과 예술이다. **문학과 예술**은 권력이 지배하는 현실에서와는 달리 타자를 쫓아가는 놀이이다. 타자의 반복운동의 증폭 과정을 암시함으로써 현실에서의 패배를 되갚는 것이 바로 문학과 예술이다.

그 점에서 예술은 재현과 반복의 이중주이면서도 반복이 더 중요한 활동이다. 문학과 예술은 실재계적 진리를 말함으로써 상상계 쪽으로 기울려는 권력에 맞서 세계를 실재계 쪽으로 이동시킨다. 문학과 예술이 활발한 시대는 삶이 실재계 쪽으로 이동함으로써 변혁운동에 유리해진 세계이다.

물론 예술에는 음악 같은 표현적 예술과 소설 같은 재현적 예술이 있다. 표현적 예술이 리듬의 반복이라면 재현적 예술은 현실을 재현한다. 그러나 재현적 예술에서조차 실재의 진실을 전달하기 위해서는 반복의 형식이 매우 중요하다. 이 경우 실재의 진실은 재현을 통해 재현을 넘어서는 과정으로 다가온다.

실재의 진리를 위해 이중주가 필요한 것은 반복의 예술 역시 마찬가지이다. 예컨대 춤은 신체의 반복운동이 무대 위에서 연출된 것이다. 춤의 반복운동은 솔로로도 가능하지만 진실의 전달을 세밀화하려면 이중주의 형식을 취하게 된다. 자발적인 춤은 소설과 달리 반복의 솔로로 연주될 수 있으나 무용가의 안무를 통해 전달되는 이중주의 율동으로 더 절실해질 수 있다. 여기서의 실재의 진실 역시 실재의 리듬인 반복을 재현과의 관계에서 증폭시킬 때 더 감동적이 된다.

예술이란 '어른의 포르트 다 놀이'가 예술가의 각본을 통해 관객에게 호소하는 이중주이다. 실재의 진실을 더 정교화하려 할수록 솔로로 가능한 예술조차 이중주에 가까워진다. 반대로 재현적인 문학 역시 표상할 수 없는 실재의 반복을 언어적 표상을 매개로 전달하는 이중주의 놀이인 것이다.

예술과 문학의 이중주는 **약한 타자**가 능동성을 회생시키는 비밀을 알려준다. 문학은 실패하는 이야기인 동시에 반복을 통해 실재계에 다가가며 능동성을 회생시키는 미학이다. 우리는 실패하면서 능동적이 되기 때문에 증폭된 힘을 통해 물밑에서 서로 손을 잡으며 일어설 수 있는 것이다.

그 점에서 예술과 문학은 약한 타자와 변혁운동 사이에 위치한다. 문학의 가상은 단지 허구적인 것이 아니라 표상불가능한 실재(타자)에 다가가려는 장치로서 현실과 무관하지 않다. 문학은 가상이고 현실은 실제이지만 문학 역시 현실에서의 실재the Real의 진실을 위해 현실적인 힘을 발휘한다. 진실의 이중주를 통해 우리를 실재계 쪽으로 이동시킴으로써 사람들이 손을 잡는 변혁운동에 유리한 상황을 만드는 것이다. 그런 방식으로 가상의 반복인 문학은 실제를 재현하는 현실의 실천을 도와준다. 더욱이 재현처럼 보이는 현실의 실천 역시 진실의 이중주임은 마찬가지이다.

문학은 궁극적으로 현실에서 실행되어야 할 진실의 이중주를 미리 가슴으로 경험하게 하는 가상의 놀이다. **가상**으로 된 문학은 **재현**에 지배되는 현실을 진실의 이중주로 다가가게 만들기 위한 놀이로 된 진실이다. 문학이 가상의 진실이라면 변혁운동은 가상과 현실이 중첩된 진실이다. 가상의 진실놀이의 이중주는 현실에서 진실을 실천하는 이중주의 원경험이자 촉진제이다.

그런데 우리시대는 현실과 가상의 경계가 해체된 시대이다. 다른 말로 오늘날은 현실과 연출의 경계가 무너진 시대라고도 할 수 있다. 문학뿐 아니라 역사, 사회, 정치마저 현실의 진행이자 연출인 것이다. 그 이유는 신자유주의가 상부구조와 인격성의 영역까지 상품화했기 때문이다. 모든 것이 상품과 이익을 위해 연출되는 시대에는 현실은 원본이고 재현은 현실을 거울처럼 비춘다는 신화가 무너질 수밖에 없다. 다만 현실이 상품의 반복이라면 예술은 생명적인 심장의 반복이라고 할 수 있다. 우리 시대는 상품의 반복과 심장의 반복이 경쟁하는 시대이다. 생명적 반복이 약화된 동시에 간신히 살아남은 실재계적 반복이 재현보다 더 중요하게 우리의 존재를 회생시키는 시대인 것이다.

흥미로운 것은 예술과 변혁운동의 관계의 변화이다. 오늘날은 상품의 반복이 지배적이기 때문에 변혁운동에서도 예술에서처럼 반복의 연출이 중요하게 되었다. 상품의 반복이 전방위적이 된 상황에서 변혁운동의 회생을 위해 현실 자체의 틈새 공간(가상)에서 예술적 반복이 연출될 필요가 생긴 것이다. 촛불집회에서 보듯이 이제 예술과 미학의 반복은 변혁운동의 일부가 되었다.

그런데 상품의 반복은 자본주의 문법에 장악된 표상들의 재현이기도 하다. 그 때문에 자본주의 속에서 자본주의를 넘어서는 진실은 여전히 재현과 반복의 이중주로 연주될 수밖에 없다. 그러면서도 가상 속의 반복은 현실과 문학에서 유례없이 중요하게 떠오른다. 우리는 뒤에서 가상(그리고 시뮬라크르)을 통한 반복이 어떻게 '현실적 정치의 위기'와 '문학적 재현의 위기'를 구원하는지 살펴볼 것이다.

2. 서발턴의 반복과 지식인의 재현

반복이란 고통을 겪은 사람의 심장에서 계속 울려나오는 떨림과 리듬이다. 우리는 레비나스의 벌거벗은 얼굴의 호소를 일종의 (벌거벗은) 반복운동이라고 해석할 수 있다. 「고향」에서처럼 고통 받는 타자와 교섭하려면 재현에 앞서 반복이 필요하다.

그러나 일반적으로 우리는 반복보다는 재현에 익숙하며 지식인은 더욱 그렇다고 할 수 있다. 지식인이 자신에게 익숙한 재현에만 몰두한다면 타자의 반복운동은 잘 드러나지 않는다. 그처럼 개념과 표상으로 재현의 장을 만들 때 식민지의 타자 서발턴은 소통의 장에 끼어들기 어려워지게 된다. 스피박이 서발턴은 말할 수 있는가라고 되풀이해서 질문하는 것은 그 때문이다. 서발턴은 말할 수 없는 대신 반복하지만 그 반복에 감응하는 일상인(그리고 지식인)은 많지 않다. 스피박은 지식인이 서발턴을 재현(대표)하면서 실상은 투명하게 자신을 재현한다고 비판했다.[10] 재현이 거의 불가능한 서발턴을 그리면서 서발턴 자신의 떨림과 반향을 전해주기는 매우 어려운 것이다.

식민지 초기의 대표적인 리얼리즘은 그런 서발턴의 난제에 응답하는 과정에서 나타났다고 할 수 있다. 이제까지 우리는 식민지 시대 리얼리즘에서 지식인 작가들의 재현과 현실인식을 주목해왔다. 그러나 초기 리얼리즘의 성취는 재현을 넘어서서 서발턴의 반복운동을 발견하는 과정이었다고 할 수 있다. 예컨대 「행랑자식」, 「물레방아」, 「운수 좋은 날」, 「고향」, 「과도기」 등은 지식인 작가나 화자가 서발턴의 반복을 발견하고 그에 교감하는 진행을 보여준다.

「고향」의 리얼리즘의 성취 역시 서발턴의 난제에 대한 응답의 과정이었다고 할 수 있다. 이 소설에서 유랑인은 처음에 조선인 지식인으로부터도 외면받는 '없는 사람' 같은 존재였다. 지식인 '내'가 유랑인에게 관심을 가진 것은 '그'가 답답한 제 신세를 생각하며 얼굴을 찡그렸을 때였다. 얼굴을 찡그린 것은 무의식적으로 외부 자극을 거부하는 것이며 차

10 스피박, 「서발턴은 말할 수 있는가?」, 『서발턴은 말할 수 있는가?』, 62쪽.

마 자신이 겪은 고통을 말할 수 없는 심리임을 암시한다. 그와 동시에 '그'는 벌거벗은 얼굴을 통해 거부하고 싶은 고통을 무의식적으로 표현하고 있다. 유랑인의 일그러진 얼굴은 폭력의 거부인 동시에 말할 수도 재현할 수도 없는 고통의 은밀한 반복운동이다. 상처가 너무 크기 때문에 외부 자극을 물리치면서 저도 모르게 심리적인 고통을 반복하고 있는 것이다. '내'가 '그'에게 감동한 것은 이성적 사고에서 물러서서 '그'의 신산스런 얼굴에 나타난 반복의 떨림에 공감했기 때문이다. 유랑인에 대한 묘사들, 즉 경성드뭇한 눈썹, 축 처진 양미간의 주름, 삐뚤어지게 찢어진 소태 먹은 입, 조로한 신산스런 표정은, 재현불가능한 고통이 진동하는 얼굴에 다름이 아니다.

이후의 유랑인의 이야기 역시 무덤으로 변한 고향의 상처에 대한 반복이다. 이야기가 진행됨에 따라 지식인 화자 '나'에 의해 서사가 재현되지만 '내'가 동요하는 부분에서는 다시 서발턴의 얼굴이 표현된다. 그의 얼굴에서 굵직한 눈물이 뒤 방울 떨어진 것은 무덤과 산송장의 트라우마에 대응하는 순수기억[11]의 반복본능의 표현이다.

기존의 「고향」의 비평에서는 지식인의 **재현**에 의한 식민지 현실인식이 리얼리즘을 성취한 것으로 논의되었다. 그러나 그런 재현만큼이나 중요한 것은 서발턴의 트라우마와 **반복충동**이다. '내'가 '조선의 얼굴'을 본 것은 재현에 의한 현실인식에 앞서 '그'의 얼굴에서 상처에서 벗어나고 싶은 (반복)충동을 읽었기 때문이다.

반복충동은 시선을 횡단하는 응시를 증폭시킨다. 시선이 권력의 시각

---

11 순수기억이란 선적인 시간으로 환원되지 않는 미결정적인 기억으로 무의식 속에서 잠재태로 떠돌다가 이미지 기억의 형태로 떠오른다. 베르그손, 박종원 역, 『물질과 기억』, 2005, 125·143~157쪽.

성이라면 응시는 체제의 시각장을 가로지르는 타자의 대응이다. 라캉은 주체가 (상징계에서) 넘어지는 곳에서 응시가 나타나며 응시 속에서 실재계와의 만남이 이루어진다고 말한다.[12] **응시**의 증폭과 실재계와의 만남은 이미 **반복운동**의 작동과정이기도 하다.[13] 체제(상징계)에서 미끄러져 분열된 순간 타자는 고통을 반복하며 식민지적 시각장을 관통하는 응시를 흘려보낸다. 유랑인은 식민지 자본주의에서 넘어진 사람이며 가만히 있어도 비참한 눈에서 응시가 새어나온다. '그'는 고통의 기억을 반복하는 중에 실재계적 반향을 통해 응시를 증폭시킨다. 응시가 증폭되는 순간은 '나'와의 교감 속에서 지식인과 타자, 상징계와 실재계의 교섭이 많아지는 때이다. 그것은 레비나스가 현존에 대한 미래의 엄습[14]이라고 말한 미결정적 시간이 생성되는 순간이다. 그 순간은 보이지 않는 모든 조선인과의 물밑의 네트워크가 순식간에 작동되는 시간이기도 하다.[15]

「고향」은 초기 리얼리즘에서 반복과 응시 같은 비표상적인 사유가 얼마나 중요한지 보여준다. 응시는 반복의 메아리, 즉 **재현불가능한** 실재계적 반향과 존재의 떨림이다. '내'가 '음산한 얼굴'에서 본 것은 얼어붙은 재현과 시선이 아니라 끝없는 반복을 통해 생성되는 응시였다. 조선의 얼굴은 그런 응시의 증폭의 순간에 발견된다. 서발턴의 얼굴은 벌거벗은 반복을 통해 실재계의 메아리(응시)를 지식인에게 들려준다. 그 순간의 지식인과 서발턴의 교감의 이미지, 즉 조선의 얼굴은, 지식인의 민족주의

---

12 라캉, 이미선 역, 「시선과 응시의 분열」, 권택영 편, 『욕망이론』, 문예출판사, 1994, 198~201쪽.

13 위의 책, 189~190쪽.

14 레비나스, 강영안 역, 『시간과 타자』, 문예출판사, 1996, 86쪽.

15 모든 조선인이 기차에 탄 것은 아니지만 이 기차간 사건의 우발성은 일상에서 잠재적으로 모든 조선인들의 네트워크가 작동될 수 있음을 암시한다.

를 넘어서서 '동요하는 실재계적 진실'의 은유로 다가온다. 실재계적 진실로서의 조선의 얼굴은 상징계에는 없는 동시에 실재계적 반향이 닿는 모든 곳에 존재한다. 초기 리얼리즘은 재현적 성취보다는 실재계적 진실의 발견 과정이었다고 할 수 있다.

서발턴과의 교감을 통한 실재계적 진실의 순간은 구원의 이중주의 시간이기도 하다. 구원의 이중주는 지식인이 서발턴을 구출해내는 것이 결코 아니다. 유랑인은 '없는 사람'에서 '공감의 대상'이 되었으며 이는 그가 한 인간으로서 구원을 얻은 것처럼 보인다. 그런데 서발턴이 인간의 얼굴을 되찾은 순간은 지식인이 조선의 얼굴을 본 순간이기도 하다. 그 순간은 지식인 자신이 조국을 잃은 사람에서 조선의 얼굴을 되찾은 사람으로 구원을 얻은 때이다. 유랑인의 반복운동과 응시의 증폭이 있었기 때문에 지식인이 조선을 상실한 상태에서 다시 조선을 볼 수 있었던 것이다.

「고향」이라는 소설이 서사를 얻어 우리에게 울림을 전해주는 것은 분명히 지식인 화자('나')의 재현에 의한 것이다. 그러나 그의 리얼리즘이 성공할 수 있었던 것은 유랑인에게서 조선의 얼굴을 발견했기 때문이다. 조선은 영토를 잃었기 때문에 시각적 재현을 통해서는 얼굴을 볼 수 없다. 조선의 얼굴은 서발턴의 반복운동의 떨림과 반향에 의해 발견된 것이며 그것은 지식인의 머리가 아니라 유랑인의 심장에서 울려나온 것이다.

물론 유랑인의 반복운동이 '나'와의 공감 속에서 재현과 교섭하지 않았다면 조선의 얼굴은 구체화되지 않았을 것이다. 반복운동 자체는 표상불가능한 미결정적성의 느낌으로 전해진다. 그런 반복운동이 재현의 주체 '나'에게 감동을 일으키는 순간 '나'의 재현을 넘어서며 조선의 얼굴이 발견된 것이다.

「고향」은 재현과 반복의 이중주로 연주되는 소설이다. 그것은 머리와 심장의 이중주이기도 하다. 그와 함께 이 소설은 지식인과 서발턴이 서로에게 능동성을 되찾아주는 구원의 이중주로 울리고 있다. 구원의 이중주는 어느 한 사람이 다른 사람을 구출해주는 것이 아니다. 계몽의 구원과는 달리 구원의 이중주는 아무 말도 할 수 없는 서발턴의 반복의 동요에서 울림이 시작된다. 반복운동이 재현에 포섭되지 않고 벌거벗은 채로 지식인의 서사의 무대에 올려지는 순간 서로가 서로를 구원하고 있는 것이다.

그런 구원의 이중주는 물밑의 이중주이기도 하다. 「고향」에서 지식인과 유랑인은 여전히 달리는 제국의 기차간에 몸을 싣고 있다. 제국의 감시의 시선이 작용하는 열차 안에서 조선은 어디에도 없다. 그러나 지식인과 유랑인의 공감의 이중주가 연주되는 물밑에서는 조선의 응시의 네트워크[16]가 발견되고 있다. 제국의 시선은 지식인의 재현을 감시할 수 있기 때문에 「고향」은 국가를 상실한 식민지 시대의 소설로 전개된다. 그러나 서발턴의 반복운동은 제국의 감시의 시선조차 잘 볼 수 없기에 '나'와 '그'는 응시를 통해 물밑의 조선의 네트워크에 접속한다. 「고향」이 식민지 시대 소설인 동시에 식민지가 아닌 지금에도 공감되는 (제국의) '감시를 넘어선 소설'인 것은 그 때문이다. 우리는 재현된 식민지를 보는 동시에 반복운동을 하는 탈식민지를 응시한다. 「고향」은 재현과 반복의 이중주를 통해 조선이 아무 데도 없는 동시에 모든 곳에 다 있음을 알려주고 있다.

---

16 응시의 네트워크는 실재계적 진실의 네트워크이다.

3. 벌거벗은 얼굴과 우울증

반복운동은 재현의 한계를 넘어서서 권력의 감시를 따돌리고 아직 오지 않은 미래를 보게 한다. 「고향」은 식민지 시대를 재현하는 동시에 서발턴의 반복을 통해 식민지를 넘어선 공간을 응시한다. 「고향」이 감동적인 것은 반복운동 중에 열린 틈새를 통해 물밑에서 미래와 만나고 있기 때문이다. 레비나스가 벌거벗은 얼굴과의 만남에서 미래가 다가온다고 말한 것은 그런 의미에서였다.

우리가 지식인만큼 서발턴을 주목하고 재현 못지않게 반복을 중시해야 하는 것은 그 때문이다. 서발턴은 말할 수 없지만 벌거벗은 얼굴로 우리에게 다가올 수 있다. 레비나스는 타자의 얼굴은 밖(실재계)에 있으며 표상체계 너머에 존재한다고 말한다.[17] 벌거벗은 얼굴이 다가오는 순간은 어떤 지시체도 없는 밖이 안에서 현시되는 순간이다. 타자의 얼굴은 표상체계의 주도권의 실패를 뜻하며 모든 것을 장악한 지배 권력의 감시에서 벗어나 있는 유일한 영역이다.

우리는 「만세전」에서처럼 지식인의 현실인식에 의해 저항이 시작된다고 생각한다. 식민지 시대에 지식인이 감옥에 갇히고 지식인의 사상이 탄압을 받은 것은 그 때문이다. 그러나 지식인이 탄압받는 시대는 역설적으로 저항이 가능한 시대였다. 「고향」에서처럼 안에 있는 바깥인 고통받는 타자와의 만남이 가능했기 때문이다.

피지배자의 저항이 어려워진 것은 생명을 관리하는 보다 미시적인 권력(파시즘)이 등장하면서부터였다. 아감벤은 지식인이 아니라 벌거벗은

17 강영안, 『타인의 얼굴』, 문학과지성사, 2005, 179쪽.

생명을 정치영역에 포섭할 수 있을 때 비로소 권력이 통치에 성공한다고 말한다.[18] 벌거벗은 생명은 법에 의해 규제된 감옥에 갇히는 것이 아니라 법이 정지되는 수용소에서 관리된다. 수용소는 아우슈비츠 같은 예외적인 곳 뿐 아니라 현실의 도처에 존재한다.

아감벤이 말한 벌거벗은 생명은 안에 존재하는 바깥, 즉 벌거벗은 타자와 다르지 않다. 아감벤은 정치영역에서 면제된 듯한 곳이 지배를 위해 가장 중요하다는 역설을 말하고 있다. 타자를 '죽여도 좋은 생명'으로 만들 때 비로소 지배체제의 질서가 유지된다는 것이다.

권력은 위험한 지식인을 감옥에서 규율화하거나 사상을 전향시킨다. 반면에 아무런 저항력도 없는 벌거벗은 생명은 타살 가능한 생명으로 만들어 관리한다. 그 이유는 지식인의 위험성은 머리와 사상에 있지만 벌거벗은 타자의 위험성은 **생명적인** 반복운동에 있기 때문이다.

「고향」에서처럼 타자가 다가오는 것은 심장의 떨림과 반향을 전달하는 순간이다. 타자의 반복운동이 전해지는 순간은 능동적인 생명성의 운동이 전염되기 시작하는 시간이다. 그때 심장을 울리는 리듬에 의해 물밑에서 순식간에 피지배자의 보이지 않는 네트워크가 생성되기 시작한다.

아감벤의 말은 그런 가슴의 동요의 운동을 정지시켜야 한다는 의미로 받아들일 수 있다. 벌거벗은 생명이 배제되는 사회는 사건이 일어나도 모두가 침묵하는 '이상한 고요함'의 세상이다. 그런 세상에서는 고통받는 사람이 벌거벗은 얼굴로 다가와도 심장의 떨림이 전파되지 않는다. 그처럼 무력한 타자가 폭력을 당해도 아무도 동요하지 않으면 저항은 일어나지 않는다.

18 아감벤, 박진우 역, 『호모 사케르』, 새물결, 2008, 42쪽.

아감벤의 생명정치는 타자의 벌거벗은 얼굴마저 관리하는 물신화된 동일성의 체제이다. 과거에는 타자의 얼굴에 고개를 돌리며 폭력을 행사했지만 물신적 동일성 체제에서는 얼굴 자체가 감시와 폭력의 대상이 된다. 예컨대 식민지 말 내선일체의 시대에는 조선인의 **얼굴**이 폭력의 표적이 되었으며 피식민자는 일본인의 가면을 쓰고 살아야 했다. 일본인 가면을 쓴 것은 폭력을 피하기 위해서였으며 그런 상황은 일본의 표상체계 바깥의 벌거벗은 얼굴이 사라졌다는 뜻이었다. 그처럼 안에 있는 밖인 벌거벗은 얼굴이 사라지면 절대적 동일성 체제는 영원히 변화되지 않는다.

20세기 후반의 신자유주의 시대에는 타자의 얼굴을 관리하는 또 다른 미시권력이 출현했다. 내선일체는 파시즘이고 신자유주의는 민주주의이지만 타자의 얼굴이 사라진 점에서는 비슷하다. 전자의 절대적 권력이 전쟁으로의 총동원 체제였다면 후자의 동일성 권력은 상품으로의 총동원 체제이다. 신자유주의는 인격성의 영역과 타자의 얼굴마저 상품으로 동원하는 사회이다.

신자유주의는 감정, 사랑, 자연, 무의식마저 상품화됨으로써 벌거벗은 얼굴이 사라진 사회이다. 그처럼 벌거벗은 얼굴이 사라진 사회의 고통은 **얼굴**을 상품화해야 하는 연예인이나 감정노동자에게서 가장 심각하게 경험된다. 애니메이션 〈나의 꿈은〉(이애림 감독)은 연예인 지망생이 자기결정권을 상실한 상태에서 얼굴과 몸을 성형해야 하는 현실을 폭로한다. 마지막으로 연예인 지망생은 감정과 신체가 부유층 스폰서의 상품이 되어야 연예인이 될 수 있다. 그렇게 연예인이 된 후에는 자신도 모르게 '이건 내가 아닌데'라는 생각에 사로잡힌다.

연예인은 무대의 주인공인 동시에 고통받는 타자이기도 하다. 그런데 연예인과 감정노동자의 고통은 인격의 영역이 착취당해도 고통스런 벌거벗은 얼굴을 드러낼 수 없다는 점에 있다. 얼굴 자체가 상품이므로 고통의 호소는 대중이 원하는 이미지에서 벗어남으로써 비난의 대상이 된다. 애교를 부리지 않거나 예쁘게 말하지 않으면 조리돌림이나 악플의 대상이 되는 것이다. 인형이나 여신을 연기하거나 대중이 욕망하는 이미지를 끝없이 연출해야 하는 그들은 우울증에 빠진다. **우울증**은 벌거벗은 얼굴이 사라진 사회의 **증상**[19]이다. 안에 있는 밖인 벌거벗은 얼굴이 사라지면 물신화된 상품화에 중독된 사회는 영원히 변화되지 않는다. 그처럼 자아를 상실한 상태('이건 내가 아닌데')가 끝없이 계속될 것 같은 정체감이 바로 우울증이다.

증상이란 사회체제가 낳은 필연적 결과물(하위적 구성물)이면서 체제에 의해 승인되지 않은 잉여를 지닌 요소이다. 우울증은 인격성마저 상품화하는 사회의 병리적 증상인 동시에 사회에서 사라진 벌거벗은 얼굴에 대한 갈망이기도 하다. 신자유주의의 상품화의 요구에 적응한 사람은 로봇처럼 잘 살아갈지언정 우울증이 없다. 반면에 증상으로서의 우울증은 물신화된 상품사회가 탈상품화의 갈망을 만나는 지점이다.

우울증의 고통으로 '넘어진 자아' 역시 가슴의 떨림인 반복운동을 경험하게 된다. 반복운동은 벌거벗은 얼굴의 본능적 충동이며 생명적 존재의 내부에서 외부로 나아가는 운동이다. 그러나 우울증으로 고통을 겪는 사람은 벌거벗은 얼굴로 출현하는 것이 매우 어려워진 존재이다. 우울한 사람의 반복은 자기 안에서 맴돌 뿐 외부로 나가기 매우 어려워진다. 우울증의 고통이 **무증상의 증상**인 것은 이 때문이다. 그렇다면 우울의 고통으로 인한 반복은 어떻게 구원될 수 있을까.

---

19 우울증의 증상은 흔히 고통이 무시되기 때문에 '무증상의 증상'이라고도 할 수 있다.

우리는 벌거벗은 얼굴이 반복운동을 통해 우리에게 호소한다고 말했다. 그런데 들뢰즈는 그 이외에 두 가지 중요한 반복운동에 대해 논의한다.[20] 하나는 고통받는 자아를 봉인하는 반복인데 이 헐벗은 운동은 죽음충동에 이르게 된다. 죽음충동은 벌거벗은 얼굴이 「고향」에서와는 달리 일상인의 교감을 얻지 못할 때 발생한다. 다른 하나는 예술의 반복처럼 가면과 가상을 통해 고통 속의 생명의 떨림을 표현하는 것이다. 이 가상(가면)[21]을 통한 반복은 헐벗은 반복과는 달리 능동성을 회생시켜주는 운동이다.

들뢰즈가 가상을 통한 반복[22]을 중시하는 것은 반복이란 재현의 체계에서 벗어난 공백에서의 반복이기 때문이다. 들뢰즈의 가상을 통한 반복은 우리가 말한 틈새에서의 무매개적인 반복과 일치한다. 벌거벗은 얼굴은 가상을 빌리지 않고 반복운동을 하지만 상징계를 넘어서서 실재계적 반향을 들려주는 점에서 들뢰즈의 능동적인 반복과 겹쳐진다. 들뢰즈가 벌거벗은 얼굴의 예를 들지 않는 것은 상징계의 타자의 위치에서의 반복을 유념하지 않기 때문이다. 그 점에서 들뢰즈가 말한 가상을 통한 반복은 타자의 위치를 대신해서 가상의 공백에서 반복운동을 하는 것을 뜻하는 것으로 이해할 수 있다. 그런 가상과 반복의 관계가 더 실감나는 것은 타자(벌거벗은 얼굴)가 사라졌을 때일 것이다.

우울증의 사람은 벌거벗은 얼굴로 출현하는 것은 불가능하기 때문에 헐벗은 반복에 빠질 위험이 커진다. 연예인이 우울증으로 자살하는 경우

---

20 들뢰즈, 『차이와 반복』, 75~77쪽.

21 예술에서 가상이 의미를 지니는 것은 체제의 공백에서의 연출을 가능하게 해주기 때문이다.

22 이 가상을 통한 반복은 헐벗은 반복과 구분되는 옷입은 반복이기도 하다.

가 많은 것은 벌거벗은 타자로 출현하며 우리에게 다가올 수 없기 때문이다. 그 때문에 신자유주의의 증상인 우울증을 극복하려면 들뢰즈가 말한 가면을 쓴 반복(가상의 반복)이 필요하다. 들뢰즈의 가면을 쓴 반복은 헐벗은 반복에서 벗어나 자아의 능동성을 회복하는 데 중요한 방법이다. 예술의 반복은 가상을 통해 연출되기 때문에 예술이란 은유의 가면을 쓴 반복운동이라고 할 수 있다. 오늘날은 우울에서 벗어나기 위해 그런 예술의 반복 뿐 아니라 일상에서도 가면을 쓴 능동적인 반복이 필요해진 시대이다.

우울이란 실재에 대한 진실에서 아득히 멀어졌다는 절망감에 다름이 아니다. 억압적인 독재의 시대에도 벌거벗은 얼굴의 출현이 가능했기 때문에 고통스러울지언정 우울하지는 않았다. 반면에 인격성의 영역이 상품화됨으로써 벌거벗은 얼굴을 상실한 시대에는 우울증이 만연된다. 오늘날은 우울에서 벗어나 자아의 능동성을 회복하고 실재에 다가가기 위해 가상의 반복과 가면을 쓴 반복이 필요해진 시대이다.

4. 타자의 이중주와 〈복면가왕〉

가면을 쓴 반복은 내선일체 때 일본인 가면을 쓴 것과는 다르다. 그때 일본인 가면을 쓴 것은 제국의 표상체계에서 이탈한 벌거벗은 얼굴이 사라졌다는 암시였다. 반면에 능동적으로 가면을 쓰는 반복은 신자유주의의 표상체계에서 탈출하기 위한 연출이다. 일본인 가면은 제국에의 동화의 표시이지만 가면을 쓴 반복은 신자유주의 상품화에 동화되지 않는다는 뜻이다. 벌거벗은 얼굴이 사라지고 얼굴과 신체마저 상품화되었기 때문에 가면은 얼굴과 인격의 상품화에서의 자유를 표현하는 것이다.

가면을 쓴 사람이 근대의 공간에서 자유를 누린다는 것은 뜻밖의 일로 들릴 수도 있다. 가라타니 고진은 근대인의 출현을 분장한 가면을 벗고 맨얼굴의 사람이 출현한 것으로 묘사했다. 가면이 한자문화이고 맨얼굴이 표음주의와 표준어에 해당한다면 가라타니의 근대인은 이성을 지닌 사람이다. 그 때문에 그가 말하는 맨얼굴은 「고향」의 유랑인 같은 벌거벗은 얼굴과는 다른 존재이다. 가라타니의 맨얼굴은 재현을 하는 사람이며 아직 실재에 다가가지 못하는 존재이다. 그런 투명한 규율을 쓴 맨얼굴에서 실재에 다가가려면 반복운동을 하는 타자의 벌거벗은 얼굴이 필요하다. 그렇지 않으면 규율에서 벗어나기 위해 예술에서처럼 은유적인 가면(가상)을 쓴 사람이 요구된다. 예술의 가면은 규율의 공간에서 벗어나 가상의 무매개적인 상태에서 실재에 다가가게 해준다.

그런 맥락에서 근대 이후에 가면을 쓴 반복은 예술과 문학에서 가장 특징적으로 나타나고 있다. 그러나 그밖에도 강압적 체계에 대한 저항과 해방의 표현으로 자주 쓰여 왔다. 예컨대 〈브이 포 벤데타〉(제임스 맥테이그 감독)에서 브이(휴고 위빙 분)가 쓴 벤데타 가면은 400년 전 폭정에 맞선 가이 포크스의 얼굴로서 저항의 아이콘이다. 이 영화에서 브이는 가면 뒤에는 살만 있는 것이 아니라 신념이 있다고 말한다. 우리는 그와 비슷하게 물신화된 동일성 체제(신자유주의)에 맞서는 가면 뒤에는 상실한 **타자성에 대한 갈망**이 있다고 말할 수 있다.

얼굴마저 상품화된 오늘날은 벤데타의 시대보다 가면을 통한 타자성의 갈망이 더 실감나는 시대이다. 예컨대 〈복면가왕〉이 인기가 있는 이유 역시 가면이 타자성을 갈망하는 반복의 자유를 허용하기 때문이다. 〈복면가왕〉의 패널들은 이 프로가 출연자에 대한 편견을 깨준다고 입을 모은다. 그들이 말하는 편견이란 신자유주의에서의 얼굴의 상품화에 다름이 아니다. 연예인은 얼굴을 상품화해야 하기 때문에 벌거벗은 얼굴의 표현이 거의 불가능하다.[23] 〈복면가왕〉에서 가면을 쓰는 것은 얼굴의 상품화에서 벗어나는 유일한 기회이며 "이게 나다"라고 외칠 수 있는 틈새의 순간이다. 그와 함께 신자유주의의 동일성의 물신화에서 벗어나 타자성을 표현할 수 있는 드문 시간이기도 하다.

대중들은 자신의 욕망을 거울처럼 비춰주는 얼굴을 소망하지만 〈복면가왕〉의 순간만은 그렇지 않다. 상품화된 얼굴과는 전혀 다른 복면이 씌워졌기 때문에 마치 예술에서처럼 현실(신자유주의)과는 다른 공간(가상)으로 이동해 타자성의 자유를 느끼는 것이다. 〈복면가왕〉이 인기가 있는 이유는 상품세계에서 벗어나 실재에 다가가는 자유를 허용하기 때문이다. 역설적으로 신체를 부자유스럽게 하는 가면이 우리를 신자유주의의 공백지대로 이동시켜 실재의 자유를 허용하는 것이다.

그런데 그런 자유의 소망에는 한계가 있다. 대중들은 이 뜻밖의 자유가 지속되기를 원하는 동시에 빨리 가면의 정체를 확인하고 싶기도 하다. 예술은 가상을 통한 반복에서 쾌락원칙과 현실원칙을 넘어서 에로스의 갈망을 회생시킨다. 그러나 〈복면가왕〉은 쾌락원칙을 넘어서는 동시에 지나친 동요에서 벗어난 안정감을 원하기도 한다. 만일 복면이 영원히 벗겨지지 않거나 제3의 이미지를 창발한다면 대중들은 오히려 혼돈에 빠질 것이다. 대중 연예프로라는 보수적 형식 때문에 현실원칙에서 이탈하는 지나친 흥분과 동요는 불안을 일으키는 것이다. 이것이 〈복면가왕〉과 예술의 가면의 차이점이다.

---

23 이따금 벌거벗은 얼굴을 표현해도 그것마저 상품화된 것으로 연출해야 한다.

그런 제한은 가면을 벗는 순간의 놀라움에서도 나타난다. 가면을 벗는 순간은 소설을 다 읽고 나서 다시 현실로 돌아올 때처럼 우리를 동요시킨다. 복면이 연출되는 동안은 마치 소설을 읽을 때처럼 가상의 공간에서 유희를 벌이는 것과도 같다. 예술과 소설은 가상의 유희를 통해 우리를 흥분시키는 동시에 현실로 돌아온 순간 그런 동요를 현실에 느끼게 만든다. 〈복면가왕〉에서도 복면을 벗는 순간은 그런 동요의 순간이다. 그 순간 우리는 아주 짧게 벌거벗은 얼굴을 만난 듯한 감동의 순간에 젖어든다. 얼굴의 상품화로 인한 우울증은 사라지고 객석은 순식간에 흥분의 도가니가 된다. 맨얼굴(벌거벗은 얼굴)[24]의 연예인은 상품화된 욕망 대신 낯설게 하기를 통해 우리의 지각력을 증폭시킨다.

그러나 그런 퍼포먼스가 끝나고 나면 모든 것이 제자리로 돌아온다. 예술과 소설을 감상하고 나면 우리는 '여행은 끝나고 길이 시작되는'[25] 것을 느낀다. 가상의 공간에서의 흥분이 현실에서의 내면의 동요로 이어지기 때문이다. 하지만 〈복면가왕〉에서는 잠깐의 동요와 함께 흥분이 가라앉고 안정감 속에서 다시 제자리로 돌아온다.

물론 다시 돌아온 얼굴이 예전과 똑같은 것은 아니다. 신자유주의는 연예인에게 맨얼굴을 허용하지 않기 때문에 직업을 버리지 않는 한 벌거벗은 얼굴로 돌아올 수는 없다. 그러나 과거의 상품화된 얼굴과는 다른 점이 있다. 그것은 복면을 쓰며 노래했던 시간과 잠깐 벌거벗은 얼굴로 회귀했을 때의 기억이 은유로 작용하기 때문이다.

〈복면가왕〉에 출연한 연예인이 예전과 다르게 보인다면 그것은 잠깐 동안의 기억에 의한 은유의 효과이다. 목도리 도마뱀으로 출현했던 신

---

24 여기서의 맨얼굴은 가라타니 고진이 말한 것보다는 벌거벗은 얼굴에 더 가깝다.
25 루카치, 『소설의 이론』, 83쪽.

지는 무언가 그전과 조금 달라져 있다. 상품화된 얼굴에 순수기억의 은유가 겹쳐지기 때문에 그만큼 우울에서 벗어날 수 있는 것이다. 우울이란 순수기억과 타자성의 빈곤화이다. 반면에 〈복면가왕〉의 흥분이 타자성의 능동적 자유에 있다면 그것은 가면과 은유(순수기억의 놀이)의 놀이적 효과이다.

이는 오늘날 타자성의 귀환을 위해 이중주가 필요함을 알려준다. 은유적 가면의 놀이는 가상과 본 얼굴을 통한 이중주로 된 순수기억의 놀이이다. 본 얼굴 위에 가상의 기억이 은유로 맴돌기 때문에 그 틈새로 타자성이 귀환하는 것이다. 타자성의 귀환을 위해 가면이 필요하다는 것은 신자유주의 시대가 벌거벗은 얼굴을 상실한 시대임을 뜻한다. 「고향」에서처럼 가면이 없이 기차간에서 벌거벗은 얼굴을 발견하고 감동하는 일은 이제 불가능하다. 우리시대는 또 한 번의 감동을 위해 가면과 은유라는 타자의 이중주가 필요한 시대이다. 가면을 쓰면서 상품화된 얼굴을 지우고 다시 벗었을 때 은유를 통해 본 얼굴로의 귀환을 막는 것이다. 다만 〈복면가왕〉의 가면의 놀이로는 상품물신화에 대응할 만큼 이중주가 충분하지 않다. 가면과 은유의 이중주가 타자를 회생시키고 자아를 일으켜 세우는 비밀은 현실에서의 또 다른 복면의 놀이를 통해 확인된다.

5. 변혁의 이중주 – 가면과 은유

근대세계에서 가면의 신비스러운 힘은 벌거벗은 얼굴을 상실한 상황에서 실감을 얻는다. 레비나스는 타자성의 신비를 현존하지 않는 것과의 관계에서 찾았다. 그런데 우리는 지금 〈복면가왕〉의 가면을 통해 그런 타자성의 힘을 발견한다. 벌거벗은 얼굴이 사라진 상황에서는 가면이 현존하지 않는 것과 관계하게 하며 타자성의 신비를 경험하게 하는 것이다. 그처럼 가면이 벌거벗은 얼굴을 대신해 타자성을 회생시킨다는 것은 아이러니한 일이다.

가면이 벌거벗은 얼굴을 대신하는 유희를 벌이는 것은 얼굴이 상품화되었기 때문이다. 과거에는 노동력이 상품화되더라도 얼굴은 자본주의의 바깥을 표현할 수 있었다. 그러나 얼굴이 상품화되면 우리는 인간 대신 물건과 대면하게 되며 자본의 바깥을 만나기 어려워진다. 그처럼 바깥을 상실할 때 사람들은 쉽게 우울증에 빠진다. 그런 상황에서는 얼굴 대신 가면이 현실 바깥의 타자성을 경험하게 해주며 우울에서 벗어나게 한다.

이런 상황은 신분사회에서 가면을 쓰고 양반을 풍자했던 것과 비슷한 점이 있다. 신분사회에서는 의관과 장신구를 얼굴에서 분리시킬 수 없기 때문에 벌거벗은 얼굴이 나타나는 일은 상상할 수도 없었다. 그 때문에 하층민은 신분화된 얼굴에 가면을 쓰고 가상 세계에서 신분 없는 사회를 소망할 수 있었다. 그와 유사하게 얼굴이 상품화된 사회에서는 복면을 쓰고 상품에서 벗어난 인간을 만나려는 모험을 한다. 그처럼 억압과 규율에서 탈출하려 하기 때문에 가면극과 〈복면가왕〉은 둘 다 축제적인 분위기를 선물한다.

그러나 가면극(탈춤)과 〈복면가왕〉에는 중요한 차이가 있다. 가면극에서는 가면을 벗으면 신분사회로 돌아오지만 〈복면가왕〉에는 가면을 벗는 순간의 짧은 희열이 있다. 가면극은 놀이와 축제의 공간에서 연출하는 해방의 소망이다. 반면에 〈복면가왕〉에는 가면을 벗는 순간의 짧은 전율이 계속되었으면 하는 또 다른 소망이 있다. 우리시대의 가면의 유희는 복면의 연출과 복면을 벗는 희열이라는 이중주로 연주되는 것이다.

그런 이중주의 희열은 〈브이 포 벤데타〉에서도 나타난다. 이 영화에서 역시 사회적 부정에 동요하지 않는 경직된 상황에서 벤데타 가면을 쓴 브이가 나타난다. 결말에서 브이는 죽음을 맞지만 수많은 시민들이 그를 대신해 가면을 쓰고 거리를 메운다. 그때 브이를 사랑했던 이비(나탈리 포트만 분)는 이렇게 말한다. "그는 몬테그리스도 백작이었으며, 아버지, 어머니, 동생, 친구, 당신, 나, 우리 모두였다." 그 목소리와 함께 거리에 쏟아져 나온 사람들은 일제히 벤데타 가면을 벗는다. 가면을 벗는 순간은 사람들 사이의 보이지 않는 공감과 연대가 표현되는 상황이다. 〈브이 포 벤데타〉는 〈복면가왕〉보다 더 저항적이지만 여기에도 가면의 연출과 가면을 벗은 저항의 이중주가 있다.

〈복면가왕〉은 사회에 대한 저항을 표현하는 프로는 아니다. 그러나 가면을 벗는 순간은 어느 순간보다도 관객과 출연자 간의 공감과 희열이 교차하는 때이다. 그 상황은 가수로서의 공연 때보다 더 큰 전율을 제공하는데 그 이유는 무대 바깥의 만남이 이루어지기 때문이다. 또한 일방적인 공연이 아니라 상호적으로 교감이 이루어지기 때문이다.

〈복면가왕〉에서 복면을 벗는 순간의 환희는 '복면의 노래'와의 이중주로 연출된다. 복면의 노래가 가슴에 와 닿을수록 가면을 벗을 때의 희열도 더 커지는 것이다. 예컨대 코스모스의 가면으로 출현한 거미는 〈양화대교〉를 불러 사람들을 사로잡았다. 코스모스의 가면은 가수 자신도 싫어했던 거미 이미지에서 벗어나 '무대 바깥의 무대'를 연출했다. 더욱이 〈양화대교〉의 노래 자체가 모두에게 가슴의 떨림을 전달하는 반복운동이었다. 이 노래는 원래 자이언티가 불렀는데 거미는 자이언티보다 더 강렬한 목소리로 연약한 감성을 호소하고 있었다. 그런 '강렬한 연약함'은 가면의 신비를 통해서만 가능한 반복의 연출이었다.

우리 집에는
매일 나 홀로 있었지
아버지는 택시 드라이버
어디냐고 여쭤보면 항상
"양화대교"

(…중략…)

행복하자
우리 행복하자
아프지 말고 아프지 말고
행복하자 행복하자
아프지 말고 그래 그래

(…중략…)

전화가 오네, 내 어머니네
뚜루루루 "아들 잘 지내니"
어디냐고 물어보는 말에
나 양화대교 "양화대교"

엄마 행복하자
아프지 말고 좀 아프지 말고
행복하자 행복하자

아프지 말고 그래 그래

그때는 나 어릴 때는
아무것도 몰랐네
그 다리 위를 건너는 기분을
어디시냐고 어디냐고
어쩌보면 아버지는 항상
양화대교 양화대교
이제 나는 서있네 그 다리 위에 그 다리 에

행복하자
우리 행복하자
아프지 말고 아프지 말고
행복하자 행복하자
아프지 말고 그래

행복하자 행복하자
아프지 말고 아프지 말고
행복하자 행복하자
아프지 말고 그래 그래

이 노래가사는 택시운전사 아버지와 지금의 '나'의 양화대교가 반복되면서 심금을 울리는 슬픔을 자아내었다. 우리 문학에서 아버지는 흔히 폭군이나 무능한 사람으로 그려졌지만 IMF 사태 이후에는 사정이 달라졌다. 양화대교를 지나는 아버지는 무관심 속의 약한 타자이며 다시 양화대교를 지나게 된 '나'만이 공감한다. 타자에 대한 공감이 약화된 세상에서 무력한 타자인 아버지는 '나'의 은밀한 관심의 대상일 뿐이다. 그런데 복면의 노래의 반복은 무심했던 타자에 대한 관심을 모두에게 신비스럽게 증폭시킨다.

관객들이 감정이입된 것은 '아버지는 항상 양화대교 양화대교, 이제 나는 서 있네 그 다리 위에'라는 반복의 리듬 때문이다. 사람들은 가면과 반복에 이끌려 미지의 공간으로 옮겨간 것이다. 가면과 반복은 우리를 냉정한 현실에서 가상의 공간으로 이동시키면서 그동안 외면했던 일상을 응시하게 한다. 신자유주의에서는 택시운전사에게나 '나'에게나 아무런 관심이 없지만 양화대교의 반복이 모두의 마음을 끌어당긴 것이다. 어떤 패널은 복면의 노래가 한편의 드라마와도 같다고 말한다. 관객들은 양화대교의 이미지를 보며 자신이 그 다리로 점점 가까이 다가감을 느낀다. 반복을 통해 양화대교가 공감의 은유가 되었기 때문에 관객들은 자신이 다리에 서 있는 듯한 느낌을 갖게 되는 것이다. 그 은유의 다리에서 화려한 상품사회에서 외면했던 자신과 타자의 고달픈 삶을 응시하기에 우리는 깊은 슬픔을 느끼는 것이다.

이 노래의 후렴은 '우리 행복하자 아프지 말고'를 수없이 반복한다. 무대에서는 '행복하자'라고 노래하고 있지만 그 순간 패널들은 모두 눈물을 흘렸다. 눈물을 흘린 것은 그들이 특별히 불행하기 때문이 아니라 타자에 대한 공감이 생겼기 때문이다. 그 순간 잠시 '복면가왕'과 함께 신자유주의의 바깥으로 나가 현존하지 않는 진짜 행복[26]에 대해 생각한 것이다.

---

26 나르시시즘적 행복이 아니라 모두가 공감하는 행복을 말한다.

가면의 노래는 바깥에서의 공감을 증폭시킨다. 신자유주의의 일상에서 행복하자라고 말하면 아무도 눈물을 흘리지 않는다. 그러나 잠깐 바깥으로 나가 모든 것이 다 있는 세상에서 아직 오지 않은 것(행복)을 소망해본 것이다. 그런 아직 오지 않은 것에 대한 갈망이 바로 레비나스의 타자성이 회생되는 순간이다.

타자성의 회생에 의한 행복은 신자유주의의 나르시시즘적 쾌락과는 달리 타자와 공감하는 희열이다. 나르시시즘적 행복에 취한 사람은 '양화대교'의 슬픔을 알지 못한다. 반면에 패널들이 눈물을 흘리는 순간은 외면했던 타자가 내면에 들어온 순간이며, 같이 손잡고 양화대교를 지나며 행복에 대해 생각하는 순간이다. 그 순간 '우리 행복하자'라는 말이 청유형으로 '아직 없는 행복'에 대한 공감을 자극해 슬픔을 느끼게 하는 것이다.

복면을 쓴 동안의 노래가 가상공간에서 타자성을 회생시킨다면 복면을 벗는 순간은 현실에서 타자를 만나는 시간이다. 이제 가면을 벗은 얼굴은 단순한 맨얼굴이 아니다. 신자유주의 시대의 맨얼굴은 '이건 내가 아닌데'의 얼굴로 전이되었다. 반면에 가면을 벗는 순간에 우리는 망각의 효과와도 같이 예전 이미지를 벗어버린 지각의 쇄신을 느낀다. 그와 함께 노래의 감동의 기억이 은유적으로 새롭게 얼굴을 장식한다. 바깥에서의 감동의 기억이 사람들의 심연에 각인되었기 때문에 맨얼굴은 예전의 상품화된 얼굴이 아닌 것이다. 가수 거미의 이미지가 조금 달라졌다면 그것은 자본의 바깥에서 그녀와 손잡았던 사람들(그 기억)이 투명한 은유로서 얼굴에 남아 있기 때문이다.

그러나 우리가 바깥의 감동을 현실에서 느끼는 것은 잠깐 동안이다. 은유로 장식된 얼굴은 모험에서 돌아온 사람의 안정감과 결합하며 다시 예전의 현실로 복귀하는 것이다. 복면 가수가 상품세계로 복귀함에 따라

가수와 함께 양화대교에 서 있던 사람도 점점 흩어진다.

가면의 놀이가 잠깐 동안의 기분전환에 그치지 않으려면 〈복면가왕〉과는 다른 복면이 필요하다. 신자유주의의 상품물신화에 대응하려면 보다 강력한 가면과 은유가 요구되는 것이다. 예컨대 갑질에 저항하는 항공사 시위에서 등장했던 벤데타 가면 같은 것이다.

항공사 직원들이 벤데타 가면을 쓴 순간은 자본에 순응했던 자동인형의 얼굴을 벗어던진 시간이었다. 필수공익사업으로 단체행동권이 제한받는 항공사 직원들은 현실에서는 서로 손을 잡기 어려웠다. 그들이 가면을 쓴 것은 자본의 외부가 없는 현실에서 벌거벗은 얼굴로는 저항하기 어려웠기 때문이다. 벤데타 가면은 취약한 그들을 자본 바깥의 가상의 공간으로 이동시키면서 서로 연대하게 만들었다. 〈복면가왕〉에서 가면의 힘으로 양화대교에 서 있을 수 있었듯이, 항공사 직원들은 벤데타의 힘으로 오너에 맞서는 가상의 공간에 집결했다.

그런데 죽지 않는 저항의 아이콘인 벤데타는 역설적으로 저항의 연대의 한계를 의미했다. 벤데타를 벗어던지고 연약한 얼굴을 드러낼 때 오히려 저항의 연대는 강력해질 것이었다. 그 이유는 연약한 얼굴을 드러내는 것은 그 이면의 더 강력한 연대를 표현하는 투명한 은유의 가면을 쓴다는 뜻이기 때문이다. 〈복면가왕〉에서 가면을 벗으며 양화대교에서 만난 사람들의 은유의 가면을 쓰듯이, 항공사 직원도 얼굴을 드러내는 순간 수많은 사람과의 연대를 뜻하는 투명한 가면을 쓰는 것이나 다름없었다.

대한항공 부사무장 유은정이 가면을 벗은 데에는 그런 숨겨진 의미가 있었다. 벤데타 가면을 벗는 것은 벤데타의 저항을 포기하는 것이 아니다. 가면을 벗는다는 것은 벤데타가 심연에 각인되어 투명한 은유가 되었으며 그밖에도 수많은 사람들과 손잡는 은유의 가면을 쓴다는 뜻이다.

이제 맨얼굴을 드러내는 것은 '이건 내가 아닌데'의 얼굴로 되돌아가는 것이 아니다. 그와 반대로 벤데타의 연인 이비가 말했듯이, "아버지, 어머니, 동생, 친구, 당신, 나, 우리 모두"의 투명한 은유의 가면을 쓰는 일과도 같은 것이다.

항공재벌고발과 경영퇴진 촉구 참여 포스터(신문광고)의 표어는 '가면을 벗을 수 있도록 도와주세요'였다. 그처럼 '우리가 대항항공이다'라고 말하는 사람들과 물밑에서 손잡을 수 있을 때 비로소 가면을 벗을 수 있는 것이다. 〈복면가왕〉에서 복면을 벗을 때 예전과는 다른 가수를 만나듯이, 시위대가 가면을 벗는 순간 우리는 과거와는 다른 을들의 연대를 만날 수 있다.

실제로 항공사 직원들은 시위 중에 벤데타 가면을 벗는 퍼포먼스를 벌였다. 그 순간은 〈브이 포 벤데타〉에서 시민들이 일제히 가면을 벗어던지는 장면과 비슷했다. 또한 〈복면가왕〉에서 출연자가 얼굴을 드러내는 순간 같은 전율이 있었다.

그와 동시에 항공사 시위에서는 〈복면가왕〉과는 다른 점이 있었다. 〈복면가왕〉의 가수는 별로 변한 것이 없는 현실로 되돌아오지만 항공사 직원들은 타자성을 생성하며 귀환한다. 타자성이란 '아직 오지 않는 것'과 관계하며 움직인다는 뜻이다. 항공사 직원들은 〈복면가왕〉을 넘어서서 바깥에 있는 타자성을 회생시키는 이중주를 보여주고 있었다.

오늘날의 변혁운동은 그 같은 타자의 이중주를 통해서만 시작된다. 벌거벗은 얼굴과 타자성이 추방된 세상이 되었기 때문에 타자의 회생을 위한 이중주가 필요한 것이다. 타자의 이중주란 가면을 쓰는 과정과 벗는 과정으로 진행된다. 가면을 벗는 과정 역시 투명한 '은유의 가면'을 쓰는 진행이며, 두 과정 모두 심장의 떨림을 전달하는 **반복운동**을 일으키는 전개이다. 벌거벗은 얼굴이 사라진 세상은 도구적 이성에 포획되어 심장의 떨림을 전달하는 반복운동이 위축된 사회이다. 이런 동일성이 물신화된 세상에서는 '넘어진 사람'이 우울한 헐벗은 반복 속에서 죽음충동에 이르게 된다. 우울증이란 '넘어지지 않은 사람'도 감염의 위험이 있는 우리시대의 질병이다. 그런 우울증에서 벗어나려면 가슴의 떨림[27]과 반복운동을 회생시키는 타자의 이중주가 필요하다.

타자의 이중주는 가면을 쓰는 일로 시작되지만 또한 시뮬라크르의 생성으로 발화되기도 한다. 시뮬라크르를 생성하며 은유의 경첩을 움직이는 일은 또 다른 타자의 이중주이다. 오늘날의 변혁운동은 굳건한 주체의 구호에서 시작되지 않는다. 변혁운동이 바깥과 연결하는 운동이라면 그것은 타자의 회생과 연관이 있다. 신자유주의가 시간의 식민지를 영속화하는 방식은 타자의 추방에 있다. 반면에 새로운 변혁운동은 타자를 회생시키는 가면과 시뮬라크르의 이중주로 시작된다.

가면의 이중주는 우리시대의 변혁운동 촛불집회와 미투 운동이 보여주듯이 시뮬라크르와 은유의 이중주로 변주되어 나타난다. 가면의 이중주와 시뮬라크르의 이중주는 진실이 과거와는 다른 방식으로 발견됨을 암시한다. 예전에는 많은 사람들이 진리가 원본과 본질에 있다고 믿었다. 그러나 지금은 가면과 시뮬라크르의 이중주를 통해서만 비로소 **진실의 이중주**에 접근할 수 있다. 원본에서 멀어진 가면과 시뮬라크르가 진실을 드러낸다는 것은 우리시대의 중요한 역설이다. 진실이 불가능해진 시대는 가면(시뮬라크르)을 통해 진실이 이중주[28]만으로 연주될 수 있다는 비밀을 드러내는 시대이기도 하다.

---

27 가슴의 떨림의 회생은 타자의 회생인 동시에 타자에 대한 공감의 회생이기도 하다.

28 1장에서 논의했듯이 진실은 이중주로만 연주될 수 있는데 오늘날은 새로운 변혁운동을 통해 그런 비밀을 더 실감나게 암시하는 시대이다.

6. 진실의 이중주 – 시뮬라크르와 은유의 반복

우리의 경우 진리가 원본에 있다는 생각은 근대 초기에 가장 분명하게 표현되었다. 근대 초기에 진리의 주체는 흔히 새로운 근대적 세계에 다가가려는 열망 속에서 나타났다. 예컨대 이광수의 『무정』은 서구적 근대를 직접 보고 경험하려는 열망 속에서 움직이는 사람들을 그리고 있다.

『무정』은 이중적으로 근대적 원본에 대한 열망을 드러내고 있다.[29] 이전 소설과 다른 『무정』의 놀라운 혁신은 생생하고 투명한 재현의 방식에 있었다. 이광수는 투명한 시각적 재현을 통해 점차로 근대화되어가는 세계를 직접 보여주려는 열망을 나타냈다. 『무정』에 '활동사진 모양으로'라는 말이 수차례 반복되는 것은 그런 시각적 직접성의 충동을 암시한다. 이광수는 근대소설의 재현의 승리는 언어가 원본의 지시대상을 직접 드러내는 데 있다고 생각한 것이다.

그런데 재현되는 원본의 세계는 아직 충분하게 원본에 이르지 못한 상태였다. 이광수는 『무정』에서 원본의 현실을 시각화하는 동시에 보다 더 근대적 원본에 다가가려는 갈망을 표현하고 있다. 예컨대 주인공 형식이 영어선생인 것은 서구적 근대를 직접 조선에 옮기는 사람임을 뜻한다. 이 소설의 인물들이 기차나 전보기계 소리에 열광하는 것 역시 빠른 속도로 근대세계를 실어 나르기 위해서이다. 결말에서 주인공들이 기차를 타고 미국으로 유학을 가는 것은 근대적 원본에 좀 더 가까이 접근하려는 열망에 다름이 아니다.

그러나 이런 이광수의 원본에 대한 열광은 식민주의적 순응을 포함하

---

29 테드 휴즈, 나병철 역, 『냉전시대 한국의 문학과 영화』, 소명출판, 2013, 26~32쪽.

고 있었다. 이광수가 완벽한 근대를 향해 달려간 곳은 식민주의를 실행하는 제국이기도 했던 것이다. 기차를 타고 유학을 가는 원본 이데올로기의 구멍을 발견한 것은 「고향」에 그려진 기차간에서의 타자와의 만남이다. 레비나스가 말한 타자란 원본에 구멍을 내는 존재일 것이다. 이광수는 원본에 가까이 다가가는 것이 진리라고 생각했다. 반면에 어떤 원본도 지시체도 없는 벌거벗은 얼굴에서 조선을 발견한다는 것은 동일성의 원본에서 벗어날 때 조선이 존재한다는 뜻이다. 기차는 더 이상 아름다운 근대를 실어 나르지 않는다. 기차간의 타자는 동일성 체제의 폭력을 고발함으로써 진리를 드러내며, 우리는 타자와의 만남을 통해 비로소 능동적 주체가 된다.

원본을 대신해서 진리에의 충동을 일으키는 것은 사건과 타자이다. 사건이란 원본에 구멍이 생겨 바깥(실재계)이 보이게 된 상황이다. 또한 타자는 바깥이 안에 현시된 상태이다.

바디우는 사건이 일어나면 세계와 존재방식을 변화시키려는 진리의 과정이 시작된다고 말한다. 사건이 일어나면 우리는 예전으로 돌아갈 수 없음을 느끼는데 그것은 기존의 질서로 감당할 수 없는 바깥의 것이 나타났기 때문이다. 사건은 과거와 단절하고 새로운 것을 창안하게 하며 그런 요청에 따른 움직임이 **진리의 과정**이다. 이때 그 같은 진리의 과정이 계속되도록 추동하는 것이 바로 **윤리**이다.

우리는 사건의 희생자인 벌거벗은 얼굴의 출현도 같은 맥락에서 이해할 수 있다. 벌거벗은 얼굴과의 대면은 사건의 발생으로 인한 진리의 과정을 지속시킨다. 진리의 과정이 바깥이 드러남에 따른 잉여적인 것에 대응하는 일이라면, 안에 현시된 바깥인 벌거벗은 얼굴과의 대면은 그런 능동적인 참여가 계속되게 만든다.

그런데 이미 살폈듯이 바디우의 윤리적 충동과 진리의 과정에는 제한점이 있다. 앞서 논의한 문제점 외에 사건이 일어나도 '이상한 고요함' 속에서 진리의 과정이 잘 일어나지 않는 영역이 있음을 상기할 필요가 있다. 예컨대 젠더영역에서는 진리의 열망을 자극하는 말을 해도 동요가 없을 뿐더러 오히려 사건의 희생자가 추방을 당한다. 나혜석은 김우영으로부터 파혼을 당한 후 「이혼 고백서」에서 '조선 남성의 이상함'을 질타하고 여성의 질곡을 폭로했다. 그러나 남성들에게는 나혜석이 이상한 여자였으며 '나쁜 피'와 '화냥년'일 뿐이었다. 젠더관계에서는 벌거벗은 얼굴과의 대면이 불가능할 뿐 아니라 오히려 2차 피해의 대상이 되기 때문에 진리의 과정은 잘 일어나지 않는다.

사건이 일어나도 아무도 동요하지 않는 일은 신자유주의 친밀사회에서도 나타난다. 예컨대 용산참사의 희생자들은 이상한 고요함에 묻혔을 뿐 아니라 냉동고에 갇혀 2차 피해의 대상이 되었다. 또한 연예인이나 감정노동자들은 벌거벗은 얼굴을 드러낸 대가로 악플과 혐오발화에 시달린다.

이처럼 벌거벗은 얼굴을 상실한 곳에서는 **가면**이나 **시뮬라크르**가 타자의 저항을 회생시키는 역할을 한다. 항공사 시위에서의 벤데타 가면이 대표적인 예일 것이다. 가면이 무력한 자아와 타자를 회생시키면서 진리의 과정을 재작동시키는 것은 우리시대의 역설이다. 이제 원본에 대한 열망은 가면과 시뮬라크르의 비밀로 대체되었다. 우리시대에는 사건이 가면과 시뮬라크르의 형식을 빌려야지만 사람들의 심연에 울림을 일으킨다.

과거에는 원본이 진짜이며 가면과 시뮬라크르는 모방이나 가짜라고 생각했다. 그런데 타자의 출현은 원본 이데올로기란 폭력적 동일성이며 타자와의 관계가 실재(계)와의 대면임을 입증했다. 그런 타자의 출현은 사건의 발생을 명확하게 지각하게 해준다. 그 때문에 지배권력은 체제 유지의 관건이 지식인이 아니라 타자의 추방에 있음을 간파했다. 신자유주의는 타자를 추방함으로써 자본주의의 바깥이 영원히 나타나지 않게 만들려는 기획이다. 타자가 미래라면 타자를 상실한 시대는 시간의 식민지와 인격의 식민화가 영원히 계속되는 시대이다. 그처럼 타자를 상실한 시대에는 가면과 시뮬라크르를 통해서만 비로소 다시 타자성을 회생시킬 수 있다.

가면과 시뮬라크르는 그 자체로서는 타자는 아니다. 그러나 벌거벗은 얼굴을 대신해서 사라진 타자의 **반복의 울림**을 전해줄 수 있다. 타자가 추방되었다는 것은 벌거벗은 얼굴의 심장의 떨림이 잘 전해지지 않는다는 뜻이다. 심장의 떨림이 전파되지 않으면 벌거벗은 얼굴은 벌거벗은 생명으로 추락한다. 예컨대 얼굴마저 상품화된 시대에는 벌거벗은 얼굴의 고통이 오히려 혐오발화의 대상이 된다.

타자와의 대면이 사건의 공백과 실재계와의 대면이라면, 타자를 추방하는 혐오발화는 실재계에서 멀어져 상상계의 늪에 빠지게 만든다. 상품물신화된 상상적 동일성의 시대에는 사람들이 실재계에서 멀어져 상상계로 추락하고 타자는 비천한 앱젝트로 강등된다. 그런 상황에서 다시 타자성을 회생시켜 사건과 대면하게 하는 것이 바로 가면과 시뮬라크르이다. 가면과 시뮬라크르는 상상계에서 실재계로의 **코페르니쿠스적 전회**를 가능하게 해준다.

예컨대 한진중공업 정리해고 사태에서 해직 노동자들은 큰 관심을 받지 못했다. 1990년대 이후의 신자유주의의 확산은 자본주의 발전에 걸림돌이 되는 타자를 외면하게 만들었다. 사건이 일어났지만 사람들은 동요하지 않았으며 벌거벗은 얼굴과의 대면은 없었다. 그때 해직 노동자들의 고통을 호소하기 위해 김진숙 지도원이 크레인에 올라 고공투쟁을 시작했다. 김진숙이 고공에 오름으로써 일상의 사람들과의 거리는 오히려 멀어졌으며 그녀의 얼굴은 보이지 않게 되었다. 그러나 김진숙은 타자에 대한 관심을 상실한 상상계적 현실에서 벗어나 위험한 고공에서 사건의 실재계적 감각을 느끼게 해주었다. 고공의 김진숙은 타자성을 회생시키는 시뮬라크르였으며 사람들은 비로소 타자의 고통에 공감하기 시작했다.

신자유주의는 해직 노동자들을 보이지 않게 추방하며 순수한 자본의 원본의 무대를 연출했다. 자본의 원본의 무대란 모든 것이 경제발전과 교환가치로 계산되는 상상계적 세계를 말한다. 김진숙은 고공에 오름으로써 그런 자본의 감옥에서 탈출해 자본이 보이지 않게 만든 해직 노동자의 고통을 시뮬라크르로 연출한 것이다. 김진숙은 자본의 원본의 무대는 물론 일상의 사람들로부터도 멀어졌지만 오히려 보이지 않는 사람들을 보이게 만들고 있었다. 그 이유는 김진숙의 얼굴을 볼 수 없게 되었으나 고통받는 타자가 반복하는 심장의 떨림을 들을 수 있게 되었기 때문이다. 원본에서 멀어진 김진숙의 시뮬라크르가 사건과 타자를 다시 생생하게 만든 셈이었다. 이처럼 원본에서 이탈함으로써 원본의 상상계가 추방한 타자와 다시 대면하게 해주는 것이 바로 시뮬라크르의 힘이다.

고공의 김진숙이 **시뮬라크르**로 솟아오른 일은 그녀가 타자로서 우리의 내면에 들어오게 된 사건이기도 했다. 이제 김진숙의 시뮬라크르는 '우리가 김진숙이다'라는 **은유**를 통해 사람들 사이의 공감의 연대를 증폭시키기 시작했다. 시뮬라크르가 타자를 회생시킨다면 은유는 타자에 대한 공감이 번져가게 만든다. 타자에 대한 공감의 회복은 체제의 바깥과 접속하려는 열망이기도 하다. 김진숙은 멀어진 동시에 가까워졌으며 사람들 사이에서 아직 오지 않은 세계와 교섭하려는 열망을 낳게 했다. 이것이 바로 타자를 회생시켜 '이상한 고요함'의 일상을 동요시키는 시뮬라크르와 은유의 이중주이다.

시뮬라크르와 은유의 이중주는 신자유주의 시대의 또 다른 발명품 미투 운동에서도 나타난다. 미투 운동은 서지현 검사가 JTBC 뉴스룸에 출현한 이후에 활발하게 전개되기 시작했다. 젠더영역에서 성폭력의 희생자는 벌거벗은 얼굴을 보여주기 어려우며 오히려 2차 피해의 대상이 된다. 그 때문에 성폭력의 희생자는 오랫동안 보이지 않는 타자로 추방된 채 살아야 했다. 그러나 서지현 검사가 JTBC 화면에 얼굴을 드러냄으로써 남성중심적 세계에서 배제된 타자가 보이기 시작했다. 서 검사가 일상에서 부당한 폭력을 호소했을 때는 검찰에서는 물론 외부에서도 공감이 번져가지 않았다. 그런데 서 검사가 TV화면에 등장하자 뜻밖의 놀라운 일이 벌어졌다. JTBC 화면은 서 검사를 직접 만나는 대신 전파 송출을 통해 이미지를 보게 할 뿐이었다. 하지만 그 전류 이미지는 '이상한 고요함'에 묻힌 사건을 솟아오르게 만든 시뮬라크르로 작동되고 있었다.

근대세계가 법적 질서의 사회라면 법을 다루는 검찰은 원본에 가까운 조직이라고 할 수 있다. 그러나 법적 조직은 여성 타자를 추방하는 남성중심주의를 통해 원본의 권위를 유지하고 있었다. 서지현 검사가 성폭력을 폭로해도 오히려 2차 피해를 당하게 된 것은 일상에서는 원본의 세계를 벗어날 수 없기 때문이었다. 반면에 원본에서 탈출한 시뮬라크르로 뉴스룸 화면에 등장함으로써 서 검사는 사건과 타자를 회생시킬 수 있었다. 그 이유는 상상계적 현실(원본)에서 벗어나 사건의 반복을 통해 심장의 떨림을 전해줄 수 있었기 때문이다. 서 검사의 떨리는 목소리는 사건의 재현이기보다는 반복을 통해 생생하게 다가오는 시뮬라크르였다. 서

검사의 시뮬라크르는 원본의 세계가 남성중심적 상상계에 편향되었음을 드러내며 우리를 실재계적 타자에 접속하게 했다.

서 검사가 시뮬라크르로 솟아올랐다는 것은 우리와 여성들의 내면에 타자로서 들어오게 되었다는 뜻이다. 보이지 않던 희생자가 눈에 보이고 타자가 내면에 들어옴으로써 여성들의 빈곤해진 자아는 능동적으로 동요하기 시작했다. 그 순간은 자아(나)와 타자(서지현)의 이미지 사이에서 은유의 경첩이 움직이는 시간이었다. 이제 미투 운동은 '나도 서지현이다'라는 은유를 통해 일상으로 번져가기 시작했다. 서 검사의 시뮬라크르는 고공의 김진숙처럼 일종의 구조요청이었는데, 여성들은 그에 응답함으로써 서 검사와 자신을 동시에 구원하고 있었다. 시뮬라크르가 보이지 않는 희생자를 보이게 만들었다면 은유는 서로를 구원해주며 반복해서 번져가고 있었다. 이처럼 시뮬라크르는 희생자의 반복의 떨림을 전해주면서 은유적 연쇄를 통해 사람들 사이에서 반복운동을 전파시킨다.

시뮬라크르와 은유의 반복운동은 촛불집회에서도 발견된다. 촛불광장은 신자유주의의 원본의 세계에서 벗어난 틈새의 공간이다. 원본의 세계가 사건을 묻고 타자를 추방한다면 광장은 틈새공간에서 시뮬라크르를 통해 사건과 타자를 되돌아오게 만든다.

신자유주의 시대는 사건이 일어나도 직접 현장에서 저항하기 어려운 사회이다. 반면에 촛불광장은 일상에 묻힌 사건들을 시뮬라크르로 연출함으로써 사람들을 동요시키는 공간이다. 보이지 않는 사건이 시뮬라크르를 통해 광장에서 반복되면 들리지 않던 심장의 떨림이 들리면서 사람들을 능동적으로 움직이게 만들게 된다. 예컨대 세월호 사건의 희생자들과 물대포로 사망한 백남기 농민이 시뮬라크르로 회생하면서 사람들이 동요하고 서로 연대하게 되는 것이다.

촛불광장의 시뮬라크르 운동을 가장 잘 보여준 것은 탄핵 촛불집회에서의 소등 퍼포먼스였다. 신자유주의는 화려한 스펙터클을 연출해 어둠 속으로 추방된 타자를 보이지 않게 만든다. 반면에 소등 퍼포먼스는 타자가 추방된 고통스런 어둠을 생생하게 보이게 만들었다. 보이지 않는 어둠 속의 고통이 보여야지만 타자가 되돌아오고 자아가 능동성을 회복할 수 있다. 소등에서 촛불로의 전환은 어둠 속에서 타자의 호소를 들은 자아가 능동적으로 동요하는 순간이다. 이때에 다시 보이게 된 사람들의 얼굴은 단순히 아무 것도 없는 맨얼굴이 아니다. 추방된 타자가 내면에 들어오는 순간은 아렌트가 말한 은유적인 정치적 인격이 생성되는 시간이다. 그 순간 세월호 학생들이 꽃으로 돌아오고 백남기 농민이 밀밭으로 귀환하며 그들과 손잡은 사람들이 은유의 인격으로 재탄생하는 것이다. **시뮬라크르**가 추방된 타자를 귀환시킨다면 **은유**는 타자와 손잡은 자아가 정치적 인격을 생성하게 해준다.

신자유주의는 세월호의 학생들과 백남기 농민, 재판거래의 희생자들을 어둠으로 추방해 화려한 원본의 스펙터클을 유지하려 시도했다. 반면에 촛불집회는 시뮬라크르를 통해 추방된 타자들과 비천한 사람들을 되돌아오게 만들었다. 그와 함께 사건과 타자를 생생해지게 만들면서 은유적인 정치적 인격을 생성시켰다. 은유적인 정치적 인격이란 세월호 학생, 백남기 농민, 희생된 타자들, 그리고 일상의 수많은 사람들과 손잡고 있는 다중적인 페르소나이다.

사건이 일어나도 진실의 요청에 응답하지 않는 이상한 고요함의 시대에는 촛불집회에서처럼 시뮬라크르와 은유적 인격이 필요하다. 우리시대에는 진리의 과정이 저절로 작동되지 않는다. 오늘날은 희미해진 사건을 다시 명료화하는 시뮬라크르와 은유의 이중주를 통해서만 진리의 과정이 되살아난다. 이제 진리가 고독한 주체의 투쟁의 산물인 시대는 지나갔다. '우리가 김진숙이다', '나도 서지현이다'라는 외침은 우리시대가 진리의 과정을 위해 **이중주**가 필요한 시대임을 암시한다. 그런 이중주를 통해 능동적 주체를 생성하는 진행은 진리의 과정을 경험하는 일에 상응한다. 과거에는 그런 이중주가 벌거벗은 얼굴을 통해 가능했지만[30] 지금은 시뮬라크르와 은유의 이중주를 통해 연주된다. 오늘날은 '원본에서 멀어진 시뮬라크르'와 '타자를 끌어안는 은유'가 연주돼야만 퇴색된 진리가 회생되는 시대이다.

시뮬라크르의 시대에도 원본 이데올로기가 사라진 것은 아니다. 이광수의 『무정』 이후 100년의 시간이 흘렀지만 원본에 대한 열광과 집착은 없어지지 않았다. 타자를 추방하는 신자유주의야말로 물신화된 자본의 '원본 이데올로기'의 세계이다. 〈스카이 캐슬〉을 보고 코디와 예서 책상에 매혹되듯이 우리는 값비싸고 화려한 명품과 캐슬에 열광한다. 미국유학과 서구문명은 오늘날 명품과 캐슬로 변주되었다. 명품과 캐슬에 열광하는 사회는 사건이 이상한 고요함에 묻히고 타자가 보이지 않게 매장되는 세계이다. 이런 사회는 물신화된 자본의 내부에 갇혀 있기 때문에 바깥이 닫혀 있으며 아직 오지 않은 것에 다가가는 진리의 과정이 작동되지 않는다.

그런 시대에 타자를 다시 회생시키는 것은 시뮬라크르와 은유의 이중주이다. 시뮬라크르와 은유는 타자와 사건을 생생하게 만들어 바깥(실재계)에 접속하며 미래를 열어준다. 이제 원본 대신 시뮬라크르가 더 실재(계)의 진리에 접근하는 시대가 된 것이다.

---

30 「고향」에서의 지식인과 서발턴의 이중주 같은 것을 말한다.

오늘날의 실재의 진리는 (상상계에) 고착된 상품물신화에서 벗어나 유동적인 생명적 존재의 진리에 접근한다. 원본의 시대가 타자를 매장하는 죽음정치의 체제라면 시뮬라크르는 타자를 회생시켜 생명적 존재의 미래를 구원해준다. 상품화된 원본의 열광이 생명적 반복운동을 둔화시키는 반면 시뮬라크르는 심장의 떨림과 울림을 회생시킨다. 시뮬라크르와 은유는 상품과 물건에 중독된 원본 이데올로기를 생명적 존재의 능동성으로 되돌려준다. 원본에서 시뮬라크르로의 전위는 능동적인 생명적 존재의 진리로의 전회이다. 100년 동안 계속되고 있는 원본에 대한 집착이 상상계적 고착화라면, 시뮬라크르와 은유는 실재계와의 대면을 통해 진리를 향한 유동적인 코페르니쿠스적 전회를 가능하게 해준다.

7. 앱젝트는 말할 수 있는가 – 타자, 서발턴, 앱젝트

구원의 이중주와 진실(진리)의 이중주는 '서발턴은 말할 수 있는가'라는 질문에 강력한 응답을 암시한다. 스피박은 지식인이 타자를 자신의 자아의 그림자로 끈질기게 구성하는 데 공모한다고 말한다. 지식인은 서발턴이 말하게 만드는 듯하면서 실상은 자신을 투명하게 재현한다는 것이다. 구원의 이중주와 진실의 이중주는 그처럼 타자를 그림자로 만드는 과정에서 벗어난 전략이다.

식민지 시대부터 오늘날까지 비서구 지역의 타자는 권력에 의해 비천한 존재로 강등되어왔다. 그 때문에 서발턴은 스스로는 물론 지식인의 도움으로도 쉽게 주체로 생성되기 어려웠다. 식민지의 서발턴은 말 없는 구조요청을 하는 듯하고 지식인은 그에 대응하는 것처럼 보인다. 그러나 구원을 얻는다는 것은 투명한 지식인의 선도에 의해 이끌린다는 뜻이 결코 아니다. 구원이란 서발턴과 지식인의 이중주로만 연주될 수 있다. 서발턴은 바깥에 접속한 안의 존재이기 때문에 서발턴이 구원되어야지만 식민지는 해방으로 나아갈 수 있다. 그와 함께 서발턴과 교섭하는 순간은 지식인이 바깥에 접속함으로써 구원을 얻는 순간이기도 하다.

구원의 이중주는 오늘날 시뮬라크르와 은유의 이중주로 연출된다. 오늘날의 사회적 타자는 전사회적 상품화 권력에 의해 어둠 속으로 퇴출되었기 때문에 시뮬라크르와 은유를 통한 이중주가 필요한 것이다. 시뮬라크르는 희미해진 타자를 생생하게 해주며 은유의 경첩은 바깥에 있는 타자와 안에서 손잡게 만든다.

이중주의 방식은 조금 달라졌지만 지식인과 서발턴의 교감의 필요성은 변화되지 않았다. 지식인은 서발턴을 사랑할 수 있을 것이다. 그러나 타자와의 사랑은 서발턴을 계몽해 말할 수 있게 만드는 것과는 다르다. 사랑이야말로 주체를 만드는 이중주의 과정이다. 연애를 혼자서 할 수 없듯이 타자를 주체로 만드는 모든 일에는 이중주가 필요하다. 연애가 젠더 영역에서의 타자와의 이중주라면 서발턴의 주체화는 이질적 문화의 영역에서의 이중주이다. 그리고 오늘날에는 물신화된 상품화의 권력에 대응하는 시뮬라크르와 은유의 이중주가 필요한 것이다.

이제까지 저항의 문제는 고통받는 타자의 주체화에 관심이 주어져 왔다. 그런 관심의 끝에 가장 주변화된 타자가 저항의 중심이 되어 주체로 생성된다는 신화가 놓여 있다. 구원의 이중주와 진리의 이중주는 그런 주변부/중심의 신화를 무너뜨린다. 고통받는 타자는 혼자서는 주체가 될 수 없으며 타자를 추방하는 시대에는 더욱 더 그렇다. 추방된 타자가 구원을 얻는 문제는 다양한 이중주의 연주를 통해서만 응답을 얻을 수 있다.

구원의 이중주와 진실의 이중주는 타자의 역학과 주체 형성의 복합적 상황을 암시한다. 지배권력은 바깥에 접속한 존재를 타자화시키기만 하는 것이 아니다. 타자가 바깥을 안에서 표현하는 주체가 되지 못하도록 권력은 타자를 인간 이하로 강등시킨다. 근대성의 원본에서 멀어진 비서구 지역에서는 그런 타자의 존재론적 강등이 더욱 심화된다. 바깥에 접속한 타자에게 쉽게 해방적 주체의 가치가 부여되지 못하는 것은 그 때문이다.

스피박이 프롤레타리아 대신 서발턴을 말한 것도 같은 맥락을 지닌다. 프롤레타리아와 달리 서발턴은 말할 수 없으며 쉽게 해방 주체로 생성되기도 어렵다. 아마도 인도의 서발턴은 「고향」의 유랑인보다도 더 자율적인 말을 하기 어려웠을 것이다. 그 때문에 스피박의 서발턴은 가장 고통받는 사람이 저항 주체의 중심이 된다는 신화를 허구적 각본으로 만든다. 하지만 그런 상황에서도 우리는 서발턴과의 교섭이 있어야만 해방으로 나아갈 수 있다. 서발턴이란 원본에서 가장 멀리 추방된 동시에 바깥에 접속하고 있는 존재이기 때문이다. 여기에 **타자를 저항의 주체**로 생성시키는 과정에서의 복잡한 딜레마가 있는 것이다. 스피박은 그런 곤경을 '서발턴은 말할 수 있는가'라는 질문으로 표현했다. 우리는 구원의 이중주와 진실의 이중주, 저항의 다중성을 그 응답으로 암시할 수 있다.

'서발턴의 곤경'이 생겨난 것은 원본에서 멀어진 비서구 지역의 타자가 복잡한 권력의 기제 속에 놓여 있기 때문이다. 그런 타자의 딜레마는 오늘날의 신자유주의 시대에 와서 더욱 심화되었다. 신자유주의야말로 타자를 추방해 자본주의를 영구화하려는 시간의 식민지[31]이기 때문이다.

31 비포, 강서진 역, 『미래 이후』, 난장, 2013, 42~43쪽.

추방된 타자가 되돌아오지 않으면 지식인이 아무리 해방을 외쳐도 새로운 세상은 오지 않는다. 오늘날 비판 담론이 무력화된 것은 자본주의의 바깥에 접속하고 있는 타자가 외면당하는 시대이기 때문이다.

그 점에서 우리시대는 자본의 타자가 서발턴보다도 더 비천한 존재로 강등된 시대라고 할 수 있다. 신자유주의에서는 모두가 경제성장을 외치며 그것에 방해되는 존재에게 혐오의 낙인을 찍는다. 인격성의 식민화와 사랑의 상품화, 추방된 타자에 대한 혐오발화는, 오늘날이 서발턴보다는 앱젝트[32]의 시대임을 암시한다. 앱젝트는 바깥에 접속한 타자인 동시에 가장 무력하게 배제된 존재이다.

크리스테바의 '앱젝트'는 젠더영역이 가장 타자성이 부인된 영역임을 알려준다. 스피박의 서발턴이 말할 수 없는 존재라면 앱젝트(크리스테바)는 말을 하면 혐오발화에 의해 쓰레기가 되는 신체이다. **앱젝트**란 남성중심적 질서에 벗어난 요소를 지님으로써 쓰레기나 오물처럼 버려지는 존재를 말한다.

크리스테바의 앱젝트는 젠더영역이 능동적인 주체 형성에 가장 큰 곤경을 지님을 암시한다. 젠더관계의 남성중심적 억압은 여성 타자가 주체로 생성되어야만 해결될 수 있다. 그러나 여성 타자는 인종이나 계급 영역의 타자에 비해 가장 주체화되기 어려운 상황에 놓여 있다. 젠더영역에서는 연애와 결혼이 이루어지므로 다른 영역에 비해 친밀한 관계가 가능한 것처럼 보인다. 하지만 그런 친밀한 순간이야말로 여성이 타자성을 포기하는 순간이며 영원한 인격의 식민지가 되는 때이다. 남성은 여성의

---

32 앱젝트란 체제의 질서를 위해 경계 바깥으로 밀어내야 하는 불순물을 말한다. 크리스테바, 서민원 역, 『공포의 권력』, 동문선, 2001, 21~43쪽; 김철, 「비천한 육체들은 어떻게 응수하는가」, 『사이』 제14호, 2013.5, 388~389쪽.

매력을 인정하지만 그것은 주로 섹슈얼리티의 대상과 페티시의 역할을 할 때이다. 젠더영역에서는 여성을 인간과 인형의 중간 정도의 존재로 만드는 일이 되풀이된다. 여성은 인격성보다는 인형으로 더 매력을 인정받으며, 실제로 유통되는 리얼돌의 이름은 여성이 인형으로 리얼해짐을 암시한다.[33] 그런 여성-인형에서 벗어나 진짜 리얼해지려 하는 순간 냉혹하게 추방되는 존재가 바로 앱젝트이다. 앱젝트의 비천함은 젠더영역이 타자의 반란이 가장 어려운 장소임을 알려준다. 친밀해 보이는 동시에 추방된 타자의 귀환이 가장 어려운 곳이 젠더영역인 것이다. 해방을 위해 바깥에 접속해야 하지만 그 순간 타자가 앱젝트가 되는 난제, 여기에 크리스테바의 앱젝트의 곤경이 있다.

앱젝트가 서발턴보다 더 비천한 존재라면 그것은 젠더관계가 식민지보다 더 해방되기 어렵다는 뜻이다. 그 점을 간파한 남성적 지배권력은 '앱젝트의 곤경'을 인종과 계급의 관계에도 적용시키기 시작했다. 예컨대 '내선일체'가 인종의 영역에서 타자를 앱젝트로 만든 시대였다면 신자유주의는 계급의 영역에서 앱젝트의 곤경을 만드는 사회이다.

인종과 계급의 영역에서의 '앱젝트의 곤경'은 '타자의 무력화'의 증대를 뜻한다. 스피박은 서발턴을 하위계층에서 찾았지만 앱젝트는 하층민에게만 국한되지 않는다. 예컨대 내선일체 시대에는 하층민 뿐만 아니라 이중언어 작가나 전향자도 쉽게 앱젝트로 추락했다. 또한 신자유주의 시대에는 악플에 시달리는 연예인, 감정노동자, 파산자, 실직자가 앱젝트를 경험한다.

앱젝트는 서발턴처럼 말을 할 수 없는 존재이다. 그런데 앱젝트가 말

33 이라영, 「리얼 여성」, 『한겨레』, 2019.10.24.

을 할 수 없는 것은 실상은 들리지 않거나 혐오의 대상이 되기 때문이다. 예컨대 김사량의 「향수」에서 전향한 가야 누나는 눈처럼 교결했던 모습을 잃고 피부가 뼈에 달라붙은 고목처럼 되어 있었다. 누나는 이현의 구원을 소망하면서도 아무 말도 하지 못하고 있었다. 설령 누나가 어떤 말을 하더라도 그 단어들은 사람들에게 잘 들리지 않을 것이었다. 동아신질서의 그늘에서 아편중독자가 된 그녀는 신체적 쇠락과 정신적 혼란 속에서 앱젝트가 된 것이다. 꿈결에 신음을 하며 예전의 모습을 보여준 누나는 여전히 제국의 바깥에 접속하고 있었다. 누나는 이현과 이별할 때 불꽃같은 눈을 보여주었지만 기차가 출발해도 미동도 하지 못하고 있었다. 무력화된 누나가 제국의 울타리에서 구원을 얻기 위해서는 이현과의 사이에서 복합적인 이중주의 과정이 필요하다.

타자의 역학과 구원의 상황의 복합성은 신자유주의 시대에도 나타난다. 신자유주의 시대는 식민지 말과 달리 밝음과 화려함이 넘쳐나는 사회이다. 그러나 밝음과 화려함을 연출하는 연예인과 감정노동자는 가장 앱젝트로 추락할 위험을 지니고 있기도 하다. 얼굴을 상품화해야 하는 연예인은 살아있는 인간으로서 고통을 표현하는 순간 뜻밖에 악플의 대상이 된다. 예컨대 가수 설리는 악플에 대처하기 위해 온전한 인격체로서 인정받으려 애썼지만 혐오발화는 그치지 않았다. 신자유주의는 그처럼 자본의 바깥에 접속하는 사람이 오히려 앱젝트의 위기에 처하는 시대이다. 여성 연예인은 여신이나 인형의 이미지에서 벗어나는 순간 상품사회의 환상이 깨지는 것이 두려운 사람에 의해 혐오의 대상이 된다. 설리는 많은 말을 하고 싶었고 실제로 행동으로 옮기기도 했지만 물신화된 남성주의자에게는 그 말이 잡음으로만 들렸다. 신자유주의 시대에 타자가 **말을 할 수 없는** 것은 인격을 지닌 여성으로 말을 해도 잡음이 되거나 혐오의 대상이 되기 때문이다. 그런 우울한 상황에서 벗어나기 위해서는 배제된 앱젝트를 다시 살아 있는 인간으로 만드는 특별한 진실의 이중주가 필요하다.

타자가 앱젝트로 추방되는 시대는 미래가 사라진 종말론적 세계이기도 하다. 식민지 말과 신자유주의 시대에서 우리는 그런 조짐을 감지한다. 세상의 마지막 같은 그런 곳에서는 앱젝트를 구원하기 위해 진실의 이중주의 새로운 발명이 필요하다. 앱젝트의 시대에는 진실의 이중주가 시뮬라크르와 은유의 이중주로 연주된다. 우리는 식민지 말의 은유를 통한 진실의 회생과 신자유주의에서의 '시뮬라크르-은유의 이중주'를 통해 그것을 살펴볼 수 있다.

예컨대 「향수」에서 이현은 '엄마손'을 그리워하는 누나의 기억(순수기억[34])의 이미지(시뮬라크르)에서 내선일체와 동아신질서의 희생자의 모습을 본다. 앱젝트가 된 누나는 구원의 목소리가 잘 들리지 않았지만 이현은 누나의 그리움과 희생자의 모습에서 은유를 작동시킨다. 내선일체와 동아신질서는 조선인과 조선문화를 로컬칼라로 박물관에 감금했다. 박물관에 갇힌 조선은 폭력적 상황에서도 누나처럼 아무 말도 못하고 형해화되어가고 있었다. 북경의 박물관 거리(유리창)에서 발견한 조선자기는 그런 상황을 은유를 통해 보여주고 있었다. 박물관의 부서진 조선자기는 동아신질서에 갇힌 누나와도 같았다. 누나는 구조요청을 하고 있었지만 제국의 보이지 않는 유리창에 갇혀 아무 소리도 들리지 않았다. 그러나 이현은 박물관 유리창에 갇힌 도자기를 통해 누나의 구원의 목소리를 대신 듣는다. 그와 함께 그 구조요청에 응답함으로써 누나를 앱젝트에서 고통 받는 인

---

34 선적인 시간에서 벗어나 심연의 무의식을 이루고 있는 기억을 말한다.

간으로 되돌리고 있었다. 이현은 도자기의 은유를 통해 제국의 신질서에 갇혀 고통스러워하는 누나를 다시 끌어안고 있었던 것이다.

이별을 하면서 이현의 도자기 이야기를 들은 누나도 불꽃처럼 타오르는 눈빛을 보내왔다. 은유의 경첩이 움직이며 불꽃같은 눈이 서로 타올라 구원의 좁은 문을 열고 있었던 것이다. 이것이 은유라는 기억의 경첩을 움직이며 타자를 회생시키는 진실의 이중주이다. 이현은 누나를 끌어안는 동시에 회생된 누나의 불꽃으로부터 스스로도 구원을 얻고 있었다.

상품물신화가 극에 달한 신자유주의에서도 추방된 앱젝트를 구원하려면 진실의 이중주가 필요하다. 앱젝트는 구조요청을 해도 잘 들리지 않거나 잡음으로만 들리는 존재이다. 물신화된 상품사회에서는 여자 연예인이 악플에 시달리며 구원을 요청해도 오히려 편견과 혐오의 대상이 될 뿐이다. 그런 상황에서 앱젝트로 희생된 그녀를 구원하려면 시뮬라크르와 은유의 이중주가 필요하다. 자살한 연예인은 개인적인 불행이 아니라 벌거벗은 타자를 폭력적으로 매도하는 상품사회의 **사건의 희생자**이다.[35] 우리는 설리를 죽음에 이르게 한 우울증이 여성의 '인격적 소망'을 승인하지 않는 사회에서의 제도화된 우울증[36]임을 인식해야 한다.[37] 설리는 많은 말을 했지만 무엇보다 인형이 아닌 인간으로 살고 싶은 욕망을 표현했을 것이다. 그런데 그 말이 오히려 이상한 잡음으로 들려 선정적인 기사와 혐오발화를 유발한 것이다. 혐오발화에 시달린 설리의 고통은 '앱젝트는 말할 수 있는가'라는 질문을 상기시킨다. 설리의 인간적인 소망의 구조요청을 듣지 못하는 한 어떤 애도도 그녀를 구원하지 못한다.

---

35 이를 드러내는 것이 시뮬라크르이다.

36 버틀러, 조현순 역, 『안티고네의 주장』, 동문선, 2005, 134~138쪽.

37 이것이 설리의 죽음으로 솟아오른 시뮬라크르(사건)를 의미화하는 방식이다.

희생자를 진정으로 구원하려면 배제된 그녀가 남성적 상품사회[38]에 대응하며 회생하도록 '시뮬라크르'와 '은유'의 이중주를 연주해야 한다.

악플을 감당하던 설리의 티없는 이미지는 이제 시뮬라크르가 되었다. 그녀가 죽은 후 상품사회의 맥락에 얽매인 지시대상이 없어졌기 때문이다. 남성중심적 상품사회는 지시대상인 설리를 인형으로 옭아매었지만 지금 그 이미지는 그녀의 숨은 고통을 반복해서 상기시키는 시뮬라크르가 되었다. 설리가 순진한 표정으로 웃음을 웃을수록 우리는 더욱 더 반복적으로 고통을 느낀다. 지시대상을 상실한 시뮬라크르가 희생된 타자로서의 설리의 고통을 상기시키기 때문이다.

지시대상에서 해방된 시뮬라크르가 드러낸 숨은 고통은 친한 친구 아이유의 노래로 반복되고 있다. 과거에 설리를 위해 만든 아이유의 노래는 설리와 포옹하는 은유로 재탄생해 우리에게 들려오고 있다. 아이유는 생전에 설리를 위해 두 개의 노래를 작곡했다. 하나는 설리가 남자의 사랑을 받는 내용이고 다른 하나는 고통받는 여자가 사랑받는 여자라는 반전을 담고 있다. 이제 사랑스러운 여인에 대한 두 노래는 설리를 끝없이 애도하는 슬픈 노래가 되었다.

"뭐랄까 이 기분 널 보면 마음이 저려오네 빠근하게 / 오 어떤 단어로 널 설명할 수 있을까 아마 이 세상 말론 모자라" 〈복숭아〉라는 칭찬의 노래를 들어도 우리는 빠근하게 가슴이 아프다. 설리의 숨겨진 고통이 노래의 은유를 통해 우리 가슴으로 들어오기 때문이다.

"저기 왜 화를 내나요 / 저기 왜 악을 쓰나요 / ……… / 모두가 예뻐라 해 그 여자 / 당신도 알지 그 여자 / 모두가 사랑하는 그 여자" 〈레드 퀸〉

---

38 이 물신화된 상품사회에는 감정 자본주의뿐만 아니라 선정적이고 자극적인 기사로 악플을 유발하는 언론도 포함된다.

은 설리의 되풀이된 고통을 품어 안아 반복의 리듬에 담은 노래이다. 이 노래는 은유을 통해 고통스러웠던 설리를 포옹하게 하고 있다.

이제 설리의 고통의 반복이 노래의 반복으로 전이되었지만 〈복숭아〉와 〈레드 퀸〉은 애도불가능한 애도로 전파된다. 애도불가능한 애도란 우리가 아직 설리를 떠나보내지 않았다는 뜻이다. 아이유의 노래는 보내지 않은 설리를 우리 안에 끌어안는 은유로 반복되고 있다. 우리는 그런 은유를 통해 설리와 손잡고 그녀를 죽음에 이르게 한 사회적 문제에 대응해야 할 것이다.

그러나 노래의 은유로도 우리의 우울이 가라앉지 않는 것은 그 만큼 남성중심적 사회의 성벽을 넘기 어려움을 뜻한다. 타자를 배제하는 남성중심적 성벽은 노래와 은유를 통해 설리를 포옹해도 무너지지 않고 있다. 우리는 설리의 구조요청을 듣기 시작했지만 아직 그녀를 구원하지는 못한 것이다. 다만 애도불가능한 애도는 우울의 신호인 동시에 설리를 마음에서 보내지 않았다는 뜻이기도 하다. 우리는 끝없는 애도 속에서 설리와 연대하며 언젠가는 더 증폭된 정동으로 남성중심적 사회의 폭력에 대응할 수 있을 것이다.

남성중심적 혐오발화가 상처받은 타자의 반복의 떨림을 중단시킨다면 노래의 은유는 (상징계를 넘어서는) 반복운동을 통해 타자와 포옹하게 한다. 벌거벗은 얼굴에 대한 악플과 혐오발화는 나르시시즘적 상품사회에 도취되어 타자를 추방하는 폭력일 뿐이다. 반면에 노래와 은유는 혐오발화와 악플로 경계를 지키는 남성중심적 사회를 횡단하며 균열을 드러낸다. 그와 함께 균열의 틈새를 통해 희생자를 앱젝트에서 에로스의 대상(대상 a)으로 돌아오게 해준다. 그런 귀환을 통해서만 희생자가 구출되는 동시에 우리 자신도 구원을 얻게 된다. 앱젝트에서 대상 a로의 전회야말로 권력의 비밀과 타자의 비밀을 드러내는 진실의 이중주이다. 다만 설리를 기억하는 진실의 이중주가 울려도 우울이 해소되지 않는 것은 그만큼 젠더영역이 여러 착종된 모순의 심층지대임을 암시한다. 젠더관계는 모순이 심화되어도 잘 드러나지 않아 해결이 어려운 대표적인 비식별성[39]의 영역이다.

우리시대는 젠더영역의 비식별성과 불투명성이 계급적 영역으로까지 확장된 시대이다. 오늘날 사회모순이 심화되었어도 세계가 변화되지 않는 것은 희생자의 구조요청이 잘 들리지 않기 때문이다. 프레드릭 제임슨은 신자유주의와 후기자본주의가 가장 '완벽해진 자본주의'라고 말한다.[40] 완벽한 자본주의란 자본주의의 순수한 원본이 작동되고 있다는 뜻이다. 내선일체나 신자유주의처럼 '원본 이데올로기'가 물신화된 사회에서는 타자의 배제가 폭력적이 되고 앱젝트로 추락하는 사람이 많아진다. 그런 사회의 특징은 위험한 상황에서도 앱젝트의 구조요청이 들리지 않는다는 것이다. 연예인과 감정노동자의 소리 없는 앱젝트로의 전락은 그것을 암시하는 시대적 증상[41]이다. 시대적 증상이란 보이지 않는 어둠을 드러내어 빛을 소망하게 하는 것을 말한다. 그런데 신자유주의에서는 화려한 스펙터클와 혐오발화가 짝을 이루며 '어둠 속의 타자'를 보이지 않

---

39 비식별성이란 합법과 불법의 구분이 불분명한 상태를 말한다. 아감벤은 법적 체제가 내부와 외부의 구분이 불가능한 비식별역에 의존해 안정된 질서를 유지한다고 말한다. 아감벤, 『호모 사케르』, 62~63쪽.

40 제임슨, 유정완 역, 「「포스트 모던의 조건」에 관하여」, 리오타르, 유정완·이삼출·민승기 역, 『포스트모던의 조건』, 민음사, 1992, 22쪽.

41 증상이란 체제의 필연적인 산물인 동시에 그 체제의 정상적인 작동을 어렵게 만드는 요소를 말한다. 지젝은 마르크스가 자본주의 체제에서 프롤레타리아라는 사회적 증상을 발견했다고 말한다. 프롤레타리아 같은 저항적인 타자가 무력화된 오늘날은 타자의 앱젝트화 자체가 시대적 증상일 것이다. 지젝, 『이데올로기라는 숭고한 대상』, 48~51·223쪽.

게 만든다. 그 때문에 오늘날은 모두가 병들었는데 아무도 신음을 듣지 못하는 **무증상 자본주의**의 시대이기도 하다. 신자유주의에서는 타자의 배제로 인한 무증상 자체가 사회적 증상이 되었다고 할 수 있다. 우리시대의 그런 특이한 '무증상의 증상'이 바로 우울증이다. 그에 대항하는 문학과 변혁운동은 어둠을 드러내며 빛을 소망하게 해야 한다. 어둠을 드러내는 것은 앱젝트의 구조요청을 듣는 순간이며 빛을 소망하는 것은 구원의 갈망을 감지함을 뜻한다.

그렇다면 오늘날은 자본주의의 '원본 이데올로기'와 '시뮬라크르를 통한 진실의 회생'이 대항하는 시대이다. 뒤에서 우리는 신자유주의의 비식별성의 시대에 어떻게 진실을 회생시킬 수 있는지 살펴볼 것이다. 이미 암시했지만 타자를 추방하는 원본 이데올로기에 대항하는 것은 시뮬라크르와 은유를 통한 진실의 이중주이다. 우리는 10장에서 원본에서 멀어진 시뮬라크르가 비식별성을 횡단하며 진실의 이중주를 연주하는 역설을 다시 자세히 살펴볼 것이다.

8. 무증상 자본주의에서의 진실의 이중주

신자유주의의 '증상'은 이미 박상우의 「샤갈의 마을에 내리는 눈」(1990)에서부터 나타난다. 이 소설에서 '샤갈의 마을'의 주인이자 화가인 여자는 '누가 그녀에게 전화를 걸어줄 수 없냐고' 중얼거린다. 그러나 누군가를 기다리는 그녀의 구조요청에 아무도 응답하지 않는다. 이 소설은 신자유주의의 우울한 증상[42]을 드러내고 있지만 구원의 응답은 들려주지 못한다. 우울한 증상이나 침묵의 응답은 신자유주의가 무증상의 시대임을 뜻한다. 무증상이야말로 원본 자본주의인 신자유주의의 독특한 증상일 것이다. 박상우의 소설은 구원이 없는 증상을 암시하는 방식으로 1990년대부터 무증상 자본주의가 시작되었음을 알리고 있다.

구조요청에 대한 응답이 없는 사회는 '우리'의 연대가 사라지고 정치적 인격이 붕괴된 세상이다. 그런 우울한 사회의 증상은 「사탄의 마을에 내리는 비」(2000)의 종말론적 상황에서 더욱 심화된다. 이 소설에서 '샤갈의 마을'의 간판은 골조만 남은 건물에 아슬아슬하게 매달려 있다. 샤갈을 좋아했던 여자는 지하세계 카타콤의 지배자가 되어 있다. 카타콤의 벽면은 뭉크의 그림의 인물들이 기괴하게 뭉개져서 그려져 있다. 카타콤에 온 일행 중 한 여자가 자살을 시도하자 그녀의 친구가 구급 전화를 건다. 그러나 구급차가 달려오지만 구원은 없다. 자아가 빈곤해진 사람들에게 구급차 사이렌은 구원이 아니라 재앙의 경고음일 뿐이기 때문이다.

상품물신화로 자아가 빈곤해진 사람들이 구조요청을 듣지 못하는 것은 순수기억이 동요하지 않기 때문이다. 배수아와 하성란의 소설들은 자아의 빈곤화로 사건이 일어나도 동요하지 않는 사람들을 그리고 있다. 인격의 영역이 상품화된 시대에는 신상품이 구상품을 대체하는 원리가 인간세계에도 적용되어 자아의 순수기억이 물건처럼 빈약해진다. 순수기억이 빈약해지면 자극에 대한 반응이 물건처럼 되어버려 타자의 심장의 떨림에 깊이 반응하지 못한다. 배수아의 「프린세스 안나」에서 안나의 형부는 위기의 신호를 발신하지만 그가 지하철에 빨려 들어갈 때까지 아무도 구조요청을 듣지 못한다. 배수아 소설에서는 '아무 일도 일어나지 않고' '언제까지나 그대로'라는 말이 수없이 되풀이된다.[43] 배수아 소설

42 우울한 증상은 무엇이 문제인지 알 수 없는 '무증상의 증상'이기도 하다.

43 이런 헐벗은 반복을 통해 죽음충동에 이르기도 한다.

은 1990년대 말부터 본격화된 무증상 자본주의의 낯선 침묵을 반복해서 암시하고 있다.

구원의 요청이 들리지 않는 '이상한 고요함'은 양극화의 사회에서 더 심화된다. 배수아와 하성란의 소설에는 '사랑의 감동'[44]에 대한 향수가 남아 있지만 김애란의 「벌레들」에서는 불평등성의 절벽이 공간적으로 고착화되어 있다. 사랑이 계급을 넘어서기는커녕 이제 계급적 불평등성은 아득하게 두려운 절벽이 되었다. 그와 함께 하층민을 멸시하지 않는 중간층에게도 가난은 무의식적으로 혐오의 이미지로 감지된다. 그처럼 가난을 혐오의 이미지로 느끼기 때문에 하층민의 구조요청은 들리지 않는다. 「벌레들」에서 절벽에서의 벌레의 습격을 구조요청으로 듣지 못하는 것은 추락의 불안과 오염의 공포 때문이다. 이제 벌레와 쓰레기, 앱젝트는 되돌리기 어려운 불평등성의 증상을 표현하는 뼈아픈 은유가 되었다. 증상이 혐오발화로 표현되는 시대는 모두가 절벽 아래의 하층민을 외면하는 사회이다.

양극화 사회에서는 경제적 불평등성이 감성적 불평등성으로 전이되어 '침묵하는 앱젝트'로 표현된다. 김의경의 『콜센터』에서는 피자집 알바 화덕이 주인에게 매를 맞고 쓰레기 봉지 옆에 앉아 우는 모습이 그려진다. 장애인에다 자퇴 여고생인 화덕은 그녀 자신이 쓰레기 봉지처럼 보였다. 화덕이 쓰레기 봉지처럼 보인 것은 주인한테 부당하게 욕설을 들어도 아무에게도 화풀이할 곳이 없기 때문이다.

양극화가 심화될수록 '앱젝트는 말할 수 있는가'라는 질문은 점점 더

---

44 배수아, 「푸른 사과가 있는 국도」, 『푸른 사과가 있는 국도』, 고려원, 1995, 147쪽; 「푸른 사과가 있는 국도」의 '나'는 남자를 만나고 섹스를 해도 기쁨이 느껴지지 않는 시대에 '사랑의 감동'에 대한 향수를 갖고 있다.

절망적이 된다. 주인에게 기식하면서 비천한 앱젝트로 살아가는 것은 〈기생충〉(봉준호 감독)에서도 나타난다. 그런데 이 영화가 충격적인 것은 말할 수 없는 앱젝트의 위치가 구조적으로 표현되기 때문이다. 기생충처럼 지하 벙커에서 살아가게 된 기택은 생존 자체가 아무리 외쳐도 **말이 들리지 않는 곳**에서 이루어진다.

거기서 더 나아가 백민석의 『해피 아포칼립스!』에서는 경제적 차별의 희생자들이 존재 자체가 변형된 늑대인간과 좀비로 그려진다. 늑대인간과 좀비는 '말할 수 없는 앱젝트'의 가장 극단화된 표현이다. 경제적 불평등성은 감성적 차별에서 생존과 **존재 자체**의 차별로 극단화되고 있다.

쓰레기 봉지와 기생충, 늑대인간은 화려한 신자유주의의 어둠을 드러내는 증상이다. 증상은 사회의 필연적인 산물인 동시에 그 사회의 불가피한 균열을 보여준다. 또한 체제의 구성적 요소이면서도 체제 자체를 넘어서는 잉여적인 것을 암시한다. 체제를 넘어선 잉여란 심장의 떨림을 전달하는 은밀한 비밀교신의 욕망을 말한다. 예컨대 『콜센터』에서 화덕과 동민의 교감이나 〈기생충〉에서 기택과 기우의 모스 부호의 비밀교신이 그런 암시이다. 그러나 두 작품에서의 증상은 혐오의 이미지로 인한 존재의 왜곡 때문에 주인공들 이외에 일상으로까지 번져가지는 못한다. 무증상 자본주의의 강력한 제재 때문에 두 작품에서의 비밀교신은 원활하지 못한 것이다.

〈기생충〉의 모스 부호는 기우를 자극하지만 우리의 가슴을 움직이지는 못한다. 기택은 무증상 자본주의의 극단에서 존재론적 형벌을 감수하는 삶을 더 오래 견뎌야 할 것이다. 〈기생충〉과 『해피 아포칼립스!』가 보여주듯이 무증상 자본주의는 부당한 존재론적 징벌을 내리는 권력으로 진화해 가고 있다.

무증상 자본주의의 존재론적 형벌은 코로나 사태 이후 노골화된 인종주의에서 정점에 이르고 있다. 코로나 시대의 무증상 인종주의는 신자유주의의 무증상 자본주의와 표리를 이루고 있다. 자본주의에서의 차별은 계급적 착취인데 무증상 자본주의에서는 인종주의처럼 존재론적 차별로 전이되고 있는 것이다.

무증상 자본주의에서는 똑같은 살과 피를 지녔을 뿐 아니라 피부색까지 같은 데도 벌레, 기생충, 좀비로 강등된 사람이 생겨난다. 그처럼 타자가 존재 자체가 강등된 앱젝트로 추방될수록 무증상 자본주의에서 탈출하는 출구가 봉쇄된다. 실재계와 접속한 타자를 만날 수 없기 때문에 사람들은 아무리 이성적으로 자유로운 세상을 갈망해도 다시 제 자리로 돌아온다. 무증상 자본주의에서는 재현불가능한 앱젝트의 추방과 함께 재현의 난제[45]와 정체성의 난제 속에서 **역사의 미로**[46]를 헤매게 된다.

그 때문에 존재론적 형벌을 무기로 한 무증상 권력에 대응하려면 존재론적 변혁을 발명해 내야 한다. 그런 존재론적 회생의 신무기가 바로 앞서 살펴본 시뮬라크르와 은유이다. 〈기생충〉의 모스부호는 시뮬라크르와 은유라는 진화된 무기로 전환되어야 한다. 모스부호는 기택의 생존을 알릴 뿐이지만 시뮬라크르와 은유는 우리의 가슴을 다시 뛰게 해준다. 그처럼 가슴이 다시 뛰어야지만 벌레와 기생충, 좀비가 살아 있는 인간으로 되돌아온다.

진리의 과정이란 지하벙커의 기생충 대신 살아있는 인간을 만나는 진

---

45 지배권력의 질주가 가속도를 갖고 계속되면 타자가 배제되면서 역사의 재현이 위기에 처하게 된다.

46 레비나스가 미래라고 말한 타자가 추방된 사회는 역사의 미로의 시대이기도 하다. 역사의 미로의 시대에는 해방의 욕망으로 밖으로 나가려다 반복해서 다시 제자리로 돌아오게 된다. 나병철, 『친밀한 권력과 낯선 타자』, 소명출판, 2019, 27~28쪽 참조.

행에 다름이 아니다. 오늘날 진리의 과정은 무증상 권력의 제재와 긴장 관계에 놓여 있다. 사건이 일어난 순간은 타자를 추방해 반복운동을 중지시키는 무증상 권력이 작용하는 때이기도 한 것이다. 시뮬라크르는 원본에서 멀어지면서 무증상 권력의 제재를 떨쳐낸다. 또한 은유는 우리의 심장을 다시 뛰게 하는 진화된 모스부호를 창안해낸다.

무증상의 시대에 대응하는 진실의 이중주는 그런 시뮬라크르와 은유의 이중주이다. 이 새로운 이중주는 차가워진 가슴을 다시 뛰게 하는 진실의 연주라고 할 수 있다. 가슴의 진실은 시뮬라크르와 은유를 통해 타자를 회생시키고 자아와 교섭하게 하면서 앱젝트의 곤경과 정체성의 난제를 넘어선다. 그와 동시에 사건과 타자를 생생하게 만듦으로써 진리의 과정을 재개하고 역사의 주체를 생성한다. 그 순간 들리지 않던 반복의 반향과 심장의 떨림이 들리면서 재현과 반복의 교섭 속에서 안개 같은 역사의 미로에서 탈출하는 사람들이 나타나기 시작한다.

제3장

진실의 이중주

반복과 진실

1. 원본의 동일성과 진실의 이중주

우리시대는 진실에 대한 질문이 잘 제기되지 않는 시대이다. 그 이유는 진실의 과정이 너무 지난할 뿐 아니라 우리가 실재에서 멀리 떠나왔기 때문이다. 실재와의 이연감 속에서 진실이 이중주로만 연주됨을 깨닫는 것은 진실을 포기하지 않게 해준다.

앞장에서 우리는 오늘날의 딜레마를 해결하기 위해 진실의 이중주에 대해 살펴보았다. 우리시대는 진리가 이중주를 통해서만 드러난다는 사실이 실감나는 시대이다. 그것은 우리가 권력의 다양한 상상적 장치들에 포위되어 있기 때문이다. 그러나 시대의 어려움을 넘어서서 진실 자체가 원래 이중주로만 연주될 수 있음을 아는 것은 매우 중요하다. 3장에서는 진실의 이중주가 우리시대의 명제일 뿐 아니라 **진리 과정 자체**의 특성인 이유를 자세히 살펴볼 것이다. 그것을 위해서는 원본의 단일성과 진실의 이중주를 대비시키는 일이 중요하다. 진실의 이중주는 원본의 상상계적 단일성에서 실재의 진리로 전회하는 과정에서 나타난다. 그런 과정에서 우리는 진실(진리)과 윤리의 관계, 사건과 진실의 문제, 그리고 인식과 실천의 관계를 살펴보게 된다.

진실이란 실재the Real와 교섭하는 것을 말한다. 실재란 칸트의 물자체이자 라캉의 실재계이다. 환상장치와 혐오장치가 짝을 이루고 있는 오늘날은 실재계에서 상상계 쪽으로 이동해 있는 시대이다. 사건이 일어나도 이상한 고요함이 계속되는 것은 환상장치와 혐오장치라는 상상적 권력이 일상을 포위하고 있기 때문이다. 이런 상황에서는 시뮬라크르를 통해 실재계적 사건이 솟아오르게 하고 은유를 통해 공감의 연대를 생성하는 이중주가 필요하다.

우리시대의 **진실의 망각**은 신자유주의라는 상상계적 원본에 사로잡혀 있는 상태로 설명할 수 있다. 원본에 대한 집착은 이미 이광수의 『무정』에서부터 나타난다. 이광수가 서구문명을 진짜 원본이라고 생각한 것과 오늘날 우리가 신자유주의적 현실을 진짜 세계라고 여기는 것은 크게 다르지 않다.

그러나 이광수는 서구문명에 접근하는 것이 원본의 진리에 다가가는 일이라고 생각했다. 반면에 오늘날 우리는 현실이 얼마간은 연출된 것이라고 여긴다. 그러면서도 연출된 듯한 신자유주의 세계가 대안이 없는 절박한 현실이라고 생각한다. 연출된 세계가 절실한 현실이라는 생각은 진리에 대한 질문을 무의미한 것으로 만들고 있다. 그로 인해 우리시대는 진리에 대한 논쟁이 가장 시들해진 시대가 되었다. 진리는 눈앞의 현실과는 다르며, 게임처럼 연출된 느낌을 주더라도 거부할 수 없는 현실이 중요한 것이다.

현실을 진리 없는 연출로 보는 것은 이미 1950년대의 소설에서도 나타난다. 「설중행」(손창섭)에서 고선생은 인생이 숫제 연극이라는 귀남의 말에서 신선한 경이를 느낀다. 귀남의 말은 신자유주의를 거울처럼 비추는 〈기생충〉(봉준호 감독)에서 더 실감나는 말로 변주된다. 〈기생충〉에서 기택은 기우에게, "아들아 너는 계획이 있구나"라고 감탄한다. 계획이란 연출이며 연출한다는 것은 현실을 살아간다는 뜻이다.

이광수는 '원본이 진리'라고 생각했으며 오늘날은 '진리 없는 현실'을 말하는 시대이다. 우리는 그 둘을 넘어선 제3의 대안을 논의하려고 한다. 연출의 시대에도 진실은 있으며 진리란 원래 이중주의 연출을 통해서만 표현될 수 있기 때문이다. 진실의 이중주를 이해하려면 원본의 상상계에서 벗어나 실재계로 이동해야 한다. 이광수에게 서구문명이 원본이었다면 오늘날은 신자유주의의 세계가 연출의 각본으로서의 원본이다. 그러나 우리는 그 둘이 비슷하게 상상계에 위치해 있으며 실재계로의 전회가 필요함을 논의하려 한다.

원본이란 진짜나 실재가 아니다. 이광수는 미국에 가까이 가는 것이 근대의 원본에 다가가는 것이라고 생각했다. 오늘날은 명품에 접근하는 것이 진짜이며 짝퉁 대신 원본을 사는 것이 진짜 삶으로 느껴진다. 그러나 신문명이든 명품이든 원본이란 근대의 스펙터클적인 상상계일 뿐이다.

진짜 '실재'는 잘 보이지 않는다. 실재의 진실은 원래 표상불가능한 것이기 때문이다. 그처럼 진실은 그 자체로 표상될 수 없기에 항상 이중주로만 연출될 수 있는 것이다. 「고향」에서의 서발턴의 반복과 지식인의 교감이 그 대표적인 예일 것이다. 이제 우리는 '실재의 진실'을 드러내려면 왜 이중주가 필요한지 보다 구체적으로 살펴볼 것이다.

이중주로만 접근할 수 있는 진짜를 단일한 원본으로 치환하는 것은 상상계의 스펙터클이다. 원본에 잡착하며 상상계의 스펙터클에 사로잡힐 때 실재의 요소들은 보이지 않는 영역에 묻히게 된다. 이광수는 신문명을 원본으로 본 대가로 고통 받는 피식민자를 보지 못했다. 오늘날은 명품을 원본으로 여기는 대가로 타자의 시뮬라크르의 진실을 보지 못한다.

이광수와 원본	신자유주의와 원본
신문명-**원본**-보임	명품, G7, 1% - **원본**-보임
식민지 지식인(이광수) 서발턴(말할 수 없음)	중간층 99%(이상한 고요함)
앱젝트(보이지 않음)	**앱젝트**(보이지 않음)

원본의 동일성을 유지하기 위해서는 원본의 현존과 부재 사이에 보임과 보이지 않음의 관계를 설정해야 한다. 서발턴과 앱젝트는 인격이 없는 것이 아니라 신문명(원본)이 없을 뿐인데 존재 자체가 강등되어 보이지 않는 사람이 된다. 마찬가지로 신자유주의의 루저는 인격의 상품화에 실패한 대가로 존재 자체가 강등되어 '없는 사람'이 된다. 후자의 경우 루저는 전사회적으로 상품물신화된 사회의 희생자이다. 그런데 그런 희생자가 보이지 않는 존재가 되었기 때문에 사건이 일어나도 '이상한 고요함'이 계속되는 것이다.

사건이란 상징계에 구멍이 뚫려 실재(계)가 드러난 순간이다. 그런 사건의 희생자를 앱젝트로 강등시켜 원본을 유지하는 체제는 실재를 보지 못하는 상상적 권력이라고 할 수 있다. 식민지 시대의 이광수와 오늘날의 중간층은 발전된 세계만 보고 사건의 희생자는 보지 못한다. 사건의 희생자는 실재계적 타자인데 지배체제는 원본을 지키기 위해 타자를 배제하고 실재를 은폐한다. 그런 방식으로 원본이 유지되는 세계는 아무리 시간이 지나도 변화가 없고 새로운 미래가 오지 않는다.

레비나스가 미래라고 말한 타자는 사건의 희생자이기도 하다. 그런 타자는 안에 있는 바깥으로서 상징계(체제)의 균열부분에서 실재(계)에 접촉하고 있는 존재이다. 미래의 시간은 타자가 접촉하고 있는 실재(바깥)와 교섭할 때만 우리에게 다가온다. 프레드릭 제임슨이 실재계를 역사 그 자체라고 말한 것도 그런 뜻에서일 것이다. 레비나스가 타자와의 교섭에서 미래가 다가온다고 말했다면, 제임슨은 실재계와의 접촉에서 역사가 변화된다고 주장했다.[1] 그 때문에 실재계적 타자를 앱젝트로 강등시킨 세계에서는, 보이지 않는 앱젝트가 타자로 회생해야만 실재와 교섭하며 미래로 갈 수 있다.

타자가 회생하면 견고한 캐슬 같은 원본은 물위의 도시처럼 흔들리기 시작한다. 그 순간은 우리가 타자와 교감하는 시간이기도 하며 사람들은 상징계를 넘어 실재와 교섭하면서 진실에 다가선다. 타자 자신이 고립된 상태에서 진실을 드러내기는 어렵기 때문에 일상의 사람과 타자와의 교감을 통해 진실의 이중주가 연주되는 것이다. 실재를 드러내는 것이 진실이라면, 진실은 '타자의 다가옴'과 '다가온 타자와의 교감'이라는 이중주로 연주된다.

그런 진실의 이중주는 윤리의 이중주와 긴밀한 연관이 있다. 레비나스는 타자를 강조하는 동시에 존재자(일상인)와 타자의 교섭을 통한 **윤리의 이중주**를 말했다. 그처럼 존재자가 타자와 교섭하며 실재에 접근해서 현실을 변화시키는 것이 바로 **진실의 이중주**이다. 실재의 진실의 과정은 윤리를 추동력으로 실재계적 반향을 증폭시켜 인식과 실천으로 이어지는 진행이다.

---

1 그런 맥락에서 제임슨은 역사의 주체 대신 실재계적 부재원인을 주목한다.

그 같은 진실의 이중주는 우리를 역사 속에 있게 만드는 순간이기도 하다. 역사를 실재계적 진실과 연관해 논의한 대표적인 사람은 제임슨이다. 그런데 실재 자체는 표상되지 않기 때문에 우리는 실재와 접촉한 타자와 교감해야만 역사 속에 위치할 수 있다.

이제까지는 역사적 진실이 재현의 서사를 통한 현실인식의 과정으로 이해되어 왔다. 그러나 그런 재현적 진실의 인식은 실천의 과정으로 연결되기 어렵다. 반면에 실재계적 진실은 윤리의 이중주를 통해 진실의 이중주를 연주하며 인식과 실천이 동시적으로 진행되는 전개를 보여준다.

재현은 인식과 실천을 결합하지 못하며 윤리와 무관하다. 재현적 인식이 실천으로 연결되기 어려운 것은 재현불가능한 실재계와 접촉하는 차원이 없기 때문이다. 실천이란 상징계와 실재계의 틈새를 메우려는 움직임이며 그것을 추동하는 것은 실재계적 윤리이다. 실재의 진실은 그런 윤리적 순간을 추동력으로 하기 때문에 재현의 진리와는 달리 인식과 실천을 동시에 포함한다. 우리는 진실과 윤리를 역사적 인식과 실천을 결합하는 과정으로 설명할 수 있다. 실재계적 진실은 **인식**인 동시에 역사적 **실천**이며 그 둘을 연결하는 것이 실재계적 타자와 교섭하는 **윤리**이다.

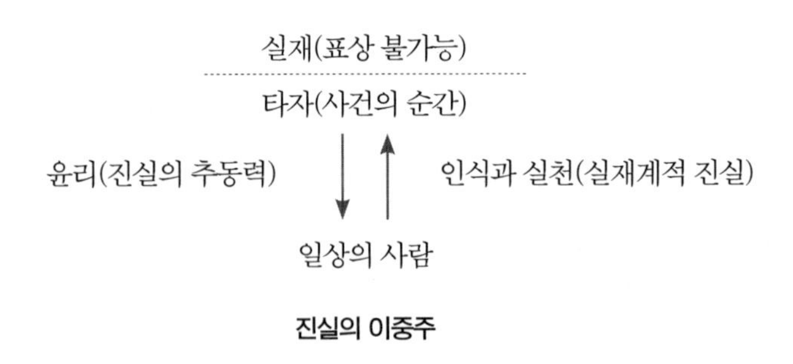

진실의 이중주

위의 도표는 윤리와 실재계적 진실의 관계를 잘 보여준다. 표상되지 않는 실재의 진실이 드러나는 과정에서는 사건의 타자(희생자)와 연관된 윤리가 중요한 요체가 된다. 사건은 실재에 다가가게 해주며 타자는 진실의 과정을 진행하는 윤리적 추동력을 생성시킨다. 그런 윤리적 순간에 일상의 사람이 타자와 관계하며 사건을 경험할 때 혼자서는 접근할 수 없는 실재의 진실에 다가가게 된다.

이제 사건, 실재, 타자, 진실의 관계를 다시 정리해보자. 실재는 잘 보이지 않기 때문에 사건의 순간에만 접촉할 수 있다. 그것은 마치 공황이 일어나 산더미 같이 쌓인 상품들이 폐품이 되었을 때 자본주의 바깥에서 실재에 접촉할 수 있는 것과도 같다. 물론 공황은 흔히 안정된 일상으로 되돌아가려는 반작용을 낳는다. 그러나 공황은 자본주의의 외부에서 자본주의를 보게 해 주기도 한다. 상징계 외부의 실재계에 접촉함으로써 자본주의의 문제점에 대해 생각하고 새로운 미래를 소망할 수 있는 것이다. 미국에서 모기지 사태로 금융위기가 일어났을 때 99%의 저항이 일어난 것도 그 때문이다.

사건의 순간에 실재에 접촉하는 방법은 사건의 희생자인 타자와 교감하는 것이다. 그런 타자 쪽에서의 실재계적 진실은 상상계적인 원본 이데올로기와 대비된다. 이광수는 『무정』에서 삼랑진에서 수해가 일어났을 때 미국 유학과 신문명을 통해 문제를 해결하려 했다. 이형식은 식민지적 타자인 수재민들을 앱젝트로 보고 있으며 그들에게 과학과 문명을 주기 위해 미국으로 유학을 간다고 생각한다. 이것이 바로 원본의 동일성의 세계관이다.

그와 달리 사건의 희생자인 타자과 교섭하며 실재에 접촉해 새로운 세상으로 나아가는 것이 진실의 과정이다. 그런데 사건의 상황에서 진실의 길을 여는 타자와의 교섭이 저절로 일어나는 것은 아니다. 그 이유는

100년이나 지났지만 원본 이데올로기가 사라지지 않았을 뿐더러 더욱 강화되고 있기 때문이다. 실재계적 진실은 항상 상상계적인 원본 이데올로기와 대치 상태에 있으며 오늘날은 더욱 그렇다고 할 수 있다.

예컨대 가습기 살균제 사건은 신자유주의에서 대기업과 치안권력 간의 관행적인 공모관계를 드러냈다. 그처럼 권력의 정체를 암시하는 사건이 일어났지만 진실의 과정(바디우)은 나타나지 않았다. 사건이 발생해도 희생자와 교감하지 않으면 실재의 증인인 타자의 진실은 이상한 고요함에 묻히고 만다. 그처럼 타자를 배제하고 진실을 매장함으로써 신자유주의 원본의 세계는 안정된 운항을 계속하고 있다.

신자유주의의 원본이 상상적 동일성의 체제라면 그에 대항하는 진실의 과정은 실재계로의 전회를 요구한다. 현실을 변화시키려는 진실의 과정이 전개되려면 우리를 실재계로 이동시키는 타자의 **윤리**가 필요한 것이다. 타자의 윤리란 우리를 상상계적 원본에서 실재계로 전회시키는 본능적인 추동력이다. 그런데 실재계적 윤리는 항상 타자를 배제하는 상상계적 권력과 대치상태에 있다. 그 때문에 윤리는 타자를 망각하게 하는 상상적 체제에 맞서 타자와 교감하는 이중주의 과정을 필요로 한다. 윤리의 이중주가 본능적인 에너지의 회생 과정이라면 진실의 이중주는 그에 근거한 인식과 실천의 과정이다.

원본의 권력은 타자를 배제하며 **단일한 동일성**을 요구한다. 반면에 윤리를 추동력으로 한 진실의 과정에는 반드시 **타자와의 이중주**가 필요하다. 드라마 〈원티드〉(한지완 극본, 박용순 연출)는 그런 동일성 권력과 진실의 이중주의 관계를 잘 보여준다.

〈원티드〉에서 가습기 살균제 피해자들을 끝까지 무시하는 SG 그룹의 함태섭은 신자유주의의 동일성 권력을 대표한다. 이 드라마의 마지막 리얼리티쇼는 그런 함태섭의 권력에 대항하며 보이지 않는 희생자들을 화면에 등장시킨다. 그와 함께 희생자들과 청중들이 교감하게 함으로써 진실에 접근하는 과정을 보여준다. 희생자와 청중의 교감이 윤리라면 윤리는 실재계적 진실의 인식과 상징계를 변화시키려는 실천을 태동시킨다.

이 과정에서 진실은 단지 희생자나 타자의 존재만으로 드러나지 않는다. 마치 사랑을 할 때처럼 타자와의 이중주의 교감이 있어야만 비로소 진실이 보이기 시작한다. 우리가 '가슴 뛰는 진실'을 강조해온 것은 그 때문이다. PD 신동욱의 진짜 작품인 10회 리얼리티쇼에서 진행자 정혜인과 신동욱은 피해자들에게 뜨거운 공감을 느낀다. 10회의 리얼리티쇼가 진행되는 동안 두 사람은 고독한 나르시시즘에서 이중주의 세계로 이동한 것이다. 진실이 이중주인 것은 사랑을 혼자서 할 수 없는 것과 똑같다. 정혜인과 신동욱이 나르시시즘의 화신 함태섭과 다른 점은 바로 그런 이중주의 비밀을 알게 된 것이다. 눈물을 흘리는 정혜인이 보여주듯이, 진실은 실재 그 자체도 타자의 존재도 아니며 이중주의 교감의 연주를 통해서만 우리 앞에 나타난다. 진실의 이중주는 캐슬화된 원본의 동일성(상상계)을 흔들면서 실재와 교섭하는 윤리적 추동력으로 동일성 세계의 변화를 요구한다.

2. 실재에 대한 진실의 이중주

오늘날 진실을 회생시키려면 먼저 실재에 대해 알아야 한다. 진실이란 실재에 다가가는 과정에서만 나타나기 때문이다. 상상계 쪽에 기울어 실재에서 멀어진 세계에서는 진실도 무의미해진다. 그런 세계에서는 혐오발화와 가짜뉴스와 막말이 성행한다. 혐오발화와 가짜뉴스와 막말은 실재에서 가장 멀어진 담론이다. 실재에서 멀어졌다는 것은 윤리와 진실에서 멀어졌다는 뜻이다.

그렇다면 실재란 무엇인가. 앞서 말했듯이 실재란 물자체(칸트)이자 실재계(라캉)이다. 실재(계)란 표상불가능한 것이며 표상불가능하다는 것은 재현하기 어렵다는 뜻이다. 실재는 진리의 대상이지만 우리는 그것을 완전하게 드러내거나 이론적으로 설명할 수 없다. 만일 우리가 실재를 재현한다면 그 눈에 보이는 재현은 실재와 완전히 부합하는 것이 아니다. 이는 우리가 의자나 책상 같은 경험가능한 실재를 인식하는 경우에도 마찬가지이다. 우리가 인식한 것은 실재에 대한 표상이지 실재 그 자체는 아닌 것이다. 우리는 실재를 표상으로 인식할 뿐이며 물자체는 알 수 없는 것이다.

우리는 실재 그 자체를 진리로 드러낼 수 있는 능력이 없다. 실재에 대한 표상representation은 진리보다 항상 조금 못 미친다. 실재와 실재를 아는 진리 사이의 이런 딜레마는 인문학과 사회과학에서 뿐 아니라 자연과학에서도 나타난다.

우리는 과학(자연과학)의 대상이 인문학의 대상보다 명확하고 객관적이라고 생각한다. 인문학의 대상은 주체와 뒤얽혀 있고 역사에 따라 변화하는 반면 과학의 대상은 객관적으로 존재하는 듯이 보이기 때문이다. 그러나 객관적 대상을 지닌 과학에서도 실재 자체를 인식하는 것은 쉬운 일이 아니다.

먼저 의자나 손 같은 대상은 경험적으로 관찰할 수 있으므로 객관적으로 명확한 것처럼 보인다. 그러나 의자나 손 역시 우리가 이미 갖고 있는 표상(혹은 개념)을 통해 아는 것이지 물자체를 인식한 것이라고 볼 수 없다. 더 나아가 과학은 매우 많은 경우에 관측불가능한 것을 대상으로 삼고 있다. 예컨대 소립자, 블랙홀, 암흑물질dark matter 등은 아무리 과학이 발달해도 관측하기 어려운 것들이다. 더 나아가 우주 전체, 지구의 핵심, 과거의 생물들은 영원히 관측불가능한 대상들이다.[2] 과학은 점점 발달할수록 오히려 더 관측불가능한 것들을 대상으로 삼는 경향이 있다.

그렇다면 과학 역시 실재 자체를 드러내기보다는 가설을 세우고 그 담론(이론)의 정합성을 증명하는 차원에 있다고 할 수 있다. 과학에서도 실재는 표상불가능하며 담론과 이론을 통해 실재에 다가가려고 시도하고 있는 것이다. 우리는 과학에서 객관성을 기대하기 때문에 여기서의 문제들은 진리 자체의 딜레마를 보다 더 근원적으로 느껴지게 한다. 그런 맥락에서 먼저 과학에서의 진리의 문제를 살펴보는 것은 중요한 의미를 지닌다.

진리를 단일하다고 생각하는 과학적 실재론은 과학이란 실재를 이론으로 표상하는 것이라고 주장한다. 물론 이 관점 역시 과학담론이 실재를 완전히 표상하지는 못하며 과학의 목표는 실재와 최대한 부합하게 이론화(담론화)하는 것이라고 생각한다. 그러면서도 과학적 실재론은 진리가 단일하다고 보기 때문에 이중적·다중적인 이론은 실재를 완전히 표상하지 못한 결과라고 여긴다. 여기서는 명확한 실재에 다가가는 단일한 과정이 진리에 이르는 과정이며, 다만 우리가 완벽히 표상화하기 힘들기 때문에 진리의 과정은 항상 완전하기 어려운 것이다. 이런 주장에는 실재는 **명확한** 것인데 우리가 그것을 전부 표상하지 못할 뿐이라는 생각이 깔려 있다. 그 같은 실재론에서의 실재와 담론(이론)의 관계는 다음과 같이 표시될 수 있다.[3]

---

2 장하석, 『과학, 철학을 만나다』, 지식플러스, 2014, 153~157쪽.

3 위의 책, 175~177쪽.

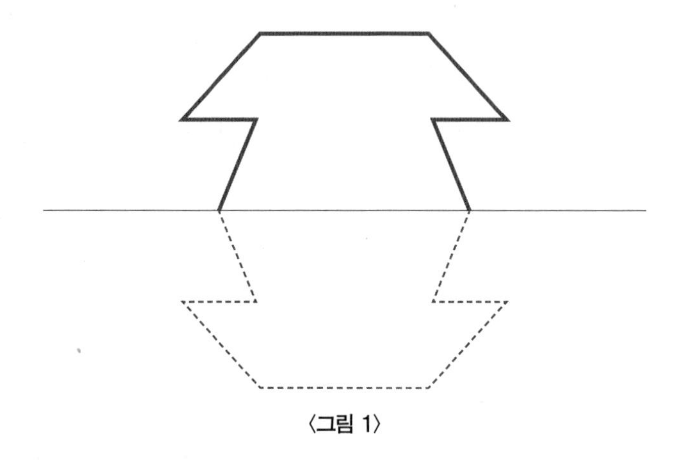

〈그림 1〉

그림에서 점선은 실재가 물에 비친 것과도 같으며 그런 표상을 만드는 것이 과학이 하는 일이다. 이론을 통한 표상은 완벽하게 실재를 비출 수 없지만 과학은 가능한 한 똑같아지려고 노력한다. 과학적 실재론의 특징인 진리의 단일성은 실재가 명확하다고 보는 관점에서 생긴 것이다. 과학의 발전이란 그런 단일하고 명확한 실재에 표상(점선)이 최대한 일치되도록 이론을 전개하는 것이다.

실재론의 문제점은 실재에 대한 상이한 이론들이 함께 진리로 인정되는 일을 설명하지 못한다는 점이다. 예컨대 만류인력(뉴턴)과 상대성 이론(아인슈타인), 양자역학(보어)은 서로 다른 방식으로 실재에 접근하지만 모두 진리로 인정된다. 상대성 이론이 만류인력보다 진보한 이론이라고 볼 수도 있으나 그렇다고 만류인력 법칙이 폐기되지는 않는다. 우주의 차원에서는 상대성 이론이 적용되지만 일상에서는 만류인력 법칙을 적용할 수밖에 없기 때문이다.

이처럼 과학에서도 진리성은 실재 자체뿐이나 인간의 삶에 적용되는 측면도 중요한 것이다. 인간의 삶이나 물질세계에 적용이 불가능해지면 과학의 진리는 폐기된다. 과학적 진리는 실재에 가까워져야 하는 것만큼이나 인간과 물질세계의 이해에 일관되게 조응해야 한다. 실재를 완전히 비추기에는 부족할지언정 인간과 물질의 이해에 적용되는 데는 명확해야 하는 것이다.

그런 측면에서 장하석은 실재론의 가정을 전복시킨 새로운 그림을 제시한다. 실재가 명확하고 담론(이론)이 불명확한 것이 아니라 반대로 실재는 복합적이고 표상불가능하지만 담론은 명확해야 하는 것이다. 실재와 담론의 관계는 실재론의 그림을 뒤집은 것이다.

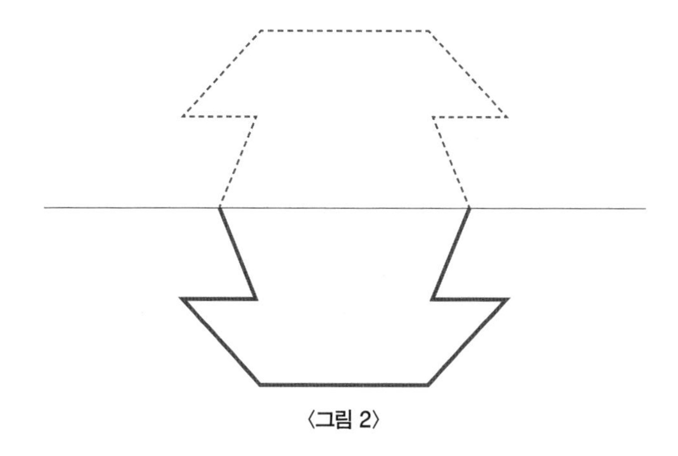

〈그림 2〉

실재가 표상불가능한 것은 담론(이론)이 그에 이르지 못했기 때문이기보다는 실재 자체가 오묘하게 복합적이기 때문이다. 이론이란 이해하기 어려운 실재를 보다 이해가능한 일관성 있는 형식으로 표상한 것이다. 그 때문에 적용가능하고 일관성을 지니는 한 하나의 실재에 상응하는 여러 이론이 병존할 수 있는 것이다. 우리시대에 뉴턴과 아인슈타인, 보어의 이론이 공존할 수 있는 것은 그 때문이다.

장하석은 실재가 다르게 표상될 수도 있을 가능성을 중시해 다원주의를 주장한다. 장하석의 주장은 표상불가능한 실재를 표상해야 하는 데 따르는 어려움을 암시한다. 우리는 그런 어려움에 대응하는 다른 방법으로 다원주의보다는 진리 자체가 이중주로 연주되는 측면을 주목하려고 한다. 다원주의란 진리가 이중주로 연주되어야 하기 때문에 생긴 파생적인 결과일 것이다.

진리란 공동체 내의 모든 사람들을 설득시킬 수 있는 만장일치의 일관성을 지녀야 한다. 위의 그림에서는 실재보다 실재를 표상하는 이론(담론)이 더 그런 일관성을 지니고 있다. 그렇다고 실재를 비추는 보다 명확한 담론과 표상이 진리라고 말할 수는 없다. 실재론자는 첫 번째 그림에서 실재를 비추는 것을 진리이거나 진리에 적합한 것으로 주장할 것이다. 그런 측면에서는 점선이 더 분명해질수록 진리에 접근한 것으로 간주될 것이다. 그러나 두 번째 그림에서처럼 일관성과 명확성이 실재 자체의 표상은 아니므로 실선의 선명함이 진리를 충족시키는 것은 아니다. 이론이 공동체 내의 사람들에게 모두 받아들여진다고 명확한 진리라고 말할 수는 없는 것이다.

반대로 우리는 실재 그 자체가 진리라고도 말할 수 없다. 실재 자체란 인간의 능력으로는 명확하게 전부 드러낼 수 없는 것이기 때문이다. 만일 사람들이 신을 인정한다면 실재를 다 알고 있는 신을 아는 것이 진리에 가까이 가는 길일 것이다. 그러나 신이 아닌 우리에게 실재가 이해되고 적용되기 어렵다면 그 실재 자체가 진리라고 말할 수는 없다.

담론은 일관성을 지니지만 실재를 다 표상할 수는 없다. 반면에 실재는 진리의 조건이지만 완전한 표상이 불가능하다. 따라서 실재를 다 아는 신이 없는 시대에는 진리가 이중주의 방식으로 울릴 수밖에 없다.

진리란 실재와 담론의 이중주이다. 실재와 관계하지 않는다면 진리가 아니지만, 반대로 실재에 접촉했더라도 공동체 내에서 받아들여지지 않으면 진리가 아니다. 진리란 실재 자체인 동시에 그 미결정적인 것이 인간의 능력과 앎의 맥락에서 이해되는 측면이기도 하다. 물론 서로 연관된 그 둘의 관계에서 실재가 일차적임은 틀림없다. 실재에서 멀어지면 공동체 내에서의 승인도 곧 잃게 된다. 또한 실재 자체가 진리는 아니지만 실재에 접촉해 있으면 언젠가는 적합한 담론이 생겨난다.

그러나 어느 경우에도 진리가 실재와 담론의 이중주라는 사실은 매우 중요하다. 예컨대 갈릴레오처럼 실재에 접촉한 사람이 있어도 공동체 내에 적합한 담론이 없다면 진리에서 멀어지기 때문이다. 더욱이 오늘날처럼 진리에서 멀어져 진리담론(순수과학과 인문학)이 무의미해진 상황이 계속되면 실재로부터도 멀어진다.

진리의 이중주에서 중요한 것은 실재가 복합적이고 미결정적이라는 것이다. 복합적이고 미결정적인 실재를 진리로 표현하려면 실재와 담론의 이중주가 필수적이다. 그런 진리의 이중주를 단일성으로 환원시키려는 열망은 실재가 명확하며 이론은 그에 다가가 확실성을 얻어야 한다는 생각에서 생겨난다.

장하석은 그런 단일한 진리에 대한 열망이 유일신적인 종교 관념의 산물이라고 말한다. 완전한 표상이 불가능한 실재는 신만이 알고 있을 것이다. 그렇다면 실재와 일치되려는 진리에 대한 갈망은 신에게 다가가려는 열망과 비슷하다. 완전한 진리의 이론을 만드는 순간은 신의 품에 안긴 순간과 다름이 없을 것이다.

진리에 대한 열망을 종교와 연관시킨 또 다른 사람은 나카자와 신이치이다. 나카자와는 종교에는 유일신교 이외에 복논리bi-logic[4]를 사용하는 불교가 있음을 주목한다. 불교의 복논리란 '색즉시공色卽是空'이나 '무심無心과 심心' 등의 표현에서 발견된다. 진리는 실재를 아는 것인데 불교에서 실재란 공空과도 같은 것이다. 공이란 아무것도 없는 것이 아니라 양자역학에서 말하는 불확정성과도 비슷한 상태이다. 진리는 공을 아는 것이지만 공은 불확정적 상태이므로 명확하게 표상되지 않는다. 그렇다고 공에서 떨어져 있는 물질세계인 색色에서 진리를 찾을 수는 없을 것이다. 다만 색은 경험적 세계이기 때문에 우리는 색의 차원에서 진리를 표상가능하게 만들려 시도할 수 있다. 그렇다면 진리란 공 자체도 색도 아니며 **색즉시공**의 이중주로만 울릴 수 있을 것이다. 첫 번째 그림이 유일신교와 비슷하다면 두 번째 그림은 불교의 색즉시공의 복논리와 비슷하다. 실재가 공처럼 모호하고 불확정적인 반면 표상은 색처럼 구체적이면서도 공 자체는 아니다. 진리란 색즉시공에서처럼 실재와 담론(표상)의 **복논리**와 **이중주**가 연주되는 순간에 다가온다.

진리의 이중주는 인문학의 경우에 보다 구체적으로 실감할 수 있다. 인문학에서의 실재(계)는 자연과학과 달리 인간관계와 역사를 포함하고 있다. 국가와 자본 같은 체제가 상징계라면 실재계로서의 역사는 체제가 변혁되는 순간에 드러난다. 흥미롭게도 인문학에서는 자연과학과는 달리 실재계를 집단적으로 경험하는 순간이 있는 셈이다. 실재계가 직접 우리 앞에 나타난 순간을 우리는 혁명이라고 부른다. 그런 역사적 변혁이 진리라면 그것은 실재와 경험세계가 이중주로 울리는 순간일 것이다.

그 같은 변혁의 순간 이외에 일상에서는 실재가 표상되지 않으므로 진

4 나카자와 신이치, 김옥희 역, 『대칭성 인류학』, 동아시아, 2005, 93쪽

리(진실)는 또 다른 이중주를 필요로 한다. 인문학에서는 일상에서 실재계에 접촉하고 있는 존재가 있는데 그것이 바로 타자이다. **타자**란 체제에 동화될 수 없는 존재이지만 상징계에서 실재계의 메아리[5]를 들려줄 수 있는 존재이다.

타자의 존재는 두 번째 그림을 남대문의 비유로 생각할 때 잘 이해할 수 있다. 우리가 볼 수 있는 남대문은 남대문의 실재가 아니라 상실된 실재를 복원한 것이다. 실재가 조선시대의 남대문처럼 불확실하다면 우리가 보는 상징계의 표상/남대문은 매우 구체적이다. 그러나 구체적인 신축된 남대문의 표상이 남대문의 진짜 존재일 수는 없다. 진짜 남대문은 재현된 남대문도 부재하는 실재도 아니며 실재와 재현의 이중주만으로 연출될 수 있다.

부재하는 남대문이 실재와 재현의 이중주로 연주될 수 있는 것은 실재의 잔여물이 남아 있기 때문이다. 즉 실재 남대문을 이루었던 돌조각들이 남아 재현물과 이중주를 연출하기에 우리는 남대문이 진짜라고 생각한다. 남대문이라는 진품은 실재의 잔여물과 재현물의 이중주이다.

진짜 남대문을 보여주기 위해 재현물과의 이중주를 연주하는 그런 실재의 잔여물이 바로 **타자**이다. 남대문의 잔여물처럼 타자는 실재의 메아리를 들려주기 때문에 진실의 이중주를 연주하기 위해 반드시 필요하다. 타자 없는 재현은 신축된 건축물일 뿐이다. 반대로 고통스럽게 남아 있는 타자의 존재 자체가 진실이라고 말할 수도 없다. 진실은 재현불가능한 타자와 재현의 표상의 이중주로만 연주된다.

스피박은 서발턴이란 재현불가능한 존재라고 말했다. 서발턴은 마치

---

5 타자가 들려주는 실재계의 메아리가 바로 반복이다.

불탄 남대문의 돌조각과도 같다. 서발턴은 남대문 돌조각처럼 재현의 대상이 아니라 실재의 메아리를 들려주면서 진실을 갈망하는 존재이다. 진실이란 타자도 재현도 아니다. 그것은 남대문의 진품이 불탄 돌조각도 재현물도 아닌 것과 비슷하다. 남대문의 진품처럼 역사의 진실은 실재에 접촉한 타자(서발턴)와 그의 떨림에 교감하며 실재를 재현하는 사람의 이중주를 통해서만 비로소 나타난다.

3. 사건에 대한 진실의 이중주

사건이란 상징계에 구멍이 뚫려 실재계가 드러난 순간을 말한다. 혁명의 상황이 아닌 일상에서 실재계와 교섭할 수 있는 것은 바로 사건의 순간이다. 사건이 일어난 순간은 실재계와 교섭하려는 진실의 열망이 생성되는 때이기도 하다.

바디우는 사건을 어떤 상황에 도래한 잉여적 부가물이라고 말한다. 잉여란 상징계(체제)를 넘어선 요소이며 잉여적 부가물의 도래는 실재계가 노출된 순간이다. 바디우가 드는 사건의 예는 프랑스 혁명, 갈릴레오의 주장, 하이든의 고전음악 발명에서부터 개인적인 사랑의 열정에까지 이른다.

바디우는 사건이 일어나면 진리의 과정이 시작된다고 말한다. 그러나 사건이란 프랑스 혁명이나 하이든의 음악처럼 이미 진리의 과정이 된 것도 있지만 반드시 그런 것은 아니다. 예컨대 광주항쟁이나 용산참사, 세월호 사건을 생각해보자. 광주항쟁이 진리의 과정으로 연결되기 위해서는 7년의 시간이 필요했다. 또한 용산참사에서는 진실이 잘 나타나지 않았으며, 세월호는 2년의 시간을 거쳐 촛불집회에서 진리의 과정으로 불붙었다. 세월호 사건의 경우 또 하나 중요한 것은 진실의 요구가 폭발한 후에도 진상이 아직 완전히 규명되지 않았다는 점이다.

이처럼 사건이 곧바로 진리의 과정으로 연결되지 않는 것은 사건의 절박성이 부족하기 때문이 아니다. 사건이 일어나면 그에 참여하는 과정이 시작되는 것은 바디우가 말한 대로 실재계적인 윤리적 갈망 때문이다. 하지만 사건 발생이 저절로 윤리에 충실하게 만들며 진리의 과정을 생성하는 것은 아니다. 사건이 일어나면 진실을 위한 윤리가 동요하지만 반대로 사건을 사고로 되돌리려는 권력이 작용하기도 하기 때문이다.

사건이 다시 원래로 돌아갈 수 없음을 강요한다면 **사고**는 제자리로 돌아가 원래대로 복구할 것을 요구한다.[6] 권력은 체제를 유지하기 위해 사건의 잉여적 요소를 감추면서 사람들이 사건 이전으로 회귀하게 만든다. 광주항쟁이 일어났지만 체제의 변화를 요구하는 데 7년이 걸린 것은 그 때문이다. 또한 세월호 사건을 우연한 교통사고라고 주장한 것도 같은 이유에서이다.

사건이나 사고에서는 모두 사실의 확인이 일차적이다. 사건이나 사고를 전하는 뉴스 프로에서 팩트 체크가 중요한 것은 그 때문이다. 그러나 그것이 전부가 아니다. JTBC 뉴스룸에서 손석희 앵커는 사실을 보도하면서 자주 "한걸음 더 들어가 보자"고 말하곤 했다. 한 걸음 더 들어가는 것은 사실의 확인에 그치지 않고 진실에 다가가겠다는 뜻이다. 진실에 다가가는 것은 실재에 접근하는 것이고 사건을 상황의 균열로 보면서 진리의 과정을 시작하겠다는 암시이다.

---

6 신형철, 「문학은 무엇을 할 수 있는가」, 『한국어문교육연구소 콜로키움 자료집』, 한국어문교육연구소, 10쪽.

물론 뉴스에서는 진실에 접근하는 데 한계를 지닌다. 뉴스는 사실의 보도를 일차적으로 중요하게 다루는 프로이기 때문이다. 반면에 사실보다도 진실을 주요하게 여기는 것이 바로 문학과 예술이다. 문학과 예술은 액면 그대로의 사실은 아니지만 가상과 은유의 방식을 통해 사실을 횡단하는 진실을 암시한다. 문학과 예술이 가상의 방식을 사용하는 것은 사건을 사고로 되돌리려는 권력의 방해를 피하면서 실재에 접근하기 위해서이다. 예컨대 영화 〈블랙머니〉(정지영 감독)는 체제 내의 어떤 담론보다도 론스타 사건을 진실에 가깝게 드러내 보여준다. 그것이 가능한 것은 가상의 형식을 통해 검열을 피하는 한편 체제(상징계)를 넘어선 실재(계)에 보다 잘 접근할 수 있기 때문이다.

사실이란 체제 내의 지시대상과 담론의 일치를 말한다. 사실은 체제 내의 대상을 지시하지만 그 지시대상은 체제가 승인한 과학과 법, 사회규범의 맥락에 놓여 있다. 반면에 문학과 영화의 **사건**은 그런 지시대상이 없는 반면 보다 용이하게 맥락을 넘어선 실재에 접근할 수 있다.

근대세계에서 국가와 자본의 체제는 완전하지 않기 때문에 늘상 숨겨진 균열이 생겨나 있다. 그런 균열에 놓여져 실재계에 접촉하고 있는 존재가 바로 **타자**이다. 체제 내의 숨겨진 균열에서 구멍이 뚫린 것이 사건이거니와 사건은 타자가 희생자가 되는 일이기도 하다. 모든 사회적 사건에는 과학적 사건과는 달리 희생자인 타자가 있다. 예컨대 김용균 사건에서 김용균은 위험한 균열에 존재하는 타자였다가 사건의 순간에 희생자가 된 것이다. 이처럼 타자는 사회의 그늘에 감춰져 있다가 사건의 순간에 희생자가 된다.

권력은 희생자를 보이지 않는 존재로 만들어 사건을 사고로 되돌리려 시도한다. 아감벤이 벌거벗은 생명의 생산이 권력자의 요건이라고 말한 것은 보이지 않는 희생자가 벌거벗은 생명이기 때문이다. 권력은 타자를 벌거벗은 생명으로 만듦으로써 사건을 사고로 되돌리고 체제를 유지한다. 반면에 사실에서 '한 걸음 더 들어가려는' 사람들은 진실을 밝히기 위해 타자와 교섭하려 노력한다. 타자와 교섭해야만 사건이 체제의 변화를 요구하는 실재의 요구임을 알리면서 진실의 과정을 시작할 수 있다. 김용균의 어머니가 김용균법이 제정된 이후에도 다른 타자와 만나는 일을 계속하는 것은 그 때문이다

김용균의 어머니 김미화는 김용균 재단 이사장이 되어 마사회 비리 희생자의 아내 오은주를 만났다.[7] 하청 노동자 김용균이 태안 화력발전소에서 죽음을 맞았을 때 오은주는 평범한 일상인이었다. 그러나 이제는 오은주가 사건의 희생자(타자)가 되어 김미화 이사장을 만나고 있다. 두 사람의 만남은 단지 타자의 연대를 의미하는 것만은 아니다. 김미화는 희생자가 벌거벗은 생명으로 '영안실 서랍장'에 숨겨지는 것을 막고 타자의 실재계적 메아리를 들려주려 하는 것이다. 마사회를 변화시키려는 진실의 과정이 시작되려면 희생자가 조용한 일상에 묻히지 않고 실재의 메아리를 들려주는 존재로 회생해야 한다.

권력이 사실을 알리려는 사람보다도 실재의 반향을 들려주는 타자를 보이지 않게 만들려는 것은 그 때문이다. 무의식적으로 실재와 연관된 진동을 흘리고 있는 타자의 존재는 진실을 향한 충동을 생성하는 것이다. 물론 타자의 존재 자체가 진실은 아니다. 사건이 일어났을 때 타자와 교감하며 존재방식과 세계를 변화시키려 사람들이 움직이기 시작할 때 비로소 진실의 과정이 시작된다. 그 순간 상징계의 사실의 차원에서 실재

7 「싸우지 않으면 남편의, 아들의 넋을 위로할 길이 없어요」, 『한겨레』, 2020.1.17.

계적 진실의 차원으로의 상승이 일어나는 것이다. 그런 과정에서 사건의 순간 타자가 실재의 메아리를 들려주는 것이 바로 반복운동이다. 진실은 타자와 담론(행동), 반복과 재현의 이중주로 연주된다.

진리의 과정은 사건에 의해 자동적으로 촉발되는 진행이 아니다. 사건이 일어난 순간은 벌거벗은 생명이 생겨나느냐 진실이 울리느냐의 기로의 시간이다. 전자로의 길을 막고 후자로의 길을 여는 것이 바로 타자와 교감하는 윤리이다. 윤리의 이중주는 인식이자 실천인 실재계적 진리의 이중주를 추동한다.

실재 그 자체는 〈그림 2〉에서처럼 모호할 뿐더러 항상 권력에 의해 은폐된다. 그렇기에 실재의 반향을 들려주는 타자가 필요하며 실재를 알리는 과정에는 이중주가 요구되는 것이다. 타자와 교감하는 것이 윤리라면 그것을 추동력으로 실재와 교섭하는 것이 진리의 과정이다. 그 때문에 타자를 추방하는 우리시대에 가장 선급한 문제는 타자의 회생인 것이다. 타자가 '영안실 서랍장'에 갇히지 않고 실재의 떨림(반복)을 들려주는 존재로 회생해야만 반복과 재현의 중첩을 통해 진실의 이중주가 울리기 시작한다.

4. 이자적 진리의 두 가지 형식

진리의 인식을 주객관계로 이해하려는 흐름은 오래된 역사를 갖고 있다. 과학적 실재론, 주체중심주의(데카르트), 과학적 마르크스주의 등은 모두 단일한 주체가 객관적 대상을 인식하려는 활동들이다. 진리의 인식을 주객관계로 환원하는 이런 흐름의 문제점은 인식 대상을 명확한 객체로 본다는 점이다. 또한 인식 주체에게 객관적 대상을 모두 알 수 있다는 특권을 부여하게 된다.

앞서 살폈듯이 실재란 복합적이고 미결정적인 것이다. 그러나 주체-객체 관계의 이론들은 대상을 주체의 시선 밑에 두는 순간 미결정성을 딱딱하게 얼어붙게 만든다. 유일신의 신념과도 같은 주체의 시선은 유동적이고 다중적인 실재를 명확한 대상으로 환원시킨다.

우리가 진리의 이중주를 주장한 것은 그런 주객관계의 경직성을 넘어서기 위해서였다. 진리(진실)는 마치 불교의 설법처럼 색과 공, 상징계와 실재계를 끝없이 횡단할 때만 이중주로 다가온다. 우리는 과학적 진리에서조차 실재와 담론의 이중주가 필요함을 살펴봤다.

과학의 담론을 넘어서서 인간세계로 이동할수록 진리(진실)의 이중주는 더 실감을 얻는다. 예컨대 색채와 음, 맛 같은 감각에 대한 판단은 결코 혼자서 할 수 없다. 노랑과 빨강 사이의 어떤 색채에 대한 판단은 상호주관성에 의해서만 옳음을 인정받을 수 있다.

감각적 지각보다 복잡한 인간세계에 대한 판단은 더욱 더 이중주를 필요로 한다. 예컨대 어떤 사건에 대한 법정에서의 판단이 한 사람에 의해 결정되는 일은 있을 수 없다. 사건에 대한 판단에서는 제3자(재판장)가 결정을 내리더라도 피해자의 목소리가 반드시 법정에서 울려야 한다.

그러나 법정에서의 피해자의 위치는 실재의 진동을 들려주는 타자와는 조금 다르다. 법정의 판단은 실재의 차원이 아니라 체제 내의 법의 차원에서의 결정이다. 피해자의 목소리가 대부분 변호인을 통해 들리는 것은 법적 차원에서 보다 더 합리적인 목소리로 의사소통이 이뤄져야 하기 때문이다. 실재의 차원의 사건이 타자와 일상인과의 이중주를 필요로 한다면 법(상징계)의 차원에서의 사건은 법전을 전제로 한 합리적 소통에 의

존한다. 그처럼 법을 전제로 하기 때문에 아무리 합리적이더라도 사건의 피해자에게 실재의 차원의 진실이 다 밝혀졌다고 보기는 어렵다.

또한 법적인 판단은 설령 진실하다 하더라도 체제 자체의 변화를 요구하는 일은 없다. 타자가 이성적 대리인으로 대체되고 체제의 질서인 법의 내부에 이중주의 울림이 갇히면 실재의 메아리는 약화된다. 그 때문에 실재의 메아리 대신 법의 목소리에 의한 정당성이 진실을 대신하게 된다.

이 같은 합리적 정당성에 의거한 진실은 법정 밖에서도 주장된다. 공론장에서의 정당한 담론을 주장하는 하버마스의 의사소통 이론이 바로 그것이다. 하버마스의 의사소통적 이성은 법정에서의 합리적 소통상황과 매우 유사한 점을 지니고 있다. 합리적인 정당성에 의거한다는 점과 체제의 변화까지는 요구하지 않는다는 점에서 그렇다고 할 수 있다.

하버마스의 공론장은 TV, 영화, 인터넷 등의 대중매체를 통해 문화와 여론을 형성하며 체계와 생활세계를 연결하는 통로이다. 생활세계란 구성원들이 배경적 지식을 공유함으로써 자발적인 의사소통이 일어나는 상호주관적 공동체이다. 사회가 진화함에 따라 국가에서 화폐체계가 분화하는 발전이 일어나는데 이때 생활세계도 분화하면서 합리화 과정이 긍정적으로 진전된다. 그런데 점증하는 체계의 분화는 목적합리성을 과잉되게 증폭시켜 생활세계로 흘러들어오게 만든다. 하버마스의 문제의식은 지배체제 자체보다는 체계[8]가 비대해짐으로써 생활세계를 식민화하는 병리현상에 있다.

8 여기서는 체제(regime) 안에 체계(system)가 포함된 것으로 볼 수 있다. 체제가 어떤 목적을 위해 집단을 이룬 유기적 총체라면, 체계는 일관성 있는 논리적 과정과 방법에 의해 상호연결된 전체이다.

하버마스는 생활세계의 식민화에 대한 대응으로 공론장에서 의사소통적 이성을 촉진시킬 것을 주장한다. 공론장은 지배권력의 이데올로기적 도구로 이용되기도 하지만 의사소통적 이성의 증진에 의한 저항이 가능한 영역이다. 하버마스는 공론장으로 흘러들어오는 목적합리성을 차단하고 의사소통적 이성을 증폭시켜 생활세계의 병리화에서 벗어나야 한다고 말한다.

법정이 합리적 정당성에 의해 사건의 피해자를 구출하듯이 하버마스는 공론장의 의사소통적 이성을 통해 생활세계를 구원하려 한다. 법정에서의 합리성과 공론장의 의사소통적 이성의 공통점은 이자적인 이성이라는 점이다. 하버마스는 특정한 단일 주체가 판단하는 대신 의사소통적인 **주체-주체 관계**만이 진리에 접근할 수 있다고 믿는다. 상호주체적인 이성이 증진되어야만 현대의 병리를 해결할 수 있으며 의사소통적 이성이 흘러넘치는 세계가 바로 해방된 공동체이다.

하버마스는 의사소통적 이성이 주체철학에서 벗어나는 유일한 탈출구라고 주장한다. 데카르트에서 칸트에 이르는 주체철학은 타자와의 관계를 이론화하지 못하고 자기중심성에 머묾으로써 진정한 주체의 자율성을 얻을 수 없었다. 그와 달리 마르크스의 유물변증법은 타자의 소외된 노동을 주목했다. 그러나 하버마스는 마르크스가 타자를 주목했지만 소외된 노동 자체는 상호주체성의 해방을 얻지 못한다고 말한다. 노동자와 타자는 권력자가 보지 못하는 미래의 해방된 세계를 볼 수 있다. 그러나 타자의 세계 인식으로부터 해방된 세계를 생성해가는 실천의 과정이 저절로 생기는 것은 아니다. 해방담론은 담론 자체에서 새로운 세계를 구성하는 생성과정이 나타나야 한다.

더욱이 스피박이 서발턴은 말할 수 없다고 주장했듯이 타자를 해방의 주체로 재현하는 것은 지식인일 것이다. 투명한 지식인이 개입한 해방담론은 과정을 생략한 목적합리성에서 완전히 벗어나지 못한다. 그와 함께 산업 노동 패러다임에서 상부구조의 자본화로 전환되는 오늘날에는 노동 주체 이론은 한계를 지닌다.

하버마스는 주체에 특권을 부여하는 주객관계 이론은 모든 것을 대상으로 얼어붙게 한다고 말한다.[9] 그 점에서는 정반대로 보이는 주체철학과 마르크스주의가 비슷한 문제를 갖고 있다. 그 둘 대신 담론 자체가 인식 대상의 해방을 구성하는 주체-주체 관계의 이자적 이성만이 진정한 해방된 세계에 다가갈 수 있다. 주객이론이 목적론의 함정에 빠지는 반면 이자적 관계는 문제에 대응하면서 관계 자체에서 새로운 해방을 만들어간다. 그처럼 문제를 해결하려는 담론 자신으로부터 해방의 요소가 생성되는 것이 바로 이자적 이성에 의거한 의사소통적 공동체이다.

하버마스가 주객관계 이론의 딜레마를 주목한 것은 매우 흥미로운 논점이다. 주객관계가 아닌 상호주체적 이자적 관계만이 목표로 삼는 해방된 세계를 목적론으로 굳어지지 않게 할 수 있다. 의사소통적 이성은 도구적 이성에 얽매인 일상을 해방시키는 일을 **과정 자체**에서 증진시킬 수 있다.

하버마스의 한계는 의사소통적인 이자적 관계가 이성의 정당성에만 의거한다는 점이다. 법정에서의 합리적 정당성이 체제의 변화를 요구할 수 없듯이 의사소통적 이성의 정당성은 체계의 변화를 주장하지 못한다. 하버마스의 이자적 관계는 주객관계의 딜레마를 넘어서는 동시에 다시 합리성의 한계에 부딪힌다.

그 때문에 합리성을 넘어서는 또 다른 이자적 관계가 요구된다고 할

---

9 하버마스, 이진우 역, 『현대성의 철학적 담론』, 문예출판사, 1994, 349쪽.

수 있다. 우리가 말한 진실의 이중주는 주객관계를 넘어선 이자적 관계이면서 합리성을 넘어선 타자와의 관계이기도 하다. 앞서 살폈듯이 이자적 관계가 요구되는 것은 실재가 합리적으로 완전히 표상될 수 없으며 합리적 주체는 체제의 타자를 대신할 수 없기 때문이다.

주객관계는 실재를 명확한 대상으로 보면서 주체에게 실재를 다 아는 특권적 지위를 부여한다. 그것을 비판하는 하버마스의 이자적 관계는 해방을 생성해가는 상호주체적 관계를 강조하며 주객관계의 비약을 넘어선다. 그러나 하버마스는 해방의 대상을 합리적 맥락(상징계)에 한정함으로써 미결정적인 실재에 다가가지 못한다. 그런 합리적인 이자적 관계를 넘어설 수 있는 것은 실재에 접촉한 **타자**와의 이자적 관계뿐이다.

진실이란 실재와 담론의 이중주이자 타자와 이성적 자아(일상인)의 합주이다. 타자는 실재의 반향을 들려주는 유일한 존재이거니와 타자와의 교감만이 실재에 접근할 수 있다. 반면에 법정에서 타자의 목소리를 이성적 대리인(변호인)이 대신하는 것은 체제의 법(상징계) 안에서 문제를 모색한다는 전제에 의거한 것이다. 체제 내에서 문제를 해결하는 데는 타자보다는 **합리적인 대리인**이 더 필요한 것이다. 하버마스의 의사소통적 이성역시 그와 비슷하게 체제의 타자 대신 **이성적 타인**과 대화하는 것이라고 할 수 있다. 의사소통적인 이자적 진리의 과정에는 실재의 반향을 들려주는 타자가 없다. 하버마스의 의사소통적 이성의 담지자는 법정에서의 타자의 대리인과도 같다. 실재의 반향 대신 체제 내에서 용인되는 이성적 대리 담론을 들려주기 때문에 이자적 이성은 실재를 제약하는 체계[10]에 저항할 수 없는 것이다. 그 대신 체제 내의 변화에서는 타자의 존

10 하버마스의 경우 체계는 생활세계와 구분된다. 체제는 특정한 체계가 주도하는 정치체제를 말한다. 하버마스는 체계와 생활세계를 구분하지만 어떤 정치체제에서의 생활세

재보다 합리적 의사소통이 (변호사처럼) 더 유능하게 성과를 낼 수도 있다.

반면에 변혁의 과정에서 변호인을 대리로 내세운다는 것은 상상할 수도 없는 일이다.[11] 변혁이란 체제의 변화를 요구하는 '실재와 관계하는' 담론과 행동을 말한다. 타자를 이성적 대리인이 대신하는 순간 체제 자체에 대한 저항력이 약화되기 때문에[12] 타자 자신이 실재의 메아리를 들려주는 일이 절실한 것이다.

그렇다고 타자가 모든 것을 다 아는 역사적 주체의 중심이 되는 것은 아니다. 타자의 실재의 메아리는 모든 사람의 심장을 울릴 수 있는 방식으로 교감이 이루어져야 한다. 타자와 일상적 자아와의 이중주만이 실재에 접근하며 체계의 변화를 요구하는 진실의 과정을 연주할 수 있는 것이다.

타자와 일상적 자아의 이중주는 하버마스의 이성적 자아의 이중주를 넘어선다. 하버마스는 토대주의(그리고 주객관계)의 패러다임을 넘어선 진리의 이자적 관계를 말했지만 실재계에 접촉한 타자를 유념하지 못했다. 그 이유는 표상할 수 없는 실재계적인 요소들은 미학의 문제이지 철학의 문제는 아니라고 생각했기 때문이다.

하버마스는 그런 맥락에서 실재계와 연관된 논의를 하는 철학들(탈구조주의)을 모두 비판한다. 데리다와 푸코, 들뢰즈 등의 탈구조주의는 이성으로 접근할 수 없는 실재계를 철학의 무대로 이끌어낸 사람들이다. 하버마스는 탈구조주의자 역시 주체철학(이성중심주의)과 형이상학(토대주

계는 체계와 명확하게 분리될 수 없다.

11 변호인은 타자와 끝없이 교감할 때만 자기 자신의 위치를 넘어서면서 일상의 사람들에게 변혁의 열망을 전염시킬 수 있다. 그 점에서 영화 〈변호인〉(양우석 감독)의 변호인은 자신의 체제 내의 위치를 넘어서고 있다고 할 수 있다.

12 스피박의 고민도 지식인이 서발턴을 대리할 수 없다는 데 있다고 할 수 있다.

의) 비판에서 출발했지만 그 반대의 과정에서 이성의 타자를 신비화했다고 말한다. 하버마스에게 철학이란 이성적으로 사고하는 것이며 주체철학을 넘어서려면 자기중심적 이성 대신 의사소통적인 이자적 이성을 사용해야 한다. 그 때문에 그는 차연, 대리보충, 기생상태 같은 이성을 넘어선 용어를 쓰는 데리다를 밀교적 지식을 통한 철학의 문학화라고 비판한다. 더욱이 데리다는 진정으로 토대주의를 넘어섰다고 말할 수도 없다. 데리다는 후설의 토대주의를 전도시켰지만 그것은 후설의 시도를 더 철저화해 감춰진 것을 드러낸 또 다른 토대주의에 불과하다.

하버마스가 데리다를 또 다른 토대주의라고 한 것은, 차연이 동일성에 선행하더라도 차연에는 동일성 체제의 해방을 위한 '과정 자체의 요소'가 불분명하기 때문이다. 의사소통 주체(하버마스)가 해방의 공동체를 지향하는 것과 달리, 의사소통 주체에 선행하는 차연은 주체 없는 익명성을 통해 또 다른 근원을 말할 뿐이다.[13] 토대주의가 세계를 인식 대상의 근원으로 얼어붙게 하듯이 해체론역시 대상을 차연이라는 근원으로 환원한다. 그와 달리 해방된 세계로 나아가려면 일상의 실행 과정 자체에서 해방의 요소가 나타나야 한다. 데리다는 차연을 역사적 과정의 진리로 말하지만 그것을 수행하는 일상 현실의 사람들에 대한 논의가 없다. 반면에 주체-주체 간의 이자적 관계는 대화를 통해 의사소통 공동체의 해방의 요소를 만들어가며 새로운 세상으로 나아갈 수 있다.

진리의 과정을 위한 하버마스의 이자적 관계는 주목할 만한 것이다. 그러나 그는 실재계(그리고 타자)를 철학에서 불가능한 신비 요소로 봄으로써 실재를 괄호 안에 넣는 형식주의에 빠진다. 의사소통적 관계가 해

---

13 하버마스, 『현대성의 철학적 담론』, 215~218쪽.

방되었다고 국가나 자본의 억압이 저절로 사라지는 것은 아니다. 실재란 체제가 감추고 있는 국가-자본의 권력과 그에 반대되는 능동적 힘의 관계가 운동하는 영역이다. 여기에는 권력의 비밀과 인간의 비밀[14]이 숨겨져 있다. 타자란 그 둘의 힘의 관계에서 희생된 채 구조요청을 하는 존재이다. 타자의 반복운동은 고통의 호소인 동시에 능동적 삶에 대한 소망이기도 하다. 그런 타자와의 교섭만이 실재에 다가가면서 진리(진실)의 과정을 수행할 수 있는 것이다.

따라서 우리는 또 하나의 이자적 진리가 필요하다. 진리의 과정이란 실재(계)를 억압하는 체제에 대응하며 사회를 변화시켜 나가는 진행이다. 그런 과정에는 권력의 비밀과 인간의 비밀이라는 실재의 메아리를 들려주는 타자와의 교섭이 핵심적이다. 동일성 체제에 저항하며 실재를 향해 열어젖히는 것이 차연이라면, 그런 차연의 해방을 위해서는 '실재에 접촉한 타자'와 '일상적 자아'(존재자)의 교감(이중주)이 필요하다. 타자과 교섭하는 순간 우리는 동일성 체제에 예속된 자아에서 벗어나 차연과 비슷해진 상태에 있게 된다. 그 때문에 타자와 존재자와의 이중주는 진리인식을 토대(궁극적 대상)로 결빙시키는 대신 실행의 과정 자체에서 해방의 요소가 나타나게 한다. 차연이든 해방된 공동체이든 타자와 존재자의 이중주만이 진리의 과정을 관념이 아닌 현실에서 실제로 연주할 수 있다. 진리의 이중주는 우리의 머릿속이 아니라 역사 속에 존재한다. 3·1운동과 촛불집회야말로 목적론적 행동도 의사소통적 대화도 아닌 진리의 이중주(그리고 다중주)의 증폭된 실천들이다.

---

14 인간의 비밀이란 이질적 영역을 횡적으로 연결하며 전체를 파악하는 능력으로 에로스, 무의식, 화해의 열망 같은 것이 여기에 속한다. 나카자와 신이치, 김옥희 역, 『예술인류학』, 동아시아, 2009, 242쪽.

실재와 교섭하는 진리의 이중주의 또 다른 특징은 늘상 미완성이라는 점이다. 진리의 이중주(자아-타자)는 의사소통의 이중주(주체-주체)와는 달리 완결에 이르지 않고 우리의 심연에 잔여물을 남긴다. 예컨대 증폭된 진리의 이중주인 3·1운동과 촛불집회는 역사 속에 미완으로 있는 동시에 해방된 세상을 보는 심연에 잔여물로 남아 있다. 그 때문에 반복운동에 의해 추동된 변혁운동은 우리의 심연에 기억되어 다시 역사 속에서 끝없이 반복된다. 두 운동에서 보듯이 관념 속에서와는 달리 현실에서는 일회의 실천으로 진리의 과정이 완결되지 않는다. 진리의 이중주는 한 번의 실행으로 모든 것을 달라지게 할 수 없기 때문에 체제 자체가 변화될 때까지 끝없이 반복되어야 하는 것이다.

5. 진실의 이중주와 두 개의 충동 – 죽음충동과 에로스

진실의 이중주는 실재계에 숨겨진 비밀을 드러내는 과정이기도 하다. 실재계에 숨겨진 말할 수 없는 비밀이란 권력의 비밀과 타자의 비밀이다. 권력의 비밀이란 피지배자를 거세공포에 시달리게 하면서 눈 빠진 자동인형[15](페티시나 앱젝트)으로 만드는 것을 말한다. 또한 타자의 비밀은 거세된 피 묻은 눈이 가슴에 던져져 원환의 불로 타오르는 에로스의 열망을 뜻한다.

예컨대 「고향」에서 유랑인이 반복운동을 통해 무덤으로 변한 고향을 떠올리는 순간은 권력의 비밀이 암시되는 때이다. 그와 함께 그 순간 유

15 호프만, 김현성 역, 『모래 사나이』, 「모래 사나이」, 문학과지성사, 2001, 62~64쪽.

랑인의 심장의 떨림이 지식인의 가슴에 전달되면서 에로스적 공감의 열망을 증폭시킨다. 「고향」에서 진실의 이중주가 연주되는 순간은 권력의 비밀과 타자의 비밀이 드러나는 순간이다. 「고향」은 타자와 지식인의 교감의 순간 진실의 이중주를 통해 식민지 권력을 비판하는 소설이다.

그런데 진실의 과정은 타자의 반복운동이 존재자(일상인)의 에로스적 교감을 얻지 못하면 헐벗은 반복 속에서 죽음충동에 빠지기도 한다. 헐벗은 반복이란 붕괴된 자아(혹은 타자)의 반복운동이 공명을 얻지 못하고 자아 내부에 폐쇄되는 것을 말한다. 그렇게 되면 붕괴된 자아는 우울증과 죽음충동에 시달리게 된다. 진실의 이중주는 반복운동에서 시작되면서 **죽음충동**이냐 **에로스**냐의 기로에 놓이게 된다. 진실의 과정은 에로스적인 이중주에 실패하면 죽음충동으로 이어질 수도 있는 것이다.

예컨대 가수 설리는 대중에게 진심을 말하며 가슴의 반복운동을 전하려 했지만 공명이 일어나지 않았다. 설리가 대중이 원하는 말을 들려주며 인형을 연기했다면 고통은 없었을 것이다. 그러나 진심을 담은 행위가 오히려 혐오와 악플에 부딪혔을 때 헐벗은 반복은 우울증과 죽음충동을 낳았다. 진심의 이중주는 설리가 세상을 떠난 후에야 아이유가 불렀던 노래들을 통해 얼마간의 에로스적 반향을 얻고 있다.

프로이트는 쾌락원칙과 현실원칙을 넘어선 곳에 죽음충동과 에로스가 있다고 말했다. 쾌락원칙과 현실원칙은 상반된 것 같지만 타자의 윤리와 무관한 점에서 같은 차원에 있다. 쾌락원칙과 현실원칙이 상징계의 차원이라면 죽음충동과 에로스는 실재계의 차원이다. 죽음충동과 에로스는 실재계를 향한 진실의 열망과 연관된 두 개의 본능적인 충동이다. 진심을 열었을 때 우리는 실재계에 진입하며 이중주의 공명과 연관된 두 개의 충동 사이에 있게 된다. 우리의 실재(계)에 대한 갈망은 진실의 열망을 낳는데 그런 열망은 이중주로 된 에로스냐 공명을 잃은 죽음충동이냐의 갈림길에 놓이는 것이다.

진실의 열망과 연관된 죽음충동과 에로스를 잘 드러낸 소설은 이청준의 「가면의 꿈」(1972)과 「가수假睡」(1969)이다. 이 두 소설은 동일성의 체제에서 타자와의 에로스적 교감이 어려워질 때 우울증과 죽음충동에 이르게 되는 과정을 보여준다. '타자와의 교섭'과 '에로스'를 불가능하게 하는 것은 단조로운 역할만을 요구하는 지배체제의 동일성의 규율이다. 지배체제는 에로스에 실패하게 만듦으로써 진실의 열망을 좌절시키고 경직된 체제의 질서를 유지하는 것이다. 두 소설의 인물들은 가면과 소설이라는 가상을 통해 규율의 공백에서 에로스의 기억을 다시 회생시키려는 노력을 보여준다.

「가면의 꿈」의 주인공인 명식은 젊은 법관인데 항상 피로에 지친 신경질적인 얼굴로 집에 돌아온다. 명식은 법관이었지만 한 번도 진실에 대한 열망을 충족시킬 수 없었다. 진실의 이중주는 벌거벗은 얼굴과의 교감에서 시작되는데 명식은 타자의 벌거벗은 얼굴 대신 늘상 법의 가면을 쓴 대리인을 만나야 한다. 명식의 아내는 퇴근 때의 그의 피곤한 얼굴이 마치 가면을 쓴 얼굴처럼 느껴졌다. 명식이 쓰고 있는 피로의 가면은 벌거벗은 얼굴을 만날 수 없게 하는 가식의 가면이었을 것이다.

명식은 법과 가식의 가면으로 인한 피로에서 벗어나기 위해 이상한 기벽을 실행하기 시작한다. 명식의 기벽은 마치 가면을 쓴 듯이 변장을 하고 밤 외출을 하는 것이었다. 명식이 가면을 쓴 것은 실상은 그의 피부가 된 가식의 가면을 벗어버리려는 가상의 연출이었다. 맨얼굴이 가면이 된 사람은 〈복면가왕〉에서처럼 또 다른 가면을 써야만 가상의 자유 속에서 벌거벗은 타자를 만날 수 있다.

실제로 명식은 가면을 쓴 밤 외출에서 돌아온 날은 피로에서 벗어나 아내(지연)와 사랑에 몰두할 수 있었다. 그러나 명식은 어느덧 가면을 쓴 상태에서도 피로와 불안을 느끼기 시작했다. 명식은 밤 외출에서도 벌거벗은 얼굴과 만날 수 없었으며 잠시 꿈을 꿀 수 있을 뿐이었던 것이다.

가면이란 벤데타 가면처럼 연대의 은유가 될 수 있을 때 비로소 (현실에서는 불가능한) 타자를 만나는 방식이 된다. 아렌트는 맨얼굴이 아니라 은유적인 가면이 정치적 인격이 될 수 있다고 말했다. 아렌트가 말한 정치적인 페르소나는 타자와의 연대의 은유로 작동될 때 현실에서 능동적 활력을 얻는다. 그러나 명식의 가면은 아무런 연대의 은유도 얻을 수 없는 상황에서 외로운 갈망을 표현할 뿐이다. 그의 밤 외출의 가면은 진실의 열망이었지만 공명을 얻지 못해 고독과 우울 속에서 죽음충동을 낳고 있었다. 우울은 타자와 만날 수 없다는 절망감이며 고통이 자기 안에서 맴도는 가운데 죽음충동을 낳게 된다.

명식의 자살은 타자와의 만남의 실패인 동시에 진실의 이중주의 실패이다. 지연에게 전해진 명식의 눈물은 고통을 전달하는 가슴의 반복운동이지만 그것은 에로스의 이중주로 울리지 못한다. 자아 안에 폐쇄된 헐벗은 반복운동은 죽음충동을 낳는다. 다만 명식의 죽음충동 역시 실재에 대한 갈망이며 '규율 위반'의 충동을 통해 타자성을 추방한 권력의 비밀을 누설하고 있다.

「가면의 꿈」처럼 동일성 체제를 배경으로 하면서도 죽음충동과 함께 에로스의 소망을 암시하는 것은 「가수」이다. 「가수」의 인물들도 서로 연대감을 상실하고 고독에 시달리지만 그들에게는 4·19 때의 에로스적 교감의 기억이 있다. 이 소설에서 작가 허순은 그런 연대의 기억을 근거로 진실의 이중주를 연주하려는 메타픽션적 소설쓰기를 멈추지 않는다.

「가수」에서 에로스적 연대의 상실은 두 명의 주영훈의 죽음충동과 자살을 통해 표현된다. 이 소설에서의 죽음의 불안은 4·19의 연대감을 상실한 시대적 풍경을 암시하고 있다. 자살한 주영훈뿐 아니라 그가 몸을 던진 기찻길의 기관사들 역시 가수假睡 상태에서 사고의 위험에 시달리고 있었다. 연대감과 에로스의 상실은 소설쓰기 대신 편지대행업이 유행하는 시대적 풍속으로도 암시된다. 소설쓰기가 에로스의 열망으로 진실을 연주하려는 시도라면 편지대행업은 진심을 대리로 표현해주는 에로스 대행업이었다.

에로스적 연대의 상실은 변혁운동은 물론 소설쓰기도 어려워지게 만든다. 글쓰기가 자꾸 벽에 부딪히는 허순의 메타픽션은 소설쓰기가 어려워진 시대의 소설대행업이라고 할 수 있다. 그런 중에도 허순은 소설쓰기의 열정을 포기하지 않는데 이는 그의 지난한 진실의 열정에 상응한다. 이 소설에서 잡지사 기자 상균의 취재가 **사실**의 차원에 있다면 허순의 소설쓰기는 **진실**의 차원의 열정을 암시한다. 허순의 메타픽션은 소설이 불가능해진 시대에 소설대행을 통해 진실을 드러내려는 시도이다. 그가 그런 방식으로 진실의 열망을 지속시키는 것은 자살한 주영훈에 대한 기억 때문일 것이다.

주영훈은 허순과 편지대행업을 같이 했던 친구였다. 편지대행업을 하던 주영훈이 고독을 참지 못하고 죽음충동에 시달린 반면 동업자 허순은 소설대행 격인 메타픽션을 쓰게 된다. 그의 메타픽션은 상균의 사실의 차원을 넘어서려는 열정인 동시에 주영훈의 죽음충동을 극복하려는 시도이기도 하다. 상균이 사실의 주위를 맴돌고 있었다면 주영훈은 진실의 열망 속에서 이중주의 연주에 실패했다. 반면에 메타픽션 작가 허순은 진실의 이중주가 어려워진 시대에 불가능한 에로스적 연대의 소망을 포기하지 않는 유일한 인물이다. 주영훈의 자살이 이중주의 실패라면 상균은 그의 죽음을 사실의 차원에서 규명하고 있으며 허순은 불가능한 진실에 대한 열망으로 메타픽션을 쓰게 된다.

「가수」는 두 명의 주영훈이 철로에서 자살한 사건을 중심으로 시작해서 허순의 메타픽션으로 끝난다. 주영훈이 두 명인 것은 4·19 때 가두에서 고아인 한 청년에게 주영훈이라는 이름을 빌려줬기 때문이다. 그 후 두 명의 주영훈이 4·19 때처럼 만나지 못하고 자살한 사건은 연대의 해체가 죽음충동을 낳았음을 암시한다. 철로에 뛰어든 두 주영훈의 자살은 단조로운 삶의 철로를 위반하려는 충동이었지만 죽음충동에 부딪혀 실패하고 만 것이다.

그런데 두 사람의 4·19 때의 만남과 헤어진 후의 자살은 모두 **가수** 상태에서였다. 가수는 실재에 대한 충동을 낳는 무의식적 심리상태를 말한다. 라캉은 상징계의 예속에서 벗어난 무의식적 주체를 진정한 주체로 보았다. 가수는 상징계의 억압에서 되돌아온 무의식적 상태이며 가수 상태에서는 실재(계)와 만나려는 진실의 충동이 나타난다. 의식적 주체(상균)가 상징계의 지시대상을 통해 사실을 확인하려 한다면, 가수 상태의 주체(잠재적 주체)는 상징계를 넘어서려는 실재계적 진실의 충동을 갖게 된다. 상징계를 넘어서면 에로스와 죽음충동를 만나게 되는데 두 명의 주영훈 역시 실재에 대한 열망 속에서 그 두 가지 충동을 경험한다.

이 소설에서 가수 상태를 경험하는 사람은 두 명의 주영훈과 기관사들과 소설가 허순이다. 두 주영훈은 4·19 때 가수상태에서 실재에 대한 열망과 **에로스적 연대**를 경험했다. 그러나 그 이후에는 고독에 시달리며 또 다른 가수상태에서 **죽음충동**에 빠지게 된다. 기관사들이 가수를 경험하는 것 역시 단조로운 선로에서의 외로움 때문인데, 그들은 죽음충동이 두려워 곧 가수에서 벗어난다. 반면에 주영훈의 죽음을 경험한 허순은 상균과 함께 죽음의 진실을 추적하면서 가수 상태에서 소설을 쓰게 된다.

이 소설은 진정성의 상태이자 실재에의 충동인 가수가 주어진 상황에 따라 변주됨을 보여준다. 즉 4·19 때는 에로스의 경험으로, 그 이후에는 죽음충동으로, 그리고 소설가 허순에게는 메타픽션 쓰기의 충동으로 이어진다. 4·19 혁명은 실재의 메아리를 현실 자체에 경험한 진실의 이중주의 순간이었다. 그때 주영훈이 가수 상태에서 고아 청년에게 이름을 빌려준 것은 타자를 환대해 자신 안에서 살게 하려는 뜻이 있었다. 선물이란 서로 인격을 교환하는 것이며 하나가 될 수 없는 두 인격에게 에로스의 공명이 메아리치게 하는 행위이다.[16] 4·19 때의 가수 상태와 이름의 선물은 에로스적 연대의 힘으로 죽음의 공포를 견디게 하며 가두로 나설 수 있게 했다.

그러나 4·19 이후 연대의 상실은 주영훈의 심연에서 타자의 존재를 점점 희미해지게 만들었다. 주영훈은 여전히 실재에 대한 열망으로 가수에 빠져들지만 이제는 타자의 부재로 인해 진실의 이중주가 연주되지 않는다. 진실의 이중주가 연주되지 않을 때 단조로운 선로 같은 일상(상징계)에서 탈주하려는 열망은 죽음충동에 빠지게 된다.

주영훈이 죽은 후 또 다른 주영훈은 동료의 흔적을 자기 것으로 간직하려 애쓰다가 같은 날짜에 자살을 시도한다. 주영훈은 타자를 자신 안에서 회생시키려 시도하면서 진실의 이중주를 울리려 했던 것이다. 상처로 인한 반복의 충동이 그로 하여금 그런 진실의 열망을 낳은 것이다. 그러나 에로스적 연대가 상실된 시대에 주영훈의 노력은 성공하지 못하며

16 이제 주영훈은 자신의 이름을 떠올릴 때마다 자기 안에서 타자가 숨 쉬는 것을 발견하게 될 것이었다.

외로움 속에서 자신마저 죽음충동에 빠져든 것이다.

그러나 두 명의 주영훈의 죽음은 단순히 죽음충동으로 인해 진실의 이중주에 실패했음을 뜻하는 것은 아니었다. 두 개의 죽음충동의 반복에는 에로스에 대한 열망이 은밀히 표현되고 있었다. **죽음충동**은 에로스의 실패이지만 **반복** 자체는 에로스에 대한 갈망이다. 주영훈의 반복된 죽음은 상실된 에로스의 증명인 동시에 에로스를 회귀시키려는 반복의 갈망이었다. 물론 주영훈의 반복의 놀이는 실패에 이르고 만다. 그가 동료의 흔적을 간직하려 애쓴 것은 사라진 것을 되돌아오게 하려는 포르트 다 놀이와도 같은 반복의 표현이었다. 그런데 그것은 가버린 것을 회귀시키는 반복의 놀이의 실패이기도 했다. 포르트 다 놀이는 기억과 반복을 통해 에로스가 돌아오게 하려는 갈망을 담고 있다. 하지만 주영훈은 다시 자살충동에 이르렀고 에로스는 돌아오지 않았다.

주영훈의 친구 허순이 진실에 대한 열망으로 소설을 쓰기 시작한 것은 그 때문이다. 허순은 주영훈이 실패한 포르트 다 놀이를 다시 재개하려는 노력으로 소설을 쓰고 있는 것이다. 소설은 가상공간을 이용하기 때문에 실재를 열망하는 반복운동에 더 유리하다. 허순은 주영훈처럼 선로 위에서 위반의 충동으로 자살하지 않고도 가상공간을 통해 실재에 다가가는 놀이를 할 수 있는 것이다. **소설쓰기**란 자살충동의 위험을 유보하면서 불가능한 실재에 다가가는 놀이이다.

그러나 허순 자신이 죽음충동에 빠지지 않는 대신 그의 소설이 자꾸 죽음충동에 빠지게 된다. 소설을 통해 반복운동을 하는 허순이 돌아오지 않는 에로스 때문에 지쳐서 자살할 리는 없다. 하지만 그의 소설 속의 내포작가가 포르트 다 놀이를 하는 중에 자꾸 죽음충동에 이르는 것이다. 프로이트는 소설과 예술이란 관객을 상대로 한 어른의 포르트 다 놀이라고 말했다. 포르트 다 놀이는 '대상의 상실'과 '사랑의 기억'을 반복하며 에로스적 열망을 무의식 속에 간직하는 놀이이다. 그런데 허순의 소설은 상실한 에로스를 간신히 기억하는 데서 더 나아가지 못한다.

"그렇지만 아까만 해도 이름이 있었다면 전 덜 두려웠을 것입니다. 형씨처럼 주영훈이라는 그런 멋진 이름을 가지고 있었다면 말입니다."

사내는 영훈의 말을 조금 다르게 받아들였다. 그리고는 영훈의 눈을 깊게 들여다보았다.

"전 이름을 가지고도 두려웠습니다."

영훈도 사내의 말을 이해한 듯 그러나 사내와는 다른 말을 하고는 그의 눈동자를 마주 바라보았다. 그러다가 조용히 머리를 끄덕였다.

조금 뒤에 그들은 함께 거리로 나왔다.

"그 이상은 저로서도 불가능했습니다."

허순은 상균을 기다리고 있다가 변명하듯 말했다.

"그 이상은 누구도 불가능한 일 아니겠습니까"

상균은 자신의 기사에 비해 허순의 추리가 훨씬 선명하다고 생각했다. 그 정도의 연유라면 죽음의 공포라든가 외로움 같은 말로 사내들의 나중 행동이 어느 정도는 설명될 수 있을 것 같았다. 그러나 허순은 여전히 자신이 없었다.[17]

주영훈이 이름을 빌려주는 장면은 사실로 확인된 것이 아니라 허순 자신의 소설이었다. 하지만 이 경우에는 상균이 취재한 사실보다도 허순의

---

17 이청준, 「가수(假睡)」, 『예언자』, 열림원, 2001, 125~126쪽.

소설이 더 진실에 가깝다고 할 수 있다. 그 이유는 '사실'은 실재의 주위를 맴도는 데 그치는 반면, '진실'이란 허순처럼 실재에의 열망으로 반복운동을 할 때만 접근할 수 있기 때문이다. 허순의 메타픽션은 반복운동을 통해 상균의 사실의 취재보다 주영훈의 에로스와 죽음충동에 더 진실하게 접근할 수 있다.

그런데 허순의 반복운동은 에로스의 기억을 반추하는 데서 중단된다. 과거의 회상이 무의식 속의 **순수기억**이 되려면 반복운동이 끝없이 계속되어야 한다. 회상이란 선적인 시간 속의 한 순간이지만 순수기억은 심연의 무의식으로서 실재를 갈망하는 기억이다.

허순의 소설은 에로스를 귀환시키려는 반복운동이었으나 4·19의 장면에서 중단된다. 그 선적인 기억이 순수기억 속의 에로스의 충동으로 귀환하려면 소설적 반복운동이 계속되어야 한다. 소설의 반복운동이란 에로스의 기억을 심연의 순수기억으로 간직하려는 예술적 포르트 다 놀이이다. 에로스의 귀환은 희생자(주영훈)의 반복운동을 기억하는 소설적 반복을 통해서만 가능해질 것이었다. 소설이 외견상 재현의 형식으로 종결되는 것은 재현의 유한성의 외관을 빌리는 것에 불과하다. 재현의 종결은 실상 그 재현된 가상세계에서 반복운동이 무한히 지속되고 있다는 표시이다. 소설이란 재현의 길이 끝났을 때 (길 없는) 반복의 여행이 시작되는 형식인 것이다.[18] 진실의 이중주는 그런 무한한 반복 속에서의 희생자와 소설가의 만남, 그 반복과 재현의 중첩으로만 연주될 수 있다.

소설이 중단된 허순에게는 반복의 지속성도 그것을 담은 재현의 견실함도 없다. 그 때문에 그는 진실의 이중주(그리고 에로스의 귀환)에 실패하

18 루카치의 말을 반복의 견지에서 이렇게 변형시킬 수 있다.

지만 그 대신 소설을 다시 몇 번이고 고쳐 쓰겠다고 말한다. 그리고 재차 진실에 대한 열망으로 **가수** 상태에 빠져든다. 허순의 가수 상태는 죽음충동 대신 죽음을 넘어선 메타픽션의 열망을 낳는다. 허순의 **메타픽션**은 소설적 죽음충동을 넘어서려는 끝없는 반복운동이다. 허순은 완결된 재현적 소설 대신 중단과 반복을 계속하는 메타픽션을 통해 진실에 대한 열망을 그치지 않는다. 메타픽션이란 **재현**의 완결을 포기한 대신 **반복**의 무한성을 암시하는 능동적 충동이다. 그것은 반복운동이 죽음의 위험에 빠지는 시대에 죽음의 절망을 피하면서 반복의 놀이를 계속하는 방법이다.

소설은 희생자(타자)와 소설가의 만남 속에서 반복과 재현의 중첩을 통해 완결성을 얻는다. 포르트 다 놀이가 끝없는 반복운동이라면 소설은 반복을 재현의 형식에 담아 완결성의 외관을 얻는다. 그러나 허순의 소설에는 재현의 건축도 완결성의 아우라도 없다. 허순의 소설은 소설의 해체이자 해체로 인한 파편화된 반복운동 그 자체이다. 허순의 소설은 소설의 죽음인 동시에 귀환의 열망이며 에로스의 불가능성인 동시에 가능성이다.

「가수」는 그런 허순의 소설을 담은 또 하나의 메타픽션이다. 「가수」는 진실의 열망이 죽음충동과 에로스라는 두 개의 충동과 연관이 있음을 보여준다. 이 메타픽션은 에로스가 불가능한 시대에는 실재에 대한 진실의 열망이 **죽음충동**을 낳음을 암시한다. 죽음충동은 반복운동이 자기 안에 폐쇄될 때의 고독한 절망감이다. 그런 죽음충동은 허순이 보여줬듯이 **에로스**의 기억을 상기할 때만 극복될 수 있다. 「가수」에서 그런 에로스의 근원은 4·19 때의 연대의 열망에 대한 기억이다. 그 같은 4·19의 장면에서 허순의 소설이 중단된 것은 과거의 에로스를 회생시키는 일이 쉽지 않다는 암시이다.[19] 그러나 허순은 에로스가 불가능한 시대에도 죽은 주영훈을 기억함으로써 죽음충동을 극복하려 시도한다. 주영훈의 에로스의 기억이 완결된 소설 속에 담겨지지는 못하지만, 해체된 소설 속에서 끝없이 에로스의 기억을 추적하는 메타픽션을 통해 죽음충동을 넘어서는 것이다. 주영훈은 단조로운 선로의 세계에서 살아남지 못했으나 소설의 선로를 위반하는 메타픽션 속에서 죽음의 절망이 연기된다.

「가수」는 실재에 다가가기 위해 현실의 선로를 위반하는 대신 소설의 선로를 위반한다. 이 소설에서 실재의 진실에 다가가려는 사람들은 현실의 선로를 위반하다 죽음을 맞는다. 반면에 메타픽션은 소설을 통한 진실이 어려운 시대에도 소설을 해체하는 방식으로 (세계와 소설의) 죽음을 넘어서서 진실의 이중주(그리고 에로스)에 대한 열망이 계속됨을 암시한다. 소설의 선로의 위반, 즉 소설의 해체란 재현의 환영을 깨고 숨겨진 재현과 반복의 이중주를 누설하는 일과도 같다. 그 때문에 소설의 해체를 대가로 억압된 진실의 이중주의 과정을 계속할 수 있는 것이다. 「가수」는 선로의 위반이 죽음이 없이는 불가능한 시대를 배경으로 하고 있다. 그러나 「가수」의 '또 다른 선로의 위반'은 그런 시대에도 메타픽션 속에서 에로스에 대한 기억을 끝없이 유보시키면서 진실의 이중주를 소망할 수 있음을 암시한다.

---

19 허순이 더 쓸 수 없었다고 말하자 상균은 누구라도 그럴 것이라고 말한다. 이는 그 때가 4·19와는 달리 연대의 열망이 상실된 시대임을 뜻한다.

6. 진실의 이중주의 자의식 – 재현과 재현불가능성의 이중주

이청준의 메타픽션은 소설이 진실에 대한 열망이며 진실은 이중주의 형식으로만 가능함을 암시한다. 이청준의 소설에서 소설이란 무엇인가라는 질문은 항상 진실이란 무엇인가라는 질문과 중첩된다. 그리고 그 두 질문은 흔히 진실의 이중주를 시사하는 메타픽션 형식으로 귀결된다.

이청준의 메타픽션에서 진실의 이중주의 자의식은 진실의 재현이 어려움을 경험하는 과정에서 나타난다. 재현의 외관을 지닌 일반소설은 진실의 이중주에 성공하더라도 그것이 이중주의 연주임을 잘 드러내진 못한다. 반면에 진실의 이중주의 어려움을 겪는 메타픽션은 재현의 해체를 통해 이중주에 대한 자의식을 보다 잘 드러낸다.

앞서 살폈듯이 일반소설은 재현의 길이 끝나고 반복의 여행이 시작되는 형식이다. 그런데 이 경우에는 재현의 완결성의 환영 때문에 흔히 반복의 여행을 일으키는 이중주의 과정이 간과된다. 반면에 재현의 길이 완결되지 않은 채 끝나는 메타픽션은 진실의 재현불가능성을 반복하는 형식이다. 여기서는 재현을 넘어서려는 과정에서 소설의 완결성[20]이 해체되기 때문에 재현의 외피로 감추지 못한 재현과 반복의 이중주의 과정이 실감나게 느껴진다.

재현불가능성을 반복하는 이청준의 메타픽션의 딜레마는 사실과 진실의 문제를 둘러싸고 진행된다. 이청준 소설에서 사실과 진실의 갈등은 실제와 허구 사이의 문제가 아니라 재현과 재현불가능성에 관한 문제이다. 이청준의 메타픽션에는 흔히 사실을 취재하는 기자와 진실을 열망하

20 소설의 완결성은 흔히 재현의 환영을 나타난다.

는 소설가가 등장한다. 예컨대 「줄광대」(1966)는 줄광대를 취재하는 기자가 사실은 알아냈지만 진실에 이르지 못해 소설가를 기다리며 끝난다. 기자는 사실을 재현하지만 진실은 재현할 수 없음을 감지한다. 그는 줄광대에 대한 사실을 취재했지만 실재의 진실에 이르지 못하고 실재계적 타자인 줄광대의 재현불가능성에 부딪힌다. 그가 소설가를 기다리는 것은 실재에 다가가는 사람을 통해 타자의 재현불가능성을 해소하기 위해서이다.

그런데 실재에 다가가는 소설가는 반대로 합리적 사실 세계에서 자신의 소설이 재현되기 어려움을 발견한다. 그런 상황에서 사실 세계에서의 완결된 재현을 포기하면서까지 반복운동을 계속하는 것이 바로 메타픽션이다. 메타픽션은 재현적인 사실의 세계에서 진실의 재현불가능성을 반복하는 소설이다.

사실과 진실 사이의 딜레마는 이청준의 메타픽션의 숨겨진 근원적 갈등이다. 「줄광대」에서처럼 「매잡이」(1968)에서도 매잡이에 대한 사실의 추적 과정과 진실을 말하려는 소설쓰기의 문제가 다뤄진다. 또한 「가수」에서 역시 주영훈의 죽음에 대한 사실에 접근하는 기자와 진실의 열망을 지닌 소설가가 등장한다. 두 소설에서는 사실이 진실의 주위를 맴도는 (진실의) 재현불가능성 속에서 그 난제를 횡단하는 메타픽션이 나타난다.

세 소설들은 모두 사실과 진실의 차원이 잘 접합되지 못하는 딜레마를 암시하고 있다. 사실[21]을 아는 사람은 진실에 이르지 못하며 실재의 진실에 접근한 사람은 사실 세계에서 그것을 재현하지 못한다. 기자와 소설

---

21 이청준 소설에서의 사실의 재현은 가상의 형식 속에서 나타나므로 실재 현실에서의 사실의 형식과는 다르다. 그러나 상징계 차원에서 합리적으로 접근하는 점에서 재현의 형식은 실재에 대한 열망과 구분된다.

가, 사실과 진실의 논쟁은 재현과 재현불가능성을 둘러싼 끝없는 반복의 암시이다. 이청준의 소설쓰기 앞에는 실재(계)적 진실의 접근과 상징계 차원의 재현이라는 지난한 이중주의 문제가 놓여 있는 것이다.

이청준의 소설쓰기에 대한 소설은 그런 진실의 이중주의 숨겨진 난제에 대한 발견과정이다.[22] 일반적인 소설에도 비슷한 난제가 숨어 있지만 우리는 재현의 환영 속에서 문제의식을 발견하지 못한다. 반면에 메타픽션은 실재와 재현의 이중주가 어려운 상황에서 진실을 연주하려는 소설쓰기를 계속하게 된다. 실재의 진실이 하나의 소설로 재현되지 못하기 때문에 메타픽션에서는 소설 속에 여러 개의 소설쓰기가 나타난다. 여러 개의 소설쓰기는 진실을 표현하는 소설쓰기의 실패로 느껴질 수도 있다. 그러나 이런 메타픽션의 해체와 반복이야말로 진실의 이중주에 대한 강력한 자의식을 암시한다고 할 수 있다. 일반소설은 상징계에서 실재계적 진실에 다가갈 때 생긴 재현불가능성의 난제를 재현의 환영으로 피해간다. 그런데 상징계와 실재계의 간격이 너무 커지면 재현의 환영이 깨지면서 메타픽션의 형식으로 재현불가능성의 자의식이 드러나게 된다. 메타픽션에서는 진실의 이중주가 재현의 환영 속에 숨어들지 못한 채 재현불가능성에 대처하는 끝없는 재현과 반복의 자의식이 나타난다.

재현불가능성의 딜레마는 실재 자체의 불명확성에서 기인된 난제이다. 만일 1절의 그림1(철학적 실재론)에서처럼 실재가 명확하다면 하나의 실재에 대해 여러 편의 소설이 쓰여지는 일은 없을 것이다. 그럴 경우 소설의 진실의 열망은 명확한 실재의 재현으로 나타날 수 있다. 반면에 실재는 불확정적이기 때문에 명확한 재현이 힘든 상황에서 하나의 실재에

22 앞서 살폈듯이 진실은 실재와 재현의 이중주를 통해서만 울릴 수 있다.

대해 여러 소설이 중첩된 메타픽션이 쓰여지는 것이다. 메타픽션의 해체와 반복의 형식은 실재와 재현이 완전히 일치되기 어렵다는 자의식을 나타내고 있다. 그 같은 자의식은 진실을 위해 '재현'과 '재현을 넘어선 것'의 이중주가 필요하다는 강력한 암시이기도 하다.

물론 진실의 이중주는 일반소설의 경우에는 불일치의 자의식 대신 재현이 성공한 듯한 환영으로 제공된다. 그러나 일반소설의 재현의 환영에도 재현불가능성을 넘어서려는 지난한 과정이 숨어 있다. 예컨대 「고향」은 식민지 현실을 재현한 소설이며 1920년대의 상황을 지시하고 있다. 그러나 이 소설은 식민지 현실을 재현하는 일을 넘어서서 실재에 접근하려는 열망을 드러내고 있다. 실재는 완전히 재현될 수 없으며 1920년대의 상황을 재현하는 일로 표상되지 않는다. 그 때문에 이 소설에서는 현실에서 실재(계)의 진동을 들려주는 타자의 존재가 매우 중요하다. 이 소설은 외견상 1인칭 지식인 화자의 재현의 형식으로 되어 있는 작품이다. 그러나 재현으로는 충분하지 않으며 타자와 교감할 때만 비로소 실재와 재현의 이중주를 통해 식민지 조선의 진실을 드러낼 수 있다. 우리는 재현의 환영에 몰입해 있는 중에 타자와의 교감의 순간 재현을 넘어서서 실재의 진실에 접근한다. 그처럼 재현을 넘어서서 진실의 이중주를 울리게 하는 것이 비천한 타자가 조선의 얼굴로 인식될 때의 아이러니이다.

진실의 이중주에서는 재현을 통해 실재에 접근할 수 있게 하는 아이러니가 매우 중요하다. 또한 재현대상인 동시에 재현을 넘어서는 타자의 존재가 핵심적이다. 아이러니는 스피박이 재현할 수 없다고 말한 타자(서발턴)를 재현의 형식 속에 담는 비밀스러운 미학적 장치이다. 그런 방식을 통한 '타자의 반복'과 '지식인의 재현'의 이중주만이 실재에 대한 진실에 접근할 수 있는 것이다.

재현에 성공한 소설이란 아이러니를 통해 재현할 수 없는 타자를 재현의 무대에 등장시키는 이중주의 연주이다. 반면에 그런 타자의 등장이 어려울 때 재현의 실패 속에서 재현과 반복의 이중주를 되풀이하는 것이 메타픽션이다. 메타픽션은 타자의 무력화로 진실의 이중주가 어려워진 시대의 '소설쓰기에 대한 자의식'이다.[23]

실제로 소설에서 진실의 이중주가 어려운 것은 대부분 타자의 무력화 때문이다.[24] 타자가 보이지 않거나 공감하기 어려워질 때 진실의 이중주는 잘 울리지 않는다. 그런 시대는 에로스적 연대가 어려워진 시대이며 소설쓰기 역시 힘들어진 시대이다. 이청준의 「가수」에서 4·19 때의 주영훈이 이름을 선물한 순간은 보이지 않는 타자가 보이게 된 순간이라고 할 수 있다. 그 순간은 에로스적 연대가 가능해진 때이며 진실을 열망하는 소설쓰기가 허용된 시간이라고 할 수 있다. 타자의 반복과 지식인의 재현을 통해 진실의 이중주가 울릴 수 있기 때문이다. 반면에 타자가 사야에서 사라지면 소설쓰기는 난관에 부딪힌다. 허순이 4·19 장면을 소설화한 후에 소설을 쓰지 못하는 것은 그 이후에 타자의 존재가 잘 보이지 않게 되었기 때문이다. 그처럼 타자가 시야에서 멀어질 때 재현불가능성의 난제를 실감하면서 반복을 계속하는 것이 메타픽션이다. 이청준의 메타픽션은 타자가 무력화된 시대에 진실의 이중주를 포기하지 않으려는 강렬한 자의식의 산물이라고 할 수 있다.

23 일반소설이 재현의 환영 속에 반복과 재현의 이중주를 숨긴다면, 메타픽션은 '반복-재현의 이중주'라는 소설쓰기 본연의 형식에 대한 자의식을 드러낸다.

24 타자가 무력화되면 실재계와 상징계 사이의 간격이 커지게 된다.

7. 타자의 침묵과 메타픽션
– '매잡이'의 재현불가능성과 진실의 이중주

이청준의 메타픽션은 잘 보이지 않는 **타자**의 존재를 **재현**하는 문제와 중요한 연관이 있다. 메타픽션에서 타자는 스피박이 말한대로 재현하기 어려운 존재들로 나타난다. 예컨대 「줄광대」의 줄광대나 「매잡이」의 매잡이, 「가수」의 주영훈은 취재여행이나 기자의 사실의 재현만으로는 진실을 밝히기 어려운 타자들이다. 진실을 밝히기 어렵다는 것은 기자나 지식인의 재현만으로는 타자와의 교감이 어렵다는 뜻이다. 이청준의 메타픽션에서 타자의 재현의 어려움은 스피박의 서발턴에 대한 재현의 난제와 겹쳐진다. 이청준은 스피박처럼 '줄광대와 매잡이가 말할 수 있는가'라는 질문에 직면해 있다. 이청준의 메타픽션은 타자가 무력화된 시대에 그런 질문에 응답을 주려는 지난한 노력이라고 할 수 있다.

그 같은 맥락에서 이청준의 메타픽션의 정점은 「매잡이」이다. 「매잡이」에는 **말을 할 수 없는 타자**가 세 명이나 나온다. 즉 매잡이 곽서방과 벙어리 중식, 소설가 민형은 냉혹한 근대의 세계에서 진실의 말을 할 수 없는 타자들이다. 곽서방과 후계자 중식은 전통의 세계에 속해 있고 민형은 근대에 위치하지만 그들은 비슷하게 비정한 현실의 타자들인 것이다. 이들 세 사람이 말을 할 수 없는 것은 그들이 품고 있는 인간의 비밀(에로스)이 외면당하는 상황에서 심연의 실재에 대한 열망이 절벽에 부딪힌 탓이다. 그 점에서 곽서방과 민형이 죽음충동에 이른 것은 「가수」에서 두 명의 주영훈이 연이어 자살하는 상황과 비슷하다. 죽음충동은 진실의 아름다움을 아는 사람의 실재계적 절망이다. 그것은 에로스를 포기할 수 없는 사람과 에로스의 열정을 상실한 세계 사이의 단절의 비극이기도 하다. 「가수」가 4·19와 규율화된 개발주의 사이의 단절을 배경으로 한다면 「매잡이」에서는 전통세계와 근대세계 사이의 간격이 원인이다.[25]

「매잡이」에서 타자를 무력화하는 단절은 매우 근원적이다. 「가수」에서 주영훈의 자살이 4·19 때의 연대감의 상실이 원인이라면 「매잡이」에서 곽서방과 민형의 죽음은 인간의 비밀의 아름다움을 알아버린 데서 온 비극이다. 루카치는 비극에서 신을 본 사람은 반드시 죽는다고 말한다.[26] 이 말은 '신에게 안긴 총체성'을 상실한 시대에 다시 신의 품으로 돌아갈 수 없다는 이원론적 세계의 비극을 뜻한다. 그와 달리 동양적인 일원론적 세계에는 절대적 신 대신 인간의 비밀(진실)[27]이 세속적 일상에 숨겨져 있다. 일원론적인 인간의 비밀은 상실한 순간에도 심연에 잠재하기 때문에 이원론적 세계에서와 같은 비극은 없다. 그러나 근대화된 세계에서 우리는 예전의 일원론적인 인간의 비밀을 대부분 잃어버렸다. 일원론적 전통세계와 이원론적 근대세계 사이에 단절이 생긴 것이다. 그 때문에 전통세계의 아름다움을 알아버린 사람은 근대세계에서는 되돌아 올 곳이 없는 것이다.[28] 「가수」에서 주영훈의 친구 허순은 4·19 때의 연대의 기억을 통해 친구의 죽음을 극복하려 시도한다. 그러나 「매잡이」에서는 사라진 매잡이의 세계를 되돌아오게 하는 일이 한층 더 어렵다고 할 수밖에 없다.

실재와 재현의 이중성의 딜레마는 「매잡이」에서 가장 증폭된다. 매잡

25 나병철, 『특이성의 문학과 제3의 시간』, 문예출판사, 2018, 330쪽 참조.

26 루카치, 반성완·심이섭 역, 「비극의 형이상학」, 『영혼과 형식』, 심설당, 1988, 259쪽.

27 인간의 비밀이란 에로스와 무의식, 화해의 열망 등을 말하는데 그것은 인간의 특별한 능력인 동시에 자연과 조화되는 역능(힘)이다.

28 근대세계에 유일하게 남은 인간의 비밀과 연관된 것이 불교일 것이다. 그렇지 않으면 상실된 일원론적 세계에 대한 순수기억으로 잔존한다고 할 수 있다. 근대세계에서의 인간의 비밀의 회생은 근본적으로 혼종적인 방식으로 가능할 것이다.

이의 세계를 되돌아오게 하는 일은 단순히 '매잡이'를 복원하는 것이 아니다. '매잡이'는 유물로서 복원될 수 있지만 근대세계에서 인간의 비밀의 아름다움으로 회생하기는 어렵다. 일원론적인 아름다움의 비밀을 알아버린 사람은 근대인이라 할지라도 민형처럼 매잡이와 비슷하게 되돌아오지 못하는 운명에 처한다. 그로 인한 매잡이의 회생 불가능성은 민형과 달리 이원론적인 근대세계에서 적응한 '나' 역시 마찬가지이다. 매잡이를 근대세계의 방식으로 재현하려는 '나'는 상실한 아름다움의 비밀 대신 매잡이를 복원하는 데 그치게 된다.

그 점에서 매잡이에서 실재와 재현의 관계는 가장 어려운 이중주의 문제에 속한다. 그것은 마치 그림 2(1절)에서 진실의 문제가 상실한 남대문과 재연된 남대문의 관계로 이해되는 것과도 같다. 여기서는 실재가 (전통세계처럼) 아득해졌기 때문에 진짜 남대문을 만나는 일이 매우 근원적인 딜레마에 부딪히는 것이다.

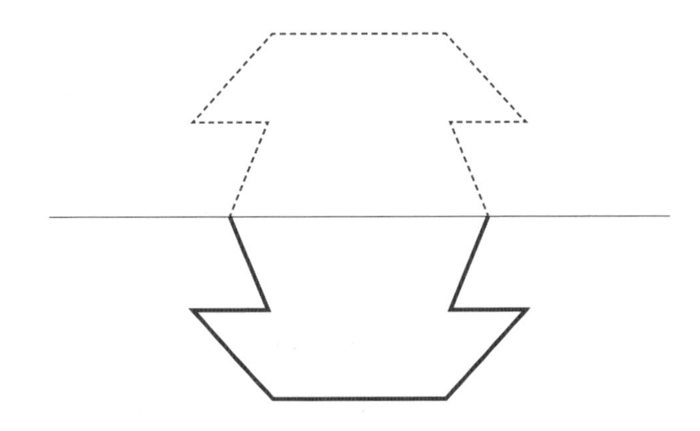

물론 실재에서 멀어진 우리가 남대문을 다시 만나는 일이 전혀 불가능한 것은 아니다. 남대문을 만나는 일에서 중요한 것은 실재의 메아리를

담고 있는 타자의 존재이다. '남대문이라는 실재'의 반향을 품고 있는 타자란 불타고 남은 화강석이다. 실재의 잔여물로서 불탄 화강석이 재현된 건축과 이중주를 울리고 있기 때문에 우리는 간신히 남대문을 만날 수 있는 것이다.

매잡이는 마치 불타고 남은 남대문의 화강석과도 같다. 그는 근대세계에서 쓸모없어졌지만 실재의 반향을 들려주는 유일한 타자로 남아 있다. 이청준의 관심이 아무도 눈길을 주지 않는 매잡이에 쏠려 있는 것은 그 때문이다.

그러나 매잡이의 회생에는 남대문의 진실 이상의 난제가 있다. 문제는 남대문을 재건하려는 사람은 있지만 매잡이의 정신세계를 회생시키려는 사람은 발견하기 어렵다는 점이다. 그 때문에 남대문의 아름다움은 회생될 수 있으나 남대문과 매잡이의 사유의 세계가 돌아오기는 어려운 것이다. 남대문의 재건과는 달리 매잡이의 진실에는 '세계를 사유하는' 난제가 숨어 있다. 민형은 실재계적 타자 매잡이와 교감했지만 그 아름다움을 알아버린 대가로 공허한 근대세계로 되돌아오지 못한다. 민형의 유일한 소설 「매잡이」는 여전히 진실의 이중주를 울리는 데 미흡하다.

다른 한편 민형의 소설에 앞서 쓰여진 '나'의 「매잡이」는 매잡이와의 교감에 실패했기 때문에 근대세계 내에서 유물을 복원하는 데 그친다. 그것은 마치 불탄 화강석이 없이 새로운 신식 건축을 축조한 것과도 같다. 여기에는 매잡이라는 타자가 없을 뿐 아니라 감동적인 사유의 세계가 존재하지 않는다. 민형의 소설과 '나'의 소설이 둘 다 진짜 남대문이 될 수 없다는 것은 근대세계에서 매잡이의 진실을 울리게 하는 데 실패했음을 뜻한다.

이청준의 「매잡이」가 메타픽션이 될 수밖에 없었던 것은 그 때문이다.

메타픽션 「매잡이」는 버려진 화강석인 민형의 소설과 공허한 신식 건축인 '나'의 소설을 반복의 형식 속에 담고 있다. 반복의 형식이란 진실(진짜)을 만나려는 열망의 표현인 동시에 실재와 재현의 이중주에 대한 자의식이다. 실재의 반향이 한 편의 재현 속에 담겨질 수 없기 때문에 메타픽션의 반복이 계속되는 것이다. 만일 실재와 재현의 간격이 적었다면 일반소설에서처럼 재현의 환영 속에 이중주의 과정이 숨겨질 수 있었을 것이다. 그러나 매잡이의 정신세계와 근대세계 사이의 간격은 남대문과 근대 사이의 단절보다 훨씬 더 크다. 그 때문에 '나'의 「매잡이」도 민형의 「매잡이」도 실재의 반향을 교감하는 진실의 이중주를 울리지 못한다. 반복의 열망을 표현하고 있는 메타픽션 「매잡이」만이 끝없는 열망으로서의 이중주를 암시하며 진짜 남대문과 아름다운 사유의 세계를 만나게 할 수 있을 것이다.

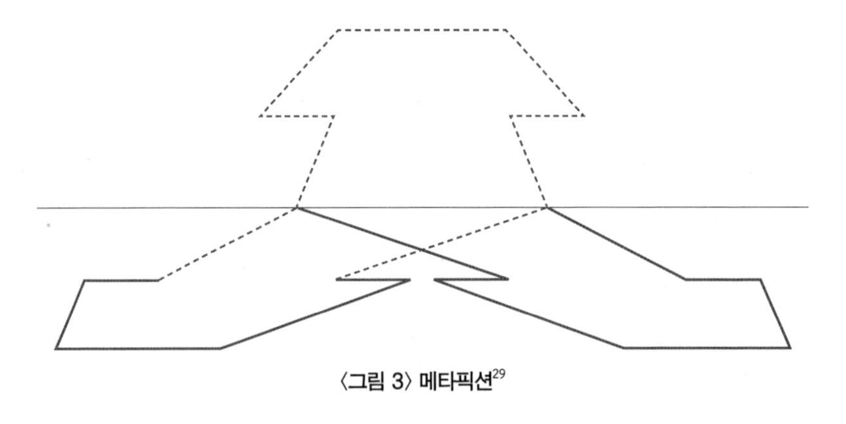

〈그림 3〉 메타픽션[29]

위에서 두 개의 물에 비친 건축은 '나'와 민형의 소설이며 전체의 이중

29 메타픽션의 반복 중에서 점선으로 표현된 것은 민형의 소설이 매잡이의 실재(수면 위의 점선)에 접근했지만 완결된 소설에 실패했음을 뜻한다.

주는 반복의 잠재력을 지닌 메타픽션이다. 매잡이와의 강렬한 대화를 담고 있는 민형의 소설은 실재의 메아리는 들었지만 이원론적인 근대세계에서 그것을 재현할 능력이 없다. 민형에게 매잡이의 눈이 이글이글 타오르는 듯이 느껴진 것은 그(매잡이)의 눈이 근대가 상실한 (일원론적인) 진실의 세계 전체를 응시하고 있기 때문이다. 그와 함께 매잡이가 그것을 보는 민형을 죽이고 싶은 충동이 일어난 것은 루카치가 말한 '신을 본 사람은 죽는다'는 운명을 알고 있기 때문이다. 매잡이와 민형은 실재에 다가서 있지만 그 대가로 이원론적 근대세계에 견실한 재현의 집을 짓지 못한다.

또 하나의 건축 '나'의 매잡이 역시 반대되는 이유로 실재와 재현의 연결에 실패한다. '나'는 타자의 모습을 근대 안에 재현했지만 매잡이와의 교감에 실패했기에 진실의 이중주는 울리지 않는다. '나'의 잔여적 열정은 중단된 매잡이와의 교감에 있으며 민형의 남은 갈망은 매잡이의 아름다움을 근대세계에 전해주는 것이다.

'나'와 민형은 질문과 응답 중의 어느 한쪽에 속해 있다. '내'가 타자는 말할 수 있는가라는 스피박의 질문으로 소설쓰기를 계속한다면, 민형은 타자의 응답과 교감하며 그것을 '나'에게 전해주고 싶어 한다. 질문한 사람은 응답을 듣지 못하며 응답을 들은 사람은 그것을 재현의 언어로 옮기지 못한다. 메타픽션은 그 둘 사이의 간격을 메우려는 노력이라고 할 수 있다. 그것은 '나'의 소설과 민형의 소설의 틈새를 메우려는 시도이기도 하다. 그와 함께 전통세계와 근대세계 사이의 단절에서 반복충동이 계속 작동되도록 하려는 갈망이기도 하다.

스피박의 질문은 서발턴의 재현공간이 존재하지 않음을 확인하려는 시도이기도 하다. 그와 동시에 그런 재현의 실패를 주목하는 것은 일종의 듣기의 형태가 된다.[30] 매잡이와 중식, 민형의 벙어리 같은 침묵을 확인하는 것은 매잡이의 들리지 않는 목소리를 듣는 것이기도 하다.

'나'는 소설이 진행됨에 따라 매잡이, 중식, 민형이라는 **말할 수 없는 사람들**(스피박)을 만난다. 그 중에서 가장 핵심적인 인물인 매잡이는 '나'에게서 근대인의 절벽을 느끼고 말을 중단한다. '나'는 매잡이의 응답이 중단된 순간 그와 소통했던 민형에 대한 관심이 강렬해진다. 그 순간 들리지 않는 목소리를 감지했기 때문에 민형의 「매잡이」를 읽으며 '매잡이'의 반복을 계속하는 것이다. 응답은 반복의 과정 자체에서 들려온다. 단절된 매잡이와의 대화는 '나'의 메타픽션의 반복 속에서만 귀환한다. 전통과 근대 사이에서 들리지 않는 목소리를 듣는 메타픽션은 일종의 차연의 과정이다. 메타픽션은 전통과 근대 사이에서 계속되는 반복으로서의 기표들의 연쇄이다. 기표와 기의의 합치가 상징계에 지시대상을 갖는 기호를 만든다면, 기표들의 연쇄는 상징계를 넘어서서 실재(계)와 접촉하려는 열망이라고 할 수 있다.

물론 전통과 근대, 실재와 재현 사이에서 〈그림 2〉의 이중주는 메타픽션으로만 가능한 것은 아닐 것이다. 이청준이 소설을 쓰지 못하는 소설가를 등장시키는 데서 알 수 있듯이 메타픽션은 진실의 이중주가 어려워진 시대에 나타난다. 이청준이 전통미의 세계에 관심을 가진 것은 근대세계에서 실재와의 만남이 어려워졌기 때문이다. 실재와의 만남이 힘든 시대는 타자와의 교감이 어려워진 동시에 연대에 대한 열망이 상실된 시대이기도 하다. 이청준의 메타픽션은 말할 수 없는 타자와 만나려는 열망(「매잡이」)과 상실된 연대에 대한 갈망(「가수」)을 담은 불가능성의 가능성이다.

---

30 드루실라 코넬, 태혜숙 역, 「인권의 윤리적 긍정 – 가야트리 스피박의 개입」, 『서발턴은 말할 수 있는가?』, 그린비, 2013, 175쪽.

우리문학사에서는 이와 비슷한 현상이 반복되는 시기가 또 한 번 나타난다. 1990년대는 신자유주의의 무의식의 식민화로 인해 타자와의 교감이 어려워지고 연대의 열망이 식어간 시대였다. 박상우의 「샤갈의 마을에 내리는 눈」(1990)에는 고독을 호소하며 누군가에게 구조요청을 하면서 탁자 밑으로 간신히 손을 잡는 사람들이 그려진다.

연대의 열망을 상실한 시대는 소설의 위기의 시대이기도 했다. 가라타니 고진은 1990년대 말에 한국에서의 문학의 죽음(소설의 죽음)을 말했지만 이미 1990년대 이후부터 위기의 징후가 나타나고 있었다. 문학의 위기의 징후는 전망을 상실했다고 말하면서 메타픽션의 글쓰기가 전망을 대리하는 데서 감지된다. 전망이 불분명한 시대는 소설 속에서 소설을 쓰는 메타픽션이 많아진 시대이기도 했다. 이청준이 소설쓰기가 불가능한 시대에 메타픽션을 시도했듯이 1990년대 전반은 위기에 대응하는 메타픽션이 가장 많이 창작된 때였다. 예컨대 『ᄌᆞ유종』(김수경, 1990), 『경마장 가는 길』(하일지, 1990), 『아담이 눈뜰 때』(장정일, 1990),『살아남은 자의 슬픔』(박일문, 1992) 등이다.

소설의 위기의 시대에 전통과 근대의 관계에 관심을 가진 것 역시 비슷했다. 이청준이 전통미에 눈을 돌렸듯이 윤대녕, 황석영, 최인석은 불교와 샤머니즘을 통해 실재와의 만남을 시도했다. 후자의 세 사람 역시 이청준처럼 전통세계와 근대세계의 간극에서 실재와 교섭하려는 모험적인 문학을 보여주었다.

흥미로운 것은 그런 시도들이 1990년대 후반 이후 메타픽션과는 다른 새로운 소설의 탄생으로 나타난 점이다. 이 시기를 소설의 죽음의 시대로 본 가라타니의 말과는 반대로 90년대 말이야말로 또 한 번의 소설의 귀환의 시대였다. 황석영, 최인석, 박민규가 보여준 포스트모던 리얼리즘이 바로 그것이다.

포스트모던 리얼리즘 역시 메타픽션처럼 재현의 해체를 전제로 한 소설이다. 메타픽션이 재현의 환상을 해체하고 실재계와 교섭하려는 열망을 보여준다면 포스트모던 리얼리즘은 재현의 지시대상인 현실 자체를 해체한다. 메타픽션에서는 소설 속의 소설이 복수적이지만 포스트모던 리얼리즘에서는 현실의 코드화 자체가 복수적이다. 두 실험적 소설들은 하나의 재현 체계를 통해서는 실재와 만나기 어려워진 상황을 전제로 한다. 그런 상황에서 메타픽션이 재현의 해체를 반복한다면 포스트모던 리얼리즘은 복수적 코드화를 시도한다. 진실의 이중주가 하나의 재현과 코드화로 울리지 않기 때문에 반복적 글쓰기와 복수적 코드화를 시도하는 것이다.

두 가지 소설들의 전제조건은 타자(서발턴)는 말할 수 있는가라는 스피박의 질문이다. 타자는 비대칭성으로 인해 재현의 거울에 잘 비쳐지지 않는다. 메타픽션이 실재계적 비대칭성을 비추려는 글쓰기의 반복이라면 포스트모던 리얼리즘은 현실의 코드화의 반복이다. 예컨대 『손님』은 기독교와 샤머니즘의 복수적 코드화를 통해 재현의 거울에 잘 비춰지지 않는 타자를 회생시키려는 시도이다. 「내 사랑 나의 귀신」 역시 합리적 사유와 샤머니즘의 복수 코드를 통해 무력화된 타자를 날아오르게 만들고 있다. 두 소설보다 조금 먼저 쓰여진 「천지간」(1995) 또한 합리성과 불교의 복수 코드적 사유를 통해 타자를 죽음충동에서 구원하려 시도하고 있다.

황석영과 최인석의 포스트모던 리얼리즘에서 죽음의 위협에 시달리는 타자는 불타고 남은 남대문의 화강석과도 같다. 남대문은 화강석을 기반으로 다시 축조되었지만 화강석의 사유의 세계는 쉽게 재건되지 않는다. 포스트모던 리얼리즘은 남대문의 건축술을 사유의 세계에까지 확장시키려는 시도이다. 이제 전통의 잔여물은 또 하나의 세계가 되며 남대문이라는 진짜의 충동에 의해 복수 코드의 가능세계[31]가 전개된다.

메타픽션과 포스트모던 리얼리즘은 실재에서 멀어졌어도 진실의 (이중주의) 열망이 계속되면 소설의 귀환이 지속됨을 보여준다. 두 실험적 양식들은 실재계적 타자의 위기의 신호인 동시에 타자를 구출하기 위한 모험적인 소설의 귀환이다. 소설의 귀환이란 타자의 귀환이거니와 타자의 회생이 요구되는 한 소설의 귀환은 계속된다.

그 같은 타자의 귀환은 '연대의 귀환'이기에 변혁운동의 회생으로 이어질 수 있다. 타자가 말을 하게 하려는 이청준의 반복충동은 1970년대의 변화된 현실에서 회생된 타자가 도약하는 변혁운동으로 이어졌다. 4·19의 연대의 상실을 만회하려는 메타픽션의 반복충동이 1970년대의 현실에서 또 다른 '가수假睡' 속에서의 실천 운동으로 연결된 셈이다. 그와 비슷하게 최인석과 박민규의 포스트모던 리얼리즘의 귀환은 우리시대의 다중적 변혁운동 촛불집회를 예고했다고 할 수 있다. 박민규 소설의 복수 코드적 서사가 루저를 귀환시킨 재현과 반복의 이중주라면, 촛불집회에서 타자의 회생과 다중의 비판적 도약은 또 하나의 재현과 반복의 이중주이다. 박민규의 「아, 하세요 펠리컨」에서 사라진 타자들이 복수 코드의 공간에서 도약하는 과정은, 촛불광장에서 다중 속으로 귀환한 타자들이 진실의 이중주를 연주하며 약동하는 실천으로 꽃피고 있다.

---

31 가능세계란 현실에서의 사실의 요구에서 벗어나 가능성과 필연성의 논리에만 충실한 세계를 말한다. 여기서는 현실세계의 지시대상이 필요하지 않으며 단지 자신의 내적 맥락을 지시하는 것으로 충분하다. 그러면서도 사실을 넘어 사건의 진실을 통해 현실에 대한 중요한 언급을 할 수 있다.

제4장

재현과 반복

1. '말을 할 수 없는 사람들'과 재현의 난제

진실의 이중주는 반복과 재현의 이중주이기도 하다. 우리의 진실의 이중주에 대한 논의를 이끌어낸 것은 스피박의 서발턴에 대한 질문이었다. 이제 다시 서발턴과 연관된 반복과 재현의 문제로 돌아가 보자.

서발턴의 곤경은 타자가 역사의 무대 위에 등장하기 어렵다는 사실을 암시한다. 서발턴이 말할 수 없다는 것은 재현의 무대에서 잠재적으로 추방당한 상태에 있음을 뜻한다. 서발턴은 주인공은 물론 타자로서도 재현되기 어려운 위치에 놓여 있는 존재이다.

이런 암시들은 하층계급이 역사의 주인공으로 등장한다는 피지배자의 서사에 대한 도전적인 질문이다. 그동안 역사의 재현은 가장 고통 받는 사람이 새로운 세상의 주역을 맡는다는 신화에 지배되어 왔다. 스피박의 '서발턴의 곤경'은 기존의 역사적 재현의 신화가 재고되어야 함을 말하고 있다.

그 같은 재현의 난제는 근대적 원본의 문명에서 멀리 떨어져 있는 식민지에서 심화된다. 스피박이 식민지의 하위계층과 여성에 대해 문제제기를 한 것은 그들이 원본에서 떨어져 있는 존재이기 때문이다. 식민지에서는 유랑인이나 농민, 노동자가 쉽게 프롤레타리아로 성장해가지 않는다. 피식민자가 역사적 재현의 서사를 쓰는 데 어려움을 겪는 것은 그 때문이다. 서구에서 모더니즘 시대에 겪은 재현의 위기를 식민지에서는 처음부터 경험했던 셈이다.

식민지의 **재현의 난제**는 서발턴과 연관된 것이지만 실상은 지식인도 비슷한 어려움에 부딪히고 있었다. 지식인조차 재현불가능성에 부딪힌 것은 실재계와 상징계 사이의 간격이 너무 컸기 때문이었다. 다만 지식인은 관념 속에서 재현의 환영을 통해 문제를 회피하고 있었을 뿐이다. 서발턴과의 만남에서 진실의 이중주를 발견하기 전까지 실제로는 지식인 역시 재현의 딜레마를 겪고 있었다. 리얼리즘의 대가 염상섭이 초기 소설에서 모더니즘과 유사하게 분열된 지식인을 등장시킨 것은 우연이 아닐 것이다.

우리의 초기 소설은 염상섭의 분열된 지식인 소설과 현진건과 나도향의 고통 받는 서발턴 소설로 나타났다. 분열된 지식인도 고통 받는 서발턴도 재현의 주체로서 식민지 역사를 감당할 수 없었다. 그럼에도 초기 소설들은 차츰 재현의 서사라고 불릴 수 있는 리얼리즘으로 발전해 갔다. 재현을 상징계의 표상화라고 할 때 식민지에서는 현실을 변혁하는 문제가 일차적으로 상징계의 차원에서 떠올랐기 때문이다. 「숙박기」(염상섭, 1927), 「고향」(현진건, 1926), 「과도기」(한설야, 1929) 등 식민지 리얼리즘은 재현의 난제를 극복한 재현의 성취였다고 할 수 있다. 중요한 것은 재현적 리얼리즘으로 보이는 이들 소설 역시 재현의 난제를 끌어안고 넘어선 성취였다는 점이다.

근대문학의 태동기부터 시작된 식민지적 재현의 난제는 어떻게 극복되었는가. 초기 리얼리즘에서의 재현의 난제는 **말을 할 수 없는 사람들**을 통해 암시된다. 염상섭의 「만세전」에는 식민지 현실과 '인류의 신생新生'에 대해 말을 하는 주인공이 나온다. 그러나 「만세전」의 '신생'은 미래의 전망으로 미흡하며 지식인 이인화가 역사적 주체로 등장한다고 보기도 어렵다. 반면에 「숙박기」, 「고향」, 「과도기」에는 하나같이 말을 하지 못하는 인물들이 등장한다. 「숙박기」의 주인공 변창길은 일본에서 숙박기를 쓰면서 조선인임이 탄로나자 '장마 때의 곰팡이' 신세로 굴욕을 당한다. 변창길은 지식인임에도 불구하고 일본인의 모욕 앞에서 아무런 항변도 할 수 없는 사람이 된다. 또한 「고향」에서는 유랑인이 기차간에서 동승한 사람들에게 말을 건네려 하지만 쌀쌀하게 외면당하고 만다. 유랑인은 입을 다물고 제 신세를 생각하자 찡그린 신산스러운 표정이 되어버렸다. 「과도기」에서 역시 마을사람들이 고향(창리)에서 낯선 곳(구룡리)으로 쫓겨난 후 항의를 하지만 누구도 들어주지 않는다. 고향을 잃은 주인공 창선은 아무 일도 하지 못하고 눈 뜬 산송장이 될 것 같은 느낌이 들었다.

이 1920년대 중반 소설들에서 말을 하지 못하는 사람들을 우리는 **타자**라고 부를 수 있다. 초기 리얼리즘의 과제는 말을 하지 못하는 사람들을 어떻게 소설 속에 재현하느냐에 있었다. 그 비밀은 재현불가능한 존재의 고통을 반복하면서 타자성을 재현하는 데 있었다. 「숙박기」에서는 아무 항변도 할 수 없는 변창길의 고통을 반복하는 가운데 그의 타자의 존재가 재현된다. 「고향」에서는 고향을 잃은 상처를 음산하게 반복하는 중에 유랑인의 존재가 다가온다. 또한 「과도기」에서는 낯선 노동자의 고통을 아리랑 노래로 반복하면서 재현불가능한 타자가 재현된다.

세 소설의 주인공들의 또 다른 공통점은 **정착할 집이 없다**는 점이다. 레비나스가 말했듯이 집에 거주한다는 것은 자기 자신을 환대하는 것과도 같다.[1] 집은 자본주의적 소유 관계의 공간적 표현인 동시에 자신을 거둬들여 환대하는 감성적 장소이다.

따라서 정착할 집이 없다는 것은 근대적 소유관계의 공백이면서 아무런 보호도 없이 고통에 처해 있는 존재를 뜻한다. 세 소설에서처럼 거주할 집과 환대의 장소를 잃은 존재를 우리는 **타자**라고 명명할 수 있다. 절박한 고통을 호소하며 다가오는 타자는 누군가의 환대를 필요로 하는 존재이다.

「숙박기」에서 변창길의 이방인의 고통은 숙박할 집을 얻지 못할 때 더 심화된다. 「고향」의 유랑인 역시 집 없이 떠도는 막벌이꾼의 숙소를 물어보며 가장 고통스러운 표정을 짓는다. 마찬가지로 「과도기」에서 창선은 무서운 공장이 들어선 창리를 생각하며 낯선 공포와 설움이 가슴을 쑤셔 옴을 느낀다.

거주할 공간을 잃은 타자는 아무런 저항력도 없는 벌거벗은 존재이다. 집도 언어도 없는 벌거벗은 존재란 상징계에서 표상이 잘 안 되는 사람들이다. 물론 타자이든 서발턴이든 고통 받는 비천한 존재의 모습을 전혀 재현할 수 없는 것은 아니다. 그러나 타자의 핵심인 벌거벗은 존재의 심층은 잘 재현되지 않는다. 말을 할 수 없고 집을 잃은 타자는 상징계에서 배제된 상태로 실재계에 접촉하고 있는 존재이다. 표상하기 어려운 그런 실재계적 타자의 존재는 모든 보호막을 잃은 벌거벗은 고통의 반복을 통해 은밀히 암시된다.

---

1 레비나스, 김도형 · 문성원 · 손영창 역, 『전체성과 무한』, 그린비, 2018, 228~230쪽.

「숙박기」의 변창길은 하숙집에서 쫓겨난 후 묘지를 서성거린다. 죽음의 공간인 묘지는 반복되는 상처와 고통의 표현이다. 그와 함께 친구 집을 뛰쳐나와 빗속을 걷는 이 소설의 결말 역시 집 잃은 타자의 존재를 부각시킨다.

「고향」의 유랑인은 서울의 노동자 숙소를 물은 후에 가장 고통스러운 표정을 짓는다. 또한 집도 없고 사람도 없는 무덤 같은 고향을 말하면서 눈물을 흘린다. 숙소가 가장 간절한 사람, 고향이 무덤으로 변한 존재가 바로 타자일 것이다.

「과도기」의 창선은 기계간 떼굴뚝이 들어선 창리에서 땅도 바다도 죽은 듯이 느껴졌다. 구룡리로 이주당한 주민들은 아리랑 타령이 넘치던 고향을 잃고 '산 눈을 뺄 세상'이라고 울부짖는다. 그들처럼 살아서 죽음을 경험하는 산 눈을 잃은 사람들이 타자일 것이다.

초기 소설에서 묘사된 '묘지'(묘지의 자의식)와 집 잃은 신세와 거세공포('산 눈을 뺄 세상')는 단순한 식민지 현실의 재현이 아니다. 그 보다는 존재의 심층에 상처를 입은 타자(서발턴)들의 반복적인 고통의 표현일 것이다. 그것은 식민지적 트라우마로 인한 반복충동인 동시에 그 고통에서 벗어나려는 말할 수 없는 소망의 암시이기도 하다. 초기 소설들은 그런 타자와 서발턴의 **반복충동**을 포착함으로써 재현불가능한 비천한 존재들을 역사의 무대에 재현하고 있다. 이것이 바로 '반복과 재현의 이중주'의 비밀일 것이다. 우리 초기 소설들은 식민지적 재현의 난제를 극복하는 방법이 반복과 재현의 이중주임을 강력하게 암시하고 있다.

그런 반복과 재현의 이중주는 '식민지에서의 네이션'을 이해하는 데 시사점을 던져준다. 초기 소설에서 반복과 재현의 이중주를 통해 역사를 재현했다는 것은 근대적 네이션이 성취되었다는 핵심적 증거로 볼 수 있다. 식민지란 국가를 잃은 상태인데 어떻게 네이션의 성취를 말할 수 있는가. 일반적으로 근대국가는 재현가능한 국민을 주인공으로 삼아 재현의 서사로서 연출된다. 그런데 국민이 없는 식민지에서는 재현불가능한 타자들(그리고 서발턴)이 반복-재현의 이중주를 통해 역사의 무대 위에 재현되고 있었다. 초기 소설들에서의 타자의 반복충동을 통한 재현의 성취는 국가 없는 네이션의 특이성의 표현이었다고 할 수 있다. 우리의 최초의 네이션은 특이한 진실의 이중주를 통해 표현되고 있었다.

국가를 잃은 상태에서 네이션을 성취할 수 있게 해준 역사적 사건은 3·1운동이었다. 3·1운동은 문학에서보다 현실에서 먼저 나타난 특이한 반복과 재현의 이중주였다. 「만세전」의 이인화는 묘지에 갇힌 듯한 서발턴의 무력한 모습에서 울분을 터트릴 뿐이다. 그러나 실제의 만세운동에서는 묘지 속의 서발턴들의 반복충동이 중요한 역할을 하고 있었다. 고요한 만세 전야는 트라우마에 시달리는 서발턴의 반복충동이 은밀히 물밑을 떠도는 불길한 시간이었다. 3·1운동은 재현불가능한 서발턴의 반복운동이 지식인의 재현의 서사에 의해 무대 위에 올려진 반복과 재현의 이중주였다.

우리가 경험한 이런 역사와 문학에서의 이중주의 비밀은 역사적 주체에 대한 생각을 변경하게 만든다. 지식인과 서발턴은 이중주를 통해서만 역사의 주체로 생성될 수 있다. 지식인은 「만세전」처럼 식민지 상황을 재현할 수 있지만 서발턴/타자를 역사의 주체로 그리지 못한다. 또한 서발턴은 스스로 재현할 수도 지식인의 재현의 대상도 되지 못한다. 재현이란 식민지 상황을 그리면서 바깥에 접속해 새로운 세상으로 나아가는 과정을 암시하는 것이다. 그런데 식민지 상황은 재현할 수 있지만 바깥에 접속하는 것은 지식인의 재현만으로는 부족하다. 바깥에 접속한 타자의 존재의 핵심이 재현될 수 없기 때문에 하층민 타자는 서발턴으로 무력하게 그려질 뿐이다.

그러나 상처받은 타자는 반복운동을 통해 고통을 호소하고 있었다. 무력해 보이는 서발턴과 타자는 재현불가능한 반복운동을 하는 존재이기에 더없이 중요한 것이다. 스피박이 말한 남편을 화장하는 장작더미 위에서 자살한 사티(힌두 과부)는 프로이트가 설명한 반복운동의 특수한 예에 다름이 아니다. 또한 「고향」에서 유랑인의 '소태 먹은 것처럼 삐뚤어지게 찢어진 입'의 찡그린 얼굴 역시 상처받은 사람의 반복운동의 표현이다. 프로이트는 상처받은 사람의 반복운동이 쾌락원칙과 현실원칙을 넘어선다고 말했다. 그는 그 예로서 전쟁 외상증과 포르트 다 놀이, 예술의 반복 등을 들고 있다. 우리는 프로이트가 생각할 수 없는 다른 문화권에서의 또 다른 반복운동들을 말할 수 있을 것이다. 식민지의 역사와 문학에 발견되는 타자의 동요는 식민지 특유의 계보학적인 제3의 반복운동이다.

표상할 수 없는 바깥(실재계)에 접속한 타자의 움직임은 재현이 아니라 **반복운동**으로만 감지할 수 있다. 반복운동은 상처받은 타자가 본능적으로 표현하는 심장의 떨림과 반향이다. 「만세전」은 반복운동을 그리지는 못한 대신 묘지라는 단어로 (자아와) 타자의 트라우마를 표현했다. 묘지 속의 앱젝트(서발턴)는 이인화에게 무력하게만 보였지만 그가 감지하지 못한 것은 트라우마를 경험하는 앱젝트/타자의 반복운동이었다. 조선의 서발턴들은 묘지 속의 앱젝트인 동시에 프로이트가 말한 현실원칙을 넘어선 반복운동을 하는 사람들이었다.[2]

2 그 중 하나로 공동묘지의 매장을 죽기보다 꺼려하며 헛장사와 이장을 한 행위를 들 수 있다. 헛장사의 비밀은 식민자는 물론 이인화도 이해할 수 없었지만 공동묘지에 대한

3·1운동과 「만세전」 이후의 리얼리즘이 「만세전」을 넘어선 것은 그런 반복운동을 재현의 서사와 접합시킬 수 있었기 때문이다. 재현중심적인 「만세전」의 한계는 민중의 물밑의 운동을 미처 포착하지 못한 점이다. 반면에 3·1운동은 상처받은 타자의 반복운동이 물밑에서 전파되는 중에 지식인의 재현의 서사가 불을 붙여 한순간에 폭발한 변혁운동이다. 또한 「만세전」 이후의 리얼리즘 소설들은 3·1운동에서 일어났던 교섭의 이중주가 물밑에서 은밀히 계속됨을 보여주고 있다. 예컨대 「고향」에서 발견된 '조선의 얼굴'은 지식인과 유랑인의 재현과 반복의 이중주를 통해 표현되고 있다. 3·1운동과 1920년대 리얼리즘을 관통하는 역사와 문학의 비밀은 **재현과 반복의 이중주**이다. 우리는 6장에서 그런 이중주를 구체적인 작품들을 통해 살펴볼 것이다.

2. '재현할 수 없는 것'을 통한 재현의 작동

우리의 역사적 변혁운동과 리얼리즘은 이후로도 '재현의 서사'와 '반복운동'의 이중주로 연주되어 왔다. 3·1운동은 어떤 중심과 조직에 의한 움직임이기보다 탈중심화된 반복의 진동이 재현의 서사에 의해 촉발되어 번져간 셈이었다. 그런 변혁운동의 특이성은 신자유주의 시대인 오늘날까지도 계속된다. 식민지 시대에 원본에서 멀어진 서발턴이 문제였다면 지금의 난제는 신자유주의에서 멀어진 앱젝트이다. 식민지의 서발턴처럼 오늘날의 앱젝트는 재현의 난제를 안고 있다. 양자에서 그런 재

반대는 민중들이 3·1운동에 참여하게 된 요인의 하나였다.

현의 난제를 넘어서는 것이 바로 반복과 재현의 특이한 이중주이다. 2절에서는 그런 이중주의 과정에서 나타나는 '대상 a의 작동'[3]을 강조하려고 한다. **대상 a의 작동**은 재현의 난제와 연관된 역사적 주체의 문제를 해결해준다.[4]

지식인의 재현은 서발턴과 앱젝트로 무력화된 타자를 구원하지 못한다. 반면에 반복과 재현의 이중주는 서발턴/타자를 역사의 무대에 복귀시키면서 사건의 과정에 합류시키는 진행을 보여준다. 사건의 과정과 진리의 과정은 바디우의 '충실성'만으로 설명되지 않는다. 진리 과정의 충실성이 작동되려면 서발턴과 앱젝트의 존재론적 위치이동이 먼저 일어나야 한다. 앱젭트(서발턴)의 존재론적 위치이동은 무력한 앱젝트의 반복운동에 공감하는 사람이 있어야 일어날 수 있다. 앱젝트는 무력한 상태에서 반복운동을 하는 존재이지만 지식인이 반복운동에 공감하는 순간 문득 대상 a[5]의 위치로 전위되기 시작한다. 앱젝트가 역사적 사건의 무대 위에 등장할 수 있는 것은 윤리의 이중주와의 진실의 이중주를 통해 대상 a의 위치로 전위될 수 있기 때문이다.

---

3 대상 a란 상실된 행복의 기억이 무의식과 실재계에 나타난 것을 말한다. 대상 a의 작동은 상징계에 저항하는 주체의 생성을 암시한다.

4 대상 a의 작동과 역사적 주체의 관계는 5장 4절에서 보다 구체적으로 살펴볼 것이다.

5 앱젝트는 크리스테바의 용어로 오이디푸스화 과정에서 분리된 모체가 제2의 생명체인 상징계에서 더러운 분비물로 버려진 것을 말한다. 반면에 라캉의 대상 a는 어머니와 분리된 후 무의식에 남겨진 상징계에 동화되지 않은 실재계적 잔여물을 뜻한다. 앱젝트의 대표적 예가 젖의 유지방, 월경수, 배설물이라면, 대상 a의 예는 어머니의 젖가슴이다. 앱젝트가 혐오와 매혹의 양가성을 지니는 반면, 대상 a는 상징계에 회유되지 않은 순수욕망의 대상이자 원인이다. 생명의 잔여물인 앱젝트가 혐오스런 존재로 지각되는 것은 상징계에서 버려진 존재로서 상상계적 위치에 걸쳐져 있기 때문이다. 반면에 대상 a는 상징계에 동화될 수 없는 실재계적 위치에서 발견된다. 따라서 앱젝트에서 대상 a로의 전회는 상상계에서 실재계로의 위치이동 속에서 나타난다.

진리 과정은 반복운동에서 시작되는데 반복운동이 시작된다는 것은 (미약하게나마) 대상 a가 동요한다는 뜻이다.[6] 앱젝트는 반복운동을 하기 때문에 잠재적으로 대상 a와 연결되어 있는 상태라고 할 수 있다. 바디우적 충실성을 작동시키는 과정에는 앱젝트와 대상 a를 관류하는 이중신체가 놓여 있다.[7] 사건의 과정은 지식인(중간층)이 앱젝트(서발턴)의 반복운동에 공감하며 그를 대상 a의 위치로 전위시키는 진행이다. 그와 동시에 대상 a에 대한 열망으로 지식인과 앱젝트의 공감의 연대가 증폭되며 체제를 변화시키는 운동이 전개되기 시작한다. 대상 a란 상실된 것이 순수기억 속에서 되돌아오며 무의식과 실재계에 나타난 것이다. 앱젝트가 행복한 시간을 잃은 채 체제(상징계)에 의해 배제되어 상상계로 밀려난다면, 대상 a는 상실된 것을 순수기억의 심연을 통해 감지하는 체제 바깥의 실재계적 위치이다. 앱젝트에서 대상 a로의 전위는 상상계에서 실재계로의 위치이동의 순간에 나타난다.

그런 존재론적 전위는 「고향」에 나타난 유랑인에 대한 지식인의 태도의 변화에서 암시된다. 이 소설에서 외면당하던 유랑인(앱젝트)은 지식인의 공감에 의해 조선의 얼굴로 상승한다. 조선의 얼굴은 지식인이 유랑인의 반복운동에 공감하며 감지한 대상 a의 은유이다.

그 같은 서발턴/앱젝트의 존재론적 전위는 오늘날의 변혁운동에서도 매우 중요하다. 예컨대 촛불집회는 세월호 희생자들이 앱젝트에서 꽃(대상 a)으로 돌아오는 과정을 통해 재현의 무대 위에서 (해방을 소망하는) 반복을 연출하는 운동이다. 그 과정은 서발턴이 앱젝트에서 공감의 대상(대상 a)으로 전위되며 조선 전체에서 다중적인 총체적 운동을 일으킨 3·1

---

6 상실의 고통과 대상 a의 귀환을 반복하는 포르트 다 놀이는 그 점을 잘 보여준다.

7 나병철, 『문학의 시각성과 보이지 않는 비밀』, 문예출판사, 2020, 82~83쪽 참조.

운동과 매우 비슷하다.

3·1운동과 「고향」, 촛불집회에서 앱젝트에서 대상 a로의 전이가 일어나는 것은 반복과 재현의 이중주의 순간이다. 그런 맥락에서 우리 변혁운동과 리얼리즘은 서구에 비해 반복과 재현의 접합의 비밀을 훨씬 더 잘 보여준다. 서발턴과 앱젝트는 말을 할 수 없기 때문에 우리는 근대 초기부터 재현의 난제를 안고 있었다. 그런 재현의 난제를 해결하는 비밀은 앱젝트에서 대상 a로의 전위, 그리고 반복과 재현의 이중주였다. 우리의 경우 반복과 재현의 이중주는 앱젝트의 위치이동이 일어나며 대상 a가 작동되는 과정으로 나타난다. 지식인과 서발턴(앱젝트)이 연대하며 대상 a가 작동되는 그 순간은 3·1운동과 촛불집회에서처럼 역사적 변혁운동이 일어나는 시간이다. 또한 그 순간은 「고향」에서처럼 근대소설이 진실의 이중주를 연주하는 때이기도 하다.

우리소설이 재현을 통해 총체성을 드러내는 대신 흔히 핵심적 순간에 반복을 통해 특이성을 표현하는 것도 그 때문이다. 특이성이란 재현의 선적인 시간에서 이탈하며 순수기억의 동요 속에서 심장의 떨림과 울림을 표현하는 것을 말한다. 특이성의 순간은 진실의 이중주 속에서 대상 a가 작동되는 시간이기도 하다. 예컨대 「고향」에서 조선의 얼굴을 발견하거나 아리랑 노래를 부르는 순간이 바로 특이성의 시간이다. 특이성은 **재현**의 과정에서 **재현을 넘어선 것**이 표현될 때만 얻어진다.

실제로 우리 리얼리즘은 총체성의 완성보다는 **특이성**의 순간을 단편적으로 포착하는 것이 주류를 이룬다. 우리 문학이 단편소설을 위주로 전개된 것은 우연이 아니다. 단편소설은 총체성의 재현보다 특이성을 포착하는 데 유리한 장르이다. 특이성은 진실의 과정이 단순히 재현이나 총체성만으로 가능한 것이 아님을 암시한다.

더욱이 오늘날은 총체성 자체가 의문시되는 시대이다. 프레드릭 제임슨은 재현의 위기에 직면해서 총체성이란 모종의 궁극적인 진리로 접근될 수 없을뿐더러 재현되지도 않는다고 말했다.[8] 총체성은 부재원인(실재계)으로서 어떤 **재현할 수 없는 것**(대상 a)이 작동될 때만 비로소 **재현** 속에서 암시된다. 제임슨이 말한 재현할 수 없는 것이란 포르트 다 놀이에서처럼 대상 a를 갈망하는 반복운동이다. 우리는 「고향」에서 앱젝트에서 대상 a로 전위되는 유랑인의 반복운동을 통해 재현의 난제를 넘어선 리얼리즘의 승리를 만난다. 「고향」은 대상 a의 운동과 반복운동을 통해서만 재현이 진행됨을 암시한다. 제임슨이 오늘날의 위치에서 말하고 있는 미시적 과정이 우리의 경우에는 식민지 시대에서부터 시작되었다고 할 수 있다. 미시적 과정이 중요하기 때문에 우리 문학에서는 특이성의 순간을 포착하는 소설들이 주류를 이루고 있다.

제임슨의 새로운 논의는 역사에서든 문학에서든 진리(진실)의 과정이 결코 단일하지 않음을 말하고 있는 셈이다. 우리 역시 '재현할 수 없는 것'과 '재현'의 만남이라는 이중주를 통해서만 진실에 접근함을 강조했다. 서발턴은 재현될 수 없는 존재이지만 재현과 전혀 무관한 것은 아니다. 재현불가능한 것이 재현 속에서 작동되게 하는 진실의 이중주는 서발턴을 역사의 과정에 참여하게 해준다. 진실의 이중주는 제임슨이 말한 '재현될 수 없는 것'에 의한 '재현의 작동'과 비슷하다. 이른바 역사의 총체성이란 재현불가능한 것이 움직여야지만 재현의 서사로써 암시된다.[9] 제임슨이 그처럼 총체성을 재현불가능한 부재원인의 함수로 말한 것은 재현의 위기의 시대에 진리를 구출하기 위해서였다. 우리는 비슷한 것을

8 프레드릭 제임슨, 이경덕 · 서강목 역, 『정치적 무의식』, 민음사, 2015, 66쪽.

9 위의 책, 66~67쪽.

소급적으로 식민지 시대 서발턴의 재현의 난제를 해결하는 데 보다 구체적으로 적용시킬 수 있다. 우리는 근대초기부터 **재현의 난제**에 부딪혔으며 반복과 재현의 이중주를 통해 그 난제를 해결하고 있었기 때문이다.

헤겔은 진리란 전체라고 말하면서 절대정신 속에서 총체성을 찾았다. 반면에 제임슨은 진리의 궁극성을 반대하며 총체성이란 재현될 수 없는 **부재원인**(부재원인의 함수)이라고 말한다. 그가 말한 부재원인은 반복의 과정을 통해서만 접근할 수 있는 진리의 과정의 핵심요소이다. 보다 구체적으로 부재원인이란 실재계적 대상 a[10]이며 재현의 영역인 상징계와의 관계에서 진리에 접근한다. 제임슨은 프롤레타리아를 총체성을 생성하는 주체로 말하는 대신 부재원인 **대상 a의 운동**을 재현을 넘어선 재현에 접합시킨다.[11]

총체성이나 총체성의 주체는 재현의 방식으로 미리 말하기 어렵다. 그 대신 제임슨은 재현할 수 없는 것(부재원인, 대상 a)이 작동되는 과정에서 재현을 넘어선 재현이 만들어진다고 말한다. 우리는 비슷하게 (재현할 수 없는) 서발턴이 앱젝트에서 대상 a로 전위되는 과정에서 반복과 재현의 이중주를 통해 변혁운동과 문학이 생성됨을 논의했다. 3·1운동은 총체적인 운동이었지만 지식인과 서발턴(민중) 누구에 의해 촉발되었다고 말하기 어렵다. 총체성의 주체는 미리 재현될 수 없으며 지식인도 서발턴도 아니다. 3·1운동의 다중적 총체성[12]은 반복과 재현의 이중주 속에서 부재원인 대상 a의 운동이 일어나며 나타나기 시작했다고 할 수 있다.

---

10 대상 a는 바디우의 윤리의 작동과도 연관되어 있다. 라캉 역시 대상 a에 대한 순수욕망이 윤리라고 논의했다.

11 제임슨, 『정치적 무의식』, 66~67쪽.

12 이 총체성은 제임슨이 말한 대로 재현할 수 있는 총체성이 아니며 총괄적이지 않고 다중적이다.

이제 우리는 총체성 대신 대상 a의 운동을 말해야 한다. **대상 a의 운동**이란 반복과 재현의 이중주 속에서 앱젝트(서발턴)가 대상 a로 전위되는 과정에서 생성된다. 부재원인 대상 a의 운동이야말로 스피박의 '서발턴은 말할 수 있는가'에 대한 응답이라고 할 수 있다. 스피박은 서발턴과 교섭하는 방식으로 타자 윤리(레비나스)를 중시하는데, 그녀가 말하는 윤리는 대상 a의 운동과 연관이 있다. 제임슨의 논의 역시 부재원인 대상 a의 작동에 의한 역사적 운동을 강조하고 있는 셈이다.[13]

제임슨과 우리의 차이는 막연히 부재원인(대상 a)을 말하는 대신 서발턴/앱젝트가 역사의 무대에 복귀하는 과정에 관심을 두고 있다는 점이다. 서발턴(앱젝트)을 대상 a로 전위시키며 재현의 난제를 넘어서는 그 과정이 바로 반복과 재현의 이중주이다. 우리의 반복과 재현의 이중주에서, 실재계와 상징계, 부재원인(대상 a)과 표상체계(재현)를 연결하며 작동되는 것이 시뮬라크르와 은유, 아이러니이다.

진리는 재현되지 않지만 그 말이 진리나 재현을 포기해야 한다는 뜻은 아니다. 마찬가지로 서발턴이 재현되기 어렵다는 것은 서발턴이나 재현을 단념해야 한다는 의미는 아니다. 그 대신 우리는 스피박의 '서발턴의 곤경'의 질문에 이렇게 대답할 수 있다. 상처받은 서발턴은 반복운동을 하며 **반복과 재현의 이중주**는 재현할 수 없는 대상 a를 작동시키며 리얼리즘과 변혁운동을 생성시킨다.

---

13 제임슨의 논의는 라클라우가 총체성을 재도입하는 방식과도 연관이 있다. 이에 대해서는 5장 2절에서 살펴보기로 한다.

3. 재현의 미학과 아이러니 – 상처와 역사

스피박은 서발턴의 곤경과 재현의 난제를 말하면서도 여전히 재현이 중요하다고 여겼다. 스피박이 볼 때 들뢰즈와 푸코의 문제점은 재현의 정치에서 무책임하게 물러선다는 것이다. 반면에 인도의 서발턴 연구회 Subaltern Study Group는 어떻게든 서발턴의 목소리를 복원하려는 재현의 짐에 묶여 있다.

초기 서발턴 연구회는 피억압자가 말할 수 없다는 가정을 재고하거나 거부해야 한다고 생각했다. 말할 수 없게 된 목소리들은 실상은 식민 아카이브 안에 깊숙이 박혀 있기 때문이다. 서발턴 연구회의 역사 기획은 종속적인 주체의 역사적 행위능력을 다시 복원시키는 데 있었다.[14]

반면에 들뢰즈는 표상 없는 반복과 탈주를 강조하며 재현적인 매개의 한계를 논의한다. 재현의 그물과 범주는 너무 성기고 커서 큰 물고기도 빠져 나간다.[15] 재현되었다는 것은 이미 개념과 표상에 의해 매개된 것이며 무매개적인 반복의 능동적인 운동을 가두는 것이다.

들뢰즈는 예술이 모방이나 재현이 아니라 반복운동이라고 말한다. 반복운동은 모든 재현을 넘어서서 직접 정신에 힘을 미치는 진동, 회전, 전회, 춤, 도약을 고안하는 것이다.[16] 이처럼 재현보다 반복과 탈주를 선호하기 때문에 들뢰즈가 논의하는 작품들은 주로 비재현적인 모더니즘 예술들이다.

---

14 리투 비를라, 태혜숙 역, 「포스트식민 연구」, 『서발턴은 말할 수 있는가?』, 그린비, 2013, 160쪽.

15 들뢰즈, 김상환 역, 『차이와 반복』, 민음사, 2004, 165쪽.

16 위의 책, 41쪽.

서발턴 연구회나 들뢰즈와 달리 스피박은 '재현이 필요하면서도 재현될 수 없는' 서발턴의 곤경을 말했다. 또한 우리는 스피박의 질문에 대한 응답으로 재현과 반복의 이중주를 강조했다. 역사와 미학 양자에서 재현불가능한 진리(진리의 과정)의 딜레마를 넘어서는 것은 재현과 반복의 이중주이다. 서발턴 연구회에게는 여전히 저항 주체의 본질주의의 흔적이 남아 있다. 또한 들뢰즈는 표상과 개념에 얽매이는 것을 피하기 위해 재현 자체를 멀리한다. 반면에 3·1운동과 1920년대 리얼리즘은 원본에서 멀어진 비서구 지역에서 어떻게 재현의 난제를 넘어섰는지 잘 보여준다.

문학에서의 재현과 반복의 이중주는 재현예술인 리얼리즘에서 재현불가능한 타자(서발턴)가 그려지는 방법을 알려준다. 우리 리얼리즘은 들뢰즈가 말한 재현의 한계에 갇히지 않았으며 그가 옹호한 반복을 접합해 미묘하게 딜레마를 넘어섰다. 문학을 재현과 반복의 접합이나 반복운동으로 이해하면 소박한 반영론을 넘어서서 많은 시사점을 얻게 된다. 그것은 앞서 살핀 재현의 난제를 겪은 초기 소설뿐 아니라 재현의 위기의 시대에 나타난 모더니즘에서도 마찬가지이다. 예컨대 1930년대 후반 재현의 위기의 시대에 우리 모더니즘은 분열의 표현과 함께 특이한 반복운동으로 위기에 대처했다. 또한 김사량 같은 작가들은 반복을 통해 제3의 방식으로 재현의 난제와 정체성의 혼돈을 극복하고 있었다.[17]

따라서 우리가 자세히 살펴봐야 하는 것은 그동안 간과해 온 미학적 반복운동이다. 반복운동이나 미학적 반복은 지금까지 잘 논의되지 않았기 때문에 많은 설명을 필요로 한다. 그런 문학과 예술의 반복을 본격적

---

17 권나영, 김진규·인아영·정기인 역, 『친밀한 제국』, 소명출판, 101~131쪽 참조.

으로 살피기 전에 재현예술에 대해 다시 구체적으로 고찰할 필요가 있다. 미학적 반복이 무엇인지는 재현과의 대비를 통해 구체적으로 드러날 것이기 때문이다.

리얼리즘은 재현문학이지만 들뢰즈가 논의한 재현의 그물에 매여 있지는 않다. **문학적 리얼리즘**은 재현을 통해 재현될 수 없는 것을 드러내는 수많은 방법들을 창안해왔다. 우리가 살펴본 재현과 반복의 이중주는 그런 중요한 방법의 하나이다.

제임슨은 이제 역사를 재현이나 전망이 아니라 **부재원인(실재계)의 운동 효과**로 보아야 한다고 말한다.[18] 제임슨의 말은 역사란 들뢰즈가 말한 표상의 그물에 갇히지 않는다는 뜻이다. 그 점은 지배권력의 역사뿐 아니라 새로운 전망을 제시하는 저항의 역사에서도 마찬가지이다. 문학과 역사는 부재원인의 운동 효과로서 재현할 수 없는 것의 작동을 통해 재현의 무대를 연출한다. 이른바 전망이란 실재계적 부재원인의 함수일 뿐이다.

역사적 전망은 사회운동과 리얼리즘에서 매우 중요한 개념이다. 새로운 전망은 기존의 체제와 표상체계(상징계)를 변혁하는 방향으로 제시된다. 그러나 그런 전망을 어떤 개념이나 표상으로 보여준다면 그것은 또 다른 재현의 그물을 사용하는 것일 수 있다.

그 때문에 루카치는 전망을 관념이 아니라 선택과 배열의 원리로 논의했다. 루카치는 전망이 미래를 미리 보여주는 것이 아니라 현실을 투시하는 원근법perspective 같은 것이라고 말했다. 현실을 투시하는 원근법은 핵심적인 것들을 선택해서 배열하는 리얼리즘의 중요한 미학적 원리이다.

루카치는 리얼리즘과 자연주의의 차이가 선택원리에 달렸다고 말한

---

18 제임슨, 『정치적 무의식』, 127쪽. 그의 관점에서는 혁명조차도 전망의 현시이기보다는 실재계가 직접 눈앞에 드러난 역사의 순간이다.

다. 선택원리인 전망은 현실의 진행방향을 결정하며 서사의 실마리를 정리하고 중요한 것과 주변적인 것을 선별해준다.[19] 그런 전망의 기능은 「운수 좋은 날」(현진건)과 「감자」(김동인)의 비교를 통해 잘 드러난다. 두 작품은 1920년대 식민지 시대의 하층민의 몰락이라는 비슷한 이야기를 다루고 있다. 그런데 「운수 좋은 날」에는 열심히 일해도 고통을 겪는 일용노동자라는 중요한 인물이 선택되었지만, 「감자」에서 소작을 잃은 복녀의 남편은 후치질도 김매기도 안하는 극도로 게으른 농민이다. 양자 중에 선택원리가 잘 작동되는 「운수 좋은 날」은 현실이 어떻게 나아가야 하는지에 연관된 방향을 보여준다. 반면에 현실에서 중요한 인물을 선택하지 못한 「감자」는 그런 전망을 잘 드러내지 못한다.

이처럼 루카치의 선택원리로서의 전망은 리얼리즘에서 매우 중요한 미학적 원리이다. 그러나 루카치의 말과는 달리 현실의 진행과 발전방향을 드러내는 데는 선택원리만으로는 충분하지 않다. 「운수 좋은 날」을 비롯한 우리 리얼리즘에서는 선택된 인물이 현실의 발전방향을 암시하기보다는 사회모순 때문에 상처를 입는 과정을 보여준다. 역사적 방향은 진보적 담론으로는 말해질 수 있지만 실제 현실에서는 잘 실현되지 않기 때문이다. 그로 인해 리얼리즘에서 우리는 흔히 실패로 인해 고통 받는 사람에게 공감하며 새로운 세상을 향해 동요하게 된다. 만일 리얼리즘이 역사의 진행방향을 시사한다면 그것은 인물의 행동이나 사건보다는 상처받은 인물의 심리적 운동을 통해서일 것이다. 역사적 방향은 리얼리즘에 재현되는 것이 아니라 상처로 인한 심리적 운동을 통해 심장의 진동을 전파시킬 때 암시된다. 그 순간 우리는 프로이트가 말한 대로 쾌락원

19 루카치, 황석천 역, 『현대 리얼리즘론』, 열음사, 1986, 34 · 53~57쪽.

칙과 현실원칙(상징계)을 넘어서는 지점에 위치[20]하기 때문이다. 우리는 행동을 통해 미래에 도달하기 전에 **패배의 고통으로 진동하는 심장**을 통해 그곳을 감지한다.

따라서 리얼리즘에서 상처받은 주인공이 가슴의 떨림과 동요를 우리에게 전해주는 일은 선택원리만큼이나 매우 중요하다. 「감자」의 결말에서도 복녀의 저항이 그려지지만 증오심에 얽매인 그녀의 심리적 운동은 우리에게 전파되지 않는다. 반면에 수많은 심리적 과정을 통해 우리의 내면에 전해진 「운수 좋은 날」의 김첨지의 심장의 진동은 (현실원리를 넘어서서) 현실을 변화시켜야 한다는 동요를 일으킨다. 우리는 역사의 진행을 소설에 재현된 전망을 통해 교훈적으로 깨닫는 것이 아니라 고통 받는 인물의 심연의 진동을 통해 감지한다.

제임슨은 역사란 재현되는 것이 아니라 우리에게 **상처**를 입히며 경험된다고 말한다. 제임슨의 역사의 재정의는 우리 리얼리즘에 정확하게 들어맞는다. 우리는 리얼리즘에서 역사를 보는 것이 아니라 상처받은 사람의 **진동**을 듣는다. 상처받은 사람의 심장의 진동은 반복운동을 통해 우리를 현실원칙을 넘어선 영역에 위치하게 만든다. 만일 상처가 없다면 우리는 현실원칙과 쾌락원칙 안에서 살아가게 될 것이다. 반면에 상처는 **반복**이라는 본능적 탄력성을 통해 쾌락원칙(그리고 현실원칙)을 넘어서서 진동하게 만든다. 그 상징계를 넘어선 위치는 제임슨이 **부재원인**이라고 말한 영역, 즉 현실(상징계)과 총체적으로 관계하는 역사의 잠재적 위치에 다름이 아니다. 우리는 사회의 재현 과정에서 그런 영역에 이를 수 있지만 그 위치 자체는 재현될 수 없으며 상처 입은 심장의 떨림에 공명할 때

---

20 이 위치는 제임슨이 부재원인이라고 말한 영역이다.

만 감지된다. 제임슨은 그 같은 심장의 떨림을 정치적 무의식과 연관해서 논의했다. 또한 들뢰즈는 재현을 넘어서서 정신을 뒤흔드는 미래를 향한 반복운동[21]으로 설명했다.

제임슨은 재현할 수 없는 역사의 필연성이 혁명의 결정적 실패들 속에서 실패의 재현으로 암시된다고 말한다.[22] 우리 리얼리즘 역시 실패의 기록이며 실패의 경험을 재현함으로써 재현할 수 없는 역사의 과정을 시사한다. 실패의 재현을 통해 재현불가능한 역사에 대해 능동적이 된다는 것은 **아이러니**이다. 현실의 실패와 미래를 바라보는 내면의 승리, 이것이 리얼리즘의 아이러니의 원리이다. 제임슨은 변혁의 차원에서, 우리 리얼리즘은 미학의 차원에서 그것을 보여준다.

실패와 상처를 통해 역사에 대해 능동적이 되는 과정에는 설명하기 어려운 비밀이 숨어 있다. 우리는 그것을 미래를 바라보는 **반복운동**을 통해 논의할 수 있을 것이다. 반복은 상처받은 사람의 생명적 본능이며 반복운동의 진동은 우리를 상징계를 넘어선 공백으로 이동시킨다. 리얼리즘이란 상처받은 사람의 반복의 진동에 공명하며 상징계 너머의 공백(실재계)에서 새로운 세상을 소망하는 과정이라고 할 수 있다. 그 과정에서 나타나는 상처의 고통을 통한 능동적 삶의 소망이 바로 **아이러니**이다.

우리 리얼리즘은 총체성의 암시보다는 주로 아이러니에 의해 작동된다. 그 이유는 원본에서 멀어진 식민지에서 근대가 시작된 탓에 상처의 고통이 더욱 심각했기 때문이다. 우리 리얼리즘 역시 재현을 통해 주체를 생성하려 시도하지만 대부분 실패하고 그 대신 상처받은 인물의 진동을 통해 변화의 소망을 암시한다. 이것이 리얼리즘에서 나타나는 특이한

21 들뢰즈, 『차이와 반복』, 39 · 41쪽.
22 제임슨, 『정치적 무의식』, 127쪽.

재현과 반복의 이중주이다.

예컨대 「운수 좋은 날」이 리얼리즘을 성취한 것은 아이러니를 통해 고통 받는 인물의 심장의 진동을 전하는 데 성공했기 때문이다. 「운수 좋은 날」은 처음부터 끝까지 수많은 아이러니들로 진행된다. 중요한 것은 그런 아이러니들이 우리에게 자본주의를 넘어선 삶을 소망하는 내면의 동요를 불러일으킨다는 점이다. 아이러니는 우리를 상징계-상상계로부터 실재계로 이동시키며 가슴을 뛰게 한다.

그 점에서 「운수 좋은 날」의 아이러니는 루카치가 말한 선택원리와도 연관이 있다. 김첨지는 식민지 자본주의를 넘어선 지평(전망)을 보게 하는 데 중요한 인물이며 일종의 전형적 인물이라고 할 수 있다. 그런데 그는 비합리적인 인물로서 스피박이 말한 '서발턴의 곤경'을 보여주는 인물이기도 하다. 김첨지는 식민지 노동자로서 재현되는 동시에 재현불가능한 요소를 지니고 있기도 하다. 그런 상황에서 그가 일용노동자로 재현되는 중에 자신도 모르게 재현을 넘어선 심장의 반복운동을 전해주는 것이 바로 아이러니이다.

김첨지는 루카치와 스피박이 말한 것보다 더 복합적인 요소를 지닌 인물이다. 그는 비록 무지하고 비합리적이지만 자본주의의 현실원칙을 잘 알고 있는 사람이다. 김첨지는 열흘 만에 팔십 전이 생기자 모주 한 잔과 설렁탕 한 그릇이 반사적으로 머리를 스쳐지나간다. 마르크스는 화폐의 가치란 가격표를 거꾸로 읽었을 때 나타난다고 말했는데[23] 김첨지는 그 사실을 이미 알고 있는 것이다. 또한 그는 병든 아내가 걱정되었지만 돈 벌 욕심이 그 염려를 사르고 만다. 자본주의에서는 상품이 화폐를 사랑

23 마르크스, 김수행 역, 『자본론』 I, 비봉출판사, 2001, 121쪽.

한다는 마르크스의 말[24]에 충실하듯이 노동 상품인 그는 자신의 노동을 상품으로 팔려는 욕망으로 움직이고 있는 것이다.

자본주의란 단지 화폐에 대한 욕심이 아니라 물건과 상품들이 교환가치 체계에서 문법처럼 질서 있게 작동되는 세계이다. 노동자인 김첨지는 지적 능력이 낮으면서도 자본주의의 문법과 언어를 잘 알고 있다. 김첨지는 자본주의 문법을 거부할 수 없음을 자신의 몸으로 느끼는 사람이다.

이런 모습들은 그가 다른 서발턴과는 달리 식민지 자본주의에서 어떤 말을 할 수 있는 사람으로 보이게 할 수도 있다. 그러나 오히려 그와 반대이다. 자본주의의 문법에 따라 말을 하는 순간 김첨지는 가슴이 억눌려지며 진짜 하고 싶은 말을 하지 못한다. 가난한 그는 돈벌이에 얽매여 고통스러워하면서도 스피박이 말한 대로 자신의 진짜 말을 할 수 없는 사람이다.

김첨지의 성격적 매력은 몸이 거부하지 못하는 자본주의의 문법과 경쟁하는 심장의 박동에 있다. 그는 비판적 말을 할 수 없는 대신 물신화된 사람과는 달리 심장의 박동이 여전히 살아있는 인물이다. 김첨지는 아픈 아내에게 욕설을 퍼붓지만 우리는 그가 누구보다 아내를 사랑하고 있다고 느낀다. 병든 아내가 그의 내면에 상처를 내어 가슴에 진동을 일으키고 있기 때문이다. 김첨지는 돈벌이가 잘 될수록 이상하게 불안해지며 뼈만 남은 아내의 얼굴이 떠오른다. 또한 이어서 샘물같이 유달리 큼직한 눈으로 울듯한 표정이 스쳐간다. '뼈만 남은 얼굴'과 '울듯한 눈'은 머리의 의식과는 상관없이 가슴의 진동으로 떠오르는 이미지들이다. 이런 이미지들은 자본주의 문법과 경쟁하는 김첨지의 가슴의 운동을 암시한다.

---

24 위의 책, 136~138쪽.

이 소설의 모든 아이러니는 그 같은 머리와 가슴의 불일치에서 생겨나고 있다. 김첨지는 인력거에 손님을 태우자 이상하게 다리가 거뿐해진다. 그러나 자기 집 근처를 지나가자 다리가 무거워지며 아내의 말소리가 귀에 잉잉거린다. 다리가 거뿐해진 것은 마르크스가 말한 상품의 문법 때문이며 아내의 말소리가 잉잉거린 것은 균열된 가슴에서 진동이 계속되기 때문이다. 그로 인해 아이러니의 순간마다 우리는 김첨지의 가슴의 진동을 느끼며 그와 더불어 '운수 좋은 날(운수 나쁜 날)'의 하루를 보내게 된다.

김첨지의 가슴의 진동이 전파되는 순간은 잠시 그와 함께 자본주의의 외부에 서 있는 때이기도 하다. 연거푸 운수가 좋은 날은 자본주의 내부의 일인데 그 순간마다 외부를 경험하는 아이러니가 잇따르는 것이다. 이런 양가적 아이러니의 연쇄는 식민지 자본주의가 재현되는 동시에 재현할 수 없는 반복의 진동이 전달되는 순간들이다. 아이러니는 자본주의의 문법에 억눌려 말을 못하는 순간 심장의 박동이 대신 전달되기 때문에 생겨난다. 아이러니를 통해 자본주의의 내부와 외부를 왕복하는 동안 김첨지의 진동이 계속 전파되기 때문에 우리는 그가 우리 내면에 들어옴을 느낀다.

이 소설은 끝없는 아이러니의 진동의 연속이다. 돈은 괜찮고도 괴로운 것이다, 인력거가 무거워지자 마음이 가벼워지고 인력거가 가벼워지자 다시 마음이 초조해진다, 김첨지는 기쁘면서도 슬프다……운수 좋은 날은 운수 나쁜 날이었다 등등. 이런 아이러니의 연속적인 진동의 힘은 결말에서 절정에 이르고 소설이 끝난 후에 우리는 김첨지의 동요가 어느덧 내면에 옮겨졌음을 느낀다. 그렇게 해서 소설의 아이러니의 여행이 끝나고 가슴이 동요하는 내면의 길이 시작되는 것이다.

아이러니란 머리에서 자본주의의 문법이 작동되는 중에 가슴의 진동이 점점 커져 문법이 무용해지는 순간이라고 할 수 있다. 그것은 자본주의가 재현되는 중에 상처받은 사람이 재현불가능한 반복운동을 일으켜 심장의 진동이 전파되는 과정이다. 식민지의 서발턴은 화폐의 문법에 억눌려 말을 할 수 없으며 그 대신 아이러니의 반복을 통해 심장의 진동을 전달한다. 그 같은 아이러니는 서발턴의 곤경에 응답하는 이중주로 된 춤이라고 할 수 있다. 김첨지는 비판적인 말을 할 수 없는 대신 끝없이 이어지는 아이러니의 춤을 추고 있다. 우리는 아이러니의 연쇄를 통해 재현-반복의 이중주 속에서 체제의 안으로부터 밖으로 나오며 아직 오지 않은 새 세상을 소망하게 된다.

4. 재현을 넘어선 반복의 원리 – 가상, 틈새, 특이성

이제까지 예술은 재현의 관점에서 많이 논의되었지만 우리는 반복의 관점을 통해 새로운 논점들을 강조할 수 있다. 예술은 그 자체가 반복인 동시에 반복과 재현의 이중주를 통해 진실을 탐색하는 방식이라고 할 수 있다. 우리는 재현의 난제를 극복하는 방법을 보여준 「운수 좋은 날」과 「고향」을 반복과 재현의 이중주로 설명할 수 있다. 이 소설들은 재현의 리얼리즘인 동시에 반복의 리얼리즘이기도 하다.

그런데 리얼리즘 중에서도 그보다 한층 더 반복이 강조된 소설들이 있다. 예컨대 「표본실의 청개구리」는 재현보다 반복이 우세한 소설이라고 할 수 있다. 「표본실의 청개구리」가 반복이 우세한 소설이라는 것은 초기 소설에서부터 재현의 난제를 극복하기 위해 반복의 미학이 실행되었음을 암시한다.

「표본실의 청개구리」에는 식민지에서 표본실의 청개구리처럼 해부당하는 경험을 하면서도 아무런 말도 하지 못하는 지식인이 나온다. '나'는 식민지적 트라우마로 인해 해부된 개구리가 사지에 핀을 박고 칠성판 위에 자빠진 모습이 자꾸 떠오른다. 중학교 때의 박물선생이 새파란 메스로 청개구리를 해부할 때의 오물거리는 작은 내장들이 전율 속에서 반복해서 떠오르는 것이다. '나'의 메스의 충격은 서랍 속에 넣어둔 면도날이 떠오르는 초조한 순간으로 이어진다.

이런 '나'의 반복충동은 외상의 고통의 표현인 동시에 상징계의 공백을 경험하는 순간이기도 하다. 반복운동은 상징계의 **공백**이나 **가상**에서 일어난다는 점이 매우 중요하다. 만일 고통이 현실(상징계)에서 반복된다면 아무 의미가 없을뿐더러 더 고통스러울 뿐이다. 반면에 공백에서 반복된다는 것은 상징계(현실원칙)의 맥락을 넘어서려는 본능적인 충동의 표현이라고 할 수 있다. 상처를 받았다는 것은 상징계의 구멍을 통해 실재계에 접촉했다는 것이며 상처 받은 타자에게 상징계의 공백이란 실재계의 경험이기도 하다.

그 때문에 '나'의 실재계적 반복충동은 탈주의 욕망으로 이어진다. '나'는 '어디로든지 가야겠다'는 충동이 일어나면서 남포까지 여행길에 나선다. 그리고 남포에서 대건축가이자 대철인인 광인 김창억을 만나게 된다. '내'가 김창억에게 이끌린 것은 그가 '나'와 비슷한 반복충동을 보일 뿐 아니라 더 적극적으로 상징계의 맥락에 저항한다는 점에서였다. '나'는 메스의 충격에 전율할 뿐 아무런 항변도 하지 못한다. 반면에 김창억은 상징계의 공백에서 연신 격정적인 말들을 쏟아내고 있었다. '내'가 상징계의 균열을 봉합하는 데 급급했다면 그는 터진 공백에서 대철인처럼 반항적인 말들을 하고 있었다.

「표본실의 청개구리」는 재현보다는 반복충동을 따라가는 소설이다. 그런 방식으로 말을 하지 못하는 식민지적 타자의 곤경을 넘어서려 시도하고 있는 것이다. 그러나 이 소설은 반복과 재현의 이중주가 미흡해서 식민지적 재현의 난제를 넘어서지 못하고 있다.

그렇다고 반복이 강조된다고 진실의 이중주에 실패하는 것은 아니다. 또 다른 재현의 난제의 시대인 식민지 말의 김사량의 소설들은 재현의 서사가 무력화된 시대에 반복을 통해 위기에 대처하는 모습을 보여준다. 김사량의 소설들은 「고향」과 「과도기」와는 다른 방식으로 진실의 이중주를 연주하고 있는 작품들이다. 「고향」과 「과도기」에서는 재현불가능한 서발턴이 문제였지만 김사량의 소설들에서는 내선일체 시대 자체가 재현의 난제를 심화시킨 어두운 시기였다.

예컨대 「빛 속으로」에는 내선일체 시대에 고통 속에서 심층에 있는 말을 못하는 타자들이 나온다. 이 소설에서 혼혈인 하루오를 주인공으로 삼은 것은 그가 내선일체 시대의 재현의 난제와 정체성의 난제를 상징하는 인물이었기 때문이다. 하루오는 심연에서 어머니에게 다가가고 싶으면서도 조선인 피를 부정하며 모자관계를 부인한다. 그 대신 하루오는 일본 아이들에게 놀림을 당한 후에 어둠 속에서 울면서 춤을 춘다. 하루오의 춤은 체제의 공백에서 아무도 모르게 혼자서만 연출하는 반복운동이다. 어둠 속의 춤은 반복운동이 고통의 표현인 동시에 상징계의 맥락을 넘어서려는 소망임을 잘 보여준다. 내선일체에서 정체성이 불분명한 하루오는 잘 재현될 수 없는 인물이자 정체성의 난제를 겪는 존재였다. 춤은 그런 하루오에게 상징계의 공백에서 미결정성의 정체성을 되찾아주며 재현의 무대로 귀환할 틈새를 열어준다. 이 소설에서 혼혈인 하루오의 춤은 식민지 말의 재현의 난제와 정체성의 난제를 극복하기 위한 반복운동의 장치인 셈이다.

마침내 하루오는 아픈 어머니에게 몰래 찾아오면서도 들키지 않으려 어둠에 몸을 숨기고 있었다. 하루오의 긴장된 행동은 또 다른 어둠 속에서의 춤이라고 할 수 있다. 이번에는 울면서 혼자 연습하던 때와는 달리 현실의 무대로 나오며 진짜 춤을 추고 있었다. 여기서 하루오가 어머니에게 도망치듯 다가가는 과정은 어둠과 빛, 반복과 재현의 이중주로 연출되고 있다. 「빛 속으로」는 춤이라는 은밀하고도 강렬한 반복을 통해 혼혈인이 재현의 공간으로 나오는 과정을 그린 진실의 이중주이다. 이 소설은 **재현불가능한** 존재(혼혈인)가 반복운동을 통해 재현의 무대에 귀환하는 과정을 그리며 내선일체 시대의 재현의 난제를 극복하고 있다.

김사량의 또 다른 소설 「천사」 역시 그네라는 반복운동을 통해 재현의 난제를 넘어서고 있다. 「천사」에서 이쁜이는 사상을 잃은 오빠가 석왕사에서 죽은 후에 관등제 때마다 와서 그네를 탄다. 오빠 홍군은 가슴 속에 있는 말을 하지 못한 채 절에 머물다 외롭게 세상을 떠났다. 이 소설에서 아무도 모르는 홍군의 죽음의 순간은 **재현불가능한** 시간으로 남아 있다. 비식별성에 묻힌 홍군의 죽음은 추방된 타자의 최후인 동시에 해탈의 순간에 이른 것일 수도 있었다. 홍군의 친구 양군과 조군은 7년 만에 석왕사에 와서 홍군의 비밀을 풀려하지만 좀처럼 알아내지 못한다. 단지 이쁜이의 그네만이 반복운동을 통해 홍군이 있는 천상에까지 차오르면서 오빠의 하늘의 춤을 보려는 열망을 표현하고 있었다.

이쁜이의 그네는 지상과 천상, 유와 무, 상징계와 실재계를 연결하는 반복운동의 춤이다. 그것은 재현될 수 없는 홍군의 시간을 반복을 통해 표상의 공간으로 옮겨오려는 필사적 도약의 율동이다. 마침내 이쁜이가 하늘로 솟아오르며 제등을 발로 차자 홍군이 하늘로부터 내려오고 있었다. 홍군이 천상에서 내려온다는 것은 천사(이쁜이)의 반복운동을 통해 지상의 시간이 깨어나고 있는 순간과도 같다. 천상과 지상을 연결하는 반복운동이 표상불가능한 홍군의 해탈을 표상화하며 멈춰선 지상의 시간을 회생시킨 것이다. 해탈이란 추방된 타자가 사람들의 몸에 기억(순수기억)으로 남은 영원회귀의 시간 속에서 되돌아오는 구원에 다름이 아니다. 그네의 반복운동은 지상의 사람들의 몸의 기억을 동요시켜 홍군의 해탈의 순간에 접속하게 만들고 있었다. 하늘에서 내려온 홍군과 해탈의 표상화는 사상의 전향 이후 잃어버린 청년들의 연대의 회생을 상징한다. 재현불가능한 비식별성의 시대에 이쁜이의 반복운동이 홍군을 귀환시켜 청년들의 심연의 소망을 표상화하며 구원의 문을 연 것이다.

내선일체 시대는 서발턴은 물론 지식인도 재현의 난제에서 벗어나기 어려운 때였다. 그런 어두운 위기 속에서 김사량의 소설들은 춤과 그네 같은 반복운동을 통해 빛으로 향하는 통로를 모색했다. 내선일체의 어둠이 상상계라면 김사량이 모색한 빛은 실재계였다. 내선일체의 비식별성이란 실재계로 향하는 통로가 모두 차단된 물신화된 상상적 세계를 말한다. 그런 시대에도 춤과 그네 같은 반복의 공백이 남아 있어서 김사량은 그런 반복운동을 통해 실재계의 빛으로 다가가려 했던 것이다.

김사량의 소설은 재현의 난제를 극복하는 데 반복운동이 얼마나 중요한지 보여준다. 그와 함께 내선일체 같은 폭력적인 시대에도 춤과 그네 같은 가상의 공백은 침범할 수 없었음을 암시한다. 반복운동을 일으키는 가상의 공백은 재현의 위기를 극복하기 위한 핵심적인 요소의 하나이다.

그처럼 반복운동이 **놀이나 가상**의 공간에서 이루어진다는 점은 매우 중요하다. 반복이란 **공백**과 **실재계**에서의 운동이기 때문에 반복운동을 이미지화하는 가상의 연출이 필요하다.[25] 그런데 이 가상은 재현된 현실보다도 더 실재계적 현실에 다가가게 해준다.

반복운동에서의 가상이란 예술과 놀이, 그리고 2장에서 살펴본 가면과 은유, 시뮬라크르를 말한다. 반복이란 상처와 고통을 가상이나 은유를 통해 반복하면서 현실의 맥락(그리고 상상계)에서 벗어나 상징계의 공백과 실재계로 이동하는 진행이다. 상처와 고통은 상징계의 구멍을 통해 실재계에 접촉하는 순간이며 상처 받은 타자는 상징계의 공백과 가상에서 고통을 반복하며 실재계로 향하는 것이다. 우리는 타자의 반복운동의 진동에 공명할 때 실재계로 이동하기 때문에 쾌락원칙을 넘어선 희열 jouissance[26]과 감동을 느끼는 것이다.

그처럼 반복은 실재계적 운동이기 때문에 가상에서 연출된다고 결코 현실과 진실에서 멀어진 것이 아니다. 재현은 현실의 환영을 만들면서 예술로 연출되었어도 현실 자체로 여기게 만들려고 애를 쓴다. 반면에 반복은 가상임을 숨기지 않더라도 반복에 공명할 때 우리를 실재계적 현실로 이동하게 해준다. 예컨대 「표본실의 청개구리」에서 '내'가 광인 김창억의 반복에 공명하는 순간은 식민지 현실에 정면으로 대응하는 시간이기도 하다. 「빛 속으로」에서도 하루오가 어둠 속에서 춤을 추는 순간은 혼혈인이 반복을 통해 내선일체의 상상적 공간에서 실재계로 이동하는 시간이다. 마찬가지로 「천사」에서는 이쁜이가 그네를 타며 제등을 발로 차는 순간이 가장 실재계적 현실에 접근하는 때일 것이다.

물론 「표본실의 청개구리」에서는 김창억에게 공감하면서도 '나'와 그

---

25 실재계 자체는 우리에게 직접 경험되지 않기 때문이다.

26 주이상스(jouissance, 향락)에서는 고통과 향락이 함께 느껴진다.

의 연대가 이루어지지는 않는다. 김창억은 여전히 광인으로 남아 있는데 이는 이 소설이 반복과 재현의 이중주를 연주하는 데 한계를 지님을 뜻한다. 반면에 「빛 속으로」에서는 하루오의 반복의 춤이 어머니가 있는 현실의 무대 위에 올려지는 과정이 그려지고 있다. 하루오가 어머니에게 다가가며 은유적 춤을 추는 순간은 '나'와의 공감의 연대가 이루어지는 시간이기도 하다. 그 순간 하루오는 앱젝트에서 대상 a로 전위되며 우리에게 실재계적 현실을 감지하게 하고 있다. 「천사」에서도 이쁜이가 하늘로 차오르며 제등을 차는 순간은 청년들의 연대가 회생하는 시간이다. 앱젝트로 버려진 홍군이 대상 a로 전위되는 그 순간 우리는 내선일체의 상상계에서 실재계적 현실로 이동하게 된다. 그와 함께 이쁜이의 그네의 반복운동이 현실에서 청년들의 연대로 회생했기 때문에 이 소설은 반복과 재현의 이중주를 통해 진실을 연주하게 된다.

그처럼 반복의 가상은 우리를 실재계로 이동하게 해주므로 예술과 문학이 성행하는 사회는 실재계적 진실에 접근한 시대이다. 반면에 오늘날 문학의 죽음이 거론되는 것은 우리 사회가 실재계적 현실에서 멀어졌음을 뜻할 뿐이다. 신자유주의에서는 그 빈자리를 가짜뉴스와 혐오발화가 메우고 있다. 가짜뉴스와 혐오발화, 상품물신의 스펙터클이 만연된 사회는 상상계로 이동한 시대이다. 우리시대에 **실재계적 진실**이 회생하려면 예술과 문학 같은 반복과 재현의 이중주를 연주하는 **가상**들이 많아져야 한다.

같은 맥락에서 가상을 통한 고통의 반복은 예술뿐 아니라 변혁운동에서도 중요하다. 예술이 가상의 공백을 이용한다면 변혁운동은 틈새의 공백을 사용한다. 예컨대 미투 운동은 틈새의 공간에서 타자의 고통을 반복하는 우리시대의 변혁운동이다. 이름 자체에서도 알 수 있듯이 미투 운동은 특유하게 자아[27]와 타자의 이중주를 빌려야만 연주되는 운동이다. 진실의 비밀은 이중주로 연주된다는 점인데 우리시대의 미투 운동은 그것을 가장 잘 보여준다.

이중주로 된 미투 운동의 또 다른 특징은 틈새 공간에서 **고통의 반복**을 절실하게 드러낸다는 점이다. 젠더영역에서는 여성이 성폭력을 고백하는 일 자체가 또 한 번의 상처일 수밖에 없다. 그런데도 미투 운동은 남성에게 해방의 구호를 외치기보다는 타자가 자신의 상처의 경험을 고백한다. 그런 미투 운동의 새로운 형식은 상처의 고통을 반복하는 일이 진실에 다가가는 중요한 방법임을 암시한다. 여기서 핵심적인 것은 미투 운동에서의 상처의 고백이 재현이 아니고 반복의 형식이라는 점이다. 미투 운동이야말로 재현과 반복의 차이를 생생하게 보여주는 변혁운동이다.

만일 여성의 고백이 단순한 재현이었다면 수동적 위치를 벗어날 수 없으며 2차 피해의 대상이 될 뿐이다. 반면에 서지현 검사처럼 JTBC 화면에서 상처의 순간을 고백하는 순간은 단지 자신이 겪은 고통을 재현하는 것이 아니다. 서 검사의 고백의 순간 JTBC 화면은 특별한 공간으로 전이되는데 그것은 은폐된 사건을 솟아오르게 하기 때문이다. 여성에 대한 성추행은 은밀한 사적 공간에서 이루어지기 때문에 다른 사건처럼 공론화되기 되기 어렵다. 그런데 JTBC 화면에서의 여검사의 고백은 젠더영역의 경우 사적 영역과 공적 영역의 구분이 불가능한 것임을 암시했다. 일상에서의 고백의 재현과는 달리 뉴스룸에서의 서 검사의 진술이 놀라

27 이 자아는 여성 타자이며 미투 운동은 여성 타자가 더 고통 받는 타자를 품어 안는 형식이다. 그런 이중주는 희생자인 타자에서 또 다른 희생자로 연결되는 이중주가 가능하게 해준다. 여성 타자가 희생자를 품어 안는 동시에 또 다른 여성 희생자의 출현을 가능하게 해주는 것이다.

움을 주며 사람들의 눈을 사로잡은 것은 그 때문이다.

하지만 서 검사의 진술이 사람들에게 충격을 준 것은 신뢰성 있는 공적인 매체에서 방영된 때문만은 아니다. 만일 서 검사보다 더 공인된 화자인 손석희 앵커가 사건의 내용을 대신 전해줬다면 우리는 지나쳐 들었을지도 모른다. 비록 생소한 얼굴이지만 서 검사가 떨리는 목소리로 자신의 상처를 말했기 때문에 우리는 가슴에 동요를 느낀 것이다. 서 검사는 오랫동안 침묵할 수밖에 없었던 상처받은 여성 타자였다. 그런데 정확한 재현보다는 흔들리는 타자의 반복의 목소리가 우리의 가슴에 메아리치며 울림을 생성한 것이다. 반복의 목소리는 일상 현실의 재현의 차원을 넘어서서 표상할 수 없는 실재계적 진실에 다가가게 해준다. 그런 반복의 목소리가 들려온 JTBC 화면은 재현의 맥락에서 벗어난 틈새 공간이었다. 틈새를 만들며 실재계적 진실에 다가가기 때문에 은밀한 사적 영역이 공공의 영역보다 더 중요한 공적 영역으로 떠오르고 있었다.

JTBC 화면은 재현의 공간에서 **틈새 공간**으로 전위되면서 시뮬라크르를 연출하고 있었다. 시뮬라크르는 재현적 표상 대신 실재계적 반복운동을 보여주는 이미지이다. 남성중심적 원본의 현실에서 멀어진 시뮬라크르는 원본의 맥락을 무효화하기 때문에 편견 속에 가라앉은 사건을 사심없는 눈으로 보게 한다. 일상의 재현의 공간에서는 여성에 대한 성폭력이 사적인 사건의 스캔들로 가라앉아 어둠 속을 떠돌게 된다. 반면에 틈새 공간에서 연출된 서검사의 시뮬라크르는 재현불가능한 사건의 진실을 솟아오르게 만들고 있었다. 사건이 솟구친다는 것은 일상의 사람들의 관심과 공감의 대상이 된다는 뜻이다. 그 순간 시뮬라크르의 반복 속에서 고통 받는 타자는 수동성에서 능동성으로, 앱젝트에서 공감의 대상(대상 a)으로 전환된다. 미투 운동의 순간은 고통을 반복하는 시뮬라크르를 통해 실재계의 틈새가 능동적으로 열리는 순간이다. 그 때문에 은밀한 사적인 영역이 남성적 재현의 맥락을 뚫고 나와 더없이 중요한 공적 영역으로 떠오르는 것이다.

그런 시뮬라크르의 생성과 함께 서 검사의 고백이 이중주로 연주되고 있었다는 점 역시 중요하다. 서 검사의 진술은 단지 개인의 담론이 아니라 상처 받고도 오랫동안 일상에서 조용히 있었던 수많은 여성들과 함께 말을 하는 셈이었다. 이처럼 혼자서 고백해도 이미 희생자와 일상의 여성과의 이중주로 연주된다는 것이 미투 운동에서의 진실 담론의 핵심적인 특징이다.

미투 운동이 끝없는 이중주의 연쇄로 계속되는 것은 바로 그 때문이다. 서 검사는 잠재적 이중주를 통해 남성중심적 현실의 틈새 공간을 열어젖혔다. 이제 간신히 열린 공백은 '나도 서지현이다'의 은유를 통해 여성들에게 전파되며 열린 문이 닫히지 않게 발을 거는 이중주가 지속된다. 미투 운동은 조직적인 사회운동과는 달리 시뮬라크르(틈새에서의 이미지)와 은유를 통한 반복운동이자 진실의 이중주이다. 그처럼 시뮬라크르와 은유의 반복인 점에서 미투 운동은 예술의 반복 원리가 변혁운동에 직접 적용된 흥미로운 예로 볼 수 있다. 미투 운동은 틈새를 열며 리얼리즘에서처럼 (비판의 말이 아니라) **상처**를 고백함으로써 반복을 일으켜 우리 가슴을 동요시킨다. 미투 운동, 희망버스, 촛불집회가 보여주는 것은 오늘날이 미학과 변혁운동이 더 이상 구분되지 않는 시대라는 점이다. 반복의 관점은 가상의 미학과 틈새공간의 변혁운동이 같은 흐름 속에 있는 것임을 알려준다.

미투 운동은 그 기제가 반복일 뿐 아니라 자기 자신이 반복운동을 하기도 한다. 즉 시뮬라크르의 반복으로서의 상처의 고백은 '미투'의 은유를 통해 끝없이 반복된다. 이처럼 그 자체가 반복이면서 다시 새로운 생성을 반복하는 것은 가상과 틈새에서 연주되는 반복운동들의 일반적인 특성이다.

예컨대 예술은 반복의 가상이면서 다른 예술적 가상을 반복적으로 생성시킨다. 이상 소설은 반복의 예술이면서 김승옥 소설이라는 또 다른 반복의 미학을 창조하게 했다. 한설야의 「과도기」 역시 반복과 재현의 이중주이면서 황석영의 「삼포 가는 길」이라는 또 하나의 진실의 이중주로 반복되고 있다.

반복을 통해 진실을 생성하며 반복되는 비밀은 역사적 변혁운동에서도 발견된다. 3·1운동이라는 반복과 재현의 이중주는 4·19와 5·18이라는 또 다른 변혁운동들로 반복되고 있다. 반복만이 실재계적 진실에 접근할 수 있으며 또 다른 진실의 이중주로 반복될 수 있는 것이다.

예술, 혁명, 축제에서 발견되는 이런 반복운동들은 시간이 지나도 진실의 감동이 지속된다는 특징을 갖고 있다. 예컨대 1920년대의 신문을 보면서 우리는 선적인 시간에서 지나가 버린 과거의 담론을 읽는다. 반면에 1920년대의 염상섭과 현진건의 소설은 직선적 시간의 한 점을 넘어 지속적인 감동을 제공한다. 마찬가지로 3월 1일은 지난 시대의 선적인 시간의 하루가 아니라 달력의 행렬에서 뛰쳐나온 듯한 감동을 제공한다. 그 이유는 반복을 통한 실재계적 진실은 상징계가 달라져도 표상을 넘어선 감동을 지속시키기 때문이다. 그런 지속성 때문에 다른 작품들과 혁명들을 생성하며 창조적인 반복운동이 계속되는 것이다.

그처럼 선적 시간의 행렬 밖으로 튀어나온 작품과 시간을 우리는 **특이성**이라고 부른다. 반복만이 특이성을 생성하며 특이성만이 선적 시간을 넘어 반복되는 것이다. 우리는 1930년대에 이상 소설에서 반복운동과 특이성을 만났다. 이상 소설은 선적인 시간 바깥으로 폭탄처럼 튀어나온 특이성이었다. 그런 이상 소설은 김승옥과 윤대녕이라는 또 다른 특이성을 생성하며 반복되고 있다.

마찬가지로 우리는 JTBC 화면에서 또 하나의 폭탄 같은 특이성을 만났다. 선적인 시간을 폭파시키는 특이성은 항공사 여승무원들과 성심병원간호사들의 반복운동으로 이어졌다. 미투 운동의 '미투'의 특이성의 반복은 '촛불 시즌2'라는 또 다른 특이성의 생성으로 반복되었다.

반복운동인 특이성은 실재계적 진실에 다가가는 반복과 재현의 이중주와도 연관이 있다. 진실의 이중주는 재현불가능한 반복을 재현의 무대에 올리는 순간 우리의 가슴에 울려온다. 「빛 속으로」에서 어둠 속의 하루오의 춤은 재현불가능한 반복운동이다. 그런 하루오의 춤이 '나'의 공감을 얻음으로써 비천한 그는 재현의 무대에서 춤을 추려는 용기를 얻게 된다. 이처럼 재현불가능한 실재계적 반복이 재현의 무대로 나올 때의 빛을 우리는 특이성이라고 부른다. 특이성이란 상징계에서 빛나는 실재계적 빛에 다름이 아니다.

하루오는 실재계적 존재인 혼혈인(타자)인 동시에 상징계에서 천대받는 비천한 앱젝트였다. 그러나 타자성을 이해하는 '나'의 공감의 힘으로 불현듯 앱젝트에서 대상 a로 전위된다. 그처럼 '나'와 하루오가 손을 잡는 순간 실재계적 대상 a가 작동되며 상징계에 특이성의 빛이 스며나오기 시작했다. '나'와 하루오의 공감의 연대는 상징계에 스며나온 실재계적 빛으로서 **특이성의 연대**이다. 표상불가능한 대상 a를 은유적 공감(춤)을 통해 작동시켜 상징계에서 감지하며 움직이는 것, 이것이 바로 특이성의 연대이다. 특이성은 체제에 예속되지 않은 빛이므로 이질적 차이의 표현인 특이성만이 상징계에서 연대를 가능하게 한다. 차이만이 연대를 가능하게 하며 진정한 연대는 차이와 특이성의 빛이 흘러나올 때 생성된다. 그런 특이성의 연대는 「빛 속으로」에서처럼 상징계에 다중적 연관을 지닌 **대상** a가 작동되어야지만 우리 눈앞에 나타날 수 있다.

반복과 재현의 이중주인 특이성의 연대는 촛불집회에서도 발견된다. 세월호 사건에서 희생된 학생들은 한순간에 물밑으로 소리 없이 사라졌다. 그러나 학생들이 보내온 스마트폰의 사진들은 반복운동을 하며 은유를 통해 우리의 가슴을 움직이고 있었다. 은유는 표상불가능한 반복운동을 상징계에서 표상하며 사라진 학생들에 대한 공감을 회생시킨다. 이제 학생들은 침묵 속의 희생자에서 대상 a로 전위되고 있었다. 학생들은 꽃으로, 바람으로, 시로 되돌아오고 있었다. 촛불집회는 꽃으로 회생한 타자들과 손잡고 빛을 밝히는 특이성의 연대이다. 특이성의 연대는 실재계적 대상 a가 작동되고 있다는 강력한 암시이다. 이제 조직과 구호, 화염병과 돌멩이가 필요했던 변혁운동은 광장(틈새)으로 스며나온 실재계적 빛이 타오르는 특이성의 연대가 되었다.

5. 순수기억(지속)과 반복, 은유로서의 정치

들뢰즈는 반복을 세 가지로 구분한다. 첫째는 물질적인 차원에서 진행되는 헐벗은 반복[28]이며 둘째는 기억을 통해 물질적인 것이 정신으로 이행된 옷 입은 반복이다. 또한 셋째는 그 둘을 넘어서서 차이를 생성하는

28 이 헐벗은 반복은 2장 1절에서 논의한 벌거벗은 반복과 구분된다. 벌거벗은 반복은 벌거벗은 타자의 가슴의 동요이지만 헐벗은 반복은 생명적 진동이 미흡한 고통에 억눌린 반복이다.

궁극적인 존재론적 반복이다.[29] 들뢰즈는 이 세 가지 반복이 예술에서 가상을 통해 서로 유희하며 종합된다고 말한다.

첫 번째 반복은 습관과 재현의 한계에 머무는 데 그친다. 반면에 두 번째 반복은 재현과 동일성의 재생산을 넘어설 수 있는 차이를 포괄한 반복이다. 들뢰즈는 이 두 번째 반복의 기억의 형식마저 넘어서서 능동적으로 차이를 생성하는 존재론적 반복을 강조한다.

들뢰즈가 말한 두 번째 반복은 베르그송의 순수기억의 **지속**과 연관이 있다. 베르그송은 현재란 과거 전체의 지속(순수기억) 위에서 새로운 차이로서 생성되는 것으로 생각했다. 그것은 마치 눈사람이 실재의 사면을 구르며 새롭게 부풀어가는 것과도 같다. 들뢰즈는 그런 옷 입은 반복을 넘어서서 미래를 향해 차이를 생성하는 세 번째 반복으로 나아갈 것을 주장한다.

그러나 베르그송의 '**순수기억**의 지속'과 들뢰즈의 '**차이**를 만드는 반복'이 분리된 것은 아닐 터이다. 베르그송의 순수기억의 지속은 나이테와 눈사람처럼 자아를 풍부하게 만들며 존재를 성숙시킨다. 순수기억은 눈사람의 부풀어가는 눈덩이처럼 과거에 얽매이지 않으며, 지속은 똑같은 것의 계속이 아닌 창조와 변혁의 원동력이다. 베르그송은 창조적으로 변화하는 생명적 존재만이 지속을 지닌다고 말했다. 같은 것이 영원히 계속되는 물체에는 지속이 없는데 쉴 새 없이 옛 것이 폐기되고 신상품이 쏟아지는 것은 그 때문이다. 반면에 생명적 존재는 지속의 힘으로 실재의 사면을 구르며 끝없이 변화하고 약동한다. 지속성을 지닌 생명적 존재의 창조적인 약동은 들뢰즈가 말한 차이의 생성과 다르지 않다. 지속을 지닌

29 들뢰즈, 『차이와 반복』, 610~613쪽.

존재의 창조란 들뢰즈의 차이의 반복이자 니체의 영원회귀일 것이다.

들뢰즈는 세 번째 반복의 특징으로 잉여에 의한 반복과 영원회귀를 말한다. 들뢰즈가 말한 잉여적인 것과 다수적인 것multiple, 차이를 생성하는 영역은 실재계일 것이다. 잉여란 상징계가 표상할 수 없는 것이며, 다수적인(다중적인) 것은 단일한 표상을 넘어선 것이고, 차이란 아직 동일성으로 굳지 않은 것이다. 바디우가 말했듯이 우리는 상징계에 구멍이 뚫렸을 때 실재계와 접촉하며 잉여적이고 다수적인 것을 경험한다. 베르그송이 실재의 사면을 구른다고 말한 것 역시 동일성의 상징계가 아니라 실재계와 만나고 있음을 뜻할 것이다. 그런데 베르그송의 경우에는 실재와의 만남이란 순수기억이 고양되어 약동하는 순간이기도 하다. 만일 순수기억이 빈약하다면 실재와 만나고 잉여와 접촉해도 약동은 없으며 차이는 생성되지 않는다. 순수기억이 피폐해지면 잉여가 부가된 바디우의 사건의 순간에조차 동요 없는 동일한 일상이 된다. 따라서 우리는 순수기억이 고양되는 과정(베르그송)과 차이가 생성되는 과정(들뢰즈)이 분리된 것이 아님을 알 수 있다.

그처럼 순수기억의 운동이자 차이를 생성하는 약동의 원천은 라캉의 대상 a를 통해 찾을 수 있다. **대상 a**라는 용어는 순수기억의 동요와 차이의 생성이 서로 연관되어 있음을 알려준다. 대상 a란 무의식 속에 각인된 잔여물의 **기억**이자 차이를 생성하는 **실재계적 대상**이기 때문이다.

대상 a는 상실한 어머니의 젖가슴 같은 잔여물로서 심연에 각인된 특별한 순수기억이다. 그런데 어머니의 잔여물로서 대상 a는 상징계가 미처 빼앗지 못한 실재계적 대상이기도 하다. 그처럼 대상 a는 특이하게도 자아의 **무의식**과 외부의 **실재계적 대상**으로 동시에 존재한다. 그 때문에 실재계적 대상 a에 대한 열망과 심연의 순수기억의 끝없는 동요는 표리를 이룬다.

예컨대 「향수」(김사량)에서 조선 자기는 심연 속의 문화의 기억이자 어머니의 젖가슴 같은 실재계적 대상 a의 은유이다. 조선 자기는 무의식에 존재하는 동시에 현실에서 대상 a의 은유로 존재한다. 그런 대상 a에 대한 열망이란 상징계의 구멍(균열)에서 잔여물과 잉여를 만나는 것이며 그 순간 예전의 상징계로 회귀할 수 없는 차이가 생성된다. 「향수」에서 조선 자기를 구출하는 것은 상실한 잔여물이자 실재계적 잉여와 교섭하는 것이다. 그처럼 실재계적 잉여와 교섭한 후 순수기억의 고양 속에서 누나와 불꽃같은 눈길을 교환하는 순간이 바로 **차이**의 생성의 시간이다.[30]

대상 a의 놀이에서 차이가 생성되는 것은 **반복**과도 연관이 있다. 반복운동의 대표적인 예인 포르트 다 놀이는 대상 a를 만나는 과정이다. 어린이가 나무실패를 통해 고통과 행복의 기억을 반복하는 것은 대상 a를 심연에 간직하려는 시도이다. 고통은 아버지의 세계에서 떨어져 나온 공간을 만들며 대상 a와의 만남은 아버지와는 다른 욕망을 확인시킨다. 그런 반복운동이 계속돼야 하는 이유는 단절 없는 **지속**을 통해서만 자율적인 여백이 만들어지기 때문이다. 만일 지속이 없이 단절이 생긴다면 외상성 신경증에서처럼 자율적인 공백의 상실로 인해 헐벗은 반복에 이르게 된다. 반면에 반복운동의 지속은 순수기억이 확산되는 순간이며 상징계의 규범에서 이탈한 공백과 가상이 만들어지는 순간이다. 여기서 지속을 만들며 나무실패를 잡아당기는 힘은 순수기억의 고양에 의해 생겨난다. 그 순수기억의 확산의 순간에 의해 기억의 잔여물 대상 a가 발견되며, 이 왕복의 완성 과정은 빈 공간에서 가상을 통한 옷 입은 반복이 자율성을 얻

---

30 이 순간은 **특이성**의 생성의 순간이기도 하다.

는 진행이기도 하다. 차이란 공백과 가상에 숨겨진 것이 순수기억의 확산 속에서 창조적으로 떠오르는 생성물이다. 그 때문에 반복의 지속을 통해서만 **동일성** 세계에 예속된 상태에서도 틈새의 여백과 순수기억의 확산을 통해 **차이**를 생성하게 된다. 어린이는 차이의 생성에까지 이르지 못하더라도 대상 a를 가슴에 간직함으로써 아버지의 세계에 완전히 예속되지는 않게 된다.

문학은 그런 포르트 다 놀이를 현실세계 속에서 변주시킨 또 다른 가상의 유희이다. 「향수」에서 누나에게 엄마 손을 쥐여 주고 조선 자기를 구출하는 것은 대상 a를 확인하는 반복운동이다. 이 소설에서는 젖가슴과 나무실패가 '엄마 손'과 '조선 자기'의 은유로 변주되어 있다. 대상 a는 표상될 수 없기 때문에 흔히 **은유**로 표현되는데 「향수」에서는 엄마 손과 조선 자기로 이미지화되어 있는 것이다. 조선 자기를 구출하는 것은 나무실패를 잡아당겨 대상 a를 품에 안는 **반복**의 놀이이기도 하다. 누나에게 엄마 손을 쥐여 주며 순수기억이 동요했기 때문에 (도자기의) 고통의 목소리에서 대상 a로 되돌아오는 지속의 힘이 생겨난 것이다. 여기서도 순수기억의 동요와 지속의 힘은 능동적인 반복운동을 가능하게 하고 있다. 순수기억의 동요와 지속이 생명적 존재의 회생이라면 그에 근거한 반복은 생명적 본능의 운동이다. **지속**의 힘에 기댄 **반복**의 놀이는 은유의 여백을 통해 제국의 동일성(상징계와 상상계)에서 벗어나 차이를 생성하려는 운동으로 진행된다. 이처럼 은유로 표현된 대상 a의 놀이는 차이를 생성하려는 문학과 정치에서 매우 중요하다.

문학과 정치에서의 '차이를 생성하는 반복'(들뢰즈)에서 또 하나 중요한 것은 그 과정이 이중주로 연주된다는 점이다. 들뢰즈는 타자의 위치가 포함된 이중주를 말하지 않지만 우리는 문학과 정치의 진실이 이중주로

만 연주됨을 강조했다. 차이의 반복의 이중주는 타자와 지식인의 이중주이자 반복과 재현의 이중주이기도 하다.

우리가 차이의 반복의 이중주를 강조하는 것은 재현 중심적 문학을 재현과 반복의 이중주로 교정하기 위한 것이기도 하다. 그동안 문학에서의 해방의 소망은 주로 인식론적 차원에서 해석되어 왔다. 그러나 식민지나 독재정치에서 해방되려는 인식론적 전망은 동일성 체제에서 벗어나 차이를 생성하려는 존재론적 운동과 불가분의 관계에 있다. 차이를 생성하려는 운동은 앞서 살폈듯이 지속과 반복운동의 과정이기도 하다. 소설이 식민지나 독재정치를 재현하는 과정은 가상을 통한 반복, 즉 순수기억/지속의 확산과 해방을 위한 차이의 생성의 과정이기도 하다.

그런 순수기억의 확산과 차이의 반복을 동시에 표현해주는 것이 바로 대상 a의 놀이이다. 문학에서는 완전한 해방보다는 차이가 생성되는 과정을 보여주기 때문에 대상 a의 놀이가 매우 중요하다. 모든 문학은 대상 a의 놀이의 과정을 가상과 은유를 통해 표현한다. 예컨대 「고향」은 '조선의 얼굴'을 품에 안는 과정을 보여주며 감동을 일으켜 독자에게까지 반복의 놀이가 번져가게 만든다. 만일 이 소설이 식민지 자본주의 현실을 인식하게 하는 데 그쳤다면 그 자각은 독자의 정신을 고양시키더라도 심연의 파동으로 번져가지는 않는다. 반면에 「고향」은 조선의 얼굴을 발견하는 반복운동의 과정을 그림으로써 우리에게까지 그 반복의 파문이 일어나게 만든다. 이 소설에서 조선의 얼굴은 젖가슴이나 나무실패 같은 대상 a에 대한 은유이다. 그런데 「고향」에서 조선의 얼굴은 되찾은 국가의 당당한 모습으로가 아니라 고통스런 유랑인의 음산한 표정으로 발견된다. 그처럼 지식인의 머릿속의 독립국가가 아니라 재현 능력이 없는 서발턴의 표정에서 조선이 발견된 것은 그가 **반복운동**을 하는 인물이기 때문이다. 상처를 경험한 사람만이 반복운동을 하며[31] 재현을 넘어선 반복운동만이 차이를 생성할 수 있는 것이다. 유랑인의 고통의 반복운동은 동일성 체제의 선적인 시간으로 복귀하기 어렵다는 표현이기도 하다. 그와 함께 고통의 순간에 **순수기억의 동요**가 나무실패를 끌어당겨 **대상 a**를 확인시켜준다.

「고향」에서처럼 그런 대상 a의 놀이가 역사와 삶 속으로 들어올 때 그 진행은 반복과 재현의 이중주가 된다. 여기서 현실(상징계)과 실재계를 연결하는 데 필요한 이중주의 또 다른 형식은 은유이다. 대상 a의 놀이에서 어린이가 빈 공간에서 나무실패를 사용하듯이 삶 속에서의 대상 a의 표현에는 공백과 **은유**가 필요하다. 대상 a로서 조선의 얼굴의 확인은 현실에서 잃어버린 것을 되찾는 것이 아니라 제국의 동일성에서 벗어난 공백을 생성하는 은유의 반복이다.

문학이 목표로 하는 것은 인물들 사이에서나 주인공과 독자 사이에서의 여백의 생성일 것이다. 조선의 해방은 제국의 동일성 체제 내부에서 단숨에 이루어지지 않는다. 해방의 과정을 위해서는 심장의 진동을 일으키는 운동이 일어나 물밑의 연대가 생성되어야 한다. 「고향」에서처럼, 고통을 통해 심연이 동요하고 나무실패가 잡아당겨져 대상 a가 확인되는 반복운동은 능동적 여백에서 진동을 일으킨다. 그처럼 진동을 일으키기 때문에 물밑에서 번져가는 피식민자의 연대가 생성되는 것이다. 반복운동 속에서 능동적 여백을 생성하며 조선의 얼굴을 발견하는 것은 피식민자의 연대의 확인에 다름이 아니다. 조선의 얼굴은 지식인과 서발턴의 교섭에 의한 대상 a의 작동, 그리고 그것에 의해 번진 보이지 않는 물밑의

31 동일성 세계의 선적인 시간에서 미끄러지기 때문이다.

연대의 물결을 은유하고 있다.

문학적 은유가 생성되었다는 것은 제국의 표상체계를 넘어서서 의미 작용하는 여백이 생겨났다는 뜻이다. 은유는 순수기억을 확산시키며 능동적인 '옷 입은 반복'을 만들어 제국의 공백에서 차이의 생성으로 나아간다. 들뢰즈가 논의한 '옷 입은 반복'에서의 옷이란 여백과 가상, 은유에 다름이 아니다. 은유는 보이지 않는 무의식의 연대에 보이는 옷을 입혀 순수기억의 진동을 고양시킨다. 그런 진동의 고양과 물밑의 연대를 통해 차이가 동일성을 무너뜨리는 해방을 소망하게 되는 것이다. 어린이가 나무실패를 필요로 하듯이 해방의 과정에는 가슴의 동요를 일으키는 반복을 위한 여백과 은유(조선의 얼굴)가 긴요하다. 즉 대상 a를 확인하는 반복운동과 여백/은유가 요구되며 문학은 그 요구에 부응하려 가상과 은유의 형태를 취하는 것이다. 문학은 해방을 위한 반복운동 포르트 다 놀이에서의 나무실패와도 같다. 문학이 어린이의 나무실패와 다른 점은 이중주(지식인과 서발턴의 만남)를 연출해 다수적 확장으로 나아간다는 점이다. 이중주의 나무실패의 반복운동은 사람들의 순수기억을 고양시키며 차이의 생성으로 나아간다. 즉 잠재적 반복운동이 은유(나무실패)를 통해 실제로 증폭되며 빈 공백에서 차이를 생성하는 운동으로 이어지는 것이다.

이런 **은유적인 반복의 놀이**는 보다 진보적인 문학 「낙동강」(1927)에서도 나타난다. 「낙동강」은 당시의 카프 소설을 넘어서며 "제2기에 선편先鞭을 던진 작품"[32]으로 주목받았다. 김기진은 이 소설에는 눈물겨운 시적 감동과 열망에 빛나는 인생의 여명이 있다고 말했다. 김기진이 주목한 시적 감동과 열망은 심장을 동요시키는 반복운동의 선율과 능동성의 표현으

---

32 김기진, 「시감 2편」, 『조선지광』, 1927.8.

로 해석될 수 있다. 「낙동강」에서는 재현적인 자연주의 소설과 구호나열적인 관념소설을 뛰어넘는 능동적인 반복의 선율이 생생하게 느껴진다.

이 소설의 첫 번째 반복의 선율은 주인공 박성운이 병든 몸으로 낙동강을 건너오는 장면에서 나타난다. 박성운은 빼앗긴 갈밭을 되찾는 투쟁에 나섰다가 경찰에 붙잡혀 고문을 당한 후 병이 급해져 나오는 중이다. 억대호 같던 박성운은 모진 형벌로 얼굴이 참혹하게 야위어 있었다. 그는 강 한가운데서 낙동강 노래를 들으며 어머니 같은 강을 건너 쫓겨 간 사람들을 떠올린다. 가슴이 울리며 감정이 격해진 박성운은 핏대를 올려가며 노래 후렴을 합창한다. 노래가 끝난 후 그는 소매를 걷어 팔을 물에 담그며 손으로 물을 끼얹기도 했다. 박성운은 상실한 낙동강 젖꽂지를 생각하며 강과 한 몸이 되고 싶어 동요하고 있는 것이다.

'천만년을 산' 낙동강과 낙동강 젖꼭지는 잃어버린 어머니의 잔여물 같은 대상 a의 은유이다. 박성운은 상실의 고통으로 순수기억이 고양된 순간 잊을 수 없는 젖줄 낙동강과 한 몸이 되려는 열망을 드러낸 것이다. '낙동강'은 심장이 진동하는 박성운의 반복운동과 고조된 순수기억에 옷을 입히는 은유이다. **순수기억**은 실재계와 연관된 소우주이며 그런 기억더미 속에서 총체화의 열망으로 운동하는 소우주의 뼈가 대상 a이다. 낙동강 노래를 부르는 것은 대상 a의 열망에 연결되어 수많은 사람들이 함께 기억을 뒤섞고 있는 것이다. 그 때문에 대상 a의 은유적 진동 속에 있는 박성운은 비슷하게 낙동강(대상 a)을 열망하며 강을 건너고 노래를 부른 무수한 조선인들과 손을 잡고 있는 셈이다. 박성운이 병든 몸으로도 여명의 열망을 잃지 않는 것은 은유의 기억의 소우주를 통해 피식민자들과 함께 있기 때문이다. 그가 강 물결에 팔을 잠그는 것은 낙동강과 일체가 되려는 열망인 동시에 물밑의 수많은 조선인들과 손을 잡으려는 소망이기도 하다.

「낙동강」의 두 번째 반복운동은 박성운이 죽은 후 그를 따르는 만장의 대열에서 나타난다. 낙동강 노래처럼 만장의 의례는 구포사람들에게 오랜 시간 이어져온 반복의 움직임이다. 그러나 박성운을 따르는 만장은 파벌과 질시를 겪은 분파들(계층들)이 어우러진 다중성(다수성)을 표현한 점에서 특별한 의미를 지닌다. 박성운이 강물에 팔을 담궈 손을 잡았던 수많은 물밑의 사람들이 지금은 눈에 보이는 만장을 들고 뒤따르고 있는 것이다. 반복의 진원이었던 박성운이 사라진 대신 물밑의 사람들이 그의 뒤를 따르며 나타난 것이다. 민요의 시적인 선율 속에 숨어 있던 사람들은 이제 도도한 서사시적인 대열을 이루고 있다. 만장은 순수기억의 고양 속에서 다중적 총체화의 열망를 표현하는 대상 a 운동의 또 다른 은유이다. 이런 만장의 **다중성**multiple 역시 들뢰즈가 말한 동일성을 해체하는 차이의 생성을 위한 능동적인 반복운동이다.

이 소설의 마지막 반복의 선율은 박성운의 애인 로사가 구포역에서 기차를 타고 떠나는 장면에서 암시된다. 로사는 애인이 걸었던 길을 자신도 밟아 보려는 듯이 기차를 타고 북으로 움직여간다. 서간도로 내쫓겼던 박성운이 낙동강으로 되돌아왔듯이 로사 역시 잊지 못할 이 땅으로 귀환할 것이다. 그러나 로사의 서간도행에는 단순한 반복을 넘어선 **잉여적인 것**이 숨겨져 있다. 로사는 분명히 박성운이 서럽게 쫓겨 갈 때보다 훨씬 더 능동적으로 움직인다. 여기서 능동적 반복운동을 일으키는 잉여는 제국은 보지 못하는 로사의 동승자로서 애인 박성운의 흔적이다. 로사는 낙동강을 상실했기 때문에 떠나는 것이지만 낙동강 젖꼭지를 잊지 못하는 박성운이 함께 동행하고 있는 것이다. 그녀는 객차 안에서 유리창 바깥을 보는 동시에 자신의 심연의 순수기억을 보고 있다. 로사는 기차간에서도 박성운과 함께 낙동강에 손은 담그고 있는 셈이며, 그 때문에 그녀의 반복은 제국의 동일성이 뺏을 수 없는 잉여를 지닌 차이를 향해 가고 있다. 로사의 반복운동은 제국이 모르는 잉여의 힘으로 끝없이 지속될 것이므로 우리는 단지 고통에 짓눌리지 않고 여명을 바라보게 된다. 고통을 안고 떠난 사람을 보면서도 순수기억의 동요의 힘으로 여명을 가슴에 품게 만드는 것이 바로 반복운동의 힘이다.

「낙동강」의 설명할 수 없는 감동의 힘은 심장을 떨리게 만드는 반복운동에 있다. 반복운동은 낙동강 젖꼭지의 은유를 생성함으로써 우리의 가슴을 더욱 고양시킨다. 그런데 그런 은유적인 반복운동의 힘은 가상을 사용하는 문학에서뿐 아니라 현실의 변혁운동에서도 매우 중요하다.

현실의 변혁운동에서는 직접 권력과 부딪히기 때문에 가상과 은유가 필요 없을 것으로 여겨진다. 우리는 은유의 가면을 쓰기보다는 맨얼굴로 싸워야 더 생생한 순간이 드러날 것으로 생각한다. 그러나 맨얼굴이란 진실의 표현인 동시에 무력함의 표시이기도 하다. 「고향」에서 벌거벗은 얼굴이 무력한 무저항성을 넘어서는 것은 지식인과의 교섭에 의해 '조선의 얼굴'이라는 은유를 생성할 때이다. 무저항성 때문에 교섭이 시작되는 것이지만 교섭을 통해 은유가 생성되어야만 무저항의 저항성이 빛을 발할 수 있는 것이다. 예컨대 희망버스에서 김진숙은 무저항적으로 고공시위를 시작했지만 사람들이 '우리가 김진숙이다'라는 은유의 가면을 씀으로써 무저항의 강렬한 저항이 시작될 수 있었다. 마찬가지로 미투 운동 역시 은유를 통해 무력한 수동성에 벗어나 능동성을 생성시키는 연쇄적 과정을 보여준다. 미투 운동은 가면을 쓰는 운동이 아니지만 미투의 고백의 순간은 이미 서지현의 투명한 가면을 쓰고 있는 셈이다. 서지현의 은유의 가면은 수동적인 희생자를 능동적인 응시의 행위자로 전환시킨다.

김진숙과 서지현의 투명한 가면은 우리시대 변혁운동의 은유적 성격을 암시한다. 문학이 약화된 오늘날은 '조선의 얼굴'도 '낙동강 젖꼭지'도 무력화되었지만 그 대신 변혁운동 자체에서 은유가 힘을 증폭시키는 것이다. 투명한 은유의 가면을 쓴다는 것은 대상 a의 작동에 의한 반복의 다중적 증폭에 다름이 아니다. 예컨대 항공사 시위에서 벤데타를 벗은 얼굴이 더 강력함의 표시인 것은 그 순간 모두와 손잡는 다중적 은유의 얼굴이 등장하기 때문이다. 우리시대의 변혁운동 촛불집회에서 촛불을 드는 것 역시 사람들이 다중적 은유의 가면을 쓰는 불꽃같은 순간에 다름이 아니다. 촛불을 든다는 것은 그 순간 광장과 일상의 수많은 사람들과 손을 잡고 있다는 강렬한 은유이다.

변혁운동에서의 은유는 문학에서의 은유를 증폭시켜 물밑에서 지상으로 넘치게 하는 다수적 확장이다. 은유는 다수적 공명을 통해 나무실패놀이에서의 여백과 틈새를 확장시켜준다. 촛불집회의 촛불은 변혁운동 자체에 스며든 은유의 미학이자 낙동강 젖꼭지의 창조적 변주이다. 은유는 낙동강 물밑에서 손을 잡았던 수많은 사람들처럼 낙동강 젖꼭지(대상 a)에 공명하는 다수성의 사람들이 반복해서 손을 잡게 해준다. 젖가슴, 나무실패, 엄마 손, 조선 자기, 낙동강 젖꼭지는 우리의 가장 강력한 무기이다. 우리는 가두의 격렬한 투쟁보다 촛불 같은 다중적 은유와 반복운동이 매우 긴요한 은유로서의 정치의 시대에 살고 있다.

6. 재현과 반복의 다양한 관계
—리얼리즘·모더니즘·포스트모더니즘

프로이트와 들뢰즈 외에 반복에 대해 논의한 또 다른 중요한 사람은 데리다이다. 데리다의 반복성은 언어적인 반복을 통해 가장 잘 이해된다. 모든 언어는 체계의 구성요소의 반복을 통해 어떤 변별되는 의미를 생성하는 과정이다. 그런데 공시적 체계 내에서의 반복은 동일성의 의미를 낳지만 공시와 통시가 결합된 상태에서는 동일성에서 미끄러진 미결정성이 생성된다. 데리다는 그 둘의 차이를 동일성의 언표와 미결정적인 언표작용의 차이로 설명했다. 양자 중에 언표작용의 미결정적 **반복운동**이 더 근본적인데, 그 이유는 동일성을 만드는 공시적인 체계란 인위적인 것이기 때문이다. 보다 근본적인 데리다의 미결정적 **반복운동**은 **차이**의 생성과 동일성의 **연기**로서 **차연**의 운동이기도 하다.

공시적 체계 내에서의 반복이 들뢰즈의 첫 번째 반복이라면 미결정성 속에서의 차연의 운동은 두 번째와 세 번째 반복이다. 전자가 재현을 벗어나기 어려운 반복인 반면 후자는 타자의 위치에서의 반복과 겹쳐진다. 데리다는 타자의 반복을 중시하면서도 동일성 체계 내에서 이미 차연의 반복의 힘이 작용함을 강조한다. 공시적 체계 내의 차연의 반복을 멎게 하는 것이 권력의 작용이며, 그런 권력에 대항해 동일성 체계 내에 숨겨진 반복을 회생시키는 것이 데리다의 해체이다. 그 때문에 동일성의 근원을 전복시키는 그의 해체의 작업은 양가적이고 아이러니적이다. 그와 함께 데리다가 보다 더 근본적이라고 말한 미결정성 속의 반복은 프로이트가 말한 생명적 존재의 본능과도 연관된다. 동일성 체계를 반복하는 중에 그 체계에서 미끄러지면서 상처받은 타자의 본능적인 반복이 나타나는 것이다.

그런데 중요한 것은 언표작용을 통해 미결정성을 낳는 문제가 역사적 과정에서만이 아니라는 점이다. 원본의 문화에서 멀어진 이질적 공간에서는 원래의 언표가 반복되는 중에 미결정적으로 미끄러지게 된다. 문화적 식민화라는 것은 언표가 이질적 공간에서 미끄러지는 것을 차단해 원본의 권위를 지키는 것이다. 반면에 탈식민은 언표가 반복되는 중에 나타나는 미결정성(언표작용)을 해방된 문화의 공간을 위한 근거로 삼는다. 데리다의 반복운동에서 나타나는 **미결정성**이란 역사의 과정이자 탈식민의 문화의 위치이다.

탈식민의 과정에서의 미결정성은 피식민자가 서구문화와 고유문화의 **다수성**을 지닐 때 더 증폭된다. 문화적 다수성의 상황에서 제국이 원본의 권위를 위해 이질성을 배제하면 피식민자의 위치에서는 반복운동 자체가 탈식민의 중요한 방법이 된다. 탈식민적 반복운동은 고유문화로 되돌아가는 것이 아니라 문화적 다수성 속에서 원본으로부터 끝없이 미끄러지는 것이다. 반복운동은 피식민자의 다수체계적 상황에서 진행되면서 미결정성을 생성하는 틈새를 만들게 된다.

제국은 재현의 논리를 통해 원본에서 멀어진 피식민자의 문화를 열등한 유사품으로 강등시킨다. 그 순간 배제된 문화는 불필요한 잔여물로 밀려나게 되고 버려진 잔여물은 쓰레기나 잡음으로 여겨진다. 예컨대 1910년대에 일본은 한국의 '선산' 문화를 이상한 전근대적 관습으로 여겨 묘지규칙으로 금지하려 했다. 그런데 일본의 묘지규칙의 관점에서는 선산이 제거해야 할 폐습이지만 조선인에게는 목숨을 걸고 지켜야 하는 조상의 공간이었다. 조선인 서발턴은 묘지규칙에 불만을 가지면서도 그에 저항하는 말을 할 수 없었다. 그 대신 그들은 묘지규칙에 따라 공동묘지에 헛장사를 지낸 후에 다시 몰래 이장을 하는 일을 반복했다. 일본의 묘지규칙은 재현될 수 없었으며 반복운동을 통해 폐기된 잔여물에 대한 열망이 끝없이 표현되었다. 묘지규칙이 반복되는 중에 제국은 보지 못하는 잔여물과의 미결정적인 틈새가 만들어지고 있었던 것이다. 제도 바깥의 잔여물이란 대상 a이거니와 원본의 권력이 강화될수록 반복운동 속에서 대상 a에 대한 열망도 고양된다. 이처럼 원본과 동일성의 권력이 경직될수록 데리다의 **반복운동은 대상** a에 대한 열망과 비슷해진다.[33] 이 지점은 데리다의 반복과 프로이트의 포르트 다 놀이, 라캉의 대상 a의 유희가 만나는 지점이다.

데리다의 반복에 대한 논의는 문학에서의 재현과 반복의 관계를 설명하는 데 매우 유용하다. 데리다가 말한 동일성의 반복은 들뢰즈의 관점에서는 원본을 지시하는 재현에 가깝다. 그런데 동일성 체제 역시 역사적 과정에 놓여 있으므로 재현에서조차 이미 동일성에서 미끄러지는 반복운동이 나타나는 셈이다. 데리다는 재현 과정 자체에서 반복이 나타나기 때문에 원본은 완전히 (동일하게) 재현될 수 없고 반복운동 속에서 미끄러진다고 말한다. 이런 논의는 문학에서의 재현과 반복의 관계를 설명하는 데 많은 암시를 준다.

묘지규칙의 예에서처럼 재현은 지시대상의 원본을 지니는 반면 반복운동은 지시대상에서 이연된다. 지시대상이란 재현의 표상체계이므로 지시대상에서 떨어져 나온 반복운동은 비재현적이 될 가능성을 지닌다.[34] 뒤에서 살펴보겠지만 비재현적인 반복운동은 재현의 위기에 나타난 모더니즘과 포스트모더니즘에서 매우 중요하다. 그 점에서 리얼리즘적 재현양식과 (비재현적인) 모더니즘/포스트모더니즘적 반복운동을 대비

33 호미 바바, 나병철 역, 『문화의 위치』, 소명출판, 2012, 142쪽.

34 반복운동이 반드시 재현과 유리되는 것은 아니다.

시킬 수도 있다. 그러나 식민지의 예에서처럼 표상체계는 단일하지 않기 때문에 리얼리즘적 재현에서조차 이미 미결정적 반복의 요소가 작동되고 있다. 또한 포스트모더니즘에서도 다수 체계적 반복운동의 과정에서 재현의 요소가 부분적으로 나타난다.

일반적으로 리얼리즘이 재현적인 반면 모더니즘은 비재현적(표현적)이라고 말해진다. 야콥슨이 말했듯이 재현적인 문학에서 지시대상이 강조되는 반면 비재현적인 문학은 지시대상으로부터 이연된다. 하지만 데리다가 암시했듯이 리얼리즘에서도 이미 지시대상으로부터의 이연이 나타나면서 반복운동이 작동되고 있다.

그 점은 소설(리얼리즘)과 뉴스의 차이를 살펴보면 명확해진다. 뉴스는 지시대상으로부터 떨어지기 어려우며 팩트 체크가 강조되는 것은 그 때문이다. 팩트 체크에서의 사실성은 언어를 지시대상에 조회하는 일에 의해 밝혀진다. 반면에 리얼리즘 소설에서의 리얼리티는 사실과의 조회나 지시대상과의 일치성에 의해 얻어지는 것이 아니다. 미학적 리얼리즘에서는 사실과 반드시 일치하지 않더라도 사건들의 관계에서의 의미작용에 의해 리얼리티가 생성된다. 그 때문에 리얼리즘에서는 사건들의 연쇄로서의 플롯이 매우 중요하다. 리얼리즘에서 사건들이 연쇄되는 플롯은 들뢰즈가 말한 **사건의 계열화**와 매우 유사하다. 리얼리즘이 뉴스와 달리 **가상**의 형식을 취하면서도 리얼리티를 얻는 것은 리얼리즘의 플롯이 들뢰즈의 사건의 형식과 아주 비슷함을 말해준다. 들뢰즈의 사건은 표상의 동일성에서 벗어나 있으며 표상체계의 지시대상과 일치하지 않는다.[35] 반면에 뉴스에서 가상의 형식을 취하기 어려운 것은 팩트 체크에서처럼

35 이정우, 『시뮬라크르의 시대』, 거름, 2000, 103~105쪽.

사실(지시대상)과의 일치가 일차적으로 중요하기 때문이다.[36]

리얼리즘이 뉴스와 달리 가상의 형식을 취한다는 것은 반복운동의 요소를 지니고 있음을 뜻한다. 앞서 살폈듯이 반복운동은 표상불가능한 실재계적 진실을 지향하기 때문에 가상을 통해 표현된다. 그 점에서 재현적인 리얼리즘조차 뉴스보다는 이미 반복운동적이라고 할 수 있다. 반복운동은 표상체계의 원본으로부터의 미끄러짐인 동시에 능동성을 회생시키려는 존재론적 운동을 포함하고 있다. 그 때문에 재현이 지시대상에 대한 인식을 제공한다면 반복은 존재론적인 파동을 일으킨다. 리얼리즘 문학이 가상적이면서도 뉴스 이상의 전파력을 지닌 것은 그 존재론적 파동 때문이다.

또한 리얼리즘은 **들뢰즈**의 직선적인 사건의 형식을 보여주면서도 그 이상의 순간도 제시한다. 들뢰즈 식으로 말하면 리얼리즘은 생활의 공간에서 몰적인 선분을 그리는 동시에 그 벽에 균열을 내는 유연한 분자적인 선을 드러낸다. 리얼리즘에서 유연한 분자적인 선은 몰적인 선분에 생긴 균열과 구멍에 의해 생성된다. 리얼리즘은 선적인 사건의 연쇄를 플롯으로 보여주는 중에 몰적 체제(상징계)에 구멍이 뚫린 **바디우**적인 사건의 순간을 드러낸다. 이 사건의 순간에서의 분자적인 선은 고통 받는 사람(타자)의 가슴의 파동이 전달되는 반복운동의 시간이기도 하다. 예컨대 「운수 좋은 날」의 경우에는 아내의 병과 죽음이 균열로부터 분자적인 선이 만들어지는 반복운동의 진원지이다. 김첨지가 인력거를 끌며 노동

36 물론 사실에 매여 있는 뉴스에서도 들뢰즈적인 사건이 나타날 수 없는 것은 아니다. 예컨대 JTBC 화면에서 서지현 검사의 얼굴이 나타난 것은 사실의 전달인 동시에 시뮬라크르로 솟아오른 사건의 순간이라고 할 수 있다. 그런 뉴스는 이미 문학적인 동시에 정치적이며 반복운동의 전파력을 지닌다고 할 수 있다.

을 하는 플롯에서는 아내의 '울듯한 얼굴'이 반복적으로 떠오르며 분자적인 흐름이 나타나고 있다. 그처럼 선적인 플롯에 외상적인 사건이 교차되는 순간 앞서 논의했던 아이러니가 나타난다. 아이러니란 인과적 연결관계를 넘어서서 불현듯 가슴의 파동이 전달되는 순간이다.

이런 리얼리즘의 아이러니는 데리다의 해체과정에서의 아이러니와 매우 유사하다. 데리다의 해체란 동일성의 체계가 반복(재현)되는 중에 체계로부터 미끄러진 미결정적인 차이(차연)가 나타나는 과정이다. 체계(동일성 체계)가 불순물로 제거하는 미결정성에 의해 그 체계의 완결불가능성이 입증된다는 것이 데리다의 해체이다. 그와 비슷하게 리얼리즘은 동일성 체계가 작동되는 중에 체계로부터 이탈하게 하는 반복운동(가슴의 진동)이 나타남을 보여준다. 예컨대 「영자의 전성시대」(조선작)에서 베트남전의 한 장면은 매우 시사적이다. 이 소설에서 베트남 참전군인 '나'는 마을을 점령한 후 비상식량을 주고 산 풀대 같은 소녀에게서 불현듯 희생자에 대한 동정에 사로잡힌다. 제국의 용병인 '나'는 남성중심적 동일성 이데올로기를 반복하는 중에 스스로 미끄러지며 가슴의 파문을 느낀 것이다. '나'의 가슴의 진동은 제대 후 서울에서 창녀가 된 영자의 외팔의 알몸뚱이를 보며 비슷하게 반복된다.

이처럼 리얼리즘은 사실을 그대로 재현하는 것이 아니라 아이러니를 통해 가슴을 울리는 타자의 반복운동을 보여준다. 그 같은 리얼리즘은 뉴스보다 반복적이지만 모더니즘보다는 더 재현적이다. 우리는 리얼리즘에서도 반복이 중요함을 강조하고 있지만 재현적 요소가 많은 것 역시 리얼리즘의 특징이다. 리얼리즘의 가상은 상당 부분 지시대상의 환영[37]

37 이 재현의 환영은 사실을 넘어선 사건의 의미를 구체화하는 역할을 한다.

을 만드는 역할을 하며 그 부분에서 우리는 재현적인 경험을 한다.

모더니즘에도 그런 재현의 요소가 없는 것은 아니지만 가상의 형식은 한층 더 강화된다. 모더니즘에서는 가상의 유희가 재현의 환영을 넘어서기 때문에 리얼리즘에서보다 훨씬 더 미결정적이다. 그 이유는 동일성의 권력이 한층 경직된 시대에 반복운동을 통해 틈새에서 무기력한 타자를 되살려야 하기 때문이다.

체제의 동일성이 경직될수록 문학은 재현보다는 반복운동을 통해 배제된 타자를 위한 여백을 모색한다. 예컨대 「날개」에서 '나'의 골방이나 경성역 대합실, '날개'를 외치는 거리 같은 틈새의 공간을 말한다. 이 공간들은 재현적이기보다는 재현의 규범을 넘어서는 반복의 놀이와 가슴의 진동이 전달되는 공간이다. '나'는 '내방'과 경성역에서 유희적 행위를 반복하며 정오의 거리에서는 날개가 돋았던 '몸의 기억'[38]을 반복한다. 「날개」의 '나'의 이런 행위들은 현실의 인과적 논리에서 이탈한 틈새 공간에서의 반복운동이다. 모더니즘에서 가상의 요소가 강화되는 것은 그처럼 무력화된 현실에서 사건보다는 틈새를 찾는 놀이가 중요하기 때문이다. 모더니즘은 마치 데리다처럼 동일성 체계보다 그 체계가 배제하는 타자와 여백marginal이 더 중요하다고 말하는 셈이다. 리얼리즘이 데리다의 '형이상학의 아이러니'와 유사하다면 모더니즘은 아이러니의 결과인 해체에 대한 분열적 표현이다.

그런데 모더니즘에서는 현실의 사건 대신 가상의 놀이가 증폭되면서 그 대가로 추상성이 나타난다. 또한 일상에서 이탈한 틈새 공간의 존재

---

38 니체적 몸의 기억이란 생명적 본능이나 능동적 삶의 기억이 의식 이전의 몸의 감성을 통해 되돌아오는 것을 말한다. 홍사현, 「망각으로부터의 기억의 발생」, 『철학논집』 제42집, 2015.8, 345~353쪽.

를 그림으로써 분열과 불화를 표현한다. 이처럼 재현보다 반복이 우세해지면 추상적인 분열의 문학이 나타날 가능성이 생긴다. 들뢰즈가 논의하는 반복의 문학들 역시 대부분 추상적이고 분열적인 모더니즘들이다.

흥미로운 것은 우리 모더니즘에서는 숨겨진 내적 다수성으로 인해 반복운동이 육체적 구체성을 얻고 있는 점이다. 내적 다수성이란 이상이 말한 19세기와 20세기의 사이의 중첩된 틈새 같은 것이다. 그 같은 원본에서 멀어진 이질성과 **다수체계성**으로 인해 상실된 잔여물과 대상 a에 대한 열망이 생겨나는 것이다. 이상이 발견한 대상 a란 날개(「날개」)와 향기로운 꽃(「절벽」) 같은 것이며 잔여물이란 피테칸트로프스의 골편,[39] 조상의 피, '다락 같은 말'[40] 같은 것이다. 「날개」의 '나'는 심연의 잔여물로 인해 겨드랑이의 가려움을 느끼며 경직된 역사를 뚫고 나오는 육체적 응시를 표현하고 있다.

모더니즘에서처럼 경직된 역사의 몰적 선분을 뚫고 나오는 것을 들뢰즈는 탈주라고 불렀다. 모더니즘은 체제에서 탈주해서 가상을 통해 반복의 놀이를 하면서 미학적 혁신을 드러낸다. 그리고 다수체계적 상황에 있는 우리 모더니즘에서는 더 나아가 대상a 에 대한 갈망을 육체적 응시로 표현하기도 한다.[41]

포스트모더니즘은 동일성의 물신화가 모더니즘 시대보다도 더 심화된 사회의 문학이다. 리얼리즘에서는 재현의 환영이 가능했으며 모더니즘 시대에도 무력화된 타자의 틈새 공간이 존재했다. 반면에 포스트모더니

---

39 이상, 「早春點描」, 『이상문학전집』 3, 문학사상사, 1993, 47~49쪽; 이경훈, 『오빠의 탄생』, 문학과지성사, 2003, 227~230쪽 참조.

40 「종생기」에 삽입된 정지용 시의 한 구절.

41 다만 「날개」처럼 대상 a를 갈망하는 경우에도 심연에서의 열망일 뿐 실재계적 부재원인(역사적 추동력)을 실제로 작동시키는 것은 아니다.

즘의 배경인 후기자본주의에서는 자본의 논리가 감정, 무의식, 사랑, 소통의 영역에까지 침투한다. 이처럼 상품 물신화가 극단화되면 고통 받는 타자에 대한 공감이 상실되면서 탈락자들은 보이지 않는 앱젝트로 배제된다. 동일성 체제가 물신화되는 과정은 투명인간 같은 비천한 앱젝트가 점점 많아지는 과정에 상응한다.

이런 시대에는 배수아 소설에서처럼 사건이 일어나도 아무도 동요하지 않는 '이상한 고요함'이 계속된다. 그런 상황에서 가슴의 진동과 반복을 되살리려면 사건을 솟아오르게 하고 타자에 대한 공감을 회생시키는 시뮬라크르의 생성이 중요하다. 포스트모더니즘 문학에서 시뮬라크르는 흔히 은유나 환상과 함께 나타난다. 예컨대 윤대녕의 「은어낚시통신」에는 상처중독증에 걸려 욕망을 사살당한 채 허무주의적으로 살아가는 사람들이 그려진다. 이 '살아 있는 죽음' 같은 사람들은 은어의 **은유**를 통해 밀교집단을 만들어 **환상적으로** 은어의 회귀를 반복한다. 이 소설에서 표상적인 지시대상이 없는 밀교적 제의는 포스트모더니즘적 시뮬라크르라고 할 수 있다. 후기자본주의의 **재현적 현실**에서 냉동인간이 된 사람들은 **시뮬라크르**를 통해 시원始原으로 귀환해 가슴의 진동을 되찾으려 한다. '은어낚시통신' 회원들이 밀교적 제의를 반복하는 것은 은어들이 상류로 회귀하며 본능적으로 퍼득이는 듯한 존재의 회생의 은유이다. 프로이트는 생명적 존재의 본능이란 고통에서 벗어나 원래의 존재로 회기하려는 반복의 탄력성이라고 말했다. 그런 반복운동은 한 번의 시도로 회생이 불가능하기 때문에 일상의 허무적 삶과 밀교적 제의는 끝없이 반복된다. 신자유주의에 뿌리를 내릴 수 없는 '은어낚시통신' 회원들은 일상의 현실과 지하의 밀실을 횡단하며 다중적 코드로 된 두 겹의 삶을 반복한다.

한강의 「내 여자의 열매」에서도 자연을 상실한 동일성 사회에서 온몸에 피멍과 낭종이 생기며 거세되어 가는 아내가 그려진다. 아내는 마른 시래기와 시든 배춧잎처럼 음울하게 야위어가고 있었다. 그러나 아내의 거세의 과정은 심연에서 여전히 자유로운 자연의 공기를 꿈꾸고 있다는 증거이기도 했다. '내'(남편)가 식물세계로 도약하며 물세례를 퍼붓자 아내의 초록색 몸은 거대한 식물의 잎사귀처럼 아름답게 되살아났다. 이 소설에서도 자연을 추방한 일상 세계와 아내의 식물 세계라는 다중적 코드를 통해 에로스적인 심장의 동요를 회생시키려는 반복운동이 그려지고 있다. 아내가 거세되어가며 인간으로서 사라지면서[42] 식물로서 귀환하는 과정은 생명적 존재의 반복운동이자 예술적 포르트 다 놀이이다.

포스트모더니즘은 반복운동이 실재계적 진실을 지향한다는 주장을 **복수 코드**의 횡단을 통해 암시한다. 은어적 밀실이나 식물세계는 은유와 환상이지만 실재계적 **반복충동**의 소망을 일상 현실보다 더 잘 표현해 준다. 반복충동이란 고통 받는 타자의 생명성을 회생시키려는 실재계적 본능이다. 그런 **실재계적 충동**을 표현하기 때문에 밀교적 제의와 식물세계는 지시대상이 없어도 합리적 현실 못지않게 생생한 존재감을 드러낸다.

「내 여자의 열매」는 상처받은 아내의 탈주의 운동인 동시에 존재론적 회생의 시도이다. 그런 존재론적 탈주는 거세의 과정에 직면하기 때문에 일회의 모험을 통해 해방을 성취하기는 어렵다. 포스트모더니즘은 탈주 공간을 실재계적 가상으로 전위시켜 거세에 저항하며 일상과 가상의 횡단을 반복한다. 모더니즘의 탈주는 거세에 대항하기 어렵지만 포스트모더니즘의 탈주는 합리적 일상과 탈합리적 가상이라는 복수 코드의 횡단을 통해 실재계적 진실에 접근한다.

---

42 인간으로서 사라지는 것은 후기자본주의가 인간의 존엄성을 상실하게 하는 물신화된 권력이기 때문이다.

포스트모더니즘의 또 다른 특징은 그런 복수 코드로 인해 모더니즘의 추상성에서 벗어난다는 점이다. 두 겹의 삶을 반복하기 때문에 포스트모더니즘에서는 모더니즘보다 상대적으로 재현적 세계가 더 많이 제시된다. 리얼리즘과 모더니즘 이후의 포스트모더니즘을 격세유전적이라고 부르는 것도 그 때문이다. 포스트모더니즘은 재현적 세계가 절박한 현실로 그려질 뿐 아니라 또 다른 코드의 세계 역시 구체적 육체성을 지닌 은유와 가상으로 표현된다. 더 나아가 재현과 환상(시뮬라크르)의 복수 코드적 특성으로 인해 포스트모더니즘은 박민규와 최인석, 황석영의 소설에서처럼 리얼리즘과 결합된 형식(포스트모던 리얼리즘)으로 나타나기도 한다.

리얼리즘이 동일성의 전복으로서 아이러니이고 모더니즘이 분열된 해체라면 포스트모더니즘은 실재계에 연관된 복수 코드들로의 해체이다. 세 양식에서는 데리다적 반복의 과정과 해체가 암시되지만 그 이상의 변주도 발견된다. 서구 포스트모더니즘이 해체와 연관된다면 우리문학에서는 다수체계성으로 인한 특별한 변주가 나타나고 있다. 한국 포스트모더니즘의 특성은 복수 코드를 횡단하는 모험이 매우 구체적이고 역동적이라는 점이다. 이는 서구와 다른 다수체계적인 문화적 혼종성이 낳은 박진감의 산물이라고 할 수 있다.

다중적 코드의 미학은 윤대녕의 은어가 암시하듯이 존재 자체가 다수체계적인 타자를 그릴 때 더 생생함을 얻는다. 강과 바다의 이중적 존재인 은어는 다수체계성의 은유이다. 윤대녕은 포스트모더니즘의 복수 코드적 삶을 다수체계적인 은어의 은유로 표현해 실감을 얻고 있다.

그런데 그런 포스트모던적 유희 이전에 존재 자체가 다수체계적인 사람들이 있다. 식민지를 경험한 제3세계인이나 인격의 식민지에서 살고 있는 여성이 바로 그들이다. 그 때문에 복수 코드적 미학은 한강과 최인석의 소설에서처럼 내적으로 다수체계성을 지닌 여성 타자와 제3세계 타자의 문학에서 더 역동성을 얻는다.

다수체계성은 동일성이 물신화된 사회에서 다중적 코드의 횡단을 통해 실재계에 접촉하는 것을 가능하게 해준다. 그 순간 탈주 공간이 시뮬라크르를 통해 이미지화되면서 추방된 타자의 존재론적 반격이 시작된다. 「은어낚시통신」의 은어의 회귀와 「내 여자의 열매」의 식물의 회생은 현실보다도 더 생생한 시뮬라크르이다. 우리는 현실에서 추방된 비천한 타자에게서 심장의 동요와 생명의 아름다움이 부활함을 느끼게 된다.

그처럼 시뮬라크르를 통해 추방된 타자를 회생시키는 점에서 포스트모더니즘의 은유와 환상은 미투 운동의 반복과 다르지 않다. 미투 운동은 단순히 고통을 말하는 것이 아니라 배제된 희생자에 대한 가슴의 진동을 회생시키는 운동이다. 그처럼 심장의 진동을 되살리기 때문에 감동이 사라진 동일성의 세계에서도 운동이 끝없이 반복적으로 전파되는 것이다. 마찬가지로 포스트모더니즘의 은유와 환상 역시 타자에 대한 공감력을 회생시켜 추방과 거세의 과정을 자연의 생명력으로 되돌리며 본능적인 반복운동을 부활시킨다.

해방으로 나아가는 과정이 진리의 과정이라면 포스트모더니즘은 진리의 과정이 이중적임을 보여준다. 「내 여자의 열매」에서는 아내의 탈주와 '나'의 도약의 이중주의 과정이 그려진다. 가상과 일상의 복수 코드적 이중주는 타자의 탈주와 자아의 도약의 이중주이기도 한 것이다. 바디우는 진리가 여러 가지인 반면 각각의 진리에 이르는 과정은 단일한 것으로 논의한다. 그러나 이미 살폈듯이 사건이 일어날 때 시작되는 진리의 과정은 그 자체가 단일하지 않다. 사건과 타자는 항상 권력에 의해 희미해지도록 호도되므로 그것을 다시 생생해지게 만드는 과정이 필요한 것이다. 사건의 희생자인 타자의 가슴의 진동(반복운동)이 되살아나야만 진리를 향한 운동이 시작되는 것이다. 타자의 반복운동이 회생하는 과정은 일상의 사람과의 이중주의 교섭을 필요로 한다. 「내 여자의 열매」에서 아내가 생명적 존재로 부활하는 과정은 '나'의 교감과 도약을 통한 이중주를 요구하고 있다. 이 소설에서처럼 원본에서 멀어진 여성 타자와 식민지 타자, 제3세계인의 경우에는 그 점이 더욱 분명하다. 사건의 희생자(타자)가 앱젝트로 강등되므로 진리의 과정이 원래부터 이중주일 수밖에 없는 것이다.

진실의 이중주는 존재론적 대응과 인식론적 저항의 접합이다. 이제까지 진실의 문제는 인식론의 영역으로 생각되어 왔다. 그러나 사건의 희생자인 타자를 회생시키는 존재론적 과정이 없이는 사건에 대한 진실의 인식은 불가능하다.

물론 그런 이중주가 리얼리즘과 포스트모더니즘에서 똑같은 것은 아니다. 리얼리즘의 시대에는 「고향」에서처럼 희생자가 벌거벗은 얼굴을 보여주는 순간 타자와의 교섭(구원의 이중주) 속에서 조선의 얼굴을 발견할 수 있었다. 반면에 포스트모더니즘의 시대는 인격의 식민화로 인해 벌거벗은 얼굴을 상실했기 때문에 타자의 존재를 다시 생생해지게 만드는 이중주가 더 절실해진다. 가상과 일상의 복수 코드가 필요해진 것도 그 때문이다.

이 이중주의 과정은 일방적 구출이 아니라 상호적 구원인데 그것을 잘 보여주는 것이 바로 미투 운동이다. 미투 운동은 자아와 타자의 이중주를 전제로 할 뿐 아니라 그 이중주를 존재의 회생과 진실의 드러남의 중첩 과정으로 들려준다. 여기서는 자아와 타자를 회생시키는 존재론적 과정과 진실을 드러내는 인식론적 과정이 분리되지 않는다.

이제까지 우리는 동일성의 세계에서 반복운동을 되살리는 다양한 미학들을 살펴봤다. **동일성의 세계**가 타자의 운동을 저지한다면 **타자**의 위치란 생명적 존재의 반복운동의 위치이다. 그런 맥락에서 우리가 논의한 뉴스와 리얼리즘, 모더니즘, 포스트모더니즘은 다음처럼 요약될 수 있다. 뉴스가 사실의 지시성을 우선적으로 여기는 반면 리얼리즘은 사건을 그리면서 아이러니를 통해 우리에게 가슴의 진동(반복운동)을 전달한다. 또한 모더니즘이 물신화된 동일성의 세계에서 타자를 되살리는 여백을 찾는다면 포스트모더니즘은 거세된 타자를 회생시키기 위해 복수 코드적 세계를 횡단하는 반복운동을 한다.

	서사의 과정	재현과 반복
뉴스	사실의 지시성	재현 우세
리얼리즘	사건의 선	재현과 반복의 아이러니
모더니즘	틈새의 여백	가상의 반복의 놀이
포스트모더니즘	시뮬라크르, 환상	재현+가상-복수 코드적 반복의 놀이

제5장

역사적 주체와 대상 a의 놀이

1. 역사적 주체와 서발턴, 앱젝트 – 제임슨과 스피박

반복과 재현의 중첩과 진실의 이중주는 역사적 주체의 문제를 재고하게 만든다. 역사적 진리란 사회적 모순을 인식하며 해방된 세상으로 나아가는 과정이다. 그런 과정에서 사회적 모순에 저항하며 미래를 향해 움직이는 동인動因이 바로 역사적 주체이다. 또한 역사적 주체가 해방의 목표로 나아가며 진리를 입증하려는 담론이 바로 대서사이다.

우리시대는 그런 역사적 주체와 목적론적 해방의 담론이 회의되는 시대이다. 리오타르는 1970년대 말에 메타적 대서사에 대한 불신을 포스트모던이라고 불렀다.[1] 리오타르와 비슷한 시기(1981)에 마르크스주의자인 제임슨 역시 예전처럼 역사의 주체를 말하기 어려워졌음을 논의한 바 있다. 우리가 역사의 주체로서 진리를 입증하며 앞으로 나아간다는 서사는 매번 역사 자체와 일치되지 않는다는 것이다.

---

1 리오타르, 유정안 · 이삼출 · 민승기 역, 『포스트모던의 조건』, 민음사, 1992, 34쪽; 이 책의 원서가 발간된 것은 1979년임.

리오타르와 제임슨의 논의는 재현에 대한 불신과 연관이 있다. 제임슨은 역사의 주체를 말하는 것은 재현적 서사의 주인공(대표representation)을 이야기하는 것이라고 생각한다. 역사적 주체를 불신하는 것은 역사의 재현과 서사를 회의하는 것이다. 그처럼 역사 자체는 재현이나 서사와 다르다고 말하는 점에서 제임슨의 논점은 리오타르와 일치한다. 다만 제임슨이 리오타르와 상이한 것은 역사가 서사 자체는 아니지만 여전히 서사를 통해 접근할 수밖에 없다고 말하는 점이다.

제임슨이 말하는 서사는 기획적 차원의 대서사일 수도 있고 수행적 차원의 미시서사일 수도 있다. 기획적 차원의 대서사란 지배권력에 대항하는 마르크스주의 같은 비판적 담론을 말한다. 마르크스주의에서처럼 프롤레타리아가 역사의 주체로서 자본주의를 해방시킨다는 서사는 이제 액면 그대로 실현되기 어려워졌다.

또한 수행적 차원의 서사란 리얼리즘과 모더니즘, 포스트모더니즘, 그리고 변혁운동을 말한다. 수행적 차원의 서사는 대서사보다 훨씬 더 역사에 접근하지만 여기서도 역사가 완전히 드러나지는 않는다. 기획된 대서사이든 수행적 차원의 서사이든 역사 자체는 라캉이 말한 실재계처럼 항상 유보된다.

그러나 제임슨은 수행적 서사의 유용성은 물론 마르크스주의도 포기하지 않는다. 그는 문학적 서사와 변혁운동의 수행성을 인정하는 동시에 대서사조차 완전히 버리지는 않는다. 단지 그런 서사들이 역사 자체는 아니라는 전제하에서 역사와 서사의 관계를 다른 방식으로 논의한다.

제임슨의 새로운 방법은 역사를 **부재원인**, 즉 실재계나 대상 a와 연관된 차원으로 보는 것이다. 역사를 **실재계**와 관련된 것으로 보는 방식은 많은 유용성을 제공한다. 역사는 실재계처럼 그 자체로 드러나지 않는[2] 동시에 상징계를 통해 많은 부분 보여지기도 한다. 또한 역사는 대서사처럼 목적론적이지 않지만 여전히 무시할 수 없는 필연성을 지니고 있다. 역사는 종언되거나 없어진 것이 아니라 보이지 않는 영역에서 필연성을 가지고 영향을 미치며 움직이고 있다.

역사가 대서사와 다른 점은 항상 목표한 대로 실현되지 않고 우리에게 상처를 남긴다는 점이다. 문학적 서사가 실패와 상처의 기록인 것은 우연이 아니다. 문학적 서사는 실패와 상처를 그림으로써 목적론적인 대서사보다 역사에 더 가까이 접근한다. 문학은 재현불가능한 상처의 고통을 생생히 전해주는 점에서도 재현적인 대서사보다 역사에 더 접근해 있다. 문학과 소설은 동일성의 체제에서 들리지 않았던 생명적 존재의 반복운동과 고통 받는 타자의 심장의 동요를 들려준다.

역사를 실재계로 보는 제임슨이 실재계에 접근하는 문학적 서사를 중요시하는 것은 당연할 것이다. 그와 함께 그는 역사의 상처를 전제로 하는 한 대서사조차 효용성을 유보한다. 즉 항상 완전히 성공할 수 없고 상처를 입는다는 점을 받아들인다면 대서사도 구제될 수 있다는 것이다. 뒤에서 우리는 늘상 잔여물이 남기 때문에 죽지 않고 귀환하는 **대서사의 역설**을 통해 그 점을 살펴볼 것이다.

제임슨이 역사를 표상(재현)하기 어려운 부재원인으로 보면서도 서사를 긍정한 것은 역사의 보임과 보이지 않음을 인정한 것이다. 보이는 것이 상징계라면 보이지 않는 것은 실재계이다. 역사는 실재계적인 동시에 상징계에 모습을 드러낸다.

---

2 제임슨은 이처럼 상징계에서 표상되지 않는 원인을 부재원인이라고 말한다.

그와 달리 이제까지 서사에서는 재현의 문제가 더 중요시되는 경향이 있었다. 하지만 상세히 구분하면 서사에는 목적론적 대서사와 재현/반복의 이중주로 된 문학적 서사가 있다. 그 중 문학적 서사는 상징계를 표상하는 재현과 실재계에 접근하는 반복운동의 이중주이다. 제임슨이 서사란 역사 자체는 아니지만 역사에 접근하는 유일한 방식이라고 말한 것은 그 때문이다.

그런 맥락에서 앞서 논의한 재현과 반복의 이중주는 역사에 접근할 수 있는 가장 유력한 방법이다. 또한 우리는 진실의 이중주를 통해 역사의 진리에 끝없이 다가가는 반복의 과정을 논의할 수 있다. 세부적으로는 시뮬라크르와 은유 역시 보이면서 보이지 않는 역사에 접근하는 중요한 방식으로 이해된다. 제임슨은 진실의 이중주를 말하진 않았지만 역사를 실재계로 보면서 서사를 긍정한 것은 우리와 유사한 논점을 보인 셈이다.

역사의 재현 대신 진실의 이중주가 필요하다는 점은 역사의 난제가 심화될 때 더 실감을 얻을 것이다. 제임슨이 제기한 역사의 난제가 심화되는 것은 두 가지 경우이다. 하나는 제국의 원본을 강요당하는 식민지에서이며 다른 하나는 자본의 원본에 종속된 신자유주의에서이다. 원본을 강요당한다는 것은 지배권력이 만든 표상체계에 예속되어 역사 그 자체인 실재계적 진실에서 멀어진다는 뜻이다.

먼저 식민지에서 스피박이 말한 '서발턴은 말할 수 있는가'의 곤경에 부딪혔을 때 우리는 역사의 난제를 경험한다. 서발턴이 말할 수 없다는 것은 그들이 지배적 표상체계에 의해 재현될 수 없다는 뜻이다. 그와 함께 지배권력에 저항하는 대항서사로도 표상되기 어렵다는 의미이다. 식민지에서 대다수를 차지하는 서발턴의 재현불가능성은 식민지의 역사적 재현을 어렵게 만든다. 원본의 체제에서 추방된 서발턴의 무력화는 그런 역사의 곤경의 상징적 존재로 보여진다.

그런데 문제는 서발턴에게 있는 것이 아니라 역사 그 자체에 있다. 제임슨의 주장대로 역사가 재현이 아니라면 재현불가능한 서발턴의 곤경이야말로 '역사란 무엇인가'라는 질문을 하고 있는 셈이다. 말을 할 수 없는 서발턴은 역사가 말을 할 수 없다는 주장을 확대해 보여주는 예인 것이다. 이제까지 우리는 역사를 재현의 서사를 통해 이해해 왔지만 제임슨은 그것을 비판하며 실재계적 역사를 주장한다. 그런데 서발턴이 재현불가능한 실재계적 위치라면 그런 난제야말로 제임슨이 말한 역사의 실재계적 난궁을 깨닫게 하는 지점이다. 역사를 재현의 관점에서 실재계적 관점으로 전환시키면 서발턴의 난제는 제임슨의 문제의식에 근접하게 된다. 서발턴의 재현불가능성을 해결하는 것은 역사 자체의 재현불가능성에 대처하는 일과 다르지 않다.

서발턴의 곤경은 역사 그 자체의 곤경이다. 식민지 인도는 예외적으로 역사가 쓰여지기 어려운 곳이 아니라 그 반대로 역사 자체의 난제를 보여주는 가장 대표적인 장소이다. 제임슨(1981)과 스피박(1988)의 문제의식은 놀랍도록 유사하다. 서발턴의 난제를 해결하는 것은 역사 자체의 난제를 해결하는 일이기도 한 것이다.

역사는 재현이 아니지만 '실재계적 부재원인'과 '상징계적 재현'의 연관 속에서 모습을 드러낸다. 이것이 제임슨이 강조하고 있는 역사의 보임과 보이지 않음의 이중성이다. 그렇다면 역사의 난제와 서발턴의 난제는 반복과 재현의 이중주를 통해 문제의 해결에 접근할 수 있다. 프롤레타리아를 역사의 주체로 말한 마르크스주의와는 달리 서발턴은 역사의 주체가 될 수 없다. 그러나 지식인과 서발턴의 이중주, 재현과 반복의 다중주를 통해, 은유적으로 확장되는 공감의 연대 속에서 서발턴은 힘겹게 주체로 생성될 수 있다. 처음부터 중심에 놓이거나 투쟁의 전면에 나서는 단일한 주체란 어디에도 없다. 주체가 생성되었다는 것은 이중주가 증폭되었다는 것이며 공감의 연대가 확대되었다는 뜻이다. 이중주를 통한 공감의 연대는 재현불가능한 역사의 동인(대상 a)을 작동시키며 그 생성의 운동을 재현의 공간에서 드러낼 수 있게 한다.

그런 과정에서 재현으로만 그려지는 주체는 없으며 늘상 반복운동이 함께 필요하다. 반복운동이란 상처받은 타자의 표상할 수 없는 실재계적 운동이다. 그것은 고통을 전달하는 가슴의 진동인 동시에 상실된 잔여물(대상 a)을 회생시키려는 열망의 표현이기도 하다. 역사적 서사에서 서발턴이 중요한 것은 그처럼 실재계적 반복운동을 하기 때문이다. 제임슨이 역사를 실재계적 부재원인(대상 a)으로 말한 것은 재현될 수 없는 역사가 서발턴과 비슷한 차원에서 작동됨을 말한 셈이다.

물론 서발턴이 역사 그 자체는 아니다. 그러나 서발턴은 역사에서 상처를 입은 사람이며 가장 생생하게 상처의 고통을 반복하는 존재이다.[3] 제임슨은 역사란 상처를 입히는 것이라고 말했는데 상처를 입은 서발턴이야말로 역사에 가장 근접해 있는 위치인 셈이다. 지배와 해방의 역사에서 서발턴은 표상할 수 없는 역사에 직접 접촉해 있는 존재인 것이다.

그처럼 역사의 증거이면서도 서발턴은 상징계에서 가장 무력하기에 재현될 수도 주체가 될 수도 없다. 지식인과 서발턴의 교섭, 재현과 반복의 이중주를 통해서만 서발턴은 역사의 공간에서 움직이기 시작한다. 재현과 반복의 이중주는 서발턴을 역사의 공간에서 작동시킬 수 있는 가장 중요한 방법이다. 진실의 이중주의 순간 서발턴은 앱젝트에서 대상 a로

3 그런 반복운동을 통해 잠재적으로 해방에 다가가길 소망하는 사람이 바로 서발턴이다.

전위되는데 대상 a의 작동이야말로 역사가 움직이기 시작하는 시간이다. 그처럼 실재계적 대상 a가 작동되면 상징계에서 사람들이 동요하며 주체가 생성되기 시작한다. 그런 이중주의 순간은 그 자체로서는 '재현도 반복도 아닌 역사'를 드러낼 수 있는 가장 강렬한 시간일 것이다.

역사의 난제를 경험하는 또 다른 경우는 신자유주의에서처럼 자본주의가 극단적으로 물신화된 시대이다. 자본이 인격성의 영역까지 점령해 동일성이 물신화되면 사회적 타자는 가장 비천한 앱젝트로 추방된다. 이제 '서발턴은 말할 수 있는가'의 문제는 '비천한 앱젝트는 말할 수 있는가'의 문제로 변주된다. 자본의 타자가 앱젝트로 추방된 사회는 제국의 타자가 서발턴으로 배제된 사회에서처럼 역사의 난제를 경험한다. 이제 대서사의 무력화와 함께 역사는 재현되기 어려워졌으며 아무도 역사의 주체를 말할 수 없게 되었다. 신자유주의의 확산과 함께 역사의 종언이 말해진 것은 우연이 아니다.

그러나 역사는 끝난 것이 아니라 표상하기 어렵게 되었을 뿐이다. '말할 수 없는 서발턴'이 역사의 난제의 원인인 것처럼 '침묵하는 앱젝트'는 또 다른 역사의 난제의 근원이다. 난민, 실직자, 파산자 등 우리시대의 앱젝트는 〈기생충〉의 기생충처럼 '없는 사람'일 뿐 아니라 혐오스럽기까지 하다. 하지만 상처 받은 상태에서 아직 자본화되지 않은 잔여물이 남아 있는 앱젝트는 반복운동을 통해 고통을 표현하며 우울하게 아득한 곳을 응시한다. 실재계적 차원에서 상처로 인해 고통을 경험하는 앱젝트야말로 서발턴처럼 역사와 직접 접촉하는 존재일 것이다. 그런 역사의 증거를 보이지 않게 만들어 눈에 보이는 자본의 동일성 체제를 영속화하는 것이 신자유주의의 임무이다. 앱젝트가 사람들의 관심에서 사라져야지만 신자유주의가 안정되게 계속되는 것이다. 이제 신자유주의 시대의 앱젝트는 서발턴보다도 더 무력화되어 지하벙커에 갇힌 듯이 존재감을 상실한다. 추방된 앱젝트를 생명력 있는 타자로 회생시키기 위해서 시뮬라크르와 은유의 미학이 필요한 것은 그 때문이다. 희망버스와 촛불집회, 미투 운동에서처럼 진실의 이중주를 통해 추방된 타자가 되돌아와야만 종언된 역사의 운동이 다시 시작될 수 있을 것이다.

제임슨이 역사의 주체를 말하기 어렵다고 한 것은 비단 식민지나 신자유주의를 염두에 둔 것은 아니다. 그러나 식민지의 서발턴과 신자유주의의 앱젝트는 역사의 난제를 가장 실감나게 보여준다. 프롤레타리아를 역사의 주체로 믿었던 시대에는 제임슨 같은 역사의 곤경은 없었을 것이다. 물론 어느 시대이든 프롤레타리아가 역사의 주체로서 변혁을 이끌었다고 단언하기는 어렵다. 하지만 진보를 믿었던 시대에는 그만큼 역사의 곤경이 적었기 때문에 과감하게 변혁의 주체(그리고 진보사상)가 역사를 **대변**representation할 수 있었던 것이다. 반면에 서발턴과 앱젝트의 시대는 제임슨의 말대로 오히려 역사에 의해 상처를 입는 시대이다. 역사적 상처의 시대는 상처를 입은 사람이 말을 하지 못하고 보이지 않는 존재로 추방되는 난제에 부딪힌 사회이다.

역사의 진보를 믿었던 때에도 실상은 상처를 입었지만 역사의 상처의 시대에는 아예 변혁운동이 종료된 듯이 느껴진다. 그 이유는 진보적 사유의 퇴조에 앞서 **타자**가 무력하게 추방된 점에서 찾을 수 있다. 레비나스가 타자를 미래라고 불렀듯이 우리는 타자란 역사의 디딤돌이라고 말할 수 있다. 타자는 부재원인(제임슨)이라고 불리는 역사 자체가 상징계에 흔적을 드리우고 있는 위치이다. 타자는 역사의 주체는 아니지만 우리는 타자와 함께 해야만 미래의 역사로 나아갈 수 있다. 그런 타자가 추방되면 역사는 종료된 채 상상적 미래로 나아가거나 아무도 말하지 않는

'고요한' 상처를 남긴다.

따라서 역사의 귀환은 상처받은 추방된 존재의 회귀에서 시작되어야 한다. 역사란 상처를 입히는 것인 동시에 상처받은 사람이 되돌아오는 공간이기도 하다. 우리는 앞에서 그런 추방된 타자의 회귀를 생명적인 반복운동과 연관시켜 살펴보았다.

반복과 재현의 접합은 타자의 회생이라는 존재론적 운동과 회생된 사람이 말을 하는 인식론(그리고 실천)적 운동의 결합이다. 진리의 과정은 인식일 뿐 아니라 실천이기도 하며 실천은 인식론과 존재론이 결합할 때 윤리가 생성되며 시작된다. 윤리란 '재현불가능한 타자'와 '재현의 공간에 있는 존재자' 간의 공감과 회생의 이중주이다. 우리시대야말로 역사의 난제를 해결하기 위해 서로 연관된 존재론과 인식론, 그리고 윤리의 이중주가 제기되는 시대이다. 그에 응답하는 새로운 미학적 정치의 이름은 어떤 중심도 말할 수 없기 때문에 끝없이 계속되는 진실의 이중주, 구원의 이중주, 타자의 이중주이다.

2. 진리와 윤리, 반복운동 – 제임슨, 바디우, 라클라우

마르크스주의자인 제임슨은 역사적 주체를 말하지 않는 동시에 기획의 차원에서 대서사를 유보하는 방식을 모색한다. 그 방법은 대서사가 지하로 이동함으로써 무의식적 효과로 이전되었다고 보는 것이다. 이제 역사적 주체는 심연의 무의식에서 움직임이 감지되며 역사의 동인動因은 실재계적 부재원인(대상 a)의 효과로 작동된다. 이 같은 변화는 후기자본주의에 의해 자본의 논리가 자연과 무의식을 식민화하는 단계에 이르렀기 때문이다.

이제 자본주의에 맞서는 역사적 주체는 무의식의 식민화에서 벗어나는 운동을 통해서만 주체의 위치를 얻는다. 무의식의 식민화란 역사적 동인(부재원인)을 마비시키는 것이므로 변혁의 주체는 부재원인(대상 a)을 다시 작동시키는 일로 사회운동을 시작해야한다. 제임슨의 논의는 실재계 차원의 존재론적 운동과 현실(상징계)에 대응하는 인식론적 운동의 결합을 말하고 있는 셈이다.

우리시대의 미학과 정치에서 존재론적 차원이 중시되는 것은 우연이 아니다. 후기자본주의(그리고 신자유주의)가 무의식의 식민화로 주체를 무력화하므로 자아와 타자를 다시 생생하게 만드는 것이 저항의 출발점인 것이다. 저항의 주체는 미리 나타나지 않으며 사회문제에 대응하는 과정에서 존재론적 생성을 통해 비로소 주체로 드러난다.

이처럼 주체가 사후적으로 생성된다고 보는 대표적인 사람은 바디우이다. 바디우는 사건이 일어났을 때 그에 대응하는 **진리**의 과정 속에서 **주체**가 구성된다고 말한다. 과거에는 인간 주체가 객관적 대상(현실)에서 진리를 인식한다고 생각했다. 그러나 바디우는 제임슨처럼 객관적 대상(지시대상)이란 없으며 미리 움직이는 진리의 주체도 없다고 논의한다. 그 대신 사건이 일어났을 때 대응이 시작되며 그런 대응이 진리의 과정이고 그 과정에 충실했을 때 주체가 도출된다고 말한다.

사건이 일어났을 때 진리의 과정이 시작되는 이유는 사건이란 어떤 상황에 나타난 잉여적 부가물이기 때문이다.[4] 잉여적인 것이란 지금까지의 사회(상징계)의 질서로 해결할 수 없는 어떤 것을 말한다. 사건이 일어나

---

4 바디우, 이종영 역, 『윤리학』, 동문선, 2001, 54쪽.

면 잉여적인 것 때문에 우리는 예전으로 돌아갈 수 없음을 느낀다. 그와 함께 상황에 도래한 새로운 부가물에 따라 존재방식과 사회를 변화시켜야 한다고 생각한다. 예컨대 세월호 사건이 일어났을 때 우리는 기존 질서로 해결할 수 없음을 느끼며 우리 자신과 사회가 변화되어야 함을 절감했다. 그처럼 사건 속에서 움직이는 것이 진리의 과정이며 그 실재적 도정에 충실할 때 주체가 구성된다.

바디우는 그처럼 진리의 과정에 충실하게 만드는 요인이 **윤리**라고 말한다. 사건에 충실한 것이 진리의 과정이라면 그런 과정을 충실하게 **지속**시키는 것은 윤리이다. 사건은 잉여적인 부가물을 통해 우리에게 상황의 변화를 강요한다. 그때 사건에 따라 진리의 과정을 수행하는 것은 사건 자체의 절박성(강요) 때문이기도 하지만 그에 응답하는 쪽의 요인도 있는 것이다. 사건의 절박성이 알려지지 않은 것의 출현이라면 그에 응답하는 것은 알려지지 않은 것에 호응하며 움직이는 힘일 것이다.[5] 그처럼 미지의 잉여적인 것에 반응하는 지속의 힘은 실재계적 대상 a에 대한 순수욕망(라캉)과도 같은 벡터이다. 바디우는 그런 지속의 힘을 라캉과 주판치치를 따라 윤리라고 부른다.[6] 주체의 구성은 사건에 의한 절박성인 진리의 과정과 사건에 도래한 것에 대한 대응을 지속시키려는 윤리에 의해 계속된다.

바디우가 말한 알려지지 않은 잉여적인 것이란 실재계적인 것이다. 상징계에 구멍이 뚫려 실재계가 드러났을 때 진리의 과정이 시작되며, 그것

5 바디우는 알려지지 않은 것을 알려진 것에 결합하려는 일관성을 윤리로 말하지만 우리는 그 이상의 것이 있음을 생각할 수 있다. 바디우가 염두에 두고 있는 것은 라캉의 대상 a이며 대상 a는 잉여적인 것에 호응하는 힘을 발생시킨다.

6 주판치치, 이성민 역, 『실재의 윤리』, 도서출판b, 2004 참조.

을 지속시키는 것은 실재계적 대상 a에 대한 열망이다. 사건에 따라 상황을 생각하는 진리의 주체는 대상 a의 열망이 작동되는 윤리의 주체이기도 하다. 바디우의 이런 사후적 주체의 구성은 실재계적 부재원인을 역사의 동인으로 말하는 제임슨과 비슷하다. 바디우는 상징계에 구멍이 뚫려 잉여(실재계)가 드러났을 때 실재계적 윤리가 작동되며 진리의 주체가 나타난다고 말한다. 또한 제임슨은 실재계적 부재원인이 역사의 동인으로 작용하며 사회현실에 대응하는 주체가 움직인다고 생각한다.

바디우가 제임슨과 다른 점은 역사의 주체가 미리 나타나기 어려운 이유를 설명하지 않는다는 것이다. 제임슨은 대서사의 재현과 비전이 항상 실패와 상처에 부딪히기 때문에 선행하는 역사의 주체를 괄호 안에 넣는다. 그리고 자본의 무의식의 식민화가 진행되는 후기자본주의에서는 더욱 역사의 난제가 심화된다고 말한다. 반면에 바디우는 메타서사(대서사)를 폐기할뿐더러 후기자본주의의 상황에 대한 고려도 없다.

바디우의 더 큰 문제점은 사건과 연관된 타자에 대한 논의가 없다는 점이다. 사건의 발생에서 동요가 생기는 것은 실재계(잉여적인 것)와 대면하기 때문이지만 또한 타자와 만나기 때문이기도 하다. 모든 사회적 사건에는 사건의 희생자인 타자가 있다. 그리고 사건에 의해 사람들이 동요하는 것은 희생자(타자)에게 공감할 때만 가능한 일이다. 타자에 대한 공감이 없으면 바디우가 말한 진리의 과정은 절대로 발생하지 않는다.

타자가 중요한 또 다른 이유는 레비나스의 논의처럼 타자와의 만남 자체가 일종의 사건이기 때문이다. 타자란 식민지나 자본주의와 같은 동일성 체제에 동화될 수 없는 자로서 존재 자체로서 체제의 균열과 구멍을 암시한다. 동일성 체제는 은밀히 균열을 감추지만 타자는 일상적으로 균열과 구멍을 경험한다. 타자란 피식민자나 여성처럼 일상 자체에서 잘 감지되지 않는 사건을 매일 경험하는 사람들이다. 따라서 타자와의 만남이란 숨겨진 균열로서 사건을 경험하며 실재계와 대면하는 순간에 다름이 아니다. 반대로 사건의 순간이란 상징계라는 선박이 난파되어 세월호 희생자 같은 타자들이 드러난 바로 그 순간일 것이다.

바디우가 말한 사건의 순간은 사회적 차원에서 모두 타자와 연관이 있다. 그 때문에 변화를 꺼리는 지배권력은 타자를 보이지 않는 존재로 만들어 체제를 안정되게 순항시키는 데 전력한다. 그처럼 타자가 투명인간이 되면 사건이 일어나도 '이상한 고요함'이 계속되는 세상이 도래하게 된다. 스피박의 '말할 수 없는 서발턴' 역시 식민지의 타자가 보이지 않게 되었다는 뜻과도 같다. '서발턴은 말할 수 있는가'의 질문이 도발적인 것은 타자가 회생해야 역사가 움직이기 때문이다. 비슷한 의미에서 오늘날은 '앱젝트는 말할 수 있는가'의 질문이 도전적인 대응의 출발점인 시대이다.

그처럼 타자가 중요하기 때문에 과거에는 가장 주변화된 타자를 미래의 역사의 주체로 말하는 경향이 있었다. 예컨대 프롤레타리아나 민중적 저항 주체가 대표적인 경우일 것이다. 제임슨의 논의는 그런 저항 주체를 역사의 주체로 말하기 어려워졌으며 후기자본주의에서는 더욱더 그렇다는 뜻이다. 바디우가 타자에 관심을 갖지 않는 것 역시 무력한 타자가 진리의 과정의 중심이 되기 어렵다는 생각 때문일 것이다.

그러나 반대로 타자에 대한 관심이 없이 바디우의 '일관성의 윤리'만으로 진리의 과정에 참여한다는 것은 자기모순이다. 일관성의 윤리란 세월호처럼 선박이 난파되었을 때 사회를 변화시켜야만 선박이 복구될 수 있다는 생각이다. 그런 윤리에 의해 추동된 진리의 과정은 선박에 뚫린 구멍을 통해 실재계와 대면한 상황에서 시작되었을 것이다. 그러나 그와 함께 타자(희생자)의 고통을 나의 일처럼 공감했기 때문에 사건이 절박하게 다가왔던 것이다. 즉 타자와의 공감이 있었기에 난파된 선박이 상징계의 구멍(난파)으로 여겨져 진리를 실천하려 움직이게 되는 것이다. 만일 타자와의 공감이 없으면 선박의 구멍만 보일 뿐 상징계의 구멍은 보이지 않는다. 그 때문에 상징계의 구멍을 보게 하는 타자성의 윤리는 바디우와는 다른 방식으로 진리의 과정을 추동시키는 원천이 된다.

우리는 세월호 사건 이후를 그 이전과 동일시하기 어렵다고 말한다. 그런 역사적 변화의 요구에서 사건의 희생자인 타자의 존재는 매우 중요하다. 물론 아무런 힘도 없는 세월호 희생자가 역사의 주체로서 변혁의 서사의 중심이 되어야 하는 것은 아니다. 바디우는 힘없는 타자 대신 사건에 참여하는 사람이 진리의 과정을 담지한 주체로서 구성된다고 말한다. 그러나 사건에 참여하는 일과 타자에게 공감하는 일은 구분되지 않는다. 타자와의 공감은 그가 나의 일부가 되었다는 뜻이지만 그것은 단순한 동정심과는 다르다. 타자와 교감하는 것은 역사의 주체를 보거나 동정심을 느낀 때문이 아니라 사건의 진원지에서 반복운동을 하는 존재를 보기 때문이다. 타자는 사건을 이성적 재현이 아니라 반복운동을 통해 가슴의 진동으로 생생하게 전해준다. 반복운동은 선적인 시간에서 사라져 가는 사건을 매번 **살아 있는 사건** 자체로서 전달해 준다. 타자의 반복운동은 단순한 선박의 구멍이 아니라 그 구멍을 통해 진동을 일으키는 실재계의 진원지를 드러내기 때문이다. 그렇기에 실재계적 타자에게 공감하는 것은 그를 한 몸처럼 여기는 동시에 그가 경험한 사건 속에 생생하게 빠져드는 과정이기도 하다. 만일 그런 과정이 없다면 바디우의 말처럼 사건의 절박성만으로 진리의 과정에 참여하는 일은 일어나지 않는다.

무력한 타자를 회생시켜 그에 공감하는 일은 진리의 과정의 중요한 한 부분이다. 타자와 교감하면서 사건이 생생해지면 우리는 그 사건을 나와 연관된 동시에 사회 전체의 사건으로 보게 된다. 팽목항의 세월호는 나의 난파선이면서 우리 모두의 세월호인 것이다. 그 순간 난파선이 상징계의 구멍이 되면서 실재계적 진원지에 접속하게 되고 사람들 사이에 물밑의 연대가 생성되기 시작한다. 우리는 물밑에서 실재계에 접속하면서 흔들리는 상징계의 선박을 보게 된다. '우리 모두가 세월호였다'[7]는 말은 실재계의 바다에 접속했다는 은유인 동시에 물밑의 연대가 만들어졌다는 뜻이다. 은유를 통해 물밑의 연대가 생길 때 비로소 사건에 대응하는 주체가 생성되기 시작한다. 그처럼 타자와의 관계에서 실재계에 접속한 물밑의 연대가 생성되는 것이야말로 (실재계적) 진리의 과정의 또 다른 핵심적 부분이다. 그 같은 동시적인 두 과정, 즉 타자의 반복(운동)에 교감하며 은유를 통해 물밑의 연대를 만드는 것이 바로 진실의 이중주이다.

진실의 이중주는 어떤 사건을 모두의 사건으로 보게 하는 과정이기도 하다. 세월호에서처럼 진리의 과정은 바디우의 말과는 달리 이중주와 다중주로서 울리게 된다. 바디우가 실재(라캉)의 윤리에 의해 진리의 과정을 지속시키는 충실성이 생성된다고 보는 것[8]은 옳다. 그러나 윤리란 개인이 실재계에 접속한 것이기보다는 실재계적 타자와 교감하는 이중주의 과정에서 생성된다. 세월호 사건에서 사람들이 동요한 것은 단순히 많은 희생자를 낸 난파 사건이었기 때문만이 아니다. 타자에 공감하며 은유가 작동될 때 세월호가 사회 전체의 사건이 되면서 실재계의 진원지에 공명하는 동요가 계속된 것이다. 세월호가 사회 전체의 은유가 되어 모두가 물밑(실재계의 바다)에서 손을 잡았기 때문에 체제에 대응하는 주

7 송경동, 「우리 모두가 세월호였다」, 『나는 한국인이 아니다』, 창비, 2016, 85~87쪽.
8 바디우, 『윤리학』, 66~67쪽.

체가 생성된 것이다.

그 같은 운동의 주체는 사건 이전에 '미리 인식된 것'이 아님은 물론 바디우처럼 '후사건적인 것'만도 아니다. 사건 이전에 이미 문제가 잠재했으나 그것이 절실해진 것은 세월호가 은유로 작용하며 잠재된 주체를 소환한 이후였다. 대응의 주체는 이미 잠정적으로 요구되고 있었는데 세월호 이후 서로 손을 잡으며 소급적으로 현실화되기 시작한 것이다. 주체의 생성은 세월호 **이후**인 반면 그들의 대응은 그 **이전**부터의 문제인 것이다. 세월호 사건에서 탄핵 촛불집회로 이어진 일련의 과정은 우연이 아니다. 세월호는 사건 이전의 잠재성의 소환인 동시에 사건 이후의 소급적인 현실화 과정의 전개라고 할 수 있다. 세월호를 응시하면 잠재성이 현실화되며 혼자 있어도 함께 있는 셈이었기에 서로 손잡은 은유적인 정치적 인격으로서 능동적 주체들의 전 사회적 변혁운동이 일어난 것이다.

세월호와 촛불집회에서의 그런 주체 생성 과정은 역사의 동인動因이 실재계(부재원인)에 있다는 제임슨의 말을 입증해준다. 타자와 교감하며 은유적 연대가 생성되는 과정은 실재계와 상징계를 횡단하는 진행이다. 그 순간 사건이 타자의 반복을 통해 일상의 사람에게 전달되며 현실의 틈새(상징계와 실재계의 틈새)에서 사회에 대응하는 공간이 열리게 된다. 이는 재현될 수 없는 것(역사의 동인)이 존재론과 인식론의 결합을 통해 반복과 재현의 이중주(주체의 생성)로 울리는 과정이다.

우리의 논의와 제임슨의 공통점은 주체의 생성과정이 단일하지 않다고 보는 점이다. 과거에는 총체성의 주체가 현실에 있다고 믿었지만 제임슨은 실재계적 동인(부재원인)이 현실에 작용할 때 주체가 나타난다고 말한다. 총체성의 생성은 실재계와 상징계, 무의식과 의식을 횡단하는 이중적 과정이다.

제임슨과 비슷하게 실재계적 동인에 의해 현실에서 복합적으로 주체가 생성된다고 말한 사람은 라클라우이다. 제임슨과 라클라우의 공통점은 후기자본주의의 변화를 정확하게 진단하고 있는 점이다. 라클라우는 제임슨처럼 단일한 총체성의 주체는 없으며 지구적 자본주의가 주체의 생성을 어렵게 만들었다고 주장한다. 라클라우의 관심은 자본의 확산으로 단층과 균열이 생긴 주체들을 다시 접합시키는 데에 있다.[9] 그는 제임슨이 말한 역사가 상처를 입히는 측면보다는 상처 입은 사람이 다시 역사의 무대에 복귀하는 과정에 중점을 둔다. 라클라우의 논의에서 실재계적 대상 a가 핵심에 놓이는 것은 주체의 생성과 접합의 문제를 새로운 방식으로 말하기 위해서이다.

바디우는 대상 a를 진리의 과정을 지속시키는 윤리적 동인으로 논의한다. 반면에 라클라우는 총체성이라는 과거의 역사적 목표의 자리에 부재하는 총체성 대상 a를 놓는다.[10] 바디우의 지속의 윤리는 단일한 자아 내부의 실재의 끈이며[11] 흩어진 주체들의 접합에는 아무 관심이 없다. 그와 달리 라클라우는 실재계적 대상 a라는 동인으로 상징계에 분산된 주체들을 다시 총체적으로 접합할 수 있다고 생각한다.

대상 a란 상징계에서는 표상될 수 없지만(**부재**) 모든 것에 다 깃들 수 있는 실재계적 동인(**원인**)이다. 라클라우는 그런 대상 a의 부재원인의 특성을 '불가능한 총체성'의 지평을 재출현시키는 데 이용한다. 그가 주목하는 것은 표상불가능한 대상 a가 상징계에 부분대상으로 표상될 수 있

---

9 어네스토 라클라우 · 샹탈 무페, 김성기 · 김해식 · 정준영 · 김종엽 역, 『사회변혁과 헤게모니』, 터, 1990, 17~25쪽.

10 어네스토 라클라우, 강수영 역, 「민중주의적 이성에 관하여」, 『전쟁은 없다』, 인간사랑, 2011, 39~89쪽.

11 바디우, 『윤리학』, 67쪽.

다는 점이다. 부분대상은 대상 a의 환유로서 상징계에서 '전체의 부분'이 아니라 **'전체인 부분'**으로 등장한다. '전체인 부분'의 작동이란 자기 자신은 텅 빈 기표이면서 다만 이름(텅 빈 기표)을 통해 이름 없는 대상 a(전체)를 작동시킨다는 뜻이다. 라클라우의 경우 부분대상이란 민중이며 민중은 텅 빈 기표로 대상 a를 작동시켜 젠더, 인종, 소수자 영역의 모두를 움직인다. 민중은 각 사회운동의 자율성을 보장하면서 그 운동들을 중층결정의 게임 속에서 복합적으로 접합시킨다. 이처럼 텅 빈 기표를 통해 대상 a를 작동시켜 다양한 주체위치들의 중층결정의 놀이를 가능하게 하는 것이 라클라우의 헤게모니론이다. 여기서는 지구적 자본주의에서 불가능해진 총체성이 부재원인의 중층적 접합의 효과를 통해 재등장한다.

이런 라클라우의 논의는 총체성이 자신을 부인하는 움직임 속에서 부재원인의 효과로 확인된다는 제임슨의 주장과 비슷하다.[12] 분산된 주체위치들은 현실에서 직접 손을 잡을 수 없지만 실재계적 동인(대상 a)에 의해 물밑에서 접속함으로써 다시 연대가 가능해지는 것이다. 라클라우는 그런 운동을 촉발시키는 지점이 있어야 한다고 생각하는 데 그것이 바로 민중이라는 텅 빈 기표의 헤게모니이다.[13] 헤게모니론을 통해 라클라우는 제임슨보다 구체적이 되지만 그와 동시에 주체의 동인을 특정한 기표(민중)에 제한하는 한계를 드러낸다. 라클라우의 문제점은 민중 헤게모니가 부분대상의 환유를 통해 분산된 주체들을 접합시킨다고 보는 소박한 관점에 있다. 그의 생각과는 달리 '전체인 부분'(민중)의 헤게모니를 실행하는 것은 총체성의 실천 못지않게 지난한 일일 뿐이다.

---

12 제임슨, 『정치적 무의식』, 66~67쪽.

13 라클라우의 주장은 실제로는 다양한 음식들을 먹는 것이지만 일단 민중이라는 간판을 달아야 한다는 것과 유사하다.

새로운 사회운동을 위해 대상 a에 대한 열망을 말하는 점에서 라클라우의 논의는 우리와도 비슷하다. 그러나 어떤 사건이 사회 전체로 확산되는 과정의 설명에서 서로 차이를 드러낸다. 라클라우가 대상 a의 운동을 환유에 연결시켜 헤게모니를 강조한다면 우리는 타자에 대한 윤리와 은유를 통한 동요의 증폭을 중시한다. 라클라우가 **헤게모니**를 대상 a를 작동시키는 단초로 여기는 반면 우리는 **타자와의 교섭** 자체가 대상 a의 운동을 촉발시켜 물밑의 연대를 확장시킨다고 생각한다.

대상 a에 대한 열망은 타자에 대한 열정과 같은 것으로 타자란 다양하게 분산된 상처 입은 사람들이라고 할 수 있다. 라클라우는 분산된 사람들을 끌어모으려면 헤게모니가 필요하며 그것은 강제력이 아니라 대상 a를 작동시키는 텅 빈 기표라고 생각한다. 그러나 오늘날의 실제 변혁운동들이 그런 헤게모니에 의해 촉발되는지는 의문스럽다. 예컨대 희망버스와 촛불집회, 미투 운동에서 어떤 특화된 기표(텅빈 기표)가 대상 a를 작동시키는 것은 아닐 것이다. 우리는 라클라우와 달리 **은유**를 통해 타자와의 교섭이 전체 사회의 문제로 확산되는 것을 강조했다. 예컨대 희망버스에서는 김진숙이 노동자이기 이전에 고통 받는 타자였기에 분산된 사람들이 '우리가 김진숙이다'라는 은유로 연대했던 것이다. 그 순간 김진숙은 앱젝트에서 대상 a로 전위되며 실재계적 동인(대상 a)을 작동시켜 다중적인 사람들을 움직이게 만든 것이다.

오늘날 중요한 것은 하나의 사건이 어떻게 다양한 사람들을 동요시키느냐이다. 실재계적 대상 a가 상징계의 분산된 사람들을 결집시킨다는 점에서 라클라우와 우리는 일치한다. 그러나 라클라우가 대상 a를 헤게모니로서 주목했다면 우리는 그것을 타자와의 교섭(윤리)의 문제로 생각한다. 예컨대 희망버스의 경우 대상 a를 촉발시키는 방아쇠(기표)로서 헤게모니적 부분대상은 발견되지 않는다. 여기서는 대상 a가 총체화의 논리(헤게모니)가 아니라 타자와의 교섭을 회생시켜 은유적으로 증폭시키는 원리로 작동된다. 타자와의 교섭은 반복운동을 통해 우리가 타자의 사건 속에 있게 하는 은유를 생성하면서(우리가 김진숙이다) 하나의 사건을 전체 사회적 문제로 증폭시켜준다.

라클라우와 우리의 차이는 헤게모니의 가면과 은유의 가면의 차이로 설명할 수 있다. 2장에서 강조했듯이 우리시대는 시뮬라크르와 가면이 필요한 시대이다. 사람들은 어떤 집회에서 통일된 가면을 쓰면 연대의 힘이 배가됨을 느낀다. 항공사 시위에서 대한항공 직원들이 벤데타 가면을 쓴 것이 대표적인 예일 것이다. 벤데타 가면은 〈브이 포 벤데타〉의 브이와 똑같이 행동하게 하는 것이 아니라 텅 빈 기표로서 대상 a의 연대의 열망을 촉발시킨다. 라클라우의 민중 헤게모니 역시 민중 기표가 대상 a를 작동시켜 젠더, 인종, 소수자 영역을 집결시켜준다. 민중 헤게모니란 투명한 **민중의 가면**을 쓰고 부재원인 총체성을 열망하는 운동이다. 라클라우는 벤데타 가면 대신 민중의 투명한 가면을 쓰고 대상 a를 작동시켜 다양한 소수자들을 움직여야 한다고 주장하는 셈이다.

그러나 우리는 벤데타 가면을 벗은 얼굴이 더 강렬한 연대의 표현이 됨을 주목해야 한다. 항공사 시위에서 유은정 부사무장이 가면을 벗은 것은 아무런 헤게모니도 없이 은유를 통해 수많은 사람들과 물밑에서 만나며 연대를 느꼈기 때문이다. 헤게모니의 가면을 벗는 것은 '우리가 대한항공이다' 라고 말하는 사람들의 투명한 **은유의 가면**을 쓰는 것과도 같다. 은유의 가면은 타자와의 연대에서 촉발되어 분산된 사람들을 서로 연대하게 만든다. 만일 그런 투명한 은유의 가면이 없다면 사람들은 공포로 인해 광장에 모일 수도 비판적 말을 할 수도 없을 것이다.

은유의 가면은 라클라우의 헤게모니의 가면을 넘어서는 아렌트의 은유적인 정치적 인격과도 같다. 아렌트는 정치의 무대에서는 맨얼굴이 이미 은유적 페르소나임을 말한 바 있다.[14] 오늘날 우리가 필요로 하는 것은 바로 그런 투명한 정치적 은유의 가면이다. 우리는 인격성의 식민화와 분산된 운동들로 인해 서로 연대하기 어려운 시대에 살고 있다. 그럼에도 희망버스와 촛불집회에서 다중적인 사람들이 일치된 목소리를 내게 된 것은 조직적인 구호나 헤게모니 때문이 아니었다. 사람들은 '우리가 한진중공업이다', '우리가 세월호다'라는 은유의 가면을 쓰고 물밑에서 손을 잡음으로써 다르면서도 함께 행동할 수 있었다. 세월호의 은유는 계급, 인종, 젠더 영역을 관통하는 불가능한 총체성이다. 총체성은 역사의 지평에서 사라진 후 헤게모니의 가면에 깃들었다가 다시 투명한 은유로 되돌아왔다. 스피박의 '서발턴'처럼 말을 할 수 없는 세월호의 학생들을 광장으로 돌아오게 한 것은 바로 은유의 힘이다. 학생들은 여전히 말을 하지 않지만 세월호를 순수기억의 우주에서 생생하게 회생시키는 **반복운동**을 하고 있다. 광장의 사람들은 은유로 회생한 학생들의 반복운동을 통해 희미해진 사건을 되살리며 함께 움직이고 있는 것이다. 세월호 학생들이 광장을 향해 꽃으로 돌아오는 순간은 우리의 심연에서 대상 a가 작동되는 순간이다. 상징계의 현실에서는 손을 잡을 수 없지만 꽃의 은유로 작동되는 **대상 a의 동인**에 의해 광장의 다중적 사람들은 투명한 가면을 쓰고 연대를 한다. 이제 역사는 부재원인으로서 대상 a가 되었으며 현실에서 직접 드러내기 어려워졌다. 그 때문에 역사의 무대로 복귀하는 기회는 대상 a의 비밀을 아는 사람에게만 주어진다. 사라진 학생들이 대

---

14 아렌트, 서유경 역, 『과거와 미래 사이』, 푸른숲, 2005, 209~213쪽; 아렌트, 홍원표 역, 『혁명론』, 한길사, 2004, 193~199쪽.

상 a를 움직이며 꽃으로 돌아올 때 우리는 그 은유의 힘으로 광장이라는 역사의 무대에서 불가능한 변혁운동을 다시 한 번 연출한다.

3. 동일성의 반복과 차이의 반복
– 자본주의 · 대서사 · 미시서사에서의 대상 a의 놀이

제임슨과 바디우, 라클라우의 공통점은 대상 a를 **역사의 동인**動因으로 생각한다는 점이다. 세 사람은 비슷하게 역사의 동인이 눈에 보이는 현실이 아니라 표상할 수 없는 실재계(대상 a)에 있다고 주장한다. 실재계적 대상 a는 나와 타자를 진리의 과정을 담지한 주체로 생성하며 분산된 사람들을 결집시켜 준다. 그 때문에 대상 a의 비밀을 알아야만 사건과 역사에 대응하는 주체가 다시 회생할 수 있는 것이다.

하지만 세 사람이 대상 a를 똑같은 관점에서 접근하는 것은 아니다. 제임슨은 대상 a를 부재원인이라고 부르며, 바디우는 지속의 윤리로 보고, 라클라우는 헤게모니의 원리로 해석한다. 우리는 바디우가 타자를 주목하지 않는 한계를 지적했고 라클라우가 부분대상의 논리에 제한되는 문제점을 논의했다. 대상 a가 작동되어야만 진리의 과정(라클라우의 총체성)이 회생한다고 보는 점에서는 이견이 없다. 그러나 바디우는 타자를 간과함으로써 사건이 전체 사회로 확산되는 과정에 대한 문제의식이 없다. 또한 라클라우는 분산된 사람들을 결집시키고 사건을 전체로 확대시키기 위해 투명한 헤게모니의 가면을 요구하는 한계를 지닌다.

바디우가 개인을 넘어서는 차원이 없는 반면 라클라우는 타자가 분산되었기 때문에 대상 a를 작동시키는 헤게모니(부분대상)가 필요하다고 말한다. 그 둘과 달리 우리는 타자와 교감하는 윤리적 과정과 그런 윤리가 은유를 통해 번져가는 은유적 정치를 강조했다. 사건의 희생자인 타자란 실재계에 접촉한 존재이며 그런 타자와의 교감은 실재계적 대상 a에 대한 열망에 의해서만 가능해진다. 그 같은 맥락에서 우리는 대상 a에 대한 열망을 라클라우와는 달리 타자성의 교섭의 윤리에 중첩시켰다.

여기서 자아가 결코 동일화할 수 없는 타자와 교감하는 과정은 그 자체가 이미 이중주일 수밖에 없다. 또한 그런 과정에서 타자는 특정 위치에 국한된 존재가 아니기 때문에 윤리의 이중주는 자연스레 은유로 전이될 수 있다. 오늘날 타자와 교감한다는 것은 노동자나 농민 같은 특정 계급과 결합하는 과정이 아니다. 그보다는 무력화된 앱젝트를 대상 a로 전위시켜 역사의 동인을 회생시킨다는 뜻이다.[15] 여기서는 추방된 타자가 귀환하는 과정과 분산된 소수자들이 함께 돌아오는 과정이 겹쳐져서 진행된다. 그런 타자와의 교감을 통한 다중의 운동은 대상 a를 움직이며 그 운동을 구체화하는 은유의 작동 과정에서 나타난다. 즉 '우리가 김진숙이다', '나도 서지현이다'에서처럼 은유의 형식을 띠면서[16] 이중주의 과정이 분산된 위치(노동자, 지식인, 여성)를 뛰어넘어 물밑에서 끝없이 번져간다.[17] 은유란 타자와 교감하는 실재계적 힘으로 상징계의 분산된 사람들을 연쇄적으로 연결시키는 원리이다. 그 때문에 타자와의 윤리의 이중주는 이미 은유적인 다중주인 것이다.

그처럼 자아와 타자, 상징계와 실재계를 횡단하는 이중주만이 역사의

15 오늘날은 주도적인 계급을 움직이기보다는 대상 a를 작동시켜 분산된 다수적인 사람들이 함께 움직이게 하는 것이 중요하다.

16 그 때문에 오늘날에는 은유적인 미학적 정치가 매우 중요하다,

17 타자와의 교감이 앱젝트를 대상 a로 전위시킨다면 은유는 표상불가능한 대상 a의 작동을 다중적 표상들로 퍼져가게 만든다.

동인 대상 a를 작동시키며 역사적 주체의 상실을 만회할 수 있게 한다. 그런 진실의 이중주는 지배 권력에 의해 타자가 무력화된 경우에 더욱 더 중요해진다. 말할 수 없는 서발턴(그리고 앱젝트)은 영원히 주체가 될 수 없는 것이 아니라 진실의 이중주를 통해 대상 a를 작동시키며 사건에 참여할 수 있다.

그런데 역사의 부재원인인 대상 a는 진실의 이중주뿐 아니라 오늘날의 모든 담론과 실천에서 매우 중요하다. 대상 a의 비밀을 이해하는 것은 근대적 담론의 비밀에 접근하는 첩경이라고 할 수 있다. 이제 우리는 근대성의 무대에서 살아남으려면 비판담론뿐 아니라 권력담론 역시 대상 a의 논리를 간과할 수 없다는 비밀을 살펴볼 것이다. 권력 역시 대상 a의 논리를 이용하며 생존하기 때문에 대상 a를 역사의 동인으로 작동시키는 일은 훨씬 더 복잡하고 힘든 과정인 것이다.

대상 a의 운동이 원래 윤리와 진실의 미시적 과정임은 분명하다. 즉 진실의 이중주에서 무력한 타자를 앱젝트에서 대상 a로 전이시키는 것은 윤리의 과정과 중첩된다.[18] 라캉과 주판치치의 윤리를 포함한 이 이중주의 진행은 대상 a와 연관된 미시서사이다.

흥미로운 것은 대상 a의 비밀이 여기서 그치지 않는다는 점이다. 대상 a는 미시서사는 물론 저항적, 비판적 대서사, 그리고 심지어 지배체제의 자본주의 서사와도 연관이 있다. 근대적 서사에 스며든 중단될 수 없는 탈근대적 미시 기제가 바로 대상 a일 것이다. 근대적 서사의 무대에서 생존하려면 어떤 담론도 대상 a의 운동을 회피할 수 없다.

역사의 동인인 대상 a가 자본주의를 움직인다는 말은 의아하게 들릴

---

18 레비나스가 타자가 미래라고 말했듯이 대상 a와 연관된 타자성의 윤리는 역사의 추동력이기도 하다.

수 있다. 그러나 근대적 서사의 무대에서 생존하기 위해 대상 a의 작동에 필사적인 것은 자본주의도 예외가 아니다. 자본주의가 대상 a의 비밀에 둔감했다면 이미 대항담론에 의해 역사의 무대에서 사라졌을 것이다.

자본주의에서는 사회운동을 하는 사람들조차도 **교환가치**(화폐)에서 완전히 자유로울 수 없다. 그러나 반대로 자본주의조차도 동일성을 생생하게 만들기 위해서는 **대상 a**의 운동에서 자유롭지 않다고 할 수 있다. 자본주의와 지배담론이 반복운동을 하는 것은 어떻게든 대상 a의 위상학을 내부로 끌어들여야 하기 때문이다. 자본주의는 대상 a의 위상학을 내부로 포섭해야만 그(대상 a) 위치에서 역사의 주체가 나타나는 것을 막을 수 있다. 그처럼 대상 a를 포섭해야 하기 때문에 자본주의는 동일성(화폐) 원리이면서 끝없는 반복운동이기도 하다. 자본주의는 단순한 형이상학과는 달리 무한한 반복운동을 하는 특이한 동일성 체제이다.

모든 근대적 반복운동은 대상 a와 긴밀한 연관이 있다. 반복운동과 대상 a의 위상학은 둘 다 비슷하게 존재를 **생명력** 있게 만드는 원리이다. 반복운동이 심장의 진동이라면 대상 a의 위상학은 존재 자체의 진동이다. 예컨대 「고향」의 유랑인의 고통스러운 얼굴이 심장의 반복운동이라면 그의 아리랑 노래는 대상 a의 놀이이다. 생명적 존재는 삼장의 동요와 대상 a의 운동을 통해 자신이 살아 있는 생명적 유동체임을 증언한다.

자본주의가 역설적 방식으로 대상 a의 놀이와 반복운동을 실행하는 것은 바로 그 때문이다. 자본주의는 생생하고 다양한 가치들을 화폐라는 경직된 동일성의 원리로 환원시킨다. 또한 마치 흡혈귀처럼 산 노동의 피를 흡입해 딱딱하게 응고된 죽은 노동으로 만든다. 만일 자본주의가 그런 동일성의 경직화에 머문다면 살아 있는 생명을 갈망하는 사람들에게 외면당할 수밖에 없을 것이다. 그 점을 간파한 자본주의는 고체적 자본을 생명적 유동체로 되돌리는 놀이를 끝없이 계속하게 된다. 우리는 자본주의의 그런 '유사 대상 a의 놀이'를 교환가치의 세 형식인 화폐와 자본, 상품에서 발견할 수 있다.

예컨대 **화폐**는 단순한 가치의 동일화의 척도에 그치지 않는다. 다른 상품과는 달리 화폐라는 상품에는 직접적인 사용가치가 없다. 그러나 자기 자신은 무無인 화폐는 놀랍게도 상징계의 모든 것을 은유적으로 표현해 줄 수 있다. 가령 음식점의 가격표를 거꾸로 읽으면 신기하게도 화폐의 무한한 은유적 놀이가 나타난다.[19] 오천원은 짜장면이다, 팔천원은 비빔밥이다, 구천원은 냉면이다 등등. 이 화폐의 은유적 놀이는 자본주의가 발전할수록 화폐 자신이 세계의 모든 대상들을 은유화할 수 있음을 암시한다. 〈가을동화〉(오수연 극본, 윤석호 연출)에서 재벌 2세의 "얼마면 돼?"라는 외침은 사랑마저도 화폐로 교환될 수 있음을 암시한다. 무인 동시에 모든 것인 화폐는 **부재**원인으로서 세계의 모든 것과 총체적으로 관계하는 대상 a와 유사하다. 부재원인인 대상 a가 역사의 동인인 것처럼 무에 불과한 화폐는 세계를 움직이는 또 다른 동인이다. 대상 a는 상징계의 대상들과 무한한 놀이를 함으로써, 세계가 몇몇 역사적 주체의 운동으로 경직되는 것을 막고 유연한 운동을 반복하게 한다. 마찬가지로 화폐는 세계의 대상들과의 무한한 관계의 놀이를 통해, 초월적 경직성(권위적 이념)을 막고 유동적인 운동을 계속한다. 마르크스가 자본주의에서 견고한 모든 것은 대기 속에 녹아버린다[20]고 말한 것은 그 때문이다. 화폐는 세계를 물건처럼 딱딱하게 만들면서 그와 동시에 마치 생명체처럼 물결치게 하는 운동을 반복하고 있다.

---

19 마르크스, 김수행 역, 『자본론』 I, 비봉출판사, 2001, 121쪽.

20 마르크스 · 엥겔스, 이진우 역, 『공산당 선언』, 책세상, 2002, 20쪽.

그러나 **화폐**와 **대상 a** 사이에는 중요한 차이가 있다. 대상 a는 실재계적 부재원인으로서 반복운동을 통해 상징계의 동일성을 차이의 놀이로 변화시켜간다. 반면에 화폐는 대상 a처럼 유동적인 반복의 놀이를 하면서도 자기 자신은 동일성의 상징계의 왕이기도 하다. 화폐라는 자본주의의 왕은 중세적 제왕과는 달리 끝없는 유동체의 운동 속에서만 지위를 유지한다. 하지만 스스로 유동체를 흉내 내는 화폐는 인간을 생명체로 만드는 대상 a와는 달리 사람들을 물건처럼 경직되게 만들 뿐이다. 사람들은 활기차게 푸드득거리는 것 같지만 그 순간은 자본주의의 늪에 더욱 깊숙이 빠져든 시간이기도 하다.[21] 이런 화폐의 이중성이야말로 자본주의가 반복운동 속에서 비인간적 세상을 활기찬 듯 현혹시키며 유지시키는 비결이다. 화폐는 대상 a의 반복운동을 본뜨는 방식으로 자본주의를 영속화하며 동일성의 상징계의 왕으로 군림한다.

화폐의 아이러니는 교환가치의 또 다른 형식인 **자본**의 운동에서도 발견된다. 마르크스는 자본의 운동이 M(화폐)-C(상품)-M′(화폐)의 회로를 통해 무한히 계속된다고 논의한다. 자본이란 화폐가 잉여가치를 낳아 더 많은 화폐를 만드는 것을 말한다. 만일 자본의 회로가 한 번에 끝나버린다면 자본은 더 이상 자본으로 존재하지 않는다. 자본의 회로는 시작과 끝이 화폐이기 때문에 더 많은 화폐를 만들어야 하고 원리상 무한히 계속될 수밖에 없다.[22]

화폐는 차이가 아니라 동일성의 원리로 작동된다. 그러나 자본의 운동이 동일성으로 끝날 수 있는 것은 화폐의 증식(잉여가치)이라는 자본의 차

21 「날개」의 마지막 장면은 이점을 잘 보여준다. 여기서 푸드덕거리는 군중의 움직임이 화폐에 의한 운동이라면 '나'의 날개의 소망은 대상 a에 대한 열망이다.

22 머르크스, 『자본론』 I, 195쪽.

이[23]의 원리 때문이다. 그런 이유로 자본-운동의 동일성(화폐)의 끝에서 자본을 지속시키려면 차이의 원리(잉여가치)에 열린 상태로 두어야 한다. 이처럼 동일성/화폐의 운동에 차이의 운동이 기생하기 때문에 자본의 운동은 무한히 반복된다.[24]

이런 자본의 운동은 대상 a의 운동과도 매우 비슷하다. 대상 a의 운동은 「날개」에서의 날개의 소망처럼 동일성에 포획되지 않은 잔여물을 통해 차이를 생성하려는 운동이다. 당연히 자본의 운동은 그와 정반대일 것처럼 여겨진다. 그러나 자본의 회로 역시 한 번에 완결되지 않기 때문에 동일성으로 굳지 않고 (자본의) 잔여물을 통해 화폐의 차이를 생성하려는 활기찬 운동이 계속된다. 「날개」에서 '나'의 날개와 대비된 군중들의 활개 치는 움직임은 화폐의 부글거림인 동시에 자본에 포획된 차이의 운동이다. 자본은 경직된 동일성(화폐)을 낳는 운동이면서 그 동일성이 차이를 위한 시작이기 때문에 생명체처럼 유동적인 반복운동을 계속한다.

그런데 자본의 운동이 만드는 차이(잉여가치)는 상징계의 동일성일 뿐이다. 「날개」에서의 잉여는 중력에 저항하려는 실재계적 대상 a에 대한 열망이다. 자본의 차이의 증식 역시 원래의 동일성에 반발하는 것이므로 '잉여'라는 이름이 붙여진다. 그러나 자본의 잉여가치는 동일성의 갱신인 동시에 더 많아진 동일성으로 돌아온 것이기도 하다. 잉여가치를 생성하려는 운동이 많아질수록 세상은 생명체처럼 활기를 띠지만 그 속의 인간관계는 마치 물건처럼 굳어진다.

---

23 이 차이는 양적인 차이이지만 어쨌든 자본의 운동이 동일성으로 끝나지 못하게 만든다.

24 자본은 동일성의 운동에 차이의 운동이 기생하지만 다시 동일성으로 돌아오는 반복이다. 반면에 대상 a의 운동으로서 윤리나 사랑 같은 미시서사는 기생하는 차이의 운동이 동일성의 공백을 만들어 전복의 위협을 나타내는 반복운동이다.

화폐와 자본의 아이러니는 **상품**에서도 나타난다. 자본이 신상품을 만드는 것은 잉여가치를 획득하려는 시도인 동시에 고객을 유혹하려는 노력이기도 하다. M-C-M′가 성공하려면 상품은 화폐에 구애를 하면서 목숨을 건 도약을 해야 한다.[25] 그런데 그런 상품의 사랑이 성공하려면 구매자의 욕망을 끝없이 자극해야 한다. 신상품은 잉여가치의 수단인 동시에 고객에게 잉여의 욕망을 불러일으키려는 모험이기도 하다. 신상품이 호소하는 잉여향락이란 욕망의 갱신의 끝없는 반복이며 그런 반복운동은 유토피아의 환상을 불러일으킨다. 상품광고 중에 "기술이 꿈꾸고 인간이 이룬다"라는 문구가 있는데 이는 테크놀로지와 상품이 유토피아의 환상을 열망함을 암시한다. 모든 근대성의 프로젝트와 대서사의 기획의 공통점은 유토피아를 꿈꾼다는 점이다. 자본주의는 화폐의 동일성의 운동인 동시에 유토피아를 꿈꾸는 대서사를 수반하고 있는 것이다. 자본의 잉여가치가 부의 창조를 표방한다면 상품의 잉여향락은 유토피아의 신기루를 제공한다. 실제로 모든 광고 카피는 그런 자본주의적 대서사의 세부와 삽화를 구성하는 작은 이야기들이다. 비판적 대서사가 대상 a를 품에 안아 유토피아를 기획하듯이 자본주의의 상품은 광고카피의 유려한 화면처럼 소서사와 대서사를 연출한다. 신상품은 구상품이 이루지 못한 욕망의 잔여물의 충동이며 그것이 겨냥하는 유토피아의 신기루란 대서사에서처럼 대상 a에 대한 꿈에 다름이 아니다.

상품의 잉여향락을 통한 유토피아적 환상은 잔여물과 잉여의 충동인 대상 a의 열망의 아류이다. 그런데 대상 a가 쾌락을 넘어선 희열(향락jouissance)의 원인인 반면 그 아류인 상품의 잉여는 쾌락원칙을 넘지 못한다.

25 마르크스, 『자본론』 I, 136쪽.

스마트폰이 휴대전화의 잉여이듯이 신상품은 구상품의 잉여이지만 여기서의 향락은 초과적인 쾌락일 뿐이다. 신상품이 쾌락원칙을 넘지 못하는 것은 스마트폰이 쾌락원칙 너머의 문학과 예술을 대체하지 못하는 것과도 같다.

신상품은 대상 a의 놀이처럼 끝없는 반복을 통해 유토피아적 환상을 주기 때문에 잉여향락이라는 이름을 갖는다. 그러나 신상품의 잉여적 반복운동은 생명적 존재의 에로스에 이르지 못하고 쾌락원칙 내부에서 자기갱신을 계속할 뿐이다. 생명적 존재의 에로스적 반복운동은 쾌락원칙을 넘어서서 존재의 지속과 유토피아의 열망을 표현해준다. 그 과정에서 반복을 통해 에로스적 희열에 이르게 하는 **잉여**가 바로 순수기억으로서의 **대상 a**이다. 포르트 다 놀이에서처럼 쾌락을 넘어선 희열을 제공하는 것은 충족(유토피아)에 대한 기억(대상 a)이며 그런 순수기억(지속)은 창조의 잉여적 원동력이 된다. 대상 a란 상실한 유토피아의 기억인 동시에 미래의 새로운 유토피아에 대한 열망이기도 하다. 신상품 역시 유토피아를 꿈꾸지만 여기에서의 잉여향락에는 생명성을 증명하는 존재의 지속도 순수기억의 고양도 없다. 이 경우의 잉여의 기쁨은 오히려 생명체의 특권인 지속과 기억을 버려야만 얻어진다. 신상품이 기쁨을 제공하는 순간은 지속 없는 단절 속에서 끝없이 구상품을 버려야 하는 때이기도 한 것이다.

더욱이 상부구조까지 상품화된 오늘날에는 사랑, 문화, 무의식 같은 인격성의 영역에서도 그런 단절적인 쾌락의 운동이 계속된다. 상품화된 사랑과 미는 단절적인 쾌락을 아무리 퍼부어도 결코 에로스에 이르지 못한다. 우리시대는 에로스를 상실한 시대인 동시에 상품화된 잉여적 사랑과 친절이 넘쳐나는 사회이다. 그런 지속도 순수기억의 고양도 없는 잉여는 쾌락의 초과에 그치므로 신상품의 기쁨이 많아진 사회는 쾌락원칙에 갇힌 세상이기도 하다. 신자유주의의 혁신적인 신상품의 놀라운 환상은 그처럼 쾌락원칙 위에 세워진 왕궁에 다름이 아니다. 상품은 잉여적 반복(운동)을 통해 경직된 사물을 넘어선 생명적 존재를 흉내 내지만 다시 사물화된 쾌락의 세계로 돌아온다.

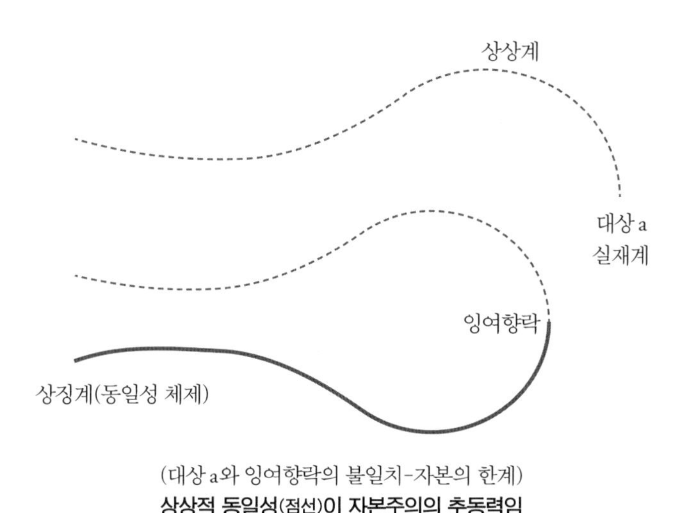

(대상 a와 잉여향락의 불일치-자본의 한계)
상상적 동일성(점선)이 자본주의의 추동력임

위에서 자본주의의 대상 a를 향한 욕망이 점선으로 표시된 것은 자본(그리고 상품)의 유토피아적 열망이 상상계적인 것임을 뜻한다. 자본주의도 대상 a에 대한 열망을 상상적으로 표현하지만 실상(실선)은 자신이 만들 수 있는 잉여향락의 생산에 만족한다. 그처럼 잉여향락의 생산을 통해 사람들을 회유하며 끝없이 동일성의 반복을 계속하는 것이 자본주의의 운동이다.

그 때문에 자본주의에서는 착취에 의한 고통도 문제지만 자본의 운동 자체가 이미 우리에게 상처를 준다. 자본주의에서는 흔히 자신의 욕망이 이뤄졌다고 느낀 바로 그 순간에 상처를 입는 반전이 일어난다. 예컨대

「운수 좋은 날」에서 마지막에 설렁탕을 사 가지고 집으로 들어가는 김첨지를 생각해 보자. 설렁탕은 아내에 대한 사랑의 표현인 동시에 돈을 많이 벌은 김첨지가 살 수 있는 잉여향락이기도 하다. 김첨지는 그날따라 운수가 좋았기 때문에 돈벌이가 좋았고 자신의 행운에 만족했을 것이다. 그러나 이상하게도 돈벌이의 욕망이 충족된 순간은 알 수 없는 불안한 순간이기도 했다. 김첨지는 돈벌이의 행운과 자신의 진짜 행복의 차이, 즉 잉여향락과 대상 a의 욕망의 간극을 막연히 감지하고 있었던 것이다. 그의 '운수 좋은 날'에서 '운수 나쁜 날'로의 반전은 잉여향락과 대상 a를 일치시킬 수 없는 자본주의 운동 자체가 만든 **상처**라고 할 수 있다. 「운수 좋은 날」은 운수 나쁜 날의 아이러니가 필연적인 것임을 암시한다. 자본주의의 '유사 반복운동'을 통한 잉여향락('운수 좋은 날')은 실상 대상 a의 운동이 못 나타나게 막는 것('운수 나쁜 날')이기도 하다. 그 때문에 자본주의 사회에서는 필연적으로 자본과 화폐의 운동을 비판하는 흐름이 나타날 수밖에 없다. 즉 가짜 반복운동 대신 진짜로 대상 a의 운동을 일으키려는 시도가 출현하는데 그것이 바로 **비판적 대서사**이다. 비판적 대서사는 대상 a에 대한 충동을 유토피아의 열망으로 나타내면서 모종의 서사를 기획한다. 대서사는 그런 서사적 진행을 합리적 정신들 사이에서 만장일치를 얻는 진리의 과정으로 표현한다.[26]

근대성의 공간에서 대서사는 오랫동안 비판담론의 기능을 해왔지만 무의식의 식민화 시대인 후기자본주의 이후로 불신에 직면해 있다. 계몽주의는 물론 마르크스주의 역시 의식적 차원에서 진행되기 때문에 표상할 수 없는 실재계적 대상 a를 얻는 데는 늘상 실패한다. 그처럼 항상 처

26 리오타르, 유정완 · 이삼출 · 민승기 역, 『포스트모던의 조건』, 민음사, 1992, 33~34쪽.

음의 **의도**와 실제적 **결과**가 일치하지 않는다는 점이 대서사의 한계이다.[27]

이처럼 열망과 결과가 일치하지 않는 점에서 대서사는 역설적으로 자본주의 서사와 비슷해 보인다. 그 때문에 리오타르는 자본주의 서사와 마르크스주의를 모두 불신하며 둘 다 유효성이 다한 대서사라고 부른다. 물론 자본주의 서사와 마르크스주의 대서사가 똑같은 것일 수는 없다. 자본주의가 사람들을 대상 a에서 멀어지게 만드는 반면 비판적 대서사는 원래의 열망의 일부를 성취해 지배체제의 변화를 촉구한다. 의도와 결과의 불일치는 대서사를 회의하게 만들지만 그런 미흡함 속에서도 자본주의를 변화시키려는 열망은 계속 표현된다.

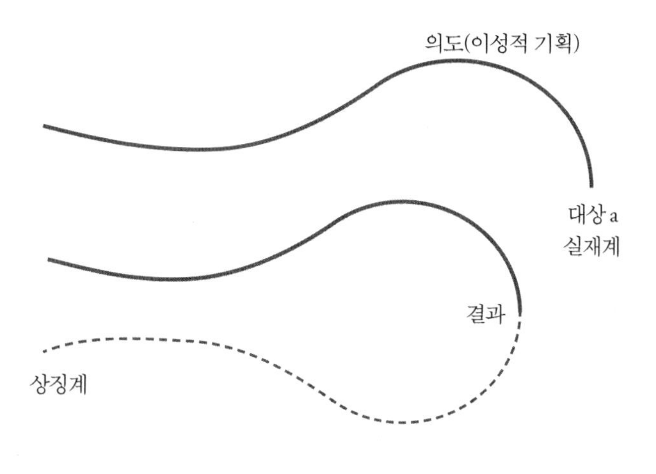

(의도와 결과의 불일치 – 대서사의 한계)

---

27 하버마스, 박거용 역, 「모더니티-미완성의 계획」, 정정호 · 강내희 편, 『포스트모더니즘론』, 터, 1990, 114쪽.

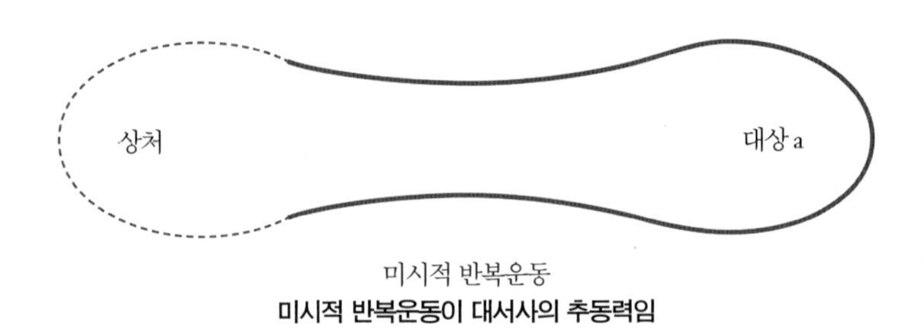

미시적 반복운동

미시적 반복운동이 대서사의 추동력임

위에서처럼 대서사는 자본주의와 비슷해 보이지만 그것의 기능은 정반대이다. 자본주의의 점선이 실선이 되고 실선이 점선이 된 도표는 자본주의와 대서사의 기능이 정반대임을 말해준다. 자본주의가 생명체의 반복을 흉내 내며 동일성으로 회귀한다면 비판적 대서사는 자본주의를 비판하며 차이의 반복을 지향한다.

그러나 비판적 대서사는 차이의 반복(대상a의 운동)을 지향하면서도 그 목표를 표상화하는 순간 대상 a의 무한한 운동을 위축시킨다. 자본주의에 대항하던 비판적 대서사는 자본주의처럼 또 하나의 상징계로 되돌아온다. 대서사는 자본주의가 빼앗은 것을 얼마간 되찾는 바로 그 순간 의도와 결과의 괴리로 상처를 입게 된다.

문제는 그런 한계가 대서사 자체에 포함된 근원적인 딜레마라는 점이다. 대서사는 표상불가능한 대상 a의 목표를 표상으로 의도화하는 순간 운명적으로 자기 자신의 한계에 부딪힌다. 그렇다고 그런 실패의 필연성을 감지하고 처음부터 미완의 프로젝트로 시작한다면 대서사는 더 이상 대서사가 아닐 것이다. 대서사는 전력을 다해 기획을 시작하지만 제임슨이 말한 대로 매번 역사 속에서 상처를 입는다.

리오타르는 그런 대서사의 한계를 주목하며 모든 근대적 메타담론이 효력을 다했다고 주장한다.[28] 반면에 제임슨은 대서사가 무의식과 실재계의 차원으로 이동했다고 말함으로써 문제를 해결하려 한다.[29] 제임슨은 그와 함께 메타적 대서사의 역사적 주체 대신 실재계적 부재원인을 역사의 동인으로 주장하고 있다. 그처럼 부재원인과 실재계적 대상 a를 말하는 것은 이제 **역사의 주체**를 무의식의 차원에서 탐색해야 함을 뜻한다. 대상 a에 대한 무의식적 열망을 미시서사라고 한다면 제임슨은 대서사의 회생이 미시서사와의 연관 속에서 가능함을 말하고 있는 셈이다.

대서사의 한계는 위의 도표에서처럼 의도와 결과의 불일치에 의해 역사의 무대에서 상처를 입는다는 점이다. 그런데 상처의 고통과 대상 a의 열망을 반복하는 것은 타자의 위치에서의 미시서사이다. 미시서사의 반복운동은 정치와 역사의 무대에서의 포르트 다 놀이와도 같다. 즉 멀어진 승리와 상처의 고통을 대상 a의 열망으로 끌어당김으로써 실패의 상처를 회생의 동력으로 전환시킨다.

대서사의 귀환이 가능하다면 바로 이 지점에서일 것이다. 예컨대 영화 〈1987〉(장준환 감독)에서 역사의 변화를 회의하던 연희가 이한열의 쓰러짐(상처)의 고통과 사랑(대상 a)의 열망으로 다시 대열에 참여하는 순간 같은 것이다. 대서사가 되돌아오는 시점은 미시서사가 작동되는 위치이며, 그것은 진실의 이중주에 의해 물밑의 연대가 고양되면서 유효성을 회복하는 순간이다.

흥미로운 것은 그처럼 대서사가 죽지 않고 귀환하는 원리가 자본주의가 계속되는 이유와 유사한 점이다. 마르크스는 자본의 한계는 자본 자체라고 말했다. 지젝은 마르크스의 말을 자본주의가 스스로의 모순 때문에 끝없이 생산조건을 갱신하며 영구적 재생산을 가능하게 하는 것으로

---

28 리오타르, 『포스트모던의 조건』, 33~34쪽.

29 제임슨, 「『포스트모던의 조건』에 대하여」, 위의 책, 18쪽.

재해석한다.[30] 그처럼 자본주의의 한계가 자본주의를 영속화하는 원리는 잉여향락의 측면에서도 찾을 수 있다. 앞의 도표에서처럼 대상 a와 잉여향락은 불일치하지만 그런 자본주의의 한계 때문에 잔여물(대상 a)을 얻으려는 운동은 계속된다. 신상품은 유토피아의 꿈을 주지만 그 신기루가 매번 깨지는 한계로 인해 자본의 자기갱신이 재개되는 것이다. 자본주의는 잉여가치를 만들기 위해 무한한 운동을 반복하는 동시에 잉여향락의 갱신을 위해 끝없이 더 편리해진 세상으로 나아간다.

대서사가 한 번의 실패로 포기하지 않고 귀환하는 이유도 비슷하다. 대서사는 결코 대상 a를 쟁취할 수 없지만 실패의 뼈아픈 상처 속에서 다시 유토피아의 오아시스(대상 a)에 대한 열망을 불러일으킨다. 그 점에서 대서사의 한계는 대서사 자신일 것이다. 대서사는 마치 자본주의처럼 자신의 실패의 한계 때문에 근대적 자기갱신의 원리를 발휘하며 끝없이 계속되는 것이다. 만일 한 번의 실행으로 목표를 얻었다면 대서사는 전근대적 이념처럼 내적인 안정 속에서 자기갱신 원리를 상실할 것이다. 그와 달리 매번 완결되지 않고 잔여물(대상 a)이 남기 때문에 자기 자신을 넘어서며 계속 귀환하는 것이다.

대서사가 자본주의와 다른 점은 대상 a에 접근한 성과를 이루며 다시 계속된다는 점이다. 자본주의의 무한한 자기갱신은 잉여향락으로 현혹하며 대상 a가 작동되지 못하도록 막는 진행이기도 하다. 자본주의적 세상은 더 편리해진 동시에 물건처럼 딱딱해진 사회이며 화려하면서도 음습해진 세계이다. 반면에 대서사는 에로스적인 대상 a의 열망을 통해 상품처럼 고체가 된 세상을 유동체로 만들며 생명적 존재의 능동성을 회복시킨다.

---

30 지젝, 이수련 역, 『이데올로기라는 숭고한 대상』, 인간사랑, 2002, 98~101쪽.

다만 중요한 것은 그런 대서사의 귀환을 위해서는 **미시서사의 선차성**이 요구된다는 점이다. 리오타르가 대서사를 회의한 것은 정당성의 의도만으로 대서사를 기획하면 별다른 호응을 얻을 수 없기 때문이다. 자본주의의 영속성에 잉여향락의 비밀이 있듯이 사회적 변화를 위해서도 미시적 욕망의 서사가 작동되어야 한다. 미시서사는 역사 속에서 상처받은 타자들이 반복운동을 통해 대상 a의 열망을 불러일으키는 과정이다. 〈1987〉에서처럼 상처의 아픔이 대상 a에 대한 충동을 자극해 흩어진 사람들이 대오를 이뤄 버스 꼭대기에 오를 수 있는 것이다. 진실의 이중주 속에서 그처럼 미시서사가 물밑의 연대를 고양시켰을 때 비로소 대서사가 진가를 발휘할 수 있다.

미시서사의 선차성에 의한 대서사의 귀환은 역사적 주체를 중심에 세우는 대신 다중적인 정치적 행성의 운동이 생겨나게 만든다. 대서사의 귀환은 보이지 않는 지하에 쌓여진 인화물질에 한 점의 불을 붙이는 것과도 같다. 그 과정에서 역사적 주체는 과거의 대서사와는 달리 결코 혁명적 투사의 얼굴을 미리 드러내지 않는다. 정치적 무대에서 사라진 역사의 주체는 미시서사를 통해 물밑에서 고양된 연대의 힘으로 투명한 은유의 가면을 쓰고 다시 출현한다. 사람들은 김진숙과 대한항공과 김용균의 은유적 가면을 쓰고 함께 움직이며 뒤섞인다. 물밑의 연대의 표현인 이 은유적인 정치적 인격들은 대상 a를 선회하는 다중적인 정치적 행성들을 연출하며 저항의 코페르니쿠스적 전회를 실행한다. 대서사는 실재계로의 전회가 진행되는 바로 그 순간 잃어버린 대의Cause를 투사하는 총체성의 효과로서 다시 한 번 등장한다.

4. 타자는 반복할 수 있는가 – 대상 a를 둘러싼 싸움

제임슨과 스피박은 서로 다른 질문을 했지만 그들의 문제의식은 비슷했다. 제임슨은 역사를 재현(대표)하는 주체를 말하기 어려우며 총체성의 진리는 직접 접근할 수 없다고 논의했다. 또한 스피박은 서발턴은 말할 수 있는가라고 물으면서 서발턴의 재현을 문제시했다. 과거의 저항담론은 지배체제에서 가장 핍박 받는 사람을 역사의 주체로 앞세우는 데 주저하지 않았다. 반면에 제임슨과 스피박은 어떤 위치의 사람을 저항의 중심에 놓는 역사적 주체의 신화에 문제를 제기하고 있다.

그러나 제임슨과 스피박의 문제제기는 역사의 주체를 포기해야 한다는 말이 결코 아니다. 두 사람은 오히려 역사의 주체를 포기하지 못해서 생긴 역사의 난제를 고민하고 있는 것이다. 제임슨과 스피박은 역사적 주체를 상징계의 어떤 위치에서 말할 수 없으며 다른 방식의 모색이 필요함을 주장하고 있다.

이제까지의 우리의 논의들은 두 사람의 질문에 응답하려는 시도였던 셈이다. 그리고 그런 답변의 하나가 부재원인인 **실재계적 대상 a**의 위치에서 역사의 주체를 작동시켜야 한다는 것이었다. 과거의 저항담론에서 말해온 '고통 받는 타자'를 대상 a에 연관시킬 때 비로소 역사의 주체가 등장하기 시작하는 것이다. 고통 받는 타자는 서발턴처럼 무저항적이며 직접적으로 역사의 주체가 될 수 없다. 그럼에도 레비나스처럼 타자를 미래의 시간으로 말할 수 있는 것은 타자와 교섭해야만 실재계적 대상 a가 작동되기 시작하기 때문이다.

타자와의 교섭과 대상 a의 작동은 프로이트 논의에서도 이미 암시되고 있다. **대상 a**란 어머니와의 충족감을 상실한 후에 남겨진 나의 **잔여물**이다. 충족된 행복의 순수기억인 이 잔여물은 상징계에 포함될 수 없는 실재계적 **잉여**이기도 하다. 포르트 다 놀이는 상징계에 진입할 때 상실한 충족의 기억을 무의식 속에 대상 a로 간직하기 위한 반복운동이다. 자아는 대상 a를 심연으로 옮겨 왔기 때문에 아버지의 상징계에 예속된 뒤에도 잠재적으로 능동적 주체의 위치를 지닐 수 있다. 그런 무의식 속의 능동적 주체의 위치는 타자와 교섭할 수 있는 잠재력이기도 하다. 타자란 상징계에 동화될 수 없는 위치에서 고통 받는 존재이다. 그런 타자에게 자아가 교감할 수 있는 것은 도덕적인 책임감이 아니라 본능적인 순수기억 대상 a에 의거한 것이다. 자아가 타자와 교섭하는 순간은 아버지의 상징계에 수동적으로 예속되는 것을 거부하고 잠재적인 주체의 능동성을 현실화하는 시간이기도 하다. 타자란 나의 무의식 속의 잠재력을 현실화하기 위해 필요한 대상 a와 연관된 잉여적 존재[31]이다.

대상 a는 무의식 속에 간직된 것인 동시에 실재계에 위치해 자아의 잠재적 능동성을 자극한다. 그러나 실재계적 대상 a는 표상될 수 없기 때문에 상징계에서 어떤 이미지(대체물)로 암시되어야 자아와의 교감이 이루어질 수 있다. **타자**란 바로 그런 대상 a의 환유적 대체물(부분대상)이다. 체제에 동화되지 않은 타자는 실재계적 대상 a의 환유로서 상징계에 모습을 드러내고 있다. 타자는 상징계에 동화될 수 없는 고통을 표현하며 '나'의 무의식 속의 대상 a를 자극한다. 그처럼 자아의 무의식과 상징계의 대상 a의 부분대상(타자)이 조우할 때 지배체제에 대항하는 능동성이 생성될 수 있다.

예컨대 「향수」(김사량)에서 이현은 제국의 타자인 누나와 조우해 대상

31 상징계에 위치하면서 실재계적 대상 a를 움직이는 점에서 잉여적 존재이다.

a를 작동시키길 열망한다. 그러나 누나는 제국의 권력에 의해 피폐해져 있었으며 이현의 심연의 대상 a는 깊이 가라앉아 동요하지 않았다. 그 대신 이현은 유리창琉璃廠[32]에서 조선자기(조선의 문화)를 구출하며 대상 a의 동요를 경험한다. 조선자기는 대상 a의 은유이며 은유는 우울하게 가라앉은 대상 a를 자극할 수 있는 중요한 무기이다. 이현은 은유를 통해 대상 a를 고양시켜 누나를 구출할 용기를 얻는다. 이현의 은유적인 모험은 피폐해진 누나를 대상 a의 환유(타자)의 위치로 이동시키며 교감을 가능하게 했다. 이제 제국의 타자로서 누나는 이현의 가슴을 뛰게 하며 능동적 주체의 소망을 생성하고 있었다.

「향수」에서 이현의 심연에서 대상 a가 움직이는 순간은 타자라는 대상과 교섭하는 시간이기도 하다. 신비하게도 대상 a는 **자아의 타자성**(무의식)[33]인 동시에 실재계적 **대상**이기도 한 셈이다. 「향수」에서 상실한 고향의 잔여물 대상 a는 이현의 심연에 위치하면서 제국의 타자 누나에게서 환유적 이미지로 어른거리고 있다.

「향수」에서 암시된 이 비밀스러운 대상 a의 놀이는 에로스적 관계에서도 찾을 수 있다. 자아의 순수기억(무의식)이기도 한 실재계적 대상 a가 상징계에 모습을 드러낸 대표적 예가 바로 에로스적 타자이다. 프로이트는 에로스라는 생명본능의 기원을 원래 자신과 한 몸이었던 타자와 재결합하려는 플라톤 신화에서 찾고 있다.[34] 에로스의 순간이란 타자가 나의 한 부분이 되어 나와 끝없이 교섭하는 반복의 시간이다. 사랑한다는 것

32 북경의 도자기 거리임.

33 데리다가 말했듯이 무의식이란 자아의 심연의 타자성이다. 데리다, 권택영 역, 「차연」, 『후기구조주의 문학이론』, 민음사, 1990, 287쪽.

34 프로이트, 박찬부 역, 「쾌락원칙을 넘어서」, 『쾌락원칙을 넘어서』, 열린책들, 1997, 81~82쪽.

은 '자아의 존재의 동요'와 '타자와의 교섭'이 구분되지 않는 은밀한 경험이다. 에로스에서 동시적으로 느껴지는 '자아의 동요'와 '타자에 대한 갈망'은 대상 a의 작동에 다름이 아니다.

이런 에로스적 교감은 반복운동을 하며 심장의 진동을 들려주는 고통받는 타자와의 관계와 근본적으로 일치한다. 에로스란 타자와의 사랑인 동시에 생명적 본능의 진동이기도 하다. 물신화된 상징계가 심장의 동요를 잘 들리지 않게 만든다면 타자는 다시 생명의 진동을 전파되게 만드는 존재이다. **타자**의 생명적 반복운동은 자아의 심연의 잔여물을 일깨우는 실재계적 **대상 a의 운동**으로 잠재하고 있다. 타자는 상처받는 순간 생명적 반복운동을 통해 자아의 타자성(심연)을 자극하며 대상 a의 놀이를 작동시킨다.

그 같은 타자와의 교섭의 순간이야말로 진실의 이중주를 통해 자아와 타자를 능동적 주체로 생성하는 시간이다. 진리는 타자가 품고 있는 것도 지식인이 담지하고 있는 것도 아니다. 고통 받는 타자가 직접 역사의 주체가 될 수 없듯이 타자를 재현(대표)하려는 지식인도 스스로 주체가 될 수 없다. 반면에 타자의 심장의 진동이 들리는 순간은 생명적 잔여물 대상 a가 작동되는 때이며 (지식인의) 자아의 무의식이 동요하는 시간이기도 하다. 타자의 반복운동이란 사건의 진실을 전해주기 위한 생명적 운동의 반향이다. 고통 받는 타자는 반복운동을 통해 나의 심연을 강타하고 대상 a를 작동시켜 진실의 과정을 발진시킨다. 타자에 의해 촉발된 그런 진실의 이중주만이 지배체제에 대항하는 **역사의 주체**를 생성시킬 수 있다.

자아의 무의식인 동시에 실재계적 대상인 대상 a의 신비는 현실에서 **진실의 이중주**로 구체화된다. 진실의 이중주란 '자아의 심연의 대상 a'와 '대상 a의 부분대상 타자'가 교감하는 순간이다. 그 순간은 타자의 반복이 대상 a의 작동과 함께 자아를 동요시켜 상호주체적 대응을 생성하는 시간이기도 하다. 대상 a의 작동이란 생명적 반복운동이 서로 다른 자아와 타자를 관통하며 (생명을 무력화하는) 지배체제에 대응하는 주체를 생성시키는 과정이다.

그런 진실의 이중주에서 역사적 주체의 생성이 **타자로부터** 시작된다는 점은 매우 중요하다. 고통 받는 타자가 반복운동을 한다는 것은 자아를 타자의 사건의 현장으로 데려간다는 뜻이다. 반복이란 단순한 재연이 아니라 권력의 공백 위에서 사건 자체의 구멍을 경험하게 하는 것을 말한다. 자아는 타자의 반복운동에 공감하는 순간 공백의 구멍을 통해 실재계와의 만남을 경험하게 된다. 예컨대 「고향」에서 유랑인의 고통에 짓눌린 음산한 얼굴을 보는 것은 사건의 현장으로 소환되어 상징계의 구멍에서 실재계와 만나는 순간이다. 여기서 상징계의 표상으로 대상을 경험하는 것이 **시선**이라면 타자와 사건의 위치로 소환되어 체제의 구멍과 실재계를 경험하는 것은 **응시**이다. 지식인인 '나'는 처음에 시선으로 유랑인을 보았지만 그의 반복운동에 감염되어 음산한 조선의 얼굴을 응시하게 된다. 이처럼 타자와의 관계가 중요한 것은 100년 후에도 마찬가지이다. 세월호에 대한 뉴스를 듣는 것과 희생자와의 만남의 차이는 후자가 사건의 현장으로 호출하며 실재계적 상처를 경험하게 한다는 것이다. 반복운동의 순간이란 그처럼 타자의 위치에서 실재계적 **응시**의 순간을 경험하는 것이기도 하다. 그 순간의 교섭을 통한 응시의 증폭이 바로 대상 a가 동요하는 순간이다. 여기서 타자의 위치는 설령 그가 무력하더라도 응시의 증폭을 통해 대상 a를 동요시키는 운동을 시작하게 해준다.

타자를 바라보는 우리는 기껏해야 그를 재현할 수 있을 뿐이다. 세월호의 뉴스가 우리를 움직이지 못했듯이 재현으로부터는 진실의 이중주가 시작되지 않는다. 반면에 우리의 시선을 받는 타자(희생자)는 응시를 통해 상처의 순간과 실재계를 경험하게 한다. 우리는 타자를 나의 눈 속에 넣을 수 있을 뿐이지만 타자는 나를 실재계적 사건 속에 있게 한다.[35] 나는 타자를 바라보는 순간 응시에 습격당하고 시선과 응시의 이중주에 말려들며 비로소 실재계와의 만남을 경험한다. 이 순간 고통 받는 타자 역시 이중주의 과정에 참여하며 비천한 존재에서 대상 a 위치로 이동한다. 그런 시선과 응시의 이중주란 상징계에서 실재계적 사건을 경험하는 잉여적인 과정이다. 그 순간의 실재계와의 만남이란 대상 a의 작동이 자아와 타자의 심연에 메아리치는 동요의 시간이다. 바로 그런 재현과 반복의 이중주와 시선과 응시의 대위법을 통해 주체의 생성이 시작된다.

이처럼 진실의 이중주에서 진리의 과정의 출발점은 지식인보다는 타자이다. 타자란 지배체제에 동화될 수 없는 실재계적 존재이기 때문에 언젠가는 타오를 인화물질과도 같다. 지식인이 아무리 비판적 사상을 전파하려 해도 인화물질이 없으면 원환 같은 불꽃의 발화는 일어나지 않는다. 반면에 비판적 사상이 무력화되었어도 타자가 반복운동을 계속하는 것은 언젠가는 한 점의 불꽃에 의해 저항이 폭발되리라는 위협과도 같다.

그 때문에 지배권력은 항상 타자를 배제하는 데 전력을 기울인다. 자본주의가 한 번의 회로를 통해 안정을 얻지 못하고 반복운동을 계속하는 것도 그와 연관이 있다. 자본이란 생명적 유동성을 고체적으로 만들면서 산 혈액을 죽은 피로 응고시키는 운동이다. 그런 자본이 한 번의 운동으로 안정을 꾀하고자 한다면 그 즉시로 잔여적인 유동성의 반격에 부딪힐

35 지젝, 김서영 역, 『시차적 관점』, 마티, 2009, 40쪽.

것이다. 이 점을 간파한 자본은 반복운동을 통해 고체적인 자본의 응고물을 생명력 있는 존재로 보이게 하려 애쓴다. 이 유사 반복운동이야말로 자본이 배제한 잔여적인 타자의 반복운동을 무력화하는 과정이라고 할 수 있다. 자본은 대상 a의 운동을 흉내 냄으로써 타자의 반복운동(대상 a의 운동)의 반격을 사전에 차단하는 것이다. 그 때문에 우리는 생명운동을 본뜨며 생명적 존재(타자)를 무력화하는 자본주의의 이중적 비밀을 대상 a와의 관계를 통해 조명해야 한다.

상품광고에서 보듯이 자본은 **대상 a**를 열망하는 유토피아의 환상과 함께 움직인다. 자본주의에서 화폐와 자본, 상품의 운동은 상상적으로 대상 a와 교섭하는 듯한 환상서사를 만든다. 그러나 이는 실상은 타자 쪽에서의 대상 a의 운동이 발생하지 못하게 막는 것과도 같다. 앞에서 우리는 그 점을 잉여향락의 운동과 대상 a의 반복운동의 차이를 통해 살펴보았다. 자본은 타자의 특권인 대상 a의 놀이를 **타자** 쪽에서 **잉여향락** 쪽으로 전환시킨다. **화폐**의 운동은 가난한 사람에게는 일어나지 않으며 **자본**의 반복은 타자를 도구로 만들거나 폐기하는 과정이다. 또한 **상품**의 잉여향락은 상품물신화 속에서 생명력이 남아 있는 잉여적 존재(타자)를 망각하게 만든다. 자본주의의 운동은 타자가 없이도 대상 a의 운동이 가능한 것처럼 보이게 만드는 유혹의 환상서사이다. 한마디로 자본주의의 반복운동은 생명체를 흉내 내는 동시에 실상은 화폐 물신화 속에서 생명적 타자를 배제하는 운동이다.

자본주의의 운동이 생명체의 반복운동과 결정적으로 다른 점은 타자가 끼어들 공간이 없다는 점이다. 레비나스가 타자와의 관계를 '아직 오지 않은 것'과의 관계라고 말한 것은 모든 걸 다 가진 자도 없는 잉여가 타자라는 뜻이다. 모든 대상을 상품화해 유동체를 고체로 만드는 자본주의에서 아직 탄력적 생명성을 지니고 있는 잉여가 바로 대상 a이다. 타자란 자본주의에 완전히 동화되지 않았기 때문에 대상 a의 잉여를 품고 반복운동을 하는 존재이다. 타자는 자본주의에서 비천한 존재이지만 그 대신 그의 반복운동은 '모든 게 다 있는' 자본에는 '없는' 생명적 세계로 향하고 있다. 반면에 자본주의의 반복운동이란 잔여물에 대한 충동이며 대상 a의 잉여마저 끝없이 신상품의 잉여로 만들려는 시도이다. 그 때문에 자본주의의 반복운동이 계속될수록 대상 a의 운동 대신 잉여향락의 운동(유사 대상 a 운동)이 많아지면서 타자는 반복운동이 위축된 비천한 존재가 된다.

예컨대 「도둑맞은 가난」(박완서)은 타자가 대상 a의 운동을 빼앗기면 어떻게 비천한 존재로 전락하는지 보여준다. 이 소설에서 미싱사인 '나'는 멕기공장에 다니는 상훈과 동거를 하며 그의 사랑 고백만을 기다리며 살아간다. 그러던 어느 날 잠시 실종되었던 상훈이 돌아왔는데 그는 왕자 같은 모습에 말투까지 변해 있었다. 원래 부잣집 아들이었던 그는 그동안 가난수업을 했던 것이라며 '나'를 집에 데려다 야학에 다니게 해주겠다고 말했다.

이제 부자들은 가난을 멸시하는 대신 자본의 매력적인 품목의 하나로 인정하려 하고 있었다. 타자의 비밀인 대상 a는 자본이 품어 안은 잉여향락이 되었다. 가난마저 자본의 울타리 안에 잉여향락으로 편입된 순간 비천한 타자들이 잃어버린 것은 **대상 a**의 운동이었다. 가난한 상훈과의 사랑이 부자들은 할 수 없는 대상 a의 운동이었다면, 부유한 상훈의 집에서의 야학은 부자의 잉여향락이자 그것에 의한 '나'의 포섭이다. 부자들이 가난의 매력을 인정한다는 것은 대상 a 운동을 잉여향락 운동으로 전환시켜 타자의 존재를 빈 껍데기로 만드는 일이었다. '나'는 가난을 빼앗기지 않으려 악다구니를 퍼부어 상훈을 쫓아냈지만 '내'가 발견한 것은 푸성귀 같은 청청함 대신 쓰레기로 남겨진 자신의 모습이었다.

상훈과의 사랑 같은 '가난 속의 행복'은 부자들은 잘 모르는 잉여의 비밀이었다. 그러나 자본화되지 않은 잔여물에 대한 충동으로 반복운동을 하는 부자들은 그 잉여의 비밀(대상 a의 운동)마저 잉여향락으로 만들어버린 것이다. 박완서의 소설뿐 아니라 오늘날의 모든 신데렐라 드라마는 타자의 대상 a의 반복운동을 부자의 잉여향락의 운동으로 전환시키려는 시도들이다. 신데렐라 드라마는 부자들의 세계에서는 볼 수 없는 특별한 감동을 주는데 그 사랑의 감동은 이제까지의 쾌락을 뛰어넘는 잉여향락에 견줄 수 있다. 이 새로운 잉여향락은 타자의 영역에 있었던 잔여물을 자본의 반복운동에 편입시킴으로써 생겨난 것이다. 잉여향락은 타자의 에로스를 흉내 냄으로써 자본의 세계에서 놀라운 매력적인 품목으로 등장한다. 그러나 잉여향락은 에로스를 모방하는 동시에 그 훈훈함을 불가능하게 만든다. 잉여향락의 운동이 확대되면 대상 a를 유사품에게 빼앗긴 타자의 반복운동이 위축되기 때문이다. 이제 가난마저 잉여향락으로 자본에 편입된 현실에서 「도둑맞은 가난」의 '나'처럼 여전히 타자로 남아 있는 사람은 원래의 생명성을 잃고 쓰레기로 전락한다.

그런 방식으로 신자유주의는 유연한 반복운동을 통해 문화와 친절, 사랑까지도 잉여향락으로 만들어내고 있다. 이처럼 인격성의 영역에까지 잉여향락이 확대되면 우리는 얼핏 행복이 더 많아진 세상에서 살게 되었다고 느끼게 된다. 그러나 잉여향락이란 자본에는 없는 잉여마저 상품이 되었다는 뜻이며 '인간의 비밀'[36]을 알려주던 문화와 예술, 사랑이 상실되었음을 나타낸다.

---

36 인간의 비밀이란 에로스, 무의식, 직관지 등을 말한다. 나카자와 신이치, 김옥희 역, 『예술인류학』, 동아시아, 2009, 242쪽.

타자의 비밀이었던 에로스마저 신데렐라 드라마와 낭만적 사랑 같은 잉여향락이 되면 대상 a를 빼앗긴 타자는 비천한 존재로 전락한다. 중요한 것은 그런 (대상 a에서) 비천한 앱젝트로의 강등이 타자의 심리적 변화 때문이 아니라는 점이다. 「도둑맞은 가난」에서 상훈이 부잣집 왕자로 변신한 후에도 '나'의 가난의 청청함에 대한 애정에는 변함이 없었다. 그럼에도 방안의 물건들이 추한 잡동사니가 되고 '내'가 쓰레기로 전락한 것은 타자의 반복운동을 빼앗겼기 때문이다. 자본화되지 않은 잔여물을 잉여향락으로 만드는 부자들의 반복운동에 의해 타자의 반복운동이 위축되어 버린 것이다. 타자의 반복이 자본주의 너머의 '아직 오지 않은 세상'을 소망한다면, 잉여향락의 반복은 자본의 쾌락원칙 위에 세워진 신상품의 왕국을 욕망한다. 이처럼 반복운동의 흐름이 타자에서 자본 쪽으로 이동할 때 세상은 타자의 실재계에서 자본의 상상계 쪽으로 이동한다. 그런 식으로 자본의 상상적 반복운동이 타자의 운동을 압도하면 「도둑맞은 가난」의 '나'처럼 타자는 무력한 앱젝트로 강등된다. 「도둑맞은 가난」은 오늘날의 신자유주의의 예고편이다. 우리시대처럼 대상 a의 운동 대신 상상적인 잉여향락의 운동이 확대되면, 푸성귀 같은 타자가 사라지면서 비천한 실직자, 노숙자, 난민이 많아진다. 예컨대 박민규 소설에서 '보트피플'[37]로 불리는 '은유로서의 난민들'은 자본의 반복운동의 확장 속에서 대상 a의 운동을 빼앗긴 공허한 사람들이다.

타자와의 관계가 미래와의 관계가 되는 것은 타자의 실재계적 대상 a의 운동이 자아의 무의식의 잔여물을 동요시키기 때문이다. 여기서 대상 a의 운동은 타자의 **잉여적 존재**와 자아의 **무의식의 잔여물**을 관통한다. 그

37 박민규, 「아, 하세요 펠리컨」, 『카스텔라』, 문학동네, 2005, 130 · 132쪽.

런 잉여적 공감과 동요를 통해 새로운 세상을 소망하는 운동이 시작되는 것이다. 반면에 자본주의가 대상 a를 잉여향락으로 끌어들이면 신상품과 자아의 내면 사이에서 나르시시즘적 욕망의 공명이 일어나게 된다. 여기서는 잉여향락의 운동이 자본의 신상품과 나르시시즘적 자아를 관통한다. 대상 a의 반복이 자본주의의 외부를 향한 운동을 만든다면 잉여향락의 반복은 자본주의의 외부를 내부화하는 운동을 증폭시킨다. 전자에서는 타자가 실재계적 대상 a의 위치에서 운동하는 반면 후자에서는 자본의 상상적 확장에 반복운동을 내준 타자가 앱젝트로 추락한다.

진실의 이중주	자본주의의 운동
타자와의 교섭	타자의 배제
대상 a의 운동	잉여향락의 운동
내부에서의 외부의 접속	외부의 내부화
상상계에서 실재계로	실재계에서 상상계로
에로스와 비판의식	쾌락과 혐오

대상 a를 끌어들이려는 싸움

신자유주의는 자본의 균열을 감추는 스펙터클적 장식들이 만개된 상상계적 세계이다. 1970~80년대에 타자와 교감하며 가두에서 저항했던 역사적 변혁운동의 순간은 실재계로 이동하는 시간이었다. 반면에 오늘날 타자가 무력화되고 혐오발화가 많아진 것은 세계가 상상계 쪽으로 이동했음을 뜻한다. 너스바움이 말했듯이 앱젝트에 대한 멸시와 혐오발화

는 주체의 능동성을 상실한 상상계적인 반작용적 정동의 표현이다.[38]

우리는 신자유주의의 상상계적 스펙터클의 세계를 제2의 피부처럼 활력 속에서 접촉한다. 그러나 지금의 화려한 세계는 잉여향락의 쇄신이 우리를 유혹하며 쾌락과 혐오가 동거하는 상상계로 이끄는 진행이기도 하다. 잉여향락의 쾌락이 증폭된 세계는 혐오발화가 많아진 세계와 표리를 이루고 있다. 그 두 상반된 수동적 정동이 우리가 쾌락원칙을 넘지 못하게 막고 있다는 점에서 그렇다고 할 수 있다. 우리시대는 나르시시즘적인 쾌락원칙에 예속된 사회이며 쾌락원칙을 넘어선 타자의 에로스적 갈망이 무력화된 세계이다. 또한 오늘날의 혐오발화는 나르시시즘적 쾌락원칙에 포섭되지 못한 잔여물들에 대한 배제의 반감이다. 이제 에로스적 잔여물을 지닌 타자는 대상 a 운동의 둔화와 함께 앱젝트로 전락한다. 자본의 잉여향락 운동의 과잉은 상징계의 잉여인 대상 a의 운동을 마비시켜 우리를 타자가 없는 쾌락원칙(그리고 현실원칙)의 감옥에 감금한다. 상징계와 상상계의 쾌락과 혐오에 영어된 세계에서는 새로운 세상으로의 변화가 일어나지 않는다. 대상 a의 운동을 암시하는 존재인 타자가 앱젝트(쓰레기)로 추방되어 반복운동도 심장의 동요도 전해지지 않기 때문이다.

이런 상황에서는 제임슨이 말한 실재계적 대상 a를 다시 작동시켜 역사의 동인을 추동해야 한다. 과거에는 역사의 무대와 공장과 가두에서 지배 권력과 변혁의 주체와의 싸움이 있었다. 그러나 오늘날은 양자의 얼굴이 둘 다 사라진 시대이다. 폭력적인 권력의 얼굴은 눈부신 스펙터클 때문에 보이지 않으며 투명인간이 된 타자는 셔터 저 편으로 추방되

---

38 너스바움, 조계원 역, 『혐오와 수치심』, 민음사, 2015, 186 · 191쪽; 너스바움은 혐오가 실제적 위험보다는 자신이 오염될 수 있다는 상상적이고 신비적인 사고 에 근거한다고 말한다.

어 사라졌다. 이런 시대에는 표상적인 역사적 주체 대신 표상 없는 역사적 동인(대상 a)을 작동시켜야 변혁운동이 회생할 수 있다. 이제 역사적 주체를 둘러싼 싸움은 **대상 a를 끌어들이려는 싸움**으로 변주되었다. 대상 a의 작동은 타자의 반복운동에서 시작되거니와 스피박의 질문은 '추방된 타자가 다시 반복운동을 할 수 있느냐'[39]로 변주되었다.

5. 신자유주의에서의 대상 a를 둘러싼 싸움

신자유주의에서처럼 타자가 추방된 시대에 어떻게 진실의 이중주를 부활시킬 수 있을까. 제임슨과 라클라우처럼 **대상 a**를 **역사의 동인**으로 설정하면 우리시대에도 역사적 변혁의 화두가 다시 부활할 수 있다. 과거에는 역사의 주체를 찾는 데 전념했지만 지금은 보이지 않는 대상 a 운동의 회생을 모색해야 한다.

그러나 이런 변화는 역사의 주체가 보이는 상징계에서 보이지 않는 실재계로 이동했음을 뜻하는 것만은 아니다. 우리가 명심해야 할 것은 자본주의 역시 대상 a를 포획하려는 운동을 통해 자기 자신을 영속화한다는 점이다. 오늘날 변혁운동이 어려워진 것은 이데올로기의 종언이나 역사의 종언으로 설명될 수 없다. 우리시대에는 자본주의가 대상 a를 포획하는 연쇄적 운동에 성공한 반면 그에 대항하는 변혁운동의 시도는 무용한 구식의 방법에 머물고 있다. 신자유주의란 6·8혁명의 신식무기를 전용해 대상 a가 자본주의를 통해 작동되고 있다는 환상의 연출에 성공한

39 타자의 반복운동의 회생은 비천한 존재에게 공감하며 우리 스스로가 생명적 존재로 부활할 때 가능해진다.

권력이다. 반면에 비판세력은 6·8혁명의 신식무기를 역사의 무대에서 실제로 사용하는 데 성과를 거두지 못하고 있다.

다만 우리는 제임슨과 라클라우, 바디우의 논의에서 역사적 변혁의 새로운 방식을 암시받을 수 있다. **대상 a**를 근대의 역사적 과정의 중요한 요인으로 설정하면 오늘날의 많은 뒤얽힌 난제들이 해결된다. 근대의 모든 담론과 운동들이 대상 a와 연관된다는 것은 근대의 서사적 운동들이 **자기갱신원리**에 근거한 반복운동이라는 뜻이다. 근대 이전에는 일단 권좌에 오르면 영구집권이 가능한 제왕처럼 체제를 영속화하는 초월적 심급이 작동되었다. 반면에 근대란 대상 a와 연관된 운동을 통해 끝없이 자신을 차이화해야만 정체성을 지속시킬 수 있는 시대이다. 미시서사와 대서사는 물론 자본주의와 국가주의조차 이 원리에서 벗어날 수 없다.

대상 a란 동일화될 수 없는 남겨진 잔여물인 동시에 체제를 넘어서는 잉여이다. 자본주의는 모든 것을 상품화하려 하지만 항상 잔여물이 남기 때문에 잉여의 것(잉여가치와 잉여향락)을 자기화하려는 시도가 계속 반복된다. 자본주의는 끝없이 자신을 넘는 차이의 요소에 반응해야만 자기 자신을 증식시킬 수 있는 것이다. 그런데 자본주의에 기생하는 차이는 자본의 동일성을 더 증식시키는 반복운동의 촉진제일 뿐이다. 반면에 변혁운동은 자본의 동일성에서 차이를 해방시키기 위해 대상 a를 작동시키는 반복운동이다. 여기서의 대상 a는 에로스나 순수기억처럼 자본주의에 동화되지 않은 잔여물인 동시에 자본주의를 넘어서는 잉여이기도 하다. 그처럼 변혁운동은 자본주의를 넘어서려 하지만 그런 대상 a의 운동 역시 한 번에 완결될 수 없기 때문에 끝없이 반복된다.

이 같은 두 가지 반복운동에서 대상 a가 자본에 포획되면 사회가 상상계로 기울면서 타자는 앱젝트가 된다. 여기서 대상 a는 자본에 포섭된 상품(잉여향락)이 되느냐 앱젝트로 버려지느냐의 기로에 놓인다. 반면에 변혁을 위해 대상 a가 작동되면 사회는 실재계 쪽으로 이동하고 타자는 에로스의 대상이 된다. 그 과정은 앱젝트로 배제된 타자가 대상 a의 위치로 이동하는 진행이기도 하다. 1970~80년대는 그런 두 가지 반복운동이 모두 활발한 시기였다. 그 때문에 앱젝트로 유기된 타자가 쉽게 역사의 무대에 복귀할 수 있었으며 경제발전의 시대는 민주화 운동의 시기이기도 했던 것이다.

그런데 신자유주의 시대가 되자 자본주의의 반복운동은 신식무기를 통해 상부구조의 영역에까지 침투하기 시작했다. 신식무기란 변혁운동의 반격의 근거가 될 수 있는 인격성의 영역까지 식민화하는 방식을 말한다. 대상 a를 잉여향락으로 만드는 연쇄적 반복운동은 예술, 사랑, 무의식까지 점령했고, 이제 지식인이든 서발턴이든 역사의 주체로 나설 근거가 사라지기 시작했다. 이처럼 인격성의 영역이 상품화되면 대상 a가 잘 작동되지 않기 때문에 사회는 상상계쪽으로 기울고 타자는 앱젝트로 추방된다.

과거에는 자본주의에 의한 타자의 앱젝트화에 저항하는 영역이 있었는데 그것이 바로 문학과 지식(인문학), 사랑이었다. 그 시기에는 서발턴이나 프롤레타리아가 가두에 나서지 않아도 물밑에서 대상 a가 작동되었으며 그것을 보여주는 것이 시, 소설, 인문학(사회과학)이었다. 반면에 신자유주의 시대에는 예술과 지식, 감정까지 상품화됨에 따라 무용한 앱젝트로 추방된 타자가 다시 복귀하는 길이 없어졌다. 타자가 복귀하려면 물밑에서 대상 a가 작동되어 에로스가 고양되어야 하는데 그것을 암시하는 영역들마저 식민화된 것이다. 문학이 무력화된 시대는 타자가 사라지고 에로스가 상실된 시대이기도 한 셈이다. 신자유주의란 타자의 반복운동이 보이지 않게 된 시대이며 사건이 일어나도 심장의 진동이 잘 전파되지 않는 사회이다. 스피박은 서발턴은 말할 수 있는가 라고 물었지만 이제 우리는 앱젝트가 된 **타자**가 **반복운동**을 할 수 있는지 질문해야 한다.

신자유주의란 사회가 복원력을 잃은 선박처럼 상상계쪽으로 기울어져 되돌아오기 힘들어진 시대이다. 이런 사회에서는 앱젝트로 추방된 타자가 대상 a의 위치로 귀환하기 어려워진다. 그 같은 타자의 상실의 핵심적 원인은 무의식과 감정의 상품화로 인해 타자의 벌거벗은 얼굴을 잃어버린 데에 있다. 얼굴의 상품화는 타자와 만나는 통로의 폐쇄를 알리는 마지막 상품화이다. 이제 「아홉 켤레의 구두로 남은 사내」(윤흥길)에서 사람들의 가슴을 동요시켰던 타자의 벌거벗은 나체화는 사라졌다. 그처럼 벌거벗은 얼굴을 상실한 시대에 타자를 회생시키기 위해서는 하성란이 말한 특별한 '마술쇼'[40]가 필요하다.

예컨대 오늘날 〈복면가왕〉의 인기 비결은 (2장에서 살폈듯이) 타자를 만나려는 숨겨진 열망과 연관이 있다. 〈복면가왕〉은 얼굴의 상품화에 저항하는 **타자의 마술쇼**이다. 신자유주의 시대에는 어색한 벌거벗은 얼굴보다는 상품화된 얼굴에서 더 기쁨을 느낀다. 그러나 상품화된 얼굴이 주는 기쁨은 거울을 보듯이 자신의 욕망을 비춰보는 나르시시즘의 쾌락에 불과하다. 우리의 깊은 심연에는 타자에 대한 갈망이 남아 있으며 그것은 쾌락원칙을 넘어선 에로스에 대한 향수이기도 하다. 신자유주의의 상부구조의 상품화는 에로스의 갈망을 쾌락원칙 안에서 해결하려는 시도이다. 반면에 타자의 상실로 인해 심연의 에로스를 상실한 질병이 바로 우

---

40 하성란, 「당신의 백미러」, 『옆집여자』, 창비, 1999, 157쪽.

울증이며 우리는 그런 우울에서 벗어나기 위해 〈복면가왕〉을 본다.

〈복면가왕〉의 역설은 상품화된 얼굴을 가리는 데서 즐거움이 생겨난다는 것이다. 복면은 우리를 나르시시즘적 쾌락원칙에서 벗어나서 타자를 만나려는 길목에서 서성거리게 만들어준다. 가수가 복면을 쓴 동안 가상세계에서의 해방감을 주는 점에서 〈복면가왕〉의 재미는 소설과 예술의 가상공간에서의 즐거움과 비슷하다. 또한 복면을 벗는 순간 우리는 잠시 상품화된 얼굴에서 벗어난 가수를 만나는데 이는 타자성의 갈망을 채워주는 또 하나의 과정이다. 그처럼 우리시대에 타자와 만나려는 프로젝트는 타자의 이중주로 연주된다.

타자의 이중주는 우리를 상상계에서 실재계로 이동시켜준다. 복면가수와의 대화의 설레임과 복면을 벗는 순간의 전율은 실재계로 이동할 때의 스릴에 다름이 아니다. 물론 대중문화인 〈복면가왕〉은 시간이 지날수록 원래의 상품물신화된 세계로 돌아오게 되는 한계를 지닌다. 그러나 타자의 이중주는 앞서(2장 5절) 살폈듯이 〈복면가왕〉의 한계를 넘어선 현실의 변혁운동에서 증폭된 형식으로 확인할 수 있다.

예컨대 항공사 집회, 미투 운동, 촛불집회는 타자의 이중주로 연주되는 새로운 변혁의 프로젝트들이다. 항공사 집회에서의 벤데타 가면은 자본에 예속된 을의 얼굴에서 벗어나 타자성을 회복하려는 시도이다. 그런데 〈복면가왕〉에서 가면을 벗어야 하듯이 항공사 집회에서도 가면을 벗는 과정이 필요했다. 가면을 벗는 과정은 일상의 사람들과의 물밑의 연대를 암시하는 투명한 은유의 가면을 쓰는 과정이기도 했다. 항공사 집회에서 타자의 이중주는 벤데타 가면과 투명한 은유의 이중주로 연주되고 있었다. 이 타자의 이중주 역시 실재계로의 이동이기 때문에 우리는 심장의 진동과 함께 대상 a가 동요하는 존재의 전율을 느낄 수 있었다.

그런 타자의 이중주는 미투 운동에서 시뮬라크르와 은유의 이중주로 변주되었다. 시뮬라크르(JTBC 화면)가 멀어진 대상 a를 다시 작동하게 해 준다면 은유(나도 서지현이다)는 회생한 대상 a를 관류하며 진동이 연쇄적으로 퍼져가게 만든다.[41] 시뮬라크르와 은유는 희생자를 변혁의 주체로 내세우지 않고도 대상 a의 작동을 통해 변화를 요구하는 사람들의 타자성의 연대를 만들어준다.

오늘날은 신자유주의가 신식무기를 사용해 대상 a를 전유하는 데 성공해 변혁운동이 잠재워진 시기이다. 다만 미투 운동과 촛불집회에서만은 부분적으로 대상 a를 다시 타자 쪽으로 갖고 올 수 있었다. 미투 운동과 촛불집회는 어떤 구호도 중심도 없이 진실의 이중주를 통해 대상 a를 작동시키는 첨단의 변혁운동이다. 새로운 변혁운동의 비결은 상징계에서 거리를 두며 실재계 쪽으로 다가가 차가워진 가슴을 회생시키는 데 있다. 서지현 검사의 JTBC 화면은 오염된 상징계에서 멀어지면서 물밑에서 가까워져 우리에게 가슴의 동요를 들려주고 있었다. 우리는 그 오늘날의 신식무기를 더 발전시켜 간헐적으로 틈새에서 전해지는 심장의 반복운동을 일상에까지 전파시킬 과제를 안고 있다.

과거의 변혁운동은 상징계의 현장에서 역사적 주체와 대면할 수 있게 했다. 반면에 상징계가 자본으로 오염된 오늘날은 미투 운동에서처럼 원본(상징계)에서 멀어지면서 시뮬라크르를 통해 실재계에 다가가 대상 a를 작동시켜야 한다. 오늘날은 현장에서의 만남보다 JTBC 화면과 플로이드의 동영상이 더 위력을 발휘한다. 이 시뮬라크르들은 원본 자본주의 시대에 원본에서 멀어진 이미지를 통해 대상 a의 운동을 회생시키는 21

41 2장 6절 참조.

세기의 최대의 발명품이다. 우리시대에는 표상으로 된 역사적 주체는 없지만 시뮬라크르와 은유를 통해 실재계적 대상 a를 작동시켜 반복운동을 전파시킬 수 있는 것이다.

오늘날의 반복의 전파 과정에서 또 하나 중요한 것은 대상 a의 은유를 통한 다중적 정치의 발견이다. 신자유주의 시대의 저항운동의 고민 중의 하나는 분산된 사람들을 결집시키기 어렵다는 것이다. 그런데 대상 a는 영원히 상징적 통제를 피하는 요인이기 때문에[42] 차이의 간극을 통과하며 **다중적** 사람들을 관통한다. 대상 a는 헤게모니보다는 차이의 틈새의 횡단을 통해 다중적인 사람들을 결집시켜준다. 실제로 서지현 검사로부터 은유적으로 작동되기 시작한 대상 a는 여성들 뿐 아니라 일상의 분산된 사람들을 다중적으로 관통하기 시작했다. 미투 운동이 아시아나 여승무원과 성심병원 간호사 사건 같은 갑질에 대한 저항으로 번져간 것은 그 때문이다. 그 과정에서 시뮬라크르를 통한 타자의 회생과 은유를 통한 다중적 연대는 동시적이다. 여기에는 아무런 중심도 헤게모니도 없으며 대상 a를 관류하는 이중주의 운동이 있을 뿐이다.

우리의 이중적 과정의 핵심에는 제임슨이 역사의 동인이라고 말한 부재원인으로서 **대상 a**가 놓여 있다. 역사적 주체는 보이는 현실에서는 무력화되었을 뿐 아니라 결집이 힘들게 분산되어 있다. 반면에 보이지 않는 실재계적 대상 a를 주목하면 상징계에서 빈약해진 사람들을 회생시키며 서로 손을 잡게 할 수 있다. 그처럼 다시 연대가 가능하도록 역사의 동인 대상 a를 작동시키는 방법이 바로 시뮬라크르와 은유의 이중주이다.

시뮬라크르와 은유를 통해 상상계에서 실재계로 이동하는 과정은 저

---

42 지젝, 『시차적 관점』, 41쪽.

항의 코페르니쿠스적 전회를 보여준다. 과거에는 역사적 주체가 지배체제의 물질적 조건을 폐기하고 새로운 생산양식을 만들어야 한다고 주장했다. 그러나 상상계에서 실재계로 이동하는 저항은 자본주의의 생산양식을 단숨에 폐기하고 다른 생산양식을 만드는 것이 아니다. 실재계로의 전회는 대상 a를 작동시켜 추방된 타자를 회생시키며 (은유적인) 다중적 연대를 통해 사회를 변화시켜 나가는 것이다. 생명력 없는 체제가 생명체를 흉내 내는 자본의 반복운동은 단번에 사라지지 않는다. 저항의 코페르니쿠스적 전회는 (자본의 폐기가 아니라) 실재계로 이동하며 자본의 물신화된 상상적 반복운동에서 벗어나 타자의 반복운동을 활성화시킨다. 타자의 반복운동의 활성화란 자본주의의 운동 내부에서 진짜로 생명력 있는 물질적 형식과 인간관계가 생성되게 만드는 것이다. 이 과정은 자본주의의 반복운동이 상상적으로 수행했던 과정을 실재계 쪽으로 되돌리는 진행이기도 하다. 여기서는 자본의 생산력을 높였던 테크놀로지가 전용轉用되면서 상상적 예속화를 뚫고 나오는 전회가 일어난다. 인터넷과 신매체가 운동의 중요 도구로 사용되는 희망버스와 촛불집회, 미투운동은 그런 타자의 반복운동의 출발점이다. 타자의 반복운동의 증폭은 자본주의의 반복운동이 공격성을 잃고 주도성을 상실할 때까지 끝없이 계속된다.

그 때문에 우리는 대상 a가 유토피아로 실현될 때까지 자본의 운동과 타자의 반복운동 사이의 **양가성** 속에 있게 된다. 예컨대 〈원티드〉에서는 가습기 피해자를 앱젝트로 배제하는 SG 그룹(함태섭)의 자본의 운동과 희생자들을 변화의 동인으로 회생시키는 타자의 반복운동이 그려진다. 이 드라마는 부정부패와 결탁한 자본의 상상적 운동에서 벗어나 외면 받는 타자들과 대면하는 실재계로의 전회 과정을 제시한다. 이런 진행은

UCN 방송 리얼리티쇼의 테크놀로지가 상품화된 스펙터클에서 타자의 반복운동 쪽으로 선회하는 흐름이기도 하다. 그런 흐름에서 우리는 자본의 운동과 테크놀로지를 일시에 폐기하는 대신 상상계적 운동에서 실재계적 운동으로 전회하는 과정을 계속한다. 〈원티드〉에서 함태섭은 끝까지 사과하지 않으며 그의 자본의 운동은 계속된다. 그러나 〈원티드〉제작을 둘러싼 모든 사람들의 변화는 실재계적 전회의 흐름을 암시한다. 그처럼 두 개의 반복운동 사이에서 상상계로부터 실재계로의 전회가 일어날 때 사회적 변화가 가능해지게 된다.

마찬가지로 세월호 사건에서 가만히 있으라고 말하는 것이 권력의 운동이라면 가만히 있지 않는 사람들의 촛불집회가 타자의 반복운동이다. 권력의 운동은 타자를 앱젝트로 추방하고 그 대신 국민소득과 4차 산업혁명으로 살아 움직이는 자본의 운동을 보여준다. 반면에 타자의 반복운동은 복원력을 잃은 선박에 평형수를 채우고 새로운 테크놀로지를 전용시켜 생명력 있는 사회로 선회한다. 전자가 대상 a를 잉여향락으로 뒤바꾼다면 후자는 대상 a를 재작동시켜 생존의 난바다에서 생명의 세상으로 항로를 조정한다. 이 과정에서 자본의 운동이 중단되고 일시에 해방운동이 승리하는 것은 아니다. 여전히 자본의 반복운동이 계속되는 중에 상상계에서 실재계로 이동하는 흐름이 나타나며 생명적 반복운동이 고양되는 것이다. 해방된 세계를 위한 저항은 가두의 투쟁에서 존재론적 위치 이동의 문제로 변주되었다. 사람들이 실재계로 전회하며 자본의 운동의 공격성을 둔화시킬 때 비로소 대상 a 운동이 감지되며 에로스가 물결친다. 그 순간 신자유주의의 경쟁과 소비, 쇼핑의 상상계적 운동을 뚫고 타자의 반복운동 속에서 심장의 진동이 들려오며 우리는 조금씩 새로운 세계로 다가가게 된다.

신자유주의의 운동	**시뮬라크르와 은유의 이중주**
인격성의 식민화	시뮬라크르를 통한 사건의 솟구침
타자의 추방	타자의 회생
잉여향락의 운동	대상 a 운동의 부활
나르시시즘적 자아의 세계	은유를 통한 다중적 연대
실재계에서 상상계로	상상계에서 실재계로
과잉된 쾌락과 혐오	에로스와 비판의식 부활

신자유주의에서의 대상 a 운동의 회생

제6장

식민지의 서발턴과 반복의 리얼리즘

1. 서발턴은 어떻게 근대인이 되는가

—낯선 두려움과 반복충동

생명성으로 회귀하려는 반복운동은 배제된 타자의 회생을 가능하게 하는 본능적인 추동력이다. 식민지 시대부터 신자유주의까지 우리는 사회적 타자가 배제의 위협에 시달리는 어둠의 역사를 경험해왔다. 그런 상황에서 생명적 반복운동의 회생은 어둠 속의 타자가 어떻게 역사의 무대 위에 복귀할 수 있는지 알려준다.

6장에서는 먼저 식민지의 서발턴이 근대의 역사의 무대에 등장하는 과정을 살펴볼 것이다. 이제까지의 변혁이론에서는 식민지 민중의 이성적 자각을 말해왔지만 우리는 가슴의 **반복운동**을 강조할 것이다. 가슴의 반복운동을 주목해야만 지식인의 투명한 개입을 허용하지 않고도 배제된 서발턴의 서사를 부활시킬 수 있기 때문이다.

서발턴은 근대와 전통의 단절을 넘어서야만 역사의 무대에 등장할 수 있다. 그 점에서 식민지의 서발턴은 이청준의 「매잡이」의 전통 예인과도 비슷한 위치에 있다. 서발턴과 매잡이는 비슷하게 **말을 할 수 없는 사람들**이며 이 점은 그들이 이질적 세계의 틈새에 끼어있음을 암시한다.

그러나 「매잡이」에서 매잡이는 사라진 사람이 되지만 식민지에서의 농민과 노동자는 사라질 수가 없다. 「매잡이」에서 전라북도 산골 사람들이 '매잡이'를 잃어버리듯이 「과도기」의 창선은 '꿀보다 더 단 진고개 사랑'을 상실한다. 하지만 매잡이와 이별한 산골 사람들과는 달리 창선은 그 자신이 진고개를 잃은 가슴과 몸으로 살아가야 하는 것이다.

「매잡이」에서 전통세계와 근대세계 사이의 단절은 매잡이와 '나'(근대소설가) 사이에 있다. 반면에 「과도기」에서 고향과 식민지 사이의 단절은 아리랑 민요와 노동자의 아리랑 노래 사이에 있다. 서발턴이란 매잡이처럼 아름다움의 기억을 간직한 채 (그와 달리) 근대인으로 다시 태어나야 생존할 수 있는 이중적 존재이다. 창선의 문제는 자기 자신의 몸과 가슴으로 '서발턴의 존재의 곤경'을 넘어서야 한다는 데 있다. 「매잡이」에서의 반복운동은 매잡이와 근대소설가('나') 사이의 차연이지만, 「과도기」에서의 반복충동은 노래를 기억하는 창선의 가슴에서 일어난 차연의 운동이다.

창선은 잃어버린 세계를 기억하며 가슴 속의 차연과 반복운동을 통해 일어선다. 창선이 전통과 근대의 단절을 넘어설 수 있는 것은 순수기억(대상 a)을 통한 반복운동에 의해서이다. 그 같은 대상 a를 통한 반복운동은 서발턴이 이성적 자각만으로 존재의 곤궁을 넘어서는 것이 아님을 암시한다. 우리가 기존의 논의와는 달리 계급적 자각 대신 **반복운동**을 강조하는 이유는 여기에 있다. 반복운동은 상실된 고향의 기억(대상 a)을 고양시키는 것이 역사를 다시 작동시키는 길임을 알려준다. 상실된 것의 기억으로서 대상 a의 위상학은 서발턴의 존재의 딜레마를 횡단하는 핵심적 열쇠이다. 앞서 살폈듯이 대상 a의 위상학은 반복운동을 통해 역사의 동인이 작동되는 과정을 암시한다.

그 점에서 우리는 식민지의 서발턴이 근대세계에 들어서는 과정이 가슴과 몸을 통한 반복운동의 표현임을 강조한다. 반복운동은 소중한 것(고향)을 잃은 사람의 고통스러운 가슴의 진동으로 울려온다. 서발턴이 근대인이 되는 과정은 상실의 과정인 동시에 자기 자신의 성장의 과정이다. 이제까지 근대 공간에서의 성장의 과정은 주로 계몽적 각성의 과정으로 고찰되어 왔다. 그러나 여기서는 반복운동을 주목하면서 재현과 반복의 이중주를 살펴볼 것이다. 반복이란 고향을 상실한 사람의 가슴의 떨림으로서 서발턴의 경우 반복운동의 증폭이 성장의 중요한 과정이다. 그와 함께 그런 반복운동은 지식인 작가와의 진실의 이중주를 통해 근대적 재현의 무대에 올려져야 한다. 창선의 성장은 반복운동인 동시에 작가의 재현에 의해 역사의 무대 위에 올려지는 순간 더 고양된다. 서발턴에 의해 암시된 대상 a의 놀이는 지식인의 재현과 접합되는 순간 역사의 동인으로 상승한다. 그처럼 서발턴의 성장이란 단순한 자각이기보다는 반복과 재현의 이중주 속에서 가슴의 동요를 증폭시켜 역사의 무대에 오르는 과정으로 나타난다.

창선의 성장과정을 반복운동의 증폭으로 보는 것은 기존의 재현적 리얼리즘론을 넘어선다. 재현적 리얼리즘론은 피식민자의 집단이주 과정에서 벌어진 착취와 몰락에 대한 현실인식을 강조한다. 여기서는 강압된 식민지 공업화의 진행과 생산수단을 수탈당한 농민의 분해과정이 서사의 핵심이다.[1] 이런 재현적 분석은 인식의 서사에 대한 설명으로 중요하지만 어떻게 무력화된 서발턴이 살아 움직이는 존재로 그려졌는지 말하

---

1 김성수, 「작품해제」, 『카프대표소설선』, 사계절, 1988, 303쪽.

지 못한다.

우리는 재현적 이론이 진실의 이중주의 한 측면일 뿐임을 주장한다. 「과도기」가 참혹한 식민지 현실을 그리면서도 우리의 가슴을 동요시키는 것은 무력한 서발턴의 숨겨진 존재론적 충동이 나타났기 때문이다. 창선은 단지 착취와 수탈을 인식함으로써 역사의 무대에 등장하고 있는 것이 아니다. 서투른 노동자일 뿐인 창선이 우리의 가슴에 진동을 전파하는 것은 그의 상처로 인한 반복운동이 **존재론적 회생의 열망**을 전달하고 있기 때문이다.

창선은 착취당하는 어색한 노동자로만 역사 속에 등장한 것이 아니다. 창선의 변화가 아리랑 민요와 노동자의 아리랑 사이에 있다면, 그것은 반복운동이 변주되며 그가 식민지의 역사적 재현의 무대에 등장하는 과정으로 볼 수 있다. 노동자의 아리랑은 반복인 동시에 변화된 현실의 재현에 접합되어 있다. 창선은 존재론적 열망인 반복운동을 아리랑 노래로 은유하면서 재현의 무대 위에 들어서고 있다.

서발턴이란 창리에 공장이 세워지기 이전이든 이후든 재현불가능한 반복운동의 존재이다. 지식인 내포작가는 그런 서발턴을 재현의 무대에 등장시키기 위해 노래의 변주를 삽입해 반복운동의 증폭 과정을 담고 있다. 상실한 창리를 그리려는 내포작가는 창선의 변화를 노래의 변주로써 암시하며 재현불가능한 서발턴을 재현의 무대에서 보여주고 있는 것이다. 아리랑 노래는 표상불가능한 서발턴의 반복을 표상의 세계에 접합시켜주는 은유[2]이다. 그런 노래의 은유를 통해 서발턴 주인공과 지식인 내포작가가 반복과 재현의 이중주를 통해 리얼리즘을 성취하고 있는 것이

---

2 은유란 표상불가능한 것을 표상으로 드러내는 미학적 방법이다.

다. 그 같은 반복과 재현의 이중주의 과정에서 창선이 비천한 타자에서 공감의 대상으로 전이되면서 역사의 동인 대상 a가 작동되기 시작한다.

이런 반복과 재현의 이중주는 초기 리얼리즘의 중요한 방법으로 볼 수 있다. 서발턴은 식민지에서 억울하게 억압받고 착취당하는 존재로서 지식인의 **재현**의 대상이 된다. 그와 함께 그는 지식인이 잘 감지하지 못하는 가슴의 **반복운동**을 하는 타자로 등장한다. 그 때문에 서발턴을 주인공으로 한 모든 1920년대 리얼리즘 소설은 반복과 재현의 이중주를 통해서만 리얼리티를 얻을 수 있었다. 6장에서는 리얼리즘에서 타자의 반복운동이 재현 이상으로 중요하며 재현을 넘어 역사의 실재계적 동인(대상 a)을 작동시킴을 살펴볼 것이다.

반복운동은 소중한 것을 잃었을 때나 억울하게 억압을 당할 때 촉발되는 생명적 본능이다. 식민지의 서발턴은 대부분 집과 고향을 상실한 상태에서 억압과 착취에 시달리게 된다. 지식인의 서사는 대개 재현을 통해 그런 식민지 상황에 대한 자각의 과정에 초점을 맞춘다. 그러나 서발턴은 계급적 자각 이전에 이미 가슴의 반복운동을 통해 성장을 경험하고 있었다. 그것을 보여주는 소설이 바로 「행랑자식」(1923)과 「운수 좋은 날」(1925), 「고향」(1926), 「과도기」(1929)이다.

이 소설들은 모두 집과 고향home에 있으면서도 고향을 상실한 듯한 낯선 두려움unhomely을 겪는 사람들을 그리고 있다. 낯선 두려움은 주로 모더니즘 소설에서 나타나는 심리적 불안과 공포이다. 그러나 식민지에서는 공동체의 상실과 자본의 착취라는 두 가지 고통이 중첩되어 있기 때문에 이미 초기 소설에서부터 낯선 두려움이 나타난다. 단순히 착취당하는 것이 아니라 자기 자신의 공동체를 잃었기 때문에 고향에 있어도 낯선 두려움에 시달리는 것이다. 「행랑자식」과 「운수 좋은 날」의 주인공들은 집home에 돌아온 후에 낯선 두려움unhomely의 충격을 경험한다. 또한 「과도기」의 창선은 고향에 돌아온 후에 간도에 있을 때보다도 더 큰 낯선 두려움을 경험한다.

존재가 붕괴될 듯한 낯선 두려움은 고통스러운 반복운동을 일으킨다. 프로이트는 **낯선 두려움**과 **반복충동**이 같은 차원에서 생겨난다고 논의했다.[3] 예컨대 「행랑자식」에서처럼 이상하게 반복되는 불행과 불안은 낯선 두려움을 불러일으킨다. 그러나 그런 낯선 두려움의 심리상태는 이제 보다 능동적인 들뢰즈적 의미의 반복운동을 발생시키기도 한다.[4] 「행랑자식」의 진태는 집에 있어도 낯선 두려움을 느끼면서 억울한 일을 반복적으로 되새긴다. 그런 반복운동은 규율화된 세계로부터 떨어져 나온다는 신호이며 진태는 반복을 통해 아버지와의 예속관계를 단절시키며 성장하게 된다.

서발턴의 반복이 규율화된 세계로부터의 이연임은 「운수 좋은 날」에서도 나타난다. 「운수 좋은 날」의 김첨지는 행운의 돈벌이에 정신이 팔렸으면서도 아픈 아내의 슬픈 얼굴이 반복적으로 떠오른다. 아내의 얼굴이 반복적으로 떠오르는 동안 김첨지는 가슴의 불안이 점점 커져 돈벌이의 기쁨을 압도할 정도가 된다. 그리고 마침내 집에 돌아와서 낯선 두려움을 느끼며 반복적으로 증폭된 고통의 감정을 통해 그가 다시 예속된 일상으로 돌아가기 어려워졌음을 감지한다.

「과도기」에서도 창선은 고향에 돌아오면서부터 낯선 두려움을 느끼게

3 프로이트, 정장진 역, 「두려운 낯설음」, 『창조적인 작가와 몽상』, 열린책들, 1996, 128쪽.

4 두 가지 반복운동은 모두 반복이란 규범적 코드화에서 벗어난 상태의 경험임을 암시한다. 불행과 불안이 반복되는 것은 주인공이 코드화된 세계에 안착하지 못한 존재임을 뜻하며, 규율화된 세계에 대응하는 반복운동은 규범을 넘어서려는 타자의 능동적 반복을 시사한다.

된다. 주지하듯이 서구에서는 합리적인 문명이 비합리성을 드러낸 모더니즘 시대에 낯선 두려움의 문학이 성행했다. 그러나 식민지에서는 자본주의가 고향을 변화시킨 순간부터 이미 거세될 듯한 낯선 두려움이 시작된다. 「과도기」에서 창선이 노동자가 되는 과정은 서구에서 농촌이 분해되며 농민이 노동자가 되는 과정과는 다르다. 창선은 시종 낯선 두려움을 반복적으로 경험하며 생소한 불안이 가장 증폭된 상태에서 노동자가 된다. 그와 함께 창선의 불안과 공포의 반복은 심리적 성장의 과정이 되기도 한다. 창선은 아리랑 노래의 반복과 변주를 통해 식민지 자본주의에 대한 존재론적 대응을 표현한다.

「행랑자식」과 「운수 좋은 날」, 「과도기」의 공통점은 집과 고향에 돌아온 순간 낯선 두려움을 경험한다는 점이다. 또한 누구에게 울분을 호소하지 못하고 반복운동을 통해 감정적 고통을 표현하는 점도 비슷하다. 그와 함께 세 소설의 주인공들은 모두 이성적 각성에 앞서 반복운동의 증폭이 심리적 성장의 과정이 되고 있다. 그처럼 낯선 두려움과 반복충동을 통해 무의식적으로 성장한다는 것이 지식인 소설과 구분되는 식민지 서발턴 성장소설의 독특한 특징이라고 할 수 있다.

2. 서발턴의 성장소설 – 나도향의 「행랑자식」

「행랑자식」에서 진태가 살고 있는 행랑채는 봉건적인 관계의 잔존을 암시한다. 그러나 주인집 나리가 교장선생인 것은 진태의 거주공간이 어디보다도 신문명의 세례를 받은 곳임을 나타낸다. 이처럼 봉건적 관계가 잔존하는 상태의 근대주의가 식민지 근대의 특징이라고 할 수 있다.

이 소설은 진태가 하루에 두 번씩이나 비슷하게 억울한 일을 당한 불행을 그리고 있다. 진태는 삼태기로 힘겹게 눈을 치우다가 얼결에 교장선생의 새 버선을 더럽히고 만다. 당황한 끝에 삼태기까지 잃어버린 진태는 교장선생에게 질책을 듣고 아버지에게 매를 맞는다. 그러나 진태는 교장선생과 아버지의 문책이 아무리 생각해봐도 억울했다. 교장선생이 딴 생각을 하다 발에 눈을 덮어 쓴 것이지 자기 잘못은 아닌 것 같았다.

그날 진태는 또 한 번 비슷한 일을 당한다. 어머니의 은비녀를 맡긴 돈으로 나무와 쌀을 사오다 아버지와 부딪혀 쌀을 땅에 쏟아버린 것이다. 아끼던 은비녀를 잡히고 산 쌀이었기에 이번에는 어머니가 매를 때렸다.[5] 하지만 두 번째도 학교선생을 피하려다가 실수한 점에서 교장선생의 일처럼 억울했다. 두 경우에서 자기 잘못은 없었으며 교장과 학교 선생은 진태가 피하고 싶은 무거운 짐과도 같은 존재였다.

두 번의 반복된 일은 단순히 진태의 우연한 불행으로 볼 수 없다. 프로이트는 비슷하게 반복되는 의도하지 않은 불행을 낯선 두려움의 경험으로 설명했다. 낯선 두려움은 어린이가 어머니로부터 아버지에게 옮겨갈 때 겪는 규율의 부적응에서 비롯된 거세공포이다. 또한 성장 과정이나 어른이 된 후에는 합리적 코드에 규율화되면서 그 코드의 불합리한 위치를 발견할 때 낯선 두려움을 경험한다. 행랑자식인 진태는 근대적 학교에 규율화되는 과정에 있으면서도 상전 같은 학교 선생님으로부터 부적응의 위치를 발견한다.

진태는 가족 안에서 아버지와 오이디푸스적 관계에 있는 동시에 신문명의 차원에서 학교 선생(그리고 교장)과 오이디푸스적 관계에 있다. 그런

---

5 아버지의 매가 교장선생을 대신하는 것이듯이 어머니의 매는 아버지를 대리하는 것이라고 할 수 있다.

데 진태의 오이디푸스화와 과정은 프로이트가 말한 서구의 경우와는 다르다. 그는 봉건과 근대가 중첩된 식민지 근대의 서발턴이기 때문에 비합리적으로 변질된 신문명의 규율에 적응하기 어려운 위치에서 성장을 경험한다. 진태는 더 시간이 지나도 계몽과 학교 교육을 통해 합리적 세계에 적응하는 순간이 잘 오지 않을 것이다.

낯선 두려움은 오이디푸스적 코드화(규율화)에 동화되지 못한 사람이 계속 경험하는 불안과 공포이다. 진태의 반복되는 실수와 불안은 교장과 아버지에게 규율화되지 못한 상태에서 겪는 낯선 두려움의 반복이라고 할 수 있다. 프로이트는 합리적 세계를 받아들이는 순간 그런 낯선 두려움이 사라진다고 말했다. 그러나 불합리한 식민지 근대의 타자인 진태에게는 합리적 코드화가 끝없이 지연될 것이었다. 두 번의 경험이 모두 학교 선생과 연관이 있는 것은 진태가 식민지 근대의 불합리한 코드화에 순응하지 못하고 있음을 암시한다.

진태의 불안이 낯선 두려움인 것은 그가 억울한 일을 반복적으로 되살리는 진행으로도 알 수 있다. 프로이트는 낯선 두려움이란 본능(충동)과 규율의 부조화에서 기인되기 때문에 반복적으로 불안이 회귀한다고 논의했다.[6] 진태는 단순한 불안을 넘어서서 보다 능동적으로 울분의 마음까지 느끼게 된다. 진태의 억울한 반복충동은 아버지의 매는 물론 주인집의 회유로도 중단되지 않는다. 진태는 매를 맞은 후에도 울분을 그치지 않으며 주인집의 밥 먹으러 들어오라는 말을 거부한 채 분한 마음을 되새긴다.[7] 이런 진태의 숨겨진 저항은 불합리한 코드화의 세계에서 '진

6 프로이트, 『창조적인 작가와 몽상』, 128쪽.

7 여기서의 진태의 반복충동이 암시하는 것은 서발턴은 성장 과정에서 규율화의 불합리성을 피할 수 없다는 사실이다. 진태는 상징계에서 규율화되는 대신 자신도 모르게 현

정될 수 없는 불안'을 통한 성장의 또 다른 모습이다.

진태는 식민지에서의 불안하고 이질적인 성장과정을 보여주는 서발턴 주인공이다. 그런데 서발턴의 성장과정에서의 불안은 진태 자신만을 진원지로 하는 것이 아니다. 이 소설은 서발턴의 이질적 심리를 진태 아버지를 통해서도 제시함으로써 서사적 긴장감을 높이고 있다. 주인의 충복인 아버지 역시 서발턴이기 때문에 진태를 때리면서도 복잡한 심리를 숨길 수 없었던 것이다. 진태의 성장과정에서 아버지의 매는 교장선생을 대리해서 때리는 것이라고 할 수 있다. 그처럼 아버지가 대신 매를 때려줬기 때문에 교장 자신은 포용력을 보여주는 것이다. 그런데 식민지 근대에서의 아버지의 매와 주인집의 회유의 관계는 단순하지 않다.

아버지의 체벌은 주인 나리에 대한 순종과 진태에 대한 거세를 동시에 상징한다. 하지만 아버지는 봉건적인 예속적 존재이면서 또한 식민지 근대 공간에서의 서발턴이기도 하다. 그런 이중성 때문에 아버지 역시 자신도 모르게 울분의 마음이 잠재하고 있었다.

> 아범의 손이 자기 아들의 볼기짝, 등어리, 넓적다리 할 것 없이 사정없이 때릴 때마다 어린 살에는 푸르게 멍이 들고 피가 맺힌다.
>
> 그러할 때마다 아범의 목소리는 더 한층 높아지고 떨리고 슬픔과 호소가 엉키었다. 그는 자기 아들을 때릴 때마다 눈앞에서 자기 손에 매달려 애걸하는 자기 아들이 보이지 않고 안방 아랫목에 앉아 있는 주인 나리가 보인다. 그리고는 자기 아들을 때리는 것 같지 않고 자기 주인 나리를 욕하고 원망하고 주먹질 하고 싶었다.[8]

실원칙(매)과 쾌락원칙(밥)을 넘어서서 반복적으로 울분을 느끼고 있다.

8 나도향, 「행랑자식」, 『나도향 중단편선』, 문학과지성사, 2014, 106쪽.

교장-아버지-진태의 억압의 연쇄관계에서 아버지는 진태를 때리는 중에 무의식적으로 본능적인 역전을 경험한다. 아버지 역시 울분을 잠재울 수 없는 반복충동을 느끼며 진태를 때리는 동안에도 주인집 나리에게 주먹질하는 자신이 떠오른다. 아버지는 예속의 상징인 매를 주인의 눈앞에서 과장함으로써 은밀한 저항의 충동을 되새기고 있는 것이다.

하지만 아버지는 봉건과 근대가 착종된 식민지 근대의 족쇄에서 벗어나지 못한다. 아버지의 잠재적 반복충동은 다시 매를 통해 봉건성과 오이디푸스의 고리 속으로 사라져 버린다. 본심과는 다르게 자식에게 매를 듦으로써 그는 주인 나리의 충복이 될 수 있는 것이다. 그리고 이제 주인 나리는 교장선생으로서 봉건적 악습(체벌)을 교정하는 신문명의 권위를 통해 새로운 오이디푸스화를 꾀한다. 주인집은 '그 놈(행랑자식)'을 데리고 밥을 먹으러 들어오라고 명함으로써 근대적 오이디푸스화를 공공히 확인하려 하는 것이다.

이 일련의 과정은 스피박이 말한 프로이트의 '매 맞는 아이'에 대한 식민지적 변주와도 비슷하다. 식민지적 변주에서 스피박이 반대하는 것은 신문명이 전근대적 아버지에게서 아이를 구출한다는 환상이다. 스피박은 신문명의 시혜에 반론을 제기하며 '매 맞는 아이'의 환상에 포함된 억압의 역사를 강조한다.[9] 「행랑자식」 역시 신문명의 교장이 봉건적 아버지에게서 아이를 구출해주고 있다는 환상에 대한 반론을 제기하고 있다. 스피박이 강조한 억압의 서사는 진태의 능동적인 거부의 행동을 통해 역설적으로 암시되고 있다.

스피박의 비판은 부분적으로 「행랑자식」의 진태의 반항과 맥락을 같

---

9 스피박, 태혜숙 역, 「서발턴은 말할 수 있는가?」, 『서발턴은 말할 수 있는가?』, 그린비, 2013, 100~105쪽.

이한다. 그러나 「행랑자식」은 그런 단순한 반항에서 한 걸음 더 나아간다. 아버지의 매는 본심과는 다른 것이며 주인집에 대한 반항을 감추고 있기 때문에 '신문명의 시혜'는 처음부터 모순에 부딪힌다. 「행랑자식」의 아버지의 이중적 심리 묘사는 진태의 반항심을 더 복잡하게 만든다. 만일 진태가 주인집의 시혜에 응했다면 그것은 아버지의 일시적인 반항심마저 잠재우는 일일 것이다. 반면에 진태는 오이디푸스화와 연관된 '매 맞는 아이'의 서사 전체를 거부함으로써 자신을 예속에서 구출하는 동시에 아버지마저 구원하는 것이다.

'매 맞는 아이'의 서사에는 프로이트의 원본과 스피박의 변주, 그리고 들뢰즈의 재해석이 있다. 프로이트의 원본은 매질 자체를 오이디푸스화의 과정으로 보고 있다. 그는 「매 맞는 아이」에서 '매 맞는 아이'의 환상을 오이디푸스 콤플렉스와 연관된 성도착의 하나로 설명한다. 아이가 소년이든 소녀든 환상을 일으키는 아이는 매 맞는 장면을 보며 성적 흥분을 경험한다. 프로이트는 그런 환상서사가 아버지에 대한 근친상간적 애착에 기원을 두고 있다고 설명한다.

우리는 들뢰즈를 따라 '매 맞는 아이'를 거세에 순응하며 주체가 되는 오이디푸스적 사회의 집단 환상으로 해석할 수 있다.[10] 그런 집단 환상은 교장선생과 마님이 시혜를 베푸는 장면에까지 연장된다. 매 맞는 환상이 아버지에 대한 애정의 흥분이라면 밥을 먹으러 들어오라는 것은 대리적인 매를 보상하는 또 다른 흥분의 순간을 위한 것이다. 그런 이중적 억압의 환상서사에 구멍을 내는 것이 바로 서발턴의 낯선 두려움과 반복충동이다. 진태의 낯선 두려움과 반복충동은 프로이트의 원본은 물론 스피박

10 들뢰즈 · 가타리, 최명관 역, 『앙띠 오이디푸스』, 민음사, 1994, 98~102쪽.

의 변주와 들뢰즈의 집단 환상의 변용(주인집의 밥)마저 거부하고 있다.

> "싫어요. 나는 밥 얻어먹으러 들어가기는 싫어요!"
>
> 하고 소리를 질렀다.
>
> "빌어먹을 녀석. 기다리셔! 안에서……."
>
> "기다리시거나 말거나 나는 안들어가요."
>
> (…중략…)
>
> "싫으면 밥을 굶을 터이냐?"
>
> "굶어도 좋아요."
>
> "어디 보자 어린애나 이리 내라."
>
> 어린애를 안고서 어머니는 안으로 밥을 얻어먹으러 들어갔다.
>
> 그리고 진태는 방에 들어가 깜깜한 속에 들어누워 있었다.
>
> 그날 어째 그렇게 싫고 분하고 쓸쓸한지 모르겠다. 어째 이런가 하는 생각이 난다.[11]

진태는 주인집의 명을 거부하는 순간 분하고 쓸쓸한 마음이 더 커진다. 이 순간에는 매 맞는 아이의 애정의 흥분은 커녕 신문명의 구원에 의한 흥분도 없다. 여기서 중요한 것은 진태의 울분과 고독이 집단 환상의 근거인 현실원칙과 쾌락원칙을 넘어서려는 반복충동이라는 점이다.

진태의 복합적 심리는 교장선생과 마주친 분한 순간의 기억이 자꾸 회귀하기 때문에 생긴 것이다. 프로이트의 말처럼 그런 반복충동은 현실원칙과 쾌락원칙을 넘어서서 계속되는 본능의 유출과 연관이 있다. 진태는

11 나도향, 「행랑자식」, 『나도향 중단편선』, 112~113쪽.

아버지의 매라는 현실원칙과 주인집의 밥이라는 쾌락원칙을 넘어서서 반복충동을 계속 느끼고 있는 것이다. 진태의 거부는 주인집의 밥이 아버지의 매와 표리를 이루고 있음을 드러내면서 아버지의 매에 숨겨진 반항심마저 구출하고 있다. 서발턴의 반복충동이란 쾌락원칙과 현실원칙을 넘어서는 보다 깊은 본능이기 때문에 억압의 연쇄에 얽매인 아버지마저 대리적으로 구원할 수 있는 것이다.

이처럼 오이디푸적 규율화 대신 본능적인 **반복충동**의 유출을 경험하는 것은 서발턴 성장소설의 중요한 특징이다. 서발턴의 성장과정은 말할 수 없던 비천한 존재가 말을 하게 되는 과정이 아니다. '서발턴은 말할 수 없다'라는 스피박의 주장을 입증하듯이, 진태는 '신세 한탄할 말도 모르고 문자도 모른다'고 생각한다. 진태는 그 대신에 슬픔과 울분이 계속 떠오를 뿐이다.

> 그래서 웬일인지 호소할 곳이 없어 그는 그대로 방바닥에 엎드러졌다. 그리고는, 고개를 두 팔로 얼싸안고 자꾸자꾸 울었다. 그는 눈물이 방바닥에 떨어지는 것을 알았다. 삿자리 깐 밑으로 흙내가 올라오는 것을 맡았다. 그리고는 어머니도 걱정을 하고 아버지도 걱정을 할 터요, 더구나 아버지가 이것을 알면은 돌짝 같은 손으로 얻어맞을 것을 생각하매, 몸서리가 난다. 그는 신세 한탄할 문자도 모르고 말도 모른다. 어떻든 억울하고 분하였다. 그렇다고 어디 가서 호소할 데도 없었고 분풀이 할 곳도 없었다.[12]

슬픔과 분노를 말하지 못하고 혼자 괴로워하는 것은 아직 계몽되지 못

12 위의 책, 102쪽.

한 서발턴의 한계일 수도 있다. 가라타니 고진은 근대적 장에 진입한 사람의 특징을 '내면의 발견'에서 찾았다.[13] 당대(1920년대) 소설에서 내면고백체가 성행한 것에서 알 수 있듯이, 내면을 발견한 사람만이 근대적 인식의 장에서 말을 할 수가 있다. 진태가 문자도 모르고 말도 모르는 것은 그에게 아직 내면이 형성되지 않았음을 암시한다.

내면고백체에서 보듯이 지식인들은 인물시점을 통해 내면의식을 제시하며 현실모순에 대해 말을 하고 호소한다. 반면에 「행랑자식」의 진태는 인물시점(내부시점) 대신 내부와 외부가 뒤섞인 감정 상태와 육체적 반응으로 심리를 표현한다. 그 때문에 그에게는 분석적이고 날카로운 문자와 언어가 없다.

그러나 진태의 눈물과 울분은 단순히 말을 못하는 서발턴의 무력함을 증명하는 것이 아니다. 우리는 내면시점이 없는 나도향의 소설에 대해 임화가 심리소설의 비조鼻祖라고 극찬한 사실을 주목할 필요가 있다.[14] 「행랑자식」에는 내면을 표현하는 언어가 미흡하지만 내면고백체 이상으로 식민지인의 심리를 호소하는 다른 기제가 있는 것이다.

진태의 슬픔의 특징은 의지와 상관없이 반복적으로 유출되며 지속되는 데에 있다. 그래서 아버지가 매를 때리고 주인집에서 회유해도 중단되지 않고 슬픔이 회귀하는 것이다. 진태는 말을 하는 대신 상징계의 아버지들을 넘어서서 슬픔과 분노를 반복적으로 표현한다. 그는 아버지와 교장의 세계에서 낯선 두려움에서 벗어날 수 없지만, 그런 불안의 충동에 시달리는 대가로 자신도 모르게 상징계의 경계를 넘어 감정적 유출을 계

13 가라타니 고진, 박유하 역, 『일본 근대문학의 기원』, 민음사, 1997, 36쪽.

14 임화, 「본격소설론」, 『문학의 논리』, 소명출판, 2009, 293쪽; 임화, 「소설문학 20년」, 『문학사』, 소명출판, 2009, 451쪽.

속한다. 진태의 경우에는 그런 **반복충동**이 증폭되는 과정이 성장의 과정인 것이다. 나도향이 내면 묘사 없이 심리소설의 비조의 지위에 오른 비결은 바로 '반복충동'에 있었다. 그는 그런 은밀하게 반복되는 심리적 충동을 그리며 서발턴 성장소설을 창시할 수 있었던 것이다.

「행랑자식」은 특이하게도 서발턴은 낯선 두려움과 반복충동을 통해 성장을 경험함을 암시한다. 프로이트는 '매 맞는 아이'의 환상을 통해 아이가 아버지에게 근친상간적 애착을 경험하며 성장해 간다고 논의했다. 그러나 「행랑자식」의 진태는 매를 맞을수록 아버지들과의 예속의 관계가 단절되면서 낯선 두려움 속에서 식민지적 상징계를 넘어선다. 상징계를 넘어서서 실재에 접근하는 것이 진실의 과정이라면 진태의 반오이디푸적 성장이야말로 **실재의 진실**에 다가가려는 서발턴 성장소설의 독특한 특징을 보여준다.

그런 진태의 성장과정이 지식인의 내면고백체와 구분된다는 점 역시 중요하다. 내면고백체는 단지 내면의 발견에 머물지 않고 식민지 현실의 모순에 대해 비판적인 말을 들려준다.[15] 반면에 진태는 어떤 비판적인 내면의 말도 하지 못하지만 중단할 수 없는 울분의 회귀를 통해 무의식적인 감성적 대응을 암시한다.

「행랑자식」에서 서발턴의 성장의 또 다른 특징은 집으로 돌아오는 과정에서 낯선 두려움이 증폭됨을 그린 점이다. 식민지 근대에서는 집home으로 돌아오는 과정이 이상한 불안unhomely이 회귀하는 과정과 일치한다.

---

15 앞서 살폈듯이 내면고백체에서도 반복충동이 나타난다. 예컨대 「표본실의 청개구리」는 반복충동을 따라가는 소설이다. 그러나 「표본실의 청개구리」에서는 주인공의 내면의 말이 들리지만 「행랑자식」에서는 내면의 말이 없이도 식민지 자본주의에 대한 울분의 정동을 전달한다.

낯선 두려움은 어머니 같은 집도 아버지 같은 학교도 안정된 공간이 되지 못할 때 경험하는 불안감이다. 학교는 물론 진태의 집 역시 식민지 근대의 코드화에 의해 낯선 두려움의 공간으로 변질되어 있다. 그처럼 코드화에 대한 부적응이 낯선 두려움이라고 할 때 집에서 낯선 두려움을 경험하는 것은 식민지 근대의 코드화 자체에 불합리가 내재함을 암시한다. 아버지의 매와 주인집의 시혜가 식민지의 불합리를 감추는 집단 환상이라면 진태가 방구석에 틀어박혀 경험하는 낯선 두려움은 그 환상에 구멍을 내는 충동으로 이어진다. 교장선생에게 당한 억울한 일이 반복해서 회귀하는 진태의 심리는 아버지들의 **거세**에 대항하는 **존재론적 열망**이기도 하다. 집에서 낯선 두려움이 증폭된다는 것은 식민지의 복합적인 오이디푸스적 서사 전체를 거부하지 않고는 거세에서 벗어날 수 없음을 뜻한다. 진태는 아버지들의 말에 의해 중단되지 않는 반복적인 울분의 회귀를 통해 서발턴 특유의 존재론적인 반오이디푸스적 성장[16]을 경험한다.

3. 서발턴의 반복충동과 아이러니 – 현진건의 「운수 좋은 날」

「운수 좋은 날」은 「행랑자식」이나 「과도기」처럼 식민지 근대에서 집home의 공간과 낯선 두려움unhomely의 관계를 그린 소설이다. 이 소설은 양자의 역설적 관계를 다양한 **아이러니**를 통해 드러내는 것이 특징적이다. 「운수 좋은 날」에서 아이러니가 역동적인 것은 김첨지의 집이 「행랑자식」과 「과도기」에 비해 식민지 자본주의의 오이디푸스 구조를 보다

16 아버지에게 동화되지 않음은 물론 현실인식에 의한 지적 성장과도 다른 점에서 감성적·존재론적 반오이디푸스적 성장이라고 할 수 있다.

잘 암시하기 때문이다.

「행랑자식」에서 진태의 집은 가족이 이미 사회적으로 서열화되어 있다는 느낌을 준다. 또한 「과도기」의 창선의 집은 자본주의 이전의 공동체의 상징으로 그려진다. 반면에 「운수 좋은 날」의 김첨지의 집은 돈벌이에 의해 직접 행복이 좌우되는 듯한 공간으로 그려진다. 그와 함께 김첨지는 돈을 많이 벌었는데도 가족이 불행에서 벗어날 수 없다는 아이러니를 경험한다. 김첨지는 돈벌이를 하며 행복한 집을 소망할수록 식민지 자본주의의 비정성이 집에까지 스며든 현실을 발견한다. 그런 아이러니를 통해 식민지 자본주의의 가족 안에 반향된 계급적 모순을 비판하는 것이 「운수 좋은 날」이다.

'자본주의 가족'은 사회체 내의 가족의 서열이 중요한 봉건제와는 달리 직접적으로 화폐에 연결되어 있다. 그처럼 신분적 매개 없이 직접 돈에 의해 가족의 위치가 정해지기 때문에 자본주의에서 집은 자유로운 동시에 구속적인 공간이 된다. 자본주의는 계급사회이므로 개인적 단절에 의한 자유의 거리와 돈에 의한 계급적 구속을 함께 경험하는 것이다.[17]

「운수 좋은 날」에서 돈벌이를 하는 김첨지는 주인나리가 없는 자유로운 가장이다. 그러나 그는 자본주의 사회의 일용 노동자(인력거꾼)이며 그런 계급적 위치는 상전이 없는 집안에서도 그를 구속한다. 자본주의적 집(가족)은 사적 자유의 공간인 동시에 계급적 모순이 메아리치는 장소인 셈이다. 김첨지의 상전인 돈은 비인격적인 존재로서 자유를 베푸는 동시에 화폐물신이라는 인격성의 환상을 통해 비정한 상전으로 군림하고 있다.

김첨지는 (「행랑자식」이나 「과도기」의 인물들과는 달리) 돈이 상전임을 잘 알

---

17 들뢰즈, 『앙띠 오이디푸스』, 390쪽.

기 때문에 돈 앞에서 비굴하게 굴복하는 태도를 보인다. 그러면서도 돈에 의해 빚어진 계급적 단절 때문에 그는 자신도 모르게 울분이 잠재해 있다. 자본주의에서 노동자는 사회체제의 필수적인 구성요소인 동시에 체제를 넘어서는 잉여적 요소를 갖고 있다.[18] 노동자는 자신의 노동을 팔아 돈을 벌려는 욕망으로 움직이지만 계급적 단절의 위치에서 위계화된 자본주의에 순응하지 않는 잉여적 무의식을 지니기도 한다.

김첨지의 양가성 역시 그런 노동자의 생리를 표현하는 것으로 볼 수 있다. 그러나 이 소설이 김첨지의 삶을 통해 사회적 모순을 드러내는 과정은 프롤레타리아 서사와는 다르다. 김첨지의 양가성은 장차 계급의식을 갖게 될 노동자의 모습이기보다는 모호한 식민지 서발턴의 특징으로 볼 수 있다. 서발턴인 김첨지는 프롤레타리아에 비해 계급의식이 불투명하고 무력화되어 있다. 그는 돈벌이를 할 때는 물론 비극적 파국을 맞은 후에도 현실인식이 각성될 조짐을 보이지 않는다.

김첨지는 「행랑자식」의 진태에 비해 자본주의의 생리를 잘 알고 있지만 여전히 비판적인 말을 하지 못한다. 말을 하지 못하는 서발턴의 특징은 심리적 상처가 감당할 수 없을 만큼 커진다는 점이다. 그런 상처의 고통을 반복하며 회생의 소망을 드러내는 본능적 충동이 바로 반복운동이다. 「운수 좋은 날」은 노동자의 각성보다는 반복충동을 통해 식민지 자본주의의 사회적 모순에 대응하는 소설이다.

이 소설에서 특징적인 것은 반복충동을 드러내는 방식이 「행랑자식」과는 다르게 아이러니에 의존하고 있다는 점이다. 「행랑자식」의 진태에게서 보듯이 서발턴의 반복충동은 자본주의의 오이디푸스 규율에 동화

18 지젝, 이수련 역, 『이데올로기라는 숭고한 대상』, 인간사랑, 2002, 51쪽.

될 수 없다는 무의식적 표현이기도 하다. 진태의 슬픔과 울분을 통한 반복충동의 증폭 과정이 서발턴의 성장의 진행이기도 한 것은 그 때문이다.

그러나 진태와 달리 돈의 메커니즘을 알고 있는 김첨지는 오이디푸스적 규율에 대응하지 못한다. 집 안에 상전이 있는 진태와 달리 김첨지에게는 손님으로 모셔야 하는 부유층이 상전과도 같다. 진태는 집에서 울분을 느끼며 주인집의 시혜를 거부하지만 김첨지는 손님의 품삯을 물리칠 수가 없다. 김첨지는 일 원 오십 전의 품삯을 받고 나서 거저 얻은 듯이 기뻐하며 어린 손님에게 연신 허리를 굽힌다.

그런 비굴한 김첨지를 살아 있는 인간으로 만드는 것은 굴종의 태도에 숨겨진 반복충동이다. 그는 무의식적으로 떠오르는 병든 아내에 대한 생각 때문에 돈벌이를 하면서도 불안한 마음을 감출 수 없었다. 돈의 메커니즘에 예속된 김첨지를 생생한 인물로 만드는 것은 '돈 벌 욕심'과 경쟁하는 반복충동이다. 김첨지는 진태처럼 상전의 시혜를 거부하지는 못하지만 불안한 반복충동이 돈이라는 또 다른 상전과 각축하는 아이러니를 통해 서발턴의 생동감을 보여준다.

「운수 좋은 날」에 나타난 서발턴의 아이러니는 무지한 김첨지를 근대적 삶의 무대에서 존재감이 있는 인물로 만든다. 리얼리즘에서는 현실에 대한 인식능력을 중시하기 때문에 비지성적인 서발턴은 지식인의 시선을 통해 재현되는 경우가 많다. 「운수 좋은 날」 역시 김첨지의 시점에 의존하기보다는 지적인 화자의 서술에 의해 진행되고 있다. 그러나 이 소설에서는 지적인 화자에 의해 무지한 인물로 그려진 김첨지가 지식인 못지않게 우리의 관심을 끄는 인물로 다가온다. 그것은 연속적으로 지식인(화자)의 재현을 반전시키는 서발턴의 반복충동에 의한 아이러니 때문이다. 서두에 제시된 김첨지의 아내에 대한 애증의 태도는 대표적인 예 중의 하나이다.

마음은 급하고 불길은 달지 않아 채 익지도 않은 것을 그 오라질 년이 숟가락은 그만두고 손으로 움켜서 두 뺨에 주먹덩이 같은 혹이 불거지도록 누가 빼앗을 듯이 처박질하더니만 그날 저녁부터 가슴이 당긴다, 배가 켕긴다고 눈을 뜨고 지랄병을 하였다. 그 때 김첨지는 열화와 같은 성을 내며,

"에이 오라질 년, 조랑복은 할 수가 없어, 못 먹어 병, 먹어서 병, 어쩌란 말이야. 왜 눈을 바루 뜨지 못해!"

하고 김첨지는 앓는 이의 뺨을 한 번 후려갈겼다. 흡뜬 눈은 조금 바루어졌건만 이슬이 맺히었다. 김첨지의 눈시울도 뜨끈뜨끈한 듯하였다.

(…중략…)

"압다, 젠장맞을 년, 별 빌어먹을 소리를 다 하네. 맞붙들고 앉았으면 누가 먹여살릴 줄 알아."

하고 훌쩍 뛰어나오려니까, 환자는 붙잡을 듯이 팔을 내저으며,

"나가지 말래도 그래. 그러면 일찍이 들어와요."

하고 목메인 소리가 뒤를 따랐다.

정거장까지 가잔 말을 들은 순간에 경련적으로 떠는 손, 유달리 큼직한 눈, 울듯한 아내의 얼굴이 김첨지의 눈앞에 어른어른 하였다.[19]

위에서 화자에 의한 김첨지의 재현은 희화화의 느낌과 함께 김첨지로부터 거리를 두게 한다. 그러나 그런 희극적인 순간이야말로 김첨지의 무의식으로부터 억압되었던 것이 반복적으로 되돌아오는 순간이다. 김첨지의 '뜨근뜨근한 눈시울'과 아내의 '큼직한 눈', '울듯한 얼굴'은, 표면과 이면의 불일치를 연출하며 반복적으로 회귀하는 충동적 이미지들이다.

19 현진건, 「운수 좋은 날」, 『현진건 중단편선』, 문학과지성사, 2008, 144~146쪽.

가라타니 고진은 내면의 발견에 의해 근대적인 풍경이 새롭게 발견되고 창안되었다고 주장했다. 반면에 위에서는 내면의 발견이 미흡한 서발턴의 불분명한 감정과 육체의 이미지들에 의해 타자의 근대적 삶의 풍경이 나타난다. 가라타니가 지식인의 근대의 풍경을 말했다면 「운수 좋은 날」은 서발턴을 살아 있는 존재로 만드는 장면들을 발견하고 있다.

후자에서는 거리감을 횡단하며 김첨지에게 감정이입이 일어나는 순간이 중요하다. 우리는 김첨지의 세련된 내면이 아니라 투박하지만 근원적인 심층의 심연에 감정이입한다. 이 소설은 내면의 발견과 다른 방식으로 타자에게 감정이입하며 근대적 세계를 횡단하는 비밀을 보여준다. 이 장면에서 우리는 내면의 시선이 아니라 심연에서 반복적으로 회귀하는 이미지들에 의해 김첨지에게 다가가게 된다. 재현의 거리감이 사라지는 이 아이러니의 순간은 비천한 김첨지를 생동감 있게 회생시키며 식민지의 실재에 다가가게 해준다. 지적인 화자의 재현과 서발턴의 반복에 의한 반전, 그 아이러니의 연쇄 속에서 재현불가능한 서발턴의 현실이 재현되고 있는 것이다.

서발턴의 아이러니는 하위계층의 무지함 뿐 아니라 무력감과도 결부되어 있다. 김첨지가 무력한 것은 자본주의의 냉혹한 메커니즘을 뼈아프게 알고 있기 때문이기도 하다. 그는 무지하고 비합리적인 인물이지만 누구보다도 자본주의의 현실원칙을 잘 알고 있다. '압다, 젠장맞을 년' 하고 아내에게 욕을 하며 돈벌이에 나서는 것은 자본주의의 일용 노동자의 필연적인 운명을 절감하기 때문이다. 김첨지는 돈이 상전인 동시에 제 손에 쥐어지면 모주 한 잔과 설렁탕 한 그릇이 됨을 반사적으로 알고 있다. 마르크스는 화폐란 모든 상품들과의 등가관계의 반사라고 말했다. 김첨지의 머릿 속에서는 마르크스가 돈을 설명하며 사용했던 은유들이 똑같이 반사되고 있다.[20] 오이디푸스 구조의 자본주의 사회에서 그의 '돈 벌이 욕심'은 거의 무의식적이다.

김첨지의 이런 돈 벌 욕심에 대한 굴종은 실상 서발턴의 무력감과 결부되어 있다. 서발턴은 오이디푸스적 자본주의에서 프롤레타리아보다 더 증폭된 균열을 지닌 존재이다. 증폭된 균열은 김첨지로 하여금 무기력 속에서 자본주의에 반사적으로 굴복하게 만들고 있는 것이다.

그러나 증폭된 균열은 무력감인 동시에 반복충동의 근원이기도 하다.[21] 김첨지는 화폐를 상전처럼 여기며 굴종하지만 자신도 모르게 심연의 상처에서 감정의 유출을 경험하기도 한다. 달포나 된 아내의 병은 실제로는 사회적 균열과 김첨지의 상처의 상징인 셈이다. 아내의 기침은 오이디푸스 구조의 잡음인 동시에 김첨지 자신의 숨겨진 상처를 건드리는 근원이기도 하다.

그 때문에 김첨지는 인력거를 끌며 아내의 신음을 잠재우려 하면서도 숨겨진 상처로부터 반복되는 아픔을 감지한다. 김첨지는 두 개의 복합적인 심리가 경쟁하는 상태에 있다. 하나는 자본주의에서 화폐체계에 의해 유발된 '돈 벌 욕심'이며 다른 하나는 아픈 아내에 대한 걱정에서 생겨난 가슴의 동요(반복운동)이다. 전자가 자본주의 체계에 반사되어 되돌아온 무의식이라면 후자는 가슴의 상처로부터 생겨난 보다 근원적인 무의식이다. 「운수 좋은 날」은 그 두 개의 무의식에 의해 발생한 아이러니를 그린 작품이다. 김첨지의 머리를 점령한 것이 마르크스가 논의한 화폐적인 반작용적 무의식이라면, 가슴에서 진동을 일으키는 것은 니체와 들뢰즈가 말한 능동적 무의식이다. 이 소설의 끝없는 아이러니는 머리의 반사

20 마르크스, 김수행 역, 『자본론』 I, 비봉출판사, 2001, 121쪽.

21 1장 1절의 논의를 참조할 것.

적 (무)의식과 가슴의 진동의 불일치에서 생겨나고 있다.

그날따라 돈벌이가 잘된 김첨지는 신이 나는 동시에 불안하다. 인력거가 무거워지면 몸이 가벼워지고 인력거가 가벼워지면 몸이 다시 무거워진다. 그가 절절히 느낀 것은 '돈이란 괜찮고도 괴로운 것'이라는 사실이다. 돈은 아깝고도 소중한 것이지만 내동댕이치고 싶도록 원수 같은 것이기도 하다.

이처럼 아이러니가 연이어 계속되는 것은 가슴의 진동이 반복해서 되돌아오기 때문이다. 본능과도 같은 서발턴의 무의식으로서 아내의 걱정은 단순한 '억압된 것의 회귀' 이상의 '반복충동'을 나타낸다.[22] 이성적인 의식과는 상관없이 작동되는 반복충동은 마치 자동기계와도 같다. 서발턴은 지적 인식이 미흡하지만 바로 그 때문에 상처로부터의 반복충동이 깊은 본능을 더 충실하게 유출시키는 것이다. 이 소설은 들뢰즈적 반복충동이 마르크스의 화폐의 무의식과 프로이트의 쾌락원칙을 넘어서서 끝없이 되돌아오는 장면을 그리고 있다.

그런 반복충동과 아이러니의 정점은 김첨지가 집에서 가까워진 순간이다. 근대세계에서 집은 불안으로부터의 사적인 피신처인데 김첨지는 집에 가까워지는 것이 가장 불안하다. 이 소설은 「행랑자식」과 「과도기」처럼 집home이 낯선 두려움unhomely의 근원이 되어버린 아이러니를 그리고 있다.

> 이윽고 끄는 이의 다리는 무거워졌다. 자기 집에 가까이 다다른 까닭이다. 새삼스러운 염려가 그의 가슴을 눌렀다.

---

22 반복충동은 억압된 것의 회귀 이상의 능동적인 본능이라고 할 수 있다.

"오늘은 나가지 말아요. 내가 이렇게 아픈데!"

이런 말이 잉잉 그의 귀에 울렸다. 그리고 병자의 움쑥 들어간 눈이 원망하는 듯이 자기를 노리는 듯 하였다. 그러자 엉엉 하고 우는 개똥이의 곡성을 들은 듯싶다. 딸꾹 딸꾹하고 숨모으는 소리도 나는 듯싶다…….

"왜 이러우. 기차 놓치겠구먼."

하고 탄 이의 초조한 부르짖음이 간신히 그의 귀에 들려왔다. 언뜻 깨달으니 김첨지는 인력거 채를 쥔 채 한복판에 엉거주춤 멈춰 있지 않은가.

"예예."

하고 김첨지는 또 다시 달음질하였다. 집이 차차 멀어질수록 김첨지의 걸음에는 다시금 신이 나기 시작하였다. 다리를 재게 놀려야만 쉴 새 없이 자기의 머리에 떠오르는 모든 근심과 걱정을 잊을 듯이.[23]

집이 가까워질수록 불안한 것은 일차적으로는 병든 아내에 대한 걱정 때문이다. 그런데 여기서의 김첨지의 절박한 심리는 보다 더 깊은 상징성을 지니고 있다. 불안의 피신처가 불길함의 근원으로 전도된 것은 식민지 서발턴이 계급적 단절 이상의 고통에 직면해 있음을 암시한다.

낯선 두려움이란 원래의 친밀한 집도 오이디푸스적인 제2의 친밀한 집도 잃은 상태의 거세공포이다. 「행랑자식」의 진태는 집안에 상전이 있기 때문에 세상 어디에도 친밀성이 없는 낯선 두려움을 경험한다. 진태와 달리 김첨지는 주인나리도 교장선생도 없지만 돈이라는 상전이 집안에까지 냉혹한 손길을 뻗고 있음을 감지한다. 김첨지는 집밖에서는 손님들에게 허리를 굽히며 행복을 맛보았으나 집안에 숨어든 상전에게는 아

---

23 현진건, 「운수 좋은 날」, 『현진건 중단편선』, 147~148쪽.

무런 대책이 없다. 상전이 없는 곳에서의 상전은 돈벌이의 욕심도 굽신거림도 무용지물로 만드는 근원적인 거세공포를 경험하게 한다.

프롤레타리아는 용감하게 자본에 맞섬으로써 낯선 두려움에 대항할 수 있는 사람들이다. 반면에 서발턴은 사적 피난처인 집에서 오히려 불길한 낯선 두려움을 경험하는 존재이다. 프롤레타리아는 구호와 깃발을 통해 낯선 두려움을 잠재울 수 있지만 서발턴은 불행의 도피처에서 가장 무서운 비극을 경험한다. 그런데 그런 낯선 두려움이야말로 신체로부터 본능적인 반복운동을 유출시키는 추동력이다. 김첨지의 타협할 수 없는 반복충동은 돈이라는 쾌락원칙과 자본주의라는 현실원칙을 넘어서서 진정으로 행복한 세상을 바라보게 만든다.

서발턴의 낯선 두려움은 프롤레타리아 이하로 강등된 자신의 존재와 운명에 대한 막연한 예감이다. 그러나 불길함 속에서 무력화된 서발턴은 보다 깊은 곳의 진동을 울리는 존재이기도 하다. 기적 같은 돈벌이의 행운이 불행을 봉합하지 못한다는 사실은 김첨지가 한층 근원적인 무의식(반복충동)을 유출하는 존재임을 암시한다. 김첨지는 아무런 비판적 말도 행동도 할 수 없지만 끝없이 유출되는 반복적 감정을 통해 우리를 깊은 심연으로 데려간다. 죽은 아내의 '흰 창을 덮은 치뜬 눈'은 서발턴 특유의 응시가 거세된 상태일 것이다. 그러나 그에 대해 울분을 터트리는 김첨지의 반복충동은 감정적 연루 속에서 우리로 하여금 응시의 눈을 뜨게 한다. 우리는 이제까지의 아이러니에 의한 충격이 마지막 장면에 집중적으로 중첩되는 중에 김첨지의 집을 타자의 위치에서 응시하게 된다. 운수 좋은 날은 운수 나쁜 날이 되었으며 행운이라는 환상은 집에서 한순간에 반전된다. 그와 함께 그런 두려운 반전은 봉합할 수 없는 깊은 균열의 틈새에서 또 다른 응시의 발진을 알린다. 「운수 좋은 날」은 서발턴의 집home이 낯선 두려움unhomely의 공간이 되었음을 호소하는 동시에 그 거세의 공간이 다시 식민지 자본주의에 대응하는 반복충동과 응시의 장소로 다가옴을 암시한다.

4. 낯선 두려움과 반복운동 – 한설야의 「과도기」

「과도기」는 식민지적 근대화에 의해 상실된 고향의 의미를 가장 잘 드러낸 작품이다. 이 소설에서 상실된 고향home이 다시 의미화되기 시작하는 것은 역설적으로 주인공 창선이 낯선 두려움unhomely의 상태에 있을 때이다. 낯선 두려움은 고향을 상실한 듯한 느낌인 동시에 심연에서 고향을 지울 수 없는 사람이 갖는 불안감이다. 고향을 잃으면서 심연의 잔여물도 잃은 사람에게는 낯선 두려움도 고향의 충동도 없다. 반면에 식민지의 서발턴이 낯선 두려움을 느끼는 것은 심연의 고향의 잔여물(대상 a)에 의해 식민지 근대와의 사이에 메울 수 없는 간극이 생겼기 때문이다. 그런 간극에 의해 **낯선 두려움**을 느끼는 순간은 심연에서 상실된 **고향에 대한 충동**이 시작하는 때이기도 하다.

그 점에서 「과도기」의 제목 과도기는 특별한 의미를 지닌다. 이 소설은 농촌이 분해되고 공장이 생겨나면서 농민이 노동자가 되는 과도기를 그린 작품으로 이해될 수 있다. 그러나 여기서의 '과도기'는 그 이상을 넘어서는 각별한 의미를 지닌다. 마르크스는 토지수탈에 의해 내쫓긴 사람들이 갑자기 공장의 새로운 환경과 규율에 적응하지 못해 거지, 부랑자, 극빈자로 전락했다고 논의했다. 이 과도기의 사람들은 다음 단계로 무시무시한 법령에 의해 임금노동자의 규율에 예속되는 과정을 거친다.[24] 반면에 「과도기」에서 창리로부터 쫓겨난 사람들은 이행기의 낯선 두려움의 심리가 노동자가 된 후에도 계속 지속된다.[25] '과도기'의 낯선 두려움은 임금노동자로 규율화되기 전의 미숙한 단계가 아니라 식민지 자본주의에 적응하기 어려운 서발턴의 근본적인 생존의 조건이기 때문이다.

그 점에서 「과도기」는 식민지 서발턴이 갖는 특수한 양가적 심리를 매우 잘 드러낸 작품이다. 이 소설에서 고향 창리로부터 쫓겨난 사람들은 마르크스가 말한 이행기의 부랑자나 다음 단계의 노동자보다 더 무력한 사람들이다. 그러나 그들은 집단 이주라는 식민지적 폭력에 의해 마르크스의 노동자들보다 더 **근원적인 상처**를 입었기에 심연에서 반복충동[26]을 멈추지 않는다. **반복충동**은 일반적인 상처보다 더 근원적인 고통을 겪은 사람들에게서 나타나는 본능에 가까운 심리적 운동이다.

「과도기」에서 창리를 공장지대로 빼앗긴 사람들은 '산 눈 뺄 세상'에서 '눈이 멀건 채 산 송장이 될 것 같다'고 호소한다. 프로이트는 극도의 불안과 공황상태 속의 '낯선 두려움'을 눈을 빼앗길 듯한 거세공포에 비유했다.[27] 창리 사람들은 단순한 수탈의 고통을 넘어서 생명적 존재의 근원을 빼앗긴 듯한 **낯선 두려움**의 공황상태를 느끼고 있었던 것이다.

창리 사람들의 낯선 두려움은 '꿀 같은 진고개'를 상실한 채 식민지적 폭력에 의해 비정한 자본주의를 경험하게 되었기 때문이다. 민요의 한 구절인 '꿀 같은 진고개'란 사랑과 화해를 소망하는 친밀한 고향의 감성

---

24 마르크스, 『자본론』 I, 1,009~1,013쪽.

25 「씨름」이 실패한 이유는 서발턴의 특수성을 간과했기 때문이다.

26 근원적인 상처로 인한 반복충동은 선적인 기억과는 달리 현재의 경험처럼 되돌아온다. 이에 대해서는 프로이트, 박찬부 역, 「쾌락원칙을 넘어서」, 『쾌락원칙을 넘어서』, 열린책들, 1997, 23~32쪽 참조.

27 프로이트, 정장진 역, 「두려운 낯설음」, 『창조적인 작가와 몽상』, 열린책들, 1996, 117쪽.

에 다름이 아니다. 그런 '아리랑 고개'를 기계간과 요릿간이라는 오이디푸스적 자본주의가 빼앗아간 비극이 발생한 것이다.

그러나 생명적 본능(에로스)과 연관된 근원적인 것을 빼앗겼기 때문에 심연에 잔여물이 남아 다시 반복충동으로 되돌아오고 있다. 「과도기」는 불안한 낯선 두려움과 함께 반복충동에 의한 슬픔과 울분의 회귀를 표현하고 있다. 불안과 공포가 느껴지는 순간은 반복충동에 의한 슬픔과 분노가 능동적인 리듬으로 되돌아오는 순간이기도 하다.[28]

「과도기」는 반복충동에 의한 무의식의 능동성이 앞의 두 작품보다 더 잘 표현된 소설이다. 그 점은 이 소설의 시점과도 연관이 있다. 「행랑자식」과 「운수 좋은 날」이 내부와 외부의 구분이 불분명한 시점인 반면 「과도기」는 창선의 인물시점이 주도적이다. 그만큼 「과도기」에는 두 소설에 비해 창선의 시점을 통한 현실인식과 자기인식이 많이 나타나고 있다. 그런 진행에서 반복충동은 자기인식과 결합해 능동적인 삶의 소망으로 우리에게 다가온다.

하지만 이 소설 역시 가라타니 고진이 말한 내면의 발견을 통해 풍경을 발견하는 소설과는 상이하다. 이 소설이 인물시점을 사용하면서도 내면적 소설과는 달리 더 깊은 무의식의 차원에서 능동성을 표현하는 방식은 흥미롭다. 양자의 차이점은 바로 반복충동에 있다.

가라타니는 바깥을 보지 않고 내면을 보는 사람만이 자기 같은 내면적인 사람들과 교감하며 근대의 풍경을 발견한다고 말한다. 반면에 「과도기」의 창선은 내면을 보는 사람이지만 생소한 두려움 때문에 풍경을 잘 보지 못한다. 창선의 내면의식은 감정이입하기 어려운 생소한 사람들을

---

28 이 소설이 무력한 낯선 두려움의 표현으로 가득 차 있으면서도 절망을 넘어서는 것은 반복충동에 의해 능동적인 리듬이 우리에게 전해지기 때문이다.

보며 낯선 두려움 속에서 이질적인 식민지 근대를 발견하고 있다.

> 검푸른 공장복에다 진흙빛 감발을 친 청인인지 조선사람인지 일인인지 모를 눈에 서투른 사람이 바쁘게 쏘다닌다. 허리를 질끈질끈 동여맨 소매 길다란 청인들이 왈왈거리며 지나간다. 조선사람이라고 보이는 사람은 어울리지 않는 감발을 메고 상투를 갓 자르고 남도 사투리를 쓰는 패뿐이다. 옛날같이 상투를 틀고 곰방대를 든 친구들은 하나도 볼 수 없었다.
>
> 창선은 그런 패를 만날 때마다 무엇을 물어볼 듯이 머뭇머뭇하곤 하였다. 그러나 웬일인지 말이 나가지 않았다. 그리하여 여러 패를 그저 지나 보냈다. 입에서 금세 말이 나갈 듯하다가는 혹 옛날 보던 사람이 있겠지 하여 딴 데를 휘휘 살펴보았다.[29]

창선은 감정이입이 잘 안 되는 이질적인 사람들이 식민지 근대의 풍경을 구성함을 보고 있다. 가라타니가 내면을 보며 풍경을 발견하는 사람을 말했다면 창선은 이질적 세계에 대한 낯선 두려움 속에서 어색하게 상황을 감지한다. 가라타니가 개성적인 내면에 반사된 근대적 풍경을 말한 반면 「과도기」는 내면의 렌즈가 거부감을 일으키는 이질적인 식민지 근대의 모습을 전한다. 가라타니의 풍경은 전경화되어 우리에게 다가오지만 「과도기」의 풍경은 불투명하게 머뭇거린다. 후자의 이질적 풍경의 특징은 시각적 과정 자체에 내재하는 폭력과 균열에 있다.

위에서 창선은 지나가는 사람들에게 말을 잘 건네지 못한다. 창선이 말을 할 수 없는 것은 내면을 발견하지 못했기 때문이 아니라 풍경에 내

29 한설야, 「과도기」, 『카프대표소설선』 1, 사계절, 1988, 290쪽.

재하는 폭력과 균열 때문이다. 서발턴은 내면을 발견한 후에도 감정이입을 불가능하게 하는 이질감과 균열감 때문에 말을 할 수가 없는 것이다.

서발턴의 경우 내면의 발견은 시점의 주체로서의 시각적 정체성을 확립해 주지 않는다. 가라타니의 경우 풍경을 보는 것은 자기 자신의 시각적·정신적 정체성을 재현하는 것이기도 하다. 반면에 「과도기」의 창선의 시각적 정체성은 재현되는 동시에 잘 재현되지 않는다. 그는 풍경을 시각적으로 묘사하는 대신 '산 눈을 뺏길 듯한' 공포 속에서 전달하고 있다. 창선이 풍경을 보는 순간은 프로이트가 말한 눈을 거세당할 듯한 낯선 공포의 시간이기도 하다. 「과도기」가 '눈 서투른', '생소한', '낯설은', '두근두근한' 등의 관형어로 가득 차 있는 것은 그 때문이다. 창선의 인물 시점은 눈의 거세공포와 분리될 수 없는 서발턴의 불안한 시각성을 암시하고 있다.

낯선 두려움은 숨겨야할 균열[30]이 드러나고 있다는 신호이기도 하다. 창선이 낯선 두려움을 느끼는 순간은 제국이 숨기려 하는 식민지 근대의 균열을 보고 있는 때이기도 하다. 여기에는 가라타니의 내면이 일으키는 반전 대신 균열과 상처가 야기하는 반전이 있다. 내면의 반전이란 자동화된 외부를 내면을 통해 낯설게 만들었을 때 비로소 풍경이 보인다는 것이다.[31] 반면에 균열이 일으키는 반전은 균열의 낯선 공포가 반복충동을 통해 능동성을 생성하는 과정이다. **낯선 두려움**은 폭력과 균열의 산물이지만 그 균열의 위치에서만 폭력을 넘어서려는 **반복충동**이 나타나는

30 균열은 상징계가 코드화될 수 없는 지점을 스스로 드러낼 때 경험된다. 창선은 식민지 자본주의의 합리성이 비합리성을 드러낼 때 균열과 낯선 두려움을 경험한다. 식민지 자본주의는 균열을 숨겨야 작동될 수 있는데 그 숨겨야 할 것이 드러나는 순간 낯선 두려움이 느껴지게 된다. 호미 바바, 나병철 역, 『문화의 위치』, 소명출판, 2012, 46쪽 참조.

31 가라타니 고진, 『일본 근대문학의 기원』, 41~42쪽.

것이다. 반복충동은 낯선 풍경에 동화될 수 없다는 본능의 표현으로서 현실원칙을 넘어서서 실재를 갈망하는 움직임이다. 창선은 내면에서 생소한 공포를 느끼는 동시에 균열의 틈새를 통해 능동성을 소망하는 반복충동을 감지하고 있다.

가라타니와 창선의 차이는 낯설게 하기와 낯선 두려움에 있다. 가라타니는 내면이 창안한 낯설게 하기 장치를 통해 능동적으로 근대적 풍경을 발견한다. 반면에 창선은 내면에서 균열을 감지하며 낯선 두려움 속에서 능동성을 소망하는 반복충동을 경험한다. 창선이 보는 식민지 근대의 풍경은 **재현의 곤궁**을 느끼는 생소한 낯선 두려움과 **반복충동**의 합작품이다. 균열로 인한 상처 때문에 불안과 공포를 느끼지만 그 낯선 두려움이 반복충동을 불러일으키는 것이다. 「과도기」는 생소한 재현과 그 틈새로 새어나온 반복충동 속에서 비로소 풍경을 발견하는 소설이다.

반복충동은 지적인 내면을 지닌 사람은 경험하기 어려우며 엄청난 상처를 겪은 서발턴만이 자신도 모르게 유출을 감지한다. 그런 반복충동의 유출은 앞의 두 작품에서처럼 우리를 다시 주인공의 심리에 휩쓸리게 만든다. 내면을 통해 감지된 낯선 거리감은 보다 더 깊은 반복충동에 의한 심리적 흐름에 자리를 내준다. 이제 낯선 두려움에 의한 이질감은 반복운동의 표현 속에서 상실의 고통과 고향의 갈망을 드러내며 다시 감정이입의 회복으로 이어진다.

구룡리 뒷재는 끊어졌다. 철도길이 살대같이 해변으로 내달았다. '후미끼리'에 올라서니 '레일'이 남북으로 한없이 늘어져 있다. 어디서 왔는지 어디까지 갔는지 끝간 때가 아물아물 사라진다. 놀랍고 야단스러워 보였다. 그러나 그만큼 서툴고 인정모가 보이지 않았다. 소수레나 고깃배가 얼마나 정답게 생각되는지 몰랐다. 「뿌…아-잉」하는 기차 소리는 귀에 어지러웠다.

그는 꿈인 듯 옛일이 새로와졌다. 두세오리 전선줄에 강남제비 쉬어가는 그 봄철에 밭 갈던 기억이 그리워졌다. 구운 가재미(물고기)에 참조 점심을 꿋꿋이 먹고 「엉금엉금」 김 매던 그 밭이 정다워 보였다.[32]

같은 피폐한 풍경이면서도 이 장면이 앞의 예문과 다른 점은 창선의 심리에서 움직이는 반복운동이 나타나고 있다는 점이다. 검푸른 공장복 풍경이 낯선 두려움의 표현이라면 구룡리 뒷재의 장면은 반복충동의 심리를 드러내고 있다. 전자에 비해 후자가 감정이입이 잘 되는 것은 거친 외부 풍경을 보는 창선의 심리에 다가갈 수 있기 때문이다. 그처럼 고통스런 심리가 반복해서 표현되는 중에 '끊어진 뒷재'에 대한 상처의 표현은 상실한 고향에 대한 갈망으로 이어진다.

낯선 두려움이 일으키는 반복충동은 마치 포르트 다 놀이와도 비슷하다. 창리 사람들은 잘 재현되지 않는 풍경을 보는 동시에 반복운동을 통해 고통과 능동성의 소망을 반복하고 있다. 어린이가 어머니의 잔여물(대상 a)을 기억해 능동성을 되찾듯이 창선과 창리 사람들은 고향의 기억을 반복하며 능동적 삶을 소망하고 있는 것이다.

「과도기」는 포르트 다 놀이처럼 고통의 경험과 능동성의 소망의 반복의 과정이다. 이 소설의 화자는 상실한 창리를 재현하는 듯하지만 실상은 재현이 어려운 생소한 풍경과 창선의 반복충동을 연이어 제시한다. 포르트 다 놀이가 상실의 고통과 어머니와의 기억을 반복하듯이 창선은 상실의 울분과 고향의 기억을 반복적으로 떠올린다.

32 한설야, 「과도기」, 『카프대표소설선』 1, 291쪽.

이 소설은 재현적 리얼리즘으로 이해되어 왔지만 창선의 고향상실에서 비롯된 반복충동이 보다 핵심적이다. 창선의 행복한 고향의 기억과 상실의 고통은 화자의 매개에 의한 회상의 재현일 수 있다. 그러나 「고향」의 유랑인의 회상이 재현과 반복의 이중주이듯이 창선의 회상 역시 화자의 재현과 창선의 반복충동의 이중주로 볼 수 있다. 창선의 회상이 길게 나타난 초반부가 행복한 공동체의 기억에 초점이 맞춰진 것은 그것이 심연에 남겨진 기억의 잔여물이기 때문이다. 이 부분의 묘사는 균열의 틈새에서 반복적으로 되돌아오는 고향의 순수기억의 소우주를 재현적 서술의 외피에 담은 것이다.

소설 전체로 보더라도 「과도기」에서는 재현과 반복의 이중주가 특징적이다. 이 소설은 지식인 내포작가/화자의 재현과 창선(서발턴)의 인물시점의 합성으로 전개된다. 화자가 서술하는 창리의 풍경은 창선의 '상실의 슬픔'과 '고향의 기억'을 반복해서 유출하는 현실(식민지 근대)의 균열의 틈새에서 연출된다. 그처럼 틈새의 공간에서의 능동적인 반복운동을 통해 무서운 식민지 자본주의에 예속되지 않았음을 표현하고 있는 것이다.

창선의 내면적 반복운동은 이 소설의 비극적 재현을 넘어서게 하고 있다. 재현의 측면에서만 보면 이 소설은 인물들에게 일어난 슬픈 비극일 뿐 조선인의 대응은 미약하다. 그러나 재현과 반복의 이중주는 그런 수동적인 비극을 넘어서는 능동성의 소망을 암시한다.

흥미롭게도 그 이중주의 순간에 「과도기」에서도 「고향」처럼 '조선의 얼굴'이 나타난다. 「고향」과 「과도기」는 '풍경의 발견'이 아니라 '얼굴의 발견'이다. 가라타니의 풍경의 발견이 근대적 에피스테메의 전경화라면 「고향」과 「과도기」의 얼굴의 발견은 실재계적 네트워크의 확인이다.[33] 실재계적 네트워크로서의 조선의 얼굴은 잃어버린 아리랑 고개도 공장이 들어선 창리도 아닌 제3의 공간이다. 제3의 공간에는 어떤 투사도 없지만 능동성을 소망하는 반복충동에 의해 역사적 동인의 작동이 암시된다. 반복충동은 상실한 고향의 기억을 미결정적 공간에 던짐으로써 재현적 흐름에서의 정적인 절망에서 벗어난다. 「고향」이 유랑인의 얼굴을 통해 (시선과 응시의 이중주 속에서) 조선의 얼굴을 발견한다면 「과도기」는 또 다른 반복과 재현의 이중주 속에서 실재계적 조선의 얼굴(대상 a)을 발견한다.[34] 그런 실재(계)에 다가서는 진실의 이중주의 정점은 바로 아리랑 노래 장면이다.

그러나 정든 옛일이나 그네가 같이 낯설은 새 노릅(고장 기계)이 주인같이 타리게를 틀었다. 검은 굴뚝이 새 소리를 외치고 눈 서투른 무서운 공장이 새 일꾼을 찾으나 그것은 너무나 자기 몸과 거리가 먼 것 같았다. 그만큼 할 일이 있고 할 뜻이 있는 옛일에 대한 애착이 아직까지 뿌리 깊이 가슴을 잡고 있다. 그런데 그 일은 어디 가고 꿈도 안 꾸던 뚱딴지 같은 일터가 제 맘대로 버려져 있다.

(…중략…)

포구에는 배따라기가 떠보지 못하고 산야에는 격양의 노래가 끊어졌다. 다만 들리느니 저녁놀이 사라지는 황혼의 노동자 노래뿐이다.

장진물이 넘어서
수력 전기 되고
내호 바닥 기곗 속은

33 「과도기」에는 '조선의 얼굴'이라는 은유가 없지만 아리랑 노래의 표현은 조선인의 물밑의 네트워크의 작동을 암시한다.

34 대상 a의 은유적 발견은 조선인의 물밑의 네트워크의 확인이기도 하다.

질소비료가 되네
아-령 아-령
아라리가 났네
아리랑 고개로
넘겨넘겨 주소

논밭간 좋은 건
기곗간이 되고
계집애 잘난 건 요릿간만 가네

한스럽게 가라앉은 아리랑이보다 사자밥을 목에 단 배꾼의 노래보다 씩씩한 노래다.[35]

위에서 '눈 서투른 무서운 공장'은 마르크스의 '무시무시한 규율의 공장'[36]보다 창선의 몸에 더 큰 간격을 만들고 있다. 그에게는 자본주의의 규율에 덧붙여 식민지에서의 고향의 상실이 있기 때문이다. 그런 무서운 간격의 틈새에서 낯선 공포와 옛 고향의 기억 사이에서의 왕복운동이 계속되고 있다.

여기서 반복운동에서의 고향의 애착은 단지 수동적인 '옛일'의 향수가 아니다. 노동자의 아리랑은 단순한 향수보다는 대상 a의 위상학을 암시한다. 새로운 아리랑은 식민지 자본주의에 의해 달라진 무서운 세상을 풍자하고 있다. 그와 함께 이 노래의 아리랑 후렴은 포르트 다 놀이에서

35 한설야, 『카프대표소설선』 1, 302쪽.
36 마르크스, 『자본론』 I, 1013쪽.

의 어머니의 기억처럼 순수기억에 각인된 대상 a의 열망을 표현한다. 대상 a를 갈망하는 것은 과거로 돌아가려는 것이 아니라 현실과의 사이에서 틈새를 만들며 능동성을 생성하려는 소망이다.

그런 맥락에서 반복운동에 공명하는 아리랑 노래는 호미 바바가 말한 제3의 공간에서 들려오는 것이라고 할 수 있다. **제3의 공간**은 옛 고향도 제국의 근대도 아닌 미결정성 속에서 능동적 삶을 소망하는 위치이다.[37] 만일 상실한 '옛일'에만 집착한다면 식민지 근대에서 새로운 세상은 오지 않는다. 또한 제국이 만든 세계에서 수동적으로 신음만 한다면 노예 같은 굴욕의 시간이 있을 뿐이다. 반면에 순수기억 속의 고향(대상 a)에 대한 갈망으로 무서운 공장을 버티는 순간 자아는 틈새를 발견하며 신체의 능동성을 회복하게 된다. 아리랑 노래는 제3의 공간에서 '눈 서투른' 간격을 능동적으로 반전시키는 몸의 리듬이다. 그런 제3의 공간에서의 미결정성 속에서 비로소 역사의 동인(대상 a)이 작동되며 조선의 얼굴이 나타나기 시작한다.

아리랑은 오랫동안 몸의 기억으로 남은 것이 다시 돌아온 노래이다. 그 같은 노래는 민족의 고향의 선적 회상이 아니라 대상 a의 열망으로 화해를 저버린 현실을 한탄하며 도약하려는 소망이다. 그 때문에 노래의 내용은 슬프지만 그 반복되는 리듬은 더없이 '씩씩한' 것이다. 재현의 서사 속에서 흘러넘치는 이 대상 a의 놀이야말로 제3의 공간을 발진시키는 리듬이다. 이 소설에는 각성된 프롤레타리아가 나오지 않지만 대상 a의 작동을 통해 숨겨진 **역사적 동인**의 움직임이 암시되고 있다.

---

37 제3의 공간이란 전통도 서구적 근대도 아니며, 근대의 틈새에서 전통과 교섭하며 제국의 억압을 넘어서는 공간이다. 호미 바바, 나병철 역, 『문화의 위치』, 97~101쪽; 제3의 공간에 들어서는 순간은 선적인 시간을 넘어선 특이성의 순간이기도 하다.

대상 a의 운동은 선적인 시간을 넘어서서 또 다른 시간과 공간[38]을 통한 전망을 암시한다. 아리랑은 몸의 리듬의 귀환을 반복적으로 알리면서 영원회귀를 표현한다. 그와 함께 영원회귀의 시간이 과거로 돌아가는 것이 아니라 제3의 공간에서 미래를 향하는 것임을 암시한다.

아리랑 노래가 울리는 순간은 반복이 재현의 외피를 흘러넘치는 시간이다. 노래는 삭막한 재현을 넘어서는 영원회귀의 반복의 힘으로 식민지 근대보다 더 큰[39] 숨겨진 '조선의 얼굴'을 암시한다. 창선은 노래를 듣는 순간 들리지 않는 조선인의 물밑의 연대의 소리를 들었기 때문에 감동에 젖는 것이다. 조선인의 얼굴과 목소리는 아리랑 노래의 영원회귀의 반복을 통해 다가오고 있다.

조선의 얼굴은 「고향」에서처럼 반복과 재현의 교차 속에서 (실재에 다가가는) 진실의 이중주로 발견된다. 물론 「고향」과는 달리 「과도기」에는 서발턴과 지식인의 만남의 순간이 없다. 그러나 창선의 인물시점은 한설야(내포작가)의 지적인 서술과 교합하며 재현과 반복의 이중주로 울리고 있다. 그런 이중주는 아리랑 노래에서 정점에 이르거니와 이 순간은 수많은 노동자들과 일상인들이 함께 물밑에서 손을 잡는 시간이기도 하다. 조선의 얼굴은 과거와 미래가 만나는 틈새에서, 그 미결정적인 물밑에서 발견된다.

「고향」보다 노동자에 더 초점을 둔 이 소설은 창선이 콘크리트를 반죽하는 노동자가 되는 장면으로 끝난다. 그러나 창선은 노동자가 되어 '감

38 제3의 공간에 들어서는 순간은 선적인 시간(전통, 근대)을 넘어서는 제3의 시간을 경험하는 순간이기도 하다.

39 조선의 얼굴은 대상 a의 은유이자 실재계적 윤리의 네트워크이기 때문이다.

발치고 부삽을 들었어도' 여전히 생소한 사람으로 살아갈 것이다.[40] 반세기 후에 쓰여진 「삼포 가는 길」(황석영)에서 정씨는 고향이 공사판이 된 후에 자신이 영달처럼 떠돌이가 되었음을 감지한다. 창선은 마치 정씨의 낯선 운명과도 비슷하다. 창선 역시 노동자가 된 후 아무리 시간이 지나도 익숙해지지 않아서 생소한 삶에서 벗어날 수 없을 것이다. 한설야는 '과도기 이후'를 말하기 위해 「씨름」을 썼지만 후속작이 성공했다고 볼 수 없다. 그 이유는 화해를 소망하는 신체와 무서운 공장 사이의 간격이 너무 커서 '과도기'를 벗어나 프롤레타리아로 성장하기가 쉽지 않았기 때문이다. 이것이 노동자가 된 후에도 저항의 주체로 재현되기 어려운 서발턴의 운명이다.[41] 그 대신 재현불가능한 서발턴은 반복운동을 들려주며 수많은 사람들이 물밑에서 손을 잡게 한다. 「고향」과 「과도기」의 되풀이되는 아리랑 노래와 「삼포 가는 길」의 '아름다운 섬'에 대한 기억이 그런 서발턴의 반복운동이다.

「고향」과 「과도기」, 「삼포 가는 길」의 **낯선 두려움**unhomely **3부작**이 알려주는 것은 우리의 경우 서발턴은 노동자가 돼도 생소한 사람으로 남는다는 것이다. 창선처럼 내면을 발견한 후에도 자본의 공장과의 무서운 간격 때문에 아리랑 노래의 리듬에 몸을 맡기게 되는 것이다. 그처럼 서발턴은 재현적으로 생소한 대신 반복충동을 통해 가슴의 진동을 들려준다. 계급과 인종의 모순이 착종된 폭력적인 세계에서 생소한 서발턴의 반복이 중요한 것은 그런 가슴의 동요가 재현적 비극을 넘어서기 때문이다.

---

40 비슷한 시기의 소설에서 노동자가 각성되는 소설보다 「과도기」 같은 소설이 더 실감을 주는 것은 그 때문이다.

41 노동운동이 그려지는 소설에 대부분 지식인의 개입이 있는 것은 그런 서발턴의 특성과 연관이 있다.

「고향」과 「과도기」, 「삼포 가는 길」에서처럼 **서발턴**은 고향으로 돌아오는 순간 **낯선 두려움**을 느끼는 사람들이다. 서발턴의 낯선 두려움은 공장의 풍경에서 정점에 이르며 그들은 거세당할 듯한 무서운 간격을 감지한다. 하지만 그 순간의 낯선 두려움unhomely의 증폭은 고향home과의 단절이 아니라 고향을 지울 수 없다는 표시일 뿐이다. 창리와 삼포는 상실한 고향인 동시에 반복운동을 통해 회생시켜야 할 제3의 고향이기도 하다. 이것이 우리 문학사가 알려주는 반복의 리얼리즘의 비밀이다. 근대적 재현의 풍경에서 폭력적으로 단절된 상황에서 상실된 잔여물(대상 a)로부터 울려오는 반복의 열망이 대신 리얼리즘을 발진시키는 것이다. 낯선 재현의 풍경에 반복이 틈입하는 순간은 영원회귀의 순간인 동시에 현실과 교섭하는 시간이다. 이 순간이야말로 재현과 반복의 이중주가 생성하는 미결정적인 제3의 공간의 비밀이 표현되는 때이다. 해방의 소망이 감춰져 있는 유동적 공간에서는 굳센 전위 대신 서투른 서발턴이 반복과 재현의 중첩을 통해 제3의 공간을 연출하며 진실의 이중주를 들려주는 것이다.

제7장

계보학적 모더니즘과 반복충동

1. 식민지 모더니즘과 반복운동

앞 장에서 서발턴의 반복의 리얼리즘을 살펴봤지만 반복운동은 지식인 소설에서도 발견된다. 예컨대 염상섭의 「표본실의 청개구리」, 「암야」, 「숙박기」 등은 지식인의 반복충동을 따라가는 소설들이다. 「표본실의 청개구리」의 '나'는 앙분한 신경으로 면도날의 공포에 시달리며 「암야」의 '그'는 '실신상태의 포로'가 되어 얼빠진 채로 책상 앞에 앉아 있다. 두 주인공의 공포와 실신상태는 엄청난 상처를 경험한 사람의 낯선 두려움(거세공포)에 다름이 아니다. 낯선 두려움은 현실원칙(상징계)을 넘어서려는 반복충동을 낳는다.[1] 「표본실의 청개구리」와 「암야」는 낯선 두려움에서

1 프로이트는 트라우마로 인한 내적 반복강박 상태에서 낯선 두려움이 느껴진다고 말한다. 이때의 낯선 두려움은 상징계의 코드 내에서 해결될 수 없는 균열에 대한 공포이다. 그 점에서 우리는 반대로 낯선 두려움을 느끼게 하는 상징계의 균열의 상황에서 반복충동이 나타난다고 말할 수 있다. 프로이트, 정장진 역, 「두려운 낯설음」, 『창조적인 작가와 몽상』, 열린책들, 1996, 128쪽; 프로이트, 박찬부 역, 「쾌락원칙을 넘어서」, 『쾌락원칙을 넘어서』, 1997, 49쪽.

시작된 지식인의 반복충동이 현실의 재현을 압도하는 소설이다. 「숙박기」는 거세공포에서 시작하지는 않지만 제국의 배제의 권력을 반복적으로 경험하며 낯선 두려움이 다시 나타나는 소설이다.

세 소설의 또 다른 공통점은 묘지와 무덤이 그려진다는 점이다. 「표본실의 청개구리」의 '나'는 (반복충동의 상징인) 김창억이 실종된 후 산책길에서 나무관이 있는 헛간과 무덤을 발견한다. 또한 「암야」의 '그'는 납덩어리가 목에 걸린 듯한 고통 속에서 길거리로 나와 육조대로에서 긴 무덤을 본다. 「숙박기」에서도 반복적으로 하숙집에서 박대를 당하는 창길은 습관적으로 묘지를 산책한다. 세 소설에서 주인공들이 여로에서 발견한 묘지는 반복운동을 일으킨 식민지적 트라우마에 대한 자기인식이다.

재현보다 반복이 우세한 형식은 세 작품이 여로형 소설인 점과도 연관이 있다. 세 소설에서의 여로는 식민지적 트라우마가 야기한 반복운동을 따라가는 공간적 형식이다. 주인공들은 반복운동을 제어하기 어려워 여행과 산책을 하는 것이며 여로에서도 진정되지 않는 가슴의 동요가 작품의 핵심을 관통한다. 재현이 인물과 환경의 상호작용을 그리는 것이라면 반복의 소설은 환경에서 유리된 인물의 가슴의 진동을 탐색한다.

식민지 소설이 초기에서부터 재현의 난제를 경험한 것은 바로 그 때문이다. 엄청난 식민지적 트라우마 때문에 '시체 같은 몸'[2]이 된 주인공들은 환경 속에서 상호작용하는 재현을 그리는 내면의 집 속에 거주하기 어려웠던 것이다. 앞서 살폈듯이 재현의 난제는 반복과 재현의 이중주를 통해 해소된다. 재현불가능한 반복운동을 그리면서 '말을 하지 못하는' 인물들을 재현의 무대 위에 올려놓는 것이다.

2 염상섭, 「표본실의 청개구리」, 『염상섭 단편선』, 문학과지성사, 2006, 10쪽.

다만 염상섭의 초기소설들은 「행랑자식」이나 「고향」에 비해 반복과 재현의 이중주를 통한 진리의 탐색이 미흡했다. 그 대신 염상섭의 소설들은 점차 반복충동으로 인한 탈주의 욕망이 완화되면서 인물과 환경의 상호작용을 그리는 플롯 중심의 리얼리즘으로 발전해갔다. 예컨대 「윤전기」, 『사랑과 죄』, 『삼대』 등이 그런 지식인 리얼리즘의 성과이다.[3]

반복의 리얼리즘이든 재현적 리얼리즘이든 1920년대 후반에서 30년대 초반은 리얼리즘의 전성기였다. 그런데 사회상황이 변화된 1930년대 후반에 우리 문학은 재현의 난제를 다시 경험하게 된다. 일본의 파시즘화는 사상과 문학마저 잠재워 조선인이 재현의 무대에 등장하는 것을 배제하는 장치였다. 식민지에서 문학은 유일하게 독립을 유지한 영역이었으며 재현불가능한 서발턴을 반복충동을 통해 재현의 무대에 올려놓는 유력한 방법이었다. 조선인은 일상에서는 여전히 식민화되어 있었지만 문학은 반복운동과 물밑의 연대를 은밀히 표현하며 독립된 정동을 드러냈다. 문학은 반복과 재현의 이중주를 통해 은유적으로 물밑의 연대를 암시하며 실재계적 진실을 표현했다. 예컨대 '조선의 얼굴'이나 '낙동강 젓꼭지'는 조선인이 수면 밑의 연대를 통해 은밀히 실재계적 대상 a를 작동시키고 있다는 표현이었다.

그런데 1930년대 후반 일본은 문학마저 통제함으로써 은유로 표현되던 물밑의 연대까지 해체하려 시도했다. 그 이전까지의 문학이 반복운동과 물밑의 연대를 은유를 통해 재현의 무대에서 암시했다면, 일본의 문학의 탄압은 물밑의 연대마저 해체해 재현 자체를 위기에 처하게 했다. '조선의 얼굴'은 서발턴의 반복과 지식인의 재현의 이중주를 통해 대상 a가

---

3 이 소설들 역시 또 다른 재현과 반복의 이중주라고 할 수 있다.

작동되고 있다는 진실의 표현이었다. 그러나 이제 반복과 재현의 이중주를 통해 조선의 얼굴을 표현하는 일은 다시 난제에 부딪히게 되었다. 일본의 사상과 문학의 탄압은 진실의 이중주와 대상 a의 작동을 불가능하게 만드는 방식이었다.

우리에게 다시 닥친 재현의 위기는 진실의 이중주의 금지와도 같았다. 진실의 이중주의 금지는 식민지 초기에 버금가는 또 다른 트라우마를 경험하게 했다. 그런 또 하나의 재현의 난제와 트라우마에 대응한 것이 이상과 박태원의 1930년대 모더니즘 소설이었다.

식민지 초기의 재현의 난제와 트라우마는 서발턴을 말을 할 수 없는 존재로 만들었다. 그러나 또 다른 재현의 난제에 의한 1930년대 후반의 트라우마는 작가 자신이 고통 속에서 반복충동에 시달리게 만들었다. 이상과 박태원의 문학은 일상에서 탈주한 틈새의 공간에서 또 하나의 반복운동을 표현하려는 지난한 시도였다.

1930년대 모더니즘은 재현의 위기의 시대에 작가 자신의 거세공포(낯선 두려움)와 반복운동을 가상을 통해 드러내려는 모험이었다. 그처럼 지식인 작가의 반복운동을 그린 점에서 1930년대 모더니즘은 염상섭의 초기 소설과 비슷한 점이 있었다. 트라우마로 인한 반복충동을 그린 점이나 재현적인 생활인이 없는 여로형 소설로 된 점에서 그렇다고 할 수 있다.

그러나 염상섭 소설과 모더니즘 소설은 서발턴과의 관계에서 차이가 있었다. 염상섭의 「표본실의 청개구리」에는 '천당 가는 정거장'[4]을 말하는 서발턴이 나오며 「만세전」에서는 묘지 속에 있는 듯한 조선인의 모습이 암시된다. 반면에 모더니즘에서는 백화점이나 경성역의 판타스마고

---

4 『염상섭 단편선』, 67쪽.

리아 속에 있는 군중이 그려진다. 재현의 난제에 부딪혀 반복충동을 그리는 점은 비슷하지만 지식인이 보고 있는 서발턴의 모습은 다르다. 양자 사이에는 '묘지 속의 서발턴'과 '판타스마고리아 속의 군중'이라는 차이가 있는 것이다.

'묘지 속의 서발턴'의 소설(「만세전」)은 1920년대 중반에 '만세운동 이후의 물밑의 연대'를 암시하는 소설(「고향」)로 바뀌었다. 그러다가 1930년대 중후반에 판타스마고리아의 시각장치에 의해 응시가 마비된 군중이 출현하게 된 것이다. 공포에 떨던 서발턴은 조선의 얼굴을 보여주다가 경성역의 병적인 군중[5]으로 변화되어 있었다.

서발턴의 변화는 제국의 폭력의 방식의 변화와 연관이 있다. 초기 염상섭과 이상은 제국의 폭력에 의한 트라우마(그리고 반복충동)를 그린 점에서 비슷하지만 그들이 경험한 폭력의 방식은 다르다. 염상섭이 전 조선을 묘지로 만든 제국의 폭력을 그렸다면 이상은 가외가家外家와 가외가街外街의 폭력을 암시했다. 염상섭은 나무관이 놓여 있는 일관두옥一間斗屋과 떼도 안 입힌 무덤을 본다.[6] 반면에 이상은 유곽에서 가외가家外家를 경험하며 거리에서 가외가街外街를 발견한다. 묘지 속의 사람들은 물밑에서 만세운동을 할 수 있는 서발턴들이었지만 가외가의 **미시적 폭력**에 시달리는 사람들은 응시가 무력화된 사람들일 뿐이다. 이상 자신이 가외가의 폭력을 경험했지만 그는 「가외가전」에서 독점자본주의의 증상[7]을 드러내는 서발턴들을 암시하기도 했다.

염상섭은 『사랑과 죄』에서 지식인 주인공과 서발턴과의 사랑을 통해

---

5 박태원, 「소설가 구보씨의 일일」, 『박태원 단편선』, 문학과지성사, 2005, 115~116쪽.

6 『염상섭 단편선』, 67쪽.

7 가외가는 식민지 독점자본주의의 증상이라고 할 수 있다.

민중의 피를 수혈하는 과정을 그렸다. 그러나 물밑의 응시를 마비시키는 권력이 등장한 이상의 시대에는 지식인과 서발턴의 교류가 보다 더 어려워졌다. 현실적으로 한결 무력화된 지식인은 그 대신 틈새 공간에서의 가상의 놀이를 한 차원 더 발전시킨다. 이상 소설에서 가상 속의 반복운동이 상처의 고통을 표현하는 데 그치지 않고 실재를 탐색하려는 모험으로 나아간 것은 그 때문이다.

이상과 염상섭은 비슷하게 반복충동을 통해 현실원칙과 쾌락원칙을 넘어서려 했다. 프로이트는 현실원칙과 쾌락원칙을 넘어서면 죽음충동과 에로스가 나타난다고 말했다. 그런데 염상섭에게는 죽음의 묘지의 발견이 있을 뿐 에로스에 대한 열망이 없었다. 반면에 이상은 죽음충동에 시달리면서도 에로스에 대한 열망을 포기하지 않았다. 이상 소설은 거의 모두 여자와의 관계를 그리고 있는데 이상에게 '여성'은 에로스의 갈망을 표현하기 위한 부분대상이었다. 이상의 반복운동은 염상섭의 분열과 공포를 넘어서 사랑의 잔여물을 통해 대상 a를 갈망하는 데까지 나아갔다. 「날개」에서의 '날개'의 소망은 일상에서는 표현이 불가능하지만 심연에서는 포기할 수 없는 대상 a에 대한 감지에 다름이 아니다.

이처럼 이상이 대상 a를 포기하지 않은 것은 물신화된 동일성 체제에서도 식민지적 다수체계성의 틈새에서 **계보학적 잔여물**을 간직할 수 있었기 때문이다. 계보학적 잔여물이란 신체 자체에 각인된 순수기억 속의 대상 a의 환유들이다. 「날개」에서의 '겨드랑이의 가려움'은 갱생의 갈망이자 능동적 주체를 회복하려는 몸의 기억의 감각화였다. 이상의 반복운동은 지식인과 서발턴을 다시 재현의 무대 위에서 날아오르게 할 수는 없었다. 그러나 그의 계보학적 모더니즘은 선적 시간을 넘어서는 몸의 기억(순수기억)을 통해 제국의 경직된 역사를 뚫고 나오려는 육체적 모험을 보여주고 있었다. 재현의 난제에 직면한 이상은 반복운동의 가상을 통해 실재계적 대상 a에 대한 열망을 버리지 않음으로써 위기에 처한 진실의 모험을 포기하지 않고 있었다.

2. 재현적 리얼리즘과 반복의 모더니즘

6장에서 우리는 '반복의 리얼리즘'을 살펴봤지만 당대의 리얼리즘은 재현의 관점에서 더 많이 논의되었다. 문학을 재현의 관점에서 이해하는 것은 사상의 관점에서 이해하는 것이기도 하다. 리얼리즘에서 사상과 세계관이란 현실의 본질을 재현하기 위한 미학적 선택원리와도 같다. 임화는 주체와 객관현실의 교호작용을 말하면서 주체의 세계관이란 현실에서 핵심적인 것을 그리는 미학적 원리임을 강조했다.[8] 보다 구체적으로 리얼리즘 문학은 인물과 환경의 상호작용과 전형성을 보여주는 미학으로 말해질 수 있다.

그러나 일본의 탄압으로 사상이 무력화됨에 따라 임화의 리얼리즘론은 제기되는 순간 곧 벽에 부딪힌다. 실제로 1930년대 후반은 객관적 정세의 악화 속에서 리얼리즘이 침체되고 모더니즘 같은 새로운 문학이 부각된 시기였다. 세계관의 무력화와 리얼리즘의 쇠퇴는 사상적 논쟁이 문학의 승부처였던 전 시대 문학의 붕괴를 암시했다. 그런 위기의 시대에 다양한 신세대 작가들의 작품은 예술적 모험에 명운을 건 실험적 문학의 출현으로 평가되었다.

8 임화, 「사실주의 재인식」, 『문학의 논리』, 소명출판, 2009, 77 · 83쪽.

소설의 경우 당대의 '프레쉬한 작가들'은 고전적 소설 모델을 대체한 20세기적 작가들의 등장으로 논의되었다. 임화는 프루스트와 조이스가 서구의 가장 신선한 작가들인 것처럼 이상과 박태원이 1930년대 후반을 장식하고 있다고 말했다.[9] 리얼리즘과 상이한 새로운 문학의 특징은 '말하려는 것과 그리려는 것의 분열'에 있었다. 리얼리즘의 위기의 시대에 새로운 문학들은 저마다 분열의 시대를 증명하고 있었다.

그러나 임화는 이상이 보들레르처럼 자기분열과 자기무력을 드러내는 것은 표면상의 이유에 불과함을 강조했다. 이상 역시 자기상극과 자기분열을 이길 어떤 것을 찾아 모색하고 고민했다는 것이다. 임화는 그 이유를 자아의 분열이 '난숙 뒤에 오는 부란이 아니라 아직 완성에의 이상을 잃지 않은 상황'에서 나타났기 때문으로 보았다.[10]

임화의 말대로 당대의 새로운 문학은 표현주의 논쟁을 불러온 서구의 전위문학과는 다른 점이 있었다. 그것을 강조하며 임화는 문제의 핵심이 고전모델과 현대문학의 대립이 아님을 피력했다. 그의 말은 표현주의 논쟁 때의 루카치[11]와 비슷해 보일 수도 있었지만, 논의의 전제가 상이했기에 숨겨진 배경과 이유는 다를 수밖에 없었다.

루카치가 문학이 사회적 존재의 표현이라는 이유로 완고하게 리얼리즘을 주장했다면, 임화는 시대의 변화가 새로운 소설을 낳는 것으로 보았다. 보들레르와 조이스를 거론한 임화는 루카치와 달리 리얼리즘의 붕괴와 분열의 문학의 출현을 (시대의 맥락에서) 얼마간 긍정한 것이다. 다만

---

9 「세태소설론」, 위의 책, 275쪽.

10 「본격소설론」, 위의 책, 302쪽.

11 루카치, 홍승용 역, 「문제는 리얼리즘이다」, 루카치 외, 『문제는 리얼리즘이다』, 실천문학사, 1985, 73쪽.

문제가 복잡한 것은 우리의 현실이 서구와 다르기 때문에 분열의 문학이 단순히 리얼리즘을 대체할 수 없다는 점이었다.

시대가 소설을 바꿨지만 그 소설이 부족하다면 어떤 대안이 필요할까. 임화는 분열의 극복의 방법으로 단순히 본격소설을 내세움으로써 다시 루카치와 비슷해진다. 시대의 변화를 강조하면서도 예전 모델을 고집하는 그의 주장에는 자기모순이 있었다. 임화는 그 스스로 본격소설이 붓대에 흘러내리는 산 혈액이 되지 못했음을 고백했다.[12]

그렇다면 문학의 위기의 시대에 '산 혈액'은 어디서 수혈될 수 있을까. 김남천은 자신의 모랄론이 1930년대 후반을 관통하는 한 덩어리의 혈액이었다고 말했다.[13] 또한 김기림은 니체의 말을 빌려 이상이 자신의 혈관을 짜서 시대의 혈서를 썼다고 묘사했다.[14] '산 혈액'과 '한 덩어리의 혈액', '시대의 혈서'는 단순한 비유가 아니다. 임화가 산 혈액이 수혈되지 않았다고 고백한 것은 세계관의 무력화를 극복하지 못했다는 뜻이다. 반면에 김남천의 한 덩어리의 혈액은 세계관이 아니라 **육체적 절박성**을 지닌 자의식으로서의 모랄이었다. 이상의 '시대의 혈서' 역시 세계관의 매듭에서 풀려난 **육체성**을 통해 시대를 감당하려는 또 다른 실험이었다. 임화와 구분되는 김남천과 이상의 공통점은 세계관의 매개에 운명을 건 문학에 연연하지 않았다는 점이다.

이제 우리는 이상이 임화와는 다른 방식으로 자아의 붕괴에 대처하며 시대의 혈서를 썼음을 살펴볼 것이다. 임화는 소설의 원망願望이란 인물(성격)과 환경의 교섭인데 시대적 조건이 그것을 어렵게 만들고 있다고

12 임화, 「사실의 재인식」, 『문학의 논리』, 106쪽.
13 김남천, 「체험적인 것과 관찰적인 것」, 『인문평론』, 1940.5.
14 김기림, 「고 이상의 추억」, 『조광』, 1937.6, 312쪽.

말했다. 소설의 기초인 인물과 환경의 상호작용은 작가의 사상(세계관)과 현실의 교섭이기도 하다. 임화의 딜레마는 사상과 현실이 괴리된 시대에 다시 양자가 교섭하는 문학을 만들어야 한다는 데 있었다. 그 이유는 서구와 달리 인물과 환경이 교섭하는 본격소설이 미완의 과제로 남겨져 있기 때문이다.

소설의 위기가 자아의 붕괴와 주체의 무력화에 있다는 임화의 진단은 대서사의 차원에서 타당성이 있었다. 그러나 임화의 문제점은 대서사의 난제를 극복할 미시서사를 보지 못한 데 있었다. 그는 실패를 무릅쓰고 다시 예전의 모델로 돌아가는데 그것은 사상을 매개로 현실을 그리는 일이 소설의 원망이라고 보기 때문이었다. 임화의 경우 사상이란 인간 주체가 사회를 매개하는 세계관이다. 우리는 **세계관적 매개**를 중시하는 임화의 모델을 재현적 문학의 특징으로 말할 수 있다. 우리는 그런 재현적 모델과는 달리 자아의 붕괴를 극복하는 또 다른 방법이 새로운 작가들에게서 시도되고 있었음을 살펴볼 것이다.

임화는 주체의 무력화에서 벗어나려는 과제가 새로운 작가들에게도 부여되어 있다고 말한다. 다만 그들은 인물과 환경의 분열을 극복하지 못하기 때문에 본격소설을 대체할 수 없다는 것이다. 반면에 우리는 임화의 재현의 모델과는 다른 방법으로 '산 혈액'의 수혈이 시도되고 있었음을 살펴볼 것이다.

김기림이 말한 시대의 혈서는 필경 분열의 기록일 것이다. 하지만 임화가 암시하듯이 이상에게도 자아의 붕괴를 극복하려는 소망이 잔존했기에 혈관을 짜서 혈서를 쓴 것이다. 이상의 혈서는 타락과 구원, 죽음과 삶, 질병과 건강 사이의 유희의 운동이었다고 할 수 있다. 이상의 문학은 자기분열과 자기무력의 향유(보들레르)가 아니라 무력감을 이길 동요와 진동의 기록이었다. 임화는 결국 시대의 무력감을 넘어서는 창작방법(산 혈액)을 발견할 수 없었다. 반면에 이상은 박제와 날개 사이에서 고민했기 때문에 무력감의 향유 대신 동요와 진동의 문학을 실험한 것이다. 이상이 죽음충동과 에로스 사이에서 보여준 동요와 유희는 니체와 들뢰즈적인 의미에서 반복의 운동이었다고 할 수 있다. 분열의 기록 속에 숨겨진 양가적 반복의 운동이 새로운 작가들의 시대의 혈서였던 것이다. 우리는 임화가 찾지 못한 산 혈액의 수혈을 재현의 문학과 구분되는 **반복의 문학**에서 찾으려고 한다.

반복은 재현과 함께 자아의 위기에 대처하는 방법의 하나이다. 프로이트는 반복충동이 트라우마의 고통을 극복하려는 본능적인 시도로 나타남을 말한 바 있다.[15] 물론 상처의 극복이 반복충동으로만 나타나는 것은 아니다. 서사적 재현 역시 자아가 외상 같은 사건을 겪은 후 고통을 넘어서려는 방법으로 드러난다.[16] 예컨대 「만세전」이나 「탈출기」의 주인공들은 인생을 변화시킨 사건을 경험한 후 회상을 통해 자신의 과거를 재현한다.[17] 「만세전」에서는 조선이 묘지라고 외친 후에, 그리고 탈출기에서는 집을 나온 후에 재현의 충동이 시작된다. 두 소설에서 주인공의 고통스런 현실 경험을 의미 있는 사건으로 재배열하는 것은 바로 세계관의 작용이다. 그 점에서 반복운동이 본능적이라면 재현은 보다 더 이성적이다. 두 소설에서 경험의 재현은 어떤 이성적 세계관에 매개된 서사를 통

---

15 프로이트, 「쾌락원칙을 넘어서」, 『쾌락원칙을 넘어서』, 9~89쪽.

16 주디스 허먼, 최현정 역, 『트라우마』, 열린책들, 2012 참조.

17 문학적 재현은 현실의 반영이지만 실제의 지시대상이 현존하지는 않는다. 그 때문에 재현 역시 얼마간 가상의 유희인 반복의 성격을 지니는 셈이다. 프로이트도 예술 일반이 일종의 반복운동이라고 논의했다. 다른 한편 반복의 문학도 현실의 삶을 다루기 때문에 얼마간 재현적 성격을 지닌다고 할 수 있다.

해 자아의 위기를 극복하려는 시도로 나타난다. 위기를 극복하는 세계관이란 「만세전」의 신생의 사상이나 「탈출기」의 사회운동의 사상 같은 것이다. 두 소설에서 그런 세계관은 생경한 사상으로 표현되기보다는 인물과 환경의 교섭을 그리는 재현의 선택원리로 작용한다. 「탈출기」와 「만세전」은 그런 세계관(사상)에 의한 선택과 배열을 통해 상처의 경험을 서사화(재현)함으로써 자아의 위기에 대처하고 있다.

그런데 문제는 트라우마가 한도 이상으로 커지면 재현의 방법으로 위기를 극복하는 것이 어려워진다는 점이다. 시대의 폭력이 비판 사상(민족주의, 사회주의)마저 무너뜨리자 주체의 무력화 속에서 붕괴된 자아는 재현의 방법으로 위기를 넘길 수 없게 되었다. 임화가 세계관의 무력화가 재현의 무력화를 낳았음을 말하고 있는 것은 그 때문이다. 임화 자신은 그런 시대적 무력감을 극복할 방법을 구체적으로 제시하지 못했다. 임화의 딜레마는 재현적 대서사만을 볼 뿐 리얼리즘에도 숨어 있는 반복이라는 미시적 기제를 보지 못한 점에 있었다.

임화와 다른 문학을 했던 이상 역시 세계관이 무너진 사회에서 시대적 트라우마를 경험하고 있었다. 「공포의 기록」에서처럼, 그는 절망적인 공허와 병균 같은 적빈赤貧을 경험하고 있었다. 구조 깃발이 효력이 없어진 시대에 이상은 공복을 메우려 행동하며 유령처럼 흥분한 채 거리를 누볐다.[18] 그런데 역마처럼 달리며 움직이는 이상의 운동은 시효가 지난 **구조 깃발**(세계관)에 매개된 것이 아니었다. 공허에서 공허로 질주하는 이상의 운동은 공포와 트라우마를 극복하려는 **반복운동**이었다고 할 수 있다.

재현이 세계관의 매개를 필요로 한다면 반복운동은 무매개적 자유와

18 이상, 「공포의 기록」, 김윤식 편, 『이상문학전집』 3, 문학사상사, 1993, 332~333쪽.

위험 속에서 움직인다. 리얼리즘 비평가들은 사상과 세계관의 쇠퇴를 대신할 대안을 찾을 수 없었다. 반면에 새로운 작가들은 재현의 매개를 넘어서는 반복운동을 통해 붕괴된 자아를 구출하려 시도했다. 우리는 반복의 유희야말로 공포와 분열의 시대에 자아를 일으켜 세우려는 마지막 모험이었다고 말할 수 있다.

반복의 문학은 인과적 플롯에 의존하는 소설이 힘들어졌을 때 출현한다. 그 점에서 구인회 작가들의 새로운 소설은 얼마간이든 반복의 요소를 핵심으로 하고 있었다. 예컨대 박태원은 「소설가 구보씨의 일일」에서 '고독과 행복'의 반복의 유희를 통해 자아의 능동성을 회생시키려 시도했다. 또한 이효석은 「메밀꽃 필 무렵」에서 순수기억의 반복을 통해 황홀한 서정적 시간 속에서 자아를 동요시켰다. 김유정 역시 몸의 기억으로서 구어체적 리듬을 반복함으로써 절망을 넘어서려 했다. 재현적 리얼리즘의 위기의 시대는 새로운 반복의 미학이 출현한 시대이기도 했던 것이다. 당대의 새로운 미학은 반복운동 자체를 한 차원 상승시킨 점에서 전 시대의 염상섭의 지식인의 반복충동이나 현진건의 서발턴의 반복과도 달랐다.[19]

1930년대 후반은 세계관의 혼돈 속에서 미래가 사라져가는 시대였다. 그런 상황에서 모더니스트의 반복운동은 사라져 가는 미래를 붙들려는 최후의 시도로서 나타나고 있었다. 새로운 반복의 미학은 아비투스(생활의 습관)를 거부하고[20] 심연에 잔존하는 능동성의 갈망을 표현하며 미래를 붙잡으려는 운동이다. 예컨대 이상의 「날개」는 아비투스적 반사로

19 그 대신 새로운 반복의 문학에서는 시대적 압력 때문에 여전히 재현이 미약하다는 점을 말할 수 있다.

20 들뢰즈, 김상환 역, 『차이와 반복』, 민음사, 2004, 39~40쪽.

푸드득대는 군중과 대립해서 몸의 기억으로서 '날개'의 소망을 감지하고 있다.

재현이 선적인 인과적 논리를 통해 진행한다면 반복은 몸의 기억을 통한 진동과 전회를 표현한다. 반복의 무매개적인 유희는 표상과 개념이 없는 춤과 운동의 리듬이다. 그 때문에 반복은 익숙한 표상을 전회시켜 일반 리얼리즘에서보다 훨씬 더 강렬한 낯설게 하기의 방식으로 지각력을 증폭시킨다. 가령 이상의 「날개」에서는 아내의 매음이 개념을 망각한 유희적 응시를 통해 낯설게 지연되어 제시된다. 또한 이효석의 소설에서는 진부한 향토가 순수기억의 반복으로써 전경화되어 재발견되고 있다.[21] 마찬가지로 김유정은 고통의 시간을 반복의 리듬을 통해 정情으로 전회시켜 재발견하고 있다. 그런 방식으로 구인회 작가들은 붕괴된 자아에서 다시 한 번 능동성의 흐름을 회생시키길 갈망했던 것이다.

그와 연관된 반복운동의 또 다른 특징은 소설의 새로운 시간구조를 발명한 점이다. 임화가 소설의 원망이라고 말한 본격소설은 선적인 인과적 플롯 구조에 의존한다. 그러나 1930년대 후반은 선적인 플롯의 시간구조를 통해서는 사라진 미래를 붙잡을 수 없는 시대였다. 이때 새로운 작가들은 선적 시간에서 이탈된 채 반복운동을 통해 상처의 시간을 존재 내부로 전이시키는 모험을 감행했다. 프로이트가 말했듯이 반복운동은 상처의 고통을 반복함으로써 자아의 능동성을 회생시키려는 본능적인 충동이다. 반복충동의 아이러니는 고통의 반복을 통해 상처를 극복하고 자아의 능동성을 소망하며 쾌락원칙을 넘어선다는 것이다.[22] 반복운동은

---

21 신형기, 『분열의 기록』, 문학과지성사, 2010, 112~114쪽.

22 고통의 극복이 쾌락원칙이 아니라 고통의 반복을 통해 이루어진다는 것이 반복충동의 아이러니이다.

상처의 반복을 통해 심연을 동요시켜 몸에 기억되어 있는 본능적인 능동성의 충동을 자극한다. 예컨대 「날개」의 '나'는 집을 나온 후 선적 시간에서 이탈해 상처를 반추하며 심연의 순수기억을 동요시킨다. 그리고 마침내 겨드랑이의 가려움(몸의 기억) 속에서 존재를 팽창시키려는 갱생의 소망을 느낀다. '날자!'라는 외침은 직선적인 시간에서는 사라진 미래를 반복을 통해 존재를 부풀리는 방식으로 다시 한 번 소망해 본 것이다. 그런 방식으로 이상과 구인회 작가들은 과거가 현재가 되고 시간이 존재로 전이되는 '다른 시간'을 발명해낸 것이다.

그 같은 선적인 시간과는 다른 형식의 시간을 전근대적 순환성이나 근대적 선형성과 구분되는 **제3의 시간**[23]이라고 부를 수 있을 것이다. 반복운동은 쓰러진 자아를 다시 한 번 일으켜 세우려는 제3의 시간을 생성한다. 반복운동이 상처의 고통으로부터의 본능적인 충동이라면 제3의 시간은 반복의 힘으로 존재를 부풀리며 갱생을 갈망하는 시간이다. 1930년대 후반의 작가들은 다시 재현의 무대에서 활약할 수는 없었지만 제3의 시간의 생성을 통해 선적인 시간에서의 절망을 유보시킬 수 있었다.

반복운동과 제3의 시간은 세계관의 후퇴로 인한 절박한 시대에 주체의 무력화를 극복하려는 또 다른 시도가 있었음을 알려준다. 그런 시도는 시대의 위기에 대처하는 구인회와 새로운 작가들의 다양한 모험들을 하나로 연결해준다. 혼돈의 시대에 분열의 기록에 내장된 반복운동은 절망 속에서도 다시 한 번 날고 싶은 소망이 잔존했음을 보여준다. 이제까지 1930년대 모더니즘은 흔히 분열과 소외의 기록으로 읽혀왔다. 그러

23 제3의 시간이란 전근대적인 순환적 시간도 근대적인 선적 시간도 아닌 제3의 시간성으로서, 근대의 틈새에서 선적인 시간에 근거한 동일성 체제를 넘어서는 시간을 말한다. 나병철, 『특이성의 문학과 제3의 시간』, 문예출판사, 2018, 참조.

나 아직 갱생에의 소망이 잔존했기에 심연의 동요를 표현하는 고독한 반복운동이 있었던 것이다. 이 글에서는 이상의 소설을 통해 분열의 고통을 뚫고 반복적으로 솟아오른 자아의 능동성의 숨겨진 갈망을 살펴볼 것이다.

3. '가외가'의 유희와 능동적 시간의 소망 – 이상의 「날개」

「날개」는 모더니즘의 핵심 공간인 방과 거리가 둘 다 미학적으로 전경화된[24] 소설이다. 이 소설에서 '나'는 방과 거리를 진부한 일상인의 공간과는 매우 다르게 경험한다. 유곽 같은 곳에 사는 '나'는 집이란 없으며 방만 있을 뿐이다.[25] 또한 '나'는 외출을 한 후에도 거리에서 돈을 써본 적이 없고 아무와도 관계를 갖지 않는다.

「날개」에서 방과 거리의 전경화는 화폐와 시계의 규율에 대한 '나'의 부적응의 유희 속에서 나타난다. 먼저 방에서의 '나'의 유희는 화폐의 세계와 연관이 있다. 내객이 있는 아내 방과 '나'의 어두운 방이 나눠져 있는 것은 화폐의 스캔들이 낳은 '나'의 운명이다. 장짓문으로 세상의 시간과 단절된 '나'의 골방은 화폐물신화된 세계에 부적응한 '나'의 유희의 공간이다. 골방과 아내 방에서 '나'는 물신화된 세계에 동화되지 않으려 선적인 시간에서 벗어난 반복의 유희를 즐긴다.

또한 외출할 때의 '나'의 유희는 시계와 연관이 있다. '나'는 외출을 하면 귀가 시간을 위해 시계가 가장 정확한 경성역을 찾는다. 그런데 일상

24 전경화란 낯설게 하기의 보다 포괄적인 개념이다.
25 이상, 「날개」, 『이상전집』 2, 태학사, 2013, 79쪽.

의 사람들은 경성역 대합실이 출발점이지만 '나'는 그곳이 목적지이다. 여행의 출발지 경성역이 '내'게는 '목적 없는 외출'의 유희를 즐기는 무목적의 목적지인 것이다. 여객들은 시계를 보고 기차를 타러가는 반면 '나'는 시계시간에 맞춰 집으로 귀가한다.[26]

'나'는 경성역에서 총총한 여객들의 분위기에 이끌리면서도 그들 중 아무와도 눈을 마주치지 않는다. 기차소리가 서글프게 마음에 들었지만 '나'는 티룸에서 항상 빈자리와 마주 앉아 (메뉴를 읽으며) 유희를 즐긴다. 그 점에서 경성역 티룸은 '나'의 골방과 정반대인 동시에 서로 유사한 점이 있다. '나'의 골방과 아내 방은 집이 거리가 되어버린 가외가家外家와도 같다. 반면에 티룸의 빈자리는 거리가 골방이 되어버린 가외가街外街[27]이다.

家外家와 街外街의 전경화는 '나'의 돈과 시계의 규율화에 대한 부적응에서 시작된다. '나'는 어느 날 아내 방에서 돈을 주고 잠을 잔다. 또한 '나'는 시계가 있는 경성역이 행선지인 거리에서 한 번도 돈을 쓰지 않고 집으로 돌아온다. 돈이 불필요한 곳에서 돈을 쓰는 것이 家外家라면 돈을 써야 할 곳에 쓰지 못하는 것은 街外街이다.

家外家와 街外街는 화폐물신의 폭력에 의해 기이하게 변형된 부적응의 공간이다. '내'가 일상의 사람들과는 달리 방과 거리에서 유희적으로 행동하는 것은 바로 그 때문이다. '나'는 부적응한 상태에서 유희적으로 행동하며 비동일성의 의식[28]을 통해 방과 거리를 전경화해 드러낸다. 방과 거리를 家外家와 街外街로 전경화하는 것은 진부한 자동화에서 벗어

---

26 나병철, 『문학의 시각성과 보이지 않는 비밀』, 문예출판사, 2020.

27 '街外街'는 이상의 「街外街傳」에서 따온 말임. 「街外街傳」에 대해서는 이상, 『이상시 전집』 1, 나녹, 2017, 418~429쪽 참조. 또한 街外街와 家外家에 대해서는 이경훈, 『이상, 철천의 수사학』, 소명출판, 2000, 248~263쪽 참조.

28 화폐물신의 세계에 동화되지 않으려는 것을 말함.

나 식민지 자본주의의 폭력적 모순을 은밀히 암시한다.

그와 함께 '나'의 家外家와 街外街에서의 유희는 반복운동으로 나타나는 것이 특징적이다. 반복운동은 화폐와 시계의 규율에서 상처받은 사람이 선적인 시간에서 벗어나 자아의 능동성을 회복하려는 운동이다. 아내와 내객처럼 선적인 시간에 매여 있는 사람은 화폐와 시계의 규율에 수동적으로 예속되어 살아간다. 반면에 규율화된 삶에서 상처를 받은 '나'는 유희와 반복운동을 통해 능동적 삶에 대한 향수를 드러낸다. '나'의 유희는 체제의 규율에 얽매인 재현을 넘어서서 일상의 무매개적인 공백인 '나'의 '절대적인 상태'[29]에서 반복된다. '나'의 유희의 반복은 생활의 아비투스의 거부이자 일상의 표상과 규율의 부인이다. 그것은 시계와 화폐의 규율화에 얽매인 선적인 삶에서 벗어난 능동적 삶에 대한 향수이기도 하다.

그런데 '나'의 규율화에 대한 거부는 시계와 화폐 자체에 무감각해지는 것은 아니다. 그렇기는커녕 '나'는 오히려 누구보다도 시계와 화폐에 대해 민감하다. '내'가 경성역을 찾는 것은 거기 시간을 알려주는 시계가 가장 잘 맞기 때문이었다. 또한 '나'는 아내가 '내'게 놓고 가는 은화의 촉감과 쾌감을 잊지 못한다.

'나'의 유희는 일종의 반복이면서도 반복충동의 탈주와는 달리 아직 시계와 화폐에서 달아나지 못한다. 유희의 무대인 家外家와 街外街가 단순한 바깥外이 아니라 배제된 포섭이듯이, '나'의 유희의 반복도 외부의 내부인 것이다. '나'의 운명은 일상의 규율을 망각한 상태에서 다시 화폐에 대해 골똘히 생각할 수밖에 없다는 데에 있다.

---

29 이상, 「날개」, 『이상전집』 2, 79쪽.

그처럼 아비투스를 거부하면서도 무매개적인 상태에서 대상에 대해 지각을 시도하는 것이 바로 낯설게 하기이다. 모더니즘의 낯설게 하기는 가라타니의 풍경의 전경화와는 달리 무매개적인 비동일성의 의식에서 시작된다. '나'의 유희와 연구는 개념의 자동화를 부인하는 무매개적인 탈자동화이다. 화폐물신화란 아무런 죄책감도 없이 화폐 규율의 노예가 된 지각의 자동화이다. 반면에 '나'는 탈자동화와 낯설게 하기를 통해 화폐와 아내의 직업을 지연시켜 그리면서 긴장된 지각력을 증폭시킨다. 낯설게 하기는 지각의 차원에서 개념의 무매개적인 전회를 생성하는 반복의 유희의 연장선상에 있다.

리얼리즘에서는 아내의 직업이 긴장감 없는 개념의 표상(매춘)으로 환원될 것이다. 매음이라는 개념의 표상은 지각의 자동화를 낳으며 지각의 자동화는 포장을 하듯이 일상의 폭력을 중화시킨다. 반면에 '나'의 탈자동화된 지각은 폭력이 중화된 개념의 자동화에 대한 거부이다. 그 때문에 '나'의 낯설게 하기 유희 속에서 아내의 직업은 지각의 지평에서의 하나의 사건이 된다.

그런데 사건이란 상황의 파국을 피하기 어려운 균열과 구멍이다. 그 때문에 이 소설의 반복의 유희는 아내의 직업을 잠재적 사건으로 만드는 동시에 묵인된 밀봉장치를 통해 파국을 연기한다. 반복의 유희는 아내와의 파국을 원하지 않는 심리인 것이다. '나'의 유희가 긴장감을 지니는 것은 잠재적 균열을 밀봉하는 아슬아슬한 곡예 속에서 계속되기 때문이다. '나'는 낯설게 하기의 유희를 통해 아내와의 파국을 연기하고 있었는데 그것은 모종의 밀봉장치를 필요로 한 것이었다.

첫 외출에서 그런 밀봉장치에 실패한 '나'는 아내의 눈총을 받는다. 아내의 눈총은 둘 사이에 감춰야 할 것이 있다는 암시이다. 만일 감춰야할 것이 드러난다면 '나'의 유희는 그 '스캔들'에 의해 중단되고 아내와의 관계도 위기에 처하게 된다. 아내의 직업이 **화폐의 스캔들**과 연관된다면 그 비밀을 밀봉하는 장치는 바로 **시계**이다.

시계의 규율은 '화폐의 스캔들'의 비밀을 감추기 위한 안전장치이다. 아내의 내객은 시계의 규율을 지키기 때문에 스캔들의 내부에서 화폐의 쾌감을 즐길 수 있다. 반면에 '나'는 그 외부에서 '최소한의 시계의 규율'에 따름으로써 외출에서 안전하게 귀가하고 유희를 계속할 수 있다.

그러나 화폐의 아비투스 감각이 무뎌진 '나'는 거리에서 돈을 쓸 수 없었고 너무 일찍 귀가해 아내와 내객을 목격한다. 규율의 침범은 '숨겨야 할 비밀'을 드러나게 하면서 아내와의 사이에서 불길한uncanny[30] 상황에 놓이게 한다. 아내가 노기를 띤 눈초리가 된 것은 그런 불길한 상황을 참을 수 없었기 때문이다.

외출의 유희 역시 자아의 능동성에 대한 향수였지만 그것은 귀가시간(시계)의 안전장치를 전제로 제한된 운동이었다. 규율에서 벗어난 동시에 규율의 안전장치를 지켜야하는 이율배반 속에서 '나'는 위험한 외출을 계속한다. 그리고 마침내 더 이상 외출의 유희를 불가능하게 만든 사건에 직면한다.

> 그랬더니 이건 참 너무 큰일 났다. 나는 내 눈으로는 절대로 보아서는 안 될 것을 딱 그만 보아버리고 만 것이다. 나는 얼떨결에 그만 냉큼 미닫이를 닫고 그리고 현기증이 나는 것을 진정시키느라고 잠깐 고개를 숙이고 눈을 감고 기둥을 짚고 서자니까 일초 여유도 없이 홱 미닫이가 다시 열리더니 매무새를 풀어

---

30 불길함은 낯선 두려움(unhomely)의 상황에서 느끼는 심리이다.

헤친 아내가 불쑥 내밀면서 애 멱살을 잡는 것이다. 나는 그만 어지러워서 게서 그만 나동그라졌다. 그랬더니 아내는 엎어진 내 위에 덮치면서 내 살을 함부로 물어뜯는 것이다. 아파 죽겠다. 나는 사실 반항할 의사도 힘도 없어서 그냥 넓적 엎디어 있으면서 어떻게 되나 보고 있자니까 뒤이어 남자가 나오는 것 같더니 안해를 한 아름에 덥썩 안아 가지고 방으로 들어가는 것이다. 안해는 아무 말 없이 다소곳이 그렇게 안겨 들어가는 것이 내 눈에 여간 미운 것이 아니다. 밉다.[31]

마지막 외출 후의 절대로 보아서는 안 될 장면은 家外家의 시각화일 것이다. 家外家의 비밀이 드러나는 순간 아내의 직업은 충격적인 시각적 사건으로 보여진다. 아내 손에 돈을 쥐여주고 잔 것이 유희적인 家外家라면 내객과의 장면은 시각적인 폭력이 된 家外家이다.

프로이트는 일상에서 숨겨야 할 것이 드러났을 때 **낯선 두려움**[32]을 경험한다고 말했다. 家外家는 그것에 깃든 화폐권력의 비밀이 숨겨지지 않고 (시각적 폭력으로) 드러날 때 낯선 두려움unhomely을 낳는다. 프로이트가 말한 낯선 두려움은 집에 있어도 자아가 거세될 듯한 불안을 느끼는 家外家의 공포에 다름이 아니다. '나'는 유희적인 상태에서 벗어나 혼돈과 낯선 두려움에 사로잡힌다.

집을 나온 후 '나'는 시각적 폭력의 충격으로 시간의 인과적 궤도에서 이탈한 상태가 된다. '나'의 내면의 동요는 이제 '최소한의 시계의 규율'도 통제하지 못할 정도에 이른다. '내'가 여러 번 차에 치일 뻔한 것은 일상의 궤도에서 이탈해 내면의 동요가 한도이상으로 커졌음을 암시한다.

---

31 이상, 「날개」, 『이상 전집』 2, 97~98쪽.

32 낯선 두려움은 합리적 세계가 비합리성을 낳을 때 느껴지는 일종의 거세공포이다. 프로이트, 「두려운 낯설음」, 『창조적인 작가와 몽상』, 97~150쪽 참조.

그 같은 '나'의 상처의 충격은 거리에서의 반복운동을 유희를 넘어선 또 다른 차원에 진입하게 한다.

'나'는 습관적으로 경성역을 찾아가지만 이번에는 전과 다른 의도가 있었다. 경성역에서 '나'는 쓰디쓴 입맛을 거두기 위해 커피를 마시고 싶었던 것이다. 그것은 시각적 폭력이 미각적 위안의 욕망을 낳았기 때문이리라. 시각이 근대성의 상징이며 시선의 폭력이 대상과 자아를 분리시킨다면, 미각은 시각과 정반대에 위치하면서[33] 대상과의 교섭의 충동을 갖게 한다.[34] '내'가 커피를 생각한 것은 근대성의 폭력에서 벗어나 그 반대 위치에서 위안을 받고 싶었기 때문이다.

그러나 '나'는 집을 나올 때 아내 방에 돈을 모두 놓고 나왔기 때문에 외출 때와 달리 돈이 하나도 없다. 거리에서 돈을 쓰지 못하는 것이 유희적인 街外街라면, 돈이 필요한 곳에서 돈이 없는 것은 보다 불길한 街外街이다. 街外街와 家外家는 동전의 앞뒷면과도 같다. '나'는 아뜩한 혼돈 속에서 커피로 위로받지 못한 상처로부터 근대성의 시선을 해체하는 응시를 흘리기 시작한다. 시선이 권력의 시각성이라면 응시[35]는 그 반대되는 타자의 위치에서의 대응이다. 응시란 폭력적인 이성의 세계에 대응하는 약한 타자의 본능적인 무의식의 반격이다. 응시는 커피의 미각에서 더 나아가 근대성의 시선을 해체하고 자아와 세계의 숨겨진 비밀을 드러낸다. '나'는 자아에 폭력적으로 상처를 준 시선의 세계에 대응하기 위해

---

33 시각이 근대적 이성과 연관되며 대상과의 거리를 의미한다면 미각은 대상을 안으로 들이며 스스로 변용되는 과정을 암시한다. 김보경, 「이상의 성천기행에 나타난 미각적인 것의 의미」, 『2019년도 제2차 한국현대문학회 전국학술발표대회 자료집』, 2019.8.

34 커피의 미각은 세계(대상)와 다른 방식으로 접촉하려는 '나'의 소망이다.

35 응시에 대해서는 라캉, 민승기 · 이미선 · 권택영 역, 『욕망이론』, 문예출판사, 1994, 186~255쪽 참조.

증폭된 응시를 작동시킨다. 감당할 수 없는 상처는 응시를 작동시키며 더 큰 반복운동을 낳는 것이다.

이후의 전개는 근대성의 시선을 해체하는 증폭된 응시의 대응으로 나타난다. 그 순간 시선이 해체되고 응시가 도발적이 된 것은 유희의 운동이 전존재를 동요시키며 사유의 춤으로 전환되었기 때문이다. 유희의 운동이 집과 방으로 되돌아오는 반복이라면, 사유의 춤은 근대성의 세계 전체와 마주하는 또 다른 반복이다. 외출의 유희에서 경성역을 찾아간 것은 시계를 보고 자정에 집으로 돌아오기 위해서였다. 그러나 이번에는 한낮에 근대성의 거리의 상징인 미쓰코시 백화점을 찾아간다.

시계의 규율에 제약되어 어둠 속에서 행해지던 유희는 이제 근대성 전체에 대응하는 응시와 반복운동으로 증폭된다. 미쓰코시 백화점은 '나'를 매혹시키는 동시에 그 즉시로 심연의 응시에 의해 해체된다. 그 순간 백화점의 높이에 대응해서 나의 전생애가 동요하며 무無로 가득 찬 스물여섯 해가 흩어진다. 마찬가지로 수족관의 금붕어들은 매력적인 동시에 보이지 않는 줄에 엉켜 허비적거리는 군중으로 산란된다. 또한 백화점 전망대는 응시에 의해 역판옵티콘으로 전도되어 회탁의 거리를 되비춘다.

이어서 거리로 나서면서부터는 사유의 춤이 기억의 바다에서 순수기억의 동요로 작동되기 시작한다.[36] 베르그송은 우리의 정신작용이 인과적인 연쇄의 축과 함께 순수기억이라는 이미지들의 잠재태의 축과 교섭함을 논의했다. 순수기억의 동요는 선적인 연쇄의 회로가 해체되고 전생애의 이미지 기억들이 진동하는 정신적 팽창의 표현이다.

여기서는 상처의 기억에서부터 동심원처럼 보다 먼 기억들로 연결될

36 나병철, 『특이성의 문학과 제3의 시간』, 300~304쪽 참조.

수록 사유의 팽창이 이루어진다. 길을 나서자마자 '나'는 아내의 모가지가 벼락같이 떨어지는 것을 느낀다. 아내의 모가지는 실수로 미닫이를 열었을 때 '내' 정신의 공간에 떨어진 이미지이다. 집을 나와서부터의 내면적 동요는 바로 그때의 아내의 이미지에서부터 시작되었던 것이다. 이어 떠오른 아스피린과 아달린은 아내와의 파국이 예감되었던 보다 먼 기억의 동요이다. 아내의 모가지와 아달린의 상처의 기억들은 동심원의 한계지점에 부딪혀 절름발이 부부로 되돌아온다.

이상의 문학에서 수없이 발견되는 절름발이 이미지는 실패와 장애의 기표가 아니라 운명애의 상징이다. 그것은 절뚝거리며 세상을 걸어가면서도 운명을 긍정하고 파국을 연기시키려는 능동적 의지의 표현이다. '나'는 절름발이가 화폐물신화된 근대에 부적응한 때문임을 알기 때문에 실패한 아내와의 사랑을 끌어안는 것이다.

그 점은 집을 나오기 전 아내 방에서의 '연심이!'의 호명에서부터 암시된다. '나'는 아내의 화장품 냄새에서 체취를 맡으며 '연심이!'하고 불러본다. 이 대리물에 대한 사랑의 호명은 수동적이고 자위적인 환각이 결코 아니다. 데리다는 대리보충이 오리려 현존에 선행한다고 말했다. 아내의 현존은 화폐와 연관된 직업으로 인해 '나'와의 사랑에서 실패할 가능성이 크다. 반면에 대리보충을 통한 '연심이!'의 호명은 상품도 창녀도 아닌 사랑의 잔여물에 대한 관능적 음향이다. 순수기억 속의 잔여물은 현존을 넘어서는 대리보충의 승리를 증언한다. 현존의 규율에서 살아남은 잔여물에 대한 기억과 응시가 절름발이를 끌어안고 실패를 넘어설 수 있는 것이다.

선적 시간의 궤도에서 이탈한 후의 사유의 춤은 좌절의 인식인 동시에 잔여물로 남아 있는 능동성에 대한 갈망이다. 그런 잉여적인 능동성의 갈망은 시간이 존재로 전이된 동심원적인 순수기억의 동요에서 흘러나온다. 순수기억의 동요로 인해 파국을 연기시키는 이 심연의 시간의 흐름은 신체 자체에서 진동하는 니체적 몸의 기억[37]의 반복이다. 몸의 기억은 근대적인 선적 시간을 넘어선 제3의 존재론적 시간이다. 몸의 기억과 제3의 시간의 반복은 파탄난 선적인 시간에 대항하는 심연의 순수기억의 유출이다. 무력한 박제 상태를 인지하며 생성된 비상에의 의지 역시 그런 몸의 기억의 작동 속에서 나타나고 있다.

> 이때 뚜― 하고 정오 사이렌이 울었다. 사람들은 모두 네 활개를 펴고 닭처럼 푸드덕거리는 것 같고 온갖 유리와 강철과 대리석과 지폐와 잉크가 부글부글 끓고 수선을 떨고 하는 것 같은 찰나, 그야말로 현란을 극한 정오다.
>
> 나는 불현듯이 겨드랑이가 가렵다. 아하 그것은 내 인공의 날개가 돋았던 자족이다. 오늘은 없는 이 날개, 머릿속에서는 희망과 야심의 말소된 페이지가 딕셔너리 넘어가듯 번뜩였다.
>
> 나는 걷던 걸음을 멈추고 그리고 어디 한번 이렇게 외쳐보고 싶었다.
>
> 날개야 다시 돋아라.
>
> 날자. 날자. 날자. 한 번만 더 날자꾸나.
>
> 한 번만 더 날아보자꾸나.[38]

백화점이 근대성의 시각적 상징이라면 정오 사이렌은 군중들을 호출하는 청각적인 음향이다. 백화점의 높이가 '나'의 전존재를 반추하게 했

37 몸의 기억이란 신체에 각인되어 영원회귀하며 지속되는 무의식적 기억을 말한다. 니체의 몸의 기억은 베르그송의 순수기억이나 프루스트의 무의식적 기억과 비슷한 차원의 의미를 지닌다. 니체의 몸의 기억에 대해서는 홍사현,「망각으로부터 기억의 발생」,『철학논집』 제42집, 2015.8, 325~363쪽 참조.

38 이상,「날개」,『이상 전집』 2, 100쪽.

듯이 정오 사이렌은 '나'의 몸의 기억(겨드랑이의 가려움)을 동요시킨다. 골방의 유희가 제한된 반복운동이었다면 근대성의 감각의 신전들은 '나'의 신체의 상처(거세공포)를 비추며 반복충동을 한층 능동적으로 자극한다. 그 순간 몸의 기억이 깨어나기 때문에 거리의 근대성의 표상들은 빛의 극치에서 산란되어 해체된다.

군중, 유리, 강철, 대리석, 지폐는 정오의 공간에서 근대성의 현란의 극치를 연출한다. 그와 동시에 그 이미지들은 사유의 춤을 추는 '나'의 응시 속에서 소란과 거품으로 산란된다. 그 순간의 '나'의 사유의 춤은 무매개적인 공백의 자유인 동시에 말소와 생성 사이에서의 양가성의 반복운동이다.

'나'는 쏟아지는 빛 속의 박제의 운명과 함께 정신의 정오에서의 날개를 감지한다. '나'의 사유의 춤은 고통이 없다면 소망도 없음을 보여준다. 날개가 거세되는 아픔이 부재했다면 겨드랑이의 가려움도 없었을 것이다. 희망이 말소된 페이지가 없다면 서술자아의 「날개」의 글쓰기의 충동도 없다. 근대성의 정오에서 사유의 춤은 양가적이다. 그것은 수동성과 능동성, 절망과 갱생, 말소와 생성 사이의 동요의 춤이다.

임화는 이런 양가성을 '말하려는 것과 그리려는 것의 분열'이라고 논의했다. 아도르노는 한 발 더 나아가 그런 부조화의 미학이 불화를 경험하고 내면으로 돌아와 화해를 소망한다고 말했다. 그러나 임화와 아도르노에게는 '날개'의 겨드랑이의 가려움과 몸의 기억(제3의 시간)에 대한 논의가 없다. 「날개」의 사유의 춤과 몸의 기억은 정신 속에서의 화해의 소망을 **육체적 감각**의 이미지(형상) 자체로 보여준다.

반복운동(사유의 춤)을 통한 몸의 기억은 임화의 '분열의 경험'과 아도르노의 '정신적인 화해'를 넘어선다. '날개'의 이미지 역시 말하려는 것과 그리려는 것의 분열, 이념과 형상의 부조화의 산물이다. 하지만 「날개」에는 근대의 폭력을 넘어서는 육체적 형상과 이미지의 잉여가 있다. 이상의 '날개' 이미지는 절망을 뚫고 고통 속에서 회귀하는 능동적인 몸의 기억을 형상 그 자체로 보여준다. 그것은 1930년대의 모든 사람이 절감했던 주체의 무력화에 대한 대응으로서 산 혈액을 수혈해 시대의 혈서를 쓰려는 시도로 나타나고 있었다. 시대의 혈서를 통한 갱생의 소망은 무력화된 이성적 주체를 대신해서 반복충동의 사유의 춤으로 표현되고 있었다.

4. 죽음충동와 에로스 –「종생기」

「날개」의 방과 거리의 유희는 박제의 초상화인 동시에 갱생의 소망이기도 했다. 그런 갱생에 대한 소망이 사라진 것은 금홍과 헤어지고 변동림과 결혼한 후의 「동해」(1937)에서부터였다. 「동해」와 「종생기」(1937), 「실화」(1939)는 비슷하게 청년의 상실과 자살충동을 주제로 하고 있는 소설들이다. 세 작품에는 동해, 해골, 사체 등 무수한 죽음의 기표와 함께 노옹, 노쇠, 형해 같은 청년의 상실에 대한 자의식이 가득하다.

청년의 상실은 교양소설이 몰락한 이후의 서구 모더니즘에서도 특징적으로 나타난다. 교양소설과 성장소설이 청년의 소설이라면 모더니즘은 반교양소설이자 청년의 퇴행의 서사이다. 프랑코 모레티는 이런 흐름을 외부세계가 주체에게 너무 폭력적이 됨에 따라 사회화 과정에서 퇴행이 나타난 것으로 설명한다.[39] 폭력의 만연은 지배계급은 물론 피지배 계

39 프랑코 모레티(2005), 성은애 역, 『세상의 이치』, 문학동네, 413~419쪽.

급마저 타락한 사회의 모습이다. 이상 소설에서도 그와 비슷한 훼손된 세계가 암시된다. 「지주회시」가 화폐에게 주인공의 자리를 빼앗긴 거미의 유희라면 「동해」는 청년의 상실에 의한 또 다른 타란툴라의 춤[40]이다.

「종생기」에서는 세계의 폭력이 인간관계의 신뢰의 붕괴[41]와 배신으로 드러난다. 「날개」의 사건이 아내의 '화폐의 스캔달'이었다면 「종생기」에서는 정희의 끝없는 배신이 '나'에게 상처를 입힌다. 「종생기」에서 '나'는 정희에게 '속고 또 속고 또 또 속고 또 또 또 속는다.' 정희는 공포의 번신술의 황홀한 전율을 즐기기 위해 무고無辜한 이상('나')을 징발한다. '나'는 정희와 교합하기 위해 온갖 애를 쓰지만 문득 그녀의 스커트에서 S의 편지가 떨어진다. 정희의 위선적 행동에 충격을 받은 '나'는 그 자리에서 혼절하고 황천을 헤맨다. '나'는 명부의 심문을 받으며 나이가 25세 11개월이라고 대답한다. 그리고 요사夭死가 아니라 노사老死라고 말한다.

이처럼 「종생기」에서 '나'의 '청년의 상실'과 죽음충동은 인간적 배신으로 인한 트라우마에서 비롯된다. 그러나 「날개」에서 아내의 사건이 사유의 춤을 추동했듯이 「종생기」에서도 '나'의 상처는 또 다른 반복운동을 불러일으킨다. 혼절하고 황천을 헤맨 후에 '나'는 종생했지만 '나'의 '종생기'는 끝나지 않았다. 정희는 지금도 어느 빌딩에서 다른 남자와 배신을 하는 중이며 '나'는 또 다시 종생할 것이기 때문이다. 이처럼 이 소설에서 종생은 죽음이기도 하지만 혼절을 나타내기도 한다. 그런데 '나'는 그 두 가지 의미에서 종생한 후에도 정희를 다시 그리워한다.

---

40 독거미를 뜻하는 타란툴라는 평등주의자의 원한과 증오에 대한 말이지만 위의 문맥에서는 근대세계의 수동적 주체의 병폐인 원한의 질병을 뜻하는 포괄적인 의미로 사용한다. 니체, 황문수 역, 『짜라투스트라는 이렇게 말했다』, 문예출판사, 2001, 169쪽.

41 권영민, 『한국 모더니즘 문학의 탄생』, 세창출판사, 2017, 179쪽.

「종생기」에서의 반복운동은 종생이 계속되기 때문인데 그런 종생은 남아 있는 사랑의 잔여물로 인해 생긴다. 정희에 대한 사랑이 끝났다면 종생이 계속될 이유도 없을 것이다. 「날개」의 반복운동이 박제와 날개 사이에서 있었듯이 「종생기」의 반복운동은 죽음과 사랑 사이에서 일어난다. 프로이트가 말했듯이, 트라우마가 너무 클 때 상처로 인한 반복운동은 죽음충동에 이르게 된다. 「종생기」에서 죽음충동이 나타난 것도 '나'의 상처가 감당하기 어려울 정도로 크기 때문이다. 그러나 '나'는 정희의 배신으로 상처를 입지만 시체가 되어서도 그녀에 대한 사랑을 버리지 않는다. '나'는 종생 후에도 철천의 원한 대신 평화를 그리워한다. 「날개」에서 갱생의 소망이 잔존하듯이, 「종생기」에서도 외상에도 불구하고 사랑과 평화의 소망이 아직 남아 있는 것이다.

그처럼 붕괴된 자아를 일으켜 세우려는 능동적 소망이 잔존하기에 종생 후에도 종생기는 끝나지 않는다. 종생과 종생기의 차이는 죽음충동과 사랑의 잔여물의 차이이다. 희미하게나마 사랑의 잔여물이 남아 있기에 종생에 대한 글쓰기('종생기')가 지속되는 것이다. '나'는 일상에서는 시체와도 같지만 반복운동으로서의 글쓰기는 종생을 넘어선다.

이처럼 「종생기」에는 죽음충동과 사랑의 잔여물이 복잡하게 얽혀 있다. 이 소설은 그 둘 사이에서의 반복운동을 그리기 위해 메타픽션과 다양한 패러디의 형식을 사용한다. 메타픽션과 패러디는 소설이 일종의 가면(가상)임을 스스로 드러내는 방식이다. 메타픽션은 소설의 가면을 쓰는 과정을 보여줄 뿐 아니라 하나의 가면에서 다른 가면으로 이행될 수도 있음을 암시한다. 이런 방식은 현실의 환영을 제공하는 재현과 달리 모든 것은 가면이며 단일한 표상체계는 없음을 나타낸다. 그 때문에 메타픽션은 표상과 재현을 넘어선 끝없는 반복운동을 그리는 데 적절한 형식이다.

앞서 살폈듯이 메타픽션의 반복은 실재계적 진실을 드러내기 어려운 상황에서 진실을 포기하지 않을 때 나타난다. 현실에서의 실재계적 진실의 상실이란 진정성의 상실이기도 할 것이다. 현실에서 진정성을 재현할 수 없기 때문에 가면으로서의 메타픽션이 계속되는 것이다. '나'는 정희를 믿지 못할 뿐 아니라 '나' 자신까지도 신뢰하지 못한다. 거울 속에는 '나'와 충돌하는 여러 명의 '나'가 있으며 '나'는 자신을 배신하는 범인을 알 수 없다. 그런 세계에서 유일하게 신뢰성이 있는 것은 「종생기」라는 메타픽션이다. 「종생기」는 가면쓰기를 스스로 드러내는 반복운동이기 때문에 허위와 배신 자체가 있을 수 없다. 「종생기」 속에서 '종생기'를 쓰기에 신뢰성 있는 하나의 지시대상이란 없으며 반복의 행위만이 진실을 암시할 뿐이다. 메타픽션의 반복은 현실의 맥락(현실원칙)을 넘어서서 지시대상이 없는 실재(계)[42]에 다가가는 과정이다. '나'는 메타픽션을 통해 '나'의 허위와 여러 명의 '나'를 넘어선다.

그와 함께 정희에게 배신당하면서도 '내'가 여성과의 사랑 자체에 대해서는 진정성을 포기하지 않는다는 점도 중요하다. 이 소설에서 '내'가 상처를 입는 것은 정희 때문이지만 '나'는 정희 역시 거짓의 공간(식민지 자본주의)에 놓아두지 않는다. 정희는 「사치한 계집애」라는 할리우드 영화와 「모파상」의 「비곗덩어리」를 통해 패러디되어 제시된다.[43] 패러디는 원작으로부터 다른 맥락으로 전이되는 과정에서 틈새의 공간을 얻는 방식이다. 패러디된 대상(정희)은 하나의 지시대상에 매여 있지 않기 때문에 단일한 진실의 요구가 연기되는 틈새에 놓이게 된다. '나'는 진정성 없

42 라캉의 실재계를 말함.

43 권영민, 『한국 모더니즘 문학의 탄생』, 178~179쪽.

는 현실의 맥락에 놓인 정희를 의심하는 것이지 여성과의 사랑에서 진정성을 포기하는 것은 아니다.

패러디는 맥락의 전환을 통해 현실의 맥락이 절대적이지 않음을 암시함으로써 일상에 묶인 인물을 자유로워지게 한다. 정희는 패러디를 통해 허위의 늪에서 보이지 않는 틈새를 얻는다. 정희는 속고 또 속이는 세상의 맥락에 매여 있지만 그로부터의 틈새를 제공하는 패러디에 의해 그녀의 정체성이 그것이 다가 아님이 암시된다. 신뢰성이 없는 세상은 정희를 진실을 잃은 인물로 만든다. 그러나 이상은 일상에 매여 있는 정희를 믿지 않지만 패러디를 통해 틈새에 있는 또 다른 정희의 잔여물을 감지한다.

물론 '나'는 편지를 보낸 정희를 믿지 않으며 그녀의 편지가 거짓이라고 생각한다. 그러면서도 정희를 만나기 위해 다시 한 번 속기로 하고 이발을 하며 준비를 한다. 속고 또 속으면서도 정희를 만나는 것, 이중적인 그녀를 패러디하며 틈새를 만드는 것, 그리고 메타픽션을 통해 글쓰기의 반복충동을 드러내는 것, 이 모든 반복들은 어딘가에 남아 있는 진실의 소망의 잔여물을 암시한다. 진실의 소망의 잔여물은 패러디된 정희가 암시하는 정체성의 잔여물과도 같으며 그로부터 에로스의 소망이 살아남는 것이다.

> 눈을 다시 떴을 때는 거기 정희는 없다. 물론 8시가 지난 뒤였다. 정희는 그리 갔다. 이리하여 나의 종생은 끝났으되 나의 종생기는 끝나지 않는다. 왜?
>
> 정희는 지금도 어느 빌딩 걸상 위에서 드로어즈의 끈을 푸는 중이요, 지금도 어느 태서관 별장 방석을 베고 드로어즈의 끈을 푸는 중이요, 지금도 어느 송림 속 잔디 벗어놓은 외투 위에서 드로어즈의 끈을 성히 풀르는 중이니까다.
>
> 이것은 물론 내가 가만히 있을 수 없는 재앙이다.

나는 이를 간다.

나는 걸핏하면 까무러친다.

나는 부글부글 끓는다.

그러나 나는 지금 이 철천의 원한에서 슬그머니 좀 비켜서고 싶다. 내 마음의 따뜻한 평화 따위가 다 그리워졌다.

즉 나는 시체다. 시체는 생존하여 계신 만물의 영장을 향하여 질투할 자격도 능력도 없는 것이라는 것을 나는 깨닫는다.

정희, 간혹 정희의 훗훗한 호흡이 내 묘비에 와 슬쩍 부딪는 수가 있다. 그런 때 내 시체는 홍당무처럼 화끈 달면서 구천을 꿰뚫어 슬피 호곡한다.[44]

위에서 '나'는 죽음충동과 에로스 사이에 놓여 있다. 중요한 것은 그 둘 사이에서의 '나'의 반복운동이 무의미한 우울과 절망을 넘어서는 능동성의 형식이라는 점이다. 8시는 정희의 스커트에서 발견된 다른 남자와의 약속시간이다. '나'는 이미 황천을 헤매며 명부에 갔었지만 진짜로 종생한 것은 시계(8시)를 본 이후이다. 여기서의 종생의 죽음충동은 기대한 에로스가 배반당한 데 따른 '가능성의 불가능성'[45]과도 같다. '가능성의 불가능성'은 단순한 절망과는 달리 사랑의 갈망이 있었기 때문에 무의미한 우울에서 벗어나게 한다.

그렇게 종생은 끝났지만 '나'의 '종생기'는 끝나지 않는다. '나'는 시체가 되어서도 묘비에 부딪는 정희의 호흡에 홍당무처럼 달아오르기 때문이다. '나'의 에로스의 갈망은 '불가능성의 가능성'[46]이다. '나'는 불가능성

---

44 이상, 「날개」, 『이상 전집』 2, 146쪽.

45 레비나스는 죽음을 가능성의 불가능성으로 보았다.

46 하이데거는 죽음에 대해 긍정적으로 말하며 '불가능성의 가능성'이라고 논의했지만,

을 알기 때문에 슬프게 구천에 호곡하지만 사랑의 잔여물 때문에 홍당무처럼 화끈 다는 것이다. '불가능성의 가능성'은 아무리 절망에 빠졌어도 잔여물로 인해 이상의 글쓰기처럼 반복운동이 계속되는 상태를 뜻한다.

「종생기」는 죽음충동이라는 가능성의 불가능성과 에로스라는 불가능성의 가능성[47]의 유희적 운동이다. 레비나스는 죽음과 타자를 미래와 연관된 두 가지 형식이라고 말했다. 죽음과 타자는 둘 다 아직 오지 않은 것과 연관이 있다. 그런데 죽음(나의 죽음)은 현재와 만날 수 없기 때문에 미래의 가능성이 불가능성으로 바뀌지만, 타자는 현존과 아직 오지 않은 것과의 교섭이기에 미래를 향할 수 있다.[48] 레비나스는 미래에 다가가는 타자의 형식의 하나로 에로스를 말하고 있다.[49]

「종생기」의 주요 내용인 죽음 역시 현존이 끝없이 연기되는 점에서 미래와도 연관이 있다. 그러나 죽음은 현재의 '나'와의 교섭이 불가능하기 때문에 미래를 오게 하지 못한다. 반면에 타자 곧 에로스의 잔여물은 손에 거머쥘 수 없는 점에서 미래와 비슷한 동시에 '나'와 교섭하며 미래의 엄습을 예감한다.[50]

「종생기」는 레비나스가 말한 두 가지 형식으로 '사라진 미래'와 교섭하는 소설이다. 이상은 죽음을 말하고 있으나 그 죽음은 항상 에로스의 불가능성이 발견된 후에 확인된다. 죽음은 가능성이 배반당한 후의 미래이기에 시간의 형식이면서도 그 시간이 현재의 '나'의 손에 쥐여지지 않는

여기서는 레비나스의 관점에 따라 이상의 절망 속에서의 에로스의 충동을 '불가능성의 가능성'으로 표현하기로 한다.

47 에로스가 불가능한 시대이지만 잔여물 때문에 희미한 가능성이 남아 있다.

48 레비나스, 강영안 역, 『시간과 타자』, 문예출판사, 1996, 88~102쪽.

49 위의 책, 103~111쪽.

50 위의 책, 86~87쪽.

다. 반면에 죽음의 기록인 '종생기'는 죽음 후에도 남는 에로스의 잔여물 때문에 메타픽션의 형식으로 끝없이 반복된다. '나'는 속고 또 속으면서도 정희의 호흡을 그리워한다. 그처럼 에로스의 잔여물이 남아 있기 때문에 미래는 오지 않는(불가능성) 동시에 가능성으로서 심연에 잔존한다.

이상 소설의 추동력은 현실에서는 사라진 타자(성)에 대한 심연의 잔여물이었다. 레비나스의 말대로 타자가 사라졌다는 것은 미래가 사라졌다는 것과도 같았다. 이상은 그런 상황에서 여성 타자와의 교섭을 통해 상실된 미래를 붙들어 보려 했다. 그 순간 이상이 부딪힌 것은 불가능성의 가능성이었으며 그 가능성의 잔여물이 죽음충동의 그림자[51]를 넘어서게 했던 것이다.

들뢰즈가 강조하듯이 에로스와 분리된 죽음충동이란 어디에도 없다.[52] 「동해」와 「종생기」 이후로 이상은 죽음충동의 반복운동을 그렸지만 그 소설적 가면은 에로스의 갈망과 함께 진행되고 있었다. 진정한 반복충동의 에너지는 에로스이거니와 그것이 불가능하기 때문에 헐벗은 반복[53] 속에서 죽음충동에 이르는 것이다. 「날개」 대신 「종생기」를 쓰는 것은 상실된 미래 대신 종말을 보는 것과도 같다. 그러나 에로스의 잔여물[54] 때문에 종생이 끝없이 연기되면서[55] 능동성의 의지는 사라지지 않았다.

그처럼 능동성의 의지가 잔존하는 것은 선적인 시간을 넘어 '다른 시간'을 소망하는 일과 표리를 이룬다. 다른 시간이란 상처의 고통을 자아의 능

---

51 「날개」와 달리 「종생기」는 제목 자체가 죽음충동을 연상시키고 있다.

52 들뢰즈, 『차이와 반복』, 256쪽.

53 헐벗은 반복이란 운동을 통해서도 동일성의 반복에서 벗어나지 못할 때 나타난다. 그같은 헐벗은 반복은 죽음충동을 낳는다. 위의 책, 78쪽.

54 「종생기」에 나오는 산호채찍은 사랑의 잔여물인 동시에 글쓰기의 반복운동의 추동력이기도 하다.

55 그 점에서 이상의 죽음충동은 죽음이 아니라 죽음의 유희였다고 할 수 있다.

동성으로 전환하는 몸의 기억이자 선적 시간에서의 패배를 되갚는 존재론적 제3의 시간이다. 몸의 기억과 제3의 시간은 구인회 작가들이 보여줬듯이 미래가 사라진 시대에도 영원회귀처럼 반복되며 사라지지 않았다.

제3의 시간은 이상 뿐 아니라 구인회작가들에게서 널리 암시된다. 예컨대 이효석은 메밀꽃밭의 서정적인 반복의 기억을 통해 그것을 증명했다. 김유정은 신체에 각인된 구어체의 리듬을 통해 생명력 있는 몸의 기억을 입증했다. 마찬가지로 이상은 종생과 연애를 반복하며 마치 아픈 옹이처럼 시간이 존재로 전이된 심연의 순수기억을 통해 제3의 시간을 발견한다.

'종생기'를 쓰는 이상의 심연에는 자신의 존재의 일부가 된 정희의 호흡과 먼 조상이 있었다. '자네는 자네의 먼 조상일세'라는 종생기의 외침은 자신을 시체로 만든 선적인 시간과는 다른 시간에 대한 갈망이다. 먼 조상이란 이상의 몸에 영원회귀하는 태곳적 기억의 이미지에 다름이 아니다. 이상이 시체가 되어서도 정희의 호흡을 잊지 못하는 것은 태곳적 몸의 기억으로서 에로스의 갈망이 귀환하기 때문이다. 그것을 증명하는 제3의 시간은 현재화된 과거인 동시에 사라진 미래의 시간의 흔적이기도 하다. 바로 그 심연의 존재론적 시간이 자아의 회생을 소망하며 시체와 해골을 말하는 이상으로 하여금 절망을 유보하게 해주는 것이다.

죽음충동은 반복운동인 동시에 선적인 시간의 상처에서 벗어나지 못한 비극이다. 이상은 선적인 시간(인과적 시간)에서는 죽음을 감지했지만 능동적인 반복의 시간에서는 제3의 시간을 통해 끝없이 자아의 회생을 소망했다. 죽음(죽음충동)과 사랑(에로스) 사이에서 이상의 존재론적 충동은 양가적이었다. 박제와 해골이란 실상은 생성의 시간을 향유하는 시체였다. 죽음 앞에서의 이상의 반복의 유희는 목숨을 걸고 일상의 틈새에서 제3의 시간을 회생시키려는 운동이었다. 이상은 사라지지 않는 존재론적 기억을 통해 죽음충동과 에로스 사이에서 사라진 시간과 교섭하려는 심연의 끝없는 반복운동의 도발을 하고 있었다.

5. 반복과 울림, 보이지 않는 비밀 –「실화」

「날개」와 「종생기」가 말할 수 없는 비밀에 대한 소설이라면 「실화」는 비밀을 말해버리는 소설이다. 이상에게 비밀은 두 가지가 있었다. 하나는 숨겨진 근대성의 폭력이며 다른 하나는 자신이 가장 소중하게 생각하는 심연의 진실의 잔여물이다.

「날개」와 「종생기」는 일상에 숨겨진 근대성의 폭력에 의해 트라우마를 경험하는 소설이다. 「날개」에서 '나'는 아내에게 상처를 받지만 '아내의 사건'은 실상 화폐물신이라는 근대성의 폭력에 의한 것이다. 마찬가지로 「종생기」에서 '내'가 정희에게 상처를 받는 것은 실제로는 인간관계의 붕괴를 암시하는 사건이다. 그와 함께 「날개」와 「종생기」의 또 다른 비밀, 즉 '내'가 가장 소중하게 생각하는 것은 상처받은 후에도 살아남은 에로스적 잔여물이다.

반면에 두 작품과 달리 「실화」에서는 '내'가 상처를 받는 순간이 없다. 「날개」와 「종생기」에서는 숨겨야 할 비밀이 드러나는 순간 '나'는 거리를 헤매거나 혼절을 한다. 그러나 「실화」에서 '나'는 연이의 비밀에 대해 태연해 하며 오히려 실토하도록 추궁하기도 한다. 「날개」와 「종생기」에서와는 달리 「실화」의 '나'는 더 이상 연이의 비밀에 대해 속아주지 않는다.

이는 천사가 결혼해버렸기 때문에 어디에도 천사가 없고[56] 연인의 사랑에 대한 신뢰가 없어졌기 때문이다.

연이의 비밀이 긴장감을 잃은 동시에 이상은 자신의 비밀(두 번째 비밀) 역시 위기에 처함을 감지한다. 이상이 가슴에 품고 있는 보이지 않는 비밀은 은유를 통해 암시되고 있었다. 「날개」의 '날개', 「종생기」의 '산호채찍', 「실화」의 '꽃'이 그것이다. '날개'와 '산호채찍'과 '꽃'은 죽음충동을 견디며 살아남은 에로스의 잔여물이다. 그런데 세 소설에서 그런 소중한 비밀은 점점 위기에 처하게 된다. 「날개」에서 날개의 이미지가 강렬한 것은 사유의 춤에 의해 박제가 날개로 전회되는 코페르니쿠스적 순간[57]이 암시되기 때문이다. 그에 비해 「종생기」에서 산호채찍에 연연해하는 모습은 오히려 종생의 위기감을 낳고 있다. 그런 연장선상에서 이상은 마침내 「실화」에서 꽃을 잃어버리고 만다. '실화'는 가장 절박한 동시에 여러 번의 상처를 통해 미리 준비된 절망이기도 했다.

날개의 비밀은 아직 겨드랑이의 가려움으로 남아 있었다. '종생기'라는 메타픽션의 비밀은 패러디된 여성 타자의 잔여물에 있었다. 그러나 꽃의 상실에서는 상실에 반응하는 몸의 기억이 희미해졌기 때문에 그 비밀 자체가 주제가 된다. 「실화」는 비밀이 있는지 없는지 묻고 있는 작품이다.

주목할 것은 꽃이라는 비밀을 상실했지만 비밀이라는 화두는 상실하지 않은 점이다. 말할 수 없는 비밀의 은유인 꽃을 잃었지만 표상불가능한 비밀 자체는 미처 포기하기 어려운 것이다. 「실화」에서 반복운동을 포기하지 않은 것은 표상불가능한 비밀에 대한 화두를 포기하지 않았기 때문이다.

---

56 이상, 「실화」, 『이상 전집』 2, 158쪽.

57 상상계에서 실재계로 전회, 즉 앱젝트에서 비상에의 의지로의 전회를 말한다.

꽃의 상실은 그 자체가 위기감이기에 보이지 않는 비밀의 화두는 오히려 작품 속에 깊이 침투하고 있다. 「실화」는 꽃을 잃어버리는 결말로 끝나는데 이는 사건이 가장 마지막에 일어나는 셈이다. 실화의 충격이 「실화」를 쓰는 추동력이 된 셈이지만 이 소설에서는 그 마지막 충격을 견디려는 반복운동이 먼저 제시된다. 반복운동은 꽃의 상실을 되짚는 동시에 아직 표상불가능한 비밀이 남아 있는지 스스로에게 묻고 있는 진행이다.

「실화」는 동경과 경성의 장면이 교차편집되고 있는 작품이다. 동경의 C양의 방에는 꽃이 있지만 경성의 연이의 방에는 꽃이 없다. 그것이 아마 이상이 동경으로 탈출한 이유일 것이다. 그러나 '나'는 C양이 준 꽃을 잃어버리고 말며 동경에도 이상이 원하던 꽃은 없었던 것이다. 여기서는 경성에 꽃이 없다는 사실이 동경에서 꽃을 잃어버렸다는 사건으로 반복된다.

실화 전반부에 나타난 것은 그런 권태로워진 반복의 감각이다. 상처의 비밀을 태연하게 반복할 수 있는 것은 꽃의 비밀에 대한 긴장감이 없어졌기 때문이다.[58] 사랑의 잔여물로 인해 정희의 비밀의 누설에 초조해하던 「종생기」와는 달리 「실화」에서는 연이의 비밀을 말하는 데 아무 거리낌이 없다. 「실화」에서 반복되는 여성의 비밀은 이미 '아는 비밀'이며[59] 그런 반복은 '나' 자신의 비밀의 상실을 감지하게 해준다. 그럼에도 긴장을 잃은 반복을 계속하는 것은 비밀의 화두 자체는 긴장을 잃지 않았기 때문이다. 비밀의 은유 꽃을 상실했어도 표상불가능한 비밀 자체는 있는지 없는지 아직 모르기 때문이다.

---

58 이 반복은 「날개」나 「종생기」에 비해 역동성이 없다. 그러나 비밀 자체를 화두로 삼는 순간 다시 긴장감이 나타난다.

59 이상, 「EPIGRAM」, 『이상문학전집』 3, 180쪽에 암시되고 있다.

긴장을 잃은 반복은 유희를 통해 지속성을 얻는다. 그런 반복의 유희 중의 하나는 동경의 C양과 경성의 연이를 겹쳐놓는 것이다. 동경에서 C양과 C군의 부부 아닌 부부의 관계는 경성에서 '나'와 연이의 관계의 반복이다. 연이가 비밀이 많듯이 C양도 비밀이 많다. 긴장을 잃은 반복은 말할 수 없는 비밀을 아는 비밀로 만든다. C양의 비밀은 연이의 비밀의 반복이며 '나'는 C양의 비밀에 놀라지 않는다.[60]

그런 반복은 경성과 동경이라는 공간들 자체에서도 일어난다. '나'는 경성 교외의 해질녘 가등街燈의 안개에서 영국의 런던을 생각한다. 그와 비슷하게 '나'는 동경 영란동의 젖은 가등의 안개에서 런던을 떠올린다. 또한 경성에서 연이에게 '인천 여관'과 '음벽정'을 추궁했듯이 동경의 노바NOVA[61] 여급 나미꼬에게도 남자관계를 따진다.

> 너는 뭐냐? 나미코? 너는 엊저녁에 어떤 마치아니에서 방석을 비고 15분 동안 — 아니 아니 어떤 빌딩에서 아까 너는 걸상에 포개 앉았었느냐 말해라. 헤헤 — 음벽정? N빌딩 바른편에서부터 둘째 S의 사무실?(아 주책없는 이상아 동경에는 그런 것은 없음네)[62]

동경에는 꽃이 있고 경성에는 꽃이 없었지만 동경은 경성의 반복이었던 것이다. 일상적으로는 경성이 동경의 반복이다. 그러나 「실화」에서는 화려한 동경이 허전한 경성의 반복으로 그려진다. 일상적인 반복이 지시대상이 있는 재현이라면 이상의 반복은 지시대상이 없는 내면의 생각과

---

60 그런 긴장감 없는 반복을 계속하는 것은 비밀 자체에 대한 심연에서의 질문 때문이다.

61 동경 신주쿠의 맥주홀을 말함.

62 이상, 「실화」, 『이상 전집』 2, 166쪽.

비밀의 반복이다. 그 때문에 동경에서는 어디에도 (지시대상이) 없는 '음벽정'과 'N빌딩'이 반복으로 말해지는 것이다. 그런 특이한 반복의 유희를 통해 '나'는 동경에서의 실화의 충격을 견디고 있는 것이다. 동경에서의 '실화' 역시 트라우마에 가까웠지만 그것이 뒤에 제시된 것은 경성에서의 상처의 재연이기에 얼마간은 준비가 돼 있었기 때문이다. 그래서 반복운동이 먼저 유희적으로 제시되고 그 원인인 실화의 상처는 가장 마지막에 암시되고 있다.

그런데 유희적인 반복 이외에 실화에 대응할 수 있는 또 하나의 반복이 있었다. 꽃을 잃은 후에도 반복을 계속하는 것은 비밀이라는 화두를 지속시키는 보다 근원적인 반복이 심연에서 진행되고 있기 때문이었다. 이상은 날개와 산호채찍에 이어 꽃마저 잃어버렸다. 그러나 비밀의 화두 자체에 긴장감을 지속시키는 어떤 것이 남아 반복운동을 하고 있었던 것이다. 그 심연의 표상불가능한 비밀을 구체적으로 암시한 것은 동경에서 정지용의 시를 패러디 하는 반복이었다. 「실화」에는 정지용의 「카페 프란스」, 「해협」, 「말1」이 패러디되어 삽입되어 있다.[63] 정지용 시의 패러디는 전반부의 반복과는 달리 '나'를 긴장시킨다. 여기서의 패러디의 특징은 내용에 대한 패러디가 아니라 표현의 인유라는 점이다. '나'(이상)는 정지용과 대화하며 반복하는 것이며 반복하며 대화하는 것이다.

> 당신의 텁석부리는 말을 연상시키는구려. 그러면 말아! 다락 같은 말아! 귀하는 점잖기도 하다만은 또 귀하는 왜 그리 슬퍼 보이오? 네?(이놈은 무례한 놈이다)

---

63 소래섭, 「잃어버린 말과 이상의 사상」, 『이상학회 창립기념 학술대회 자료집』, 2015 참조.

> 슬퍼? 응 — 슬플밖에 — 20세기를 생활하는 데 19세기의 도덕성밖에 없으니 나는 영원한 절름발이로다. 슬퍼야지 – 만일 슬프지 않는다면 – 나는 억지로라도 슬퍼해야지 – 슬픈 포즈라도 해 보여야지.[64]

> 그러나 오전 1시 신주쿠 역 폼에서 비칠거리는 이상의 옷깃에 백국은 간데없다. 어느 장화가 짓밟았을까? 그러나 검정 외투에 조화를 단, 댄서 – 한 사람. 나는 이국종 강아지 올시다. 그러면 당신께서는 또 무슨 방석과 걸상의 비밀을 그 농화장 그늘에 지니고 계시나이까?[65]

인유된 정지용의 시구들은 선망하던 동경에서 이질감이 생겨나며 식민지 지식인의 슬픔을 느끼는 표현이다. 이는 정지용의 동경 체험과 고향 상실감이 반영된 것이다.[66] 그와 함께 정지용 시와 다른 점은 혼자가 아니라 정지용과 대화하며 반복하고 있다는 점이다. '다락 같은 말'과 '이국종 강아지'는 반복을 통해 '나'의 존재의 일부로 전이된 이미지들이다. 그런데 그것은 반복의 과정에서 고독한 독백이 아니라 **대화**로서 울리고 있다.

전반부의 유희적인 반복은 낯선 곳에서의 외로운 반복이었다. 반면에 정지용의 패러디처럼 반복이 대화로 울리면 진실의 이중주를 통해 자아의 능동성의 열망을 증폭시키게 된다. '비밀을 잃은 곳'에 있는 '나'와 '아직 비밀이 남은' 시 사이의 반복은 진실을 향한 이중주의 운동을 역동적으로 만든다. 정지용의 시는 '나'를 이국종 강아지의 틈새 공간으로 이동

64 이상, 「실화」, 『이상 전집』 2, 166쪽.
65 위의 책, 167쪽.
66 소래섭, 「잃어버린 말과 이상의 사상」 참조.

시키며 경성과 동경을 둘 다 넘어선 반복을 추동하는 것이다.

그런 반복과 울림의 힘이 있기 때문에 '나'는 동경의 짙은 농화장濃化粧에 숨겨진 비밀에 대응할 수 있다. 반복과 울림은 동경의 농화장의 비밀을 아는 비밀로 만들어 농화장을 무력화시킨다. 농화장은 여성 댄서의 외모이면서 '이국종 강아지'에 대비되는 동경을 암시하기도 한다. 동경의 농화장은 화려하지만 매혹도 긴장도 없다. 그것은 부유한 '재산'인 동시에 이미 **아는 비밀**이기 때문이다. 반면에 '나'는 비밀을 잃은 동경에 있는 동시에 시를 통해 틈새 공간으로 이동한다.

농화장에 대응하는 정지용 시의 패러디, 그 반복의 울림이란 구체적으로 무엇인가. 실화로 인해 비밀을 상실한 '나'는 가난한 식민지 지식인일 뿐이다. '나'의 슬픔은 경성뿐 아니라 동경에도 꽃이 없다는 '실화'에 있다. 동경의 20세기적인 농화장이 '나'를 구출하지 못하기 때문에 '나'는 어디에서도 미래가 없다. 그 대신 '나'는 경성과 동경 사이에 끼어 있으며 선적인 시간 대신 19세기와 20세기 사이의 틈새에 있다.

다만 무無로 전락한 틈새의 '나'에게는 농화장 대신 말할 수 없는 반복의 비밀이 아직 남아 있었다. 비밀을 상실한 상황에서 비밀이 남아 있는 것은 '내'가 틈새의 공간에 있기 때문이다. '농화장'은 현기증 나는 표상과 허위의 매개들 때문에 반복도 능동성의 회생도 불가능하다. 반면에 틈새에 끼어 있는 '나'는 무매개적인 반복의 글쓰기를 통해 보다 근원적인 유희의 춤을 출 수 있다. 경성과 동경, 19세기와 20세기 사이의 반복과 유희의 춤이야말로 '나'의 보이지 않는 비밀이다.[67] 정지용의 시는 '나'의 유희의 춤을 촉발시키며 울림을 통해 식민지 조선인의 춤으로 증폭시켜준다.

---

67 미결정성의 틈새에서 유희의 춤을 추는 사람에게는 동경이란 경성 이상으로 자동화된 동일성일 뿐이다.

동경과 경성에는 뻔히 아는 비밀이 있을 뿐이다. 그 두 공간에서 직선적인 시간에서의 패배를 되갚으려는 '비밀의 유희'는 실패할 가능성이 커졌다. 그러나 양자의 틈새에 있는 '나'는 반복을 통해 심연의 **보이지 않는** 또 다른 비밀에 접근한다. 그것은 19세기도 20세기도 아닌 제3의 시간의 비밀이었다. 제3의 시간이란 전근대적 순환성과 근대적 직선의 시간을 넘어선 존재론적 생성의 시간이다. 그것은 농화장으로 치장된 경직된 역사를 뚫고 나오며 생명력을 갈망하는 몸의 기억이기도 하다.

「실화」는 비밀의 상실인 동시에 그에 대응하는 제3의 시간의 자의식이기도 하다. 이상은 합리적 개념과 표상의 언어로는 날개가 없음을, 종생의 충동에 시달림을, 꽃을 상실했음을 말할 수밖에 없었다. 반복의 유희로서의 소설은 그런 상실을 넘어서려는 것이었지만 점점 진실에 다가가기 어려워짐을 느끼게 되었다. 이상의 동경행은 꽃을 다시 발견하기 위해서였으나 동경이야말로 실화의 공간이었다. 마침내 「실화」에 이르면 '날개'와 '종생기'(메타픽션)의 비밀을 암시하는 반복의 춤마저 더 이상 추기 어려워졌음이 고백된다.

그러나 이상은 정지용 시의 패러디인 「실화」 자체를 통해 19세기와 20세기의 틈새를 발견한다. 틈새의 공간의 발견은 이제까지 그를 버티게 해주었던 유희의 춤과 글쓰기의 반복, 그리고 그 추동력으로서 몸의 기억과 제3의 시간의 확인이다. 이상이 분명히 말하지는 않지만 「실화」라는 반복의 소설 자체가 그런 근원적인 유희를 암시한다. 정지용 시의 패러디는 상호텍스트적 울림을 통해 '실화'마저 견디려는 최후의 반복충동의 자의식이다. 「실화」는 꽃의 상실인 동시에 상실할 수 없는 보다 심층의 비밀의 발견이다. 그런 마지막 심연의 비밀에 근거해 주체의 무력화 시대에 자아의 붕괴를 버티고 있었던 것이다.

이상은 비밀이 없는 사람은 재산이 없는 것보다 가난하다고 말했다. 그러나 비밀을 잃은 이상은 심연에서 아무도 모르는 더 깊은 비밀을 발견하고 있었다. 「실화」에서 '실화'한 이상은 가난한 동시에 부자였다. 그는 절름발이인 동시에 '다락같은 말'[68]이었다. 「실화」의 이런 양가성은 상실의 감지가 상실불가능한 것의 발견임을 알려준다. 이상은 정지용 시의 패러디를 통해 틈새로 미끄러지면서 상실할 수 없는 제3의 시간을 발견하고 있었다. 그 때문에 그의 혈관을 짜서 쓴 혈서에는 사라진 시간의 흔적이 여전히 남아 있었다.

꽃을 잃은 「실화」에서도 선적 회로에서 상실한 시간은 존재를 관통하는 제3의 시간으로 돌아오고 있었다. 되돌아온 시간은 상처의 고통을 반복하고 존재를 부풀리며 사라진 미래를 향해 던져진다. 이상은 박제를 날개로, 종생을 '먼 조상'으로, '이국종 강아지'를 시적 울림으로 반전시키는 코페르니쿠스적 제3의 시간을 갖고 있었다. 1930년대 후반에는 직선적인 시간으로는 19세기가 잔존하는 조선에서도 20세기적인 동경에서도 미래는 보이지 않았다. 혼돈에 묻혀 미래가 사라질 때 이상은 틈새 공간에서 계보학적 반복운동을 하며 제3의 시간을 통해 사라진 미래를 붙들려는 노력을 그치지 않고 있었다.

---

68 '다락같은 말'의 해석에 대해서는 신범순, 『이상의 무한정원 삼차각 나비』, 현암사, 2007, 473~474쪽 참조.

제8장

반복의 주문과 능동적 정동의 기억

모임과 떨어짐

1. 모이는 것과 분리하는 것

이상의 시대에 고독한 모더니즘이 나타난 것은 진정한 연대를 불가능하게 하는 분리의 권력이 등장했기 때문이다. 분리의 권력 역시 파편화된 삶을 끌어 모으는 힘을 발휘하는데 그것이 바로 동원의 기제이다. 이상 시대의 동원의 장치는 제국의 독점 자본주의에 의한 군중의 동원이었다. 객관적 상황이 더 악화된 1930년대 말 최명익의 시대에는 파편화된 사람들을 집합시키는 전쟁으로의 동원이 작동되었다. 그런 권력의 동원의 장치들은 대상 a의 작동에 의한 물밑의 인격적 연대를 분리시키는 기제이기도 했다.

1920년대의 '조선의 얼굴'의 연대는 상품시대[1]의 군중의 동원으로, 그리고 식민지 말의 전쟁의 총동원으로 전환되었다. 군중의 동원과 전쟁의 총동원은 에로스적 연대를 상실한 파편화된 사람들을 제국의 이름으

1 권창규, 『상품의 시대』, 민음사, 2014 참조.

로 집합적으로 소환하는 것을 뜻했다. 그런데 중요한 것은 식민지에서 해방된 이후에도 진정한 연대를 어렵게 하며 분리된 사람들을 소환하는 동원의 장치가 계속된 점이다. 1950년대에 냉전으로의 동원이 있었다면 1960~70년대에는 개발주의의 동원이 이어졌다.

1960년대에 시작된 개발의 동원은 30년대 상품시대의 동원과 유사한 점이 있었다. 도시가 발전하고 깨끗한 양옥집이 많아졌지만 발전주의로 사람들을 끌어 모으는 권력은 인간적 유대를 분리시키는 체제이기도 했다. 1960년대에 이상의 문학과 비슷한 김승옥의 고독한 모더니즘이 다시 등장한 것은 그 때문이었다.

김승옥의 소설은 비밀의 상실과 반복의 주문을 그린 점에서 이상 소설과 매우 유사했다. 비밀이란 권력의 비밀과 에로스의 비밀(타자의 비밀)인데 이상과 김승옥에겐 특히 상실의 위기에 처한 타자의 비밀이 중요했다. 이상은 비밀의 상실에 직면해서 심연의 비밀의 잔여물을 전인생을 걸고 필사적으로 회귀시키려 했다. 비밀의 잔여물이란 심연에 남아 있는 에로스의 원인으로서 표상되지 않는 대상 a를 뜻한다. 대상 a는 실재계의 위치에서 상징계의 사람들이 서로 연대하게 만드는 총체성의 부재원인[2]이다. 식민지 자본주의와 1960년대 개발주의는 대상 a의 작동을 둔화시켜 연대를 갈망하는 사람들을 뿔뿔이 흩어지게 했다. 그와 함께 분리된 파편화된 사람들을 동원의 기제를 통해 수동적 군중으로 소환했다. 이상과 김승옥은 그런 분리의 권력에 맞서서 비밀의 잔여물을 다시 작동시키기 위해 반복의 주문을 걸고 있었다. 이상은 '속고 또 속으면서도' 에로스의 갈망을 그치지 않았고 김승옥은 능동적 정동을 회생시키기 위해 반복의

2 실재계적 대상 a가 작동될 때 물밑에서 연대하는 주체가 생성되기 시작한다.

리듬을 지속시키고 있었다.

그 점에서 김승옥 소설은 1930년대 이상 소설의 60년대식 반복이었다. 이상과 김승옥의 차이는 식민지 자본주의와 민족개발주의라는 역사적 상황의 차이에 있었다. 1960년대가 30년대와 다른 점은 민족 이데올로기를 통한 개발주의가 태동된 점이었다. 아무리 도시가 발전해도 식민지의 군중은 병리적 삶에서 벗어날 수 없었지만 1960년대 개발주의는 민족적 차원에서 전국민을 동원하기 시작한 것이다.

그러나 김승옥은 사람들을 활기 있게 만드는 듯한 근대적 개발 권력이 실상은 개인들을 분리시키는 체제임을 간파했다. 김승옥의 주요 소설들은 인간적 유대를 단절시키는 권력에 대항해 타인과의 교감을 다시 회생시키려는 시도들이다. 「역사」에서 '나'는 분리의 규율에 예속된 양옥집 사람들을 다시 한 번 모이게 하려고 은밀한 계획을 세운다. 또한 「서울 1964년 겨울」에서 '나'와 안은 단절된 대화를 지속시키기 위한 '은유연습'[3]을 반복적으로 계속한다. 마찬가지로 「염소는 힘이 세다」에서는 사람들 사이에서 '염소의 힘'이 전염되게 하려는 시적 주문을 반복한다.

이처럼 김승옥의 주요 소설은 분리된 사람들을 다시 모이게 하려는 반복의 주문으로 볼 수 있다. 사람들을 분리시키는 것은 합리주의와 자본주의 체제이며 이 근대 권력은 개발을 위해 분리된 개인들을 다시 수동적으로 집합시킨다. 반면에 김승옥은 단절된 사람들이 분리의 규율을 넘어서서 능동적으로 모이게 하기 위해 상실된 비밀의 기억을 반복한다. 비밀의 잔여물을 다시 작동시키기 위한 반복의 주문은 수동적 삶에서 능동적 정동을 회생시키려는 시도이기도 했다.

---

3 「서울 1964년 겨울」에서 '나'와 안은 '날 수 있는 것'과 '꿈틀거리는 것'에 대한 은유를 찾으며 대화를 지속한다.

능동적 정동이란 신체 자체에서 능동적 힘을 생성시키며 사람들을 모이게 하는 에로스적 열망을 말한다. 그런데 개발주의의 분리의 규율은 집합적으로 소환된 사람들에게 신체를 규율화한 대가로 수동적 힘을 부여할 뿐이다. 수동적 힘에 예속된 도시와 양옥집의 사람들은 아무리 활기차 보여도 고독하게 단절된 채 인간적 얼굴을 잃고 쓸쓸히 살아간다.

「역사」에서 '내'가 양옥집 사람들의 얼굴이 떠오르지 않고 벽과 마주한 채 지내는 듯이 느껴진 것은 그 때문이다. 또한 「서울 1964년 겨울」에서 '나'와 안의 대화가 오 분 이상 지속되지 못하고 끊어지는 것도 같은 이유에서이다. 그와 비슷하게 「염소는 힘이 세다」에서는 누나가 버스 차장이 되어 힘을 얻은 듯이 보이지만 실상은 깊은 상처를 입고 개발주의의 규율에 예속되기 시작한 것이다.

김승옥은 그런 비정한 상황에서 기억 속에 남아 있는 능동적 정동을 회생시키기 위해 반복의 주문을 건다. 「역사」에서 창신동의 서씨가 밤마다 동대문을 다시 조립하는 것은 능동적 힘을 부활시키려는 반복의 주문이다. 「서울 1964년 겨울」의 인물들 역시 끊어진 대화를 살려내기 위해 '꿈틀거리는 것'에 대한 은유를 반복하고 있다. 또한 「염소는 힘이 세다」에서는 새로운 도시의 권력에 맞서 능동적인 '힘에의 의지'를 회생시키기 위해 '염소는 힘이 세다'라는 주문을 반복한다.

물론 김승옥 소설의 '반복의 주문'은 환상과 시적 리듬으로 표현된 점에서 잠재적 차원을 넘어서지는 못한다. 김승옥 역시 이상처럼 에로스 상실의 상처와 죽음충동을 극복하려는 고독한 자아의 열망을 표현하고 있었다. 그러나 두 사람은 군중을 동원하는 권력이 실상 분리의 장치이며 그에 대응하는 능동적 정동의 열망이 남아 있음을 자각하고 있었다. 이상과 김승옥의 문학은 흔히 고독과 분열의 미학으로 이해되어 왔다.

하지만 우리는 그들의 문학이 에로스적 열망과 능동적 정동의 회생을 위한 필사적인 반복의 문학이었음을 주목할 것이다. 분열된 고독의 문학에서 에로스의 소망을 엿보는 일은 기존의 **분리**와 **모임**(유대)의 의미를 재고하게 만든다.

도시에 사람들을 모이게 한 체제가 분리의 권력인 반면 이상과 김승옥의 고독은 능동적 교섭을 위한 반복의 충동이었다. 분리의 권력이 파편화된 사람들을 생명력 없이 끌어 모으는 동원의 체제였다면, 김승옥이 갈망한 능동적 신체의 힘은 에로스의 원인 대상 a를 향한 생명적 정동이었다. 개발 권력은 집합적으로 소환하는 동시에 사람들의 내면을 고독하게 만들었다. 반면에 김승옥은 고독한 도시에서 다시 한 번 능동적 정동을 생성하려는 상호신체적 열망을 표현했다.

대상 a의 잔여물에 근거한 그런 모험은 존재 자체를 회생시키진 못했지만 일상의 감각을 혁신시켰다. 개발주의에 의한 도시의 발전은 일상인들의 감각을 조립품처럼 자동화시키는 과정이었다. 반면에 김승옥의 반복의 주문은 심연에서의 대상 a의 열망에 기대어 고독한 일상을 혁명적 감각으로 전경화했다. 「역사」의 동대문, 「서울 1964년 겨울」의 '꿈틀거리는 것', 「염소는 힘이 세다」의 '염소'는 상실한 비밀의 잔여물 대상 a[4]이다. 그런 대상 a를 다시 작동시키려는 모험이 도시의 고독한 풍경에 불가능한 매혹을 혼성시켜 감각을 혁신했던 것이다. 지루한 양옥집은 역사力士의 비밀의 주문을 흉내 낸 한밤중의 피아노에 의해 가슴 두근거리는 공간이 된다. '꿈틀거리는 것'에 대한 열망은 단절된 오 분을 넘어서기 위해 가라앉은 목소리를 고조시키게 만든다. 또한 '힘센 염소'의 주문은 누나

4 대상 a의 은유라고 할 수 있다.

를 진짜 힘센 존재로 만들어 주리라는 기대 속에서 버스를 기다리게 만든다. 감각의 혁신은 소외된 도시에서도 심연에 대상 a가 남아 있음을 알리는 비밀의 주문이기도 했다. 김승옥은 개발이 진행될수록 기계와 무생물처럼 자동화되는 도시를 낯선 감각으로 경이롭게 회생시키는 감각의 혁명을 수행했다. 사회적 혁명에서처럼 감각의 혁명에서도 대상 a의 감지가 중요한 관건이었다. 김승옥의 소설은 1970~80년대의 역사적 혁명에 앞서 미리 나타난 감수성의 혁명이었으며, 분리의 규율에 예속된 감성을 혁신시켜 능동성을 회생시키려는 존재론적 저항이었다.

2. 비밀의 기억과 감수성의 혁명

김승옥의 소설은 감각적 사유를 통해 사소한 일상에서 경이를 찾아내는 '감수성의 혁명'[5]으로 평가되어 왔다. 감수성의 혁명은 익숙한 풍경을 낯선 감성으로 전경화하는 반모방의 혁명이다. 김승옥은 행동을 모방하기보다는 존재양식의 감각적 탐색을 통해 모방의 장벽을 산산이 부수며 절대적 특이성을 선언한다.[6]

그런데 모방의 예술에도 인물과 세계 간의 갈등이 있듯이 감수성의 소설에도 불화가 숨어 있다. 불화란 익숙한 세계 속의 숨겨진 논쟁을 찾아내어 안정된 감성의 질서에 이의를 제기하는 것을 말한다.[7] 김승옥은 볼

5 '감수성의 혁명'은 1966년에 발표된 김승옥에 대한 유종호의 평론의 제목이다. 유종호, 『비순수의 선언』, 민음사, 1995, 424~430쪽.

6 랑시에르, 오윤성 역, 『감성의 분할』, 도서출판b, 2008, 30~31쪽.

7 위의 책, 122쪽.

수 있는 것과 볼 수 없는 것, 들을 수 있는 것과 들을 수 없는 것의 상충을 통해, 숨겨진 불화의 감각을 드러낸다. 불화의 감각은 안정된 분할의 경계를 침범하는 감성의 반란이다. 감수성의 혁명이란 감성의 질서에 논쟁을 일으키는 불화[8]의 탐색이기도 하다.

흥미로운 것은 김승옥의 불화의 탐색이 전경화된 세계와 숨겨진 배경 사이에서 역동적이 된다는 점이다. 김승옥 소설이 도시의 풍경을 전경화한다는 것은 익숙한 세계를 낯선 감성으로 드러내는 것이다. 그런데 그런 전경화는 배경의 화해의 소망과의 중첩적 관계에서만 혁명적인 감수성을 창안할 수 있다. 이런 전경과 배경의 긴장관계는 프라그 학파가 '낯설게 하기'를 구조적으로 입체화시키면서 발견한 미학 원리를 업그레이드 한 것이다.[9]

김승옥 소설에서 도시를 전경화시키는 숨겨진 배경의 세계는 '비밀의 왕궁'이다. 김승옥이 서울의 군중의 감각을 탈자동화시키며 낯선 감성을 표현할 수 있는 것은 비밀의 왕궁의 기억 때문이다. 비밀의 왕궁이란 「건」에서의 고향의 빈 저택 지하실 같은 공간이다. 역설적으로 시골 출신인 김승옥이 도시인보다도 더 서울을 감각적 그릴 수 있었던 것은 그런 비밀의 왕궁을 기억하기 때문이었다. 상실한 비밀의 왕궁의 배경에 비춰짐으로써 불화를 숨긴 자동화된 도시가 탈자동화되어 전경화되는 것이다. 안정되어 보이는 도시는 심연에서의 비밀의 왕궁의 기억에 의해 부단히 흔들림으로써 낯선 불화의 풍경으로 전경화된다.

---

8 랑시에르는 정치권력에 의해 규정된 보이는 것과 보이지 않는 것, 발화와 소음 사이의 경계설정을 감성의 분할이라고 부른다. 불화는 기존의 감성의 분할에 대해 논쟁적으로 이의를 제기하는 것을 말한다.

9 프라그 학파는 낯설게 하기를 전경화로 부르면서 배경과의 관계에서 전경화가 일어난다고 설명했다. 프라그 학파와 김승옥의 차이는 후자에서의 배경의 풍부함에 있다.

물론 김승옥에게 고향이 화해된 공간이었던 것은 아니다. 고향은 (「무진기행」에서처럼) 이미 공동체 의식이 파괴된 무질서하고 음습한 곳이었다. 그러나 도시와 달리 고향에는 인간적 유대의 소망이 잠재했기 때문에 상실된 비밀에 대한 기억이 잔존하는 것이다.

김승옥 소설에서 비밀의 왕궁은 항상 상실된 공간으로 의미화된다. 「건」에서의 미영이와의 왕궁, 「생명연습」에서의 누나와의 비밀동맹, 「무진기행」에서의 사랑의 공간은 비밀의 왕궁의 변주된 계열이다. 김승옥 소설은 그런 비밀의 공간이 돌이킬 수 없이 상실되었을 때 '악의 발견'과 '불화의 탐색'이라는 두 방향을 향한다. 김승옥 소설에서는 남성중심적 상징계에 편입되는 과정을 그린 '악의 발견'보다는 안정된 감성의 질서에 이의를 제기하는 '불화의 탐색'이 매우 중요하다.[10]

김승옥이 상실된 비밀의 기억으로 불화를 탐색하는 것은 이상이 비밀의 잔여물을 통해 분열된 세계를 조망하는 것과 비슷하다. 비밀의 잔여물을 품고 분열된 세계를 견디는 것이 너무 힘들어 죽음충동이 나타나는 것도 양자에서 유사하다. 「환상수첩」의 내화에서 '나'(정우)는 "이상 짜아식, 자살을 했으면 더 멋있었을 텐데"라고 친구들 앞에서 고함을 지른다. 그러나 그것은 '덜렁뱅이 같은 가짜'[11] 고함이었다. 이상이나 김승옥의 주인공들은 비밀을 상실한 현실이 차마 대면하기 두려워 죽음으로 도피하는 시늉을 했던 것이다.

죽음충동이 가짜 충동이었기 때문에 두 사람은 끝없이 탈주를 모색한다. 이상의 탈출구가 동경이었다면 김승옥의 탈주의 공간은 고향이었다.

---

10 전자가 「건」이라면 후자는 「역사」이다. 우리는 「건」 유형보다는 「역사」 유형을 주목할 것이다.

11 김승옥, 「환상수첩」, 『김승옥 소설전집』 2, 문학동네, 2001, 16쪽.

이상이 근대성의 변화한 한복판으로 나아간 반면 김승옥은 심연에 잔재하는 기억의 공간으로 회귀한 것이다. 그러나 이는 서울 출신과 시골 출신의 차이를 보여주는 것이 아니다. 이상은 「실화」에서 동경의 가짜 비밀('농화장')에 실망하며 19세기와 20세기 사이의 틈새에서 고민한다. 그와 비슷하게 김승옥은 「무진기행」에서 아내의 전보를 받고 서울과 무진 사이에서 고뇌에 빠진다. 두 사람이 이질적인 시간과 공간의 틈새에서 발견한 것은 상실된 비밀의 기억이었으며, 그들은 그것을 배경으로 혁명적인 감각의 미학을 창안한 것이다.

이상이 19세기와 20세기 사이에 있었다면 김승옥은 고향과 도시 사이에 있었다. 그리고 그들은 양자의 틈새에서 비밀의 기억을 무기로 첨단의 근대성과 도시를 불화의 감각으로 전경화한 것이다. 두 사람은 근대성과 도시의 익숙한 풍경의 장벽을 부수면서 절대적 특이성을 주장했다.

비밀이란 선적인 시간으로 환원되지 않는 순수기억(베르그송)[12]을 통해 환기되는 어떤 것이다. 식민지 시대(이상)나 한국전쟁, 개발주의 시대(김승옥)는 선적으로 질주하는 체제가 수동적인 탑승을 강요하던 때였다. 그런 선적인 시간을 멈추고 자아의 능동성을 되찾을 수 있는 것은 기억(순수기억)의 연대를 통해서였다. 순수기억을 동요시키는 기억의 연대는 시간이 멈춘 듯한 비밀의 공간을 생성시킨다. **비밀**이란 그런 연대의 공간에서 순수기억을 팽창시키며[13] 서로의 신체를 가까워지게 만드는 교감의 원리이다. 비밀의 장소란 체제의 맥락에 침범당하지 않은 숨겨진 틈새에

12 베르그송의 순수기억은 선적인 기억과는 달리 과거가 현재가 되고 시간이 존재가 되는 '몸의 기억'이다.

13 벤야민, 이태동 역, 『문예비평과 이론』, 문예출판사, 1987, 230~231쪽. 벤야민은 비밀을 프루스트의 '무의식적 기억'을 보유하려는 노력이라고 말하는데 여기서 '무의식적 기억'은 베르그송의 순수기억에 해당된다.

서 진정한 상호적 교감을 가능하게 해주는 곳이다.[14] 예컨대 이상의 정지용 시 텍스트와 김승옥의 미영이와의 왕궁이 그런 교감을 허용하는 비밀의 장소였다. 이상은 동경에 있어도 정지용의 시를 떠올리는 순간 텍스트가 뒤섞이는 상호텍스트성을 경험한다. 또한 김승옥은 비밀의 왕궁에서 아이들과 미영이에게서 상호신체적 접촉을 경험한다.

이상의 동경과 김승옥의 서울은 마치 신체가 밀려나는 듯한 비밀을 상실한 세계였다. 이상은 「실화」에서 동경의 풍경으로부터 '이국종 강아지'처럼 떠밀려나는 괴리감을 발견한다. 김승옥은 「서울 1964년 겨울」의 선술집에서 서로 가까워지려 해도 더 이상 다가설 수 없는 인물들 간의 거리를 발견한다.

그러나 이상과 김승옥은 비밀을 상실한 세계에서 심연에 남은 비밀의 잔여물(기억)을 응시하고 있었다. 비밀을 상실한 선적인 체제는 사람들을 분리시키며 자아를 수동적으로 만든다. 반면에 이상과 김승옥은 상실된 비밀의 기억을 떠올림으로써 **상호신체성**과 자아의 **능동성**을 소망했다. 이상과 김승옥은 그런 비밀의 잔여물의 기억을 주문처럼 반복하며 분열된 근대와 불화의 일상을 전경화하고 있었다.

김승옥이 서울의 풍경을 소외와 고독의 공간으로 그리는 것은 실상 상실된 비밀의 기억을 되살리려 애쓰는 일이기도 했다. 김승옥은 「역사」에서 양옥집의 깨끗한 방이 '남의 집'으로 느껴진 반면 창신동의 빈민가에 '나의 방'이 있다고 생각한다. 창신동은 아늑하기보다는 가난하고 무질서한 곳이었지만, 거기에는 지워지지 않는 얼굴들과 흥분되는 역사力士

---

14 조광제, 『몸의 세계, 세계의 몸』, 이학사, 2004, 381~386쪽. 조광제는 메를로 퐁티의 말을 인용하며 타자의 몸이 나에게 스며드는 실존적 순간을 말하는데, 이 현상학적 논의는 체제의 맥락에서 벗어난 틈새에서의 상호신체성으로 이해할 수 있다.

(서씨)의 비밀이 있었다. 또한 「서울 1964년 겨울」에서는 선술집에서 만난 두 남자가 서로 가까워지기 위해 자기만의 비밀을 떠올리기 시작한다. 두 사람이 기억하는 비밀들은 사소하고 어설픈 것들이었지만, 그들은 적어도 비밀이 사람들을 가까워지게 만든다는 사실을 알고 있었다. 「염소는 힘이 세다」에서도 힘 센 염소가 죽어서도 사람들을 우리 집(식당)으로 끌어들인다고 말하고 있다. 염소가 죽은 후 '나'는 황량한 서울과 대면하게 되지만 힘 센 염소의 기억을 비밀의 주문처럼 반복하고 있는 것이다.

김승옥이 소외된 일상과 대면하며 비밀의 기억을 떠올리는 것은 비밀이란 상호신체성과 능동성을 소망하는 순수기억이기 때문이다. 비밀의 기억은 자아를 타자와 포개지게 하고 잠재적인 힘을 소생시켜주는 **능동적 정동[15]의 기억**이다. 능동적 정동이란 신체 자체에서 생성되는 역능(힘)을 증가시켜주는 감성으로 신체에서의 힘의 증대와 연관된다. 김승옥 소설의 전경화된 일상에는 개인을 넘어 삶 속에서 힘의 회생을 소망하는 정동affect의 기억(순수기억)이 배경으로 숨어 있었다. 니체는 자아를 능동적으로 만들고 개인을 다수성 속에서 어우러지게 만드는 원리를 힘에의 의지라고 말했다.[16] 다수성이 흩어진 개인이 되고 자아가 수동적이 된 근대 도시에서 니체의 힘에의 의지는 이제 숨겨진 비밀이 되었다.

김승옥이 비밀의 기억을 떠올리는 것은 상실된 힘을 갈망하며 능동적 정동을 회생시키기 위해서이다. 「역사」에서의 역사, 「서울 1964년 겨울」에서의 힘없는 아저씨, 「염소는 힘에 세다」에서의 힘 센 염소는, 비밀의

---

15 여기서 감정이 아니라 정동(affect)이라는 용어를 사용하는 것은 정동이 자아와 세계가 상호작용하는 역동성을 표현하기 때문이다. 감정이 행동의 대체물로서 신체 내에서 물결치는 것인 반면 정동은 신체 자신의 힘의 증대와 변이를 표현한다.

16 들뢰즈, 신범순·조영복 역, 『니체, 철학의 주사위』, 인간사랑, 1993, 84·94쪽; 박찬국, 『들뢰즈의 『니체와 철학』 읽기』, 세창미디어, 2012, 36~37쪽.

기억을 통한 힘에 대한 갈망에 다름이 아니다. 이제 역사는 비밀이 되었으며 아내를 사랑하는 아저씨는 힘을 잃었고 힘 센 염소는 죽어버렸다. 그러나 김승옥은 주문처럼 비밀의 기억을 반복하며 소외되고 황량한 도시를 버텨보려 하는 것이다. 비밀의 기억은 고독한 사람들을 가까워지게 하고 수동적인 사람들이 능동적인 힘을 회생하길 소망한다. 김승옥은 그런 불가능성을 소망하는 기억을 반복하며 그 동적인 힘으로 정적인 도시를 흔들면서 소외의 감각을 혁명적으로 전경화한다.

김승옥 소설에서 삭막한 도시 풍경을 그린 대표적 작품은 「역사」(1963)와 「서울 1964년 겨울」(1965), 「염소는 힘이 세다」(1966)이다. 그런데 이 소설들은 하나같이 상실된 능동적 정동에 대한 기억을 함께 그리고 있다. 김승옥은 소외된 도시의 익숙한 풍경에 능동적 정동의 기억을 은유적으로 교섭시킴으로써 유례없는 낯선 감각적 혁신을 보여준다. 감수성의 혁명이란 그처럼 비밀의 기억을 통해 화해를 소망하는 숨겨진 '불화의 감각'의 도발일 것이다. 그런 과정에서 배경과 전경의 역동성을 가장 잘 드러낸 소설은 서울을 그린 세 소설들이다. 이제 김승옥의 서울 3부작을 통해 상실된 비밀의 기억이 익숙한 감성적 질서의 장벽을 부수는 과정을 살펴보자.

3. 역사力士의 기억과 규율화된 감성의 질서

—김승옥의 「역사」

「역사」는 근대적 도시를 상징하는 양옥집에서 느낀 벽과도 같은 소외감에서 시작된다. '나'는 창신동의 빈민가에서 깨끗한 양옥집으로 이사했지만 그 집의 방은 왠지 '내'방처럼 느껴지지 않았다. 낮잠을 자다 깼을 때 '나'는 남의 집에 누워 있거나 의식을 잃었다 병원에서 깨어난 것처럼 여겨졌다.

'나'는 빈민가에서 양옥집으로 하숙을 옮겼지만 '진짜 나'는 아직 새집으로 옮겨오지 않은 것이다. '나'의 물리적 신체는 이사했으나 '나' 자신은 여전히 이사하지 않은 셈이었다. 니체는 신체를 나 자신으로 만드는 것은 능동적인 정동과 힘에의 의지라고 말했다.[17] 능동적인 정동은 존재감을 증폭시켜주면서 '나'의 몸을 단순한 육체를 넘어선 '나' 자신으로 만들어준다. 「역사」의 서두는 그런 자아의 능동성을 상실한 순간을 '몸과 방의 관계'에서 그리고 있다. 「역사」의 '나'는 의식적으로는 새 집에 있지만 무의식적으로는 남의 집이나 병원에 있는 듯이 느끼고 있다. 양옥집의 벽과 '병원 같은 규율'이 '나'의 존재감을 축소시켜 능동성을 상실하게 하기 때문에 '나 자신'은 아직 이사 오지 않은 듯이 느껴지는 것이다.

자아의 능동적인 힘은 개인들이 내적으로 어우러지며 나의 신체가 상호신체성 속에서 감지될 때 생성된다. 그런 능동성을 생성하며 상호성을 만드는 대표적인 신체는 얼굴이다. 얼굴은 우리 신체 중에서 지시적 맥락에서 벗어난 의미작용을 할 수 있는 가장 비표상적인 실체이다. 우리의 몸은 외적 행동을 하면서 현실의 지시적 맥락과의 관계에서 의미를 생성한다. 반면에 감각기관이 모여 있는 얼굴은 아무런 맥락도 표상도 없이 자율적으로 의미작용을 할 수 있다. 뇌와 몸을 연결하는 감각체의 집합인 얼굴은 레비나스가 말한 벌거벗은 비밀을 스스로 의미화한다. 지시적 맥락 속에 묶인 행위주체와는 달리 얼굴과 얼굴의 교감은 규율적

17 박찬국, 위의 책, 86~87쪽.

맥락에서 벗어난 능동적 정동을 생성할 수 있는 것이다.

'나'는 양옥집에 누워 있어도 새집 사람들의 얼굴 대신 빈민가의 얼굴들이 떠오른다. 양옥집 사람들의 얼굴은 낮잠에서 깨었을 때의 벽과도 같지만 빈민가의 얼굴들은 나의 신체를 나 자신으로 만들어주기 때문이다. 빈민가에서는 얼굴과 얼굴의 교감 속에서 체제의 규율에서 벗어난 교섭이 가능했고 '나'는 무질서와 위험 속에서도 나 자신을 느낄 수 있었다.

반면에 양옥집의 얼굴들은 병원 같은 안정된 규율의 벽에 갇혀 있었다. 그런 규율의 벽이 있기 때문에 무질서한 빈민가와는 달리 양옥집은 깨끗하고 합리적이었다. 내가 잠결에 감지한 양옥집의 벽은 규율의 보호막이자 감성적 질서의 벽이었다. 그 같은 벽의 보호를 받는 양옥집에는 똑같은 시간의 계획된 질서와 똑같은 곡으로 울리는 피아노의 교양이 있었다. 그 집에서는 보이는 것과 들리는 것이 감각의 경계에 의해 빈틈없이 질서화되고 있었다. 그런 감각의 질서와 피아노 소리가 아직도 빈민가에서 무질서하게 떠돌고 있는 '나'를 다시 양옥집으로 데려다 놓는 것이다.

그러나 '나'는 병원처럼 깨끗한 양옥집이 '나'의 영혼을 노인처럼 늙게 만들고 있음을 발견한다. 그 집은 능동적 얼굴을 상실한 곳이자 벌거벗은 비밀을 잃어버린 곳이었다. 문화와 교양이 있는 양옥집은 얼굴에서 벽을 느끼는 '나'의 감성적 부적응 때문에 익숙하지 않은 낯설고 생경한 곳으로 그려진다. 잠결에 느낀 능동성을 소망하는 무의식이 문화와 교양이 있는 양옥집을 생소한 풍경으로 전경화하고 있는 것이다.

그렇다고 창신동의 빈민가가 삶의 활력이 넘치는 능동적인 공간은 아니었다. 빈민가 역시 도시의 하위문화에 속했고 공동체적 세계가 무너진 음습함을 드러내고 있었다. 하지만 그곳에는 아직 도시의 규칙에 얽매이지 않은 얼굴들이 남아 있었다. 딸에게 매질을 하지만 누구보다도 그 애를 사랑하는 절음발이 사내, 천박하게 보이면서도 왠지 친밀감이 드는 창녀 영자, 그리고 술집에서 한순간에 친해진 인부 서씨가 그런 지워지지 않는 얼굴들이었다. 얼굴이 지워지지 않는 것은 빈민가의 사람들이 도시의 냉정한 규율에 예속되지 않은 느슨한 삶을 살고 있기 때문이었다.

그중에서도 가장 기억에 남는 것은 서씨였다. 서씨는 술집에서 만났는데 빈민가의 술집은 감성의 치안에서 벗어난 무질서가 용인되는 공간이었다. 술집에서는 사내들이 떠들어대고 코피를 흘리며 싸움까지 하지만 '나'는 왠지 그것이 혼탁한 풍경으로 보이지 않았다.

빈민가의 술집은 「서울 1964년 겨울」에 그려진 거리의 선술집과는 달랐다. 도시의 선술집에서는 아무리 가까워지려 애써도 좀처럼 거리가 좁혀질 수 없음을 발견한다. 반면에 무질서를 포용한 창신동의 술집에서는 처음 만난 사람이 순식간에 가까워질 수 있었다.

그중의 한 사람이 동대문을 사랑하는 서씨였다. 서씨는 자신이 동대문을 사랑한다며 마치 살아 있는 사람과 친하듯이 친하다고 말했다. 벤야민은 사물(무생물)에서 친밀함을 느끼는 사람은 인간들과의 관계에서도 교감의 능력이 뛰어나다고 논의했다. 비밀을 좋아하는 사람은 자신이 바라보는 대상이 그 시선을 돌려주는 무엇을 품고 있다고 생각한다.[18] 그처럼 사물과의 관계에서 느끼는 교감의 비밀이란 실제로는 인관관계에서의 교섭의 능력을 사물과의 관계에 적용시킨 것이다. 그 때문에 사물에서 인간처럼 비밀을 즐기는 사람은 인간적 교감의 능력 역시 뛰어난 사람인 것이다.

냉정한 도시에서는 인간관계마저 사물 간의 관계처럼 되지만 서씨는

18 벤야민, 『문예비평과 이론』, 230~231쪽.

사물조차 인간처럼 친해지는 비밀을 알고 있는 사람이었다. '내'가 서씨와 쉽게 가까워질 수 있었던 것은 그가 교감의 비밀을 알고 있는 사람이기 때문이었다. 그런 그가 기억하는 교감의 비밀 중에서 가장 은밀한 것이 바로 동대문이었다. 비밀이 있는 동대문은 서씨의 인간적 교감능력의 암시일 뿐 아니라 모든 사람의 오래된 비밀의 보고이기도 했다.

아름다운 동대문은 공동체가 지닌 비밀의 왕궁의 상징이었다. 그러나 밤이 되어야 형광등 조명 아래서 빛나는 동대문은 비밀의 왕궁을 상실했음을 나타내는 유물이기도 했다.[19] 서씨가 동대문을 사랑한다는 것은 상실한 비밀의 왕궁을 기억한다는 것과도 같았다.

동대문을 사랑하는 것은 비밀의 왕궁이란 사람들을 끌어 모으고 힘을 부여하는 능동적 정동의 공간이기 때문이었다. 그러나 서씨는 실상 잃어버린 비밀의 왕궁을 기억을 통해 애써 되살리고 있는 셈이었다. 그처럼 대상의 비밀을 기억(순수기억)을 통해 이미지로 표현하는 것이 바로 은유이다. 서씨의 동대문에 대한 사랑은 은유와 환상을 통해 표현된다.

> 그리고 잠시 후에 나는 더욱 놀라운 광경을 보게 되었다. 서씨가 성벽 위에 몸을 나타내고 그리고 성벽을 이루고 있는 커다란 금고만한 돌덩어리를 그의 한 손에 하나씩 집어서 자기의 머리 위로 치켜올린 것이었다. 지렛대나 도르레를 사용하지 않고서는 들어올릴 수 없는 무게를 가진 돌을 그는 맨손으로 들어올린 것이었다. 그는 나에게 보라는 듯이 자기가 들고 서 있는 돌을 여러 차례 흔들어 보이고 나서 방금 그 돌들이 있던 자리를 서로 바꾸어서 그 돌들을 곱게 내려놓았다.[20]

---

19 낮에는 동대문이 귀신처럼 느껴진다.
20 김승옥, 「力士」, 『김승옥 소설전집』 1, 문학동네, 1995, 83쪽.

서씨의 동대문의 사랑은 능동적 정동을 생성시키는 **순수기억**의 동요이기도 했다. 그러나 현실에서는 그 기억을 자극하는 일들이 사라지고 있었기 때문에 서씨는 매일 밤 반복해서 자신의 존재가 희미해지지 않도록 순수기억을 확인하는 것이다. 현실은 규율화된 시간에 지배되고 있으며 서씨의 반복운동은 심연의 순수기억의 동요를 표현하는 환상으로 나타난다.

서씨의 환상은 동대문을 유물에서 능동적 정동의 공간으로 되돌려 놓는다. 서씨가 밤마다 돌덩이를 자기 머리 위로 치켜올리는 순간은 그의 신체가 '자기 자신'이 되는 힘에의 의지의 시간이었다. 그가 그 초인적인 힘을 발휘하는 것은 개인을 넘어선 능동적인 힘에의 의지의 작용력을 뜻한다. 또한 그 힘이 유지되고 있음을 명부의 선조에게 알리는 것은 그가 선적인 시간 대신 과거가 **반복**되어 지속되는 영원회귀의 시간을 재연함을 의미한다. 서씨는 시계적 시간의 규율이 가장 느슨해진 새벽(두세 시)의 동대문에서 소외된 직선적인 시간을 멈추는 일을 매일 반복하고 있는 것이다.

다만 서씨의 힘이 현실의 삶에서는 쓸 곳이 없어진 점에서 그의 영원회귀의 소망은 잠재적인 차원에 있다. 그의 힘에의 의지가 은유와 환상으로 표현된 것도 그 때문이다.[21] 서씨의 동대문의 사랑은 도시의 합리적 감성의 치안에 밀려 한밤중에만 반복된다.

그러나 '나'는 도시의 어디에도 볼 수 없는 비밀의 기억을 잊을 수 없기 때문에 양옥집의 소외감을 떨치고 비밀의 힘을 재연하려는 충동을 느낀다. 비밀의 힘이란 사람들을 끌어 모으고 무질서 속에서 억눌린 자기 자

21 앞에서 우리는 남대문을 진실의 이중주를 통해 살펴봤다. 여기서는 동대문의 역사가 움직일 때 진실의 이중주가 연주되는 것으로 설명할 수 있다.

신을 표현하게 하는 힘이다. '나'는 서씨처럼 한밤중에 수동적인 규율과 소외된 시계의 시간을 멈추고 싶었다.

'나'는 각성제를 음료수에 타서 몰래 양옥집 식구들이 먹게 하고 한밤중을 기다렸다. 이제 피아노를 꽝 울리면 교양의 감성의 벽이 무너지며 식구들이 억압된 본능의 구원을 얻은 듯이 뛰어나오리라 기대했다. 그러나 '나'를 피아노 앞에서 떼어 내기 위해 방문을 열고 나온 사람은 그 집의 가장인 할아버지 한 사람이었다. 할아버지는 구원의 소리 대신 소음을 들은 게 분명했다. 그는 소음을 치안하기 위한 감성의 조율사이자 규율에서 벗어난 나를 치료하려는 병원장이기도 했다. 그와 함께 '내' 손목을 억세게 잡아끈 그는 서씨를 대신하는 또 다른 역사力士임에 틀림없었다. 서씨가 사람들을 끌어 모으려는 역사[22]라면 할아버지는 사람들을 방으로 분리시키는 역사였다. 피아노 앞에서 떨어지면서 '내'가 느낀 고독은 이제 사람들을 분리된 질서에서 되돌리는 일이 불가능해졌다는 절망감일 것이다.

'나'의 고독의 순간은 양옥집의 활기[23]가 규율(할아버지)에 예속된 대가로 수동적 정동으로만 가능함을 확인하는 때였다. 그것은 이제 도시인들이 신체를 자기 자신으로 느끼며 능동적으로 모여드는 일이 불가능해졌음을 발견하는 때이기도 했다. 단지 고독을 논쟁적인 불화의 감성[24]으로 느낀 '나' 자신만이 상실된 비밀의 정동을 기억해내려는 소망의 힘으로 양옥집과 도시의 삶을 낯선 풍경으로 전경화하고 있다.

---

22 서씨의 사람들을 끌어모으는 힘은 아직 잠재적이다. 그러나 분명히 그에게 매혹된 나를 끌어들이고 있다.

23 이 활기는 규칙을 실천하는 반복으로 느껴지는 활기이다.

24 불화의 감성은 액자 형식의 외화를 통해 공원의 젊은이(내화의 '나')와 '나'의 대화에서 암시된다.

4. 날개에 대한 향수와 에로스의 좌절 –「서울 1964년 겨울」

「역사」가 도시의 방을 낯설게 드러냈다면 「서울 1964년 겨울」은 서울의 거리를 전경화하고 있다. 두 소설에서 익숙한 도시의 풍경을 낯설게 표현하는 원리는 심연에서 능동적 정동을 기억하는 일과 연관된다. 그런데 「서울 1964년 겨울」의 인물들은 「역사」의 '나'에 비해 소외된 도시의 삶에 훨씬 더 익숙해진 사람들이다. 그래서 「역사」에서는 능동성의 기억이 하위문화(빈민가)에 남아 있는 비밀(기억)로 그려진 반면, 「서울 1964년 겨울」에서 능동성의 갈망은 보다 더 힘겨운 시도로 드러난다.

후자의 고독한 인물의 능동적 교섭의 갈망은 밤거리의 선술집을 배경으로 그려진다. 이 소설에서 대학원생 안은 밤거리에 나오면 뭔가가 풍성해지는 느낌이 든다고 말한다. 그 이유는 도시의 낮이 시각적 규율에 지배되는 곳인 반면 밤의 선술집에서는 시각성에서 해방된 미각과 청각을 즐길 수 있기 때문이다. 시각이 사람들을 분리시키고 거리를 만드는 감각이라면 미각과 청각은 간격을 좁히고 사람들을 끌어 모은다. 어떤 것을 본다는 것은 그 대상으로부터 거리를 둔다는 뜻이다. 반면에 미각은 나와 다른 것을 내 안으로 끌어들여 접촉하는 감각이며,[25] 청각은 떨어진 사람들이 스스로 다가오게 만든다.

「서울 1964년 겨울」에서 '나'와 안이 선술집의 대화를 계속하는 것은 '밤거리의 풍성함'이라는 미각과 청각의 욕망 때문이다. 밤거리의 풍성함과 뿌듯함이란 규율화된 도시 공간에서 벗어나 맨얼굴로 가까워지려는 능동적인 기대감이다. 그러나 선술집은 「역사」의 빈민가의 술집과는

25 김보경, 「이상의 성천기행에 나타난 미각적인 것의 의미」, 『2019년도 제2차 한국현대문학회 전국학술발표대회 자료집』. 2019.8.

달리 무질서가 용인되는 공간이 아니다. '나'와 안은 이미 합리적 감성의 질서가 내면화된 사람들이며 무질서의 해방감 속에서 한 순간에 가까워지는 일은 일어나지 않는다.

「역사」는 '내'가 술집에서와도 같은 무질서를 재연해 사람들을 끌어 모으려다 실패한 이야기이다. 도시인들에게는 이미 분리된 방을 치안하는 역사力士의 존재가 내면화되어 있었기 때문이다. 「서울 1964년 겨울」에서 '나'와 안 역시 보이지 않는 역사에게 내면이 관리되고 있는 사람들이다.

그러나 그들은 밤거리의 뿌듯함을 위해 끝없이 대화를 계속한다. 김승옥의 첫 작품 「생명연습」은 도시에서 피폐함을 경험한 청년들이 고향으로 향하며 죽음충동에 시달리는 소설이다. 그들이 죽음충동에 시달린 것은 고향에도 생명성을 느끼게 해주는 누나와의 비밀연대 같은 것이 남아 있지 않았기 때문이다. 죽음충동은 '생명연습'이 실패했다는 고백일 것이다. 그 때문에 이제 도시에 남은 사람들은 불가능한 생명연습 대신 최소한의 생명적 교감의 연습을 한다. 청년들의 생명연습은 어느덧 도시인의 대화연습으로 축소되었다. 「서울 1964년 겨울」의 대화연습은 내면이 관리되고 있는 사람들의 또 다른 생명연습이다.

그런 대화연습은 은유의 연습이기도 하다. '나'와 안의 대화는 생명적인 것의 능동적인 기억으로 이어진다. 그처럼 능동적 정동을 기억해 내어 심연에서 길어 올리는 것을 은유라고 할 수 있다.[26] '나'와 안의 대화의 주제는 날 수 있는 것과 꿈틀거리는 것 같은 생명적인 것의 은유로 계속된다.[27]

---

26 능동적 정동은 비표상적인 것인데 그것을 기억한다는 것은 표상할 수 없는 것을 표상으로 드러내는 은유의 의미작용이라고 할 수 있다.

27 생명적인 것을 생각하는 것은 누나와의 비밀동맹 같은 비밀에 다가가면서 능동성을 되찾고 서로 가까워지기 위해서이다.

마치 「날개」의 결말에 이어 붙이듯이 이 소설의 생명성의 대화는 '날 수 있는 것'으로 시작된다. 그러나 이 은유연습은 날개의 은유에 미치지 못한다. 이상의 「날개」에서는 가장 고통스러운 시간에 주인공이 '날개'를 외치는 것이 인상적이다. 반면에 김승옥의 「서울 1964년 겨울」에서는 '날개'를 소망하면서도 그 능동성의 의지가 더 없이 축소된 삶이 그려진다. 이 소설에서 '나'는 대학원생 안에게 "파리를 사랑하십니까"라고 묻는다. 안이 "아니요"라고 대답하자, '나'는 날 수 있는 것 중에 손으로 붙잡을 수 있는 유일한 것이 파리여서 파리를 사랑한다고 말한다.[28] '내'가 사랑하는 파리는 소시민적으로 위축된 '날개'의 대용물이다.

이 소설에서는 능동성을 갈망하는 비슷한 대화가 계속된다. 이번에는 안이 '나'에게 "꿈틀거리는 것을 사랑하십니까?"[29]라고 묻는다. '파리'가 날개에 대한 항수라면 '꿈틀거리는 것'은 청년에 대한 항수이다. 이 소설은 파리와 꿈틀거리는 것에 대한 대화로 시작해서 "우리 분명히 스물다섯 살짜리죠?"라는 질문으로 끝난다.

'나'와 안은 능동성을 상실한 서울의 삶에서 아직 남아 있는 잔여물(대상 a)을 찾아보려 계속 시도한다. 서울은 '모든 욕망의 집결지'이지만 그런 욕망은 '날개'와 청춘을 보상하지 못한다. 안은 그 모든 것이 가짜라는 뜻으로 "우리가 거짓말을 하고 있다고 생각하지 않으십니까?"라고 묻는다. 그러나 '나'는 자신의 이야기는 진짜라고 반박한다. 안이 가짜라고 생각하는 이유는 이야기가 오 분도 안 되어 끊어지기 때문이다. 파리와 꿈틀거리는 것은 날개와 청년과는 달리 **생명의 지속성**[30]을 상실한 주제였던 것이다. 그

28 김승옥, 「서울 1964년 겨울」, 『김승옥 소설전집』 1, 203쪽.

29 위의 책, 204쪽.

30 '지속'(베르그송)은 생명적 존재의 특징이며 베르그송의 지속은 순수기억에 상응한다.

러나 '나'는 상실한 것에 대한 향수만은 진짜라고 생각했을 것이다.

이 소설의 대화연습은 실상 지속의 상실을 알리는 신호이기도 했다. 베르그송은 생명적인 것만이 지속의 특권을 지닌다고 말했다. 물건과 상품은 단절을 통해 새로워지지만 생명적인 것은 지속을 통해 현재와 교섭하면서 창조적인 것을 생성한다. 두 사람이 대화를 지속시키려는 것은 그들이 물건들과는 달리 지속을 통해 생명적 능동성을 지님을 확인하고 싶었기 때문이다. 그렇게 함으로써 규율에 예속된 선적인 수동적 시간을 멈추고 '대화연습'을 '생명연습'으로 만들고 싶었던 것이다.

그러나 대화는 다시 끊어지고 청년의 꿈틀거림도 멈춰졌다. 그들이 겪은 '오분 이내'의 지속의 상실은 내면이 관리되면서 시작된 비밀의 상실과 연관이 있다. 비밀이란 규율화된 맥락에 침범되지 않은 틈새에서 진정한 교감을 가능하게 해주는 순수기억의 메아리이다. 규율화된 시선은 그런 되돌아오는 응답과 상호 교섭을 보지 못한다. 규율에 의해 내면이 관리된다는 것은 순수기억이 빈약해지고 순수기억의 보고인 비밀을 상실했음을 뜻한다. 반면에 「역사」에서 '나'와 서씨가 가장 가까워진 순간은 서씨가 보물을 캐는 소년처럼 '나'에게 동대문의 비밀을 보여줬을 때였다.

마치 그것을 감지하기라도 한 듯이 「서울 1964년 겨울」의 두 사람은 서로 비밀을 말하기 시작한다. '나'와 안은 자신들만이 알고 있는 비밀을 말하면서부터 갑자기 대화에 활기를 띠고 있었다. 벤야민이 말했듯이 사물이 품고 있는 비밀을 안다는 것은 인간관계에서의 교섭의 열망이 증폭된 사람의 증표이다. 비밀은 대상을 선적인 시간의 도구로부터 구출해 생명적인 것으로 만들어준다. 비밀이 말해지는 순간 사물들과 인간들은 인간적 유대가 가능했던 비밀의 왕궁의 시대로 귀환하게 된다. 「역사」에서 서씨는 유물화된 동대문을 살아 있는 것으로 만드는 비밀을 보여줌으로써 나와의 친밀성의 유대를 증폭시킨다. 그와 비슷하게 「서울 1964년 겨울」의 '나'와 안은 비밀을 말하며 서로를 가까워지게 하면서 대화를 지속시킨다.

'나'는 "을지로 3가의 한 술집에 미자라는 여자의 빈 술병에 돈이 백십 원 들어 있다"고 말한다. 그러자 안은 "그 얘긴 완전히 김형의 소유"라면 '나'를 존중하는 말을 한다. 비밀은 마치 '나'의 자아의 빈곤함을 구원해주는 재산과도 같다.[31]

그러나 비밀은 두 사람을 규율 세계의 도구로부터 잠깐 동안 구원해주지만 그 이상은 효력이 없었다. 비밀이 강렬한 것은 비밀의 왕궁으로 귀환하듯이 사물들조차 생명적 존재로 되돌려 주기 때문이다. 반면에 그들의 사소한 비밀은 생명성을 증폭시키고 지속시킬 만큼 강력하지 않기에 오 분 이상 동안 규율화된 시간을 멈출 수 없었다.

두 사람의 대화가 비밀이면서도 비밀이 아니듯이 그들은 가까워지려 하면서도 가까워지지 못한다. '나'와 안은 생명적 지속을 느껴보려 하지만 생생한 대화를 지속시키지 못한다. 그들은 규율화된 시간을 멈춰보려 하면서도 실제로는 멈추지 못한다.

그때 끼어든 것이 힘없는 아저씨였다. 이 소설에서 힘없는 아저씨가 중요한 것은 그야말로 가장 활기찬 사람이었기 때문이다. 외판원인 그는 아내가 죽었기 때문에 풀이 죽어 있지만, 이 힘없는 음성의 아저씨는 힘에의 의지를 갈망하는 사람이기도 했다. 그가 '나'나 안과 다른 점은 죽은 아내에 대한 사랑으로 심연에 능동적 정동의 기억을 갖고 있다는 점이었

---

31 이상은 「실화」에서 '비밀이 없다는 것은 재산이 없다는 것처럼 가난하고 허전한 일'이라고 말한다. 이상, 「실화」, 『이상전집』 2, 태학사, 2013, 155 · 167쪽.

다. 아내에 대한 사랑과 그녀의 죽음의 기억은 과거의 시간이 아니라 그의 존재의 일부가 되어 있었다. 사랑과 상처의 기억을 지닌 그는 두 사람('나'와 안)과는 달리 활기찬 교섭의 의지를 지속시키고 있었다.

아저씨가 동행하면서부터 세 사람은 밤거리의 산책자가 되었다. 밤거리에 나오면 사물을 멀리 두고 보는 안은 산책자적 거리를 좋아하는 사람이었다. 그러나 도시의 밤을 즐기는 욕망을 지닌 그는 1930년대의 목적을 잃은 산책자와는 달랐다. 그런데 아저씨가 끼어들자 세 사람은 목적지를 잊은 채 배회하는 진짜 산책자가 되었다. 다만 1930년대의 산책과 다른 점은 고독한 배회가 아니라 **세 사람의 산책**이라는 점이었다.

이상이나 박태원은 고독을 즐기는 산책자였지만 1960년대의 산책은 모임을 즐기는 배회였다. 그러면서도 세 사람이 산책자인 것은 이상이나 박태원처럼 군중에서 거리를 두고 도시의 선적인 시간에서 이탈한 응시의 욕망을 지녔기 때문이다. 다만 도시의 규율화된 선적인 시간에서 벗어나려는 아저씨는 사람들을 모래알처럼 만드는 시간을 멈추고 일행과 함께 하려는 특이한 욕망의 산책자였다.

아내가 죽은 후 삶이 끝난 것과 같았기 때문에 아저씨는 나머지 시간을 일상에서 벗어나 아내를 애도하려고 했다. 아내는 돈이 없어서 고독하게 죽었기 때문에 그는 아내를 위해 돈을 쓰면서 사람들 간의 유대를 느끼고 싶었다. 아저씨는 일행과 함께 하려면 돈이 필요함을 알고 있었지만 그의 진정한 소망은 돈과 상관없는 인간적 유대를 느끼는 것이었다. 애도이기도 한 아저씨의 산책은 1930년대 이상과 달리 돈을 쓰는 산책이었다.

아저씨는 "이 돈이 다 없어질 때까지 함께 있어 주시겠어요?"라며 "멋있게 한 번 써봅시다"라고 덧붙였다. 그는 양품점, 귤 노점상, 불붙은 미용학원을 전전하며 그 때마다 아내에 대한 기억을 떠올린다. 애도란 죽은 사람으로 인해 구멍 뚫린 내면을 세상의 모든 관계들의 총체성으로 메우는 행위이다. 이제 아내는 어디에도 없지만 모든 곳에 다 있기도 한 셈이었다.

아저씨의 애도를 위한 산책은 아내에 대한 능동적 정동(사랑)의 기억으로 인해 두 사람과 달리 매우 지속적이었다. 그와 함께 그는 돈이란 수단일 뿐 아무리 돈을 써도 애도가 충분하지 않다는 것을 알고 있었다. 그래서 그의 마지막 애도는 남은 돈을 모두 불 속에 던져 넣는 것이었다.

아저씨의 마지막 애도는 돈의 규율에서 벗어나려는 무질서의 욕망이기도 했다. 무질서의 욕망은 사람들을 분리시키는 시간과 돈의 규율에서 벗어나려는 혼돈의 욕망이기도 했다. 마치 「역사」에서 '내'가 한밤중에 소음을 낸 것처럼 아저씨는 도시의 감성의 질서에 소음을 내고 있었다. 그런 소음의 욕망은 고독하게 분리된 사람들을 함께 모으려는 욕망이기도 했다. 아저씨는 돈을 던져버린 후 더욱 일행과 같이 있고 싶어 했다.

> "나 혼자 있기가 무섭습니다." 그는 벌벌 떨며 말했다.
>
> "곧 통행금지 시간이 됩니다. 난 여관으로 가서 잘 작정입니다." 안이 말했다.
>
> "난 집으로 갈 겁니다." 내가 말했다.
>
> "함께 갈 수 없겠습니까? 오늘밤만 같이 지내주십시오. 부탁합니다. 잠깐만 저를 따라와 주십시오." 사내는 말하고 나서 나를 붙잡고 있는 자기의 팔을 부채질하듯이 흔들었다. 아마 안의 팔에 대해서도 그렇게 했으리라.
>
> (…중략…)
>
> "모두 같은 방에 드는 것이 어떻겠어요?" 내가 다시 말했다.
>
> "난 지금 아주 피곤합니다." 안이 말했다. "방은 각각 하나씩 차지하고 자기로 하지요."

"혼자 있기가 싫습니다." 아저씨가 중얼거렸다.

"혼자 주무시는 게 편하실 거예요." 안이 말했다.

우리는 복도에서 헤어져서 사환이 지적해준, 나란히 붙은 방 세 개에 각각 한 사람씩 들어갔다.[32]

아저씨의 애도는 완전히 성공했다고 볼 수 없고 그는 그 후유증으로 찾아들 죽음충동을 예감하고 있었다. 가난이 고독임을 알고 있는 아저씨는 누군가와 같이 있어야만 아내에 대한 애도가 지속될 수 있음을 알고 있었다. 그러나 같이 있고 싶은 무질서의 욕망으로 돈을 내던졌지만 안은 돈을 다 썼다는 이유로 헤어지려 하고 있었다.

'무질서의 욕망'과 표리를 이룬 '같이 있고 싶은 욕망'은 안의 거절에 의해 무산된다. 일행 중에는 「역사」의 할아버지 같은 역사力士가 없었지만 무언가가 두 사람을 아저씨로부터 떼어내어 방으로 흩어지게 하고 있었다. 역사는 없었지만 더 무서운 역사, 도시인에게 내면화된 냉혹한 감성의 질서가 있었던 것이다.

그날 밤의 대화연습과 산책연습은 결국 실패한 셈이었다. 두 사람의 대화와 세 사람의 산책은 아저씨의 죽음으로 수포로 돌아갔다. 죽음 앞에서 '날 수 있는 것'과 '꿈틀거림', '아내의 비밀'이 무슨 소용이 있는가. 다만 '나'와 안은 스물다섯 살짜리가 너무 늙어버린 것 같다는 생각에서 아저씨 같은 두려움을 느끼고 있었다. 그런 방식으로 두 사람은 상실된 사랑의 비밀의 아득함에 기대어 밤거리의 도시의 풍경을 전경화하고 있었다.

---

32 김승옥, 「역사」, 『김승옥 소설전집』 1, 220~222쪽.

5. 비밀의 주문과 불화의 발견 –「염소는 힘이 세다」

「역사」가 도시의 방을 그리고 있고 「서울 1964년 겨울」이 거리를 보여준다면 「염소는 힘이 세다」는 집과 거리를 같이 묘사한다. 「염소는 힘이 세다」에서의 집은 양옥집보다는 창신동의 빈민가에 더 가깝다. 이 소설에서는 빈민가의 얼굴들마저 새로운 거리의 힘에 밀려 차츰 규율화되는 과정이 그려진다.

그런 집밖에서의 힘에 대항하는 것은 '나'의 애니미즘적 상상력과 '염소의 힘'의 반복되는 주문이다. 이 소설에서 전체적으로 통일감을 부여하는 것은 '염소는 힘이 세다'라는 주문 같은 반복이다. 소설의 전개는 염소가 죽고 집밖의 힘에 의해 '내'가 상처를 입는 과정이지만 '염소'의 반복은 아직도 '내'가 거리의 힘에 굴복하지 않았음을 암시한다.

반복은 고통 받는 사람이 붕괴된 자아를 일으켜 세워 능동성을 회복하려는 시도이다.[33] 반복이 그처럼 힘에의 의지를 표현하는 것은 영원회귀에 대한 믿음 때문이다. 「역사」에서 서씨가 매일 밤 반복해서 동대문을 조립하는 것은 자신의 존재를 명부에 전하기 위해서이다. 서씨는 그런 영원회귀의 비밀에 기대어 힘에의 의지를 확인하고 '나'와의 거리를 끌어당기고 있다.

「염소는 힘이 세다」에서 염소의 반복 역시 마찬가지이다. 아직 소년인 '나'는 서씨처럼 힘을 보여주는 대신 염소의 주문을 반복한다. 우리가 '나'(소년)의 반복에 이끌리는 것은 '내'가 꿈에서 본 애니미즘적 세계의 영원회귀의 비밀 때문이다. '내'가 '염소는 힘이 세다'라고 외치는 순간은

---

33 들뢰즈, 김상환 역, 『차이와 반복』, 민음사, 2004, 35~46쪽.

마치 서씨가 동대문의 돌덩이를 들어 보이는 순간과도 같다. 그 순간 서씨가 신비스러운 역사로 보인 것처럼 '나'의 반복의 순간 우리는 비밀의 주문에 빠져들며 '나'에게 끌려들어간다.

물론 염소는 죽었으며 '나'의 빈민가는 서씨의 창신동보다도 더 무력하다. 「염소는 힘이 세다」는 빈민가에까지 개발이 진행된 풍경인 점에서 「역사」의 후속편이라고 할 수 있다. 「염소는 힘이 세다」의 동대문에는 서씨 같은 역사가 없으며 그 대신 성장의 문턱에 있는 '내'가 염소의 꿈을 꿀 뿐이다.

그러나 보물을 찾는 소년 같은 서씨가 사라졌다고 비밀에 대한 기억이 없어진 것은 아니다. '나'는 처음에 힘이 센 염소가 죽었으므로 우리 집엔 힘센 것이 없고 힘은 집밖에 있다고 생각한다. 그러나 차츰 '나'는 염소는 죽어서도 힘이 세다고 생각이 바뀐다.

염소가 죽어서도 힘이 센 것은 사람들을 우리 집(식당)으로 끌어들이기 때문이다. 또한 염소는 식당 안에 들어온 사람들의 몸을 뜨뜻하게 만들어준다. 이처럼 힘에 대한 갈망은 사람들을 끌어 모으고 신체를 능동적으로 만들어주기 때문에 생긴다.

그런데 힘의 비밀에는 '나'도 잘 모르는 두 가지가 있었다. 힘은 사람들을 끌어 모으고 능동적으로 만들어주기도 하지만, 신체와 정신에 상처를 입힌 후에야 사람에게 능력을 부여하는 또 다른 힘이 있었다. 전자가 염소가 갖고 있던 능동적인 힘이라면 후자는 거리의 규율에 예속된 후에 얻는 수동적인 힘이다.

'나'는 식당을 못하게 하려는 사람이 우리 집에 들어왔을 때 그가 힘이 센 사람임을 직감한다. 염소가 왜 그런 사람조차 우리 집에 끌어들였는지 '나'는 이유를 알 수 없었다. '나'는 아직 염소의 힘과 집밖의 힘이 어떻게 다른지 잘 알지 못한다. 다만 염소의 주문의 힘에 대비되어 차츰 전경화되는 도시의 풍경을 통해 독자가 짐작할 뿐이다.[34] 「염소는 힘이 세다」는 **염소의 힘**과 **거리의 힘**이라는 두 가지 힘에 대한 논쟁적인 불화의 기록이다.

'나'는 눈이 많이 내린 날 염소가 살았을 때 우리로 쓰던 헛간으로 갔다. 그곳으로 연탄을 가지러 갔던 누나가 오지 않아 누나와 연탄을 찾으러 갔던 것이다. '나'는 그곳에서 합승 정거장의 남자가 누나에게 상처를 입히는 장면을 목격한다.

죽은 염소가 살던 곳에서 '나'는 남자에게 누나를 빼앗긴 것이다. 그 후 일요일 낮 누나가 보이지 않아서 '나'는 누나를 찾아 나서게 된다. 동대문까지 갔지만 누나는 보이지 않았고 지저분한 골목에는 여관 간판이 많이 눈에 띄었다.

> 그래도 혹시나 하고 나는 교통순경의 눈을 피하여 동대문의 쇠창살을 넘어 들어가서 돌계단을 밟고 올라가 숭인동 쪽 거리와 서울운동장 쪽 거리를 내려다보았다. 사람들이 너무 많아서 아무것도 보이지 않는 형편이었다. 동대문 건물 속의 음산한 마루에만, 거기에 귀신이 숨어 있는 것 같은 느낌이 자꾸 들어서, 신경이 쓰였다. "이놈!" 하고 성벽 아래에서 누가 외쳤다. 내려다보니 교통순경이 나에게 내려오라는 손짓을 했다. 나는 겁이 나서 다른 쪽으로 도망갈 수가 없을까 하고 사방을 두리번거렸다.[35]

---

34 1인칭 어린이 화자가 등장하는 이 소설은 내포작가와 내포독자가 비밀교신하는 아이러니적 의사소통 구조를 지니고 있다.

35 김승옥, 「염소는 힘이 세다」, 『김승옥 소설전집』 1, 257쪽.

나는 동대문에 돌계단을 밟고 올라가 거리를 살폈지만 누나는 보이지 않았다. 동대문에는 모든 것을 다 해결해줄 것 같은 역사力士는 없었으며 그곳에 귀신이 숨어 있는 것 같은 느낌만 들었다.[36] 염소가 죽었듯이 동대문의 역사도 사라진 것이다. 동대문의 역사가 사라져 버린 것과 함께 '나'는 누나가 자기에게 상처를 입힌 '그놈'(검차원)에게 웃는 얼굴을 보이는 것을 목격한다. 이제 체제와 권력의 맥락에서 자유로운 얼굴이 없어진 대신 누나는 타협의 웃음을 웃고 있는 것이다.

누나는 자신에게 상처를 준 남자에게 웃음을 보인 대가로 합승의 차장이 될 수 있었다. 염소가 죽은 후 우리 집에 힘이 센 것이 없어진 대신 누나가 힘을 얻게 된 것이다. '나'는 염소가 죽어서도 누나에게 힘을 생기게 했다고 생각한다.

'나'는 누나의 힘이 자본주의의 기제에 예속된 수동적인 생활의 힘임을 알지 못한다. 합리적 세계에 어떤 지시적 맥락도 갖지 않는 '염소의 힘'은 몸 자체로부터 나오는 능동적인 것이다. 반면에 누나의 힘은 신체가 거리의 규율에 예속된 대가로 얻은 수동적인 것이다.

그런데도 염소의 힘을 믿는 '나'는 누나의 힘도 염소의 상상력을 통해 생각한다. '나'는 누나가 취직해 처음 합승을 타고 가는 모습을 보러 나서며 가슴이 뛰고 얼굴이 달아오른다. "염소는 죽어서도 힘이 세다. 어쨌든 누나를 힘세게 만들어 주었"[37]으니까 말이다.

그처럼 '나'는 누나를 받아들였지만 '그놈'을 받아들인 것은 아니다. 누나를 인정함으로써 우리 집의 희생자의 운명을 능동적 정동으로 감싸는

---

36 앞에서 살핀 남대문의 '진실의 이중주'의 연장선상에서, 동대문의 역사가 움직일 때 진실의 이중주가 연주되며 역사가 사라질 때 진실의 작동이 멈추는 것으로 말할 수 있다.

37 김승옥, 「염소는 힘이 세다」, 『김승옥 소설전집』 1, 259쪽.

한편, 그놈이 아니라 염소가 누나를 취직시켜준 것이라고 생각하기로 한 것이다. '나'는 그놈과 화해할 수 없으며 그런 불화를 발견한 채 누나에게 염소의 힘이 전염되었길 바라고 있는 것이다.

여전히 계속되는 그놈에 대한 적개심은 이제 죽은 염소가 준 새로운 힘(노동자)의 입장에서 지속될 것이다. 다만 「염소는 힘이 세다」에서 누나의 새로운 힘의 정체성은 명료하게 제시되지 않는다. 그 점에서 이 소설에서의 힘에의 의지는 「역사」에서처럼 잠재적 차원에 있다. 그에 따라 '염소'의 반복으로 표현된 영원회귀의 소망 역시 동경의 수준에 있다.

염소의 주문이 동경으로 느껴지는 만큼 이 소설에서는 거부할 수 없는 냉정하고 무서운 힘의 세계가 차츰 전경화된다. 그러나 비밀의 주문이 '내'가 성장한 후에도 계속된다면 동대문에서 사라진 역사가 누나의 힘을 통해 다시 나타날 수도 있을 것이다. 「염소는 힘이 세다」는 우리에게 그런 양가성의 감각을 제공하면서 불화를 발견하게 하는 소설이다.

「역사」, 「서울 1964년 겨울」, 「염소는 힘이 세다」는 비밀의 상실에 절망한 후 악의 발견으로 나아간 「건」과 달리 불화를 탐색하는 소설들이다. 전자의 소설들에서 불화를 탐색할 수 있는 것은 아직 심연에 화해의 소망이 남아 있기 때문이다. 이 소설들은 신체의 깊은 곳에서 능동적 정동의 기억을 길어 올림으로써 그 몸의 기억을 배반하는 도시의 일상을 낯설게 드러낸다.

그 때문에 세 소설에서 냉혹한 도시를 전경화하는 과정은 심연의 능동적 정동을 퍼 올리는 일과 구분되지 않는다. 능동적 정동을 길어 올린다는 것은 사람들을 끌어 모으는 힘에 대한 갈망에 다름이 아니다. 빈민가의 소년 같은 역사의 비밀이었던 힘에의 의지는 아내를 잃은 아저씨의 무질서의 욕망을 거쳐 소년의 반복적인 비밀의 주문이 되었다. 이처럼 힘에의 의지가 애니미즘적 상상력으로 축소될수록, 도시의 풍경은 '분리의 규율'에서 '죽음의 방관'과 '누나의 상처'로 더 아프게 전경화된다.

그러나 김승옥 소설이 수동적 분리의 감성의 질서에 대한 굴종을 나타내는 것은 아닐 것이다. 익숙한 풍경을 낯설게 전경화한다는 것 자체가 이미 규율화된 감성의 질서의 장벽을 부수는 일이기 때문이다. 현실의 삶이 냉혹해질수록 장벽을 깨는 주문은 더 은밀해진다. 비록 반복의 주문을 거는 사람이 역사(「역사」)에서 소년(「염소는 힘이 세다」)으로 바뀌었으나, 상실된 비밀을 되살리려는 능동적인 리듬은 시적 생명력을 더 증진시킨다.[38] 「염소는 힘이 세다」는 산문적으로는 다가오는 도시의 비인간적 풍경을 전경화하고 있지만, 염소와 교섭하는 시적인 몸의 리듬을 통해 영원회귀를 갈망하는 잠재적인 힘에의 의지가 사라지지 않을 것임을 암시하고 있다.

따라서 김승옥 소설의 낯설게 하기 미학은 분리의 힘과 힘에의 의지 사이의 간섭 효과라고 할 수 있다. 김승옥은 도시의 분리의 규율이 다가올수록 사람들을 끌어 모으게 하는 비밀의 잔여물(대상 a)을 기억해 내려 하고 있었다. 「역사」에서는 양옥집의 고독한 풍경에 맞서서 역사를 떠올렸으며, 「서울 1964년 겨울」에서는 힘없는 아저씨와의 동행을 통해 마지막으로 힘 있게 꿈틀거려 보려 시도했다. 그리고 「염소는 힘이 세다」에서는 '염소'를 반복하는 시적 리듬을 통해 비정한 도시의 감성을 뒤흔드는 감수성의 혁명을 수행한다. 힘에의 의지의 동경을 유지시키는 것은 동대문, 꿈틀거리는 것, 염소라는 대상 a의 은유이다. 김승옥의 대상 a의 은유는 세상을 변혁하지는 못했지만 사람들을 단절시키는 감성의 벽

---

38 김승옥은 「염소는 힘이 세다」가 산문시의 실험이었음을 고백했다. 김명석, 『김승옥 문학의 일상성과 감수성』, 푸른사상, 2004, 45쪽.

을 변혁하고 있었다. 감각의 혁명은 도시가 냉혈한으로 굳어지지 않도록 끝없이 대상 a를 기억해 내어 가짜 힘의 수면 밑에서 진짜 힘에의 의지가 작동되고 있음을 알리는 반복의 주문이었다.

제9장

반복의 공명

여성은 어떻게 말을 하는가

1. 여성적 반복운동과 타자를 포용하는 타자

수동적 신체를 능동적으로 상승시키는 반복운동은 체계의 규범에서 미끄러진 틈새 공간에서 생성된다. 이상은 19세기와 20세기의 틈새에서 순수기억의 반복운동을 통해 박제화된 신체에서 날개의 소망을 감지한다. 또한 김승옥은 동대문과 근대적 도시의 사이에서 누나의 사건을 겪으며 '염소는 힘이 세다'라는 반복의 주문을 외친다. '날개'와 '염소는 힘이 세다'의 외침은 비오이디푸스적 문화와 서구적 상징계의 틈새에서 힘에의 의지와 능동적 삶을 갈망하는 반복운동이었다고 할 수 있다.

식민지를 경험한 사람 이외에 체계의 여백에서 '반복'에 민감한 감각을 지닌 또 다른 존재는 여성이다. **피식민자**가 비오이디푸스적 공간과 서구적 상징계의 틈새에 있다면 **여성**은 전오이디푸스적 공간과 남성중심적 상징계 사이에 있다. 여성은 남성중심적 세계에서 아무도 모르는 인격의 식민지인 동시에 다수체계적인 틈새에서 본능적으로 반복운동을 하는 존재이다.

남성중심적 상징계에 진입할 때 남겨진 여성의 잔여적 공간을 크리스테바는 기호계라고 불렀다. 전오이디푸스적인 기호계를 버리지 못한 여성은 남성적 상징계에서 주변화된 존재인 동시에 체계의 억압을 넘어설 틈새를 갖고 있다. 여성적 표현에서 중요한 것은 상징계와 기호계의 상호텍스트성 속에서 생성되는 틈새 공간이다. 크리스테바가 말했듯이 단순히 기호계로 돌아가는 것은 해방이 아니며 죽음충동의 위험마저 지닌다.[1] 그와 달리 여성은 잔여적 공간을 내포함으로써 상징계와 기호계 사이의 틈새에서 반복운동을 통해 새로운 삶의 소망을 생성시킬 수 있다. 체계의 틈새에서의 여성적 반복운동은 자신을 죽음충동이냐 에로스냐의 갈림길에 놓이게 한다.

그런 여성적 반복운동은 상징계에서의 타자의 위치와도 연관이 있다. 우리는 상징계에서 주변화된 실재계적 존재를 타자라고 불렀다. 그런데 근대적 체계는 모두 남성중심적이기 때문에 여성은 존재 자체로서 평생을 타자로 살아야 할 운명에 놓여 있다. 더욱이 그런 타자의 위치를 아무도 말하지 않는 탓에 일상적 삶이 정상적으로 작동되는 듯이 느끼며 지낸다.

하지만 여성적 타자의 위치는 반복운동에 민감한 감각을 통해 무의식적으로 드러난다. 타자란 고통 속에서 운명적으로 반복운동을 하는 존재이다. 여성은 서발턴처럼 재현적인 말을 잘 하지 못하는 대신에 고통의 감성을 반복운동을 통해 표현한다. 여성이란 규범적 언어로 시각적 재현을 하기보다는 틈새 공간에서 촉감과 리듬의 반복을 통해 자신을 표현하는 존재이다. **여성적 반복운동**은 합리적이고 지배적인 언어가 아니라 리

1 팸 모리스, 강희원 역, 『문학과 페미니즘』, 문예출판사, 1997, 245쪽.

비도의 진동에 따르는 리듬이나 촉감적인 직접성으로 표현된다.[2] 그런데 여성 타자의 예민한 감각은 거기서 더 나아가 다른 타자의 반복운동에 호응하는 능력으로 나타난다.

오늘날은 사건의 희생자인 타자의 고통(반복운동)에 대한 공감력이 약화된 시대이다. 그런데 여성은 자신이 타자이면서도 다른 타자를 끌어안는 특별한 능력을 지니고 있다. 이리가레이에 의하면, 여성의 몸은 아무런 거부감 없이 자신 안에 생명이 자라도록 관용하는 특수성을 갖고 있다.[3] 여성은 타자로서 스스로의 고통을 호소 하지만 그런 가슴의 반복운동은 일상에서 아무도 듣지 않는다. 그러나 여성 자신은 다른 타자를 포용하며 일상의 사람들은 반응하지 않는 가슴의 동요를 증폭시킨다. 반복운동이란 체제의 억압에서 벗어나 신체의 능동적 생명력을 회생시키려는 충동이다. 그런데 여성의 몸은 다른 생명을 품어 안아 자신과 타자의 가슴의 동요를 증폭시키는 민감한 반복의 특성을 갖고 있다. 오늘날처럼 현실에서 반복의 사유와 춤이 침묵하는 시대에 여성의 유연한 이중주와 여성적 연대가 중요한 이유는 여기에 있다.

반복의 사유가 약화된 시대는 반복에 민감한 여성의 몸이 쉽게 희생되는 세상이기도 하다. 여성은 그런 상황에서 자신의 몸이 상품물신의 대상이 된 순간 놀라운 반전을 일으킨다. 예컨대 김이설의 「엄마들」에서는 상품사회의 희생자가 된 두 여자가 서로 연대를 맺는 진행이 그려진다.

신자유주의는 감정과 소통, 욕망 같은 인격성의 영역마저 상품화되는

---

2 팸 모리스, 위의 책, 207쪽. 식수는 여성의 말장난, 비유, 리듬, 소리패턴을 남성적인 단일한 동일성 논리와 대비시킨다. 우리는 식수의 표현을 여성적 반복운동의 특징으로 해석할 수 있다.

3 이리가라이, 박정오 역, 『나, 너, 우리』, 동문선, 1996, 43쪽; 박정오, 「새로운 상징질서를 찾아서」, 이리가라이, 『근원적 열정』, 동문선, 2001, 148쪽.

사회이다. 그처럼 모든 것이 교환가치화된 세상에서 특히 여성은 남성적 욕망을 위한 상품물신화에 취약한 대상이 된다. 여성은 성노동과 감정노동을 떠맡는 것은 물론이고 일상의 삶 자체가 '시장에 내놓은 물건'처럼 영위된다.[4]

「엄마들」에서는 여성 신체의 상품화의 극단으로 임신노동과 결혼노동이 그려진다. 이 소설에서 '나'는 아버지가 빚을 지고 도주한 후 오천만원이 필요해 어쩔 수 없이 대리모 광고를 올린다. 대리모는 아이가 필요한 남성의 욕망을 만족시키기 위해 여성의 신체와 자궁을 빌려주는 임신노동이다. 양극화 사회에서 극단적 궁핍에 놓인 '나'는 생계를 위해 자신의 몸과 자궁을 시장에 내놓은 것이다.

임신노동은 성 노동처럼 신체를 죽음의 위협에 맡기고 감정적 소모를 각오해야 하는 대리적 노동이다. 대리노동은 한 생명이 다른 생명과의 접촉을 필요로 하기 때문에 복잡한 감정적인 연루상태를 피하기 어렵다. 그런데 그런 인간적 접촉에도 불구하고 대리로 신체를 제공하는 상황 때문에 물건처럼 감정적 연루에서 단절할 것이 요구된다.[5] 임신노동은 신체의 위협을 무릅쓰는 죽음정치적 노동[6]일 뿐 아니라 상품계약에 의해 감정적 단절을 요구하는 인격성 영역의 폭행을 포함한다.

대리모를 부탁한 여자는 '나'의 신체가 상품임을 환기시키려는 듯이 매번 '내'게 쌀쌀하게 대했다. 그러나 여자와 몇 번 만나는 중에 '나'는 그녀 역시 혼인을 생계수단으로 삼는 일종의 결혼노동을 하고 있음을 알게 된

---

4 박정오, 「새로운 상징질서를 찾아서」, 『근원적 열정』, 148쪽.

5 이진경, 『서비스 이코노미』, 소명출판, 52~54쪽.

6 죽음정치적 노동이란 노동이 수행되는 과정이나 이후에 신체가 처분가능한 상태에서 죽음의 위협 아래 놓여지는 노동을 말한다. 위의 책, 39~45쪽.

다. 여자는 아이가 있어야 이혼당하지 않고 결혼을 계약처럼 유지할 수 있기 때문에 대리 임신을 부탁한 것이다.

결혼마저 교환가치화하는 사회의 냉혹성을 알고 있는 여자는 '나'처럼 사랑이 불가능해진 계약사회의 희생자였다. 임신노동과 결혼노동은 생계를 위해 여성의 신체와 인격을 계약상품으로 만들어야 하는 사랑이 불가능한 사회의 노동형식이다. 그 때문에 남성을 위한 계약의 수행을 위해 쌍둥이 자매처럼 두 벌씩 쇼핑을 하고 클래식을 듣고 순산체조를 하면서 두 사람은 기이한 유대감을 느끼게 된다.

그런데 여자와 '내'가 결정적으로 가까워진 것은 '나'의 배에서 태동을 느끼면서부터였다. 입덧을 할 때는 남의 수정란을 내 자궁이 떠맡는다는 생각에 역겨웠지만 태동 때는 그때와 달랐다. 아이의 심장의 박동은 기쁘면서도 슬펐으며 흉측하면서도 섬뜩한 감동이 있었다. 더욱이 여자는 '내' 배에서 태동을 듣기 위해 뒤에서 내 어깨를 안으며 부른 배로 포옹하는 자세를 취했다.

아이의 태동은 고객의 수정란이 '나'의 자궁을 상품으로 이용하고 있음을 확신시켰기 때문에 '나'는 여전히 흉측한 감정을 피할 수 없었다. 하지만 그 순간은 여성의 본능적 감각으로 몸속에 품은 생명의 동요를 확인한 시간이기도 했다. 한쪽에서는 '나'의 자궁을 상품으로 만드는 진행이 절정에 이르렀지만 다른 쪽에서는 생명의 박동을 품어 안는 여성적 유연성이 느껴지고 있었다. 이리가레이의 말처럼 여성 타자는 다른 타자를 품어 안아 출산하는 특유의 포용력과 관용성을 갖고 있다. '내'가 느낀 감동은 몸 안에 품은 다른 생명의 박동에 공명하는 여성적 반복의 감각에 의한 것이었다. 반복운동이란 딱딱한 물건이 된 신체를 다시 유연한 여성의 몸으로 되돌리려는 본능적인 탄력성과도 같았다. '내'가 잠시 그런 유동성을 느낀 순간 고객인 여자 역시 본능적으로 '내' 배에 몸을 대려 했다. 그렇게 해서 아이의 박동을 진원지로 해서 두 여성의 몸이 포개지게 된 것이다.

신자유주의와 계약사회는 여성의 자궁마저 상품으로 만들지만 생명의 박동까지 계약에 포함시킬 수는 없었다. 아이는 출산 후 남자에게 돌아가야 할 상품일지 모르지만 심장의 박동과 여성의 몸에 흐르는 젖은 계약의 목록에서 벗어나 있었다. '나' 뿐 아니라 여자 역시 그 사실을 알기 때문에 필사적으로 아이의 태동을 느끼려 '나'를 뒤에서 끌어안은 것이다. 아이의 태동은 두 여성의 몸에 진동을 일으켜 이제는 서로의 가슴에서 박동을 느끼는 연대의 교감을 만들고 있었다.

계약사회의 여성의 상품화에 맞설 수 있는 것은 계약목록에서 살아남은 **심장의 박동**이었다. 아이의 박동이 두 여성의 감각에 공명을 일으키면서 본능적으로 타자를 품는 여성 신체를 상품사회로부터 회생시킨 것이다. '나'와 여자는 여전히 계약의 주인인 남성에게 아무 말도 할 수 없는 상품화된 존재일 뿐이다. 그러나 태동의 진원지로부터 회생한 여성적 신체의 연대는 유일하게 상품사회에 저항하는 움직임을 만들고 있다. 아이와 '나'를 안은 여자는 호흡에 따라 배를 움직이며 서로 공명하는 연대감 속에서 박동소리를 내고 있었다.[7] 남성에게 **아무 말도 할 수 없는** 두 여자는 그 순간 **여성적 반복운동**으로 대응하며 상품이 아닌 인간의 몸으로 회생하길 소망했던 것이다.

심장의 반복운동을 통해 여성적 연대를 맺는 비밀은 「비밀들」(김이설)에서도 제시된다. 「비밀들」은 모든 것이 돈으로 가능해진 세상이 얼마나

---

7 김이설, 「엄마들」, 『아무도 말하지 않는 것들』, 문학과지성사, 2010, 63쪽.

남성중심적 욕망에 지배되는 곳인지 보여준다. 여성 타자가 다른 타자를 품어 안는 반면 남성은 타자를 욕망의 대상으로 삼다가 쓸모없어지면 냉혹하게 내버린다. 「비밀들」의 '나'는 서울과 고향에서 비슷하게 그런 남성중심적인 동일성의 세상을 경험한다. 서울에는 '나'를 심부름하는 인형으로 만든 직장 남자들과 가슴이 뛰지 않는 사람처럼 사랑이라는 감정을 모르는 헤어진 남편이 있었다. 그리고 고향에는 동남아 여성들을 성적 착취물로 함부로 취급하는 남자들이 있었다.

그런 남성적 폭력이 모두 돈으로 감춰지기 때문에 세상은 이상하게도 고요함을 유지하고 있었다. 그러나 '나'만은 돈으로도 남자들에게 당한 상처가 쉽게 지워지지 않았다. 그것이 '내'가 서울에서도 고향에서도 낯선 두려움unhomely[8]을 느끼며 적응할 수 없는 이유였다.

그러던 중 '나'는 고향에서 '나'보다 더 낯선 고통에 시달리는 베트남댁을 만난다. 베트남댁은 옛 애인 정우의 아내인데 사대독자를 애지중지하는 시어머니의 억압에 시달리고 있었다. 정우 엄마가 애를 떼게 한 후 불임증이 된 '나'는 베트남댁의 아이를 무척 좋아했다. 베트남댁은 소를 좋아하는 아이를 따라 '나'의 축사로 올라와서 담배를 피웠다. 담배를 피우는 동안 사대독자의 짐을 내려놓을 수 있기 때문에 그녀는 아이를 안을 수 있었다. 내가 준 담배로 짐을 덜고 아이를 안게 된 베트남댁은 그 대가로 시어머니의 금기를 어기고 내게도 아이를 안게 해주었다. '나'는 아이를 안는 것이 즐거웠으며 콩콩 울리는 심장의 박동이 '내' 가슴에 전해지는 순간이 가장 행복했다. '내'가 베트남댁을 해방시켜주는 대가로 그녀 역시 '내'게 심장의 진동을 느끼는 가장 행복한 시간을 허락한 것이다. 두

8 낯선 두려움이란 상징계에 적응할 수 없는 상태에서 느끼는 균열의 위치에서의 거세공포를 말한다.

여성에게는 아이의 심장의 진동이 전해지는 순간이야말로 남성중심적 억압에서 벗어난 해방의 순간과도 같았다. 그 순간 **가슴의 동요**라는 반복운동을 통해 남성과 돈의 억압에서 벗어나 유연한 여성의 신체로 돌아가는 본능적 탄력성을 느낀 것이다. 이처럼 아무도 모르는 아이의 박동을 진원지로 두 여성은 **비밀의 연대**를 맺을 수 있었다.

돈으로도 지워지지 않는 '나'의 상처는 베트남댁과의 비밀의 연대에서 유일하게 위로를 얻는다. 심장이 멎은 듯이 아무도 사랑을 모르는 사회에서 아이의 심장의 박동은 유일한 반복운동의 근거였다. 그 순간만은 버려진 물건과 짐짝에서 벗어나 반복운동의 탄력성을 지닌 유연한 여성의 신체로 회생할 수 있었다. 한쪽에 가슴의 동요를 잊게 하는 남성중심적 권력과 돈이 있다면, 다른 쪽에는 상처를 입은 대신 심장의 진동을 다시 열망하는 여성적인 신체가 있었다. 아이의 심장의 박동은 본능적으로 생명을 품어 안는 여성으로 하여금 유연한 여성적 반복운동을 일깨우게 하는 근거였던 셈이다.

「엄마들」과 「비밀들」에서는 남성적 폭력에서 유일하게 면제된 아이의 박동을 통해 여성적 연대를 회복하는 과정이 그려진다. 두 소설에서 아이의 박동은 **망각된 타자의 반복운동**의 은유이다. 아이는 아직 버려지지 않고 심장의 박동을 계속하는 유일한 타자이기 때문에 망각된 타자를 소환하는 은유로 사용되고 있는 것이다. 신자유주의는 돈으로 살 수 있는 쾌락과 동일성의 반복이 활발한 대신 생명적 존재의 능동적인 가슴의 반복운동이 둔화된 사회이다. 그러나 아이의 심장의 박동만은 금지할 수도 상품화할 수도 없는 것으로 남아 있었다. 아이의 심장의 박동은 타자를 품어 안는 여성의 심장의 동요를 본능적으로 증폭시킨다. 「엄마들」과 「비밀들」에서처럼 반복운동의 은유로서의 아이의 박동은 자신의 품 안에 타자를 품어 안는 여성적 신체의 본능을 자극하고 있다. 여성은 아이의 심장소리를 자신의 신체의 일부로 품을 수 있는 존재이기 때문에 다른 타자의 심장의 박동에 민감해지는 것이다. 그런 상황에서 여성 타자가 더 큰 고통을 당하고 있는 또 다른 여성(타자)에게 손을 내미는 연대가 이루어지는 것이다.

물론 가부장제적 신자유주의는 태아마저 상품화하고 아이에게 사대독자의 굴레를 씌운다. 그러나 아이의 심장의 박동은 남성중심주의조차 족쇄를 채울 수 없기 때문에 추방된 타자를 소환하는 반복운동이 살아남는 것이다. 반복운동은 상실된 능동적 신체를 되찾으려는 소망에 다름이 아니다. 아이의 박동은 배제된 타자를 귀환시키면서 타자를 품어 안는 여성적 본능을 회생시킨다. 본능적 탄력성을 회복한 여성적 신체는 모든 타자를 추방하는 사회에서 타자의 반복운동을 귀환시키는 중요한 존재가 된다.

두 소설에서 아이의 박동에서 유일하게 행복감을 느끼는 것은 고통 받는 여성들이다. 여성 타자는 살아남은 심장의 박동에 귀를 대면서 민감한 반복의 본능을 회생시켜 서로 연대를 맺는다. 「엄마들」에서는 결혼노동자가 아이의 박동을 들으며 임신노동자를 끌어안는다. 「비밀들」에서는 외로운 여성 타자가 아이를 안으며 낯선 베트남댁에게 손을 뻗는다. 여기서의 **여성적 연대**는 자신보다 더 고통을 받는 타자에 대한 환대이기 때문에 다른 타자와 교섭하는 연대로 발전할 수 있다.

여성적 연대는 단지 같은 여성이라는 이유로 손을 잡는 것이 아니다. 운명적으로 불행한 여성 타자가 더 큰 고통을 당하는 타자를 품어 안는 것이 여성적 연대의 핵심일 것이다. 신자유주의는 타자를 추방하는 비식별성의 체제가 견고한 사회이며 그런 배제의 기제는 여성에게 더욱 가혹

하다. 그러나 「비밀들」에서처럼 어디로도 갈 수 없는 '나'는 아무 말도 못하는 베트남댁과 손잡으며 비밀의 틈새를 발견한다. 여성이 발견한 비밀이란 지배자는 어떤 관심도 없는 은유로서의 심장의 동요(반복운동)이다. **여성 타자**란 아이의 태동 같은 심장의 박동이 계약사회의 목록에서 면제되어 있다는 비밀을 아는 유일한 존재이다. 여성적 연대는 그런 비밀의 힘으로 견고한 신자유주의 캐슬을 동요시키는 은밀한 타자의 울림을 생성하는 것이다.

여성적 연대는 추악한 남성중심적 캐슬을 뚫고 생성되기 때문에 더없이 은밀하고 아름답다. 그런 은밀한 여성적 연대의 울림은 〈파란대문〉, 〈미쓰백〉, 〈윤희에게〉 같은 영화에서도 나타난다. 이 영화들 역시 신자유주의의 남성중심성에 대응하는 아름다운 여성적 연대를 그리고 있다. 자신이 타자이면서도 또 다른 타자에게 손을 뻗는 여성적 연대는 안정성을 위해 모든 타자를 추방하는 신자유주의에 남은 작은 희망이다. 그런 희망의 근거는 아이라는 타자(〈미쓰백〉)와 그림이라는 가상(〈파란대문〉)에 잔존하는 가슴의 박동으로서의 은밀한 반복운동에 있다. 아이의 심장의 박동 같은 아무도 모르는 반복운동에 공감함으로써 여성 타자는 비밀스러운 틈새 공간에서 타자의 울림을 회생시킨다.

「엄마들」과 「비밀들」에서 아이의 심장의 박동에 귀를 대는 것은 일상에서 여성들이 타자의 심장의 박동에 민감해지는 순간의 은유이다. 여성은 배제된 타자의 심장의 박동을 들을 수 있는 특이한 타자이다. 심장의 박동은 여성 타자가 발견한 신자유주의 상품사회의 아킬레스건과도 같다. 신자유주의는 여성 타자를 상품화하고 배제하는 체제이지만 여성은 심장의 박동을 듣는 순간 배제된 타자에게 손을 뻗는다. 그런 여성적 포용력을 은밀히 증폭시켜 상품사회의 아킬레스건을 건드리는 것이 바로 여성적 연대이다.

여성적 연대의 반복의 공명은 틈새를 여는 힘으로 한순간에 소리 없이 증폭될 수 있다. 이제까지 여성운동은 실행의 단계에서 어려움을 겪었지만 오늘날은 사정이 다르다. 변혁운동이 매우 어려워진 신자유주의에서 전례 없이 여성운동(미투 운동)이 발화된 점은 흥미롭다. 가슴의 동요에 민감한 여성 타자의 본능에 의존해 타자가 사라진 시대에 은밀한 반복의 공명이 일어난 것이다. **심장의 박동**이라는 신자유주의의 아킬레스건을 알기 때문에 여성은 무력화된 타자를 품어 안을 수 있다. 심장의 동요를 들으며 **타자를 품어 안는 타자**, 이것이 어떤 중심도 내부 고발자도 없는 여성운동이 신자유주의의 태내에서 발화된 비밀이다.

변혁운동에서는 일상인과 타자의 교감이 윤리적 추동력이지만 여성운동에서는 타자가 또 다른 타자에게 손을 뻗는다. 여기서는 희미하게 잔존하는 타자의 반복운동이 한순간의 공명에 의해 순식간에 살아나는 순간이 중요하다. 외부로의 모든 문을 닫는 신자유주의에서 반복의 공명은 간신히 열린 문에 다시('미투') 발을 걸치는 미투 운동을 가능하게 했다.[9]

미투 운동에서 반복의 공명이 가능한 것은 타자를 품어 안는 타자의 연쇄가 일어나기 때문이다. 이 21세기의 운동은 희생자에서 희생자로 이어지는 공명인 동시에 여성 타자가 더 큰 고통을 당하는 타자를 가슴에 안는 운동이기도 하다. 그런 이중적 과정에는 남성중심사회의 평생의 무기수인 여성 타자가 상처받은 타자를 품어 안는 비밀의 연대가 숨겨져 있다. 우리 눈에는 여전히 배제된 타자도 희생된 여성도 보이지 않지만 공명을 통해 증폭되는 심장의 박동이 들려온다. 미투 운동이야말로 그런

9 익명의 여성기자, 「혼자 모든 짐을 지지 마시고 함께 나눠들어요」, 『한겨레』, 2018.2.3. '다시 발을 걸치는 시도'라는 표현은 메릴 스트립이 한 인터뷰에서 한 말임.

반복의 공명을 통해 끝없이 번져가는 여성적 비밀의 연대의 확장을 알려준다. 미투 운동에서의 연쇄적 연대는 희생자가 저항집단의 선봉에 서는 과거의 운동과는 다르다. 여기서의 비밀의 연대는 희생자의 얼굴도 잘 보이지 않는 상황에서 우리의 가슴을 강타한다. 희생자가 나설 수 없기에 여전히 비밀이지만 그 비밀이 반복운동을 회생시켜 무뎌진 우리의 가슴을 동요시키는 것이다.[10] 미투 운동은 소설과 영화에서 암시된 타자들끼리의 비밀의 울림이 증폭되어 세상 밖으로 흘러넘친 산물이다. 여성적 연대는 더없이 은밀한 동시에 보다 공명이 큰 사회적 울림을 얻는다. 여기서는 여성 타자들이 손을 잡는 순간 사적 영역이 공적 영역으로 반전되며 일상 전체에 소용돌이를 일으키는 초미의 형식으로서 비밀의 연대를 보여준다.

2. 반복의 공명과 일렁이는 동요의 윤리 – 〈파란대문〉

김기덕의 〈파란대문〉(1998)은 김이설의 「엄마들」처럼 남성중심적 세계에 대응하는 두 주인공의 여성적 연대를 그린 작품이다. 「엄마들」과 다른 것은 순결주의자인 혜미(이혜은 분)가 성 노동자인 진아(이지은 분)와 반목하다 은연중에 손을 잡는 반전이 그려진 점이다. 대학생인 혜미는 진아의 고통을 통해 자기 자신도 남성적 세계의 타자임을 깨달으며 대립에서 벗어나 손을 내밀게 된다.

성 노동자는 창녀와 윤락녀라는 이름으로 부도덕의 낙인이 찍힌 채 살

10 희생자가 앞장서는 저항운동은 미시적인 심리적·감성적 문제들을 간과하기 쉽지만 은밀성의 연대는 복합적인 감성적 문제들을 해소해가는 새로운 투쟁방식이다.

아가는 존재이다. 혜미가 진아를 미워하듯이 창녀는 같은 여성으로부터도 혐오의 시선에서 벗어나기 어렵다. 그러나 성 노동자는 남성중심적인 성적 욕망의 희생자로서 푸코가 말한 섹슈얼리티 사회에서 꼭 필요한 존재이기도 하다. 남성들은 돈이나 권력을 성적 욕망과 등가로 여기기 때문에 혼인관계의 바깥에서 욕망을 배출할 성 노동자가 필요한 것이다. 그런 사회에서 남성들의 욕망의 대상이면서도 혐오의 이미지가 씌워지는 성 노동자는 배제된 신체로 포섭되는 벌거벗은 생명과도 같다.

진아가 갖고 다니는 실레의 〈소녀의 누드〉 역시 깡마른 몸에 우울한 표정을 짓고 있는 벌거벗은 창녀이다. 진아를 거울처럼 비추고 있는 〈소녀의 누드〉는 그녀가 옷을 입고 있어도 벌거벗은 생명과 다름없음을 알려준다. 그러나 우울한 실레의 표현주의 그림은 그런 재현의 거울의 역할만을 하는 것이 아니다. 그림은 들뢰즈가 감정 이미지에 대해 말한 것처럼 일상의 시선에 비춰진 표층(벌거벗은 생명) 위에 보이지 않는 심연에서 솟아오른 정동을 포개 놓는다.[11] 그런 표현주의적 효과가 가능한 것은 삶의 고통을 현실의 맥락에서 가상의 무규정적 공간으로 옮겨놓는 예술적 반복을 통해서이다. 반복이란 자아의 고통을 틈새 공간에서 반복함으로써 숨겨진 능동성의 갈망을 표현하는 행위이다. 그림은 재현의 거울인 동시에 가상의 틈새에서 심연의 갈망을 표현하는 반복의 거울이기도 하다. 진아는 재현의 거울을 통해 자신의 황폐한 모습을 확인하는 동시에 반복의 거울을 통해 능동적 삶의 갈망이 남아 있음을 자위하는 것이다.

그러나 〈소녀의 누드〉의 반복의 거울은 진아의 심연에 남은 갈망을 미처 펴 올릴 수 없게끔 우울한 표정을 짓고 있다. 이 영화는 그런 우울한

11 들뢰즈, 유진상 역, 『운동-이미지』, 시각과언어, 2002, 169~170쪽.

그림의 거울이 보다 능동적인 반복의 거울로 전이되는 과정을 그리고 있다. 진아는 실레의 그림에 자신을 동일시하면서 차츰 그림이 변주된 장면을 통해 실레를 넘어서는 위치로 이동한다. 예컨대 영화 중간에서 그림의 액자처럼 열린 창틀로 진아의 얼굴을 표현하는 장면은 그녀의 탈맥락화된 심연의 정동을 암시한다. 창틀에 담겨진 얼굴은 얼굴 그림처럼 탈영토화된 능동적 삶의 소망을 은밀히 내비친다.[12]

그와 함께 바다 안의 수평대를 지닌 철제 조형물에서도 출렁이는 바다가 파란 창틀과 비슷한 기능을 한다. 진아가 공중을 향해 수평대에 서 있는 동안 바다는 액자나 창틀처럼 그녀를 우울한 일상으로부터 이연시켜주는 것이다. 창틀과 바다를 통해 탈영토화를 소망하던 진아는 두 소녀가 그려진 〈소녀들〉(실레)을 혜미에게 보내면서 우울에서 벗어나기 시작한다.

〈파란 대문〉에서는 남성중심적 욕망을 갈망하는 사람들과 탈영토화된 비밀의 연대를 소망하는 진아가 대립하고 있다. 순결주의자인 혜미 역시 남성중심적 동일성에 대한 전도된 반동일성의 위치에 다름이 아니다. 남성들과 혜미가 연대를 신뢰하지 않는 자기성의 삶을 산다면 진아는 타인과의 에로스를 갈망하고 있다. 평범한 사람들이 남성중심적 동일성의 세계를 사는 반면 우울한 진아는 심연에 에로스의 갈망을 품고 있는 것이다. 우울이란 아득한 곳에 퍼 올릴 수 없는 에로스의 샘물이 있음을 감지하는 사람의 심리라고 할 수 있다.

성 노동자인 진아가 그를 혐오하는 사람들보다 더 에로스를 갈망하는 점은 역설적이다. 그러나 박완서가 주장했듯이 성 노동자는 순결 이데

12 진아는 다른 쪽 창에 얼굴을 내민 혜미를 서로 바라본다.

올로기의 옷을 입은 여자보다 더 청결한 측면이 있다. 순결한 여성의 섹스가 남성에게 페티시에 불과한 반면 남성중심적 욕망의 허위성을 숱하게 경험한 성 노동자는 순수한 에로스의 갈망이 오히려 더 큰 것이다. 박완서의 「닮은 방들」에서 간음한 여자가 거울 속의 무구한 처녀를 보듯이, 한 번도 진정한 관계를 갖지 못한 성 노동자는 진짜 연애를 갈망하는 무구한 신체인 것이다.

심연에 순수한 샘물를 갖고 있는 진아가 우울한 것은 성 노동자이기 때문이 아니라 어디에도 에로스가 없다고 생각하기 때문이다. 반면에 혜미는 순결을 지키는 결혼이 정상적인 여성이 가져야할 품격이라고 생각한다. 하지만 그녀는 그토록 품격을 지키는 대학생의 도덕성이 성 노동자(진아)를 착취한 돈에 의해 지탱되고 있는 모순을 어렴풋이 깨닫게 된다. 그리고 그런 모순이 도덕성의 문제가 아니라 돈과 성이 등가의 관계에 있는 남성중심적 자본의 체제의 산물임을 알게 된다.

그런 부조리의 극단에 있는 인물은 끝없이 진아의 돈을 갈취하는 전남편 개코였다. 혜미는 차츰 개코같은 인물이 그와 상관없는 자신에게까지 폭력적인 존재임을 깨닫게 된다. 진아를 괴롭히는 개코가 가장 비열한 남성이라면, 진아의 누드를 찍은 현우(혜미의 남동생)는 양심적인 청소년조차 남성주의에 감염돼 있음을 보여준다. 혜미는 동생 현우와의 관계로 진아가 곤경에 처했을 때 집을 나가려는 진아의 가방을 갖다 두려 그녀의 빈 방에 들어가게 된다.

혜미는 진아의 빈 방에서 그녀와 함께 찍은 사진을 보게 된다. 진아를 볼 때마다 혜미는 인상을 썼지만 진아는 그 찡그린 표정의 얼굴을 사진 속에 담아둔 것이다. 진아는 혜미의 증오로 인한 아픔보다 누군가와 함께 하고 싶은 여성적 교감의 소망이 더 컸던 것이다.

이어서 혜미는 진아가 연필로 그린 그림들을 보게 된다. 스케치북에는 진아를 가장 미워했던 혜미 자신의 얼굴마저 그려져 있었다. 더욱이 혜미의 얼굴은 백지로 한 장 건너뛰어 나타났는데 이는 그 그림이 다른 그림보다 특별함을 뜻했다. 백지는 그림 속의 다른 사람들과 혜미를 구분하는 경계의 공백이었다.

혜미는 진아를 밀어냈지만 진아는 혜미의 곁에 남아 있었던 것이다. 진아는 자신을 미워하는 혜미가 그 증오심을 방패삼아 남성주의적 세계에서 선을 긋고 있음을 감지한 것이다. 혜미는 진아와는 다른 방식으로 남성적 세계에 경고의 신호를 끝없이 보내고 있는 또 다른 인물이었다. 그녀는 아직 경직된 순결주의에서 벗어나지 못했지만 역설적으로 진아에게는 가장 교감의 대상이 될 수 있었던 셈이다.

스케치북의 앞의 그림들이 재현의 그림이었다면 백지 다음의 혜미의 그림은 반복의 그림이었다. 그림의 반복이란 일방적으로 상처를 입은 수동적 신체가 고통을 반복하며 나타내는 능동성에의 갈망이다. 진아는 찡그린 표정의 혜미에게서 능동적 삶의 갈망을 읽으며 그녀의 그림 위에 심연의 샘물을 퍼 올리려는 소망을 포개 놓은 것이다.

혜미는 자신의 그림을 보며 그녀에게 다가와 있는 진아를 느끼게 된다. 진아가 다가와 있기 때문에 혜미는 진아의 방에서 누구에게도 느끼지 못한 살아 있는 가슴의 동요를 듣게 된다. 혜미는 처음으로 진아를 어항 속의 금붕어의 움직임처럼 살아 있는 모습으로 느끼게 된다. 혜미가 금붕어를 보는 쇼트에서 그녀의 얼굴이 어항의 물에 비친 것으로 보여진 것은 진아의 동요를 감지하고 있음을 암시한다.

어머니와 가족은 학비를 주고 식사를 같이 했지만 이제까지 진아만큼 자신에게 다가와 가슴을 연 사람은 없었다. 사실 혜미 역시 진아에게 거리를 두고 무관심하기만 한 것만은 아니었다. 진아에게서 멀어지려는 혜미의 증오는 진아의 우울과 슬픔에 다른 사람보다 예민해져 있다는 신호이기도 했다. 이제 혜미는 자신이 증오한 진아의 우울이란 누군가에게 다가가고 싶은 불가능한 갈망의 표현이었음을 알게 된다. 진아의 다가섬의 갈망은 타락한 욕망과 아무 관계가 없을 뿐 아니라 오히려 그 욕망에서 해방되려는 행위였다. 그것을 감지한 혜미는 남성중심적 욕망의 세계에 오염되지 않기 위한 증오의 방패막에서 풀려나 해방감을 느낀다. 그리고 심리적으로 다가서 있는 진아의 고통에 공감하며 자신 역시 남성적 세계의 타자임을 감지하게 된다.

그 때문에 이제 막 생기기 시작한 혜미의 진아에 대한 관심은 자기 자신을 거울에 비춰보는 것과도 같았다. 이어서 혜미가 길에서 진아를 뒤쫓고 반대로 진아가 혜미를 뒤쫓는 장면이 데칼코마니처럼 반복된다. 그런 중에 두 사람은 자신의 거울 속에서 상대편을 보게 되는데 이는 타자를 **반복의 거울**에 비춰보는 것이라고 할 수 있다. 초반부에서 진아는 실레의 그림에 자신을 거울처럼 비추었지만 거기에는 공명의 울림에 한계가 있었다. 그러나 혜미와 진아 사이의 반복의 거울에서는 여성 타자가 또 다른 타자에게 공명을 일으키는 **가슴의 동요**가 생성되고 있었다.

혜미의 가슴의 동요는 진아에 대한 개코의 폭력에 대항하는 장면으로 나타난다. 혜미는 누드사진을 빌미로 진아를 괴롭히는 개코를 진아에게 호감을 지닌 해병수색대 출신 동휘에게 알린다. 동휘의 도움으로 진아가 개코에게서 풀려난 후 두 사람은 더욱 가까워진다. 이제 순결주의의 굴레에서 벗어난 혜미는 진심의 교감이 없는 섹스는 아무것도 아니며 감정적 낭비가 필요 없다고 생각한다. 혜미가 진아에게 다가가는 순간은 전도된 방식으로 남성주의의 영토에 예속된 자신을 변화시키는 과정이기도 했던 것이다.

혜미가 개코에게 분노한 것은 진아에 대한 애정 때문이었고 거기에는 어떤 윤리적인 것이 있었다. 그런데 그 여성적 연대에 근거한 윤리에는 순결주의의 죄의식과는 다른 한층 깊은 정동이 있었다. 진아는 더 이상 더럽지 않으며 타락한 남성적인 욕망은 금지(순결주의)가 아니라 보다 깊은 정동을 통해서만 극복될 수 있는 것이었다. 혜미는 그것을 알게 해준 진아를 생각하며 자신의 심연에서 생겨난 진심의 표현으로 진아에게 작은 눈덩이를 굴려 보낸다.

실레의 그림처럼 우울한 진아를 구원해준 것은 근육질의 동휘가 아니었다. 이 영화에서 남자 중에 가장 진정성을 지닌 동휘 역시 처음에는 돈으로 진아의 몸을 사려 했다. 그러다가 진아가 바다 안의 수평대에 서서 공중을 바라보는 장면에서 동휘는 그녀가 원하는 것이 무엇인지 알게 된다. 동휘는 바다 속의 수평대에 오른 후에 비로소 진아와 사랑을 나눌 수 있었다. 그러나 이 영화는 진정성이 있는 동휘조차 진아를 해방시키지 못하며 진짜로 해방의 갈망을 암시하는 다른 세계가 있음을 보여준다.

이제 진아와 혜미는 그 다른 세계를 보여주듯이 반대쪽의 수평대에서 손을 잡고 앉아 있었다. 두 여성은 일렁이는 바다로 분리된 탈영토화된 공간에서 연대감을 느끼고 있었다. 공중 위의 두 여성은 난간이 없는 위험한 공간에서 아직 오지 않은 세계를 보듯이 바다 속에 풀어준 금붕어를 바라본다. 이 장면은 금붕어와 겹쳐진 일렁이는 물결 속의 두 여성의 모습으로 보여지는데, 여기서의 물결은 진아와 혜미의 깊은 가슴의 동요라고 할 수 있다.

혜미가 진아 방에 들어갔을 때는 어항의 물을 통해 보여진 혜미의 얼굴에는 동요의 물결이 없었다. 그러나 이제 진아와 혜미는 일렁이는 물결로 두 사람의 심장의 동요를 표현하고 있다. 혜미가 집착했던 순결주의와 죄의식은 도덕적이었지만 그것은 가슴을 차갑게 만드는 것이기도 했다. 그런 도덕을 대신하는 것은 아름다운 물결로 은유된 **심장의 동요의 윤리**였다. 이 윤리는 난간이 없어서 위험하지만 공중에서도 아무 두려움이 없는 여성들의 이중주로 연주된다. 바다 위의 수평대는 위험하면서도 어떤 두려움도 없는 여성적 연대의 이중주와 다중주를 은유하고 있다.

이 영화에서 한 가지 아쉬운 것은 아직 변화되지 않은 현실과의 긴장감이다. 위험한 수평대에서 바라본 평화는 미처 도래하지 않은 세계이지만 이 영화의 결말에서는 그런 절박함이 표현되지 않고 있다. 물속에서 자유로워진 금붕어처럼 두 여성은 이중주의 연대를 통해 대립과 갈등에서 해방되고 있다. 실레의 그림을 통해 진아가 우울하게 갈구하던 구원의 문이 조금 열린 것이다. 그러나 한 번의 탈영토화만으로 새로운 삶이 오지는 않으며 변화되지 않은 세상에서는 조금 열린 문을 닫으려는 방해가 계속된다.

이중주를 통해 간신히 열린 문이 닫히지 않으려면 미투 운동에서처럼 문에 발을 걸치는 시도가 끝없이 계속되어야 한다. 가슴의 동요를 표현하는 물결은 아름다운 동시에 고통스러운 것이기도 하다. 여성적 이중주의 연주는 서로의 상처에 교감하며 아직 오지 않은 세계를 응시하는 지난한 과정이다. 그런 과정에서 여성적 연대는 여성 타자가 다른 타자의 고통에 공감하며 끝없이 번져가는 변화의 물결을 생성한다. 미투 운동이 아시아나 항공 여승무원이나 성심병원 간호사들을 깨어나게 한 것은 가슴의 동요를 증폭시키는 여성적 연대의 은밀한 힘을 암시한다. 이제 간신히 열린 문에 발을 걸치는 시도가 계속될 때 문틈으로 세상을 보는 시각이 변화되며 전사회를 변화시키는 물결이 일렁이기 시작할 것이다.

3. 상처 입은 타자와 꽃잎이 일렁이는 반복 – 〈미쓰백〉

〈미쓰백〉(이지원 감독, 2018)은 여성에 대한 폭력과 아동학대의 문제가 중첩된 영화이다. 겉으로 보면 사회적 공분을 일으키는 아동학대가 그려지지만 그 이면에는 여성 타자가 다른 타자에게 손을 내미는 연대의 주제가 숨어 있다. 이 영화에서도 여성적 연대의 과정에서는 반복의 거울을 통해 공명의 울림을 얻는 진행이 매우 중요하다. 아동학대의 희생자인 백상아(한지민 분)는 어린 시절의 자신과 비슷한 아이(지은)와 교감하며 반복의 공명을 통해 황폐해진 자아를 일으켜 세운다.

어린이는 우리시대에 남아 있는 마지막 타자이다. 배수아가 말했듯이 오늘날은 사회적 타자가 비참하게 희생되어도 큰 동요가 없는 '이상한 고요함'의 시대이다. 그러나 아동학대에 대해서만은 예외적으로 자신도 모르게 격렬한 공분이 일어난다. 그 이유는 어린이라는 타자의 특별한 위치 때문이다.

레비나스는 타자에 대한 공감의 요인을 윤리적 무한성을 지닌 얼굴에서 찾았다. 하지만 오늘날은 인격성 영역의 상품화로 인해 얼굴의 윤리성이 사라진 시대이다. 다만 상징계에 아직 들어서지 않은 어린이에게만은 벌거벗은 얼굴이 남아 있어서 우리는 고통 받는 아이의 표정에서 가슴이 동요한다. 무방비 상태의 아이의 얼굴이 비참하게 일그러질 때 우리는 가슴으로부터 회피할 수 없는 실존적 절박성을 느낀다. 아이의 얼굴은 우리시대의 추방된 타자를 소환하는 은유의 거울이다.

그런데 자세히 살피면 우리가 아동학대에 분노하는 것은 아이의 얼굴 때문만은 아니다. 〈미쓰백〉이 암시하듯이 우리시대는 고통 받는 아이의 얼굴마저 간과되기 쉬운 시대이다. 아동학대가 사회적 공분을 일으키는 것은 TV와 신문을 통해 얼핏 지나쳤던 아이의 얼굴이 클로즈업됐을 때이다. 오늘날은 클로즈업이 있어야지만 고통 받는 아이의 얼굴에서 공분이 일어나는 시대이다. 아이의 가슴의 동요가 전해지며 우리의 심장이 다시 뛰려면 매체에 의해 아이의 얼굴이 클로즈업되어 마비된 응시를 일깨워야 한다.

하지만 미쓰백으로 불리는 백상아의 경우만은 달랐다. 거리에서 상처 입은 지은이(김시아 분)를 보자마자 백상아는 발걸음을 멈출 수밖에 없었다. 백상아가 지은이의 얼굴을 보는 것은 〈파란대문〉에서 진아가 〈소녀의 누드〉를 보는 일처럼 반복의 거울을 응시하는 것이다.

프로이트에 의하면 반복운동은 트라우마로부터 벗어나기 위해 무방비 상태의 상처의 경험을 되풀이 하는 것을 말한다. 어떤 상처로부터 미처 준비되지 않았을 때 우리는 방어방패가 뚫리는 트라우마를 경험하게 된다. 트라우마는 경악 속에서 가슴이 뛰며 다시 현장의 상황으로 되돌아가는 반복충동을 낳는다. 반복충동은 고통 속에서 튀어오르며 원래의 생명으로 회귀하려는 탄력성 같은 본능이다. 그러나 트라우마의 충격이 감당할 수 없게끔 너무 엄청날 때는 반복강박을 일으킬 뿐 생명적 존재의 능동성으로 회귀하지 못하게 된다. 거리에서 마주친 백상아와 지은이는 둘 다 그런 황폐한 반복충동에 사로잡힌 상태였다고 할 수 있다.

다만 어린 지은이에게는 경직된 백상아와는 달리 아직 유연성이 남아 있었다. 팍팍한 삶을 사는 백상아와는 달리 아직 상징계에 들어서지 않은 지은이에게는 **틈새**가 잔존했던 것이다. 지은이가 실레의 그림처럼 백상아의 상처를 비추는 반복의 거울로 작용한 것은 그 때문이다.

더욱이 지은이는 백상아를 만나면서 심장의 진동을 들려줬기 때문에 그의 반복의 거울은 차츰 고독한 실레의 그림(〈소녀의 누드〉)을 넘어선다.

앞서 살폈듯이 심장의 진동은 타자의 고통의 호소를 듣게 만들어준다. 상처에 사로잡혀 우울하고 피폐한 삶을 사는 백상아와는 달리 지은이는 침묵의 구조요청을 하고 있었다. 지은이는 잘 들리지 않는 심장의 진동으로 구조요청을 하며 백상아에게 다가오고 있었다. 백상아는 처음에는 그 소리를 듣지 못했지만 몇 번의 만남의 과정에서 가슴의 절박한 구조요청을 감지하게 된다.

두 사람 사이의 심장의 교감은 프로이트가 말한 반복강박[13]을 넘어선 또 다른 반복운동이 있음을 알려준다. 또 다른 반복운동은 지은이와 백상아에서처럼 이중주로 공명할 때 우울한 상처에서 벗어나려는 탄력성을 배가시킨다. 월미도 놀이터에서 시간을 보내면서 백상아와 지은이는 현실의 틈새 공간에서 서로 연대의 감정을 싹틔우게 된다.

이 영화의 감동은 백상아가 지은이의 구조요청에 응하는 과정에서 그녀 자신이 피폐한 자아에서 벗어나는 전개에 있다. 백상아가 헐벗은 상처에서 벗어날 수 있었던 것은 지은이와 만나면서 두 사람 사이에서 틈새 공간이 생성되었기 때문이다. 백상아는 지은이의 심장의 동요를 듣는 순간 틈새 공간에서 자기 자신의 심장이 다시 뛰는 것을 발견한다.

백상아와 지은이처럼 트라우마를 경험한 사람은 단지 피해자로서 보호받는 것만으로는 상처를 극복하는 힘을 생성시키지 못한다. 백상아는 자신을 도와주는 경찰 장섭의 도움을 받고 있었지만 그의 호의는 그녀의 상처를 치유할 수 없었다. 어린 시절에 아동학대를 경험한 백상아는 고3 때 사창건설 대주주 아들에게 성폭행을 당하고 반사적 행동으로 그를 칼로 찌르게 된다. 그러나 백상아의 행동은 정당방위로 인정되지 않았고

13 전쟁 외상증 같은 피폐한 반복강박에는 이중주가 없다.

그녀는 전과자가 되고 만다. 그 사건 때의 담당형사가 장섭이었고 그는 그때부터 미안한 마음으로 백상아의 주변을 서성이게 된다.

이 영화에서 장섭은 실제로 백상아와 지은이를 구출하는 데 결정적인 역할을 하게 된다. 그러나 〈파란대문〉에서 동휘가 구원자가 아니었듯이 여기서도 장섭은 백상아와 지은이의 구출자가 아니다. 백상아는 장섭의 도움보다는 지은이와의 교감에서 비로소 아동학대와 성폭행의 상처에서 조금씩 벗어난다. 장섭에 비해 아무런 힘도 없는 두 사람의 교섭과 반복운동의 공명이 고통에서 벗어나 삶의 능동성을 소망하게 해준 것이다.

두 사람의 교감이 증폭된 것은 지은이가 화장실에서 탈출한 이후부터였다. 지은이는 집에서 벗어나려는 갈망으로 화장실 창문으로 얼굴을 내밀며 '미쓰백, 마쓰백'하고 되뇌었다. 이 영화의 표제인 '미쓰백'은 소리 내지 않아도 가슴에서 부르고 있던 지은이의 **구조요청의 호명**이다. 지은이의 집에 갔다가 되돌아선 백상아는 장섭의 차를 타고 가던 중 이상한 예감을 느끼고 갑자기 차를 돌린다. 몇 번의 만남 속에서 증폭되어온 지은이의 가슴의 진동소리가 위험하게 들려온 것이다.

백상아가 차에서 내려 달려갔을 때 지은이는 화장실에서 탈출하다 떨어져 상처를 입고 있었다. 내복차림으로 피흘리며 절뚝거리는 지은이를 보고 백상아는 전력으로 달려가 포옹을 했다. 백상아는 눈물을 흘리며 지은이의 고통에 교감하면서 격해진 호흡을 내쉰다. 이때부터 두 사람은 서로 상처를 끌어안으며 가슴의 공명을 분명히 느끼기 시작했다.

여기서 중요한 것은 백상아가 지은이를 포옹한 것이 단순한 모성애의 발동이 아니라는 점이다. 두 사람의 관계는 여성 타자가 다른 타자를 품어 안는 형식이지만 그것이 가능한 것은 백상아 자신도 지은이로부터 구원을 얻고 있었기 때문이다. 백상아가 황폐한 자아에서 벗어나 지은이를 끌어안을 수 있었던 것은 지은이의 다가오는 가슴의 진동을 듣고 공명을 느꼈기 때문이다.

그 때문에 두 사람의 만남에서는 구조요청을 하는 지은이의 움직임도 매우 중요하다. 지은이는 월미도에서 바다를 보며 고맙다고 말하고 백상아의 손을 먼저 잡는다. 마이랜드(놀이터)에서도 백상아가 자신의 어머니가 지옥에 있다고 말하자 지은이는 그녀의 머리를 어루만져준다. 화장실에서 탈출한 후 백상아의 집에서는 지은이가 목욕탕에서 그녀의 등의 흉터를 감싸주고 있었다.

백상아와 지은이의 성장은 〈파란대문〉의 혜미와 진아처럼 반복의 거울을 통해 은밀히 가슴의 공명이 일어나는 과정이다. **반복의 거울**이란 고통 받는 타자의 가슴의 진동을 느끼며 서로가 서로의 상처를 안아주는 관계를 말한다. 상처를 안아주는 행위는 타자의 고통을 자신의 것으로 교감하며 이중주를 통해 능동성을 소망하는 탄력성을 증강시킨다. 그처럼 반복충동은 이중주로 연주될 때 생명적 존재의 본능적 탄성을 팽창시키며 세상에 대응하는 힘을 생성한다.

백상아가 지은이의 계모의 폭력에 맞서는 힘은 그런 이중주의 연대감 속에서 생겨난 것이다. 계모 주미경(권소현 역)은 지은이의 탈출을 도운 백상아를 유괴로 몰아가고, 학대의 증거를 없애려 백상아가 지키고 있는 지은이를 납치한다. 백상아는 주미경을 찾아가 죽을 힘을 다해 대들며 처참한 격투를 벌인다. 그리고 주미경과의 거친 몸싸움 끝에 상처로 엉망이 된 모습을 지은이에게 보이며 묻는다. 이런 나래두 같이 갈래?

백상아는 모성애로 지은이를 보호하는 것이 아니라 같이 **동행**하자고 말하고 있는 것이다. 그 같은 구원의 이중주의 울림은 이미 목욕탕 장면에서부터 시작되고 있었다. 백상아는 지은이에게 흉터를 보이며 가르칠

것도 도와줄 것도 없지만 옆에 있어주겠다고, 지켜주겠다고 말했다. 그 말에 지은이는 자신도 지켜주겠다고 대꾸했다. 그때부터 두 사람은 은밀한 울림을 일으키며 서로의 내면에 젖어 들어와 있었다고 할 수 있다. '같이 간다'는 것은 내면에 들어와 있다는 말과 동의어일 것이다.

지은이는 사건이 종결된 후 장섭의 누나 집에서 장섭과 함께 셋이 살게 된다. 그처럼 가족이나 모녀 관계로 백상아와 함께 살지 않지만 두 사람의 '같이 가는' 관계는 이후로도 지속된다. 장섭의 보호 아래 일상을 되찾았으나 지은이가 상처를 극복하고 당당하게 살아갈 수 있게 된 것은 내면에 들어와 있는 백상아 때문이었다. 과거의 백상아가 장섭의 도움을 받고도 피폐한 자아에서 벗어나지 못한 반면 지은이는 이중주의 울림을 통해 세상을 견디는 힘을 얻고 있는 것이다.

이것이 바로 반복운동으로서 여성적 연대의 힘일 것이다. 장섭의 도움 없이는 유괴의 모함에서 벗어나지 못하고 지은이를 지킬 수 없는 점에서 백상아의 힘은 여전히 미약하다. 그러나 지은이는 백상아와의 연대가 없다면 수동적으로 보호받는 대상에서 벗어나 능동적으로 자아를 일으키지 못할 것이다. 백상아와 지은이가 남성중심적 세계를 버틸 수 있는 것은 (예외적 남성인) 장섭의 도움이 아니라 두 사람 간의 반복운동의 공명 때문이다. 상처 입은 사람들의 공명으로서 여성적 연대는 고통의 반동으로 튀어오르는 본능적 탄력성을 증폭시켜 주는 것이다.

그런 은밀한 연대를 암시하는 마지막 장면은 매우 인상적이다. 지은이의 학교를 찾은 백상아는 운동장 한구석에 등을 보이며 앉아 있다. 백상아는 마사지사와 세차장 일을 했던 예전의 모습과 달라지지 않은 듯이 보인다. 그때 담배를 피우는 그녀를 저지하며 경비원이 "아줌마!"라고 외치자 지은이는 "아줌마 아니예요"라고 말한다. 이어서 백상아가 일어서고 두 사람은 서로 마주보며 은은한 미소를 짓고 서 있다. 두 사람 사이에서 흩날리는 꽃잎은 그들 사이에서 일렁이는 가슴의 설레임을 암시하는 듯하다.

백상아와 지은이의 눈길이 마주치는 순간은 두 사람만의 틈새 공간이 생겨난 시간이다. 이제 지은이에게 백상아는 아줌마도 미쓰백도 아니다. 두 사람 사이에는 어떤 호명도 붙일 수 없는 꽃잎의 일렁임 같은 여성적 반복운동이 일고 있는 것이다. 그것은 **상처**를 경험한 사람들만이 알 수 있는 가슴이 설레이는 반복의 동요와 공명이다.

타자가 또 다른 타자를 품어 안는 여성적 이중주는 아직 이름이 붙여지지 않은 열려진 연대이다. 열려진 여성적 연대는 은밀하고 유연한 대신 공적인 영역에서 활발한 활동력을 발휘하기 어려운 경향이 있다. 근대 이후의 사회는 남성중심적 캐슬을 이루고 있기 때문에 여성적 연대가 공적인 운동으로 발전하기 쉽지 않은 것이다.

그러나 동일성이 물신화되고 타자를 추방한 신자유주의 시대에는 사정이 다르다. 오늘날은 상처 입은 사람의 반복운동에 민감한 여성 타자만이 또 다른 타자를 구원할 수 있는 것이다. 자기 자신조차 미워하던 백상아가 추위에 떠는 지은이를 외면할 수 없었던 것도 그 때문이다. 신자유주의의 가해자란 가혹한 폭력을 아무 일도 없던 것처럼 만드는 권력일 것이다. 그런 시대에는 백상아처럼 상처에 민감한 여성만이 숨겨진 진실을 볼 수 있다. 타자를 품어 안는 타자로서의 두 사람의 여성적 연대는 추방된 타자가 귀환하는 비밀을 암시한다. 그와 함께 여성적 연대는 잘 보이지 않는 또 다른 사회적 타자의 고통에 귀를 기울이는 연대로 확장될 수 있다. 아줌마도 미쓰백도 아닌 이름 없는 열려진 연대가 남성중심적 캐슬을 흔들 수 있는 것은 그 때문이다.

그 점에서 〈미쓰백〉은 열린 결말로 끝난 여운이 남는 작품이다. 지은이 사건은 끝났지만 신자유주의 시대의 문제들은 아직 미해결의 상태에 있다. 백상아와 지은이를 학대했던 사람들이 사라진다고 세상은 달라지지 않는다. 세상에는 아직 해결되어야 할 많은 일들이 남아 있으며, 그에 맞선 두 사람의 연대 역시 가해자에 대한 응징 이상의 잠재된 의미를 내포하고 있다.

아동학대는 눈에 보이는 것 이상의 복잡한 상황을 포함하고 있다. 백상아의 어머니는 알콜 중독자였고 술 취한 상태에서의 폭행을 감당 못해 일부러 백상아를 포기한 것이었다. 고통 속에서 비참한 최후를 마친 그녀 역시 신자유주의의 또 다른 희생자였다고 할 수 있다. 반면에 지은이를 학대한 주미경은 반성력이 없는 잔혹한 계모였지만 그녀의 폭력이야말로 신자유주의의 루저의 전도된 모습이다. 주미경은 절벽 아래로 탈락할 위기 앞에서 현실을 잊기 위해 환상적 욕망에 사로잡혀 살고 있다. 그녀는 자신과 달리 벌거벗은 초라한 모습을 드러낸 지은이를 오염의 공포 속에서 혐오하고 학대한 것이다. 그 때문에 주미경을 처벌한다 해도 전도된 루저가 계속 생겨나는 한 아동학대는 사라지지 않을 것이다.

주미경 같은 왜곡된 루저를 만든 권력자는 백상아를 매장한 사창건설 대주주 일가 같은 사람들이다. 그런데 영화가 끝났어도 백상아를 전과자로 만든 성폭행 사건은 여전히 해결되지 않은 채 남아 있다. 견고한 캐슬 속에서 법을 정지시키며 살고 있는 권력자들은 성폭행이나 아동학대 사건이 일어나도 흔들리지 않는다. 신자유주의는 타자를 배제하는 사회이며 타자가 사람들에게 보이지 않기 때문에 장섭조차 성폭행 당한 백상아를 지켜줄 수 없었던 것이다.

그처럼 타자가 투명인간이 된 사회에서 작은 동요를 일으킬 수 있는 것이 바로 여성 타자이다. 별다른 힘이 없어 보이는 여성 타자의 은밀한 연대가 추방된 타자를 귀환시키며 남성중심적 캐슬을 뒤흔들 수 있는 것이다. 백상아와 지은이의 연대는 아무 일도 할 수 없을 것 같지만 적어도 '가만히 있으라'는 신자유주의의 명령을 거절할 수 있다. 두 사람이 서로 '지켜줄게'라고 약속한 것은 누구든 상처를 입힐 때 가만히 있지 않겠다는 뜻이다. 보이지 않는 타자들이 가만히 있지 않을 때만 비로소 신자유주의의 남성중심적 캐슬에 충격이 전해지기 시작한다.

그처럼 여성적 연대에 의해 타자를 귀환시킨 우리시대의 변혁운동이 바로 미투 운동이다. 미투 운동은 보이지 않던 여성 희생자들이 '가만히 있지 않겠다'고 선언한 것과도 같다. '미투'라고 말하는 연대의 순간은 물밑에서 '지켜줄게'라는 여성적 반복운동이 번져가는 시간이기도 하다. 여성적 반복운동이란 가슴의 동요에 민감한 여성 타자가 다른 타자를 품어 안는 순간이다. 그 순간 가슴의 동요로 전파되는 여성적 반복운동이 확산되기 때문에 살아 있는 인간으로의 회귀를 꿈꾸는 타자의 귀환이 가능한 것이다.

백상아의 연대와 미투 운동의 공통점은 물밑의 동요가 흘러나와 남성적 캐슬을 뒤흔드는 반복운동에 있다. 남성중심적 캐슬은 희생자의 가슴의 동요가 들리지 않게 억압하면서 숨 쉴 수 없는 세상을 만든다. 반면에 여성적 반복운동과 미투 운동은 여성 타자의 가슴의 동요가 다른 타자에게 공명을 일으키며 증폭되는 전개이다. 가슴의 진동과 공명이 끝없이 지속('미투')되기 때문에 견고한 남성중심적 캐슬을 동요시킬 수 있는 것이다.

미투 운동은 조직도 중심도 없는 우리시대의 변혁운동이다. 여성들은 백상아와 지은이처럼 은밀한 눈으로 끝없이 바라보며 진실을 말할 뿐이다. 그러나 그 순간 **꽃잎처럼 일렁이는** 가슴의 진동이 간단없이 전파되기 때문에 남성중심적 체제에 타격을 줄 수 있는 것이다. 가슴을 얼어붙게 해 모두가 '가만있게 만드는' 사회에서는, 조용한 여성적 연대가 일으키는 심장의 동요가 강력한 저항의 진원지가 될 수 있는 것이다.

더욱이 아시아나 항공 여승무원의 성폭행 폭로가 항공사 시위로 번져간 데서 알 수 있듯이, 미투 운동은 남성중심적 자본에 대한 저항으로 확산될 수 있다. 미투 운동, 항공사 여승무원의 폭로, 성심병원 간호사 사건의 진원지에는, 같은 상처를 수없이 경험한 여성들이 열어놓은 틈새 공간이 있다. 상처받은 여성들의 가슴의 진동이 공명을 일으켜 틈새가 확장되는 순간은, 연대의 물결이 지상으로까지 솟구치는 시간이다. 여성운동이란 그 같은 진실의 이중주와 다중주의 확산된 연주에 다름이 아니다. 우리가 살펴본 두 영화는 오늘날의 '이상한 고요함'을 뚫고 여성들의 이중주(그리고 다중주)가 들려오는 진원지가 어떤 곳인지 암시해준다. 〈파란대문〉에서 수평대에 앉아 있는 진아와 혜미의 응시, 〈미쓰백〉에서 꽃잎이 일렁이는 백상아와 지은이의 대면은, 타자가 추방된 시대에 여성 타자의 연대가 어떻게 생성되는지 알려준다. 신자유주의란 사회 전체의 남성중심적 동일성의 요새화에 다름이 아닐 것이다. 조직화된 요지부동의 남성중심적 캐슬을 흔들 수 있는 것은, 어떤 조직도 이름도 없이 '바다의 수평대'와 '꽃잎의 물결'로 은유되는 은밀하고 아름다운 여성적 틈새 공간이다.

4. 금지된 사랑의 비밀과 여성적 틈새의 반격 – 〈윤희에게〉

여성의 성적 차이를 존중하지 않는 남성중심적 사회는 동성애를 금지하는 이성애중심적 사회이기도 하다. 남성중심적 이성애 사회는 여성을 페티시로 보기 때문에 심장을 움직이는 에로스는 예외적으로만 가능하다. 반면에 〈파란대문〉과 〈미쓰백〉에서의 여자 주인공들은 이성애에서보다 여성적 연대에서 가슴의 동요를 느낀다. 그런 심장의 비밀을 알지 못하는 남성 이성애주의자들은 여성적 연대에 무관심할 뿐 아니라 동성애를 혐오한다.

그러나 여성적 연대의 비밀은 남성들이 혐오하는 여성 동성애에서 더 은밀하게 드러난다. 남성이 여성을 페티시로 보는 시선[14]을 정상으로 여기게 되면 여성적 연대의 비밀은 아무도 알지 못한다. 반면에 처음부터 그런 페티시적 시선에 무감각한 여성 동성애자들은 모두가 무관심한 여성적 연대의 비밀이 자신의 정체성인 것이다.

그 점에서 여성의 동성애의 문제는 여성적 연대의 주제와 긴밀하게 연계되어 있다. 여성적 연대가 이성애주의를 넘어서는 것은 성적 페티시즘을 넘어서기 때문이다. 여성 퀴어란 그런 여성적 연대의 비밀을 존재 자체의 비밀로 갖고 있는 사람들이다. 그 때문에 여성 퀴어들이 자신의 정체성을 당당하게 드러내는 것은 남성적 페티시즘을 한결 적극적으로 거부하는 일과도 같다. 반대로 남성적 페티시즘은 여성을 자신의 관점에

---

14 성적 페티시즘은 남성이 여성을 남성적 보충물로 성적 매력을 인정하면서 남녀 관계를 정상화시키는 방법이다. 근대적 체제들은 남성중심적이기 때문에 성적 페티시즘에 숨겨진 '차이의 부인'의 전략을 은폐하는 경향이 있다. 그 때문에 이성애주의는 여성을 페티시즘의 대상으로 보는 시선이 만연되는 것을 막기 못한다.

예속시킬 뿐 아니라 그것이 불가능한 퀴어를 혐오의 시선으로 배제한다. 오늘날 동성애자들의 위축된 현실은 그런 남성적 페티시즘을 정상으로 보는 시선이 만연된 상황과 표리를 이룬다.

페티시즘은 여성을 매력적인 존재로 인정하는 척하면서 실상은 인격적 노예로 만든다. 그런 상황에서 여성들은 아무도 모르게 인격의 식민지로 살아가거나 창살 없는 무기수의 삶을 영위한다. 반면에 처음부터 혐오의 시선 아래에 있는 여성 퀴어는 운명적으로 도망칠 수밖에 없는 노예인 셈이다. 그것이 어렵다면 자신의 정체성을 숨기거나 투명인간 같은 '없는 존재'로 살아가야 한다.

신자유주의에서는 인격적 존재가 상품처럼 페티시즘화되면서 여성의 성적 페티시즘화도 심화된다. 페티시즘화된 사회란 타자를 추방하는 사회이며 그런 체제에서 퀴어는 가장 큰 고통을 겪는다. 그들은 '도망노예'[15]의 운명을 지녔으면서도 탈주할 수 없는 고통 속에서 살아가는 것이다. 편견과 혐오의 시선아래에서 탈주할 수 없는 퀴어들은 **제도화된 우울증**[16]을 경험한다.

〈윤희에게〉(임대형 감독, 2019)는 그런 '도망노예'의 제도화된 우울증을 다룬 영화이다. 이 영화에서 서로 사랑했던 윤희와 쥰은 헤어지면서 자신의 운명에서 도망을 쳤다고 생각한다. 그러나 그들의 도망은 탈주가 아니라 제도화된 우울증에 갇히는 과정이었을 뿐이다. 진짜로 도망을 친다는 것은 존재 자체가 페티시즘을 거부할 수밖에 없는 사람들이 우울증의 감옥에서도 탈출하는 것을 말한다.

---

15 모니크 비티크, 나영 역, 「누구도 여성으로 태어나지 않는다」, 앤 코트 · 에이드리언 리치 · 모니크 비티크, 나영 역, 『레즈비언 페미니즘 선언』, 현실문화, 2019, 195~196쪽.

16 버틀러, 조현순 역, 『안티고네의 주장』, 동문선, 2005, 135~138쪽.

제도화된 우울증이란 남성적 페티시즘을 거부하는 사람들이 심리적 감옥에 갇히게 된 상태를 말한다. 〈윤희에게〉에서 윤희(김희애 분)의 오빠나 쥰(나카무라 유코 분)에게 다정한 류스케는 친절하지만 여전히 남성주의에 머물러 있는 사람들이다. 그들의 상투적인 친절을 거부할 수밖에 없는 윤희와 쥰은 안티고네[17]처럼 제도화된 우울증을 앓는다.

윤희와 쥰을 우울증에서 구출할 수 있는 사람은 친절한 남성이 아니라 여성 타자들이다. 이 영화는 새봄(윤희의 딸)과 마사코(쥰의 고모)같은 여성 타자가 보다 더 고통스러운 윤희와 쥰에게 구원의 문을 열어주는 전개로 되어 있다. 새봄과 마사코가 구원의 문을 여는 전개는 여성적 연대의 비밀을 공감하고 확신을 주는 과정이기도 하다. 그들은 윤희와 쥰이 죄책감 없이 서로 다시 만나게 도와줌으로써 여성적 연대의 비밀을 자신의 정체성으로 확인하게 해준다.

새봄과 마사코가 그런 일을 하는 것은 그들 자신이 여성 타자이기 때문이다. 이리가레이가 말했듯이 여성 타자는 자신도 타자이면서 더 고통스러운 타자를 품어 안아준다. 새봄과 마사코는 심리적으로 윤희와 쥰의 고통을 품어 안음으로써 두 사람이 서로 여성적 연대를 긍정적으로 확인할 수 있게 해준다.

새봄과 마사코가 타자인 이유는 남성중심적 사회에서 여성적 삶을 견디려는 자의식을 지니고 있기 때문이다. 새봄은 이 영화에서 가장 대담한 인물이기 때문에 소심한 윤희와 다른 성격을 지닌 것으로 생각된다. 그러나 그녀가 당돌한 것은 남성중심적 사회에서 위축되지 않고 능동적인 삶을 살려는 노력의 일환이다. 윤희의 사진기를 물려받아 사진찍기를

17 위의 책, 131~134쪽.

좋아하는 새봄은 웬일인지 인물사진은 찍지 않는다. 새봄은 자신이 인물사진을 찍지 않는 것은 아름다운 것만 찍기 때문이라고 말한다. 그런 그녀가 일본에서 쥰을 찾고 있는 윤희의 사진을 찍으며 '예쁘다'고 말한다. 그동안 새봄은 말은 하지 않았지만 남성중심적 사회에서 어디서도 아름다운 얼굴을 발견할 수 없었다. 그러다가 여행을 핑계로 쥰과 만나도록 엄마를 일본에 데려온 후 심란한 마음으로 새 코트를 입고 있는 윤희의 모습에서 아름다움을 발견한다.

고3인 새봄과 달리 나이가 든 마사코는 순종적으로 보이지만 그녀 역시 여성 타자의 자의식을 지니고 있다. 마사코는 쥰 앞에서 습관적으로 '눈이 언제 그치려나'라는 말을 주문처럼 반복한다. 쥰과 마사코에게 매번 치워야 하는 길에 쌓인 눈은 일상의 생활의 무게이다. 마사코의 반복의 말은 심리적 짐에 대한 수동적인 대응인 동시에 여성의 능동적 삶에 대한 소망이기도 하다. 오랜 세월동안 모가 나지 않게 둥그러진 마사코 역시 무거운 일상에 대한 여성 타자로서의 자의식을 지니고 있는 것이다.

그런 여성 인물의 도움이 필요한 것은 윤희와 쥰이 스스로 사랑을 길어 올리기 어려운 우울증의 희생자이기 때문이다. 우울증이란 심연에 샘물이 있으면서도 두레박이 닿지 않아 퍼 올릴 수 없는 고통과도 같다. 진심의 샘물이 퍼 올려지지 않기 때문에 우울한 사람은 자신의 진정성을 담은 목소리를 낼 수 없다. 스피박은 '서발턴은 말을 할 수 없는 사람'이라고 했는데 퀴어 역시 자신의 말을 할 수 없는 존재이다. 쥰은 일기처럼 편지를 쓰면서도 한 번도 윤희에게 직접 붙일 수 없었다. 편지는 마사코에 의해 우체통에 넣어짐으로써 비로소 쥰 자신의 목소리로 들려오기 시작한다. 쥰의 목소리를 담은 편지는 실상은 마사코와의 이중주로 울리는 셈이다.

〈윤희에게〉는 쥰의 편지가 이중주로 목소리를 내는 전개를 영상으로도 보여준다. 이 영화는 전체의 전개가 편지로 되어 있는 셈인데, 편지는 여성 주인공의 일상과 겹쳐져서 목소리로 전달된다. 전반부는 쥰의 일상과 편지의 이중주이며 결말부는 윤희의 답장과 새로운 삶의 이중주이다. 그런 이중주의 연주를 가능하게 돕는 존재가 바로 마사코와 새봄이다.

이 영화의 독특한 구성인 목소리와 영상의 이중주는 마사코와 새봄이 쥰과 윤희를 돕는 과정과 겹쳐진다. 그런 복합적 구성에서 퀴어가 목소리를 내는 과정은 여성적 연대의 이중주를 심층적으로 확대해 보여주는 역할을 한다. 쥰과 윤희가 자신을 삶 속에 드러내는 과정은 그 자체가 매 순간 여성적 연대의 비밀을 실행하는 절박한 진행이기도 하다.

앞서 살폈듯이 여성이 말을 할 수 있는 것은 심장의 동요를 느끼는 반복의 이중주의 공명을 통해서이다. 그런데 쥰과 윤희의 사랑은 그런 이중주를 퀴어의 불가피한 존재의 운명처럼 보여준다. 퀴어란 차별적인 사회에서 일상의 재현적 현실을 혼자 감당하기엔 너무나도 무력한 존재이다. 여성 퀴어란 남성중심적 사회에서 혐오의 시선이 없는 진정한 삶이 불가능한 위치인 것이다. 그 때문에 일상에 발을 걸치고 있는 여성 타자의 도움을 통해 간신히 재현적 삶에 모습을 드러내게 된다. 힘들게 길어 올린 심연의 목소리는 삶 속으로 나와야 울릴 수 있기 때문에 여성 타자와의 절박한 이중주를 필요로 하는 것이다. 그런 절실함 속에서 쥰과 윤희의 반복의 목소리는 마사코와 새봄의 중개에 의해 반복과 재현의 이중주로서 울리고 있다.[18]

그런데 그런 퀴어의 운명적 이중주의 순간은 여성적 연대의 복합적 과

---

18 그런 이중주를 통해 전해지는 쥰과 윤희의 일상은 되살아난 목소리의 힘으로 재현을 넘어선 재현으로 제시된다.

정이기도 하다. 윤희와 쥰이 재회하는 지난한 과정에서 마사코와 새봄은 일방적으로 도움을 주는 역할만을 하는 것이 아니다. 마사코와 새봄은 윤희와 쥰의 여성적 사랑의 회생에서 스스로도 구원을 얻고 있다. 퀴어의 사랑은 남성중심성의 해체를 전제로 하기 때문에 억압된 여성적 사랑을 개화시키는 것이다. 마사코와 새봄은 자신들에게도 해방감을 주는 윤희와 쥰의 사랑을 도우며 남성주의 사회에 전회를 요구하는 (진실의) 이중주를 울리고 있다. 그런 다중적 음향을 울리는 퀴어의 회생 과정은 여성적 연대의 교향악과도 같다. 이 영화에서 목소리와 화면, 반복과 재현의 이중주는, 숨겨진 복합성을 통해 남성에게 전회를 요구하는 여성적 하모니의 심층적 발견에 다름이 아니다.

마사코가 쥰의 편지를 전달할 수 있었던 것은 오랜 세월 동안 쥰의 외로움 뒤의 갈망을 읽어왔기 때문이다. 새봄의 중개의 역할 역시 그와 비슷하다. 새봄은 부모의 이혼 후 엄마를 선택한 것은 윤희가 너무 외로워 보여 혼자서 살 수 없을 것 같아서였다고 말한다. 윤희는 딸에게조차 마음을 열지 않았지만 새봄은 그런 우울함이 누군가에게 진심을 전달하려는 불가능한 갈망임을 짐작하고 있었다. 새봄과 마사코는 여성적 연대의 힘을 통해 우울의 늪에 빠진 윤희와 쥰이 재회하게 도우며 자신들도 그 사랑의 회생의 과정에 참여하고 있다.

새봄은 쥰의 편지를 먼저 열어보며 '살다보면 더 이상 참을 수 없을 때가 있다'는 말에 공감한다. 쥰의 편지의 초반부가 새봄의 목소리로 전달되는 것은 그런 공감의 표현이다. 새봄은 그 대목에서 쥰의 편지를 얼굴에 대며 심호흡을 한다.

새봄이 쥰의 냄새를 맡는 것은 편지에서 가슴의 동요를 느꼈기 때문이다. 새봄과 마사코가 쥰과 윤희를 도와주는 것은 두 사람의 가슴의 진동이 다시 들려오도록 구원하는 것과도 같다. 그런데 그런 구원의 열정은 여성 타자로서 스스로에 대한 갈망이기도 하다. 이 영화에서의 두 번의 중요한 포옹의 장면 역시 그런 복합적 가슴의 동요의 갈망이다. 포옹은 심장을 가까워지게 함으로써 반복운동을 증폭시키려는 상호신체성의 소망이다. 영화 초반부에서 마사코는 쥰에게 안아달라고 말하는데 이는 실상 쥰의 갈망을 대신 표현한 것이다. 더 구체적으로는 쥰과 윤희의 갈망을 대리적으로 연출하려는 욕망의 표현인 셈이다.

또 한 번의 느닷없는 포옹은 새봄과 남자 친구 경수 사이에서 연출된다. 새봄은 경수가 쥰의 거처를 알아내어 윤희의 재회에 큰 역할을 했음을 알고 그와 포옹을 한다. 새봄이 경수를 안는 것은 실상은 윤희와 포옹을 하는 것이나 마찬가지이다. 또한 이 경우에도 윤희와 쥰의 포옹을 상상하며 대리적인 갈망에서 포옹을 하는 셈이다. 새봄의 포옹이 대리적 갈망이라는 것은 윤희와 쥰의 사랑이 자신에게도 해방감을 느끼게 해줌을 암시한다.

새봄은 쥰과 윤희에게 각각 똑같은 시간에 시계탑에서 약속을 하며 서로 만나도록 해준다. 쥰과 윤희의 펴 올릴 수 없는 심연의 사랑이 자신(새봄)을 통해 이중주로 울리게 만든 것이다. 운하 시계탑에서의 쥰과 윤희의 재회는 윤희와 새봄, 쥰과 마사코의 이중주(여성적 연대)가 개화한 결실과도 같다. 와타루의 만월의 상징적 표현은 둘 사이에서 여성성과 여성적 연대가 무르익었음을 나타내고 있다. 윤희와 쥰은 포옹을 하지는 않지만 가쁜 호흡과 하염없는 눈물은 이미 가슴에서 포옹을 한 것과도 같다.[19] 그 순간 둘의 심장이 가까워지면서 가슴이 동요하고 상호신체성의

19 시나리오에는 서로 포옹을 하며 몸을 떠는 장면으로 되어 있지만 실제 영화에서는 거리를 두고 눈물을 흘리는 장면으로 제시된다. 임대형 감독은 재회 이후의 윤희의 모습

갈망이 정점에 이르렀기 때문이다. 윤희와 쥰의 눈물은 금지의 거리를 관통하는 더 큰 포옹인 셈이다.

거리를 두고 서서 울고 있는 두 사람은 금지된 갈망의 샘물이 솟아올라 흘러내리는 듯하다. 심연의 샘물이 퍼 올려지는 그 순간은 서로가 내면에 젖어들어 와 있음을 확인하는 시간이기도 하다. 사랑을 공감한 뒤에도 둘은 동행할 수 없지만 내면에 들어온 서로를 감지한 이후의 삶은 달라질 수밖에 없다.

쥰은 윤희에게 보낸 편지에서 '너를 처음 만난 후 내가 누구인지 알게 됐다'고 말했다. 두 사람은 그런 비밀을 안 대가로 20년 동안 제도화된 우울증의 감옥에 갇혀 살아야 했던 셈이다. 그러나 재회 후 여성적 연대의 틈새 공간을 발견한 뒤에는 점차 우울증의 감옥에서 해방되기 시작한다. 두 사람이 눈물을 글썽인 운하 시계탑은 〈파란대문〉의 바다의 수평대나 〈미쓰백〉의 일렁이는 꽃잎의 공간과도 같다. 수평대에서 바다 속 금붕어를 바라보고 꽃잎 아래에서 설레는 가슴을 느끼듯이, 두 사람은 일상으로 돌아온 뒤에도 시계탑의 감동을 품고 살아갈 것이다.

내면에 여성적 연대의 틈새 공간이 생긴 후 윤희는 가부장제가 강요하는 우울한 일상에서 벗어나려 시도한다. 이제는 '내가 누구인지'를 알아가는 과정이 여성적 우울증을 만든 가부장제에 대응하는 진행이 된 것이다. 20년 전에는 정신병 치료를 받고 오빠에 의해 강제로 결혼을 했지만 지금은 오빠와 결별을 하고 새 일자리를 찾아 능동적 삶을 살려 하고 있다. 그런 새로운 일상을 향한 설레임은 쥰과 만든 틈새 공간에서 말을 하려는 떨림의 순간과 겹쳐진다. 윤희가 새 일자리를 찾는 장면이 준에게

이 계속 중요하기 때문에 그 장면에서 모든 것을 쏟아내지 않기 위해 그렇게 했다고 말했다. 임대형, 『윤희에게 시나리오』, 클, 2020, 152~153 · 200쪽.

쓰는 편지의 목소리와 이중주를 이루는 것은 그 때문이다.

윤희와 쥰의 새로운 삶은 아무도 가지 않은 길을 가야 하기에 매순간이 목숨을 건 도약과도 같다. 에로스란 목숨을 건 도약의 순간이며 쥰과 윤희의 편지 역시 마찬가지이다. 그런데 두 사람에게는 일상의 삶에서도 필사적인 도약의 용기가 필요하다. 그래서 만남을 통해 얻은 용기[20]와 새로운 삶에 대응하는 과정이 진실의 이중주로 울리는 것이다.

이 영화는 쥰의 편지로 시작해서 윤희의 답장 편지로 끝난다. 아버지의 죽음 후에 쓴 쥰의 편지는 남편이 재혼하고 오빠와 결별할 즈음의 윤희의 편지로 이어진다. 이런 편지쓰기의 데칼코마니 같은 진행[21]은 가슴이 동요하는 증폭된 **반복운동**의 공명임이 분명하다. 가슴이 뛰는 반복운동의 공명과 증폭은 쥰과 윤희의 점차 과감해진 목숨을 건 도약의 표현이기도 하다.

쥰의 아버지의 죽음은 우연한 사건이지만 윤희의 오빠와의 결별은 더 진전된 능동적 의지의 표현인 셈이다. 이 같은 반복운동의 증폭 과정은 윤희와 쥰이 도약을 통해 여성적 연대의 틈새 공간을 여는 진행에 상응한다. 〈파란대문〉에서 진아와 혜미가 거울의 반복을 통해 수평대의 틈새 공간을 열었듯이, 윤희와 쥰은 일상의 삶에서의 반복 속에서 시계탑 공간에 감응하며 능동적 삶으로 나아가는 것이다. 그와 함께 윤희와 쥰에게는 보다 더 특별한 용기가 필요하다. 시계탑에서의 만남 이후의 두 사람의 삶은 아무도 가지 않은 길을 가는 도약의 순간이기 때문이다.

---

20 쥰에게 보내는 윤희의 답장 편지로 표현된다.

21 윤대형 감독은 손으로 쓴 편지를 통해 지울 수 없는 말들 속의 진심을 표현하려 했다고 설명했다. 윤대형이 말한 진심의 교환이란 말할 수 없는 심연의 반복운동의 공명일 것이다. 임대형, 『윤희에게 시나리오』, 193쪽.

준과 윤희의 도약의 순간은 수동적 삶을 능동적 정동으로 전환시키는 코페르니쿠스적 전회의 시간이다. 준의 아버지와 윤희 오빠의 가부장제가 남성중심적 루틴이라면 준의 편지와 윤희의 답장은 여성적 연대의 필사적 도약이다. 혐오의 감옥에 갇힌 여성 퀴어의 전회는 혼자서는 불가능하며 새봄과 마사코와의 이중주를 통해서만 가능했다. 그런데 이제는 새봄과 마사코가 함께 열어준 틈새 공간에서 그들 해방의 소망을 앞지르며 도약과 전회를 시도하고 있는 것이다.

존재론적 전회는 꿈같은 열망을 통해 냉담한 현실을 전위시키는 과정이기도 하다. 반복운동은 재현적인 현실에서 비표상적인 실재에 다가가는 운동이다. 퀴어의 경우 재현과 실재의 간격이 너무 크기 때문에 실재가 비현실적으로 느껴지기도 한다. 준은 꿈을 꿀 때마다 편지를 썼으며 윤희 역시 편지에서 준의 꿈을 꿨다고 말한다. 두 사람의 반복적인 꿈은 보이지 않는 여성적 연대를 생생하게 보는 실재이기도 하다. 운하 시계탑에서의 만남 역시 실재이기 때문에 너무 짧은 그 시간이 또 하나의 비현실적인 꿈처럼 느껴지기도 한다.

그런 잠깐의 꿈같은 시간들이 실재임을 확신하게 해주는 것이 이 영화의 강렬한 반복의 서사의 효과이다. 반복이란 실재의 진실을 여는 과정이다. 꿈같은 시간이 기억을 통해 반복운동을 일으키며 가지 않은 길을 갈 수 있게 실재의 진실에 대한 용기를 주는 것이다. 그에 반해 남성중심적 루틴인 가부장제에 지배되는 긴 현실의 시간이야말로 실상은 환각과도 같은 세상일 것이다. 여성적 연대는 습관처럼 몸에 밴 환각 같은 가부장제적 편견에 대응하려는 도약과 전회의 시도이다. 이 영화에서 짧은 꿈과 편지가 일상의 재현과 겹쳐져 제시되는 것은, 간절한 반복과 재현의 이중주, 그 코페르니쿠스적 전회를 통해 진실에 접근하기 위해서이다. 간신히 열린 진실의 문은 쥰과 윤희의 편지처럼 열려진 틈새가 닫히지 않도록 꿈과 시계탑의 기억을 동요시키며 끝없이 목소리를 내야 한다.

이 영화에서 윤희는 그처럼 능동적으로 변화되지만 그녀가 사는 세상이 변화될지는 불분명하다. 겨우 열린 틈새 공간은 가부장제의 권력에 의해 매번 다시 닫힐 위기에 처할 것이기 때문이다. 윤희의 변화가 세상의 변화로 이어지려면 그녀의 능동성의 소망이 일상에서 부단히 울림을 얻어야 한다. 우리는 결말에 이르러서 친절한 윤희의 오빠(용호)가 여성을 유리벽에 가두는 인물이며 우울하던 윤희가 능동적 삶의 갈망을 숨겨왔음을 알게 된다. 우리의 일상은 전도된 존재로 살아가는 사람들을 위해 인식론적 전회를 요구하고 있는 것이다.

퀴어에 대한 그런 인식론적 전회가 어렵기 때문에 네 명의 여성의 복합적인 이중주의 연대가 필요했던 셈이다. 그러나 그런 만큼 인식의 전환을 요구하는 존재론적 전회의 모험은 더 급진적이다. 〈파란대문〉이나 〈미쓰백〉보다 〈윤희에게〉에서 여성적 연대가 더 복합적으로 제시되는 것은 존재 자체가 표상의 감옥인 퀴어를 텅 빈 중심에 놓았기 때문이다. 퀴어란 표상불가능한 실재계적 빈 중심에 가까이 다가가 있는 존재이다. 퀴어를 그런 위치에 놓으면 일상에서의 남성적 장벽이 더 잘 보이게 된다. 그리고 정상적으로 보이는 남성적 사회의 편견이 드러날 때 평범해 보이는 여성들까지 움직이게 된다. 가부장제를 거부할 수밖에 없는 '도망노예'로서의 퀴어의 존재론적 운명이 주변의 여성들까지 함께 움직이게 만드는 것이다. 이것이 위험한 퀴어가 지닌 잠재적 급진성의 의미일 것이다.

물론 앞으로 윤희가 자신의 삶의 도정에서 어떤 또 다른 파문을 던질지는 불확실하다. 퀴어는 급진성이 잠재하는 만큼 남성중심주의의 배제의 권력이 강력하게 작용하는 위치이기 때문이다. 우리 사회에서 여성 퀴어는 잠재적 급진성을 지녔으면서도 결코 변화를 요구하는 선봉에 설 수 없는 위치에 있다.[22]

하지만 중요한 것은 우울증으로 추방된 퀴어가 일방적으로 도움을 필요로 하는 위치가 아니라는 점이다. 새봄이나 마사코가 윤희와 쥰을 도운 것은 아무도 이해하지 못하는 퀴어에게 예외적 관심을 기울인 것이 아니다. 그보다는 남성적 체제에서 간신히 살아남은 여성은 가부장제의 '도망노예'인 퀴어의 운명에 공명할 가능성을 이미 지니고 있는 것이다. 레비나스는 물러서는 방식으로 자기성의 자아를 열어 타자를 환대하는 여성적 에로스를 타자성의 윤리의 대표적 예로 들고 있다. 여성 타자가 우울한 퀴어에게 문을 여는 것은 그런 여성적 에로스의 실현에 다름이 아니다. 그렇게 함으로써 윤희와 쥰 사이의 보다 더 간절한 여성적 사랑을 긍정하며 에로스에 둔감한 가부장제에 대응하고 있는 것이다.

여성적 연대의 은밀한 아름다움은 에로스의 실현으로서 연쇄적인 타자성의 윤리의 성숙에 있다. 다만 여성적 연대를 통해 세상을 바꾸는 일은 인종이나 계급의 영역에서의 변혁운동과는 다른 어려움이 있다. 자신의 진정성을 펴 올릴 수 없는 퀴어는 스피박이 주목한 서발턴과 비슷한 난제를 안고 있다. 그런데 퀴어와 여성 타자에게는 그 이상의 또 다른 난제가 놓여 있다. 서발턴은 「고향」에서처럼 지식인과의 이중주를 통해 제국에 대항할 수 있었으며 1970년대 소설들에서처럼 중간층과 교감하며 진실의 이중주를 울리 수 있었다. 반면에 퀴어와 여성 타자에게는 페미니즘이 활발해지기 전인 1980년대까지는 지식인이나 중간층에 해당

22 〈윤희에게〉에서 여성적 연대의 복합적인 이중주가 요구되었던 점 역시 퀴어에게 구원의 문을 여는 일의 어려움의 반증이기도 하다.

하는 교감의 상대항이 미약했다. 지식인이나 중간층은 식민지나 계급사회에 위치해 있으면서도 서발턴과 하층민 타자를 환대할 수 있었다. 반면에 여성 퀴어는 남성적 사회에 발 딛은 채 성적 타자에게 가슴을 벌릴 수 있는 일상의 존재를 찾기 어려웠다. 퀴어와 여성적 연대가 은밀해 보이는 이유는 여성끼리의 울림을 통해 견고한 남성중심적 캐슬을 뒤흔들어야 하기 때문이다. 이제까지 여성적 연대가 변혁운동으로서 큰 성취를 얻지 못한 것은 그런 구조적 난제 때문이다.

그 같은 어려움은 젠더 영역이 대체불가능한 불평등성[23]의 지대이면서도 친밀한 권력에 의해 차별이 은밀히 감춰지기 때문이다.[24] 계급의 영역에서 하층민은 상류층에 진입하는 것이 전혀 불가능하진 않으며 그런 잠재적 유동성이 있을 경우 중간층의 위치가 중요하다. 반면에 젠더영역의 중간지대에 놓인 퀴어들은 대체불가능성의 위험성의 기표일 뿐이다. 남성 담론은 대체불가능성을 존재의 운명으로 말하면서 은밀성의 영역에 차별을 묻어버린다. 변혁운동의 시대에도 젠더영역의 모순이 완화되지 않고 남아 있던 것은 그 때문이다.

그러나 변혁운동이 와해된 우리시대에는 사정이 크게 달라졌다. 오늘날 과거에 사상가였던 지식인은 지식기술자나 상품판매자가 되었다. 또한 예전에 하층민과 교감하던 유동적인 중간층은 엷은 벽처럼 미미해졌다. 그처럼 하위계층과 교감하던 중간 지지층이 취약해졌다는 것은 자본과 제국의 동일성의 물신화가 절정에 이르렀음을 나타낸다. 이제 진실의

23 계급의 영역에서는 가난한 사람이 부자가 되는 일이 전혀 불가능하진 않은 반면 젠더영역의 경우 여성 타자가 남성의 위치와 대체될 수 있는 일은 매우 어렵다. 대체불가능한 불평등성의 영역은 존재론적 전회를 요구하는 구조적 난제를 안고 있다.

24 친밀한 권력은 남성적 시선에서 여성의 매력을 인정하며 차별을 감추고 젠더관계를 정상화하는 기능을 한다. 나병철, 『친밀한 권력과 낯선 타자』, 소명출판, 2019 참조.

이중주는 지식인이나 중간층의 지난한 자기변혁이 없이는 불가능한 일이 되었다.

그런 지식인과 중간층의 와해 속에서 겨우 살아남은 것은 오랫동안 외면해왔던 여성일 것이다. 오늘날 상품 페티시즘과 성적 페티시즘에 완전히 동화되지 않은 틈새는 다수체계성을 지닌 여성 타자이다. 기호계와 상징계의 상호텍스트성의 위치인 여성 타자는 물신화된 동일성 체제에서도 잠재적인 틈새를 갖고 있다. 여성 타자는 오염된 바다를 떠날 수 없는 사람들에게 은어와도 같은 다수체계성으로 강으로 회귀하는 틈새를 열어준다.

여성 타자의 대응은 대체불가능한 남성사회의 성벽을 넘기 어렵기 때문에 흔히 은밀성의 응시로 간주되어 왔다. 여성의 문제제기가 빈번히 사적인 영역의 고통으로 취급되어 감춰지는 것은 그 때문이다. 그러나 인격성의 영역을 예속화하는 신자유주의에서는 은밀성의 틈새를 확대해 가는 일이야말로 변혁운동의 태동이다. 우리시대야말로 은밀한 개인적인 영역이 공적인 문제제기의 장소가 된 세계이다. 다만 신자유주의에 잘 대응하지 못하는 남성은 은밀성의 영역을 공적인 문제제기의 장소로 전환시키는 방법에 둔감하다. 〈윤희에게〉에서 윤희의 오빠는 오염된 남성중심적 바다에서 살아남는 처신술을 가르쳐 줄 수 있을 뿐이다. 반면에 쥰과 윤희는 친절을 뿌리치고 스스로의 몸으로 강으로 회귀하면서 은어처럼 생명을 되찾는 능동성의 삶을 향하고 있다. 인격성을 식민화하는 신자유주의의 바다에서 연성화된 개인적인 자기성의 기술을 뿌리치는 일이야말로 새로운 공적인 영역일 것이다. 오빠와 결별한 윤희에게는 사적인 일상의 일이 매순간 긴장된 도약이자 전회의 요구이다. 오염된 바다의 회유를 물리치고 필사적으로 도약해 강으로 회귀하는 은어의 행로가 새로운 미래인 것이다.

이처럼 몸으로 물결치는 은밀한 변화의 요구는 일상에서 여성들끼리 찾은 틈새의 연대에서도 암시된다. 〈파란대문〉에서 혜미는 진아와 틈새 공간을 만들어 가면서 애인의 남근 중심적 성애에 변화를 요구한다. 또한 〈미쓰백〉에서 백상아는 지은이와의 연대를 생성하며 장섭의 호의의 일방성에 대해 질문하고 있다. 〈윤희에게〉에서의 새봄 역시 새롭게 인물 사진을 찍고 윤희와 연대하며 외삼촌(용호)에게 아름다움에 대해 묻고 있다. 여성적 틈새 공간의 확대는 남성중심적 세계의 사람들에 대한 전회의 요구이다. 여성적 연대는 은밀성을 공공성으로, 사적 영역을 공적 영역으로 전환시키면서, 유약해진 지식인과 중간층에게 전회를 요구하는 새로운 방식의 변혁의 흐름을 창조해내고 있다.

제10장

반복과 시뮬라크르

1. 시뮬라크르와 반복충동

반복은 체제의 맥락에서 벗어난 운동인 점에서 원본 없는 시뮬라크르와 연관이 있다. 우리가 원본이라고 생각하는 현실은 실상은 자본과 권력의 맥락에 얽매인 상징계[1]일 뿐이다. 반면에 **반복**은 체제(상징계) 내의 문법적인 반복과는 달리 차이를 생성하는 실재계적 운동이다. **시뮬라크르** 역시 상징계적 원본의 시뮬레이션이 아니라 맥락에서 해방되어 실재계에 접근한 이미지이다.[2] 그처럼 반복과 시뮬라크르가 탈맥락적이라는 것은 상징계와 실재계 사이에서의 운동과 이미지라는 뜻이다.

플라톤은 이데아를 옹호하며 예술과 그림 같은 시뮬라크르를 비판했다. 그러나 이데아란 형이상학적 원본과도 같으며 시뮬라크르야말로 원

---

1 원본의 체제(상징계)는 항상 불완전할 수밖에 없으며 그 때문에 원본의 동일성을 유지하기 위해서는 상상계적 장치들을 필요로 한다.

2 원본을 가정한다는 것은 원본의 동일성을 유지하려는 권력이 작용하고 있음을 뜻한다. 반면에 시뮬라크르가 원본의 동일성을 가정하지 않는다는 것은 권력에서 풀려난 공간에서 (이미지를 통해) 의미작용을 생성하는 과정을 나타낸다.

본에서 벗어나 실재계에 접근한 이미지일 것이다. 그런 맥락에서 라캉은 그림이 시선과 응시의 교차[3] 속에서 실재계와의 만남을 경험하게 한다고 논의했다. 그림이 가상임에도 불구하고 우리의 무의식을 움직이는 것은 현실보다도 더 실재계와의 만남을 가능하게 해주기 때문이다.

시뮬라크르가 실재계와의 만남을 가능하게 한다는 것은 가상을 사용하는 예술의 존재 이유를 말해준다. 가상을 통한 실재계와의 만남은 사건의 순간을 회생시키고 반복운동을 일으킨다. 예컨대 〈파란대문〉에서 진아와 혜미가 일렁이는 바다를 응시하는 장면은 재현이 아니라 시뮬라크르이다. 진아와 혜미는 남성중심주의의 맥락에서 벗어난 틈새에서 금붕어를 들여다보며 가슴의 반복운동을 느끼고 있다. 재현이 현실의 원본에 대한 모사물이라면 시뮬라크르는 상징계적 맥락에서 해방되어 실재계에 다가가는 이미지이다. 남성중심적 현실의 재현에서는 진아와 혜미가 겪은 굴욕적인 일들이 일상의 침묵에 묻히게 된다. 반면에 시뮬라크르는 일상에 묻힌 사건을 솟아오르게 하면서 반복운동을 일으켜 능동성을 소망하게 만든다.

〈파란대문〉은 남성중심적 폭력이 여과 없이 노출되는 영화이다. 그처럼 폭력이 난무하는 중에도 여성적 연대가 빛을 발하는 것은 틈새를 열어젖히는 시뮬라크르의 힘 때문이다. 진아가 성매매를 하거나 개코에게 시달리는 장면은 남성중심적 현실의 재현이라고 할 수 있다. 그러나 곳곳에서 진아와 혜미의 여성적 해방의 갈망이 표현된 장면은 재현이 아니라 시뮬라크르이다. 그런 진아와 혜미의 시뮬라크르가 남성중심적 재현에 틈새를 만들기 때문에 이 영화는 폭력에도 불구하고 아름답게 느껴진다.

---

3 라캉, 민승기 · 이미선 · 권택영 역, 『욕망이론』, 문예출판사, 1994, 201 · 237~240쪽.

영화는 그림과 다른 사진이기 때문에 현실을 재현한다고 느끼기 쉽다. 그러나 영화에서도 타자의 응시가 표현되면 현실의 틈새를 만들어 실재계와의 만남이 가능하게 된다. 그 때문에 영화에서 현실의 틈새를 만들며 시뮬라크르가 연출된 장면은 매우 중요하다.

가령 〈파란대문〉에서 진아의 방에 있는 어항 속 금붕어는 남성적 현실에 갇힌 진아의 은유이다. 그런데 진아 방에 들어간 혜미가 금붕어를 보는 쇼트는 어항의 물에 비쳐진 그녀의 얼굴과 겹쳐져 보여진다. 이 장면은 단순한 재현이기보다는 혜미의 응시에 의한 현실의 틈새에서 연출된 시뮬라크르라고 할 수 있다. 재현의 방식으로는 순결주의에 갇힌 혜미와 어항에 갇힌 진아는 자아의 능동성을 찾기 어렵다. 반면에 금붕어와 혜미 얼굴의 겹침은 진아에게 다가간 혜미의 내면(응시)의 표현이며 그런 연대의 힘으로 남성중심적 현실의 틈새가 열리고 있는 것이다. 그 때문에 금붕어가 살아 움직이는 것으로 느껴지면서 혜미에게 그 율동이 진아의 가슴의 진동으로 다가오게 된다.

이 어항 쇼트는 마지막 장면에서 두 여성이 수평대에 앉아 바다 속에 풀려난 금붕어를 보는 쇼트로 연결된다. 수평대 쇼트 역시 금붕어 쇼트의 변주된 반복으로서 가슴의 동요를 증폭시키는 시뮬라크르라고 할 수 있다. 바다에 의해 이연된 수평대는 혜미와 진아의 연대와 결합되며 숨쉴 수 없는 남성중심 사회에서 벗어나 가슴을 진동시키는 틈새를 열어준다. 어항과 수평대 쇼트에서 현실의 틈새의 시뮬라크르는 여성의 가슴이 동요하는 반복운동의 증폭과 동시적으로 표현된다. 금붕어의 율동이나 바닷물의 일렁임은 가슴의 반복운동의 은유이다. 그처럼 **시뮬라크르**가 표현되는 순간은 자아를 능동적으로 만드는 **반복운동**의 순간이기도 하다.

시뮬라크르란 현실의 틈새에서 생성되는 지시성에서 해방된 의미작용이다. 또한 반복운동이란 체제의 틈새에서 고통의 반발력을 통해 탄력성 있게 튀어오르는 본능적인 충동이다. 시뮬라크르는 일상의 침묵에 묻힌 여성의 고통을 사건으로 솟아오르게 하면서 그 충격의 힘으로 본능적인 반복운동을 생성시킨다. 금붕어 쇼트는 어항이라는 권력의 유리창에 반발하는 진아의 동요(반복운동)를 표현하고 있다. 또한 수평대 쇼트는 두 여성이 연대하는 힘으로 어항에서 풀려난 금붕어가 자유롭게 헤엄치는 장면을 보여준다. 여기서 금붕어의 일렁임은 진아와 혜미의 증폭된 가슴의 동요이기도 하다. 두 개의 쇼트에서 시뮬라크르와 반복운동은 권력의 상상계에서 윤리적 실재계로 이동하면서 남성중심적 현실에 대응하는 미학적 방식을 보여준다. 남성중심적 상상계가 생명적 존재를 자동인형과 상품으로 만든다면, 시뮬라크르와 반복은 상품에서 벗어나 다시 생명적 존재로 회귀하는 틈새의 운동을 생성한다.

〈파란대문〉은 다양한 시뮬라크르를 통해 (재현된) 현실의 틈새를 열어젖히며 가슴이 동요하는 아름다운 반복운동을 보여주는 영화이다. 이 영화에서 특이한 시뮬라크르들과 반복운동은 남성중심적 폭력의 재현을 비집고 솟아올라 여성적 연대의 갈망을 시각화한다. 그런 방식으로 〈파란대문〉은 재현과 반복, 모방과 시뮬라크르의 이중주를 통해 여성의 해방을 갈망하는 진실을 표현한다.

체제의 맥락에서 풀려난 시뮬라크르가 틈새를 여는 힘은 영화뿐 아니라 현실에서도 나타난다. 예컨대 앞서 살핀 미투 운동은 시뮬라크르의 연쇄를 통해 저항의 틈새를 만드는 새로운 변혁운동을 보여준다. 과거의 거리의 투쟁은 현장에서 연대한 사람들이 저항 공간을 만들기 위해 화염병과 돌멩이를 던지며 시작되었다. 그러나 남성적 폭력에 희생된 여성들은 도처에서 남성중심주의에 포위되어 현장에서 대응하는 것이 불가능했다. 그 때문에 미투 운동은 현실의 연대 대신 일상의 맥락에서 풀려난 특별한 뉴스 화면에서 **시뮬라크르**를 통해 틈새를 열기 시작했다. JTBC 뉴스룸 화면은 직접 대면할 수도 포옹할 수도 없는 여성 희생자의 이미지를 보여줄 뿐이었다. 그런데도 대면이 가능한 일상에서 2차 피해를 당했던 서지현 검사는 원본의 현실에서 떨어진 시뮬라크르(화면)를 통해 침묵에 묻힌 사건을 솟구치게 하고 있었다. 그것은 일상에서 보이지 않던 서 검사가 우리의 눈에 보이기 시작했기 때문이다. 남성중심적 원본의 세계는 서 검사가 원본의 권위를 실추시킬수록 보이지 않는 존재로 만들 뿐이다. 반면에 JTBC 화면은 남성적 원본이 배제한 서 검사를 보이게 만들며 원본의 맥락에서 벗어나 능동적인 의미작용을 할 수 있게 했다.

시뮬라크르는 원본의 권위가 없는 틈새에서 가슴을 동요시켜 연속적인 반복운동을 촉발시킨다. 서 검사가 열어젖힌 틈새 공간은 이제 '나도 서지현이다'라는 **은유**를 통해 시뮬라크르의 연쇄를 만드는 반복운동을 시작했다. 은유는 서 검사의 비재현적 시뮬라크르와 현실의 또 다른 희생자를 연결함으로써('나도 서지현이다') 틈새의 생성을 연쇄적으로 반복하는 장치이다. '미투'의 은유는 남성중심적 원본에 묶인 여성을 서 검사처럼 원본 없는 시뮬라크르의 위치로 이동시킨다. 그렇게 함으로써 현실에서 연대하는 대신 은유와 시뮬라크르를 통해 남성적 원본의 틈새 공간에서 손을 잡는 것이다. 과거에는 가두와 현장에서 만나야지만 투쟁이 가능했지만, '미투'에서는 한 번도 만난 적이 없는 여성들이 **원본의 권위를 무효화하는** 시뮬라크르의 힘으로 연대한다. 미투 운동은 시뮬라크르와 은유의 연쇄를 통해 반복운동을 지속시키는 우리시대의 새로운 변혁운동이다.

미투 운동에서 시뮬라크르와 은유는 틈새 공간에 발을 걸치는 행위를 계속 반복하게 만든다.[4] 미투를 외치는 순간은 〈파란대문〉의 수평대 위에서 희생된 타자와 얼굴을 마주보는 순간과도 같다. 원본은 지시대상에 묶여 있지만 수평대의 시뮬라크르는 원본에서 벗어나 연쇄적 반복이 가능해진다. 시뮬라크르가 남성중심적 원본의 권위를 무효화한다면 은유('나도')는 비표상적 이미지(시뮬라크르)의 힘으로 현실에서 틈새를 만드는 일을 계속하게 해준다. 남성중심적 원본이란 현실의 균열을 상상적으로 봉합함으로써 생겨난 것이다. 반면에 미투 운동은 보이지 않던 균열(사건)을 보이게 만들고 그곳의 틈새에서 연대와 공감의 힘으로 남성적 원본으로 회귀하려는 권력에 저항한다.

미투 운동처럼 신자유주의 시대의 새로운 변혁운동에서는 시뮬라크르가 매우 중요하다. 그 이유는 신자유주의란 일상의 곳곳이 자본의 맥락에 포위되어 틈새가 없어진 사회이기 때문이다. 미투 운동이 남성중심주의에 에워싸인 채 시뮬라크르를 통해 틈새를 열듯이, 희망버스나 촛불집회에서도 자본의 맥락의 포위된 상황에서 사건의 시뮬라크르가 틈새를 생성해준다.

과거에는 현실 자체에 틈새가 잔존했기 때문에 재현을 통해서도 변혁의 서사를 기획할 수 있었다. 그러나 오늘날은 송경동의 시가 암시하듯이 사회운동가마저 정체성의 혼돈을 경험하는 시대이다. 신자유주의는 타자가 보이지 않게 추방된 사회이기 때문에 희생자에 공감하며 가슴이 뛰는 반복운동을 생성하기 어려워진다. 이런 사회에서는 희망버스에서의 김진숙의 고공투쟁처럼 '이상한 고요함'에 묻힌 사건과 타자를 솟아오르게 해야 한다. 고공의 김진숙은 대면불가능하게 멀어진 채 원본의 권

4 틈새 공간에서의 반복운동은 비표상적인 운동이며 시뮬라크르와 은유(상징)는 그런 반복운동을 촉발시키는 이미지들이다. 들뢰즈, 김상환 역, 『차이와 반복』, 민음사, 2004, 60쪽.

위를 무효화하며 우리의 가슴을 다시 뛰게 만든 시뮬라크르였던 셈이다.

시뮬라크르는 원본에서 멀어지면서 우리 가슴에 다가오는 이미지이다. 원본의 현실이란 우리의 무의식을 식민화하는 자본에 포위된 상징계일 뿐이다. 반면에 김진숙의 시뮬라크르는 자본의 맥락에서 멀어진 거리를 통해 연출된 실재계적 이미지이다. 실재계적 이미지가 보이기 시작했다는 것은 신자유주의가 추방한 실재계적 타자가 회생했다는 뜻이다. 타자란 고통으로 인해 반복운동을 멈출 수 없는 존재이다. 김진숙이 타자로서 우리 눈에 보이기 시작하자 사람들은 그녀의 심장의 반복운동에 감염되어 다시 가슴이 뛰기 시작했다. **타자**를 회생시켜 반복운동을 부활시키는 **시뮬라크르**는 이미지가 원본의 현실보다 더 현실적이라는 우리시대의 역설을 입증한다.

타자의 위치는 반복운동이 생성되는 진원지이다. 고통 받는 타자는 현실의 균열이나 주변부, 어둠 속에서 본능적으로 반복운동을 한다. 그런데 신자유주의는 사회적 균열을 상상적 장치들로 봉합해 타자가 보이지 않게 만드는 시대이다. 그처럼 타자가 사라진 신자유주의는 순수한 자본주의의 원본에 가장 가까워진 세계이다. 원본의 자본주의[5]란 가슴 뛰는 능동적 반복운동의 상실과 함께 아무리 시간이 지나도 권력에 예속된 삶이 변화되지 않는 사회이다. 이런 시대에는 자본의 맥락에서 **멀어진** 이미지를 통해 원본의 권위를 무효화하는 시뮬라크르가 작동돼야만 타자가 회생할 수 있다. 그처럼 타자가 회생해야만 반복운동이 부활하면서 변화를 소망하는 움직임이 나타날 수 있다.

---

5 원본의 자본주의란 자본주의의 이데아와도 같다. 신자유주의에서의 모든 존재들은 자본의 이데아와의 관계 속에서만 차이를 지닌다. 반면에 원본에서 멀어진 시뮬라크르는 이데아를 상상적인 것으로 되돌리고 실재적인 차이와 반복의 운동을 발생시킨다.

예컨대 서지현 검사의 주위 사람들은 조용했던 반면 TV 화면의 시뮬라크르에 감화된 사람들이 반복적으로 미투 운동을 일으키고 있다. 또한 일상의 노동자들을 지나쳤던 사람들이 김진숙의 시뮬라크르에 자극 받아 희망버스를 타고 풍등을 올리며 '우리가 김진숙이다'라고 외쳤다. 마찬가지로 플로이드의 죽음의 현장에 있던 사람들은 모두 침묵했으나 동영상의 시뮬라크르가 전 지구적인 파문을 불러일으켰다. 과거에는 현장에서 벌거벗은 얼굴과 대면한 사람들이 가슴이 동요하면서 심장의 진동을 전파시켰다. 그러나 벌거벗은 얼굴마저 신자유주의의 원본의 감옥에 갇힌 시대에는 원본에서 이탈한 시뮬라크르가 연쇄적 반복운동을 일으킬 수 있는 것이다. 지시대상이 없는 시뮬라크르는 원본과 달리 순식간에 곳곳으로 반복운동을 전파시킬 수 있다. 우리시대는 여성과 노동자와 유색인종의 벌거벗은 얼굴을 **시뮬라크르**가 대체한 시대이다. JTBC의 화면과 크레인의 김진숙, 플로이드의 동영상은 우리가 상실한 본능적인 반복운동을 회생시키는 시뮬라크르들이다. 신자유주의라는 원본 자본주의 시대에는 벌거벗은 얼굴보다 시뮬라크르가 원본의 권위를 해체할 수 있기 때문에 모두의 식어가는 가슴에 파문을 일으켜 반복운동을 회생시킬 수 있는 것이다.

2. 사건의 시뮬라크르와 소비의 시뮬라크르

새로운 변혁운동의 신무기인 시뮬라크르는 우리시대의 최고의 발명품이라 할 수 있다. 사건의 시뮬라크르는 뉴미디어와 가상공간의 발달에 힘입은 것이지만 테크놀로지의 진화가 저절로 신무기를 만든 것은 아니다. 사건의 시뮬라크르는 잔혹한 사건이 침묵에 묻히는 시대에 가슴의 반복운동을 회생시키려는 절박함에 의해 창안된 것이다.

플로이드의 동영상을 찍은 소녀(프레이저)는 동네에서 비슷한 경찰의 잔혹 행위가 너무 만연했기 때문에 녹화를 시작했다고 말했다. 그녀는 현장에서는 매번 '이상한 고요함'이 계속된다는 현실을 알고 자신도 모르게 동영상을 찍은 것이다. 프레이저가 동영상을 페이스 북에 올린 것은 가슴의 고통을 누군가와 함께 하려는 절박함에 의한 것이다. 과거에는 현장에서 그런 대담한 행동이 일어났지만 오늘날은 대면적 관계에서는 사건이 침묵에 묻힐 뿐이다. 프레이저의 동영상은 과거의 **벌거벗은 얼굴**의 대면을 대신하는 **시뮬라크르**라는 신발명이라고 할 수 있다. 침묵하는 사람들이 다시 한 번 가슴이 뛰게 하려는 절실함이 시뮬라크르를 작동시키게 한 것이다.

시뮬라크르는 현장 자체에서 멀어진 이미지이지만 오늘날에는 오히려 파생 이미지가 현장의 대면보다 위력을 발휘한다. 현실은 권력의 컨텍스트에 장악되었으나 현장에서 멀어진 이미지는 권력의 포위에서 벗어나 가슴을 뛰게 할 수 있는 것이다. 더욱이 시뮬라크르의 이미지는 순식간에 전지구적으로 전파될 수 있다. 이처럼 시뮬라크르가 원본의 현실보다 우리의 **본능적 충동**(반복운동)에 더 호소할 수 있다는 사실은 우리시대의 중요한 역설이다.

그런데 모든 파생 이미지들이 사건의 시뮬라크르의 역할을 하는 것은 아니다. 사건의 시뮬라크르는 자본의 표상으로 뒤덮힌 현실에서 비표상적인 실재(계)[6]에 접근하는 이미지이다. 하지만 시뮬라크르는 때로는 실재에 접근하는 플로이드의 동영상과 정반대되는 기능을 하기도 한다. 보

6 오늘날의 현실이 자본의 표상으로 뒤덮여 있다면 실재(계)는 그것에서 벗어난 표상할 수 없는 영역이다.

드리야르가 주목한 소비의 시뮬라크르는 사건의 시뮬라크르와는 달리 오히려 원본의 자본주의(신자유주의)의 균열을 봉합하는 기능을 한다.

보드리야르는 시뮬라크르가 지시대상을 갖지 않는 파생물이라고 말한다.[7] 그가 주목한 시뮬라크르는 디즈니랜드나 쇼룸,[8] 명품 같은 소비적인 상품들이다. 이 시뮬라크르 상품들의 특징은 과거의 상품과는 달리 이미지가 사용가치를 넘는 기호작용을 한다는 점이다. 사람들이 명품에 열광하는 것은 시뮬라크르라는 이미지 때문이지 사용가치가 월등하기 때문이 아니다. 이처럼 이미지의 가치가 현물의 가치를 엄청나게 능가하는 것이 보드리야르의 소비의 시뮬라크르이다. 이미지가 현물을 추월하는 점에서 소비의 시뮬라크르에는 이미지에 상응하는 지시대상이 없다.

이미지의 우월성이나 지시대상의 부재는 소비의 시뮬라크르와 사건의 시뮬라크르의 공통점이다. 흥미로운 것은 비슷한 특징을 지닌 두 가지 시뮬라크르가 정반대의 기능을 한다는 것이다. **사건의 시뮬라크르**에서는 이미지가 '매장된 사건'을 솟구치게 하지만 **소비의 시뮬라크르**의 이미지는 오히려 현실의 균열을 메우며 아무 일도 없는 세상을 지속시킨다. 전자가 우리의 가슴을 뛰게 하는 반복운동을 회생시킨다면 후자는 '이상한 고요함' 속에서 빈약해진 가슴에 환상적인 이미지를 주입하는 기능을 한다.

두 가지 시뮬라크르는 신자유주의에서 빈곤한 자아의 우울증을 달래주는 유사한 역할을 한다. 그러나 사건의 시뮬라크르가 사건과 타자를 회생시키며 가슴을 부풀게 하는 반면, 소비의 시뮬라크르는 사건을 매장

---

7 보드리야르, 하태환 역, 『시뮬라시옹』, 민음사, 2001, 12쪽.

8 쇼룸이란 다이소나 이케아, 명품관 등에 전시된 '연출된 시각성'을 말한다. 쇼룸은 쇼윈도에서 한발 더 나아가 자기 스스로 연출할 수 있는 이미지의 환상을 제공한다. 그 때문에 쇼룸은 환상이 현실이 되었다는 느낌을 갖게 하며 사적인 영역에까지 상품사회의 시각성이 침투되게 만든다.

한 채 환상적 보충제를 통해 자아가 풍성해진 착각을 일으키게 한다. 전자는 타자와의 교감을 회생시켜 빈약한 자아를 일으켜 세워 주지만, 후자는 타자를 상실한 채 자기도취에 빠지게 하는 나르시시즘적 보충물일 뿐이다. 사건의 시뮬라크르가 우리를 자본의 콘텍스트에서 벗어나 **실재계**로 이동하게 한다면, 소비의 시뮬라크르는 **상상계적** 이미지를 통해 균열 없는 원본 자본주의의 환상을 유지시킨다.

우리시대는 두 가지 시뮬라크르가 일상과 사회에서 서로 다르게 중요한 영향을 미치는 세상이다. 오늘날 가상공간을 만드는 테크놀로지의 발전은 상이한 기능을 하는 시뮬라크르들을 생성시키고 있다. 예컨대 〈파란대문〉에서 바다 위의 수평대는 자연과 일체가 된 듯한 환상을 불러일으키는 관광 상품이다. 관광객들은 꿈을 꾸듯이 자연의 바다 위를 유영하지만 그 이미지 상품은 잠시의 위안일 뿐 현실과의 틈새를 만들지 못한다. 그런데 똑같은 수평대에 진아와 혜미가 앉았을 때는 놀라운 변화가 일어난다. 이미지 상품이 사람들이 여전히 어항에 갇힌 채 헤엄치게 한다면, 진아와 혜미는 어항에서 풀려난 금붕어처럼 해방의 열망으로 가슴이 뛰게 된다.

그런 테크놀로지의 양가성은 TV 화면이 연출하는 시뮬라크르의 경우에도 마찬가지이다. TV의 '리얼' 프로들은 음식, 자연, 일상의 영역에서 활력적인 감성을 회복시키며 빈약한 자아가 부푸는 환상을 제공한다. 여기서의 즐거움은 냉혹한 자본의 현실원칙 대신 자유로운 게임의 규칙에 따라 행동하는 데 따른 해방감에서 온다. 〈백만장자와 결혼하기〉에서처럼 '리얼' 프로는 타자조차 게임의 일원으로 초대되어 가상의 시뮬라크르를 통해 자본주의에서도 행복이 가능하다는 환상을 느끼게 된다. 그러나 그런 기쁨은 원본의 자본주의 안에 머물면서 현실원칙의 냉혹함을 잠시 모면한 쾌감일 뿐이다.

반면에 JTBC 화면의 서지현 검사는 남성중심주의 안에서 손님으로 초대된 것이 아니라 타자로서 모습을 드러내고 있었다. 타자란 곁에 있어도 '없는 사람'인 존재인데 여기서는 권력(남성적 원본)에서 멀어진 시뮬라크르를 통해 오히려 존재감이 회생하고 있었다. 리얼 프로의 시뮬라크르가 원본의 균열을 메우는 상상적 이미지라면, JTBC 뉴스룸의 시뮬라크르는 남성중심적 원본의 권위를 해체하며 타자를 솟구치게 한 실재계적 이미지였다.

마찬가지로 대표적인 뉴미디어인 스마트폰 역시 양가적인 시뮬라크르의 매체이다. 예컨대 일상의 소소한 기쁨 중의 하나인 스마트 폰 인증샷은 세파에 지친 자아를 잠시 뿌듯하게 만들어준다. 인증샷은 성과사회에서 긴요한 장면이 아닌데도 우리에게 즐거움을 주는 점에서 이미지의 기호성이 성과의 기능성을 추월한 시뮬라크르이다. 인증샷의 가치는 지시 대상에 있는 것이 아니라 대상에서 분리된 기호작용에 있다. 일상이 풍성해진 듯한 느낌을 주는 인증샷은 상품사회에서 빈약해진 순수기억을 대체하는 기호적 보충물이다. 순수기억이 빈약해지면 존재감의 상실로 우울함을 느끼는데 인증샷 같은 사뮬라크르의 기호적 보충물은 우리가 살아 있는 존재라는 환상을 제공한다.[9] 사람들이 인증샷에서 기쁨을 느끼는 것은 투명인간이 되는 것이 가장 두려운 사회에서 생생하게 보이는 존재임을 인증받기 때문일 것이다.

그러나 그런 인증에도 불구하고 오늘날의 90%들은 (배제된 타자가 아니라도) 실상은 잘 보이지 않는 존재들이다. 시각적 승인의 기호인 인증샷

9 명품이나 쇼룸, 디즈니랜드, 다양한 행사의 퍼포먼스도 비슷한 기능을 한다.

은 자신이 잘 보이지 않는 존재임을 잠시 잊게 해주는 장치일 뿐이다. 인증샷은 살아 있는 존재라는 환상을 제공하지만 실제로 살아 있는 심장의 동요를 부활시키지는 못한다. 인증샷의 시뮬라크르 속에서 살아가는 사람들은 결코 무뎌진 가슴의 진동을 회생시킬 수 없으며 추방된 타자에 대해 무감각할 뿐이다.

반면에 프레이져가 찍은 플로이드의 동영상은 사라진 타자를 회생시키며 사람들의 가슴을 뛰게 했다. 플로이드의 시뮬라크르는 경찰의 위협을 무효화하며 보이지 않던 사람을 보이게 만들었다. '투명인간'이었던 사람이 되돌아왔다는 것은 추방된 타자와 교감하며 90%들이 가슴의 반복운동의 울림을 시작했다는 뜻이다. 플로이드의 시뮬라크르는 '없는 사람'을 피와 살을 가진 존재로 부활시키는 동시에 존재감이 희미했던 일상의 사람들까지 생명적 존재로 회생시켰다. 인증샷의 시뮬라크르가 심장이 고통스러운 타자를 더욱 망각하게 하는 이미지라면 타자의 시뮬라크르는 숨 쉴 수 없게 된 타자의 손을 잡으며 가슴의 동요를 갈망한다. 지시대상보다 이미지가 현장을 추월해 자율적인 기호적 의미작용의 위력을 발휘하는 점에서는 양자가 비슷하다. 그러나 전자가 시각적으로 자위하며 숨죽이며 살아가게 한다면 후자는 시각적 타자와 교감하며 숨 쉴 수 없는 사회에 대한 감성적인 반란을 시작한다.

3. 놀이와 변혁운동 – 디즈니랜드와 '불쌍한 유원지'

시뮬라크르는 테크놀로지의 발전에 의해 신개념의 가상공간이 출현하기 이전부터 있어 왔다. 예컨대 예술작품, 축제의 공간, 유원지 등은 일종의 가상공간이자 시뮬라크르이다. 그러나 과거의 시뮬라크르는 현실과 분리된 가상의 틈새였지만 지금의 시뮬라크르는 현실 자체와 구분되지 않은 상태로 작동된다. 가령 쇼룸은 각자가 자신의 방을 꾸미는 동안 이미지 연출을 통해 환상이 현실이 되었다는 느낌을 준다. 명품 역시 단순한 장식물이 아니라 계급이 고착화된 현실에서 상류층의 존재감을 표현하는 이미지이다. 이런 이미지 상품들을 요약하는 보드리야르의 '전 사회의 디즈니랜드화'는 시뮬라크르가 놀이터에서뿐 아니라 현실 자체에서 작동된다는 은유이다. 소비의 시뮬라크르란 환상의 상품화이자 상품화된 환상의 현실화이다.

그런 현실과 가상의 중첩은 소비의 시뮬라크르뿐 아니라 사건의 시뮬라크르에서도 발견된다. 예컨대 서지현 검사의 뉴스룸 화면은 남성중심적 원본에서 멀어진 시뮬라크르인 동시에 일상의 현실보다도 훨씬 더 현실적이었다. 플로이드의 동영상 역시 사건 현장의 복제물(시뮬라크르)이면서 침묵에 매몰된 사건을 솟구치게 한 진짜 현실이었다. 이런 가상과 현실의 중첩은 뉴미디어뿐 아니라 현실 자체의 공간을 통해서도 나타난다. 가령 촛불집회에서 우리는 가두에서 투쟁하는 대신 광장에서 사건의 이미지를 응시하며 저항을 표현한다. 촛불을 드는 순간 광장에서는 시뮬라크르의 응시[10]를 통해 사건이 솟구치는 신개념의 변혁운동이 생성된다.

과거에는 소설과 영화가 매장된 사건을 발굴해냈지만 지금은 현실에서 작동되는 시뮬라크르가 비슷한 일을 한다. 현실 자체에서 연출된 이미지가 '무력화된 현장의 현실'을 추월하는 일이 일어나고 있는 것이다. 사건의 시뮬라크르는 자본에 포위된 원본의 현실을 특이한 이미지 연출

10 촛불집회에서는 세월호 사건, 국정농단, 백남기 농민 사건 등이 시뮬라크르로 반복되며 사건에 대한 응시가 생성된다.

로 해체하면서 새로운 변혁운동을 창안했다.

이처럼 가상과 현실의 혼성으로 무력화된 현실의 침묵('이상한 고요함')을 깨뜨린다는 것은 참으로 흥미로운 일이다. 더욱 인상적인 것은 이 경화된 원본의 현실을 해체하는 과정에는 촛불집회에서처럼 시뮬라크르를 통한 놀이의 요소가 있다는 점이다. 소설과 영화가 미적 유희를 포함하듯이 가상과 현실의 혼성에도 놀이의 요소가 있다. 과거에는 영혼이 가장 진실해진 순간 벌거벗은 얼굴과의 대면에서 타자를 구원했다. 그러나 지금은 놀이를 통해 딱딱해진 현실을 유연하게 만들어야 타자를 회생시킬 수 있다. 추방된 타자와 포옹하듯이 어둠에서 빛을 생성시키는 소등 퍼포먼스가 좋은 예일 것이다. 예전에는 윤흥길의 소설에서처럼 공장 안의 나체화가 윤리적 소용돌이를 만들었다.[11] 반면에 지금은 놀이를 통해 경화된 현실을 해체하는 틈새를 만들어야 존재론적 팽창을 통해 윤리적 울림을 회생시킬 수 있다.

그런 맥락에서 우리의 영혼을 강타한 것은 공장보다 유원지를 주목한 박민규의 소설이다. 변혁운동은 고통 받는 타자에 대한 에로스의 불꽃이 튀어야 비로소 발화되기 시작한다. 그러나 지금의 공장은 높은 임금으로 회유된 대기업 노동자와 소모품처럼 버려지는 불안 노동자로 분열되었다. 박민규는 공장에서 불꽃이 튀지 않는 반면 불쌍한 '저렴한 유원지'에서 심야전기가 켜짐을 발견했다.

보드리야르의 '전 사회의 디즈니랜드화'는 유원지가 아닌 곳도 유원지 같은 감성적 회유의 공간이라는 뜻이다. 신자유주의는 인격적 영역을 포함한 모든 것이 상품으로 총동원되는 시대이다. 상품으로의 총동원은 질

11 「아홉 켤레의 구두로 남은 사내」에서는 직접적으로 공장 안에서 윤리적 동요가 일어나지는 않지만 주인공 권씨에 의해 소시민적인 민도식에까지 가슴의 진동이 전파된다.

주이자 경쟁이므로 균열이 생겨나지 않을 수 없다. 은유적 디즈니랜드와 이랜드는 그런 균열을 환상적 이미지로 메움으로써 신자유주의의 운행이 계속되게 한다. 신자유주의는 상품으로의 총동원과 은유로서의 디즈니랜드가 짝을 이루고 있는 사회이다. 모든 것이 상품 경쟁을 하게 된 시대는 모든 곳에서 디즈니랜드가 필요해진 사회이기도 한 것이다.

그런데 양극화 시대에는 유원지도 고급 디즈니랜드와 저렴한 유원지로 분열되어 있다. 일상의 은유적 디즈니랜드는 쇼룸, 명품, 행사 이벤트 같은 시뮬라크르의 향연이다. 그에 대비되는 은유로서의 '저렴한 유원지'는 〈동백꽃 필 무렵〉(임상춘 극본, 차영훈 연출)에서 시장언니들과 옹벤저스가 활동하는 장마당 같은 곳이다. 옹산시의 시장 바닥은 해학의 공간인 동시에 일상의 상처가 봉합되지 않고 아픔이 새어나오는 곳이기도 하다. 이처럼 웃음을 웃게 하는 장소가 상처를 새어나오게 하는 곳이 되는 것이 저렴한 시뮬라크르의 특징이다.

그런 해학과 상처의 이중주는 주인공 동백(공효진 분)과 용식(강하늘 분)을 통해서도 나타난다. 용식은 동백의 생일날 '너에게로 가는 길'이라는 꽃길 이벤트를 벌렸다. 진짜 동백꽃이 놓인 곳에는 생일 케이크가 있었고 동백은 오랜만에 가슴이 뛰었다. 언제나 억울함과 아픔을 참으며 살아왔던 동백은 말할 수 없는 감동을 느꼈다. 그러나 용식의 이벤트는 동백의 아픔을 달래주는 대신 존재감를 일깨워 자신을 돌아보며 눈물을 흘리게 했다. 이제까지는 인형처럼 상처를 입어도 가만히 있었지만 용식에 의해 산 사람이 되어 눈물을 흘리기 시작한 것이다. 상처를 자각하는 능동적인 고통은 본능적인 탄력성을 통해 살아 있는 존재로 튀어 오르게 만든다. 동백은 꽃길에서 '내가 뭐라고'라고 울먹이며 비천한 존재에서 산 사람으로 회생하고 있었다. 그리고 이제는 부당한 일에 더 이상 참지 않겠다고 생각했다. 동백은 경찰서로 출두해 몰래 적어두었던 리스트를 꺼내며 자신을 성희롱한 노규태를 고발한다. 신자유주의의 퍼포먼스가 상처와 균열을 봉합하는 시뮬라크르(보드리야르)라면, 용식이 마련한 동백의 생일 이벤트는 묻혔던 상처와 사건을 솟구치게 하는 시뮬라크르(들뢰즈)였던 것이다.

박민규 역시 상처와 아픔이 새어나오는 시뮬라크르로서 '저렴한 유원지'를 주목했다. 유원지에는 디즈니랜드 같은 곳만 있는 것이 아니라 〈동백꽃 필 무렵〉의 장마당과 동백의 눈물 이벤트 같은 곳도 있었다. 디즈니랜드가 타자의 존재를 망각하게 하는 시뮬라크르라면 '저렴한 유원지'는 타자의 아픔이 새어나오는 시뮬라크르였다.

박민규는 신자유주의의 '무의식의 식민화'에 저항하는 틈새가 '타자들의 무의식'이 새어나오는 놀이 공간임을 발견했다. 세상에는 즐거워서가 아니라 즐겁지 않아서 놀이터에 오는 사람들도 있는 것이다. 공장과 일상에서 착취와 폭력에도 가만히 있었던 사람들은 저렴한 유원지에서 비로소 눈물을 흘린다. 동백이 용식의 이벤트에서 울먹였듯이 실직자와 루저들은 박민규의 유원지에서 자신도 모르게 얼굴을 적시는 것이다.

디즈니랜드나 이랜드 같은 유원지와 박민규의 '불쌍한 유원지' 사이에는 중요한 차이가 있었다. 우리시대는 유원지가 필요한 시대이지만 그 이유는 양자에서 매우 다르다. 유원지는 선적인 시간의 궤도에서 잠시 벗어나는 공간이며 우리의 삶의 경험들을 유희화해서 즐기는 곳이다. 그 점에서 유원지는 신자유주의의 선적인 시간을 지연시키는 (뇌의 간격에서 벌어지는) 순수기억[12]의 놀이와 매우 비슷하다. 순수기억이란 우리의 자아

---

12 순수기억이란 선적인 시간으로 환원되지 않는 미결정적인 기억으로서 무의식 속에서 잠재태로 떠돌다가 이미지 기억의 형태로 생성된다. 선적인 시간의 회로에 예속될 것

를 빈약하게 만드는 상품의 회로에 저항하며 존재를 부풀리는 유동적인 이미지들이다. 순수기억을 빈곤하게 만드는 시대에는 순수기억을 보충해줄 유원지가 반드시 필요할 수밖에 없다. 유원지의 식물나라, 동물나라, 모험의 왕국(놀이기구)은 순수기억의 놀이로서 식물의 환상, 동물의 환상, 도약의 모험과 유사한 점이 있다.

그러나 유원지의 '놀이의 간격'은 일상의 고통을 잊고 긍정적인 시선을 되찾으면서 응시를 잠재우는 역할을 한다. 그렇게 함으로써 상처를 잊고 아무 일도 없는 것처럼 신자유주의의 선적인 궤도로 되돌아올 수 있는 것이다. 이랜드와 디즈니랜드는 빈곤해진 순수기억을 대신해서 가상적으로 동요의 놀이와 시뮬라크르를 시각화한다. 유원지는 빈약한 자아를 위로해 주는 순수기억의 대체물이며 여기에는 '내가 뭐라고'라며 존재감을 회생시키는 동백의 이벤트 같은 기억의 반격이 없다.

그런데 박민규의 「아, 하세요 펠리컨」에는 디즈니랜드가 아니라 신자유주의의 루저들이 찾아오는 '불쌍한 유원지'가 그려진다. 그들 역시 몰락의 고통을 잠시 잊기 위해 유원지를 찾았을 것이다. 그러나 놀이를 통해 봉합되기에는 상처가 너무 크기 때문에 위로의 순간은 오히려 슬픔이 새어나오는 시간이다. 오리배 유원지는 상처를 우울한 감성 속에 묻어두었던 사람들이 '유원지의 틈새'에서 슬픈 이미지 기억을 얼마간 감지하는 곳이다. 이랜드가 순수기억 놀이의 대체물을 통해 응시를 잠재운다면 오리배 유원지는 상처의 아픔이 새어나오며 이미지 기억이 회생하는 곳이다.

예컨대 연인인 듯한 한 쌍의 외국인 노동자가 오리배를 타러 와서 저수지를 떠돌다가 눈물을 흘리고 있었다. 그들 연인도 동백의 생일 이벤

을 요구하는 신자유주의에서는 순수기억이 빈약해진다. 베르그손, 박종원 역, 『물질과 기억』, 2005, 125 · 143~157쪽.

트처럼 잠시 위안을 얻기 위해 유원지에 왔을 것이다. 그러나 동백이 자신의 비천한 처지를 생각하고 눈시울을 적셨듯이 외국인 노동자는 큰 눈으로 슬프게 울고 있었다. 그 순간에 공장에서 당한 억울하고 고통스러운 상처의 순간들이 떠오른 것이다.

과거에는 공장에서 자본주의를 중단시키는 고통의 연대가 있었지만 지금은 저렴한 유원지에서 자본의 회로를 끄는 일이 촉발된다. 이 소설에서 '나'는 유원지에서 우는 사람을 보며 대낮인데도 정전이 된 듯한 느낌이 들었다. 신자유주의는 사람들을 공장 기계의 부품으로 만들면서 유원지에서 참았던 상처를 치유하게 하는 사회이다. 그런데 '불쌍한 유원지'는 오히려 억눌렀던 상처가 새어 나오게 했기 때문에 '나'는 신자유주의의 회로가 정전이 된 듯한 느낌이 든 것이다.

상처의 순간이 이미지 기억으로 떠오르는 시간은 가슴에서 반복운동이 회생하는 때이다. 생명적인 가슴의 동요인 반복운동은 상처의 고통이 감지되어야 탄력적 반발력을 통해 빈약한 존재를 팽창시킨다. 그런 반복운동은 '나'에게 울림을 주기 때문에 신자유주의 회로가 끊긴 어둠에 심야전기를 흐르게 했다. 외국인 노동자, 파산자, 루저들이 찾아올수록 오리배 유원지에는 연민의 정처럼 심야전기가 생겨나고 있었다.

예전에는 공장에서 발전기처럼 사랑과 분노의 전기를 일으키며 가두에서 불꽃같은 투쟁을 펼칠 수 있었다. 그러나 지금은 유원지 같은 놀이의 공간에서 심야전기가 흐르며 신자유주의의 틈새의 공간을 밝힐 수 있는 것이다. 디즈니랜드는 상품의 세계에서 자아가 빈약해진 사람의 가슴을 순수기억의 대체물('모험의 나라')로 채워 선적인 시간을 지속시킨다. 반면에 불쌍한 유원지는 억제되었던 상처의 이미지를 회생키면서 선적 시간의 틈새에서 반복운동의 전류를 흐르게 한다. 디즈니랜드의 모험의 왕국이 순수기억의 대체물이라면 반복운동의 전류란 순수기억의 동요에 다름이 아니다.

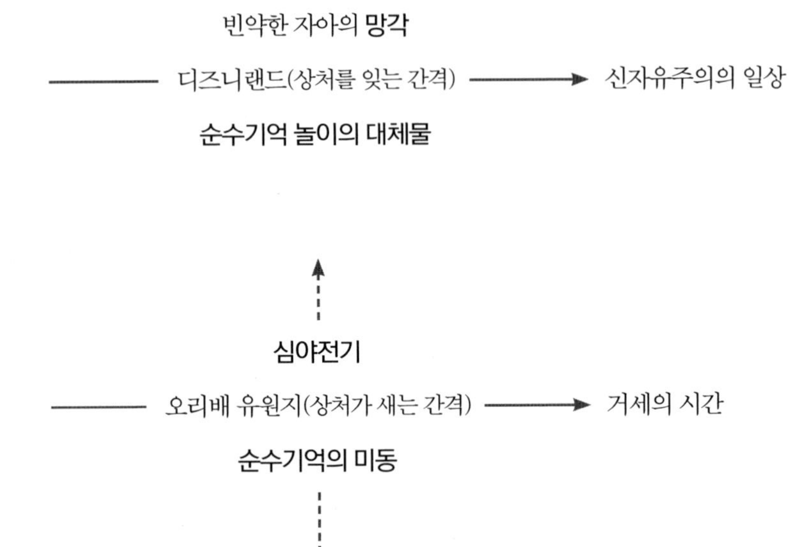

심야전기는 윤흥길 소설의 나체화처럼 직접 움직임으로 이어지지는 않는다. 윤흥길의 「아홉 켤레의 구두로 남은 사내」에서는 하층민들의 나체화[13]를 보며 윤리적 불꽃이 튀는 장면이 그려진다. 반면에 심야전기는 아직 불꽃으로까지 발화되지는 않고 저렴한 유원지에 조용히 흐르고 있었다. 그러나 그 심야전기의 전류적 에너지가 생성되는 순간은 불꽃의 발전기를 돌리는 **반복운동**이 시작되는 때이기도 하다.

「아, 하세요 펠리컨」에서는 사업에 실패한 남자가 오리배를 타다 자살한 이후 반복운동이 점화된다. 저렴한 유원지에 심야전기가 흐르는 중에

13 윤흥길의 「아홉 켤레의 구두로 남은 사내」에는 하층민의 벌거벗은 고통에 공감하는 윤리적 나체화의 장면이 제시된다.

남자의 사건은 신자유주의의 회로에 구멍을 내고 있었다. 그 순간 증폭된 전류가 실재계 쪽으로 흐르며 가슴을 진동시키는 반복운동이 시작된 것이다.

남자가 죽은 후 '나'는 구멍조끼를 입히던 손의 촉감이 유성도료처럼 선명하게 돌아옴을 느끼고 있었다. '나'는 남자가 탔던 〈라-47호〉를 새로 칠을 해주며 특별히 정성껏 닦아주었다. 태풍이 불던 날 오리배들을 묶으며 죽은 남자의 라 47호의 끄덕임을 보는 순간 남자의 진동이 다시 돌아오고 있었다. 라 47호와의 반복적인 교감이 이뤄진 순간은 섬광 같은 도약이 이루어지며 자아를 고양시키는 은유의 향연이 연주되는 때였다.

마침내 태풍이 불던 밤 '나'는 유원지 사장과 함께 오리배 군락의 비상을 목격한다. 신자유주의의 틈새인 유원지를 찾아온 오리배 시민연합은 반복운동으로 되돌아온 죽은 남자의 은유적 귀환이다. 남자의 귀환은 심야전기의 증폭을 통해 가능했기 때문에 오리배를 탔던 사람들의 군락(시민연합)으로 되돌아오고 있었다. 그와 함께 불쌍한 유원지를 찾았던 사람들은 신자유주의적 세계화의 희생자였으므로 세계 시민연합의 연대로 귀환한 것이다.

유원지의 보트피플을 귀환시킨 것은 고통에 반발하며 본능적 탄성으로 솟아오른 반복운동의 능동적 힘이다. 그 때문에 오리배 시민연합은 아름다운 오페라의 합창을 들려주며 저수지 위로 비상하고 있었다. 오페라의 하모니는 신자유주의 회로에 저항하는 '순수기억의 하모니'를 은유하고 있다. 순수기억의 하모니가 작동되는 순간은 사람들을 결집시키는 '총체성의 부재원인' 대상 a가 동요하는 시간에 다름이 아니다. 심야전기와 반복운동에 의해 증폭되기 시작한 순수기억은 오페라의 하모니에서 정점을 이루며 대상 a의 작동을 암시한다. 우리는 아무도 움직이지 않아도 순수기억의 하모니와 대상 a의 작동에서 보이지 않는 물밑의 연대감을 느낀다.

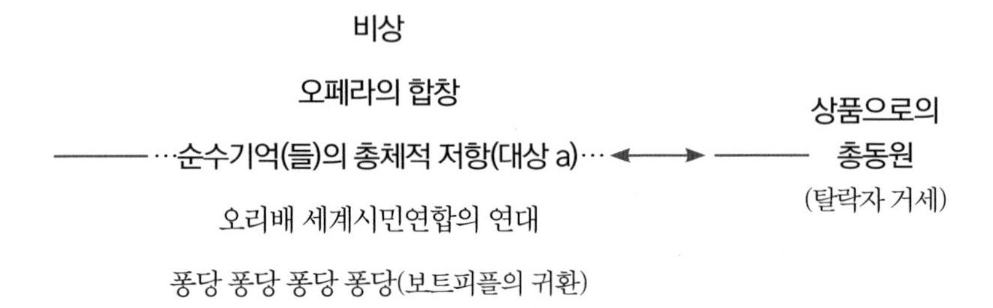

오리배 유원지의 합창은 동백의 꽃길 이벤트처럼 반복운동을 회생시키는 놀이와도 같다. 신자유주의 시대의 사람들은 가슴의 반복운동이 위축된 채 숨죽이며 우울하게 살아간다. 그런 조용하고 우울한 일상을 관통하는 것은 오리배의 합창과 동백의 꽃길 이벤트이다. 고통과 행복의 기억을 반복하는 이 퍼포먼스들은 신자유주의 시대에 회생한 어른들의 포르트다 놀이이다. 이제 아이들뿐 아니라 어른들도 놀이의 공간에서 **반복운동**을 회생시켜야만 상실한 행복의 시간을 갈망하는 운동이 시작될 수 있다.

흥미로운 것은 촛불집회 역시 심야전기의 반복적 회생의 운동이라는 점이다. 세월호 사건에서 촛불집회로 이어진 일련의 과정은 사라진 보트피플이 오페라의 합창으로 귀환한 여정과 매우 유사하다. 용산참사가 일어났을 때 사람들은 이상한 고요함 속에서 잠시 혼란을 경험했을 뿐이다. 그러나 한순간 정전이 된 듯한 느낌은 보이지 않는 곳에서 연민 같은 심야전기를 흐르게 하고 있었다. 그리고 세월호 사건에서 학생들이 물밑으로 사라졌을 때 감지되지 않던 심야전기가 어렴풋이 느껴지기 시작했다. 세월호는 물밑으로 가라앉으면서 불현듯 우리의 심연의 이미지로 떠오르고 있었다. 학생들의 핸드폰 영상과 언어들이 시뮬라크르로 작동되어 전류를 흘리며 사건을 솟아오르게 하고 있었던 것이다. 수학여행을 떠나던 학생들의 장난기 어린 말들은 굳어 있던 우리의 가슴에 진동을 일으키고 있었다. 어둠 속을 떠돌던 심야전기는 물밑의 학생들과의 교신으로 증폭되면서 반복운동을 회생시키고 있었다. 그 순간 팽목항에서 사라진 학생들은 우리의 일렁이는 심연에서 시와 은유로 돌아오기 시작했다. 시뮬라크르를 통해 증폭된 반복운동은 학생들과 일상의 사람들의 이중주의 은유로 연주되고 있었다. 이제 말해주세요. 왜 구하려 오지 않았는지……우리 모두가 세월호였다. 꽃으로 돌아오렴.

은유는 순수기억의 증폭에 다름이 아니다. 신자유주의에 대항하는 순수기억의 증폭은 정전이 된 듯한 틈새에 촛불을 켜는 사람들의 연대를 생성했다. 침몰한 세월호는 난파된 보수정권의 은유였기 때문에 은유로서의 새로운 선장과 선원, 기관장을 위해 사람들이 연대를 시작했다. 보트피플이 시민연합으로 귀환했듯이 난파된 사회에서 흘러나온 심야전기는 촛불로 돌아오고 있었다.

그처럼 오페라의 합창 같은 촛불이 밝혀지는 과정은 물밑에서 희생된 학생들이 꽃으로 돌아오는 시간이었다. 학생들이 꽃으로 귀환하는 순간은 다른 곳에서 가라앉았던 실직자, 루저, 여성, 소수자들이 돌아오는 순간이기도 했다. 세월호의 심야전기가 반복운동을 하는 과정은 희생자가 돌아오고 순수기억이 팽창하며 사람들이 연대의 촛불을 켜는 진행이기도 했다. 수많은 촛불들의 반짝임은 신자유주의에 대한 총체적 저항의 은유였으며 그런 존재론적 팽창을 통해 변혁운동이 회생한 것이다. 다시 한 번 사람들의 연대를 만든 촛불 변혁운동이란 순수기억이 동요하며 총체성의 부재원인 대상 a가 작동되는 순간이었다.

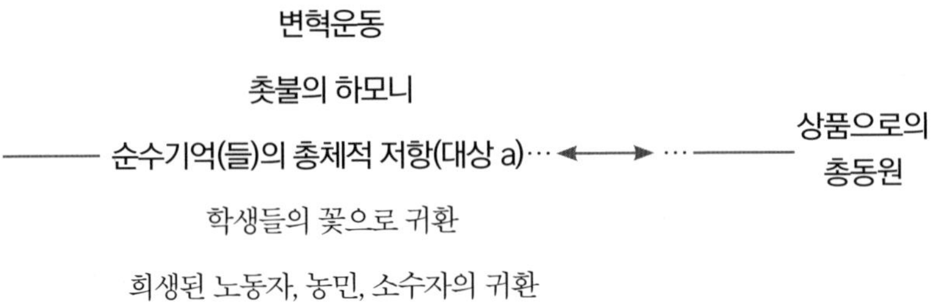

변혁운동

촛불의 하모니

——— 순수기억(들)의 총체적 저항(대상 a)···◀——▶···——— 상품으로의 총동원

학생들의 꽃으로 귀환

희생된 노동자, 농민, 소수자의 귀환

촛불집회의 연대는 「아, 하세요 펠리컨」에서의 오리배의 화음의 증폭된 연출이다. 오리배의 화음이 물밑의 연대라면 촛불집회는 지상에서의 연대이다. 촛불집회의 수많은 촛불들의 시각적 이미지는 오리배의 퐁당퐁당의 청각적 음향처럼 아름답다. 그런 **아름다운 유희**는 순수기억의 팽창의 은유이기 때문에 자아를 빈곤하게 만드는 권력에 대한 미학적인 저항이 되는 것이다. 미학적 저항은 순수기억의 총체적 동요(대상 a의 작동)를 통해 신자유주의적 상품화의 총동원령에 반발한다. 오리배의 비상은 신자유주의의 유원지 테크놀로지를 뚫고 나온 놀이의 반복운동의 역습이다. 마찬가지로 촛불집회 역시 신자유주의의 시각 테크놀로지와 유희 스펙터클을 횡단하는 **놀이의 변혁운동화**의 반격이다.

우리 시대는 놀이와 미학을 통한 존재론적 팽창이 있어야만 권력에 대한 저항이 가능해진 시대이다. 자본과 권력이 자아를 빈곤하게 만들기 때문에 존재론적 대응을 통해 순수기억을 동요시켜야만 변혁운동이 시작되는 것이다. 그 과정에서 빈곤해진 인격 프리즘 대신 틈새의 공간에서 놀이와 미학을 통해 간격을 만드는 일은 매우 중요하다. 우리가 살펴본 '놀이의 저항'과 '은유의 이중주'는 모두 심연(간격)에서 순수기억을 동요시켜 신자유주의의 거세의 회로에 대응하는 방식들이다. 신자유주의가 시각 프리즘을 빈곤하게 만들어 인격성을 점령한다면 존재론적 대응은 순수기억을 회생시켜 자아를 부풀리며 새로운 저항을 위한 정치적 인격을 부활시킨다.

4. 시와 변혁운동 – 죽음정치와 은유적 정치

「아, 하세요 펠리컨」에서는 시뮬라크르의 놀이의 요소가 투명인간이 된 타자들을 귀환시키고 있다. 그처럼 타자가 귀환해야만 반복운동의 울림을 통해 심야전기가 증폭되며 불꽃같은 변혁운동이 일어난다. 그런 진행에서 존재감을 되찾은 타자가 반복운동을 일으키는 과정은 은유가 작동되는 시간이기도 하다. 「아, 하세요 펠리컨」에서 '나'는 죽은 남자의 몸의 촉감과 고개의 끄덕임을 은유로 감지하다 오리배의 비상을 보게 된다. 이처럼 사라진 타자가 반복해서 이미지로 귀환하는 과정은 은유를 통해 감각적으로 존재감을 얻는 진행이기도 하다. 타자의 귀환은 단지 상상적 허구가 아니라 타자의 실재계적 잔여물이 내게 침투하며 심장을 동요시키는 과정이다. 그 순간은 은유를 통해 되살아난 타자의 잔여물이 잠자는 자아를 일깨워 변혁의 주체로 생성시키는 진행이다. 오늘날의 변혁운동이 그처럼 타자의 귀환에서 시작된다면 은유는 또 하나의 중요한 무기인 셈이다.

은유는 희생된 타자를 죽은 일상에서 생명적인 시적 공간을 옮겨오는 정치적 무기이다. 사라진 타자가 시적 공간으로 옮겨지면 연민의 정 같은 심야전기는 에로스적 연대의 정동으로 증폭된다. **놀이**의 공간에서 심야전기가 흐르기 시작한다면 **은유적 시**의 공간에서는 영혼의 전류가 증폭되어 불꽃이 되는 과정이 일어난다. 과거에는 시와 문학이 가두의 투쟁에서 영혼의 식량이었지만 오늘날은 촛불광장의 불을 밝히는 변혁의 에너지 그 자체이다. 그만큼 새로운 변혁운동이 촉발되는 과정은 시의 반복운동의 공간이 열리는 진행이기도 하다. 이제 변혁운동은 시적 공간이 열리며 타자가 붉은 꽃과 영혼의 일부로 돌아와야만 시작된다.

시를 쓰는 과정이 타자를 회생시키는 진행임은 〈시〉(이창동 감독)라는 영화에서 잘 나타난다. 이 영화에서는 주인공 미자(윤정희 분)가 시를 배우는 과정이 사라진 타자와 대면하는 진행과 동시적으로 그려진다. 시 쓰기란 보이지 않는 것을 은유로 드러내어 타자를 매장한 일상의 감성질서를 역전시키는 작업이다. 타자란 보이지 않게 비천하게 매장된 존재인 동시에 모두가 상실한 인간의 비밀을 간직하고 있는 사람이다. 미자는 시를 쓰면서 억울하게 사라진 아네스(여중생)와 대면하며 그 애와 공유한 인간의 비밀을 이중주로 드러낸다.

미자는 손자가 친구들과 과학실에서 아네스를 성폭행한 사실을 알게 된다. 가해자의 학부모들은 500만원씩 3,000만원의 합의금으로 사건을 덮으려 하고 있었다. 미자는 학부모 모임에 아무런 관심이 없었는데 그런 무관심은 현실을 회피하려는 것이 아니었다. 학부모들이 돈으로 사건을 덮는 것을 현실이라 생각한 반면 미자는 보이지 않는 것을 보려 하고 있었다. 시란 보이지 않는 것을 드러내는 것이라는 시 강사(김용택 분)의 말에 호응하듯이, 미자는 아무도 보지 않는 아네스의 흔적을 찾아 나서고 있었다. 미자가 시 쓰기를 배우는 과정은 자살한 강가와 아네스의 미사실, 과학실을 찾아가는 과정과 상응한다. 미자에게 시란 돈으로 매장된 타자를 회생시켜 아름다운 인간의 비밀을 드러내는 일에 다름이 아니었다. 참을 수 없는 슬픔으로 괴로워하던 미자는 손자를 고발하고 집을 나가 실종된다. 그리고 시 강좌의 마지막 날 유일하게 쓰여진 시 미자의 '아네스의 노래'가 남겨진다. '아네스의 노래'는 미자가 사라진 아네스를 회생시켜 그 애와의 이중주로 보이지 않는 인간의 비밀을 드러내는 시였다. 돈으로 모든 것이 덮어지는 사회는 아름다운 비밀의 상실과 함께 시가 사라진 사회이다. 아네스의 노래는 그에 저항해 인간의 비밀을 노래함으로써 타자와 함께 꾸는 다른 세상의 꿈을 보여주고 있었다.

시는 인간의 비밀(사랑과 윤리)을 드러내고 타자를 회생시키며 '이상한 고요함'의 세상에 변화를 촉구한다. 시와 은유는 타자의 존재감을 부활시킬 뿐 아니라 90%의 사람들의 가슴에 불을 붙여 변혁의 갈망을 회생시킨다. 시를 통해 보이지 않던 타자가 보여져야지만 숨죽였던 일상의 사람들도 다시 숨 쉴 수 있는 세상을 소망하게 되는 것이다.

과거에는 윤흥길의 「아홉 켤레의 구두로 남은 사내」에서처럼 일상에서 타자의 벌거벗은 얼굴에 공감할 수 있었다. 그 때에는 벌거벗은 얼굴(그리고 나체화)을 보는 투명한 프리즘에서 발화되는 윤리적 불꽃 자체가 인간의 비밀이었다. 그러나 지금은 은유와 시를 통해 사라진 타자를 보이게 만들어야 인간의 비밀을 드러낼 수 있다. 타자가 사라지고 벌거벗은 얼굴을 상실한 시대에는 시와 은유를 통해 타자의 잔여물을 회생시켜야 다시 불꽃이 튀게 된다.

돈으로 사건을 덮어 타자를 매장하는 것이 **죽음정치**라면 시를 통해 매장된 타자를 되살리는 것은 **은유적 정치**라고 할 수 있다. 죽음정치가 타자의 반복운동을 중단시키는 반면 은유적 정치는 타자의 생명적 반복운동을 회생시킨다. 그리고 타자와의 **진실의 이중주**를 통해 가슴이 동요하는 힘으로 세상을 변화시키려는 변혁의 반복운동을 발화시킨다. 자본의 반복운동이 죽음정치로 귀결된다면 은유적 정치는 타자를 죽음의 공간에서 구출해 생명적 반복운동의 세상을 향해 나아간다.

자본의 죽음정치는 돈으로 타자의 죽음을 매장하기도 하지만 돈의 환상으로 죽음에 이른 삶을 은폐하기도 한다. 그처럼 자본의 환상으로 은폐된 죽음정치를 폭로하며 타자의 회생을 모색하는 시가 바로 『여기는 기계의 도시란다』이다. 이 시집에 실린 시들은 우아한 환상적 스펙터클로 장식된 한국이 실상은 죽음정치의 공간임을 고발하고 있다.

예전의 노동문학은 공장이 꿈을 말살하는 곳임을 말하며 꿈과 생명을 잃게 하는 기계가 없는 세상을 소망했다. 반면에 『여기는 기계의 도시란다』는 꿈들이 삶을 죽인다고 말하며 환상을 꿈꿨던 한국이 전사회적 기계도시임을 노래하고 있다. 꿈을 꾸게 하는 한국 전체가 죽음의 기계도시이지만 단지 환상 때문에 그것이 보이지 않는 것일 뿐이다. 환상으로 뒤덮인 기계의 도시에서는 노동의 감옥[14]에서 죽어가는 타자가 보이지 않는다. 반면에 『여기는 기계의 도시란다』의 시적 화자들은 시와 은유를 통해 존재감을 잃은 사람들을 보이게 만들며 사라진 타자의 살과 피를 회생시킨다. 박민규의 소설이 **놀이**의 공간에서 타자를 부활시켰다면 『여기는 기계의 도시란다』는 **시**의 공간에서 사라진 타자의 귀환을 호소하고 있다.

그 점에서 이 외국인 노동자들의 시집은 죽음정치적 노동자가 쓴 「시」의 이본인 셈이다. 〈시〉는 추방된 아네스와 미자의 진실의 이중주를 통해 타자의 반복운동을 부활시키는 영화이다. 반면에 『여기는 기계의 도시란다』는 아무도 보지 않는 사람들(외국인 노동자들)의 실상을 드러내며 우리 자신에게 진실의 이중주를 요구한다. 〈시〉에서는 아네스에 공감한 미자가 시를 쓰지만 『여기는 기계의 도시란다』에서는 희생자 자신이 시

---

14 끄리스나 끼라뜨, 「노동자」, 『여기는 기계의 도시란다』, 삶창, 2020, 37쪽

를 쓴다.

외국인 노동자는 서발턴처럼 말을 할 수 없는 존재이다. 그들의 시는 현실을 재현하는 말이라기보다는 생명적 회생을 갈망하는 반복운동이라고 할 수 있다. 그들은 우리 사회에서 숨죽이며 사는 사람들이기 때문에 스스로 시를 통해 산 생명임을 드러내려 반복운동을 하는 것이다. 그들의 시란 표상할 수 없는 고통과 소망을 반복운동을 통해 은유로 표현한 것이다. 외국인 노동자의 신음소리는 잘 들리지 않지만 시와 은유를 통해 가슴의 반복운동을 증폭시키며 우리에게 다가오고 있는 것이다.

그처럼 존재감이 없는 사람들이 다가올 때 거기에 반향하는 90%의 동요는 더없이 증폭된다. 외국인 노동자의 어둠은 실제로는 우리 자신의 그늘의 확대경에 다름이 아니다. 그 때문에 그곳에서 스며나온 진동은 우리의 가슴을 더 크게 동요시키는 것이다. 그들의 눈으로 본 전 사회적 기계도시의 실상은 망각했던 우리의 현실을 아프게 되돌아보게 만든다. 네팔 노동자들의 시는 그들뿐 아니라 우리 자신을 구원하는 반복운동을 점화시키는 셈이다. 그처럼 90%를 동요시켜 사회 전체의 반복운동을 되살리는 힘을 지닌 점에서 외국인 노동자의 작품들은 시와 변혁운동의 관계를 웅변해준다.

외국인 노동자의 시들은 보이지 않던 자신들을 드러낼 뿐 아니라 우리가 보지 못했던 것을 보게 해주고 있다. 신자유주의 친밀사회는 과거의 죽음정치적 자본과는 달리 달콤한 꿈으로 포장되어 있다. 그 때문에 배반과 상처의 진행은 예전과 달리 꿈으로부터 시작된다. 외국인 노동자는 신과 늙은 부모와 자신의 심장마저도 포기하고[15] 꿈을 좇아 한국에 온

15 니르거라즈 라이, 「슈퍼 기계의 한탄」, 위의 책, 73쪽.

사람들이다. 꿈을 꾸지 않았으면 가난하나마 신과 인간과 심장의 비밀을 잃지 않고 살아갔을 것이다. 그러나 자본이 만든 꿈이 심장을 포기하게 하며 자신을 아무도 보지 않는 죽음으로 사라지게 하고 있는 것이다.

어떤 꿈들은
삶을 통제하면서
삶의 길들을 무제한으로 봉쇄해버린다
갑자기 생기는 자연재해처럼
마음을 짓누르고 잡아당기고 두드리고
가족과 사회를 엉망으로 만들면서
순식간에 도망가버린다

(…중략…)

꿈들이 삶을 죽이는 것이다
그리하여 꿈은 살인자가 되고
그런 꿈을 나도 한국에서 꾸고 있다[16]

위의 시는 한국사회에 대해 말을 하기보다는 환상을 깨뜨리는 고통스러운 반복운동을 드러내고 있다. 꿈이 살인자라고 느끼면서도 여전히 꿈을 꾸고 있는 것은 어떤 저항의 말도 할 수 없는 상황 때문이다. 그러나 꿈 때문에 죽어간다는 역설은 환상이 자신을 현혹시킬 수는 있지만 죽음

16 수레스싱 썸바항페, 「꿈」, 위의 책, 22~25쪽.

정치에 의한 고통의 반복운동은 은폐할 수 없다는 뜻이다. 시는 죽음정치를 은폐하는 도시의 환상을 깨뜨리는 멈출 수 없는 반복운동이다. 자본은 심장을 포기하게 만들었지만 아직 뺏기지 않은 심장의 잔여물이 시를 쓰고 있는 것이다. 꿈이 살인자가 된다는 은유는 비단 그들의 문제만이 아니다. 사다리가 망가진 사회에서는 외국인 노동자뿐 아니라 일상의 모든 사람들이 꿈을 이룰 수 없다. 그런데도 한국의 90%들은 불가능함을 알면서도 지옥 같은 예서책상과 신전 같은 코디에 기대며 스카이 캐슬을 꿈꾼다. 그처럼 상류층의 꿈을 버리지 않기 때문에 '푸성귀 같은 청청함'을 잃고 세습 자본주의에 동승하게 되는 것이다. 90%의 사람들(한국인)이 자본의 환상 때문에 존재감(푸성귀 같은 청청함)을 살해당한다면 외국인 노동자들은 직접 신체를 죽음에까지 이르게 한다. 외국인 노동자들의 신체적 죽음은 90%의 존재의 죽음을 확대한 은유에 다름이 아니다. 그들의 시는 우리 사회의 진실을 우리가 공감하기 전에 이중주를 요구하며 미리 암시하고 있다.

사장님
말해보세요
내 삶의 봄과 같은 노래를
이제 어떤 곡조로 부를까요?
(…중략…)
사장님! 나는,
출산의 고통으로 신음하는
내 아내를 버리고
자신의 심장을 쪼개서 온 사람이에요

(…중략…)

사장님 이제 내 땀을 무시하지 마세요

이제 내 자존심에 상처를 주지 마세요

왜냐하면 나도 그렇잖아요

이 지구상에서

당신처럼 감각을 가진 사람이잖아요[17]

외국인 노동자의 한탄은 기계도시의 주인인 우리에게 이중주를 요구하는 것과도 같다. 위의 시가 응답을 요구하는 물음의 반복으로 되어 있는 것은 그 점을 암시한다. 네팔 노동자들은 감각을 가진 생명적 존재가 삶의 노래를 부를 수 있게 해달라고 애원하고 있는 것이다. 화자는 '내 땀과 자존심에 상처를 준' 사장에게 항의하기보다 생명에 기계의 족쇄가 채워진 고통을 반복하고 있다. 이 시는 심장소리가 다시 들리도록 고통의 호소에 응답해 달라고 이중주를 요구하는 반복운동인 것이다.

이 시는 기계를 채운 사장에 대한 물음이지만 사장의 응답을 기대하기는 어려울 것이다. 외국인 노동자들의 노래가 곡조를 얻기 위해서는 한국의 90%의 사람들이 대답해야 한다. 우리의 응답이 노동자들 질문 못지 않게 절실한 것은 그들의 고통이 불감증에 걸린 우리의 아픔을 확대한 것이기 때문이다. 노동자들의 사장에 대한 물음은 90%들의 10%에 대한 질문을 증폭시킨 고통의 호소이기도 하다. 외국인 노동자가 질문할 때 우리 역시 침묵의 질문을 물밑에서 떠올릴 수밖에 없는 것이다. 네팔 노동자들의 시가 이미 이중주를 가정한 벌거벗은 호소인 것은 그 때문이

17 니르거라즈 라이, 「슈퍼 기계의 한탄」, 위의 책, 72~74쪽.

다. 그들의 벌거벗은 호소는 상처 받은 인격적 나체화를 보여주며 반복되는 것이 특징적이다. 그 인격적 나체화가 반복운동에 그치지 않고 은유를 통해 우리의 심장을 뛰게 하는 것은 우리 역시 인격적 훼손을 경험하며 살아가기 때문이다.

이주 노동자의 시는 과거의 박노해의 노동 시와 비슷하면서도 상이하다. 박노해의 시가 신체와 생명을 훼손시키는 폭력을 노래했다면 이주 노동자의 시는 감정적 배신감을 포함한 존재의 죽음을 말하고 있다. 이주 노동자 역시 신체의 죽음이 매우 치명적이지만 그들의 고통은 그것에 그치지 않는다. 네팔 노동자는 언제나 곁에 있는 죽음을 생각하는 동시에 그로 인해 존재를 등록할 장소를 잃을 두려움을 말하고 있다.[18] 이주 노동자의 고통은 '부유의 신전'이자 '삶의 은덕'[19]이던 한국에서 쓸모에 따라 존재를 잃은 물건처럼 버려지는 데 있다. 신체의 훼손과 함께 땀을 무시당하고 인격에 상처를 입는 것이 네팔 노동자들의 고통인 것이다. 네팔 노동자들은 1980년대처럼 신체를 훼손당하는 동시에 우리시대의 고통인 친밀성의 배신과 존재감의 상실을 겪고 있다. 그들은 우리가 겪고 있는 친밀성 속의 죽음정치를 확대된 은유로 드러내며 우리와 비밀교신하고 있는 셈이다.

어느 날 사장님께 말했지요

사장님, 당신은 내 굶주림의 신이시며

내 삶은 당신의 은덕입니다.

그래서 생일을 특별하게 보내고 싶어요

---

18 딜립 반떠와, 「내일」, 위의 책, 169~174쪽.

19 러메스 사연, 「고용」, 위의 책, 77쪽.

휴가를 주세요

사장님이 말씀하셨어요
내 덕분에 너는 오래 살거야
이번에는 일이 많다
내년에 생일을 잘 보내도록 해라

나는 네라고 말했어요

어느 날 다시 사장님께 부탁을 했지요
사장님, 당신은 굶주림의 신의 신이십니다
당신의 자비로 집을 꾸며주세요
사랑하는 사람과 결혼하고 싶어요
저에게 휴가를 주세요

사장님이 말씀하셨어요
좋은 날들은 또 올 거야
이번에는 일이 많다
다른 길일에 결혼하도록 해라
나는 다시 네라고 말했어요

하루는 삶에 너무도 지쳐서
내가 말했어요
사장님, 당신은 내 굶주림과 결핍을 해결해주셨어요

당신에게 감사드려요
이제는 나를 죽게 해주세요

사장님이 말씀하셨어요
알았어
오늘은 일이 너무 많으니
그 일들을 모두 끝내도록 해라
그리고 내일 죽으렴![20]

이 시가 우리시대에 공명을 일으키는 것은 사장에게 분노하는 대신 친밀성 속에 숨겨진 교묘한 죽음정치를 은유하기 때문이다. 네팔 노동자는 마치 〈기생충〉의 근세가 박 사장을 존경하듯이(리스펙트!) 사장님을 신처럼 여기고 있다. 그럼에도 쓸모에 따라 소모품처럼 버려져 죽음에 방치되는 것이 이주 노동자의 운명이다. 사장님과 이주 노동자의 대화는 아무런 불화가 없는 듯 친밀하게 진행된다. 하지만 양자 사이에는 서로 넘지 못할 선이 있으며 그 점은 노동자의 죽음을 말하며 아무 동요가 없는 사장의 말투에서 확인된다. 한쪽에는 이주 노동자의 생명의 선택까지 명령하는 부유한 신이 있으며, 다른 쪽에는 소모품처럼 용도 폐기된 후에 무감각하게 죽음에 이르는 노동자가 있다.

이처럼 '일'의 우선성이 '죽음'조차 잠재우는 극단적 모습은 우리사회의 풍경과 다르지 않다. 위의 시에서 사장과 노동자와의 관계는 〈기생충〉에서 박 사장과 기택의 관계와 겹쳐진다. 〈기생충〉에서 기택 가족은

---

20 위의 책, 73쪽.

박 사장네가 착한 사람들이라며 부자라서 구김살이 없다고 말한다. 박 사장 역시 기택과 기우를 만족해하며 아무런 불만 없이 그들을 대한다. 그러나 박사장과 기택네 사이에는 넘지 못할 선이 있으며 그 선은 계급적 관계 이상의 인격적 차별을 암시한다. 기택 가족은 존재 자체가 강등된 상태에서 선을 넘지 않은 채 맡은 일로 박 사장을 만족시켜야할 사람들이다. 선 안쪽의 박 사장은 용도에 따라 존재의 쓸모를 파악할 뿐 마지막에 기정과 근세가 죽어갈 때조차 아무런 감정이 없다.

인용된 시의 이주 노동자는 〈기생충〉의 기생충의 처지와 매우 유사하다. 사장님의 부드러운 말투는 '나'를 도구로서 아끼는 듯하면서도 '나'의 죽음에 대해 물건을 대하듯 말한다. 그 때문에 사장님이 매번 '내일'을 말할 때마다 '나'(이주 노동자)는 점점 내일이 없는 존재로 살아가게 된다. 위의 시는 〈기생충〉 이야기와 신자유주의의 일상을 한 공장의 풍경으로 은유를 통해 압축하고 있다. 이주 노동자가 공장에서 수모를 당하면서 죽음에 이르는 과정은 우리의 일상에서 막연히 감지된 냉혹한 비밀을 보다 확실한 어조로 드러낸다. 시 전체의 친밀한 어조는 '그들'의 공장과 '우리'의 일상의 비밀이 드러나는 순간 죽음정치로 반전된다.

우리시대의 죽음정치는 산 생명을 소모품과 기계처럼 만드는 진행이다. 살아 있는 사람이 소모품과 기계처럼 되어 버리기 때문에 죽음에 대한 권력의 시선이 냉담한 것이다. 인간을 기계로 만든다는 한탄은 산업화 시대의 노동자들의 탄식이기도 했다. 그러나 신자유주의 시대의 죽음정치는 공장의 노동자뿐 아니라 한국 전체의 전사회적 노동자들을 기계도시의 부품으로 만들고 있다. 죽음정치가 사라진 듯한 친밀한 신자유주의는 실상은 인간을 기계로 만드는 냉혹한 죽음정치가 전 사회로 확산된 시대이기도 하다.

사람이 만든 기계와

기계가 만든 사람들이

서로 부딪히다가

저녁에는 자신이 살아있는지조차 알 수가 없구나

친구야 여기는 기계의 도시란다

여기는 사람이 기계를 작동시키지 않고

기계가 사람을 작동시킨다[21]

이주 노동자들은 산업화 시대에 한국인이 했던 위험한 일을 하는 대리 노동자이다. 그들의 시가 조세희가 쓴 「기계도시」의 한 장면처럼 연상되는 것은 그 때문이다. 그러나 그들이 말하는 '기계의 도시'는 단지 공장과 공장도시에 국한되지 않는다. 이주 노동자들은 공장 안의 풍경을 보이지 않는 한국 전체의 기계도시를 비추는 확대경으로 말하고 있다. 대리 노동자들은 한국인이 어렴풋이 감지하면서도 말하지 못한 것을 대신 말해주고 있는 것이다.

과거에 전태일은 공장 밖의 사람들을 향해 '우리는 기계가 아니다'라고 외쳤다. 그때에는 공장은 기계도시였지만 바깥세상은 아직 기계가 아니었기에 그렇게 호소한 것이다. 그러나 이제 이주 노동자는 네팔에 있는 친구를 향해 '여기는 기계의 도시란다' 라고 외친다. 한국 전체가 기계가 되었기에 기계가 아닌 인간에 대해 알고 있는 네팔 친구에게 소리치고 있는 것이다.

한국은 아직도 위험한 노동에 의존할 뿐 아니라 사회 전체가 노동자의

21 서로즈 서르버하라, 「기계」, 위의 책, 128쪽.

부품을 필요로 하는 공장이 되었다. 한국의 자랑인 아이돌마저 '공장에서 찍어낸 부품' 같다는 비판은 그에 대한 뼈아픈 반증이다. 그러나 정작 한국사람들 중에는 한국을 기계도시라고 생각하는 사람은 아무도 없다. 기계의 부품임이 분명한 이주 노동자들을 보이지 않는 투명인간으로 만들면서 과거를 지우고 기계도시(현재)를 망각하는 것이다. 그런 중에 기계도시가 사라지기는커녕 보이지 않는 방식으로 전사회의 은유적 공장화가 진행되고 있다. 이런 상황에서 한국의 죽음노동을 떠맡은 대리 노동자들이 '이상한 고요함' 속에 있는 한국인을 대신해서 외치고 있는 것이다.

이제 기계도시를 모르던 사람들이 한국의 기계 족쇄를 대신 차고 슈퍼기계가 되어 버렸다. 슈퍼기계는 공장의 기계보다도 더 기계 같이 되어버린 사람들이다. 한국인들은 슈퍼기계를 외면함으로써 한국이 은유적인 기계와 로봇의 사회임을 스스로 망각한다. 기계와 로봇의 존재를 망각한 사람들은 자신이 무엇을 잃어버렸는지도 알지 못한다. 반면에 슈퍼기계들은 자신이 상실한 것을 통해 존재감을 주장함으로써 한국인이 잃어버린 것을 역으로 깨우치게 하고 있다.

나는
노을 진 수평선에
신처럼 쪼그리고 앉은
부모님을 버리고 온 사람이에요
사장님! 나는
출산의 고통으로 신음하는
내 아내를 버리고

자신의 심장을 쪼개서 온 사람이에요
삶이 이토록 어려운 시기가 도래해서
이제는 당신 기계의 족쇄를 차고
슈퍼기계가 되어서 움직이고 있어요.[22]

네팔 노동자가 부모와 가족을 버리고 한국에 온 것은 행복을 꿈꾸었기 때문이다. 그러나 행복 대신 얼마간의 돈을 대가로 기계 같은 존재가 되어버린 것이다. 이주 노동자는 일만 알 뿐 인간의 행복에 대해 무감각한 한국인에게 항의하듯 그들이 두고 온 것을 말한다. 이주 노동자가 잃어버린 것은 실상 한국인이 상실한 것인 동시에 그리워하는 것이기도 하다. 하지만 한국인은 기억이 희미해져 자신이 무엇을 그리워하는지, 기계 같은 삶이 어떤 것인지 모르고 있다. **슈퍼기계**는 가장 고통스러운 사람인 동시에 아직 **그리워하는 것**들을 생생하게 기억하고 있는 사람들이다. 그 때문에 기계와 로봇처럼 살면서도 무감각한 사람들에게 고통이 무엇이지, 그리움이 무엇인지 외칠 수 있다. 슈퍼기계는 한국인이 내버린 기계이면서 그리움의 시를 쓸 수 있는 기계이다. 그들은 가장 비인간적인 대접을 받는 동시에 반복의 노래로 인간의 비밀을 암시할 수 있는 사람들이다.

슈퍼기계의 그런 이중성은 그들이 다수체계적 존재임을 암시한다. 슈퍼기계는 기계도시의 말단인 동시에 아직 기계가 아닌 것(두고 온 것)에 대한 기억이 있는 존재이다. 원래 다수체계성은 식민지를 겪은 한국인의 것이었지만 지금은 신자유주의에 의해 희미해져가고 있다. 외국인 노동자는 한국인의 심연에 남은 그 아득한 것을 향해 다수체계성을 횡단하는

22 니르거라즈 라이, 「슈퍼 기계의 한탄」, 위의 책, 73쪽.

틈새적 존재의 힘으로 응답을 요구하고 있는 것이다.

잃어버린 것이 무엇인지 아는 사람만이 다시 인간의 감각을 회복할 수 있다. 한국인들은 눈부시고 화려한 스펙터클의 세상에서 살게 되었지만 타자의 고통과 자신이 상실한 것에 대해 둔감해져 버렸다. 반면에 이주 노동자들은 부모와 아내, 그리고 자신의 심장의 동요를 상실했음을 뼈아파하며 인간으로의 복귀를 호소하고 있다.

옛날 내 어머니가
검은 질그릇에 볶은 옥수수와
요즘 당신의 기계로
볶은 내 머리가
비슷해요
(…중략…)
연약한 바람들이
회오리치듯이
억눌린 파도가
물결치듯이
당신한테로 왔어요
나는
(…중략…)
그럼에도
땀 흘린 대가로
왜 무시를 당해야 하나요?
내 자존심에 상처를 받아야 하나요?[23]

이주 노동자들이 가장 고통스러워하는 것은 경제적 착취보다 인간 이하로 강등된 인격적 모멸감이다. 노동(땀)의 대가로 인간적 모멸을 받는 네팔인들은 일차적으로 인종주의의 희생자들이다. 그런데 그들이 당하는 고통은 비단 인종주의에 그치지 않으며 존재론적 차별이 일상화된 오늘날의 상황과 연관되어 있다.

우리시대에는 인격적 모멸이 단지 인종주의에 국한되지 않는다. 오늘날처럼 경제적 차별이 고착화되면 인종주의에서처럼 감성적 차별과 존재론적 불평등성이 나타나는 것이다. 네팔 노동자들이 당하는 고통도 그런 시대적 상황과 무관하지 않다. 우리시대에는 인종주의조차도 고착화된 경제적 차별과 직접적으로 연관되어 있다. 피부색이 비슷한 네팔인들이 감각적으로 차별받는 것은 단지 외국인이어서가 아니라 선을 넘을 수 없는 '가난한' 인종들이기 때문이다. 그들의 인종주의적 고통은 고착된 계급사회에서의 존재론적 차별과 구분되지 않는다. 네팔인들의 고통의 호소가 하층민을 기생충으로 보는 우리사회에 공명을 일으키는 것은 그 때문이다.

네팔 노동자가 감성적 차별을 참지 못하는 것은 〈기생충〉의 기택이 냄새의 혐오를 참지 못하는 것과 비슷하다. 친밀한 한국에서 꿈이 무너진 그들의 고통은 고마운 박사장에게 감성적 차별을 받는 기택의 아픔과 동궤에 있다. 기택은 경제적 차별은 참을 수 있었지만 감성적 차별을 견디지 못해 박 사장을 칼로 찌른다. 그런 범법행위의 결과로서 기택은 스스로 지하 벙커에 갇혀 살아가게 된다. 지하에 갇힌 기택은 모스부호로 간신히 구조요청을 할 수 있을 뿐이다.

---

23 위의 책, 72~73쪽.

그런데 네팔 노동자는 범법을 저지르기 전에 이미 지하에 갇힌 듯 영어된 삶을 살고 있다. 네팔 노동자의 억울한 형벌은 타자의 영어된 삶이 범법과 상관없는 존재론적 형벌임을 암시하고 있다. 그들의 반복운동의 은유는 죄 없는 우리시대의 형벌에 대한 본능적인 항의이다.

기택의 모스부호는 다시 지상의 사람이 되려는 세속적 소망에 그친다. 반면에 네팔 노동자의 본능적 항의는 '검은 질그릇'과 '기계도시' 사이에서 울려 나오고 있다. 그들은 질그릇과 기계 사이의 다수체계성의 틈새에서 생명적 본능을 회생시키려 노래하고 있는 것이다. 그런 반복의 노래가 우리의 가슴을 동요시키는 것은 우리 자신의 희미해진 생명적 잔여물을 일깨우기 때문이다.[24] 그들의 시가 분노보다는 감성적 어조로 우리의 공감을 호소하는 목소리로 진행되는 것도 같은 이유에서이다.

네팔 노동자는 오늘날의 모든 존재론적 형벌을 대리해서 감각을 되찾은 인간이 되기 위해 가슴의 반복운동인 시를 쓰고 있다. 그들의 시는 기택을 넘어서서 생명적 존재의 소망이 담긴 모스부호를 발신하는 반복운동이다. 그들은 자신의 고통의 반복운동이 옥수수와 바람과 물결 같은 생명적 존재의 운동이 되길 소망하고 있다. 그런 생명적 존재의 암호로서 모스부호를 발신하는 것은 우리 자신의 잃어버린 다수체계성과 심연의 아득한 잔여물을 일깨우기 위해서이다.

이주 노동자가 보고 있는 연약한 바람과 파도의 물결은 아무도 보지 못한다. 한국사람들은 자연 같은 생명적 소망은 물론 기계가 채워진 인

24 희미한 잔여물이 있는 우리의 위치는 전지구적 신자유주의에서 중간층에 해당된다고 할 수 있다. 우리의 반향이 나타나는 것은 너무나 상상계에 기울어 있는 신자유주의적 환상의 공허함에 의해 잠재적으로 실재계에 대한 충동이 나타나기 때문이다. 다수체계성에 대한 자의식은 실재계에 대한 충동과 연관이 있다.

간의 고통도 보지 않는다. 시를 쓰지 않으면 아무런 말도 전해지지 않는 점에서 네팔 노동자의 공장은 셔터가 내려진 또 다른 지하 벙커이다. 실제로 〈기생충〉의 지하 벙커에는 무거운 셔터가 내려져 세상과 소통하지 못하는 사람이 살고 있다. 이주 노동자의 공장이 그와 다른 점은 한국인이 필요로 하는 물건을 생산하는 지하 벙커라는 점이다. 한국인 사장과 대화하며 우리가 필요로 하는 물건을 만드는데도 그들에겐 누구도 보지 못하는 시각적 셔터가 내려져 있다. 아무도 보지 못하고 누구의 말도 들리지 않기 때문에 그들은 고통의 반복운동인 시를 쓰는 것이다. 이주 노동자들의 시는 우리의 굳어진 가슴마저 다시 뛰게 만들려는 진화된 모스 부호이다. 그들의 시라는 모스부호는 우리 자신의 심연의 상실한 것을 향해 울려오고 있다.

우리와 비밀교신하는 그들의 시라는 모스 부호가 이중주를 전제로 한 것은 그 때문이다. 외국인 노동자들의 시는 우리에게 보내는 구조요청의 쪽지이다. 그와 동시에 그들의 시에는 우리 자신마저 구원하려는 가슴의 반복운동의 암호가 담겨 있다.

시란 〈시〉에서처럼 사라진 타자를 귀환시키는 반복운동의 과정이다. 〈시〉에서 미자의 시는 사라진 아네스를 되돌아오게 하면서 여성 타자의 진실의 이중주를 연주한다. 마찬가지로 이주 노동자의 시는 보이지 않는 자신들을 보이게 만들면서 제3세계의 기억이 있는 우리에게 진실의 이중주를 요구한다.[25] 노동 현장에서 구원받지 못한 그들은 시라는 은유(그리고 반복운동)를 통해 자신과 우리의 가슴의 동요를 회생시키려 하고 있다. 이주 노동자들은 시의 내포독자인 우리와 미리 비밀교신 함으로써

---

25 여성 타자와 제3세계의 기억이 있는 사람들의 공통점은 다수체계성이 잠재한다는 점이다.

일상에 있는 우리 자신의 가슴의 응답을 기다리고 있다. 인간 이하로 강등된 그들은 빼앗긴 비밀을 시로 말함으로써 우리 자신이 인간의 비밀을 발화할 것을 요구한다. 이제 진실의 이중주는 조용한 일상[26]에 있는 우리들의 차례가 되었다. 90%의 사람들이 '우리가 수레스싱이다', '우리가 서로즈이다'를 외칠 때 그들과 함께 우리 자신을 기계와 로봇에서 구원하는 새로운 변혁운동이 시작될 것이다.

26 우리는 '이상하게 조용한' 일상 속에서 살고 있다.

제11장

바이러스와 반복

가까움과 멀어짐

1. 무증상 바이러스와 무증상 인종주의

2019년 말 이후 시작된 바이러스와의 전쟁은 세계를 전대미문의 불확실성의 늪에 빠지게 하고 있다. 코로나 종식 이후에는 거대한 전환이 올 것이지만 어디로 갈 것인지는 예단하기 어렵다. 피케티는 페스트가 봉건제를 무너뜨렸듯이 코로나 사태가 공정하고 평등한 '사회적 국가'의 기회가 될 수 있다고 주장했다.[1] 그러나 반대로 집단주의와 자국 우선주의의 강화에 의해 오히려 반동적인 흐름이 나타날 것이라는 의견도 있다.[2]

어떤 쪽이든 경제만능주의에서 벗어나 '더 좋은 세상'을 생각하게 될 기회가 생긴 셈이다. 코로나 사태는 두 개의 운동을 멈추게 했다. 하나는 자본주의의 작동이며 다른 하나는 친교적 대면의 시간이다. 그 두 개의 상이한 운동이 멈췄을 때 우리는 잠시나마 생각할 시간을 갖게 된 것이다.

---

1 「코로나, 더 공정한 세상 만들 기회 될 수도」, 『한겨레』, 2020.5.14.

2 신진욱, 「포스트 코로나」, 네 개의 시나리오, 『한겨레』, 2020.5.13. 반동적인 흐름은 네 개의 시나리오 중 하나이다.

신자유주의의 작동이 멈췄기 때문에 우리는 대안적 세계에 대해 사유할 기회를 얻게 되었다. 친교적 대면이 어려워진 점 역시 역설적으로 진정한 행복이 무엇인지 생각하게 만든다. 그러나 멈춤은 한시적인 것이기 때문에 우리는 다시 돌아갈 자본주의 체제에서의 경쟁적인 생존의 계획도 도외시할 수 없다.

그런데 다시 돌아갈 세계는 인격성을 상품화하는 후기자본주의라는 특별한 체제이다. 포스트 코로나의 세계가 어떻게 달라진 사회가 될지는 아직 알 수 없다. 그러나 아무리 개혁적 전환이 있다 해도 신자유주의의 '인격성의 식민화'라는 속성은 하루아침에 변화되지 않는다. 피케티처럼 대안적 체제에 희망을 갖는다 해도 '무의식의 식민화' 기제가 변화되지 않는 한 인간적인 삶을 회생시키는 데는 한계가 있다.

신자유주의와 후기자본주의는 친교적 관계마저 상품화하는 반면 진정한 인격적 관계에는 관심을 갖지 않는다. 서로 포옹을 하며 심장소리를 듣는 관계는 코로나가 침투하기 이전부터 이미 불가능해진 것이다. 그 때문에 바이러스에 의한 직접 대면의 어려움은 신자유주의가 친밀성의 가면으로 숨겼던 인간 단절을 가시화하는 측면이 있다.

『보건교사 안은영』(정세랑, 2015)에서 안은영은 다른 사람은 보지 못하는 젤리를 보면서 불편하게 살아간다. 불화의 원인인 젤리는 원래 있는 것인데 다른 사람은 보지 못하고 안은영만 보는 것이다. 그와 비슷하게 신자유주의는 원래 단절된 인간관계의 세상이지만 사람들은 아무 일도 없는 듯이 살아간다. 그런 상황에서 바이러스는 안은영이 젤리를 보듯이 마스크와 거리두기로 인간 단절을 보이게 만들고 있다. 바이러스의 세상은 보이지 않는 일상의 삶에서 보이는 안은영의 눈으로 옮겨온 시대이다.

신자유주의가 가까운 척 하면서 멀어지는 체제라면 바이러스는 처음부터 거리를 두게 만든다. 양자에서 눈에 보이는 친밀성과 거리감이 실제의 인간관계의 표현은 아닐 것이다. 가까운 친교집단이 많아진 신자유주의야말로 어디에도 진짜로 친밀한 사람이 없는 세계이다. 반대로 바이러스는 거리를 두게 하지만 모두가 친밀성을 포기한 것은 아닐 것이다. 그 때문에 전자에서 후자로 옮겨온 우리는 보이는 것과 보이지 않는 것, 친밀성과 거리에 대해 다시 생각하게 되었다.

바이러스에 의한 거리두기는 마음으로는 더 가까워지려는 진정성이 생겨나게도 한다. 팔레스타인의 자하드 알스와이티는 어머니가 코로나에 걸려 중태에 빠지자 매일 밤 배수관을 타고 올라 입원실의 어머니를 지켜보았다. 이 경우에는 어머니와의 떨어진 거리가 오히려 알스와이티의 애틋한 사랑을 느끼게 해준다. 이런 복합적 맥락에서 바이러스와의 전쟁은 **가까움**과 **멀어짐**이란 무엇인가에 대해 다시 생각하게 하고 있다. 가까움과 멀어짐의 사유는 사회적 혁신의 필연성을 주장하면서 미래의 더 좋은 세상으로 나아갈 것을 촉구하고 있다.[3]

오늘날의 가까움과 멀어짐의 사유는 김승옥 소설의 모임과 떨어짐의 주제의 변주라고 할 수 있다. 김승옥은 사람들을 떨어뜨리는 분리의 권력에 대응해 상실한 능동적 정동을 기억하려는 사람들을 등장시킨다. 「역사」의 역사力士, 「서울 1964년 겨울」의 힘없는 아저씨, 「염소는 힘이 세다」의 소년이 그들이다. 자본주의가 진정한 만남을 불가능하게 한다면 김승옥 소설의 인물들은 다시 한 번 사람들을 모이게 하려는 열망을 지니고 있다. 김승옥은 다가오는 개발주의에 의해 '모임의 열망'과 '힘에

---

3 신자유주의와 바이러스가 멀어짐을 강요한다면 새로운 사유는 멀어진 채 가까워질 수 있는 방법을 창안하게 한다. 거리를 둔 채 친밀한 교감을 회생시킬 수 있는 것은 인간만이 지닌 독특한 정동적 능력일 것이다.

의 의지'가 심연의 비밀이 되었음을 보여준다. 그러면서도 능동적 정동의 열망으로 상실한 비밀을 회생시키려는 모험이 계속될 것임을 암시하고 있다.

반면에 우리시대는 김승옥 소설에 나타났던 모임의 열망을 지닌 사람들이 사라져 가는 세상이다. 오늘날에는 능동적 신체의 힘을 증진시키는 모임 대신 분리의 규율에 수동적으로 적응한 사람들의 친교가 많아졌다. 신자유주의에서는 동일성의 규율에 적응한 모임이 증가한 반면 능동성의 열망으로 규율에서 이탈한 사람들은 배제의 대상이 되고 있다. 수동적 동일성의 모임이란 가까이 다가서 있으면서도 진정한 관계를 상실한 친교이다. 그처럼 모두가 진정성을 잃은 채 가까이 다가서 있기 때문에 진짜로 가까움을 열망하는 사람들은 설 자리를 잃게 되었다. 오늘날은 수동적 신체로 가까워진 사람들은 많아진 반면 김승옥이 보여줬던 '역사'와 '염소의 힘'의 비밀은 사라져 가고 있다.

그런 상황에서 바이러스는 거리두기를 강요하면서 진정한 가까움의 의미에 대해 생각하게 하고 있다. 바이러스가 종식되면 우리는 다시 가까워질 수 있지만 진짜로 친밀해질 수 있을지는 의문이다. 김승옥 소설에 나타났던 '역사'와 '염소의 힘' 같은 능동적 정동의 열망이 다시 회생할 수 있을까.

오늘날 우리는 능동적 모임과 반복운동을 대신하는 두 개의 그림들 사이에 놓여 있다. 알스와이티의 어머니와의 떨어진 거리는 오히려 가까움의 의미를 되새기게 하고 있다. 반면에 친교활동이 활발하면서도 어디에도 진짜 친밀성이 없는 신자유주의는 알스와이티 장면의 음화이다.

그런 와중에 바이러스는 신자유주의에서 보이지 않던 또 다른 이면의 어둠을 보이게 했다. '진정성 없는 가까움'(동일성)의 집단이 많아진 시대는 배제의 기제가 증대된 세상이기도 하다. 바이러스는 그런 '진정성 잃은 가까움'과 '배제'의 관계를 가시화하고 있다. 코로나 이후 유럽과 미국에서는 마스크를 쓰는 동양인에게 '코로나'라고 조롱하는 인종차별이 자주 일어나고 있다. 이는 친밀성의 가면 뒤에서 보이지 않게 해왔던 차별을 보이게 드러낸 행위일 것이다. 코로나는 보건교사 안은영만이 보고 있던 인종주의 젤리를 모두가 보게 만들고 있다.

인종주의적 혐오는 오염의 공포로 인해 차별의 대상으로부터 멀어지려는 심리적 행위이다. 그런데 바이러스로부터 감염되지 않으려는 심리 역시 인종주의적 혐오와 비슷한 기제를 갖고 있다. 그 때문에 바이러스에 대한 불만이 무의식적으로 인종주의의 숨겨진 배출구를 찾는 것이다. 우발적인 인종주의는 선진 자본주의의 국민들이 체제 중단에 따른 불만을 후발적 동양인에게 돌리려는 심리를 암시한다. 이는 자국민들끼리 가까워질 수 없게 된 책임을 동양인을 멀어지게 밀어냄으로써 보상하려는 심리이다. 우리시대는 비슷한 사람들끼리 가까워지기 위해서 누군가를 계속 밀쳐내야 하는 시대인 것이다. '역사'와 '염소의 힘'을 상실한 시대, **다 함께** 모이려는 능동적 정동의 열망이 사라진 세상은, 동일성의 규율에 수동적으로 적응한 집단이 자신들과 다른 사람들을 혐오하는 시대이기도 하다. 바이러스의 등장은 그런 수동적 정동에 오염된 사람의 혐오의 기제를 심화시키고 있다.

그러나 혐오의 대상인 동양인은 결코 코로나에 감염된 사람들이 아니다. 인종주의와 바이러스의 기제가 비슷하다면 인종차별적인 사회가 오히려 심리적 바이러스가 창궐하는 사회일 것이다. 인종주의에서 바이러스는 인종차별자의 상상적 내면에 존재한다. 이 상상적 바이러스는 인종주의자가 내면에서 타자를 오염의 감옥에 가두는 순간 창궐한다. 그 때문에 인종주의자야말로 상상적 바이러스를 퍼뜨리는 혐오의 질병의 주범들인 것이다.

인종주의는 코로나 이전부터 있었지만 비슷한 기제를 지닌 바이러스의 시대에 눈에 보이게 나타나고 있다. 세상은 예전부터 젤리로 가득 차 있었는데 바이러스가 사람들에게 안은영의 눈을 갖게 해준 것이다. 이제는 젤리가 보이기 때문에 인종주의 바이러스 보유자에게는 진단검사가 필요 없다. 심리적 바이러스에 오염된 인종주의자는 인종차별적 행위를 드러내는 순간 진단검사 없이 스스로 확진자가 된다.

다만 인종주의적 확진자들 역시 일상에서는 외견상 증상이 없는 무증상적인 환자들이다. 예전과는 달리 쉽게 증상을 드러내지만 평소에는 혐오스러운 젤리를 숨기고 있는 것이다. 그처럼 무증상 상태에서 정상을 가장해 전혀 바이러스와 상관없는 사람에게 접근해 인종주의적 혐오의 젤리를 퍼뜨리는 것이다.

그 같이 인종주의가 일상에서 무증상을 가장하는 점 역시 코로나 19와 매우 닮아 있다. 코로나 19가 과거 감염병과 달리 무증상 바이러스이듯이, 우리시대의 인종주의는 예전의 파시즘과 달리 보이지 않게 실행된다. 인종적 폭력이 보이지 않는 이유는 정상인(무증상자)의 가면을 쓰고 다가와 폭력의 희생자들까지 보이지 않게 만들기 때문이다. 코로나 19로 우발적으로 보이게 되었지만 오늘날의 인종주의의 특성은 원래 무증상에 가깝다. 유럽과 미국에서의 돌발적인 동양인 혐오가 충격적인 것은 이제까지 숨겨진 인종주의가 무증상이었기 때문이다. 폭력이 행사되어도 이상한 고요함이 계속되는 것이 오늘날의 무증상 인종주의의 무서움이다.

코로나 19가 무증상 감염병이 아니었으면 그 위력은 결코 공포스럽지 않았을 것이다. 도처에 평범한 무증상자가 편재하기 때문에 예기치 않은 순간에 무고한 사람들이 바이러스의 희생자가 되는 것이다. 오늘날의 '평범한 인종주의' 역시 마찬가지이다. 가까이 다가와 조용히 공격하는 무증상 바이러스의 두려움은 우리시대의 냉정한 인종주의의 공포와 매우 닮아 있다. 무증상 바이러스와 조용한 인종주의는 일상에서 가까이 다가와 취약한 사람들을 소리 없이 밀쳐내는 기제를 공유하고 있다.

무증상 인종주의는 플로이드의 죽음에서도 나타난다. 플로이드는 백인 경찰에게 인종차별적인 폭행을 당한 후에 숨졌지만 경찰은 플로이드의 사망원인을 의료사고라고 발표했다. 무증상 인종주의에서는 가해자가 평범한 일상에 숨겨진 채 '이상한 고요함' 속에서 인종차별이 계속된다. 그처럼 차별적 폭행이 눈앞에서 일어나도 마치 보이지 않는 것처럼 여겨지는 것이 무증상 인종주의의 '평범한 공포'이다. 이런 무증상 인종차별의 바이이러스는 심지어 흑인이나 유색인종에게까지 은밀하게 퍼져 있다. 플로이드의 죽음은 백인 경찰의 과잉진압에 의한 것이었지만 현장의 네 명의 경찰 중 두 명은 유색인종(흑인과 동양인)이었다. 흑인과 동양인 경찰이 침묵한 것은 수없는 경험을 통해 폭행이 보이지 않게 될 것임을 무의식적으로 알고 있었기 때문이다. 현장의 유색인종 경찰 역시 무증상 바이러스의 희생자들인 것이다. 무증상 인종주의는 피해자와 같은 인종들마저 눈앞에서 침묵하게 만들며 이질적 인종을 소리 없이 밀쳐내는 기제이다.

과거의 인종차별은 모두의 눈에 보이게 행해졌다. 예컨대 1950년대 미국에서는 버스에서조차 백인과 유색인종 좌석이 나뉘어져 있었다, 오늘날의 시각으로 보면 당시의 인종차별은 사회적 병리를 눈에 보이게 드러내고 있었던 셈이다. 이런 가시적인 차별은 현장의 피해자들을 항상 불안과 긴장 속으로 몰아넣었다. 마침내 1955년 어느 날 흑인 여성 로자 파크스는 백인에게 자리를 양보하지 않다가 경찰에 체포되고 말았다. 이 사건은 흑인 민권운동에 불을 붙였으며 로자 파크스는 흑인운동의 상징이 되었다.

그러나 오늘날의 무증상 인종주의에서는 일상의 사람들이 차별의 현장에서 침묵하고 있다. 플로이드 사건에서처럼 폭력을 보는 동시에 보지 못하고 있는 것이다. 그런 이상한 고요함을 뚫고 플로이드 사건이 사람들의 가슴을 움직인 것은 17세 흑인 소녀가 찍은 동영상을 통해서였다. 여고생인 프레이저는 사촌 동생의 간식을 사주러 나왔다가 플로이드가 목이 눌리는 폭행을 당하는 장면을 목격하게 되었다. 프레이저는 그녀의 동네에서는 비슷한 경찰의 잔혹행위가 너무나 만연되어 있었기 때문에 자신도 모르게 동영상을 찍기 시작했다. 이후 경찰이 플로이드의 죽음을 의료사고라고 발표하자 프레이저는 곧 동영상을 페이스북에 올렸다. 그와 함께 "세상은 내가 본 것을 볼 필요가 있다. 이런 일은 은밀하게 너무 많이 일어난다"고 말했다.

현장에서 맨눈의 사람들이 침묵했던 폭행 사건은 동영상을 통해 퍼져나가며 사람들을 동요시켰다. 프레이저는 동영상을 통해 모든 사람이 안은영처럼 젤리를 볼 수 있게 만들어준 것이다. 그녀의 동영상이 현장을 복제한 영상인 점에서 페이스북의 이미지는 시뮬라크르라고 할 수 있다. 흥미롭게도 이 경우에는 **시뮬라크르**가 맨눈의 현장보다도 더 사람들의 가슴을 움직였다고 할 수 있다. 우리는 현장에서는 장님이었지만 시뮬라크르를 통해 혐오의 젤리를 보면서 심장이 진동하는 반복운동을 시작한 것이다.

시뮬라크르는 우리시대의 증상을 보여주는 '보건교사'와도 같다. 과거에는 로자 파크스처럼 차별 버스 현장의 목격자가 동요의 진원지였지만 지금은 프레이저의 시뮬라크르가 더 위력을 발휘한다. 그 이유는 현장이 무증상 권력의 포승줄(맥락)에 묶여 있는 반면 동영상은 맥락에서 자유로워진 이미지를 보여줄 수 있기 때문이다. 과거에는 현장에 가까이 접촉한 사람이 움직였지만 지금은 언택트 동영상을 본 멀리 있는 수많은 사람들이 동시에 움직인다.

동영상이 무증상 인종주의의 숨은 폭력을 보게 했다면 그것은 무증상 감염증의 진단키트 같은 시각성인 셈이다. 그런데 여기서는 순식간에 도처에 있는 조용한 인종주의자들을 한꺼번에 진단하게 해준다. 시뮬라크르라는 진단키트는 곳곳에서 젤리를 보는 보건교사의 시각성과도 같다. 그와 함께 전 세계에서 젤리에 눌려 '숨쉴 수 없는' 듯한 삶을 사는 사람들의 가슴을 한순간에 동요시킨다.

플로이드는 8분 46초 동안 목이 눌리면서 '나는 숨 쉴 수 없다'를 반복해서 말했다. 그의 16번의 반복은 전 세계 사람들의 수많은 반복운동으로 퍼져 나갔다. 반복이란 고통을 반복하며 가슴이 동요하는 힘으로 다시 '숨 쉴 수 있는' 사회를 만들려는 본능적인 탄력성의 운동이다.

이 사건에서 조용한 인종주의가 잠재웠던 반복운동이 언택트의 방식으로 회생된 점은 매우 흥미롭다. 무증상의 시대는 현장에 가까이 있는 사람들이 폭력에 저항하지 못하고 무증상 체제에 동조하는 사회이다. 무증상 바이러스에서는 환자와 가까이 있어도 반응하지 못하고 접촉자가 소리 없이 바이러스를 퍼뜨린다. 그와 비슷하게 무증상 인종주의에서도 현장에 가까이 있는 사람들이 조용히 무력화되면서 인종주의가 만연되게 만든다. 이런 시대에는 '이상한 고요함'에서 벗어나서 증상을 드러내기 위해 오히려 거리두기가 필요하다. 예컨대 제2의 로자 파크스인 프레이저는 로자 파크스와 달리 현장에서 떨어진 뒤 시뮬라크르를 통해 언택트의 반격을 보여주고 있다.

무증상의 시대는 현장의 벌거벗은 얼굴에 무감각해진 시대이다. 바이러스의 증상이 발열과 기침이라면 억압적 권력의 증상은 벌거벗은 얼굴의 고통이라고 할 수 있다. 그런데 무증상 바이러스가 발열과 기침이 없듯이 무증상 폭력에서도 벌거벗은 얼굴의 고통이 잘 보이지 않는다. 그 때문에 무증상의 시대에는 현장에서 타자의 얼굴과의 대면을 통해 윤리의 이중주와 진실의 이중주를 연주할 수가 없게 된다. 윤리의 이중주를 위해 다시 한 번 가슴을 뛰게 하기 위해서는 오히려 프레이저처럼 비대면 상태에서 시뮬라크르의 위력을 통해 증상을 드러내야 한다.

프레이저의 언택트의 반격은 무증상 인종주의의에 대처하는 방식에 중요한 암시를 준다. 개인적인 질병의 증상은 감염자에게서 나타나지만 사회적 질병의 증상은 피해자에게서 나타난다. 사회를 치료하려면 사건의 피해자들이 움직여야 하기 때문이다. 그런데 프레이저는 언택트의 방식으로 증상을 드러내며 떨어진 사람들을 움직이게 만들고 있다.

바이러스에서나 인종주의에서나 병든 사회가 치유되려면 진단 키트를 통해 증상을 확인해야 한다. 그런데 프레이저는 신자유주의 시대의 진단 키트가 드라이빙 스루처럼 언택트의 방식으로 증상을 드러냄을 암시했다. 로자 파크스는 현장 가까이서 증상을 보여줬지만 프레이저는 동영상을 통해 언택트의 방식으로 증상을 보게 했다. **증상**이란 체제가 완결될수록 필연적으로 나타내는 결렬의 지점이면서 체제에는 없는 잉여를 지닌 위치이다.[4] 프레이저는 '숨 쉴 수 없는' 사회의 증상을 드러내면서 신자유주의에는 없는 '사람들끼리의 에로스'(잉여)를 회생시켰다.

---

4 지젝, 이수련 역, 『이데올로기라는 숭고한 대상』, 인간사랑, 2002, 49~51쪽.

언택트의 반격은 바이러스와 신자유주의에서 다르지 않다. 무증상 바이러스가 사람들 사이를 멀어지게 했다면 언택트의 반격은 멀어진 채 진정으로 가까워진 장면을 연출했다. 팔레스타인의 자하드 알스와이티는 매일 거리를 둔 채 어머니와 내면으로 포옹하고 있었다. 무증상 인종주의에 대한 프레이져의 반격도 마찬가지이다. 현장에서는 모두 침묵했지만 프레이져의 동영상은 사람들이 언택트 상태로 서로 포옹하게 만들고 있었다.

무증상을 무기로 하는 신자유주의는 가까워지면서 멀어지게 하는 체제이다. 여기에서는 아무리 가까워도 진정한 포옹이 없기 때문에 심장의 동요가 전파되는 반복운동이 위축된다. 이런 시대에는 현장에서의 맨눈의 분노와 피해자에 대한 에로스적 공감이 없다. 그 때문에 심장의 진동이 전파되는 반복운동이 회생하려면 프레이져처럼 언택트의 반격을 고안해야 한다. 언택트의 반격은 멀어짐 속에서 다시 가까워지게 하는 시뮬라크르의 역습이다.

배수관을 타고 올라 거리를 둔 채 어머니와 포옹을 한 알스와이티는 우리시대의 언택트 반격의 상징이다. 알스와이티와 비슷한 장면은 우울의 시대의 포옹을 보여준 〈윤희에게〉에서도 나타난다. 〈윤희에게〉에서는 쥰과 마사코에 이어 새봄과 경수가 포옹을 하지만 진짜 포옹을 해야 할 윤희와 쥰은 떨어져서 서 있다. 그러나 두 사람은 마사코나 새봄보다 더 진한 포옹을 하고 있는 것이나 마찬가지이다. 두 사람이 거리를 두고 눈물을 흘리는 동안 가슴이 동요하는 능동성인 반복운동이 회생하고 있기 때문이다.

우리 시대는 역설적으로 언택트 상태에서 심장이 뛰는 포옹을 할 수 있는 세상이다. 〈윤희에게〉의 시나리오에는 윤희와 쥰이 운하 시계탑 앞에서 서로 껴안고 있는 장면이 묘사되어 있다. 그러나 임대현 감독은 시나리오대로 연출하지 않고 두 사람이 거리를 두고 있는 장면을 보여주었다. 쥰 역을 맡았던 나카무라 유코는 상상력을 부풀게 하기 때문에 떨어져 있는 장면이 더 감동적이라고 말했다.[5] 오늘날은 가짜 포옹이 너무나 많기 때문에 포옹이 금지된 사람들(윤희와 쥰)이 강요된 거리를 견디며 껴안는 장면이 더 감동적인 것이다. 알스와이티는 바이러스가 강제하는 거리두기와 맞서며 우리시대의 최고의 사랑 언택트 포옹을 보여주고 있다. 그와 비슷하게 윤희는 무증상적인 남성적 권력이 강요하는 거리와 싸우며 능동적으로 쥰을 끌어안고 있는 것이다.

코로나 19는 바이러스에 감염되지 않기 위해 거리두기가 필요한 점에서 무증상 신자유주의와 비슷하다. 바이러스의 시대는 신자유주의와 중첩되는 두 개의 장면을 보여주고 있다. 하나는 유럽과 미국에서의 동양인 조롱처럼 가까이 다가와 무증상자의 모습으로 혐오발화를 하는 인종차별이다. 다른 하나는 바이러스와 차별의 권력을 피하기 위해 떨어져 있으면서 가슴의 동요를 회생시키는 언택트 포옹이다. 전자가 가까이서 밀쳐낸다면 후자는 떨어져서 끌어안는다. 오늘날은 가까움의 감동을 빼앗긴 시대인 동시에 멀어진 거리에서 반격을 하는 시대이기도 하다. 첫 장면이 무증상 폭력이라면 다음 장면은 언택트 포옹이다. 그 두 장면은 가까이 다가오는 무증상 권력이 어떤 배신을 하는지, 떨어진 거리를 두고 있는 사람들이 진심을 회복하기 위해 어떻게 반격을 하는지 보여준다.

---

5 임대형, 『윤희에게 시나리오』, 클, 2020, 213쪽.

2. 마스크와 플로이드의 가면

조용한 감염력으로 위력을 발휘하는 이상한 바이러스는 우리시대의 '이상한 고요함'의 복제품이다. 바이러스에서나 신자유주의에서나 우리가 극복해야 할 것은 소리 없는 무증상의 폭력이다. 그 때문에 포스트 코로나에 대처하려면 조용한 감염력의 원조인 신자유주의라는 권력의 정체를 알아야 한다. 그런데도 사람들은 전대미문의 무증상 바이러스가 얼마나 무증상 신자유주의를 닮았는지 잘 알지 못한다.

조용한 폭력을 지닌 바이러스와 신자유주의의 차이는 전자가 잠재성만으로 우리의 활동을 마비시킨다는 점이다. 신자유주의에서는 자본의 바이러스가 모든 사람을 무증상으로 감염시키지만 코로나 19는 잠재적 가능성만으로 우리를 무력화시킨다. 신자유주의에서처럼 모두가 감염되면 전 사회적 감염자가 마치 정상인인 것처럼 여겨진다. 반면에 코로나처럼 잠재적 가능성만으로 위협할 때 우리는 감염되지 않기 위해 마스크를 쓴다.

신자유주의에서는 마스크를 쓴 사람이 보이지 않았지만 코로나 19에서는 거리에 온통 마스크를 쓴 사람들이다. 하지만 신자유주에서도 실제로는 심리적 마스크를 쓴 사람들이 있었다. 또한 코로나 시대에도 마스크를 잘 쓰지 않는 사람들이 있다.

무증상 바이러스와 무증상 자본주의 공통점은 얼굴을 통해 감염시킨다는 점이다. 바이러스의 감염을 막기 위해서는 얼굴을 가리는 마스크가 필수적이다. 오늘날의 신자유주의는 마스크와 무관한 것 같지만 심리적 차원에서는 상황이 다르지 않다. 얼굴을 상품화하는 신자유주의에서 역시 자본의 바이러스의 감정적 폭력 앞에서 심리적 마스크가 필요하다.

신자유주의에서 심리적 마스크를 썼던 사람들은 자본의 바이러스의 무서움을 아는 사람들이었다. 신자유주의는 전 지구적 자본주의와 스마트폰의 신매체를 통해 사람들을 서로 가까워지게 하는 권력이다. 그러나 가까워질수록 자본의 바이러스가 폭력으로 느껴지는 타자들은 얼굴에 심리적 마스크를 쓸 수밖에 없는 것이다.

반면에 신자유주의의 중심에 있는 사람들은 모두가 정상으로 보이기 때문에 마스크란 병든 사람만이 쓰는 것으로 생각한다. 실제로 무증상 자본을 정상으로 느낀 사람들은 무증상의 폭력에 무딘 탓에 코로나에서도 마스크가 필요가 없다고 여겼다. 서구와 미국 사람들이 마스크를 꺼려한 것은 문화적 차이도 있지만 무증상 폭력의 위력을 과소평가했기 때문이다. 그에 반해 아시아 사람들은 자본(무증상 자본)의 바이러스 앞에서 심리적 마스크를 썼던 경험이 있기 때문에 마스크의 유용성을 잘 알고 있었다.

무증상 감염 앞에서 생명을 지키려 마스크를 쓰는 사람들은 무증상 자본주의에서 무의식적으로 심리적 마스크를 썼던 사람들이다. 갑질에 시달리는 직장인들, 술자리에서 인형 취급을 받는 여성들, 인간 이하의 대우를 받는 아파트 경비원들이 그들이다. 더 정확히 말하면 비단 그들만이 아닐 것이다. 신자유주의적 양극화 사회의 사람들은 보이지 않는 소소한 갑질 때문에 자신도 모르게 심리적 마스크를 썼던 경험이 있다. 한 번도 맨얼굴의 자유가 없었던 그들은 감정적 비말을 방어하기 위해 비말 차단 마스크를 써야 했다. 신자유주의의 바이러스 앞에서 을乙들과 여성들, 하위계층들은 아무에게도 보이지 않도록 투명한 심리적 마스크를 썼을 것이다.

무증상 자본주의란 자본의 폭력이 정상적인 생활의 과정으로 느껴지도록 계획된 체제이다. 만일 지배권력의 감정적 폭행 앞에서 고통 받는 불순한 표정을 짓는다면 피지배자는 앱젝트로 배제될 것이다. 레비나스는 벌거벗은 타자와의 대면을 '미래와의 관계'라고 말했지만 오늘날의 권력자들은 고통스러운 벌거벗은 얼굴을 무증상 자본주의를 더럽히는 오물로 여긴다.

그 때문에 신자유주의는 마스크를 쓰기 전에 이미 벌거벗은 얼굴을 상실한 사회[6]이다. 설리가 악플에 시달린 것은 단지 대중이 원하지 않는 벌거벗은 얼굴을 자주 보여줬기 때문이었다. 그처럼 신자유주의에서는 벌거벗은 얼굴이 앱젝트로 추방될 뿐 아니라 그런 수모를 모면하려면 투명한 심리 마스크를 쓰고 견뎌야 한다. 가식된 연기로 권력자를 만족시키든지(이건 내가 아닌데!) 비말차단 마스크를 쓰고 일상을 견뎌야 하는 것이다. 권력의 타자의 입장에서 보면 마스크를 쓰지 않은 신자유주의와 마스크가 필요한 바이러스 시대의 차이는 없다.

바이러스에서처럼 신자유주의에서도 얼굴의 보호가 문제이다. 바이러스 시대처럼 신자유주의 시대에도 얼굴을 보호하는 투명한 비말 차단 마스크가 필요한 것이다. 연출된 가면이나 비말 마스크를 쓰지 않고 벌거벗은 얼굴을 노출한 사람은 혐오발화의 바이러스에 의해 죽음의 공포에

---

6 벌거벗은 얼굴을 상실했다는 것은 가라타니 고진이 말한 맨얼굴을 잃어버렸다는 뜻이 아니다. 가라타니는 내면을 발견한 사람에 의해 비로소 근대의 맨얼굴이 표현되기 시작했다고 말한다. 내면이란 근대의 에피스테메이며 내면적인 근대인은 그런 제도 내에서 중세적 분장을 벗고 맨 얼굴을 표현한다. 가라타니의 맨얼굴은 근대적 제도 내에 편입되었다는 증거이다. 하지만 근대란 중세와 달리 내면의 제도 자체를 동요시키는 사건에 의해서만 역동적인 작동을 시작한다. 근대적 에피스테메에 연결된 내면의 얼굴은 항상 실재계적 타자의 얼굴에 부딪힌다. 가라타니의 맨얼굴이 상징계에 위치한다면 레비나스의 벌거벗은 얼굴은 실재계에 접촉해 있다. 레비나스는 가라타니와는 달리 타자의 벌거벗은 얼굴과 교섭했을 때만 근대의 시간이 미래를 향해 움직인다고 말했다. 그렇다면 근대란 내면의 제도에 공명하는 가라타니의 맨얼굴과 레비나스의 벌거벗은 타자의 얼굴의 교섭에 의해 작동되는 셈이다.

시달려야 한다.

신자유주의에서는 감정 영역의 상품화로 연출된 얼굴로 살아가야 할 뿐 아니라 벌거벗은 얼굴 자체가 혐오의 대상이 된다. 신자유주의는 물신화된 상징계와 감성권력의 상상계가 손잡고 원본의 자본주의를 영구화하는 사회이다. 설리가 혐오발화에 시달렸듯이 물신화된 사회에서는 동일성의 환상을 깨뜨리는 얼굴은 죽음정치적[7]으로 배제된다. 신자유주의란 동일성의 환상을 유지하는 삶권력과 환상을 깨는 타자를 추방하는 죽음정치의 합작품이다. 벌거벗은 타자의 얼굴이 죽음의 공포에 직면하는 점에서 신자유주의는 바이러스 시대와 매우 유사하다. 신자유주의는 바이러스처럼 벌거벗은 타자의 '얼굴의 자유'를 빼앗는 체제이다. 레비나스는 타자의 벌거벗은 얼굴이 미래라고 말했지만 신자유주의에서는 그 위치에 죽음(죽음정치)이 있는 것이다.

타자의 위치에서 죽음정치가 작동하는 것은 파시즘과 신자유주의에서이다. 파시즘이 폭력적으로 죽음의 향연을 벌였다면 신자유주의는 혐오에 시달리는 타자를 죽음에 방치한다. 전자의 죽음의 공간이 수용소라면 후자에서는 학교와 회사의 옥상이다. 수용소에서는 신체가 훼손되어 죽음에 이르지만 옥상으로 가는 사람들은 얼굴과 영혼에 폭행을 당한 사람들이다. 파시즘과 달리 민주주의인 신자유주의는 벌거벗은 얼굴에 바이러스 같은 혐오와 폭행을 가함으로써 파시즘처럼 타자의 위치에서 죽음정치를 실행한다.

신자유주의에서 타자의 자리를 차지한 죽음은 타자처럼 알 수 없는 미지의 영역이다. 왕따에 시달리는 학생이나 갑질에 영혼을 살해당한 회

7 죽음정치란 신체와 생명을 죽음에 이르도록 이용하면서 동화되지 않는 존재를 죽음에 유기하는 것을 말한다.

사원은 옥상에서 미지의 세계를 향한다. 하지만 죽음은 타자와 비슷하게 미지의 시간이면서도 현재와 교섭할 수 없기 때문에 미래로의 시간을 열지 못한다.[8] 그 때문에 레비나스는 죽음 이외의 방법으로 미지의 세계와 교섭하는 것을 타자성으로 말하며, 에로스적인 타자와의 교섭을 죽음에 대한 승리라고 불렀다.[9]

반면에 타자가 추방된 동일성 사회에서는 죽음 이외에 미지의 다른 세계로 갈 수 있는 방법이 사라진다. 타자를 잃은 사회가 **종말론**적인 이유는 죽음으로의 배제에 맞설 수 없는 '숨 쉴 수 없는' 사회가 도래하기 때문이다. 바이러스가 얼굴을 공격해 호흡장애를 일으키듯이 신자유주의는 벌거벗은 얼굴을 빼앗아 숨을 쉴 수 없는 사회를 만든다. 타자가 "숨을 쉴 수 없다"고 말하며 사라진 사회는 실상은 모든 사람들이 숨 쉬기 어려워진 사회이다. 이것이 벌거벗은 얼굴을 상실한 동일성 사회의 숨겨진 모습이다.

얼굴을 빼앗긴 사회에서는 심장의 박동이 유일한 반격의 근거이다. 누구도 심장의 박동을 포기할 수 없기 때문에 '나는 숨쉴 수 없다'에 교감하며 질식할 듯한 사회에 대한 저항이 시작된다. 그런데 얼굴을 빼앗긴 사람들의 무표정으로 인해 현장에서는 타자의 가슴의 진동이 잘 전파되지 않는다. 현장을 상실한 사회에서는 모두가 병들어도 아무런 신음도 듣지 못하는 상태(이성복)[10]로 살아가게 된다. 벌거벗은 얼굴을 상실한 시대는 무증상 자본주의를 강요당하며 '이상한 무표정'으로 살아가는 사회이다.

---

8 레비나스, 강영안 역, 『시간과 타자』, 문예출판사, 1996, 79~80쪽.

9 위의 책, 112쪽.

10 이성복, 「그날」, 『뒹구는 돌은 언제 잠 깨는가』, 문학과지성사, 1980, 63쪽. 이성복 시의 이 표현은 시대를 앞지른 무증상 자본주의의 예고라고 할 수 있다.

무증상의 시대는 가까이 다가서 있어도 이미 벌거벗은 얼굴에서 멀어진 **은유적 언택트**의 세계이다. 우리는 코로나 언택트 시대 이전에 신자유주의 언택트 세계를 살고 있었다. 신자유주의 언택트 사회에서 심장의 박동을 다시 회복하기 위해서는 얼굴에 강요된 바이러스 같은 자본의 불순물을 제거해야 한다.

은유적 언택트의 시대는 눈에 보이는 마스크를 쓰고 거리두기를 하는 사회는 아니다. 그러나 그런 사회는 이미 수동적 정동에 감염되어 인간적 얼굴을 상실하고 '이상한 무표정'으로 서로를 대하는 시대이다. 그것은 마치 『보건교사 안은영』에서 사람들이 젤리 때문에 그로테스크한 무표정으로 살아가는 것이나 마찬가지이다. 젤리란 가슴의 진동을 위축시키는 수동적 정동의 은유에 다름이 아니다. 이런 사회에서 능동적 정동을 회생시켜 심장의 반복운동을 되찾기 위해서는 보이지 않는 젤리를 제거해야 한다.

무증상 사회란 보이지 않는 젤리(수동적 정동)에 감염된 사회이다. 과거의 파시즘은 억압된 증상의 회귀를 막기 위해 수용소에서 벌거벗은 얼굴의 유대인을 학살했다.[11] 그러나 무증상 시대는 수용소에서 호모 사케르의 희생자[12]를 만들 필요가 없는 사회이다. 벌거벗은 얼굴을 수용소로 추방하는 대신 일상에서 수동적 젤리를 퍼뜨림으로써 증상을 잠재우고 타자에게 무표정이 되게 하는 것이다. 이제 우리 대신 증상을 표현해주던 타자는 무표정과 혐오 속에서 엄청난 젤리에 쫓기며 옥상을 향하게 된다.

---

11 유대인의 벌거벗은 얼굴을 벌거벗은 생명(호모 사케르)으로 만듦으로써 사람들의 심연의 증상의 잔여물을 잠재웠던 것이라고 할 수 있다.

12 호모 사케르는 희생제물도 될 수 없는 희생자이다. 일상의 사람들은 호모 사케르에 대한 공감력을 상실했기 때문에 수용소에서는 무의미한 죽음이 생산되었다.

이것이 파시즘의 '시체의 생산'[13]과 대비되는 무증상 사회의 '유기된 죽음'의 생산이다.

이런 무증상 사회에서는 젤리를 제거하지 않는 한 벌거벗은 얼굴의 귀환을 기대하기 어렵다. 오늘날은 수용소로부터 벌거벗은 얼굴의 귀환을 기다리는 대신 수동적 정동의 젤리를 제거하고 심장의 반복운동의 회생을 위해 손을 잡아야 하는 시대이다. 무증상의 시대에는 사건의 현장에 있어도 보이지 않는 젤리 때문에 벌거벗은 얼굴을 보지 못한다. 프레이저의 동영상 역시 죽어가는 흑인의 벌거벗은 얼굴을 보여준 것이 아니라 무표정한 사람들에 둘러싸인 존재를 보여줬을 뿐이다. 그러나 동영상의 시뮬라크르는 젤리를 감춘 원본에서 떨어져 나옴으로써 증상의 잔여물을 감지하게 하고 있었다. 우리는 물리적 폭력과 젤리의 폭력에 억눌려 숨 쉴 수 없게 된 플로이드의 심장의 동요를 듣게 된 것이다.

"숨을 쉴 수 없다"는 플로이드의 말은 얼굴이나 머리가 아니라 심장에서 흘러나온 단어들이다. 심장의 단어들은 본능적인 생명성에 호소하며 탄력적인 반복운동을 갈망한다. 플로이드는 벌거벗은 얼굴을 잃어버렸지만 심장의 은유(반복운동)는 상실하지 않고 있었다. 현장에 있던 사람들보다 동영상을 본 사람들이 동요한 것은 현장의 무증상 권력에서 벗어나 플로이드의 생명적 반복운동에 자극되었기 때문이다. 똑같은 이미지이지만 현장에는 보이지 않는 젤리가 있지만 동영상과 우리 사이에는 젤리가 없다. 동영상은 현장에서 떨어진 대신 우리를 무감염 상태에서 젤리를 보는 보건교사 안은영으로 만들어준다. 그 때문에 우리는 수동적 정동에서 해방되어 고통의 자극에 반발하며 가슴이 동요하는 힘으로 생명

---

13 아감벤, 『아우슈비츠』, 108쪽.

을 갈망하는 반복을 하게 된다. 우리시대에는 현장의 사람들이 무표정한 반면 동영상을 보는 떨어진 사람들이 반복운동을 회생시킨다.

과거에는 벌거벗은 얼굴이 반복운동을 촉발했지만 무증상 권력의 시대에는 시뮬라크르(동영상)가 숨을 쉴 수 없는 사람들을 동요시킨다. 이제 가까이 있는 사람들보다 멀리 **떨어진** 사람들이 더 가슴의 진동을 느끼는 것이다. 플로이드의 동영상은 운하 시계탑의 윤희나 병원 창문틀의 알스와이티가 보여준 **언택트 포옹**이다. 면전에 있는 사람끼리 진정한 접촉이 어려운 은유적 언택트의 시대에는 멀어진 채로 끌어안는 언택트 포옹이 필요하다. 언택트 포옹은 자본의 바이러스에 의해 멀어진 사람들을 서로 끌어안게 만들어준다. 가까이 있는 사람보다 떨어진 사람이 더 강렬하게 포옹하는 이 언택트의 반격은 무증상 권력과 무증상 바이러스에 대한 최대의 저항이다.

포스트 코로나를 예견하는 사람들은 바이러스와의 전쟁이 언택트 사회를 앞당겼다고 말한다. 그러나 의료, 교육, 경제 영역에서의 언택트 테크놀로지만으로는 미래의 준비가 충분하지 않다. 왜냐하면 언택트란 미래의 시간을 여는 타자의 벌거벗은 얼굴의 상실이기도 하기 때문이다. 언택트의 시대는 무증상 폭력에 의해 비판 사상과 능동적 감성뿐 아니라 벌거벗은 얼굴마저 상실한 사회이다. 벌거벗은 얼굴을 상실한 시대에는 인공지능도 4차 산업혁명도 윤리적 타자를 회생시키지 못한다.[14] 타자의 회생은 여고생 프레이저처럼 언택트 포옹을 창안해내야만 비로소 가능하다. 언택트 포옹을 통해 타자가 회생해야만 우리는 죽음에 대한 승리를 통해 미래로 갈 수 있다.

---

14 4차 산업혁명은 언택트를 기술적으로 뒷받침하지만 윤리적 타자를 다시 돌아오게 하지는 못한다.

무증상 바이러스와 무증상 신자유주의는 똑같이 자연의 훼손 및 생명의 위기와 연관된 폭력이다. 그 둘은 자연을 죽음으로 오염시키거나(바이러스) 타자를 죽음정치로 추방하며(신자유주의) 생명성 있는 심장의 반복운동을 위협한다. 바이러스의 비말과 자본의 비말은 비슷하게 사람들이 '숨쉴 수 없는' 사회를 만들고 있는 것이다. 두 가지 감염병의 공통점은 그런 방식으로 우리에게 언택트의 시대를 강요한다는 점이다. 자연의 생명의 훼손에서 기인된 바이러스의 창궐은 인간의 자연적 대면을 어렵게 만들고 있다. 또한 사회 속의 생명을 죽음정치로 관리하는 신자유주의 역시 타자의 벌거벗은 얼굴을 추방해 심리적 비대면의 상황을 만든다. 바이러스의 시대에는 마스크를 써야만 가까스로 대면이 가능하다. 마찬가지로 신자유주의에서는 심리적 마스크를 쓰거나 자본의 요구에 맞게 얼굴을 연출해야 활동할 수 있다. 원인이 바이러스든 자본이든 이제 벌거벗은 얼굴로 대면하며 자연으로의 회귀를 꿈꾸던 윤리의 시대는 사라졌다.

바이러스가 퇴치되고 다시 얼굴의 대면이 가능해지더라도 진짜 얼굴로 마주보는 시대는 오지 않는다. 자연과 생명의 훼손에서 비롯된 무증상 권력의 시대는 인간 안의 자연인 심장의 동요의 둔화를 가져온다. 무증상의 시대를 산다는 것은 우리가 차츰 **생명보다 못한 존재**로 진화해 가고 있다는 뜻이다. 가까워질수록 타인의 심장소리가 잘 들리는 시대는 이제 영원히 사라졌다. 얼굴을 대면한다는 것은 이해관계가 일치한다는 뜻일 뿐 서로 가슴이 뛰는 일은 일어나지 않는다. 그런 상황을 망각하고 선을 넘으면 〈기생충〉에서처럼 혐오스러운 냄새가 날 뿐이다.

대면접촉이 중요한 것은 심장의 진동이 울림을 생성하는 순간이 쉽게 오기 때문이다. 그러나 자본의 바이러스에 의해 그런 벌거벗은 대면이 불가능하다면 신자유주의적 활동은 포스트 코로나 예언가가 암시하듯이 언택트가 더 유리할 수도 있다. 바이러스에 감염되지 않도록 원격 소통을 했듯이 벌거벗은 대면을 배제하는 자본의 바이러스의 시대에도 언택트 접촉이 활력적일 수 있는 것이다.

하지만 신자유주의적인 언택트 접촉에는 멀어지면서 다시 가까워지는 생명적 반격의 순간이 없다. 멀어진 채 타자의 심장의 동요를 듣는 접촉이 없다면 생명적 존재의 미래는 오지 않는다. 벌거벗은 얼굴을 사라지게 한 것이 죽음정치라면 멀어진 사람들에게 필요한 반격은 생명적 윤리일 것이다. 현장에서 멀리 떨어진 사람들의 가슴을 뛰게 한 플로이드의 동영상 같은 **언택트 포옹**이 바로 그것이다. 언택트 포옹은 바이러스 앞에서의 마스크와 자본의 바이러스 앞에서의 심리적 마스크를 벗게 한다. 두 가지 바이러스를 차단하기 위해 마스크 대신 사람들이 얼굴에 쓰는 것은 플로이드의 **은유적 가면**이다. 마스크가 수동적 보호막이라면 플로이드(타자)의 은유적 가면은 무증상 폭력에 대항하는 능동적 주체의 생성과정이다. 플로이드와 이별한 후 전 세계의 다양한 사람들은 8분 46초 동안 무릎 꿇기를 하며 가슴에 들어온 타자(플로이드)를 확인했다. 또한 플로이드처럼 '숨 쉴 수 없다'를 외치며 그의 은유적 가면을 쓴 얼굴로 서로 연대의 손을 잡았다. 회생한 타자와의 교섭은 무증상을 해체하고 타자와 포옹하며 차별 없는 미래를 바라보게 한다. 은유적 가면은 플로이드와 떨어지게 된 순간 다시 가까이 다가가며 포옹을 한다는 탄력적 반복운동의 표현이다. 신자유주의가 4차 산업혁명을 통해 계획하는 언택트 프로그램에는 가슴의 반복운동을 회생시키는 포옹의 순간이 없다. 반면에 '숨을 쉴 수 없다'고 외치는 언택트 포옹은 비말 마스크 대신 플로이드의 가면을 쓴 사람들이 자연과 생명을 훼손시킨 무증상 권력에 저항하는 생명성의 반격을 보여준다.

3. 포노 사피언스에서 언택트 포옹으로

언택트 사회에서 벌거벗은 얼굴이 상실된다는 사실은 결코 디지털 네트워크의 어두운 숙명만은 아니다. 무증상 권력에 대한 신매체의 역습은 언택트 사회에서도 어둠 속의 빛을 암시하기 때문이다. 실제로 디지털 플랫폼과 초연결 사회는 근대 이후 시작된 '네트워크에 대한 열망'의 정점일 것이다. 바이러스와의 전쟁에 의해 언택트 사회가 앞당겨졌지만 디지털 네트워크는 돌이킬 수 없는 추세인 것이다. 다만 문제는 전 지구적 차원에서 신자유주의가 주요 네트워크를 점령하고 있다는 점일 것이다. 언택트 사회는 가능성과 위험성의 양면을 지니지만 신자유주의가 변혁되지 않는 한 보다 인간적인 세계를 기대하기는 어렵다.

신자유주의는 대면적 관계에서의 인격적 교류를 위축시킴으로써 자본의 네트워크 독점의 폐해를 가중시킨다. 우리는 4차 산업혁명과 언택트 사회를 미지의 세계로 여겨 새로운 변화를 기대하기도 한다. 그러나 로버트 맥체스니가 지적하듯이 오늘날 디지털 네트워크는 자본에 의해 관리되면서 민주주의를 위협할 정도에 이르고 있다.[15] 그에 대한 반성으로 신매체와 디지털 기술을 진보적 방식으로 전유하려 해도 신자유주의가 변화되지 않는 한 새로운 세상은 쉽게 오지 않는다. 앞서 살폈듯이 벌거벗은 얼굴의 상실은 신자유주의의 무증상 폭력과 표리를 이루고 있다. 무증상 폭력이란 자본주의에 의해 균열이 생겨도 그로 인한 신음소리를 잘 듣지 못하는 것을 말한다. 그 같은 조용한 무증상 자본주의에서는 아무리 시간이 지나도 사회적 변혁이 일어나지 않는다. 그 때문에 무증상

15 로버트 맥체스니, 전규찬 역, 『디지털 디스커넥트』, 삼천리, 2014, 7쪽.

자본주의에 충격을 주지 않는 한 앞당겨진 언택트 사회에서도 인간적인 변화를 기대하기는 어렵다.

오늘날 바이러스에 의한 신자유주의의 일시적 멈춤은 또 하나의 기회일 수 있다. 신자유주의에 대한 반성과 신기술의 미래에 대한 기대가 동시적으로 나타나고 있기 때문이다. 하지만 신기술에 대한 기대는 대부분 경제적 관점에서 이뤄지며 신자유주의의 변혁과 연관되는 경우는 별로 없다. 물론 신매체와 언택트 기술에 의한 포노 사피언스 시대를 예견하며 새로운 인간관계의 생성을 주목하기도 한다. 예컨대 유튜브로 소통하는 신세대들이 코로나 사태에서 직접 코로나 앱을 만들어 무료로 뿌린 예 같은 것이다.[16] 그러나 그런 정도의 변화만으로는 물신적 자본을 일상화하며 네트워크를 독점하는 무증상 권력(신자유주의)을 전복시키기는 어렵다.

인격성의 영역마저 상품화한 신자유주의에서는 틈새 공간을 발견하는 것이 매우 중요하다. 예기치 않은 바이러스의 습격에 의해 신자유주의에 대한 비판담론이 많아진 것 역시 틈새 공간이 생겨났기 때문이다. 하지만 바이러스가 만든 기회는 죽음을 수반한 재앙이기도 하기 때문에 사람들은 일상으로 돌아가길 바라고 있다. 또한 신자유주의를 반성한다 해도 더욱 심화된 강대국의 자국우선주의 앞에서 비판담론들이 사회를 바꿀 수 있을지는 불확실하다. 기껏해야 성큼 다가온 새로운 테크놀로지 시대에 기대어 막연한 변화를 소망할 뿐이다. 새로운 테크놀로지가 신자유주의 미시권력이 닿지 않는 틈새 공간을 열어 줄지는 의문이다.

문자(금속활자) 테크놀로지가 근대를 열었듯이 우리는 새로운 기술이

16 최재봉, 「문명의 전환」, 『코로나 사피언스』, 인플루엔셜, 2020, 86~87쪽.

다른 세상을 열길 기대할 수 있다. 그런 기대는 테크놀로지에 의한 시대의 변혁이 항상 새로운 시대정신과 윤리를 수반했기 때문이다. 예컨대 문자 변혁의 시대는 내면적 인간이 출현하고 소설이라는 타자 윤리가 등장한 시대이기도 했다. 문자 테크놀로지의 시대는 내면적 인간과 마주한 벌거벗은 얼굴의 시대이기도 했다.

그런 맥락에서 언택트 테크놀로지는 벌거벗은 얼굴 이후의 세계와 연관이 있다. 근대소설이 「고향」(현진건)에서처럼 벌거벗은 얼굴과의 대면을 그리는 윤리적 미학이라면, 언택트 테크놀로지는 상실한 벌거벗은 얼굴 대신 새로운 틈새공간을 탐색해야 할 것이다. 가령 플로이드의 동영상은 현장에는 부재한 윤리를 회생시키는 신매체의 반격으로 매우 중요하다. 그런데도 언택트 테크놀로지를 새로운 윤리적 공간의 출현과 연관해 주목하는 사람은 아무도 없다.

언택트 테크놀로지에 희망을 가지려면 경제적 효과 이상으로 새로운 틈새 공간의 생성을 탐색해야 한다. 모두가 아픈데 신음이 들리지 않는 무증상 신자유주의 시대에는 일상에서나 사건의 현장에서나 틈새의 공백이 생성되지 않는다. 그런 중에도 플로이드 동영상 같은 시뮬라크르를 통해 권력 통제에서 잠시 벗어난 빈틈을 얻은 일은 매우 암시적이다. 언택트의 시대는 일자리나 경제성장, 인간관계 등에서 모두 불확실한 시대이다. 다만 언택트 사회는 신자유주의의 원본에서 떨어져 나올 수 있는 **시뮬라크르의 시대**이기 때문에 얼마간 희망이 있는 것이다. 시뮬라크르[17]는 현장에서 떨어져 나온 언택트가 오히려 반복운동을 회생시킨다는 역설을 보여준다. 플로이드의 동영상은 언택트의 반복이기 때문에 현장의

17 시뮬라크르는 원본에 다가가는 재현이 아니라 지시대상에서 이연된 반복의 이미지이다.

재현에 달라붙는 권력의 맥락을 무효화한다. 시뮬라크르는 그런 탈맥락화의 힘으로 틈새 공간을 만들며 보이지 않는 사건과 타자를 솟아오르게 해준다.

근대소설이 신분 권력과 식민지 권력에 포위된 상황에서 틈새를 열었듯이, 언택트 시대에는 신자유주의의 상품 권력의 포위를 무효화하는 빈틈을 창안해야 한다. 신분 권력과 식민지 권력의 시대에는 소설이라는 반격의 가상(틈새)이 당당한 창조적인 장르로 형성되어 있었다. 반면에 신자유주의의 상품 권력의 시대에는 아직 틈새 공간을 여는 장르가 없다. 그럼에도 소설의 시대에 벌거벗은 얼굴의 반격이 중요했듯이 언택트의 시대에는 시뮬라크르의 반격이 매우 귀중하다. 시뮬라크르는 상실한 벌거벗은 얼굴을 대신하는 또 다른 무맥락적인 실재계적 가상이기 때문이다.

시뮬라크르는 지시대상도 맥락도 없는 이미지이다. 플로이드의 동영상에서 우리는 신자유주의의 한 장면(이상한 고요함)을 보는 것이 아니라 흑인의 생명이 유린당하는 **날것의 장면**을 본다. 그처럼 맥락에서 풀려난 날것의 힘으로 모든 맥락을 포위한 자본의 바이러스에서 해방될 수 있는 것이다. 소설의 시대에는 무맥락적인 벌거벗은 얼굴과의 만남에서 윤리적 나체화[18]의 반격이 가능했다. 반면에 언택트의 시대에는 한 번도 만난 적이 없는 사람의 또 다른 무맥락적 시뮬라크르에 의해 가슴이 동요하는 운동(반복운동)을 회생시킬 수 있다.

그런 시뮬라크르 윤리의 원조는 영화 〈파이란〉(송해성 감독, 2001)에서 찾아볼 수 있다. 〈파이란〉은 생전에 **한 번도 만난 적이 없는** 사람과의 사랑을 통해 윤리를 회생시키는 이야기이다. 자주 만나야 사랑이 생기지만

---

18 윤리적 나체화란 윤흥길의 「아홉 켤레의 구두로 남은 사내」의 한 장면처럼 아무런 보호막도 없이 무맥락적인 상태에 놓인 타자가 다가오는 윤리적 순간을 말한다.

벌거벗은 얼굴을 상실한 시대에는 그와 정반대이다. 언택트가 오히려 세상의 맥락에 물들지 않은 사람끼리의 접촉을 가능하게 해주기 때문이다. 그 점을 요약한 이 영화의 홍보문구는 "세상은 날 삼류라 하고 이 여자는 날 사랑이라 한다"이다.

어떻게 그런 역전이 가능한가. 이 영화가 보여주는 언택트 사랑의 반전이야말로 자본에 포위된 사회에서 벗어나는 무맥락적 시뮬라크르의 힘일 것이다. 소설의 시대에는 아무런 보호막도 없는 얼굴과의 대면에서 감동을 일으켰지만, 시뮬라크르의 시대에는 직접적인 대면조차 없는 사람들끼리의 사랑이 가슴을 동요시킨다.

만일 〈파이란〉에서 3류 조폭 강재(최민식 분)가 현실에서 파이란(장백지 분)을 만났더라면 가슴을 치는 사랑은 없었을 것이다. 조폭들에게조차 무시 받는 비루한 강재와 불법입국자 파이란은 신자유주의에서 가장 쓸모가 없어진 사람들이다. 신자유주의는 비천한 사람을 물건처럼 폐기시키고 죽음에 이르러도 아무런 관심이 없는 사회이다. 파이란은 "여기 사람들은 모두 친절하다"고 말하지만 진짜로 친절한 사람은 어디에도 없다. 그런데도 두 사람은 강재의 사진과 파이란의 편지, 비디오 동영상으로 만났기 때문에 깊은 심연에 숨겨진 마음을 교감할 수 있었다.

강재와 파이란의 공통점은 아득한 곳에 사랑이 남아 있지만 험한 세상에서 그것을 표현하지 못한다는 점이다. 강재의 고향의 낚싯배의 꿈과 타향 사람들을 친절한 사람으로 보려는 파이란의 마음이 그 점을 암시한다. 두 사람의 깊은 곳에 감춰진 진심은 신자유주의 현실에서 사랑을 잃어버린 우리의 우울한 가슴에 큰 감동을 준다.

인천의 3류 건달 강재는 동기이자 보스인 용식과 술을 마시다 용식이 라이벌 조직원을 살해한 사건에 말려든다. 용식은 강재에게 살인죄를 뒤

집어씌우고 그 대가로 강재의 오랜 꿈인 낚싯배를 사줄 것을 약속한다. 강재는 이 일만 치르고 고향으로 갈 것을 생각하고 있는데 문득 경찰이 찾아와 서류상의 아내 파이란의 죽음을 알린다. 중국 여인 파이란은 먼 친척을 찾아 한국에 왔다 만나지 못하고 인력사무소 소개로 강재와 위장 결혼을 한 상태였다. 강재는 한 번도 만난 적이 없는 파이란이 살던 곳에 가서 그녀가 있던 세탁소 할머니에게 편지를 건네받는다.

파이란의 편지에는 강재에 대한 고마움의 표현과 함께 낯선 타향에서 강재가 큰 힘이 되었다는 고백이 적혀 있었다. 파이란은 강재의 사진 한 장에서 위로를 얻으며 한국말을 배우고 힘든 생활을 견딜 수 있었던 것이다. 아무도 의지할 데가 없는 곳에서 강재는 파이란에게 유일한 그리움의 대상이었던 것이다.

이제까지 누구에게도 사랑 받았던 기억이 없는 강재는 파이란의 편지를 읽으며 눈물을 흘린다. 파이란은 처음에 룸살롱에 팔려갈 뻔 하다 결핵환자처럼 피를 토하는 연기로 겨우 빠져 나온 적이 있다. 그 후 세탁소에서 일하게 된 그녀는 어려운 생활 속에서 진짜 결핵에 걸려 죽음에 이르게 된다. 그런데도 그녀는 편지에 "여기 사람들 모두 친절하지만 강재 씨가 가장 친절합니다"라고 적고 있었다. 파이란은 편지 말미에 '강재의 아내로 죽고 싶다'는 간절한 부탁과 함께 '줄게 아무것도 없어서 미안하다'는 말을 하고 있었다,

태어나서 처음으로 친절과 사랑이라는 말을 들은 강재는 파이란으로부터 전해진 가슴의 울림을 느낀다. 그는 마침내 감옥에 대신 가는 것을 포기하고 고향으로 내려가기로 마음을 먹는다. 마지막으로 강재는 '파이란 봄바다'라고 적힌 테이프를 보고 있었다. 동영상 속의 파이란은 남편에게 보여주기 위해 천진스러운 모습으로 고향 노래를 부르고 있었다.

강재와 동영상 사이에는 신자유주의도 오염된 세상도 없었기 때문에 강재는 파이란 봄바다에 빠져들고 있었다. 그런데 파이란에게 사로잡힌 바로 그 순간 강재는 용식이 보낸 킬러(조직원)에게 강선으로 목이 감겨 죽음에 이르게 된다.

강재의 죽음과 '파이란 봄바다'의 이미지는 현실과 시뮬라크르의 대비를 보여준다. 파이란과 강재는 현실에서는 결코 행복해질 수 없는 사람들이었지만 사진과 동영상을 통해서는 절절한 사랑을 나누었던 것이다. 양자의 차이는 비천한 사람들을 행복에서 추방하는 현실 상황과 그런 현실의 맥락에서 벗어난 시뮬라크르의 틈새 공간에 있다. 강재와 파이란은 벌거벗은 얼굴로 만날 수 있는 현실의 여백의 공간을 잃어버린 사람들이다. 그러나 그들은 시뮬라크르를 통해 언택트 포옹을 하며 누구도 할 수 없는 사랑을 나눌 수 있었던 것이다.

파이란의 시대에 비해 오늘날은 인터넷이나 스마트폰의 소통이 더 많아진 사회이다. 그처럼 가속화된 이미지 소통의 사회를 우리는 포노 사피언스의 사회라고 부른다. 포노 사피언스 이미지 사회는 시뮬라크르 시대의 도래를 알리는 것일까. 그렇지는 않다. 강재의 사진과 파이란의 동영상 같은 시뮬라크르는 상실한 벌거벗은 얼굴을 대신해 사건과 진정성[19]을 솟아오르게 만든다. 반면에 포노 사피언스의 언택트 이미지는 신자유주의(동일성 체제)로부터 인증 받은 소통이며 여기에는 타자와 만나는 사건이 없다. '파이란 봄바다'가 동일성 체제에 파문을 일으키는 언택트의 반격이라면, 포노 사피언스의 이미지는 벌거벗은 얼굴의 상실을 추인하는 승인된(그리고 동화된) 언택트일 뿐이다.

---

19 이정우, 「시뮬라크르의 시대」, 거름, 2000, 176쪽. 이 순간은 선적인 시간이 멈춘 듯한 순간이며 상실한 삶의 의미가 회생하는 때이다.

동화된 언택트 이미지가 자본(그리고 소비)의 시뮬라크르(보드리야르)인 반면 타자의 언택트 반격은 사건의 시뮬라크르(들뢰즈)이다. 그 둘 중 파이란의 비디오나 플로이드의 동영상 같은 언택트 포옹만이 타자를 회생시킬 수 있다. 우리시대는 벌거벗은 얼굴을 상실한 시대인 동시에 언택트 포옹으로 타자를 회생시키는 시대이기도 하다.

강재는 죽음 앞에서도 (동영상으로) 난생 처음 만난 파이란을 끌어안는다. 그와 비슷하게 우리는 플로이드와 멀어진 채 더 가까워지며 포옹을 한다. 강재가 회생된 타자와 만나는 순간 파이란은 강재의 존재의 일부가 된다. 마찬가지로 '숨 쉴 수 없다'고 말하며 8분 46초 동안 무릎을 꿇는 순간 '우리가 플로이드다'라는 외침이 들려온다.

우리시대의 변혁운동은 시뮬라크르로 회생된 타자의 은유적 가면을 쓰며 시작된다. 무증상 폭력의 시대에는 투명한 비말 차단 마스크를 쓰고 일상을 견딜 수밖에 없다. 그런 숨 쉴 수 없는 일상을 탈출하게 해주는 것은 상실한 벌거벗은 얼굴이 아니라 파이란의 동영상 같은 시뮬라크르이다. 시뮬라크르는 언택트 포옹을 통해 비말차단 마스크 대신 은유의 가면을 쓸 수 있게 해준다. 은유의 가면을 쓰는 것은 얼굴에 쓰는 것이 아니라 가슴으로 포옹하며 타자를 내 인격의 일부로 확인하는 것이다. 〈파이란〉에서 '파이란 봄바다'를 보는 장면이 강재의 얼굴 클로즈업으로 제시되는 것은 그녀가 그의 일부가 되었음을 암시한다. 포스트 코로나 시대에는 그처럼 비말 마스크와 심리적 마스크를 벗어던지고 타자의 인격의 가면을 써야 한다. 파이란의 시뮬라크르는 강재의 가슴을 울리며 그의 얼굴에 타자의 인격의 가면으로 스며들었다. 플로이드의 동영상 역시 전세계인들에게 플로이드가 은유적인 인격의 가면으로 침투하고 있음을 느끼게 했다. 숨 쉴 수 없는 사회에서 가슴을 다시 뛰게 한 "우리가 김진숙이다, 우리가 김용균이다"도 마찬가지이다. 오늘날은 대면의 맨얼굴을 대신해 투명한 타자의 가면을 써야만 가슴의 반복운동이 회생하는 시대이다. 우리시대의 변혁의 외침이 암시하듯이 김진숙과 서지현, 김용균의 가면을 쓰는 일이야말로 벌거벗은 얼굴을 상실한 시대에 다시 한 번 윤리를 회생시키는 언택트 포옹이다.

4. 언택트 윤리와 새로운 변혁운동

오늘날 언택트 윤리가 요구되는 것은 무증상 신자유주의에서는 아무도 자본의 콘텍스트에서 자유롭지 않기 때문이다. 무의식의 식민화와 자본의 콘텍스트의 감염에서 벗어나려면 언택트 포옹을 통해 타자를 구원하고 윤리를 회생시켜야 한다. 그처럼 언택트 윤리가 필요한 것은 디지털 네트워크를 통해 경제의 재활성화를 기대하는 포스트 코로나 시대에도 마찬가지이다.

바이러스와의 전쟁 중에 전자 상거래의 활기에서 우리는 언택트 시대의 희망을 보았다. 그러나 디지털 상품유통의 번성의 뒤에는 과도한 업무로 희생된 택배 노동자들의 죽음이 있었다. 코로나 19 발생 이후 3월에서 7월까지 5명의 택배 노동자가 과로로 숨졌지만 그들의 죽음을 주목하는 사람은 없었다. 언택트의 시대에도 자본의 컨텍스트의 감염은 무증상이기 때문에 희생된 타자들은 보이지 않는 투명인간으로 사라진다. 앞에서 강조했듯이 오늘날은 바이러스만 무증상인 것이 아니라 자본주의도 무증상인 것이다.

10대 90이나 20대 80의 신화가 사라지지 않는 한 포노 사피언스의 시대에도 무증상 자본의 폭력은 계속된다. 무증상 자본주의의 문제점은 단지 경제적 불평등성에만 있는 것이 아니다. 10대 90의 신화란 90%의 사람들이 10%의 정치인, 연예인, 전문가들만 보면서 자기 정체성을 잊고 상류층을 선망하는 사회이다. 이런 양극화의 신화가 해소되려면 90%의 사람이 불평등의 희생자에 공감하며 견고한 10%의 캐슬을 뒤흔들어야 한다. 그러나 무증상 자본의 콘텍스트에 감염되면 타자를 죽음으로 내몬 자본의 폭력은 보지 않고 10%의 권력이 만든 신화에만 빠져든다. 하루만 쉬었어도 살아남았을 택배노동자의 죽음은 보이지 않고 화려한 상품들의 당일 배송의 신화만 보이게 되는 것이다.

여기서 중요한 것은 보이지 않는 타자의 죽음이 그들만의 문제가 아니라는 점이다. 타자의 죽음이 보이지 않게 되면 모두가 조금씩은 앓고 있는 자본의 병리가 아예 보이지 않게 된다. 타자의 죽음은 증상의 상실이거니와 모두가 아픈데 아무도 신음하지 않는 사회가 도래하는 것이다. 그런 상황에서는 나의 아픔이기도 한 사회적 증상에 대해 생각하는 대신 불가능한 10%의 캐슬을 선망하게 된다. 90%의 사람들이 모두 보이지 않는 사람들인데 캐슬을 선망하는 동안 상상적으로 시각적 환상에 사로잡혀 보이지 않음을 망각하게 되는 것이다.

타자와 교감하는 것은 그런 상상적 환상에서 깨어나 실재(계)로 다가가는 과정이다. 무증상 권력의 무기는 타자를 보이지 않게 만들어 90%의 사람들을 상상적 환상으로 이동시키는 것이다. 그에 대한 대응은 실재(계)에 접촉한 타자와 교감해 90%를 역동적으로 만들어 상상적 캐슬을 뒤흔드는 것이다. 보이지 않는 타자와 교감하는 것은 그들을 구출하는 것인 동시에 더 중요하게는 90%를 구원하는 일인 셈이다.

그 점은 '우리가 김용균이다'를 외치게 한 산재 노동자의 비극에서도 마찬가지이다. 하루 평균 5명 이상의 노동자가 산재로 사망하는 현실에서 김용균은 어렵게 세상에 알려진 경우이다. 살아서 보이지 않던 불안정 노동자들은 죽어서도 대부분 통계 숫자에 묻혀 버린다.[20] 그러다가 '우리가 김용균이다'를 외침으로써 불안정 노동자는 죽은 후에 비로소 우리 눈에 보이게 되었다. '우리가 김용균이다'를 외치는 순간은 타자를 구출하는 동시에 90%인 우리 자신의 심장이 다시 뛰게 하는 순간이기도 했다.

그러나 김용균은 완전히 구출되지 않았고 우리 역시 마찬가지이다. '김용균법'이 만들어진 후에 현장 태안 분소에서 김용균의 동료들은 힘이 빠져 술에 취해 화가 나 있었다. 그들이 분노한 것은 김용균법에 김용균이 들어 있지 않았기 때문이었다.[21] 김용균법은 또 다른 김용균이 생겨나는 것을 막기에는 부족했고 여전히 보이지 않게 산재 사고가 일어나고 있는 것이다. 불안 노동자의 죽음이 보이지 않는다는 것은 아직 타자가 회생하지 못했으며 90%의 사람들 역시 10%의 환상에 머물러 있다는 뜻이다.

10%의 환상에서 벗어나 90%의 사람들을 역동적으로 만든다는 것은 단지 노동자 편에 선다는 뜻이 아니다. 타자가 보이지 않는 사회는 90%들이 선망하는 10%에 이르는 사다리가 망가진 사회이기도 하다. 계급 사다리가 끊어지지 않은 사회에서는 오히려 중간층이 타자와 쉽게 교감한다. 계급적 유동성은 자본의 컨텍스트의 틈새를 만들어 벌거벗은 타자와의 만남을 가능하게 하기 때문이다. 반면에 계층이동이 어려워지면 유동성 속에서의 틈새가 사라지고 사회적 균열을 자본의 환상이 떠맡게 된

---

20 홍세화, 「"우리가 김용균이다!"」, 『한겨레』, 2019.12.6.

21 위의 글.

다. 이제 상류층은 선망하는 캐슬의 환상이 되고 타자는 투명인간이나 환상을 더럽히는 혐오의 존재가 되는 것이다.

타자가 사라지는 문제는 비단 노동자의 문제만은 아니다. 예컨대 영화 〈버닝〉(이창동 감독, 2018), 〈어느 가족〉(고레에다 히로카즈 감독, 2018), 〈기생충〉(봉준호 감독, 2019)에는 노동자가 나오지 않지만 사다리가 망가진 사회에서의 상상계적 신화를 잘 보여준다. 이 영화들은 눈에 잘 보이는 상류층의 스펙터클과 함께 혐오스럽게 살아가거나 보이지 않게 사라진 타자의 모습을 암시한다. 벤의 파티(〈버닝〉)나 박사장의 저택(〈기생충〉) 같은 화려한 스펙터클의 시대는 하층민이 기생충처럼 살거나 지하 벙커로 사라진 상황과 짝을 이루고 있다. 〈버닝〉과 〈기생충〉에서는 변주된 미스터리가 연출되는데 여기서의 **미스터리**는 범인을 찾는 것이 아니라 사라진 타자를 추적하는 것이다. 사라진 타자의 추적은 간신히 추락과 죽음을 모면한 90%를 구출하기 위한 것이기도 하다. 타자가 지하 벙커나 죽음으로 사라진 사회는 90%의 사람들이 상류층의 스펙터클에 회유된 세상이기도 하다. 〈버닝〉에서 벤의 파티에 초대된 90%의 사람들은 파티를 빛내는 인형 역할을 하며 자신이 보이지 않는 존재임을 잊고 살아간다. 90%의 사람들을 인형으로부터 구출하기 위해서는 사라진 타자와 교섭해 파티와 캐슬의 스펙터클을 뒤흔들어야 한다. 〈버닝〉은 소설을 쓰는 주인공 종수가 해미가 사라진 뒤 그녀와 언택트 포옹을 하며 벤의 스펙터클을 전복시키는 이야기이다. 종수의 영화 속의 소설은 사라진 타자를 추적하는 미스터리이자 혜미와의 언택트 포옹의 기록이다.

배제된 타자와 떨어진 채 포옹하는 반격은 노동자의 문제에서 보다 확실하게 나타난다. 21세기의 변혁운동은 흔히 노동자가 크레인이나 굴뚝에 오르면서 시작된다. 예컨대 희망버스 프로젝트는 김진숙이 한진중공업 정리해고 사태에 항의하는 고공투쟁에서 시작되었다. 김진숙이 고공에 오름으로써 그녀는 우리로부터 보다 멀어지게 되었지만, 사람들은 떨어진 곳에 있는 그녀를 응원하려 가면을 쓰고 '우리가 김진숙이다'를 외쳤다. 김진숙의 가면을 쓴 순간은 가슴으로 포옹하며 그녀의 인격을 우리 자신의 것으로 합체하는 시간이었다. 이처럼 멀어진 채 다시 가까워지며 가슴의 진동을 반복하는 것이 바로 언택트 포옹이다.

김진숙이 멀어진 순간에 포옹이 가능해진 것은 자본의 컨텍스트에서 벗어난 거리에서 다시 교감이 가능해졌기 때문이다. 고공이란 자본의 컨텍스트가 만든 수동적 정동의 젤리가 없는 청정공간이다. 우리는 면전에서 김진숙과 대면하는 것이 아니라 그런 떨어진 공간에 있는 타자와 포옹을 한다. 무증상 권력은 마치 바이러스와도 같다. 언택트 포옹이란 바이러스 같은 무증상 폭력의 컨텍스트에서 떨어진 후에 다시 반격을 시도하는 것을 뜻한다. 21세기의 변혁운동이 그런 언택트 포옹에서 시작되는 것은 일상에서는 자본의 컨텍스트에서 벗어난 틈새가 아무 데도 없기 때문이다.

언택트 포옹의 연쇄적인 전개는 미투 운동에서도 발견된다. 미투 운동이 '나도 서지현이다'를 외칠 수 있게 된 것은 일상의 대면이 아니라 멀어진 채 다시 만나는 언택트 포옹을 통해서였다. 우리의 무의식을 포위하고 있는 남성중심주의의 컨텍스트에서 멀어짐으로써 서로 가슴의 진동을 반복하는 포옹이 가능해진 것이다. 미투 운동은 파이란의 시뮬라크르처럼 한 번도 만난 적이 없는 사람들이 서로 끌어안고 가슴의 진동을 확인하는 언택트 **반복운동**이다.

언택트 반복운동은 사라진 타자를 구출할 뿐 아니라 90%의 일상의 사람들을 구원해준다. 희망버스는 보이지 않는 노동자들을 보이게 해주었을 뿐 아니라 일상의 '숨 쉴 수 없는' 90% 사람들의 가슴을 다시 뛰게 했다. 미투 운동 역시 보이지 않는 여성 희생자들을 보이게 해주는 동시에 50%의 여성들과 40%의 남성 동조자들의 심장을 동요시켰다.

무증상 자본주의는 일상의 사람들의 인격성마저 상품화하며 가슴을 딱딱하게 만들어 '숨 쉴 수 없는 사회'가 오게 한다. 그런 사회에서는 타자의 벌거벗은 얼굴이 사라지기 때문에 모두가 병들어도 증상이 나타나지 않는다. 반면에 언택트 반복운동은 무증상 바이러스에 감염되지 않게 거리를 두고 증상을 확인하며 타자를 회생시킨다. 그렇게 함으로써 사라진 투명인간에게 빛을 비추고 화석 같았던 90%의 사람들이 다시 살아 움직이게 만든다. 그 순간 희망버스와 미투 운동에서처럼 자본에 오염되지 않은 언택트 포옹이 확산되면서 굳었던 가슴이 동요하는 반복운동이 전 사회에 물결치기 시작한다.

5. 자본의 반복과 생명의 반복 – 언택트 윤리의 도약

보이지 않는 90%들이 10%의 캐슬을 선망하는 과정은 가슴의 진동이 둔해지고 인격이 물건(상품)처럼 딱딱해지는 진행에 상응한다. 이런 사회에서는 생명적 반복운동(가슴의 동요)이 점점 자본의 반복운동에 묻혀버리는 상황이 나타난다. 양극화 속에서 인격성조차 권력에 회유된 사회는 생명적 반복의 리듬이 상실된 세계이기도 한 것이다. 그런 방식으로 생명적 리듬을 둔화시키는 자본의 유혹의 권력은 회유되지 않은 타자를 추방하는 죽음정치와 짝을 이루고 있다.

이제 가난할수록 생명력이 강해지는 '푸성귀 같은 청청함'[22]은 사라졌다. 푸성귀 같은 생명적 반복운동이 무뎌지면 가슴의 진동이 희미해지면서 사람들 사이의 울림이 상실된다. 결과적으로 자본의 컨텍스트에 빈틈없이 포위된 사회에서는 일상의 사람들이 연대감을 상실하고 흩어진 삶을 살게 된다. 유토피아적 공동체의 꿈이 상호신체성의 증폭 속에서 함께 어우러지는 것이라면, 자본의 컨텍스트에 감염될수록 아무리 활기차 보여도 서로 분리된 삶을 살게 되는 것이다. 그 점에서 자본주의의 감염력은 사람들 사이에 거리를 만드는 바이러스의 기제와 매우 유사하다고 할 수 있다. 우리시대의 90%의 사람들이 무증상 자본의 체제에서 각자도생의 삶을 살게 된 것은 바로 그 때문이다.

자본주의 진화의 극단이 무증상 자본인 것은 바이러스 진화의 종착점이 무증상 바이러스인 것과 유사하다. 양자 사이에서 우리가 고민해야 할 화두는 멀어짐과 가까움의 문제이다. 이 화두의 핵심에 있는 분리의 규율은 무증상의 시대에 사람들을 모래알처럼 만들며 무서운 위력을 발휘하고 있다.

중요한 것은 진화의 끝에서 확대된 그런 분리의 규율이 원래 자본주의 자체의 문제라는 점이다. 인간을 모래알처럼 만드는 분리의 규율은 노동자의 착취 이상으로 자본주의의 오래된 핵심적 병폐이다. 가까워져도 심리적 마스크 때문에 만날 수 없는 것은 오늘날의 문제이지만 분리의 규율은 이미 1960년대부터 나타났다. 도시를 배경으로 한 김승옥의 소설들은 자본주의적 근대화가 진행될수록 분리의 규율이 확산되는 과정을 보여준다. 8장에서 살폈듯이 「역사」에서는 술집에서 한순간에 가까워진

22 박완서, 「도둑맞은 가난」, 『부끄러움을 가르칩니다』, 문학동네, 2006, 387쪽.

서씨가 동대문에 대한 사랑을 통해 '나'를 흥분시키는 상호신체성의 힘을 보여준다. 그러나 근대화의 상징인 양옥집에는 한밤중의 피아노로 분리된 사람들을 모으려는 계획을 무산시킨 또 다른 역사(할아버지)가 있었다. 서씨가 사람들의 생명성을 고양시키고 가슴을 뛰게 하는 역사라면, 양옥집의 할아버지는 가슴의 동요를 둔화시켜 사람들을 분리시키는 또 다른 역사였다.

자본주의적 분리의 규율은 도시가 발전할수록 더욱 내면화된다. 「서울 1964년 겨울」에서는 서씨 같은 역사나 할아버지 같은 또 다른 역사는 모습을 드러내지 않는다. 그 대신 곁에 있으려는 사람에게 냉정하게 선을 그어 죽음에 이르게 한 사건이 발생했다. 자본주의적 분리의 규율은 사람들 사이에 무의식적으로 선을 긋는 규율이기도 했다. 이 소설에서 이미 자본주의적 규율이 내면화된 '나'와 안은 가까워지려 하면서도 어쩔 수 없는 거리감을 느낀다. 두 사람과 달리 일행에 새로 끼어든 외판원은 죽은 아내에 대한 사랑의 기억의 힘으로 가까이 다가오려는 사람이었다. 외판원은 가슴으로 사람들과 만나고 싶었지만 실제로 그와 가까이 있게 하는 것은 돈의 힘이었다. 돈을 다 쓴 후 외판원은 같이 있자고 애원했지만 안에게 냉정하게 거절당한 후 아내의 죽음의 상처로 자살을 하게 된다. 1964년의 서울의 거리에는 사람들을 떨어뜨리는 역사는 없었으나 안은 스스로 선을 긋는 규율에 감염되어 있었다.

자본주의에 의해 확산된 분리의 규율은 접근할 때 심리적 마스크를 쓰고 거리를 두게 하는 점에서 바이러스와도 유사했다. 자본주의가 시작됐다는 말은 분리의 바이러스가 발생했다는 말과도 같다. 자본주의의 심화와 함께 점점 진화된 분리의 규율은 마침내 오늘날 보이지 않는 무증상 바이러스가 되었다. 무증상이 된 분리의 규율은 이제 〈기생충〉에서처럼 선을 넘으면 혐오스러운 냄새가 나는 감성적 차별의 장벽을 만들고 있다.

그처럼 무증상 바이러스에 의해 감성적 차별이 만들어지는 진행이 바로 신자유주의의 발전 과정이다. 신자유주의 이전까지 분리의 규율은 특정한 증상을 드러내고 있었다. 김승옥 소설에서 외판원의 자살은 분리의 시대의 증상이자 규율을 넘어선 또 다른 소중한 것의 갈망이기도 했다. 그처럼 증상을 드러내어 분리의 규율보다 더 중요한 것을 갈망하게 하는 사람이 바로 타자이다.

그런 타자의 귀환에서 위기를 느낀 자본[23]은 이제 증상을 보이지 않게 함으로써 자본의 지배를 영속화하는 방법을 모색한다. 자본의 바이러스에 감염된 사회에서 여관방의 자살자와 공장의 희생자(증상)가 속출한다면 사람들은 그런 증상에 동요하지 않을 수 없게 된다. 그 점을 간파한 자본은 산재 사망자가 하루에 7명씩 생겨도[24] 증상이 보이지 않게 하는 시각적 장치를 고안한다. 그 방법은 모든 사람이 10% 캐슬의 스펙터클을 선망하게 하면서 타자의 죽음에는 가슴이 무뎌지게 만드는 것이다. 한 해 이천 명의 노동자가 사망해도[25] 신음이 들리지 않는 사회, 이것이 바로 신자유주의라는 우리시대의 무증상 자본주의의 풍경이다. 무증상 자본주의에서처럼 타자의 고통에 가슴이 뛰지 않고 사회적 증상에 둔해지면 아무리 시간이 지나도 10%가 지배하는 세상은 변화되지 않는다. 증상의 상실은 타자의 배제이자 타자의 고통 앞에서 가슴이 뛰지 않는 90%의 역동성의 둔화이기 때문이다. 증상을 상실한 신자유주의는 원래

23 타자의 귀환에 의해 자본이 위기에 처했던 시기가 바로 1970~80년대였다.

24 노동자 사망자 수는 근래에 다소 줄어들고 있지만 2017년 기준 15년간 산재 사망자 수는 3만 5,968명으로 하루 평균 7명인 셈이다.

25 지금은 천 명 정도로 사망자가 줄었지만 2017년의 통계 기준으로는 한 해 평균 이천 명인 셈이다.

의 **가슴의 반복** 대신 **자본의 반복**을 계속할 수 있는 가장 순수한 자본주이다. 순수한 자본주의는 무증상 바이러스를 통해 가까워질수록 더 거리를 두게 만든다.

자본의 반복이 가슴의 반복을 점령한 시대는 분리의 규율이 영속성을 얻은 시대이다. 김승옥의 시대에는 '분리의 규율'이 '선을 긋는 규범'으로 진화했지만 '같이 있자'는 타자의 애원의 소리를 막을 수는 없었다. 타자의 목소리가 들리는 시대는 사람들을 어우러지게 하는 '역사'와 '염소의 힘'의 영원회귀에 대한 향수가 있었던 세상이다. 그러나 무증상의 시대에는 타자의 신음이 추방되면서 가슴이 식은 사람들이 '가까워질수록 거리를 두는' 영속적 분리의 세계가 만들어진다.

물론 무증상 자본주의 시대에도 사람들은 스포츠와 여가를 즐기고 멋진 연애를 하면서 가슴이 뛴다. 그러나 오늘날의 여가와 연애와 인증샷의 설레임은 자본의 컨텍스트의 인증을 받은 가짜 진동일 뿐이다. 여기에는 승인된 컨텍스트에서 벗어난 틈새 공간에서의 목숨을 건 도약이 없다.

이제 사람들의 가슴은 자본의 컨텍스트가 허용한 진폭만큼만 뛴다. 지나치게 흥분해서 인증받은 진폭 이상으로 가슴이 뛰는 사람은 컨텍스트에서 벗어난 순간 냉혹하게 배제된다. 이런 사회에서는 아무리 활발해 보여도 타자의 고통에 공감한 반발력으로 튀어오르는 본능적인 탄력성이 없다. 본능적 탄력성을 잃은 사회에서는 자본의 반복운동에 압도된 상태에서 생명적 존재로 회생하는 길이 없어진다. 타자는 죽음정치에 의해 관리되고 90%들은 가슴의 진동이 둔해져 인격이 굳어진 상태로 캐슬을 선망한다. 무증상 자본주의에서는 증상으로서의 타자가 추방된 결과 10%의 지배권력은 물론 90%들마저 생명적 반복운동이 상실된다.

타자가 사라진 사회에서는 캐슬의 10%와 캐슬을 선망하는 90%들이 서열화된 공간에서 자본의 반복운동을 계속한다. 생명적 반복운동이 위축되고 자본의 반복운동이 계속되면 공간적 차별이 점점 증폭되는데, 그것을 보여주는 것이 〈기생충〉의 박사장의 캐슬과 지하 벙커이다. 유토피아 같은 박사장의 캐슬이 자본의 반복운동의 시각화라면, 디스토피아 같은 기생충의 지하 벙커는 위축된 생명적 반복운동의 은유이다.

이제 선을 지키는 규율은 계급을 분리하는 공간적 위계와 신체의 감각이 되었다. 그것을 위반하는 사람들은 지하벙커에 투명인간으로 갇혀 간신히 구조요청을 할 수 있을 뿐이다. '같이 있자'는 김승옥 소설의 아저씨의 애원은 아무도 알 수 없는 암호 같은 모스부호로 대체되었다. 〈기생충〉의 모스부호는 마지막 구조요청인 동시에 냉혈한이 된 분리의 규율에 대한 경고이기도 하다.

그런 맥락에서 〈기생충〉이 발표된 다음 해에 바이러스의 공격이 시작된 된 것은 의미심장하다. 〈기생충〉이 선을 넘지 못하는 사회를 그렸다면 바이러스는 거리두기를 강요하고 있다. 또한 〈기생충〉이 잘 보이지 않는 '유토피아 속의 디스토피아'를 보여준 반면 바이러스는 경제적 멈춤을 통해 디스토피아로 향하는 자본의 반복운동을 돌아보게 했다. 바이러스에 의한 거리두기는 자본에 의한 심리적 거리두기와 숨겨진 디토피아를 비추는 거울이다. 자본의 반복운동이 향하는 디스토피아란 오늘날의 분리의 규율이 화석화된 미래에 다름이 아니다.

〈기생충〉과 바이러스는 둘 다 물신화된 자본의 세상에 대한 반성을 촉구하고 있다. 바이러스에 의한 자본의 멈춤은 회귀의 조급함 속에서도 자본의 운동과는 다른 반복에 대해 생각하게 하고 있다. 황급히 되돌아가야 할 자본의 반복의 세계를 생각하는 한편, 디스토피아의 그림자를 느끼며 상실한 생명적 반복운동에 대한 향수도 생겨난 것이다. 그 두 가지 반복운동의 소망이 뒤얽혀 있는 것이 바로 **언택트 사회**이다.

언택트 사회는 신자유주의에서 이미 시작되었지만 바이러스에 의해 속도가 빨라진 체제이다. 그런 만큼 신자유주의 경제의 폐단이 계속되는 동시에 새로운 연결 관계에 대한 기대도 나타난다. 전자가 야기하는 위험의 목록은 양극화, 경제전쟁, 시간의 식민화, 인문학의 쇠퇴이다. 또한 후자에 의해 촉발된 항목은 초연결 사회, 포노 사피언스, 인공지능, 4차 산업혁명이다.

하지만 언택트에 대한 논의에서 윤리에 대한 제언은 찾아볼 수 없다. 언택트 윤리란 분리의 규율을 넘어선 새로운 연결 관계에 대한 사유에 다름이 아니다. 그것은 임박한 비대면 사회에서 멀어진 채 다시 가까워질 수 있는 유일한 방법이다. 그 때문에 그런 언택트 윤리가 망각된다면 다시 무증상 자본주의에 의해 영원히 거리를 두고 사는 사회가 계속될 것이다. 언택트 사회에서 나타나는 무증상 자본주의는 무증상 바이러스의 2차 대유행과도 같을 것이다.

자본주의 비판의 역사가 200년이 되었음에도 그처럼 자본이 오히려 확장되는 것은 숨겨진 교묘한 속성 때문이다. 〈기생충〉에서 박사장의 집과 지하벙커는 화려한 자본의 운동과 위축된 생명의 운동의 대비를 보여준다. 여기서 자본과 생명의 대립은 단순히 '인간적인 것'과 '비인간 것인 것'의 대립이 아니다. 자본을 단지 절대 악으로 규정하는 것은 자본의 운동의 미시적 전략을 과소평가하는 것이다. 우리시대의 무증상 자본은 인격성의 영역을 점령하면서 인간적인 것이 무엇인지 판별할 수 없게 만든다. 그 점은 〈기생충〉의 가난한 빈민들이 부자를 존경하는 말을 하는 장면에서 암시된다. 자본은 분리의 규율이 비인간적으로 영속화될수록 사람들이 친밀하게 어우러져 살아가는 풍경을 연출한다. 오늘날의 자본은 사람들이 가까이 어울리게 만들면서 자신의 본성인 분리의 규율을 관철시키는 방식을 발견했다.

자본의 비법은 가까움과 멀어짐의 관계를 모호하게 만드는 데 있다. 흡혈귀로 불리는 자본이 오랫동안 생존하는 데는 그런 놀라운 역설이 숨어 있다. 그동안 자본의 반복운동은 냉혈한의 정체를 숨기고 인간 생명체와 비슷해 보이는 연출을 통해 생존해왔다. 일찍이 마르크스는 자본의 운동 속에도 인간세상에서와도 같은 페티시즘과 사랑, 목숨을 건 도약이 있음을 강조했다. 예컨대 상품은 페티시즘처럼 우리를 홀리면서 화폐에 대해 사랑의 눈짓을 보낸다.[26] 상품의 사랑의 길은 험난하기 때문에 자본의 운동이 계속되려면 이미 코드화된 언어체계(랑그)가 아니라 매번 목숨을 건 도약이 있어야 한다.[27] 인간세상에서 목숨을 건 도약을 통해 생명적 존재의 품격과 윤리를 지키는 것처럼, 자본의 운동에도 필사적 도약을 통해 **생명체처럼** 움직이는 유동성이 있는 것이다. 냉정한 분리의 규율인 자본은 사랑하는 생명체처럼 인간 세상에 가까이 다가옴으로써 숨겨진 본성을 실행한다. 물론 여기서의 사랑과 목숨을 건 도약은 자본주의의 컨텍스트 내부의 운동인 점에서 생명적 반복운동과는 다르다. 그러나 자본주의가 진화할수록 인간세상을 흉내 내는 자본의 운동은 점점 실물감이 높아진다. 실제로 자본의 운동에서의 사랑과 목숨을 건 도약은 인격성의 영역이 상품화된 우리시대에 더 실감을 얻고 있다.

예컨대 신인 연예인은 인기와 돈을 얻기 위해 대중에게 필사적인 구애를 해야 한다. 그들의 지난한 구애의 과정은 연인의 사랑을 얻기 위한 목숨을 건 도약의 과정과 매우 비슷하다. 신자유주의에서는 신상품이 은유

26 마르크스, 김수행 역, 『자본론』 I, 비봉출판사, 2001, 138쪽.
27 위의 책, 136쪽.

적 사랑을 할 뿐 아니라 실제로 인격체 자체가 전력을 다해 구애를 하는 것이다. 그러나 신인 연예인이 사랑과 인기를 얻기 위해서는 얼굴을 성형하고 감정과 신체를 스폰서의 상품으로 만들어야 한다. 그 때문에 인기를 얻은 후에도 인간세상의 목숨을 건 사랑과는 달리 '이건 내가 아닌데'라는 소외감에서 벗어날 수 없다. 인기와 사랑을 얻는 도약의 순간은 분리의 규율이라는 냉혈한에게 몸을 맡기는 순간이기도 하다. 신인 연예인은 대중에게 가까워진 순간 멀어지며 극단의 인간적인 소외를 경험한다.

인격성의 상품화로 인한 소외의 과정은 신자유주의의 결혼의 상품화에서 정점에 이른다. 「낭만적 사랑과 사회」(정이현)에서 '나'는 순결이라는 진품을 무기로 절체절명의 기로에서 상류층에게 목숨을 건 배팅을 한다. '나'는 호텔에서 상류층 남자에게 스물 두해를 건 모험을 하면서 진심을 바칠 때처럼 가슴이 쿵쾅거렸다. 그러나 남자는 '나'의 진품에 대한 답례로 고급 명품을 줄 뿐 '내' 손을 잡아주지 않는다. '내'가 그에게 바친 것은 진귀한 명품과도 같은 물건일 뿐이며 가슴이 뛰던 '나'는 결혼을 구애하는 초라한 상품으로 전락한다. 그는 가까이 다가오는 동시에 분리의 규율을 '내' 가슴에 뚜렷이 각인시키는 존재였다.

신자유주의에서 인격성의 상품화는 인간의 사랑과 매우 비슷한 동시에 가장 극심한 소외를 경험하게 한다. 이런 인격의 전락은 자본주의가 출현하면서 시작된 인간 소외와 분리의 규율의 정점을 암시한다. 자본주의에 의한 생명체로서의 인간의 소외는 이미 자본주의 초기부터 나타났었다. 대도시의 노동자들은 빛, 대기, 청결함 대신 어둠, 탁한 공기, 더러운 오수 속에서 **자연 소외**를 경험했다.[28] 그와 함께 노동 상품으로 착취당

28 존 벨라미 포스터, 『마르크스의 생태학』, 인간사랑, 2016, 179쪽.

하고 인간관계가 소거된 물신적 상품을 생산하면서 정신이 빠진 물질에서 **인간 소외**를 겪는다. 이런 자본에 의한 소외의 역사는 그에 대항하는 철학의 역사이기도 하다. 포이에르바하에 의하면, 헤겔이 절대정신을 강조한 것은 정신이 소거된 물질의 소외를 정신 자신으로부터 구원하려 한 셈이었다. 그러나 헤겔은 물질과 정신의 이원론을 극복하지 못했으며 인간이라는 생명적 인격에 대한 존재론을 정신의 인식론에 종속시켰다.[29] 이런 헤겔의 절대적 관념론은 마르크스의 유물론에 의해 비로소 극복된다. 마르크스의 유물론은 물구나무선 헤겔 철학을 두발로 걷게 하면서 물질과 정신이 구분될 수 없음을 암시하고 있다.

물질적 자본이 인격적인 정신을 흉내 내며 생존하듯이 그에 대항하는 철학은 물질에 기반한 정신의 사유여야 한다. 유물론은 정신과 물질이 분리될 수 없음을 전제로 내세우며 물질적 자본주의에 대항하는 철학이다. '정신 없는 물질'을 구원할 수 있는 것은 결코 헤겔의 생각처럼 정신이 아니다. 그보다는 어떻게 물질에서 정신이 생성되는가에 답해야만 분리의 규율의 두 얼굴인 자연 소외와 인간 소외를 극복할 수 있다.

교묘하게 활력적인 자본처럼 우리는 물질과 정신의 이분법을 넘어서야 자본에 대응할 수 있다. 흥미롭게도 이 문제에 대한 응답을 암시하고 있는 것은 바로 오늘날의 인공지능의 출현이다. 인공지능이야말로 자본의 품안에서 태어난 첨단의 **유물론적** 테크놀로지이다. 인공지능은 물질로부터 지능을 형성시키면서 미래에는 정신까지 출현할 수 있을 것으로 예견하게 한다.

더욱이 인공지능은 얼굴 없는 정신의 존재에 대해 생각하게 한다. 과

---

29 위의 책, 180쪽.

거에는 얼굴을 지닌 정신들이 서로 교류했지만 이제는 대면이 없이 지적으로 교류할 수 있는 존재가 생겨난 것이다. 얼굴 없는 정신은 비대면 상태에서 거리를 둔 채 가까워질 수 있는 존재론의 실행을 암시한다. 얼굴 없는 정신으로서 인공지능의 출현은 자본에 대응하는 새로운 방법의 발명을 요구하고 있다.

그런 21세기의 인공지능 유물론의 출현으로 재조명되어야 하는 것은 비슷하게 물질과 정신의 연결을 논의한 베르그송의 유물론이다. 베르그송은 실재론과 관념론을 넘어서기 위해 물질과 정신의 교차점에 있는 기억을 중시했다. 베르그송의 논의와 인공지능의 공통점은 기억과 데이터가 물질로부터 지능과 정신을 생성시킨다는 것이다. 베르그송은 뇌에서의 기억을 물질적 자극에 대한 반응을 유보하는 과정으로 보면서, 그런 미결정성에서 생명체의 정신의 반작용[30]이 생성되는 것으로 생각했다. 기억이 복잡할수록, 그리고 그 중에도 순수기억이 증폭될수록, 생명적 존재의 대응 작용은 풍부해진다. 그와 비슷하게 인공지능 역시 빅 데이터의 확장에 의해 다양한 지능의 작용이 풍성해진다. 여기서 대상과 정신을 연결하는 것은 친밀한 접촉이나 얼굴이 아니라 거리를 둔 뇌와 인공지능의 기억이다. 베르그송과 인공지능 유물론은 물질과 정신을 연결하면서 얼굴 없는 정신의 작용에 대해 암시하고 있다. 얼굴 없는 정신의 작용이란 언택트 상태에서 거리를 둔 채 가까워질 수 있는 사유의 가능성을 뜻한다.

베르그송의 기억 이론과 인공지능은 언택트 시대에 서광을 비추는 두 개의 특별한 유물론[31]이다. 그러나 양자 사이에는 중요한 차이가 있다.

---

30 이는 수동적 반작용이 아니라 질적 도약이 이뤄지는 능동적 대응이다.

31 인공지능과 베르그송의 유물론이 주목받아야 하는 것은 우리시대가 인격성의 영역이

베르그송의 기억과 인공지능의 차이점은 전자가 **생명체의 도약**을 중시하는 반면 후자는 특정한 목적에 기능적으로 봉사한다는 점이다. 생명체의 창조적 도약은 목적론에 따르는 습관기억보다는 순수기억의 증폭과 새로운 생성에 의해 가능해진다. 순수기억이란 눈사람을 굴리듯 우리의 인격을 부풀려가면서 창조적으로 도약을 시도하게 하는 이미지 기억들이다. 인공지능에 부재한 것은 그런 순수기억과 창조적 도약, 목숨을 건 윤리이다.

베르그송의 창조적 도약은 동일성 체제의 타자성[32]을 통한 미래의 지향이라고 할 수 있다. 레비나스는 체제에 동화될 수 없는 타자의 얼굴에서 미래의 시간을 찾았다. 반면에 베르그송의 경우에는 순수기억의 고양을 통한 이미지 기억들의 도약에서 타자성이 생성된다고 할 수 있다.[33] 이 **얼굴 없는 타자성**이야말로 언택트 시대에 미래를 여는 윤리적 사유를 암시한다.

그런데 인공지능에는 순수기억의 고양이 없기 때문에 타자성도 언택트 윤리도 없다. 순수기억이 빈약한 점에서 인공지능은 아직 상품의 수준을 넘지 못하고 있다. 베르그송의 순수기억은 인공지능을 끌어안는 동시에 무증상 자본주의를 극복할 수 있는 타자성의 사유를 암시한다. 그와 달리 타자성이 부재한 인공지능은 상품화와 함께 순수기억이 빈약해지는 신자유주의의 흐름을 넘어서지 못한다.

기계화되고 상품화되는 시대이기 때문이다.

32 자본주의의 동일성 체제에는 잉여향락이 있을 뿐 목숨을 건 창조적 도약이 없다. 반면에 베르그송의 창조적 도약은 동일성 체제의 타자성을 통한 생명적 약동으로 재해석할 수 있다. 베르그송은 타자성이라는 개념을 사용하지 않았지만 그의 창조적 진화에는 동일성을 해체하는 타자성이 암시되고 있다.

33 10장 3절의 도표 참조.

인격성까지 상품화한 신자유주의의 특징은 인간 소외와 더불어 순수기억의 빈약화를 초래한다는 점이다. 순수기억이 나이테처럼 교체불가능한 생명적 존재의 인격을 형성한다면, 인격성을 상품처럼 간주하는 신자유주의는 쓸모없는 순수기억을 빈곤해지게 만든다. 상품화된 감정과 지능의 시대인 신자유주의에서는 벌거벗은 얼굴의 상실과 순수기억의 빈곤화가 상응하는 관계에 있다. 인공적인 감정과 지능에 둘러싸인 동시에 순수기억이 희미해진 사람들은 감성과 인격의 상품화 속에서 늘상 새로운 것으로 교체될 운명으로 살아간다.

순수기억이 빈약해지면 타자에 대한 공감이 약화되고 생명체로서의 역동성을 상실한다. 순수기억의 빈약화의 증거는 수동적 정동의 젤리들이 인격체의 바깥에서 '이상한 무표정'의 사람들을 움직이고 있다는 것이다. 사람들은 타자와 공감하며 능동적이 되는 대신 젤리에 포획되어 수동적으로 움직이고 있다. 그런데도 아무도 그것을 느끼지 못하고 무증상의 일상을 무심하게 살아가고 있다. 이런 세상에서는 단지 '보건교사 안은영'만이 젤리를 볼 수 있을 뿐이며 타자를 위해 광선검을 휘두르며 분투한다.

수동적 정동의 젤리는 사람들의 순수기억을 빈약하게 만드는 동시에 타자와의 공감력을 약화시킨다. 순수기억이 영성해졌다는 것은 체제의 동일성 논리에 포위되어 이질적 타자와 교섭할 능력이 상실되었다는 뜻이다. 그렇게 되면 마치 상품이나 물건처럼 자아가 빈약해져서 신자유주의가 만들어낸 제도화된 우울증에 시달리게 된다. 제도화된 우울증이란 식민화된 인격으로부터 새어나온 수동적 정동의 젤리에 둘러싸인 상태를 말한다. 김승옥의 시대에는 일상의 사람들 사이에 선을 넘지 못하는 비극이 있었지만, 지금은 존재 자체가 빈약해져 분리의 규율에서 벗어나려는 표현조차 하지 못한다. 그처럼 자본의 반복운동과 분리의 규율이 존재 자체를 점령한 상태가 바로 우울증이다.

그러나 우울증이란 딱딱한 물건과는 달리 아직 깊은 곳에 순수기억의 샘물이 남아 있는 상태이다. 그런 심연의 샘물의 잔여물을 회생시키려면 안은영처럼 광선검을 사용하는 대신 신체 자체로부터 능동적 정동이 솟아오르게 만들어야 한다. 수동적 젤리를 제거할 수 있는 것은 인격성 자체에서 샘솟는 능동적 정동의 샘물이다.

순수기억과 **능동적 정동**에 대한 논의는 사상과 정신을 대체하는 언택트 시대의 중요한 무기이다. 우리시대는 사상가의 연설도 타자의 벌거벗은 얼굴도 힘을 발휘하지 못하는 시대이다. 사상이란 타자와 함께 손잡고 잘못된 체제를 변혁하려는 사유이다. 또한 타자의 얼굴이란 대면을 통해 윤리적 정동을 발생시켜 변혁의 물결을 일으킬 수 있는 무기이다. 그런데 신자유주의는 수동적 젤리를 이용해 타자와 대면해도 윤리적 불꽃이 튀지 못하게 만든다. 이처럼 인격성이 위축된 상황에서는 비대면의 틈새에서 전류를 발생시켜 빈약해진 자아를 회생시켜야 한다. 인공지능 역시 비대면의 상태에서 지능의 전류를 생성하지만 젤리를 제거하지도 자아의 빈곤화를 구출하지도 못한다. 반면에 베르그송의 얼굴 없는 유물론은 대면이 없이 젤리에서 멀어진 채 자아를 회생시킬 방법을 고안하게 한다. 순수기억의 빈곤화가 벌거벗은 얼굴의 상실에서 기인했다면 얼굴 없는 정신의 기제인 베르그송의 유물론은 비대면 시대의 순수기억의 대응을 암시한다.

베르그송의 순수기억은 얼굴의 대면 대신 이미지 기억을 통한 자아의 팽창을 시사한다. 수동적 젤리가 만연된 상황은 벌거벗은 얼굴의 대면이 무의미해진 세계이다. 그런 상황에서는 직접적 대면보다는 이미지 기억을 자극하는 방식으로 타자와의 만남을 회생시켜야 한다. 한 번도 만난 적이 없는 여자와 절절한 사랑을 나누게 한 파이란의 동영상, 선적인 시간을 횡단해 '포기하지 않는 윤리'를 점화시킨 〈시그널〉의 무전기, 현장의 침묵을 넘어서 지구 곳곳의 사람들을 움직이게 만든 프레이저의 동영상. 이 시뮬라크르들은 대면이 없이 우리의 순수기억의 잔물[34]을 자극하는 이미지들이다. 그로 인해 이미지 기억이 도약하는 순간들은 대면을 넘어선 인격적 회생의 시간들이다.

대면을 통해 생명적 반복운동을 일으키기 어려운 시대에는 이미지 기억이 도약하는 순간만이 빈곤한 자아를 구출해준다. 그처럼 자아의 빈곤화에서 벗어나 순수기억이 고양되는 순간 우리는 다시 타자와 만날 수 있게 된다. 이미지 기억을 통한 순수기억의 동요는 **멀어짐과 가까움의 사유**의 정점이다. 신자유주의는 벌거벗은 얼굴과의 대면을 불가능하게 하면서 가까워질수록 멀어지게 만든다. 반면에 이미지 기억을 통해 멀어지면서 가까워지는 언택트 윤리는 비대면의 시대에 어떻게 윤리를 부활시킬 수 있는지 말해준다. 윤리의 부활이란 순수기억의 잔여물의 응답[35]을 통한 타자의 회생을 말한다.

순수기억의 응답은 새로운 방식의 도약을 통해 추방된 타자를 회생시키는 특별한 운동의 형식이다. 예컨대 '희망버스'에서 '우리가 김진숙이다'라는 변혁의 구호는 빈약해진 순수기억을 회생시켜 타자와 교섭하며 도약하려는 시도였다. 그런 순수기억의 팽창은 1970년대의 '우리도 난장이이다'(조세희)가 응답으로 되돌아온 것이기도 했다. 흥미롭게도 1970년대에서는 일상의 교감으로 가능했던 것이 지금은 변혁운동의 구호로

34 순수기억의 잔여물로서 이미지 기억들을 말함.
35 순수기억의 잔여물이 응답하는 순간은 이미지 기억이 도약하는 순간이다.

소환되고 있는 것이다. 〈시그널〉에서의 선적인 시간을 횡단하는 응답처럼, '우리가 김진숙이다'는 '저희도 난장이랍니다'를 소환한 타임캡슐[36]의 응답이다.[37] 순수기억이 빈곤화된 21세기에는 사람들이 모두의 심연에 묻힌 타임캡슐의 응답을 들어야 한다. 타임캡슐의 응답은 순수기억 잔여물의 응답이자 새로운 창안이기도 하다.

그처럼 타자를 배제하는 무증상 자본주의에 대한 대항은 순수기억의 증폭을 통해 타자를 회생시키는 일로 기능해진다. 타자를 부활시키려는 우리시대의 구호들은 기억의 소환인 동시에 새로운 창조이기도 하다. 추방된 타자와 교감했던 기억, 그 순수기억의 응답을 듣는 것 자체가 새로운 창안과 도약이자 오늘날의 사회적 변혁의 요구가 된 것이다.

여기서 중요한 것은 타자와의 교감을 회생시키는 방식의 변화이다. 김진숙은 크레인에 올라 시뮬라크르를 통해 가라앉은 사건을 솟아오르게 하면서 멀어진 채 가까이 다가오고 있었다. 벌거벗은 얼굴 대신 시뮬라크르를 통해 언택트 포옹을 하며 타자가 다시 회생한 것이다. 그 순간 얼굴의 대면 대신 이미지 기억의 창조적 도약이 우리의 자아를 동요시키고 있었다. 이 언택트 포옹의 순간은 순수기억의 잔여물의 응답을 듣는 순간이기도 하며, 그것을 가능하게 한 것은 원본의 젤리에서 해방된 시뮬라크르였다.

수동적 정동의 젤리에서 해방되어 타자와 능동적 정동을 회생시키는 것은 보건교사의 광선검이 아니라 시뮬라크르였다. 원본에서 멀어짐으로써 수동적 정동의 젤리에서 벗어난 시뮬라크르는 언택트 윤리를 생성

36 타임캡슐은 순수기억의 잔여물의 은유라고 할 수 있다.

37 그 순간 우리는 직접적 대면 대신 이미지 기억의 도약을 통해 멀어진 김진숙과 다시 가까워지며 일어선다.

시킨다. 김진숙이 타자로 회생한 순간은 인종차별로 숨진 플로이드가 우리 곁으로 되돌아온 것과도 다르지 않다. 김진숙과 플로이드는 비슷하게 멀어진 순간 밀접하게 다가오고 있었다. 무증상 자본주의를 극복할 수 있는 것은 벌거벗은 대면도 광선검도 아니며 파이란과 플로이드의 시뮬라크르처럼 거리를 둔 채 다시 접촉을 시도하게 하는 데 있다.

파이란과 플로이드의 시뮬라크르는 베르그송의 유물론의 현대적 창안이다. 여기서의 얼굴의 대면을 대신하는 이미지 기억의 창조적 도약은 우리시대의 새로운 희망이다. 베르그송의 창조적 도약은 오늘날 떨어진 채 끌어안는 언택트 포옹으로 빛을 발하고 있다.

시뮬라크르와 언택트 포옹의 비밀은 순수기억의 증폭과 미학적 은유의 동시적 작동에 있다. 〈파이란〉에서 강재의 변화는 그의 고향의 기억(순수기억)이 파이란의 고향 노래의 동영상을 통해 은유적으로 회생한 데 있다. 고향의 기억이 은유적으로 회생하는 순간 위축되었던 이미지 기억이 도약하면서 강재는 가슴에 다가온 파이란을 끌어안는다. 시뮬라크르로서의 파이란의 동영상은 죽음으로 사라진 파이란을 회생시키면서 고향의 은유를 통해 강재의 가슴을 뛰게 했다. 동영상(시뮬라크르)을 통한 순수기억과 은유의 동시적 작동이 무증상 자본주의를 해체하는 응답인 것이다.

그런 순수기억의 귀환과 응답은 우리시대의 변혁운동에서의 중요한 무기이다. 우리시대는 타자의 벌거벗은 얼굴과의 교섭을 상실했지만 그 대신 시뮬라크르와 동영상이 은유와 함께 순수기억을 회생시킨다. 사람들은 김진숙과 대면하는 대신 시뮬라크르를 통해 불현듯 가슴의 동요를 부활시킨다. 그와 비슷하게 우리는 플로이드의 벌거벗은 얼굴 대신 그의 동영상을 통해 '숨을 쉬고 싶은' 은유적 욕망을 부활시킨다. '우리는 한

편'(신애)[38]이라는 기억이 김진숙의 은유적 인격('우리가 김진숙이다')으로 회생한 순간은, '흑인의 생명도 중요하다'의 기억이 '나는 숨쉴 수 없다'의 은유로 되돌아 온 것과도 같다.

우리시대의 변혁운동은 가두의 대면에서 시뮬라크르의 연대로 변주되었다. 시뮬라크르의 연대는 이미지 기억을 도약시키는 기억의 정치학인 동시에 은유의 정치학이기도 하다. 이제 가두의 대면에서 역사적 주체가 움직이는 대신 이미지와 심연에서 대상 a가 작동되며 주체의 생성이 시작된다. 실재계적 대상 a의 작동이란 기억의 경첩과 은유의 경첩이 움직이는 반복운동을 통한 창조적 도약에 다름이 아니다. 진실의 이중주로서 반복과 재현의 이중주는 생명적 반복이 자본의 반복 위로 도약하는 순간일 것이다. 그 순간 벤야민의 기억의 정치학이 작동되고 은유적 정치학이 움직이기 시작하며 창조적 도약이 나타나게 된다.[39] 기억의 정치가 영원회귀하는 힘을 반복하며 역사철학적 진리를 생성한다면, 은유적 정치는 그런 반복의 진리를 추동하기 위해 자아와 타자를 교섭시키며 이중주의 윤리를 생성한다. 아득한 곳에 잠재했던 기억이 섬광 같은 별자리로 번쩍이면서 순수기억의 증폭과 함께 타자의 은유적 가면을 쓴 사람의 가슴의 진동이 시작되는 것이다. 플로이드의 은유적 가면을 쓰는 순간은 순수기억이 증폭되며 인종주의와 맞섰던 모든 시간들이 우리에게로 돌아오는 순간이기도 하다.

이제 타자의 투명한 은유적 가면을 쓰며 멀어진 타자를 소환하는 일은 변혁운동의 중요한 일부가 되었다. 그와 함께 오늘날의 기억의 정치와

---

38 조세희의 「칼날」에서 난장이에게 건네는 신애의 말임.

39 기억의 정치학과 은유의 정치학이 중첩되는 순간은 대상 a가 작동되는 순간이라고 할 수 있다.

은유의 정치는 벌거벗은 대면의 윤리에서 언택트 윤리로 변화되었다. 우리는 벌거벗은 얼굴과 대면하는 대신 멀어지면서 수동적 젤리에서 해방된 사람과 언택트 포옹을 한다. 떨어진 채 가까운 포옹이 가능한 것은 '숨쉴 수 없는 타자'의 기억을 존재로 전이시켜 순수기억(이미지 기억)을 증폭시키는 은유(우리가 플로이드다!)의 정치적 도약에 의해서이다. 은유는 순수기억의 샘물에서 건져 올린 타자를 우리의 가슴에서 생명의 운동으로 느끼게 해준다. 기억의 정치와 은유의 정치는 멀어진 타자와 다시 한 번 가까워지게 하는 비밀병기이다. 그처럼 기억이 은유로 돌아오는 순간 타자가 지하 벙커와 디스토피아에서 구출되면서 90%의 사람들이 자본의 캐슬에서 구원을 얻게 된다. 이제 물건처럼 딱딱해졌던 인격들은 언택트 포옹을 통해 유연한 생명적 반복운동을 스스로 약동시킨다. 그 순간 혐오발화와 가짜뉴스의 상상계에 갇힌 90%들은 '역사 그 자체'(제임슨)의 실재계로 움직이며 회생된 생명적 반복의 힘으로 자본의 반복의 환각에서 벗어나기 시작한다.

찾아보기

ㄷ

ㄹ

ㅅ

ㅈ

ㅊ

ㅋ

ㅌ